BERNHARD WUCHERER
Der Peststurm
Historischer Kriminalroman

Besuchen Sie uns im Internet:
www.gmeiner-verlag.de

© 2013 – Gmeiner-Verlag GmbH
Im Ehnried 5, 88605 Meßkirch
Telefon 07575/2095-0
info@gmeiner-verlag.de
Alle Rechte vorbehalten
1. Auflage 2013

Lektorat: Claudia Senghaas, Kirchardt
Herstellung: Julia Franze
Umschlaggestaltung: U.O.R.G. Lutz Eberle, Stuttgart
unter Verwendung des Bildes »Man on Horseback« von
Gerard ter Borch; http://commons.wikimedia.org/wiki/File:Gerard_ter_
Borch_-_Man_on_Horseback.jpg
und des Bildes »Der Doctor Schnabel von Rom« von
Paul Fürst; http://commons.wikimedia.org/wiki/Fi-
le:Paul_F%C3%BCrst,_Der_Doctor_Schnabel_von_Rom_
(Holl%C3%A4nder_version).png
Druck: GGP Media GmbH, Pößneck
Printed in Germany
ISBN 978-3-8392-1350-6

Den 706 Pesttoten Staufens des Jahres 1635 gewidmet

Der Markt Staufe[n]

1 Staufenberg
Hier beginnt im ersten Roman »Die Pestspur« der Vorspann zur Geschichte, woraufsich eine Mordserie entwickelt, die nun seinen Fortgang findet …

2 „Galgenbihl"
Richtstätte zu Füßen des Staufenberges. Dort wurde der Medicus gehängt.
Hier weiden auch die Schafe des Bechtelerbauern und des Wanderschäfers.

3 Obergölchenwanger Grat (Der heutige Hochgrat, sehr verzerrt dargestellt)
Hauptberg der Nagelfluhkette. Nach rechts guter Blick in die Schweizer Berge.

4 Wirtshaus „Zur Krone"
Stammtaverne des Totengräbers und des „Paters", früher auch des Medicus (†).

5 Anwesen der jüdischen Familie Bomberg
Im ständigen Focus des „Paters". Hier spielen sich schreckliche Dinge ab.

6 Seelesgraben
Lebensader des Dorfes. Der Bach fließt nach rechts durch den Unterflecken.

7 Marktplatz (hier viel zu klein dargestellt)
Dreh- und Angelpunkt des Dorfes. Von hier aus werden Gerüchte gestreut.

8 Wirtshaus „Zum Löwen"
Liegt auf dem Weg zum Pestfriedhof. War Sitz der Staufner Handwerkszünfte.

9 Färberhaus und Pestareal (beides nicht sichtbar)
Zum Haus von Hannß und Gunda Opser ca. 70 Schritte am „Löwen" vorbei.
Zum Pestfriedhof und zur Pestkapelle geht es 2 Meilen nach Weißach hinunter,
wo sich einer der Arbeitsplätze von Fabio, dem Hilfstotengräber, befindet.

n 17. Jahrhundert

10 Propsteigebäude
Wohnung und Arbeitszimmer des Propstes Johannes Glatt.

11 Wirtshaus „Zur Alten Sonne"
Spielt keine große Rolle. Hier wohnt nur „Josen Bueb", Fabios fieser Gegner.

12 Alter Marstall
Nach teilweiser Verwaisung der Residenz vorübergehend gräfliche Kanzlei.

13 Entenpfuhl (nicht sichtbar)
Liegt direkt unterhalb des Schlosses, hinter dem Marstallgebäude. Hier fand bereits ein Mord statt. Gerät aber immer wieder ins Zentrum des Geschehens.

14 Schloss Staufen
Links außen (östlich) das große Herrschaftsgebäude. Rechts außen (westlich) das kleine Vogteigebäude, die Wohnung und der Arbeitsplatz des „Kastellans".

15 Schlossbuckel
Einziger offizieller Weg zum Schloss, von wo aus es auf den Kapfberg geht.

16 Fuß des Kapfberges
Forst- und Jagdrevierbeginn des Reichsgrafen Hugo zu Königsegg-Rothenfels.

17 Alte Schießstätte
Liegt zu Füßen des Kapfberges. Errichtet durch Georg Freiherr von Königsegg.

18 Verbindungsweg zur „Salzstraße" (auch „Alte Reichsstraße").
Dieser Weg führt zum Stall des Bauern Moosmann. Die römische Militär- und Handelsstraße geht von Hall in Tirol aus an Staufen vorbei an den Bodensee, nach Bregenz, aber auch ins Oberschwäbische, nach Ravensburg und Schussenried hinüber.

Schloß

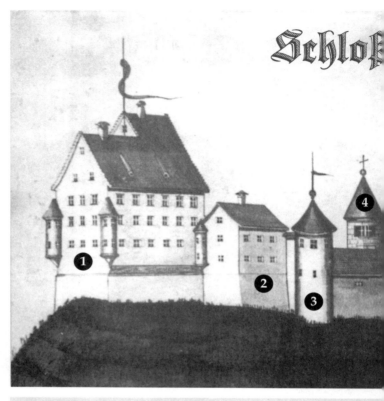

Grundriss

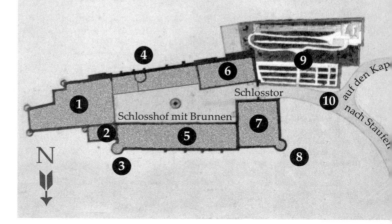

Schlosshof mit Brunnen
Schlosstor
auf den Kap
nach Staufen

N

Staufen

1. **Herrschaftsgebäude (Palas)**
   Im EG mehrere Repräsentationsräume.
   Darüber der „Rittersaal".
   Im 3. und 4. Geschoß Wohnung
   der gräflichen Familie.

2. **Gästehaus mit Schlosskapelle**
   Im 2. Geschoß Verbindung zur Kapelle, der Gottesmutter Maria - Hausheilige der gräflichen Familie - geweiht.

3. **Nordturm (Dürnitz)**
   Wachturm mit Blick auf das Dorf
   hinunter und zum Staufenberg
   hinüber. Die Wachstube im EG,
   kann vom Gästehaus aus mit beheizt
   werden.

4. **Südturm**
   Wachturm mit Blick nach Weißach,
   in die Berge und nach Vorarlberg.
   Im obersten Stock befindet sich die
   Verwahrzelle des Schlosses.

5. **Stallungen und Wirtschaftsgebäude**
   Mehrere Kutschen- und Schlittenstellplätze mit Pferdestall (Marstall).
   Drei Nutzviehställe mit Reparaturwerkstatt und Schmiedewerkstatt.

6. **Lagerhaus**
   Im Keller das Weinlager.
   Darüber liegt die Speisekammer.
   Im 2. Geschoß ein Heulager,
   unter dem Dach das Strohlager.

7. **Vogteigebäude**
   Wohnung des „Kastellans".

8. **Nordwesttürmchen**
   In beiden Stockwerken gibt es
   Verbindungstüren zum Vogteigebäude.
   Darunter liegt die gut bestückte
   Waffen- und Rüstkammer.

9. **Gemüse- und Kräutergarten**
   Nach außen – besonders nach
   Süden hin – ungenügend
   gesichert. Dies ist das Reich
   der „Kastellanin".

10. **Schlossstraße**
    Einziger Weg vom Dorf zum
    Schloss. Von da aus weiter auf
    den Kapfberg.
    Der steile „Schlossbuckel"
    ist gerade im Winter schwer
    zu befahren.

1635

VON MAY BIS SANCT NIKOLAUSTAG

»Meine Feder ist zu schwach unnd die Trübsal dieses Jahrs zu groß, alls daß ich es den Nachkommen nicht genugsam beschreiben kann. Es ist nicht zu glauben, was die verarmte Bürgerschafft ausgestanden hat. Wäre ein gantzes Buch zu schreiben.«

Christoph Schorer, zeitgenössischer Allgäuer Chronist am Ende des Jahres 1635.

Kapitel 1

DIE HINRICHTUNG DES AUS DEM HERZOGTUM SCHLESIEN ins Allgäu geflohenen Arztes Heinrich Schwartz, der es Ende vergangenen Jahres mittels verteufelt gut dosierter Kräutergiftmischungen geschafft hatte, die einfachen Bauern- und Handwerkerfamilien des Tausend-Seelen-Dorfes Staufen glauben zu machen, dass ihre Verwandten und Freunde langsam an der Pestilenz erkrankt und schlussendlich daran gestorben waren, lag jetzt knapp zwei Wochen zurück. Deswegen vermochte es die Leiche des auf dem ›Galgenbihl‹ erhängten Giftmörders mittlerweile, noch erbärmlicher zum Himmel zu stinken als dessen von Gott verdammte Taten, die erst aufgrund ihrer Aufdeckung durch den Medizinstudiosus Eginhard, ältester Sohn des Staufner Schlossverwalters Hannß Ulrich Dreyling von Wagrain, ruchbar geworden waren.

Urheber dieser Giftmordserie war allerdings nicht der Medicus, sondern ein anderer: Der zwar ebenfalls, aber nicht aus Schlesien, sondern aus der Residenzstadt Immenstadt, geflohene Totengräber Ruland Berging hatte diese Schweinerei dereinst ausgeheckt und mit dem versoffenen, arg heruntergekommenen Medicus bis ins Detail geplant. Allerdings hatte er die Früchte seines mörderischen Plans nicht mehr ernten können. Da ihm nach der Ermordung zweier Knaben, die er aufgrund einer Namensverwechslung für unliebsame Zeugen gehalten hatte, der Boden zu heiß geworden und er einmal mehr bei Nacht und Nebel abgehauen war, hatte der Medicus die Sache allein durchgezogen und mit seiner Giftmordserie, der innerhalb weniger Monate 69 unschuldige Männer, Frauen und Greise, ja sogar Kinder zum Opfer gefallen waren, viel Geld verdient, letztendlich aber für seine schändlichen Taten gebüßt, noch bevor er, wie er es ursprünglich geplant hatte, mit Einsetzen der warmen Jahreszeit sein profitables Unwesen hatte weiter treiben können.

Dass der seinerzeit gerade noch rechtzeitig aus Staufen geflohene Totengräber ausgerechnet genau zu dem Zeitpunkt, an dem Heinrich Schwartz sein Leben am Strick aushauchte, zurückgekommen war, dürfte kein Zufall gewesen sein. Immerhin hatte ihn der Medicus ab diesem Zeitpunkt nicht mehr verraten und somit nicht mehr mit der Giftmordserie, und auch nicht mehr mit den Kindermorden, in Verbindung bringen können, weswegen der Totengräber – kaum, dass sich der am Galgen zappelnde Medicus eingenässt hatte, ihm die Zunge aus dem Mund gequollen und das letzte Leben aus ihm gewichen war – vor den um den Galgen herum versammelten Staufnern verschwörerisch gemurmelt hatte, dass er ›im rechten Augenblick, nicht zu früh und nicht zu spät‹, zurückgekommen sei. Das ›nicht zu spät‹ würde jetzt und fürderhin eine unglaublich böse Rolle spielen, das ›nicht zu früh‹ hatte ihm vor knapp zwei Wochen im Angesicht seines erhängten Kumpans das eigene Weiterleben gesichert, um erneut anderen das Leben nehmen zu können, im Moment jedenfalls.

Zudem hatte Ruland Berging geahnt, dass die wahren Zeugen seines seinerzeitigen Gesprächs mit dem Medicus auf dem Kirchhof – Lodewig und Diederich, die zwei jüngeren der drei Söhne des Staufner Schlossverwalters – immer noch am Leben waren, und ihn immer noch verraten könnten, weswegen er sich eines Tages ebenfalls einnässen könnte, ohne dass seine Füße den Boden berührten. Wenn die wüssten, dass ich der Initiator dieser Mordserie gewesen bin und deswegen versehentlich die beiden Blaufärbersöhne, Otward und Didrik Opser, umgebracht habe, würden sie mich wahrscheinlich nicht nur hängen, sondern gleich aufs Rad flechten oder vierteilen, hatte er sich seinerzeit mit einem hämischen Grinsen auf den vernarbten Lippen gedacht.

～⊛～

Ließe das Gekrächze der schwarzen Vogelschar die Menschen nicht ständig zum Galgenbihl hochblicken, würde die Vollstreckung des Gerichtsurteils am verhassten Medicus wohl bald in Vergessenheit geraten. Dessen Taten aber würden die Staufner wohl niemals loslassen, obwohl sie jetzt anderes, ihr eigenes Überleben, im Kopf hatten. Denn der Krieg, den man jetzt den ›Großen Krieg‹ nannte, tobte immer noch durch Europa und verschone auch das Allgäu nicht. Nachdem die Protestanten trotz der Beteiligung schwedischer Kontingente bei Nördlingen eine herbe Niederlage hatten erleiden müssen, waren auch kaiserliche Truppen bis in den letzten Zipfel des deutschen Südens vorgestoßen und wüteten seither auch dort wie die *Berserker*. Der malträtierten Bevölkerung allerdings war egal, ob es die lutherischen Fanatiker oder Truppen der Katholischen Liga waren, die marodierend über sie herfielen – der Gräuel, den beide Seiten anrichteten, war unbeschreiblich. Im Februar vergangenen Jahres hatten die Schweden von Leutkirch, Isny und Wangen aus Raubzüge in die Umgebung unternommen und dabei Ellhofen und Lindenberg niedergebrannt. Dabei waren sie Staufen bedenklich nah gekommen. Am Fasnachtsdienstag dieses Jahres war Scheidegg – ebenfalls ein Dorf nahe Staufen – dran gewesen. Am 19. März waren in Schwangau 400 Kroaten vom Kaiserlichen Regiment ›Isolani‹ eingefallen und hatten unter anderem 500 Pfund Brot für ihre Truppenverpflegung erzwungen – wie sie dies bewerkstelligt hatten, konnten nur diejenigen wissen, die den marodierenden Söldnern entkommen waren. Kurz darauf hatten die Schweden Kaufbeuren besetzt, und ihr Generalfeldmarschall Horn war nach Kempten vorgerückt, wo er bei Nacht die kaiserlichen Besatzer überrumpelt hatte. Während Memmingen beschossen worden war, hatten sich von Lindau aus 1800 kaiserliche Soldaten und bewaffnete Vorarlberger Bauern in Marsch gesetzt, um die verhassten Schweden aus Wangen zu vertreiben. So waren die Scharmützel immer näher gekommen und rund um das rothenfelsische Gebiet, zu dem Staufen gehörte, ausgetragen worden. Dennoch war der Krieg mit den Bewohnern des kleinen Dorfes zu Füßen des Staufenberges bisher eher gnädig umgegangen. Nur aus der Ferne waren die beängstigenden Kanonenschüsse zu hören. Wenn an einem Tag nichts davon, sondern nur das Zwitschern der aus dem Süden zurückgekehrten Vögel, zu hören war, hatten die Staufner das Gefühl, als wenn der Krieg seine Kraft verlieren und nicht alles stimmen würde, was ihnen durch fahrende Händler und Reisende zugetragen worden war. Aber das täuschte. Auch wenn man eigentlich hätte glauben sollen, dass die gegnerischen Truppen genug miteinander zu tun gehabt hatten, war dies eine Fehleinschätzung, denn um das hilflose Volk zu schinden, war für die längst verrohten Soldaten noch immer genug Zeit übrig gewesen.

Aber noch hatte sich der Gräuel den Weg bis nach Staufen hinein nur ein einziges Mal Bahn gebrochen, und so versuchte die Bevölkerung, aus ihrem mehr als bescheidenen Leben das Beste zu machen. Die warme Jahreszeit war angebrochen und ließ nach der letztjährigen Mordserie und dem darauf folgenden harten Winter das Dasein wenigstens etwas erträglicher werden. Außerdem fand wieder der Wochenmarkt, eine lebensnotwendige Veranstaltung, statt. Es war erst der dritte Markttag, der seit dem unaufgeklärten Tod eines gräflichen Wachsoldaten auf dem Staufner Marktplatz abgehalten werden durfte. Hugo Graf zu Königsegg-Rothenfels, Regent der Herrschaft Staufen, hatte das im vergangenen Herbst durch seinen Oberamtmann Conrad Speen ausgesprochene Marktverbot gnädigerweise aufgehoben und der Bevölkerung somit wieder die Gelegenheit gegeben, Handel zu treiben und dringend benötigte Lebensmittel einzukaufen – falls sie diese überhaupt bezahlen konnten. Bei seinen diesbezüglichen Überlegungen hatte er sich davon leiten lassen, den arbeitsfähigen Teil seiner Staufner Untertanen endlich wieder zu Kräften kommen zu lassen, um – wie es sich aus seiner Sicht für ordentliche Untertanen gehörte – den *Zehnten* entrichten zu können. Er war es leid, dass immer gerade dann, wenn es seinen Untertanen einigermaßen gut ging und sie korrekt Steuern zahlen konnten, aus was für Gründen auch immer Unbill über sein Herrschaftsgebiet zog oder gar schlechte Zeiten hereinbrachen. Aber was waren schon schlechte Zeiten? Die verarmte Bevölkerung des Rothenfelsischen Gebietes kannte nichts anderes – mit dem Unterschied, dass alles noch viel schlimmer kommen würde.

~~~

Obwohl es sich noch nicht überall herumgesprochen hatte, dass auf dem Staufner Marktplatz im *Unterflecken* endlich wieder etwas los war, hatte an diesem Mittwoch erstmalig eine beachtliche Händlerschar den Weg nach Staufen gefunden.

Aber nicht nur deswegen war es ein ganz besonderer Tag für die einheimische Bevölkerung. Der Staufner Schlossverwalter, den hier alle nur ›Ulrich‹ nannten oder als ›*Kastellan*‹ bezeichneten, wollte den Familien das Geld zurückzahlen, das der Medicus ihren Verwandten vor nicht allzu langer Zeit für seine ›Dienste‹ abgenommen hatte, bevor er sie vergiftete, und das Eginhard zusammen mit seinem Vater wiedergefunden hatte. Um dies möglichst reibungslos ablaufen zu lassen, hatte der zudem auch noch als interimistischer Ortsvorsteher fungierende gräfliche Beamte mitten auf den Markt ein Tischchen gestellt, auf dem jetzt eine Art Quittungsbuch bereitlag, in dem die Angehörigen der damaligen Opfer des Arztes nach dem Empfang des Geldes ihre Kreuzchen machen konnten. Jetzt musste der allseits geachtete, großgewachsene Mann nur noch darauf warten, dass die Leute kommen würden und er mit jedem Einzelnen würde abrechnen können.

Zu seiner Sicherheit und zur Sicherheit des Geldes hatte ihm Oberamtmann Speen zwei Wachsoldaten aus der Residenzstadt Immenstadt geschickt. Aufgrund der Erfahrungen, die einst zwei ihrer Kameraden auf dem hiesigen Markt hatten machen müssen, waren sie nicht gerne nach Staufen geritten. Aber Befehl war schließlich Befehl. Ihre Angst, Staufen, wie einst ein anderer Soldat, bäuchlings auf ihre Pferde gebunden, verlassen zu müssen, hatte wenigstens den Vorteil, dass sie ihre Aufgabe ernst nehmen und noch wachsamer sein würden, als dies ohnehin der Fall war.

Obwohl noch früh am Morgen, baute schon ein Händler nach dem anderen seinen Stand auf. Offensichtlich hatte es den erhofften Erfolg gezeigt, dass die Staufner die Hinrichtung des Arztes dafür hatten nutzen können, um bei den auswärtigen Gaffern für ihren Wochenmarkt zu werben. Der Weißgerber und der Rotgerber hatten ihren Gemeinschaftsstand bereits komplett aufgebaut und ihre Waren verkaufsfördernd drapiert, ebenso der Nadler, der Drechsler und die beiden Kesselflicker, die sich misstrauisch beäugten. Die Bechtelerbäuerin schleppte gerade einen Haufen Schafspelze, etliche gestrickte Kittel und eine Vielzahl grau und braun gewirkter Strümpfe aller Größen herbei, um sie auf einem groben Holztisch auszubreiten. Obwohl die kräftige Frau mit dem wirren Haar wusste, dass sie jetzt im Frühjahr wesentlich schlechtere Geschäfte machen würde als im Herbst, war sie bestens bestückt und gut gelaunt. Da dem Kastellan über den Winter hinweg der Tabakvorrat knapp geworden war, hielt er Ausschau nach dem ›Rauchhändler‹, der stets auch Pfeifen und anderen

Tand mit sich führte. Während der hohe gräfliche Beamte überlegte, ob er sich auch noch eine der modernen Meerschaumpfeifen, die der betagte Händler im letzten Jahr aus Flandern eingeführt hatte, leisten sollte, sah er die beiden Karren des bohnenlangen Gemüsebauern aus Lindau, gefolgt vom pausbäckigen Weinbauern aus Kressbronn und ein Stück dahinter das klapprige Gefährt des als listig bekannten jüdischen Öl- und Fetthändlers, der bis vom Oberschwäbischen angereist war, hintereinander in den Ort hereinholpern. Um sich eines eventuellen Hinterhaltes auf dem berüchtigten *Hahnschenkel* besser erwehren zu können, hatten sie es vorgezogen, im schützenden Tross zu reisen.

»Na endlich«, rief ihnen der interimsweise eingesetzte Ortsvorsteher, der sich schon Sorgen darum gemacht hatte, ob heute wohl einige Lebensmittelhändler kommen würden, winkend und lachend entgegen. So nach und nach füllte sich der Platz. Mittlerweile trafen die letzten Handwerker und Krämer, zu denen auch der ›Bunte Jakob‹ zählte, ein. Dessen Wagen war so vielfarbig, weil er mit allem schacherte, was sich zu Geld machen ließ. Dass es das allerorten bekannte Schlitzohr mit der Herkunft seiner Waren nicht immer genau nahm, kratzte nicht im Mindesten an seinem Ansehen. Er war ein Faktotum, das auf jeden Markt gehörte. So war es kein Wunder, dass ihm die Kinder des Dorfes freudestrahlend entgegenrannten.

Judith Bomberg, der Frau des einzigen Juden im Dorf, war es trotz aller Probleme über den Winter gelungen, aus ihren wenigen Hühnern und dem einzig verbliebenen Hahn eine beachtliche Zucht hervorzubringen. Die gut aussehende Frau mochte zwar noch nicht allzu viel davon entbehren, konnte aber immerhin schon neun Junghennen und etliche Dutzend Eier zum Kauf anbieten. Als die letzten *Fieranten* ihre Marktstände aufbauten, waren auch schon die ersten Marktbesucher unterwegs. Unter ihnen befand sich Konstanze Dreyling von Wagrain, die stolze und strenge Frau des Schlossverwalters. Dadurch, dass die großgewachsene, schlanke Kastellanin im Gegensatz zu den meist abgearbeiteten Frauen des Dorfes kerzengerade und zudem erhobenen Hauptes über den Markt schlenderte, wirkte sie eingebildet, ja sogar arrogant. Aber diese Einschätzung würde ihr nicht ganz gerecht werden. Sicher, sie wusste, dass sie sich in jeder Hinsicht von den anderen Frauen abhob. Darauf bildete sie sich aber nicht allzu viel ein. Sie liebte zwar die schönen Künste und schätzte es, sich in einer der seltenen Gesellschaften, die in besseren Zeiten im Immenstädter Schloss gegeben worden waren, bewegen zu dürfen – aber deswegen etwas Besseres sein? Nein! Nicht unbedingt. Allerdings erfüllte sie ein Attribut, das man Höhergestellten gerne zuordnete: Wenn ihr etwas nicht passte, konnte sie – im Gegensatz zu ihrem Mann – aufbrausen wie eine wildgewordene Furie. Dies bekamen dann meist ihr Gesinde, Lieferanten … oder ihre Familienmitglieder zu spüren. In der Öffentlichkeit zeigte sie sich stets zurückhaltend. Heute war sie mit ihren beiden jüngeren Söhnen Lodewig und Diederich vom Schloss heruntergekommen, um sich mit frischen Waren einzudecken. Obwohl sie zwar mit Entsetzen gehört hatte, Ruland Berging, der ehemalige Totengräber, sei wieder aufgetaucht, und sie den 18-jährigen Lodewig gebeten hatte, auf den um neun Jahre jüngeren Bruder Diederich ganz besonders zu achten und ihn nicht aus den Augen zu lassen, war sie in erträglicher Sorge. Von ihrem mittleren Sohn wusste sie, dass er selbst auf sich achten konnte und sowieso gleich zum Marktstand der Bombergs gehen würde, um dort seine geliebte Sarah, Judiths bildhübsche Tochter, zu treffen. Dennoch machte sie sich auch Gedanken über Lodewig. So, wie er versprechen musste, auf seinen jüngeren Bruder zu achten, musste dieser ihr hoch und heilig zusichern, nicht von ihrer Seite zu weichen, während Lodewig bei Sarah und die Mutter mit ihm allein sein würde. Obwohl Konstanze klar war, dass mit der Rückkehr des Marktes endlich wieder etwas im Dorf los war und sich alle darauf gefreut hatten, wäre es ihr aus der Sorge heraus, dass ihm etwas geschehen könnte, am liebsten gewesen, ihren Jüngsten zu Hause zu lassen.

Als sie Diederich einen diesbezüglichen Vorschlag unterbreitet hatte, war der Bub tödlich beleidigt gewesen und hatte so gotterbärmlich geheult, dass sie ihren Vorschlag nur allzu gerne zurückgenommen hatte.

Jetzt standen sie vor Papas Tischchen und orientierten sich von dort aus.

»Hast du den Schuhflicker schon gesehen?«, fragte Konstanze ihren Mann, während ihr Blick neugierig über das beginnende hektische Treiben schweifte.

»Nein! Der scheint immer noch Angst vor einer tödlichen Mistgabel zu haben, wie sie der Wachmann beim letzten Markt in seinem Brustkorb gehabt hat. Er kommt wohl nicht!« Da ein gräflicher Soldat, den Oberamtmann Speen mit einem Kameraden zur Sicherheit des Markttreibens von Immenstadt nach Staufen entsandt hatte, mit diesem bäuerlichen Arbeitsgerät erstochen worden war und die Sache nicht hatte aufgeklärt werden können, ging bei den Händlern immer noch die Angst um, dass es ihnen genauso ergehen könnte.

»Oder er fürchtet sich vor der Pest«, ergänzte Konstanze, nachdem sie den Lederer nirgends entdecken konnte. Da sich noch nicht überall herumgesprochen hatte, dass es sich im vergangenen Herbst nicht um die Pestilenz, sondern ›nur‹ um eine raffinierte Mordserie gehandelt hatte, mieden immer noch viele auswärtige Händler den früher belebten Staufner Marktplatz, bei dem es in besseren Zeiten sogar einen *Aufzug*, ein Kindertheater und andere Kurzweil gegeben hatte.

»Ich bin dann weg«, informierte Lodewig seine Mutter und übergab ihr hastig Diederichs Hand, nachdem er den Stand von Judith Bomberg gesichtet hatte.

War ja klar, dachte sich Konstanze und schlenderte mit Diederich ebenfalls zu Judith, um ihr einen Korb voller Eier und zwei lebende Hühner abzukaufen. Um Sarah und Lodewig nicht zu brüskieren, ließ sie sich damit so viel Zeit, bis die jungen Leute händchenhaltend abgezogen waren.

Während sich die beiden Freundinnen nach einer herzlichen Begrüßung angeregt unterhielten, rief die Frau des Kastellans plötzlich: »Da ist er ja!«

»Wer?«, fragte die verdutzt um sich blickende Judith.

»Der Schuhflicker! Da! Direkt neben dem Verkaufswagen des Bunten Jakob!«

Die Jüdin war verwundert. »Na und? Das ist doch nichts Neues. Den kennen wir doch.«

»Aber Judith! Ich habe dir doch davon erzählt, dass Lodewig

und Diederich im letzten September auf dem Kirchhof ein unheimliches Gespräch zwischen Ruland Berging und einem Unbekannten mitgehört haben und deswegen vor dem Totengräber geflohen sind. Lodewig hat dabei einen Schuh verloren, woraufhin ich das verbliebene Teil als Muster zum Schuhflicker gebracht und ihn gebeten habe, einen dazu passenden neuen zu machen. Jetzt bin ich gespannt, ob er ihn tatsächlich dabei hat ... Aber ich lass ihn erst mal in Ruhe seinen Stand aufbauen.«

Während die beiden so vor sich hin plauderten, füllte sich der Marktplatz im unteren Flecken zunehmend mit Menschen, die nach und nach aus allen Richtungen herbeiströmten. Darunter befanden sich auch der Kronenwirt Mattheiß und Ruland Berging, der seine alte Arbeit wieder aufgenommen hatte weil er jetzt wieder zum Totengräber des Dorfes bestallt worden war und an dessen Anwesenheit und Anblick sich die Staufner zwar schon längst wieder gewöhnt hatten, aber immer noch zusammenzuckten und sich heimlich bekreuzigten, wenn sie ihm begegneten. Allerdings ging die Angst der Staufner nicht so weit zu riskieren, unwissend zu bleiben. Seit dem Tag, an dem der Totengräber wieder in Staufen war, musste er sich viele spekulative Fragen, die er mit den haarsträubendsten Lügen beantwortete, gefallen lassen. Seine mysteriöse Abwesenheit wegen des gemeinen Mordes an Otward Opser, dem älteren der beiden Blaufärbersöhne, von dem immer noch niemand wusste, wer ihn umgebracht hatte, begründete er stets mit der Genesung lebensgefährlicher Verletzungen am ganzen Körper. Außerdem hatte er sich eine glaubwürdige Ausrede für sein verletztes Auge einfallen lassen: Er behauptete, dass er sich diese Wunde in der gut einen halben Tagesritt enfernten Stiftsstadt Kempten eingehandelt habe, als er dort war, um sich beim städtischen Leichenbestatter über die verschiedenen Möglichkeiten der Beerdigungen zu informieren.

Dass er noch niemals in Kempten gewesen war und ihn moderne Bestattungsformen nicht interessierten, wenn es diese denn überhaupt geben sollte, konnte in Staufen ja niemand wissen, denn außer dem Kastellan und dem Propst war kein einziger Staufner jemals in der pulsierenden fürstäbtlichen Stadt an der Iller gewesen. Jedenfalls begründete er sein verbundenes Auge damit, dass er in Kempten einen kleinen Jungen – der wohl etwas getan hatte, was er nicht hätte tun dürfen – selbstlos vor dessen Verfolgern hatte schützen wollen und dafür derart verprügelt worden sei, dass er mit Blessuren am ganzen Körper in das dortige Heilige-Geist-Spital eingeliefert worden war. Die Geschichte mit dem kleinen Jungen war ihm spontan eingefallen, weil ihm seit seiner geheimen Besprechung mit dem Medicus auf dem Kirchhof Knaben nicht mehr aus dem Kopf gingen. Zu seinem Glück hatte er schon einige Tage nach seiner Rückkehr die willkommene Gelegenheit erhalten, im Einvernehmen mit dem Propst und der widerwillig gegebenen Zustimmung des Kastellans, seine Arbeit als Leichenbestatter erneut aufzunehmen. Und nur dies zählte, zumindest im Moment.

Da es der Propst und der Kastellan für ratsam gehalten hatten, Fabio, den ehemaligen Helfer des Totengräbers, noch eine Zeit lang im Schloss zu behalten, hätte für die Bestattung eines wenige Tage nach der Hinrichtung des verruchten Arztes Heinrich Schwartz an Wundbrand verstorbenen Knaben niemand zur Verfügung gestanden. So hatte ihm keiner die Wiederaufnahme seiner alten Arbeit streitig gemacht. Der Totengräber geriet lediglich in Form von Marktgeschwätz, offiziell aber nie, in den Verdacht, mit dem Medicus gemeinsame Sache gemacht zu haben, weswegen er diesbezüglich auch von niemandem belästigt wurde. Wenn er tatsächlich damit etwas zu tun gehabt haben sollte, ist es jetzt eh zu spät, ihm dies noch nachzuweisen, dachten selbst diejenigen, die ihm noch nie über den Weg getraut hatten. Nur der Kastellan und seine Frau waren seit dem Tod der Blaufärbersöhne nach wie vor misstrauisch.

Die letzten Reste des Einzigen, der etwas dazu hätte sagen können, zerlegten die Krähen in schnabelgerechte Einzelteile. Das wusste auch Ulrich Dreyling von Wagrain, der sich in seiner Eigenschaft als inzwischen von Amts wegen eingesetzter Ortsvorsteher jetzt wohl oder übel zähneknirschend mit dem Totengräber würde arrangieren müssen – auch wenn dies seiner Frau ganz und gar nicht passen mochte.

Bei strahlendem Wetter entwickelte sich schnell ein munteres Treiben – fast so wie in alten Zeiten. Es wurde gekauft, verkauft und an allen Ständen gefeilscht, was der Handschlag hergab, obwohl bei Weitem nicht so viel Münzen in Umlauf waren, wie es in früheren Zeiten der Fall gewesen war, weswegen viele Staufner erst zum Ortsvorsteher gingen, um sich das Geld ihrer ermordeten Verwandten zurückzahlen zu lassen. Kein Wunder also, dass sich vor dessen Tischchen eine lange Schlange gebildet hatte.

Aber nicht alle waren in der glücklichen Lage, einen warmen Regenguss in Form von mehr oder weniger *Hellern, Kreuzern* und *Gulden* oder Schmuck über sich rieseln zu lassen. Zu ihnen zählte auch der örtliche Dorfschuhmacher Hemmo Grob. »Na, schon einen Gewinn erzielt?«, wurde Judith Bomberg von dem unangenehmen Mann, den wegen seiner Geschwätzigkeit alle nur den ›Pater‹ nannten, süffisant gefragt. Der missgünstige Lederer konnte es einfach nicht lassen, die braven Leute zu piesacken, wo es nur ging. Sein Hass gegen die Juden im Allgemeinen und die in Staufen lebenden Bombergs im Besonderen war so groß, dass er es am liebsten gesehen hätte, wenn die ganze Mischpoke neben dem Medicus aufgehängt worden wäre. Es passte ihm nicht, dass in Staufen jetzt alles so friedlich und harmonisch zuging und sogar wieder ein Markt stattfand. Nicht einmal dieser Scheißkrieg kommt nach Staufen, dachte der Verblendete, in der Hoffnung, die damit verbundenen Wirren für seine Zwecke ausnutzen zu können. Es ärgerte ihn, dass er beim besten Willen keine Handhabe hatte, den Bombergs etwas nachzusagen, weswegen man sie hätte vor Gericht zerren können. Und im Augenblick war der ›Pater‹ ganz besonders stinkig, weil er mitbekommen hatte, dass die Menschen am Stand seines fahrenden Berufskollegen sogar anstanden, um dort ihre Schuhe reparieren zu lassen, Lederreste oder auch neue Schuhe zu kaufen, anstatt ihm diese Geschäfte zukommen zu lassen. Und dass sich darunter nicht nur Auswärtige, sondern auch etliche Staufner, wie der Blaufärber Hannß Opser, befanden, wurmte ihn ganz besonders.

»Keine Finger, um eine Faust machen zu können, aber Geld für neue Schuhe haben«, murmelte er in Anspielung darauf, dass dem Blaufärber und seiner Frau Gunda im vergangenen Winter ein paar Glieder abgefroren waren, als sie trotz Eiseskälte nach Dietmannsried kutschiert waren, um ihren vermissten Sohn Otward zu suchen. Als er auch noch sah, dass sich die Frau des Kastellans unter den Wartenden befand, hätte er Gift und Galle spucken können.

Nachdem Konstanze fast das Viertel einer Stunde gewartet hatte, kam sie endlich an die Reihe. »Habt Ihr den Schuh für meinen Sohn?«, fragte sie sofort in forderndem Ton.

Der Schuhflicker, der seit langer Zeit zum ersten Mal wieder aus dem im oberen Allgäu liegenden Weiler Kierwang nach Staufen gekommen war und die ansonsten freundliche, zumindest aber höfliche Frau kannte, wollte ihr dies zurückgeben, indem er den Kopf schüttelte und die Mundwinkel so nach unten zog, als wenn er von nichts wüsste.

»Aber Ihr habt doch im letzten Herbst einen Schuh als Muster entgegengenommen, damit Ihr für meinen Sohn Lodewig einen zweiten dazu machen könnt! Wisst Ihr das denn nicht mehr?«

Der kräftige Mann zauberte einen fragenden Ausdruck auf sein Gesicht, zwirbelte seinen gepflegten Schnauzbart und zuckte mit den Achseln, gab aber keine Antwort.

»Es war an jenem denkwürdigen Tag, als hier ein Soldat den Stichen einer Mistgabel erlegen ist! Das müsst Ihr doch noch wissen! Es war der letzte Markttag vor dem Marktverbot seiner Exzellenz, des Grafen zu Königsegg«, beschwor Konstanze den Schuhflicker, der sich nun seinen spitzen Kinnbart kraulte, während er wieder kopfschüttelnd die Mundwinkel nach unten zog, anstatt zu antworten.

Erst als die leicht erregbare Konstanze Dreyling von Wagrain so laut wurde, dass sogar andere Leute auf den einseitigen Disput aufmerksam wurden, erhob der Schuster den Zeigefinger und das Wort: »Bleibt gelassen, gute Frau! Vielleicht habe ich ja etwas anderes, das Euer Herz erfreuen könnte!«

»Ich möchte nichts anderes als meinen Schuh zurück, wenn Ihr schon nicht in der Lage gewesen seid, den dazu passenden zu nähen«, entgegnete sie jetzt in einem derart lauten Ton, dass nicht nur die herumstehenden, sondern sämtliche Marktbesucher und Händler, an deren Ständen sie gerade verweilten, plötzlich still waren und sich allesamt dem Stand des Schuhflickers zuwandten. Darunter befanden sich auch der ›Pater‹, der von dort aus einen guten Blick auf seine ungeliebte Konkurrenz hatte, und der Totengräber, der nach langer Zeit wieder versuchen wollte, mit dem Bunten Jakob irgendeinen lohnenden Handel einzugehen, und sei dies auch ein noch so schmutziges Geschäft.

Der Schuster kroch unter seinen Marktstand und schien nach etwas zu kramen. »Ah! … Da ist er ja«, rief er, während er – vor seinem Stand selbst noch unsichtbar – einen Schuh in die Höhe hielt.

»Na ja. Auch wenn ich keinen neuen Schuh bekommen habe, bin ich doch wieder im Besitz des einen. Dann werde ich einen dazu passenden doch woanders nähen lassen müssen oder ein neues Paar kaufen«, stellte Konstanze gleichsam zornig und enttäuscht fest.

Der ›Pater‹, der am Nebenstand lehnte und dies gehört hatte, rieb sich schon die Hände. Er glaubte, dass dieses Geschäft jetzt ihm zukommen würde. Immerhin war er der einzige Schuhmacher des Dorfes … und noch dazu ein Meister seines Faches, den man, trotz seiner menschenverachtenden Lebenseinstellung, sogar in die Zunft aufgenommen hatte. Aber er sollte enttäuscht und seine Wut auf die Frau des Kastellans noch größer werden.

Als Konstanze eine Hand nach ihrem Sohn ausstreckte und ihn mit seinem Namen rief, wurde nicht nur der Totengräber neugierig. Auch die anderen Umstehenden warteten ab, ob noch etwas käme.

»Gute Frau«, rief ihr der Schuhflicker nach, »kommt zurück! Ich habe nur Gleiches mit Gleichem vergolten und mir einen Scherz mit Euch erlaubt. Seht!« Dabei zeigte er zum Himmel. »Ihr habt endlich wieder Markttag in Staufen und dazu auch noch herrliches Krämerwetter.«

Als sich Konstanze umdrehte, sah sie, wie der Schuhflicker freudestrahlend den zweiten Schuh in die Höhe hielt. Dies bemerkte allerdings auch der Totengräber, der jetzt nur noch eins und eins zusammenzählen musste, um ganz sicher zu wissen, dass er ein Narr gewesen und dies der Schuh war, dessen Pendant er Lodewig vom Fuß gezogen hatte, als dieser mit seinem Bruder Diederich durch ein Loch in der Kirchhofmauer vor ihm und dem Medicus geflohen war. Er könnte sich für seine Dummheit selbst abwatschen. Schlagartig war ihm bewusst geworden, dass es der kleinere der beiden Knaben war, der vor ihm am Rockzipfel seiner Mutter hing und der ihn damals auf dem Kirchhof belauscht hatte, als er mit dem Medicus zusammen die Vorgehensweise für die ›Pestmorde‹ besprochen hatte.

»Und ich Narr habe wegen einer mistigen Namensverwechslung die beiden Söhne des Blaufärbers umgebracht. Es gibt in Staufen also doch noch einen Burschen, dessen Namen dem des jüngeren Blaufärbersohnes ähnelt ... Der eine hat Didrik geheißen und dieser Arsch hier heißt Diederich! Ich habe es doch gewusst: Er war es, der den Medicus und mich belauscht hat«, hatte er, leise vor sich hinmurmelnd, festgestellt, bevor er laut fluchte und sich mit der linken Faust in die rechte Handfläche hieb, während er sich durch die Menschenmenge näher an den Stand des Schuhflickers durcharbeitete, um das frisch genähte Leder genauer betrachten zu können.

Wenn es sich dabei auch noch um einen rechten Schuh handelt, weiß ich ganz gewiss, dass ich anstatt dem älteren Blaufärbersohn dem größeren Sohn des Kastellans einen Schuh abgestreift habe, als die beiden durch ein Loch in der Kirchhofmauer geflohen sind. Dann hege ich nicht mehr den geringsten Zweifel daran, dass ich die falschen Knaben zum Schweigen gebracht habe, reimte er sich fahrig zusammen und fluchte wieder laut: »Verdammte Scheiße! So ein Mist aber auch!«

~~~

In seinem Zorn schlug der übel aussehende, der bärtige Geselle mit seiner Augenklappe, so fest an eine der Befestigungsstangen des ihm am nächsten stehenden Marktstandes, dass das lappige Standdach des Knopfmachers in Schieflage geriet. Als der greise Händler mit dem auffallend langen Schnurrbart, der ihm müde zu beiden Seiten des Mundes herunterhing, die hölzerne Stange packen wollte, um ein Zusammenkrachen seines Verkaufsstandes zu verhindern, fiel er damit ungebremst so fest in seine Ware, dass den vorbeilaufenden Marktbesuchern die Knöpfe um die Ohren flogen. Während einige erschrocken zur Seite sprangen, begannen die meisten Männer, lauthals zu lachen. Ihre raffgierigen Frauen nutzten derweil die Gelegenheit, um hastig die auf dem Boden verstreuten Hirschhornknöpfe einzusammeln. Dabei hatten sie das Glück, den völlig aufgelösten Händler so mit sich selbst beschäftigt zu sehen, dass dieser davon kaum etwas mitbekam. Ungeachtet dessen, sollte er noch ganz andere Probleme bekommen. Beim Fallen riss der zittrige Mann alles mit sich, was er vor gut einer Stunde mühsam allein aufgebaut hatte, während seine junge Frau das Geschäft auf ihre Art angekurbelt hatte. So zog er ungewollt auch den Stoffverschlag, den er extra hierzu hinter seinem Stand angebracht hatte, von den Haltestangen und sorgte somit dafür, dass nun der komplette Marktstand in sich zusammenbrach.

Die stehen gebliebenen Marktbesucher hatten sich jetzt allesamt vom Stand des Schuhflickers abgewandt und blickten gespannt auf den Stoffverhau, der sich wie durch Geisterhände zu bewegen schien. Sie wunderten sich über das wüste Weibergekeife, das darunter zu hören war und von einem lauten Männergefluche begleitet wurde. Ihnen war klar, dass sich in der Stoffplane jemand verheddert haben musste und sich daraus befreien wollte – aber wer?

Als darunter ein barbusiges, rothaariges, junges Weib hervorkroch, staunten sie nicht schlecht. Da die meisten Männer von ihren Frauen sofort vom Ort des Geschehens weggezerrt wurden und einer aufgrund seines lüsternen Grinsens sogar eine schallende Ohrfeige bekam, war es nur wenigen vergönnt, ihren Fantasien zumindest ein Stückchen freien Lauf zu lassen.

Anstatt sofort ihre beachtenswerte Blöße zu verdecken, zerrte die Frau, die offensichtlich soeben einem Mann ihre Gunst erwiesen hatte, wütend an den Zeltstoffen und gab dadurch den Blick auf den als Hurenbock bekannten örtlichen Fleischer frei. Da der alternde Weiberheld aufgrund seines, gerade in Notzeiten, interessanten Berufes als Einziger des Dorfes selbst so viel Speck hatte ansetzen können, dass er reif für seine eigene Schlachtbank war, bewegte er sich recht ungelenk. So bemühte sich der unansehnliche, aber erfolgreiche Meister seiner Zunft zunächst erfolglos, hastig die Beingewandung hochzuziehen, um seine – angesichts der überaus peinlichen Situation – schnell dahingeschwundene Männlichkeit zu verstecken, obwohl diese selbst in voller Pracht nicht über den feisten Wanst hinausgereicht haben dürfte. Dabei stolperte er über die eigenen Füße und fiel auf den Ehemann der jungen Frau, die offensichtlich eine billig zu bekommende ›Hellerhure‹ war und jetzt – ungeachtet dessen, dass ihre wackelnden Brüste immer noch jeglicher Verhüllung entbehrten – damit begann, ihre Gewandung ›unten herum‹ zurechtzuzupfen. Aufgrund der bewundernden Männerblicke hatte sie es nicht eilig damit, sich auch oben herum zu bedecken. Bestimmt würde sich der eine oder andere Ehemann jetzt Appetit holen und es dem kahlköpfigen Fleischer an einem der nächsten Markttage nachmachen.

Nach der ersten Fassungslosigkeit wussten jetzt alle, was sich die Männer schon seit geraumer Zeit an den Stammtischen zutuschelten: Das rassige Weib des alten Knopfhändlers hatte eine zusätzliche Einnahmequelle, indem sie an den Markttagen zahlungskräftiger Kundschaft für kleines Geld ihren strammen Körper anbot, während ihr verhutzelter Mann vorne Hornknöpfe verscherbelte.

»Du solltest dir das Gehörn auf den Kopf setzen, anstatt Knöpfe daraus zu machen«, rief einer der Umstehenden. Er löste dadurch ebenso allgemeines Gelächter aus wie eine Frau, die, mahnend auf den flüchtenden Fleischer zeigend, rief: »Seht doch! Dort rennt ein Mann, der nicht nur Sauen schlachtet, sondern auch noch aussieht wie ein Schwein und sogar selber eines ist!«

~~~

Von alledem bekam Konstanze nicht viel mit. Sie hörte zwar den Krach und das Gelächter, konzentrierte sich aber immer noch auf den Schuhflicker. Sie hatte das Muster direkt neben den neuen Schuh gestellt und begutachtete das Werk des Lederers nun schon ein ganzes Weilchen mit kritischem Blick, was den Meister in unruhiges Erstaunen versetzte.

»Habe ich keine ordentliche Arbeit abgeliefert?«, fragte er verunsichert.

Konstanze drehte das Teil nach allen Seiten und stellte es immer wieder neben das Muster, während sich ihre Miene zu verfinstern schien und sie zunehmend mit dem Kopf zu schütteln begann. »Nein, guter Mann. Dieser Schuh gefällt mir nicht. Das Leder ist nicht identisch und er ist etwas zu klein geraten. Ich nehme ihn nicht!« Mit einem wütenden Gesichtsausdruck knallte sie das kunstvoll zusammengenähte Lederteil auf den Tresen und wandte sich ab.

»Gottverdammtes Weib«, rutschte es dem Schuhflicker, ungeachtet der honorigen Kundschaft, ungewollt heraus. »Entschuldigt, edle Frau, aber ich habe mich redlich bemüht, einen Schuh herzustellen, der wie ein Ei dem anderen gleicht«, versuchte er, das zuvor Gesagte zu relativieren.

Als Konstanze keine Reaktion zeigte, wusste er nicht mehr, wie er sich verhalten sollte, zog es aber vor, sich nicht zu weit hinauszulehnen und stattdessen seine Kundin an deren Ehre zu packen: »Und Ihr haltet es für richtig, mich für meine hervorragende Arbeit zum Gespött der Leute zu machen, anstatt mich für den erteilten Auftrag ordentlich zu entlohnen?«

Konstanze blieb noch einige Augenblicke lang, dem Stand des Schuhflickers abgewandt, stehen, bevor sie hellauf zu lachen begann.

»Auge um Auge«, rief sie ihm zu, während sie wieder zu seinem Marktstand zurückging. »Ich verzeihe Euch Euren Scherz … und Eure anmaßende Art, Euch auszudrücken. Wenn auch Ihr mir meinen Scherz verzeiht, können wir ins Geschäft kommen!«

Der Schuhflicker schnaufte erleichtert aus, als ihm Konstanze lachend die Hand zum Frieden reichte. Während sie anstandslos den geforderten Preis bezahlte ohne zu feilschen, lobte sie den Meister für seine achtbare Arbeit, bevor er dies selber tun konnte. Sie bemerkte dabei, dass er nicht nur ein gewöhnlicher Lederer, sondern fürwahr ein Könner seines Fachs sei.

Diese Lobeshymnen bekam auch der ›Pater‹, der sich vom Tumult am Stand des Knopfmachers kaum hatte ablenken lassen, mit. Er hatte jetzt eine Mordswut im Bauch und begann laut zu fluchen. Da Konstanze damit beschäftigt war, ihren Geldbeutel hervorzukramen, bekam sie das nicht mit – hätte sie dies, wäre es ihr wohl egal gewesen. Als das Geschäft mit dem Schuhflicker abgewickelt war und sie sich wieder auf die Sorge um ihren Jüngsten besann, blickte sie sich ängstlich nach dem Totengräber um. Aufgrund der kleinen Witzelei mit dem Schuhflicker hatte sie für ein paar Augenblicke vergessen, dass Ruland Berging eigentlich nichts von den Schuhen mitbekommen sollte. Da er sich sofort verzogen hatte, als der Stand des Knopfmachers in sich zusammengebrochen war, konnte sie ihn jetzt nirgends mehr sehen. Und da Diederich die ganze Zeit über brav an ihrem Rockzipfel gehangen hatte, schlenderte sie jetzt – ihn fest an die Hand nehmend – von einem zum anderen Marktstand.

Es dauerte nicht lange und sie traf die mildtätige Schwester Bonifatia, die dem Franziskanerinnenorden angehörte und die sie schon lange nicht mehr gesehen hatte. Die Krankenschwester leitete das Siechenhaus nahe Genhofen und war an diesem sonnigen Tag nach Staufen gekommen, um den Mann zu suchen, den sie vor einiger Zeit gepflegt und dessen verloren gegangenes Pferd sie gefunden hatte. Außerdem hatte auch sie sehnsüchtig auf den Markttag gewartet, um endlich wieder einmal einkaufen zu können. Sie benötigte vom Leinenweber dringend etliche ungefähr zehn Fuß lange Leinenbahnen, aus denen sie für eine längere Zeit ausreichend Verbandsmaterial würde zurechtreißen können. Konstanze kannte die Franziskanerin eigentlich nur von früheren Marktbesuchen her und hatte – abgesehen von einigen Schwätzchen – bisher keinen engeren Kontakt zu ihr. Nachdem sich die beiden begrüßt hatten, unterhielten sie sich ein wenig.

»Was ist los mit Euch, ehrwürdige Schwester?«, fragte Konstanze, die schnell gemerkt hatte, dass ihre Gesprächspartnerin trotz des schönen Wetters und des fröhlichen Markttreibens heute nicht besonders gut aufgelegt zu sein schien. »Euch bedrückt doch etwas?«, ließ sie nicht locker und beharrte auf einer Antwort.

»Ach, werte Frau Dreyling von Wagrain. Die Schwester Oberin hat mich in unser Mutterhaus nach Dillingen zurückbeordert.«

»Heißt das, dass Ihr das Siechenhaus in Genhofen verlassen und in die Universitätsstadt an der Donau zurückkehren müsst?«

Die Schwester seufzte, während sie nickend eine knappe Antwort gab.

»Aber Ihr wollt lieber hier im Allgäu bleiben ..., stimmt's?«, hakte Konstanze nach.

Wieder kam nur ein knappes »Ja«, dem aber, nachdem die ebenfalls großgewachsene Ordensfrau das gesenkte Haupt erhoben und sich den Schleier zurechtgerückt hatte, eine Erklärung folgte: »Während der drei Jahre, die ich jetzt in Genhofen bin, habe ich mich an die ›sterrgrindigen‹ Allgäuer gewöhnt«, sagte sie und ließ jetzt sogar ein kurzes Lächeln zu, bevor sie zu schimpfen begann. »Außerdem braucht man mich hier …, obwohl ich es zunehmend mit Simulanten zu tun habe, die nur ins Siechenhaus kommen, um eine kostenlose Unterkunft und warme Mahlzeiten zu erhalten. Es scheint sich nicht nur allseits herumgesprochen zu haben, dass es bei mir stets für jeden – ob Schmarotzer oder nicht – etwas gibt. Leider hat die Schwester Oberin auch schon davon gehört und sieht deswegen keine weitere Notwendigkeit für die Aufrechterhaltung des Siechenhauses. Wenn ich also im Allgäu bleiben und gleichzeitig meinem Orden treu bleiben möchte, muss ich hier eine neue Arbeit finden, die der Mutter Oberin …«, bevor sie den Satz zu Ende sprach, senkte sie demütig das Haupt, »und Gott gefällt.«

Die Schwester überlegte, ob sie der Frau des Kastellans erzählen sollte, dass sie ein Pferd mit sich führte, das Wegelagerer einem ihrer Patienten auf dem Hahnschenkel abgenommen hatten, als dieser auf dem Rückweg von Hopfen war, einem kleinen Weiler etwas abseits der Salzstraße, die, von Hall in Tirol kommend, an den Bodensee führte. Das Tier war dann wohl, einem inneren Instinkt folgend, geflüchtet und dem vermeintlichen Besitzer bis zum Siechenhaus gefolgt. Dass es sich dabei um den Schimmel des Totengräbers und bei ihrem Patienten um den zwischenzeitlich erhängten Staufner Medicus gehandelt hatte, wusste sie ebenso wenig wie die Tatsache, dass der Medicus damals in Hopfen war, um bei Til, dem kauzigen Kräutermann, der dort eine fast unüberschaubare Kräuterplantage bewirtschaftete, die giftigen Blätter, Knollen und Stängel zu erwerben, mit deren Hilfe er fast halb Staufen ausgelöscht hatte. Aber die Schwester ließ dies und erzählte der Frau des Kastellans von ihrer Arbeit. Während sie sprach, überlegte Konstanze, wie sie ihr helfen könnte. Da sie von ihrem Mann wusste, dass der Propst dringend einen Spitalleiter bräuchte, aber offensichtlich keinen bekommen hatte, fragte sie die Schwester unumwunden, ob sie es sich vorstellen könne, dem Orden gegenüber ungehorsam zu werden und hier in Staufen die Leitung des Spitals zu übernehmen.

Die Augen der barmherzigen Schwester begannen zu leuchten. »Aber ...?«

Konstanze hielt ihr mit dem Zeigefinger so sanft den Mund zu, als wenn sie schon viele Jahre bestens vertraut miteinander wären. »Sagt jetzt nichts! Ich habe nur meine Gedanken laut werden lassen und kann Euch noch nichts versprechen. Ich muss erst mit meinem Mann darüber reden, der wiederum mit Propst Glatt, unserem Euch bestens bekannten Pfarrherrn, über die Sache sprechen muss. Außerdem solltet Ihr erst klären, was Eure Mutter Oberin mit dem Siechenhaus zu tun gedenkt, nachdem sie Euch von dort abgezogen hat. Ich gehe davon aus, dass die Anstalt nicht geschlossen und dort weiterhin karitativ gearbeitet wird.«

Schwester Bonifatia zog die Mundwinkel nach unten, die Augenbrauen nach oben und zuckte mit den Schultern, was wohl so viel heißen sollte, dass sie keine Antwort darauf habe.

Konstanze erzählte der Schwester in groben Zügen, warum es in Staufen zurzeit keinen Medicus gab. So musste sie unweigerlich über die unrühmliche Geschichte des verbrecherischen Arztes Heinrich Schwartz, der am Galgen sein Ende gefunden hatte, berichten.

Da sich die Schwester bisher intensiv um die Kranken, Verletzten und Lahmen in Genhofen hatte kümmern müssen und das Siechenhaus nicht hatte verlassen können, hatte sie von den Ereignissen in Staufen nicht alles haarklein mitbekommen. Ihr war lediglich zugetragen worden, dass in Staufen ›jemand‹ hingerichtet worden sei. Um wen es sich dabei gehandelt hatte und weshalb er zum Tode verurteilt worden war, hatte sie zwar nicht in Erfahrung bringen können, aber dennoch für ihn gebetet.

Als sie Konstanze so sprechen hörte, wurde ihr klar, dass es sich nur um denjenigen Mann handeln konnte, den sie vor geraumer Zeit gesund gepflegt hatte, nachdem dieser von einem barmherzigen Fuhrmann schwerverletzt vor die Tür des Siechenhauses gelegt worden war. Um ganz sicher zu sein, bat sie die Frau des Kastellans, ihr doch den Unglückseligen näher zu beschreiben. Nach deren genauer Beschreibung wusste sie zweifelsfrei, dass es sich bei dem Gehenkten um einen ihrer ehemaligen Patienten handelte, der – obwohl er zu seinem eigenen Schutz kein Wort gesprochen hatte – ihr das Gefühl gegeben hatte, ein Apotheker oder ein Medicus, mindestens aber ein heilkundiger Bader zu sein. Dass er der Medicus von Staufen war, hatte er ihr wohlweislich verschwiegen.

Aus einem unguten Gefühl heraus riss sich die Schwester zusammen und bekreuzigte sich auch nicht, als ihr klar wurde, wer ihr Patient gewesen war, sondern versprach dem Herrgott im Stillen ein zusätzliches Gebet für den Hingerichteten. Sie beschloss, weiter für sich zu behalten, dass sie den Medicus persönlich gekannt und sein Pferd dabeihatte, um es ihm zurückzubringen. Sie war jetzt etwas verunsichert und wusste nicht, wie sie sich verhalten und was sie mit dem edlen Ross anfangen sollte. Da am Pferd überall Blut geklebt hatte, das Tier selbst aber unverletzt gewesen war, als sie es auf der Wiese bei der Siechenkapelle gefunden hatte, und da am Sattelzeug einige Kräutersäckchen gehangen hatten, war ihr bewusst geworden, dass es sich nur um das Pferd dieses Patienten handeln konnte. Was sollte sie jetzt also tun, da der Besitzer des schönen Schimmels tot war? Sollte sie ihn einfach behalten? Ein Blick zum Himmel gab ihr schnell die Antwort. Sie würde – weswegen sie das Pferd mitgebracht hatte – mit Propst Glatt darüber sprechen und ihn fragen, was damit geschehen sollte.

Nachdem Schwester Bonifatia ihre Einkäufe getätigt hatte, schleppte sie einen Leinenballen, einen Korb mit Gemüse und ein kleines Fässchen Schnaps, aus dem sie einen Arnikasud zur Behandlung von Wunden ansetzen wollte, in Richtung des Pferdes, das, ebenso wie das mitgebrachte *Saumtier*, geduldig auf sie gewartet hatte. Da sie die Verantwortung für dieses schöne Geschöpf Gottes übernommen hatte und sich zudem denken konnte, dass es sich um ein besonders wertvolles Pferd handelte, hatte sie es zusammen mit ihrem Lasttier hinter einem Stadel versteckt und angebunden, bevor sie auf den Markt gegangen war.

Jetzt belud sie es, zurrte alles gut fest und führte beide Tiere in Richtung Propstei, in der Hoffnung, dass Johannes Glatt, der eigensinnige Pfarrherr von St. Petrus und Paulus, ihr weiterhelfen würde.

Sie war noch nicht weit gekommen, als hinter ihr jemand aufgeregt schrie und sie zum Halten aufforderte. Nachdem sie sich umgedreht hatte, sah sie eine Gestalt in schwarzer Gewandung, die, offensichtlich erregt, auf sie zueilte.

»Wartet! Wartet, ehrwürdige Schwester«, rief der Totengräber, während er schnaufend näher kam.

»Was ist los?«, fragte sie erstaunt. »Gott zum Gruße erst einmal!«

»Ja, ja ...« Da Ruland Berging Gott nicht gerne bemühte, räusperte er sich angesichts der Nonne fast etwas verlegen. »Seid gegrüßt«, beeilte er sich zu sagen, um sofort zum Thema zu kommen, »das ist mein Andalusier! Mein Pferd! ... Endlich habe ich dich wieder.« Er konnte sein Glück kaum fassen.

Während er das unruhig schnaubende Tier aufgeregt tätschelte und das Sattelzeug auf Unversehrtheit untersuchte, fragte die Schwester irritiert, wer er denn sei und wie er darauf komme, dass es sich bei diesem Schimmel um sein Pferd handelte.

»Das kann ich Euch sagen ... und zudem unschwer beweisen«, triumphierte der Totengräber, der es selbst kaum glauben konnte, dass er ›sein‹ Pferd, von ihm vor langer Zeit in Immenstadt einem venezianischen Kaufmann gestohlen, wiedergefunden hatte. Er zeigte auf die Mähne des edlen Tieres und sagte in wissendem Tonfall: »Darunter verbirgt sich etwas, das nur der Besitzer dieses schönen Tieres wissen kann! Glaubt Ihr mir, dass es meines ist, wenn sich hinter dieser dicken Mähne das zeigt, was ich Euch zuvor sagen werde?«

Die Schwester zuckte perplex mit den Schultern und nickte. »Ja! Aber nun macht schon und klärt mich auf.«

Bevor der Totengräber die Pferdemähne zur Seite strich, sagte er: »Es befindet sich ein dunkler Fleck darunter, der fast die Form eines auf den Kopf gestellten Kreuzes hat. Glaubt Ihr mir dann?«

Die Schwester nickte auffordernd und deutete ihm mit einer Handbewegung, den Beweis anzutreten.

Als klar war, dass der Totengräber dieses Pferd zumindest gut kannte, ließ sie sich noch haarklein erzählen, warum es dann dem Medicus abhandengekommen war, als dieser auf dem Hahnschenkel überfallen worden war. Da der Totengräber, ohne zu überlegen, das genaue Datum wusste, an dem er dem Medicus sein Pferd geliehen hatte, und gestenreich erklärte, dass er dem Bitten und Betteln des verzweifelten Arztes zu Gefallen des Schöpfers nachgegeben und ihm sein Pferd nur geborgt hatte, weil der Medicus dringend benötigte Heilkräuter besorgen wollte, glaubte ihm die Schwester – immerhin deckte sich seine Aussage mit dem Datum, an dem der Medicus vor ihrer Tür gelegen und was sie mit ihm selbst erlebt hatte. Warum auch sollte sie an seinen Worten zweifeln, da er doch auch noch kundtat, dass er in seiner Eigenschaft als Leichenbestatter in Diensten des Propstes, quasi also in Diensten der Mutter Kirche, stand?

So übergab sie ihm vertrauensvoll die Zügel. Sie streichelte das Pferd noch einmal, bevor sie sich mit ihrem Packesel in Richtung Siechenhaus zurück aufmachte.

Der Totengräber sprengte an ihr vorbei. Bevor man ihn wieder mit diesem edlen Ross sehen würde, wollte er es verstecken. Er preschte auf direktem Wege zum Moosmannbauern, in dessen Stall er sein Pferd sicher wähnte. Er hatte sich schon lange Gedanken darüber gemacht, wo er das stolze Ross unterstellen würde, falls er es wieder zurückbekommen sollte. Bei Babtist Vögel, dem derben Schmied, dessen Stallungen mitten im Dorf lagen, war es zu gefährlich; dort könnte der auffällige Schimmel entdeckt werden. Im Moosmann'schen Stall hingegen dürfte es vor neugierigen Augen sicher sein. Der Hof lag außerhalb des Dorfes, auf halbem Weg zur quer verlaufenden Salzstraße, von wo aus er – sollte dies nötig sein – Staufen jederzeit ungesehen verlassen konnte. Dorthin kamen nur selten Einheimische, und wenn doch, dann zogen sie nur vorbei oder wurden – falls sie zu neugierig waren – vom als gewalttätig bekannten Landwirt verjagt. Der Totengräber würde den Bauern gut dafür entlohnen, dass er das Pferd fütterte und pflegte … und so lange vor allzu interessierten Gaffern versteckt hielt, bis er es brauchen würde.

Kapitel 2

»Weshalb hast du mich zu dir bestellt? Und warum musste ich alles stehen und liegen lassen, um sofort kommen zu können? Waren wir nicht auf morgen verabredet, um darüber zu sprechen, wie es mit dem Spital weitergehen soll?«, fragte der Kastellan den Propst in mürrischem Ton. Er war aufgrund seiner vielen Arbeit im Wald nicht gerade begeistert über den kurzfristig anberaumten Gesprächstermin. Dass der Kirchenmann wissend lächelte, aber nicht gleich zur Sache kam, weil er es spannend machen wollte, trug nicht gerade zur Verbesserung seiner Laune bei. Er schaute den kirchlichen Würdenträger so lange scharf an, bis dieser eine wichtigtuerische Miene aufsetzte und endlich den Mund aufmachte. »Obwohl es von äußerster Dringlichkeit ist, geht es heute weder um das Spital noch um einen neuen Medicus.«

»Um was dann?«, knurrte Ulrich Dreyling von Wagrain.

Der Propst rieb sich nachdenklich das Kinn. »Erinnerst du dich noch daran, als du mit Eginhard die Räume des Arztes nach den todbringenden Kräutern und dem ergaunerten Geld durchsucht hast?«

»Natürlich! Aber was soll diese Frage?«

»Erinnerst du dich auch noch an die Durchsuchung des Schrankes in seiner Schlafkammer?«

Der Kastellan wurde jetzt unruhig. »Was meinst du? Was willst du von mir?«

»Erinnerst du dich daran oder nicht?«, wiederholte der Propst seine Frage.

»Verdammt noch mal: Natürlich!«

»Und?«

»Was, ›Und‹?«

»Was habt ihr darin gefunden?«

Ulrich wusste zwar nicht, was der Propst mit seiner lästigen Fragerei bezweckte, war dennoch um eine Antwort bemüht. »Außer der Pestgewandung des Arztes haben wir im Schrank nichts Nennenswertes entdeckt!«

Der Propst schien die Situation zu genießen, von etwas Kenntnis zu haben, von dem sein ansonsten ›allwissender‹ Freund keine Ahnung zu haben schien. »Sicher: Im Schrank selbst war nichts!« Er sah seinen Freund verschmitzt an.

Der Kastellan überlegte wieder kurz: »Meinst du die alten Schriftstücke, die wir im Geheimfach des Möbels gefunden haben?«

Sein priesterlicher Freund lachte laut. »Was bist du doch für ein kluger Bursche. Genau die meine ich!« Jetzt berichtete er, dass er mithilfe eines Mitbruders aus dem Kloster St. Gallen, der dort seinen Dienst als *Scriptoriumsleiter* verrichtete, sämtliche Schriftstücke hatte übersetzen können. Er erzählte, dass darunter einige Erburkunden aus dem Jahre 1519 waren, die das Siegel des Grafen Hugo XVI. von Montfort trugen. »Außerdem befinden sich unter den Schriftstücken äußerst wertvolle Original-Urkunden aus den Jahren 817 und 868, die auf die Entstehung unseres Ortsteiles Kalzhofen hinweisen. Im älteren Schriftstück wird meines Wissens sogar erstmals der Begriff ›pago Albigaugense‹, was auf nichts anderes als ›Gau der Alpen – Alpgau‹, also ›Allgöw‹, hindeutet, verwendet. Diese Vorformen des heutigen Begriffes ›Allgäu‹ stehen für eine Landschaft der Bergweiden.«

»Ja, und?«, knurrte der Kastellan in der Hoffnung auf eine rasche Aufklärung dessen, was der Priester bisher von sich gegeben hatte.

»Gemach, gemach«, bremste Johannes Glatt den Einwurf seines Freundes, weil er dachte, dass er dessen Neugierde geweckt hatte, und fuhr fort. »Das jüngere Schriftstück sagt uns, dass ein Mann namens Chadolt zum Heil seiner Seele dem Kloster des heiligen St. Gallus die Rechte seines Nachlasses übertragen hat.« Dabei strich er andächtig über das Pergament, das er inzwischen hervorgeholt hatte.

»Das ist ja sehr interessant, aber warum erzählst du mir all dies? Ich habe heute noch viel Arbeit und muss schleunigst zu den anderen in den Wald«, nutzte der Kastellan die Denkpause seines heute lästig erscheinenden Freundes.

»Du hast recht. Ich könnte dir noch viel über den restlichen Inhalt dieser Urkunde erzählen, möchte es aber dabei belassen, dich abschließend wissen zu lassen, dass durch dieses Schriftstück dokumentiert ist, dass es unseren Ort seit mindestens 767 Jahren gibt.«

»Fürwahr interessant. Und was machst du jetzt mit diesen wertvollen Dokumenten?«, fragte der Kastellan mit gelangweilt hochgezogenen Augenbrauen.

»Mein geistlicher Bruder erfreute sich so daran, dass ich sie ihm zur Aufbewahrung im Kloster St. Gallen versprochen habe, immerhin kommen sie auch von dort.«

»Aber alles, was sich in Staufen befindet und nicht in Privatbesitz ist – und wer hat schon privates Eigentum von Wert –, gehört dem Grafen«, dozierte der Kastellan mit jetzt streng nach oben gezogenen Auenbrauen.

»Das sehe ich nicht so! Immerhin haben sie sich in einem Schrank befunden, der hier und nicht im Schloss oben steht – und das Propsteigebäude gehört nicht dem Grafen, sondern unserer Amtskirche«, antwortete der katholische Priester schroff. Obwohl er stets gut mit dem Grafen und dem Oberamt zusammengearbeitet hatte, begannen jetzt seine Augen böse zu funkeln.

Es war schon immer so gewesen, dass die weltliche und die kirchliche Herrschaft um Ansehen, Ruhm, Ehre und vor allen Dingen um Besitztümer gebuhlt hatten. Auch wenn nicht die Kirche selbst, sondern Hugo Graf von Montfort 1328 das hiesige Kollegialstift gegründet hatte, stand Propst Glatt den weltlichen Herrschern mit einem gewissen Abstand gegenüber. Als der Graf 1388 daran gegangen war, die Burg Staufen zu vergrößern, hatte es sich die Kirche nicht nehmen lassen, schon ein Jahr später das damals kleine, hölzerne Gotteshaus zu einem stattlichen Steinbau zu erweitern. Die gotische Kirche war damals zudem reich, gleich mit drei Altären, ausgestattet gewesen. Ob nun die kirchliche oder die weltliche Herrschaft dem Größenwahn verfallen war, hatte keine große Rolle gespielt, da die Zeche in jedem Fall das Volk hatte bezahlen müssen.

Auch wenn der Streit zwischen Klerus und Adel nicht mehr offen ausgetragen wurde, schwelte er immer noch im Stillen.

»Entschuldige, Ulrich«, riss sich der Propst selbst aus seinen Gedanken.

»Schon gut, Johannes! Jetzt erzähl mir aber, um was es überhaupt geht. Das war doch sicher noch nicht alles. Sprich endlich! Was möchtest du mir mitteilen?«

Der Priester zupfte seine Soutane zurecht, wandte sich still ab, um zwei Becher und eine Kanne Wein zu holen.

»Haben wir etwas zu feiern?«

»Ja«, kam die unmittelbare Antwort des Kirchenmannes. »Du wirst es nicht glauben, was sich noch für ein Schriftstück im Geheimfach befunden hat. Eine heikle Sache, über die du mit niemandem reden darfst, wenn dir dein Leben lieb ist! Hast du das verstanden, Ulrich? Eine fürwahr gefährliche Sache«, fügte er noch murmelnd hinzu.

Da der Propst wusste, dass er sich auf den Kastellan verlassen konnte, holte er auch dieses Schriftstück hervor und begann zu berichten: »Es war im Jahre …«

In diesem Moment klopfte es an die Tür, und der junge *Kanoniker* Martius Nordheim trat ein. Schlagartig deckte der Propst das Schriftstück zu und wechselte das Thema. Als wenn Ulrich Dreyling von Wagrain erst kurz vor dem Jungpriester den Raum betreten hätte, fragte er seinen Freund laut vernehmbar, was ihn zu ihm geführt habe. Die bereits mit Wein gefüllten Becher könnten verraten, dass der Kastellan doch schon ein Weilchen hier war. Aber dies hatte der plötzlich unruhig gewordene Priester in der Eile nicht bedacht, weswegen er den Kanoniker etwas verstört ansah, was der Kastellan bemerkte.

Geistesgegenwärtig antwortete dieser wahrheitsgemäß, dass es um Schwester Bonifatia, die Leiterin des Leprosenhauses, gehe.

»Störe ich Euer Gespräch?«, fragte der junge Geistliche irritiert und nahm sogleich eine devote Haltung an.

»Im Gegenteil: Es war sowieso nicht so wichtig, was ich dem Kastellan erzählen wollte«, tat der Propst, der beim Geschichtenerzählen schon mal übertreiben konnte, die Frage des Kanonikers ab. »Tretet näher, Kanonikus. Ihr seid doch nicht nur in der Seelsorge, sondern ebenso wie die Euch bestens bekannte Schwester Bonifatia im Umgang mit den verschiedensten Heilweisen vertraut«, stellte der Propst, der die Franziskanerin kannte und wusste, dass sie eine außerordentlich geschickte Krankenschwester war, wieder sachlich geworden, fest.

»Na ja, ein wenig. Allerdings habe ich nicht die scholastische Medizin studiert und verstehe von der Heilkunde bei Weitem nicht so viel wie die ehrwürdige Schwester«, kam es kaum hörbar zurück.

»Aber Ihr versteht etwas davon. Und das ist gut ... Also könntet Ihr unser Spital sogar leiten«, entgegnete der Propst, dem dies genügte und der es durch sein Ablenkungsmanöver geschickt zu verhindern wusste, dass der Jungpriester etwas mitbekam, das ihn nichts anging, und den dieses Wissen zudem noch in Gefahr bringen könnte.

Da das ursprüngliche Thema nicht mehr aufgegriffen werden konnte und es jetzt sowieso schon zu spät war, um noch vor dem Mittagsmahl in den Wald zu gehen, nutzte der Kastellan die Gelegenheit, das eigentlich für morgen anberaumte Gespräch vorzuziehen. Also berichtete er, was ihm seine Frau über ihre Unterhaltung mit Schwester Bonifatia erzählt hatte.

»Um Gottes willen! Ein Weib als Spitalleiterin«, entfuhr es dem Propst in einer Lautstärke, die sämtliche Heilige heraufbeschworen hätte, wenn er nicht sofort innegehalten hätte. Der kluge Kirchenmann hatte erkannt, dass er sich im Ton vergriffen hatte, und relativierte seinen Aufschrei durch eine merklich sanftere Stimmlage: »Du meinst ernsthaft, dass diese Schwester – gehört sie nicht dem Frauenorden der Franziskaner an – unser Spital anstelle meines Kanonikers, also anstelle eines Mannes, leiten könnte?«, fragte er den Kastellan.

»Tu doch nicht so, als wenn du nicht wüsstest, dass sie dem Heiligen Franziskus die Treue geschworen hat. Außerdem weißt du ganz genau, dass sie nicht nur eine hervorragende Krankenschwester ist, sondern zudem bei ihrer Arbeit schon viel Mut bewiesen hat. Warum also sollte sie nicht dazu in der Lage sein, unser verwaistes Spital zu leiten? Du suchst doch schon längere Zeit verzweifelt eine Nachfolge für den Medicus. Und von St. Gallen aus hat man dir zwar die vorher erwähnten Urkunden zurückgeschickt ..., ihre grandiosen Ärzte brauchen sie aber wohl selbst«, fügte der Kastellan schnell noch hinzu, um vom Thema Urkunden, das ihm versehentlich herausgerutscht war, gleich wieder abzulenken und um seinen Freund zu frotzeln.

Bevor der Propst sich empören konnte, fuhr Ulrich fort: »Im Ernst, Johannes, hast du irgendwelche Kunde darüber, wann sie den von dir schon vor langer Zeit angeforderten Medicus endlich schicken oder ob sie überhaupt gewillt sind, einen ihrer wahrscheinlich in St. Gallischem Gebiet selbst benötigten Ärzte zu entbehren und nach Staufen zu entsenden? Immerhin dürften die Zeiten in der Schweiz momentan auch nicht gerade rosig sein, oder?«

»Na ja, es stimmt schon. Hätten sie gleich nach meinem ersten Bittschreiben einen Arzt zu uns nach Staufen geschickt, wäre unserem Medicus – Gott sei ihm gnädig – überhaupt nicht die Möglichkeit gegeben gewesen, so viele Menschen zu …« Der Propst schluckte und blickte den Kastellan mit zornigen Augen an. »Ich darf gar nicht darüber nachsinnen.« Eine unbändige Wut stieg in ihm auf, wenn er nur daran dachte, dass durch den rechtzeitigen Einsatz eines ehrbaren Arztes das sinnlose Sterben im vergangenen Jahr hätte verhindert werden können.

Der Kastellan spürte dies und legte ihm beruhigend eine Hand auf die Schulter. »Johannes! Du kannst nichts für Heinrich Schwartz' scheußliche Kräutermorde … und wir können sie nicht mehr rückgängig machen. Jetzt müssen wir danach trachten, eine vernünftige Gesundheitsversorgung für unsere Staufner aufzubauen, damit wir in Zukunft gewappnet sind. Wer weiß, was noch alles auf uns zukommt … Immerhin befinden wir uns immer noch inmitten des großen Glaubenskrieges!«

Während der Kanoniker vor sich hin nickte, als wenn er die Antwort darauf wüsste, hingen die beiden so lange diesen Gedanken nach, bis der Kastellan wieder das Wort ergriff: »Jedenfalls brauchen wir in Staufen schnellstens jemanden, der sich in der Heilkunde versteht und bereit ist, hier zu wirken. Und dies ist nun einmal nur diese verflixte Krankenschwester! Wenn du einer Frau, die mit ihrem Wissen um die Heilkunde einem studierten Medicus kaum nachsteht, allein schon nicht traust, gib ihr doch diesen offensichtlich talentierten jungen Mann an die Seite!«

Schlagartig hörte der Kanoniker mit seinem immer noch albern aussehenden Kopfnicken auf und schaute plötzlich gar nicht mehr so wissend drein.

Der Propst blickte erst den Kastellan, dann seinen Mitbruder im Herrn verdutzt an. Offensichtlich wussten beide mit dem Vorschlag des Kastellans nicht viel anzufangen.

Aber der Verlauf des weiteren Gespräches zeigte, dass es für das ganze Dorf gut wäre, wenn die erfahrene Krankenschwester mit Hilfe des jungen Geistlichen das Staufner Spital leiten und nicht nur assistieren würde.

»Also gut«, beendete der Kastellan das Gespräch. »Ich werde baldmöglichst nach Genhofen reiten, um mit ihr zu sprechen und in Erfahrung zu bringen, ob sie dieses Amt ernsthaft in Erwägung zieht oder ob es nur ein marktübliches Frauengeschnatter war. Immerhin wird sie womöglich aus ihrem Orden austreten müssen und ist ab diesem Zeitpunkt auf eine Bezahlung durch die hiesige Propstei angewiesen. Du, mein Freund Johannes, gelobst hiermit, dass du sie gleichermaßen entlohnst, wie du es mit dem liederlichen Medicus und zuvor mit dessen beliebtem Vater getan hast.«

Der Propst glaubte, seinen Ohren nicht zu trauen. »Was?«, schrie er entsetzt auf. »Die soll so viel Geld einstecken können wie ein Mann?« An Ulrichs Gesichtsausdruck merkte er aber schnell, dass er zu weit gegangen war, und formulierte deswegen seine Frage um: »Soll die Krankenschwester wirklich so viel verdienen wie ein studierter Medicus?«

»Ja«, kam es kompromisslos zurück. »Wir haben sonst niemanden.«

Obwohl der gestrenge Dienstherr seinen Kanoniker nicht einmal fragte, ob er mit dieser Lösung einverstanden wäre, schien sich der junge Priester überraschend schnell mit diesem Gedanken angefreundet zu haben und sich sogar auf die neue Aufgabe zu freuen. Noch vor Kurzem war er Diakon gewesen. Seit geraumer Zeit war er nun Pfarrer – zwar in einem noch kleineren Dorf als Staufen und zudem mit einem besonders schwierigen Menschenschlag –, aber immerhin. Und jetzt würde er sich auch noch mitverantwortlich um die Leitung einer karitativen Einrichtung kümmern dürfen, anstatt wie bisher tagtäglich den beschwerlichen Weg zur Pfarre Thalkirchdorf auf sich nehmen zu müssen. Mit der dortigen Bevölkerung kam er sowieso nicht besonders gut klar. Die ›Thaler‹, wie die wenigen dort lebenden Menschen bezeichnet wurden, waren von ganz anderem Schlag als die Staufner. Aufgrund der Pest vor sechs Jahren, bei der nur die Bauernfamilie des Georg Köhler überlebt hatte, war der Ort von umherziehenden Menschen aus allen Himmelsrichtungen wiederbevölkert worden, indem sich diese in den verwaisten Häusern und Höfen eingenistet hatten, ohne dafür auch nur einen einzigen Heller bezahlt zu haben. Ein dementsprechend unangenehmes Volk hatte sich zusammengefunden, das von den Staufnern nicht respektiert wurde. Die Staufner kreideten ihnen zudem an, dass sie lieber den weiteren und beschwerlicheren Weg bis nach Immenstadt auf sich nahmen, wenn sie ihre Warenbestände auffüllen wollten, anstatt dies auf dem wesentlich näher gelegenen Staufner Wochenmarkt oder bei den hiesigen Händlern und Handwerkern zu tun.

Der aus Kriegsflüchtlingen und umherstreunenden Söldnern zusammengewürfelte Haufen glaubte immer noch, dass Martius Nordheim ein Mönch war, obwohl er ihnen immer wieder von der Kanzel aus und in persönlichen Gesprächen erklärt hatte, dass Kanoniker eine Zweckgemeinschaft von Weltpriestern und keine Mönche waren. Auch wenn sie die gemeinsamen Einkünfte untereinander aufteilten, hatten sie doch verschiedene Aufgaben, die sie von Propst Glatt übertragen bekamen. Wie alle Kanoniker, lebten auch die vier Staufner Glaubensbrüder nicht in einer klosterähnlichen Gemeinschaft, sondern in einzelnen Kammern im Propsteigebäude.

Martius Nordheim betrachtete die Berufung zum Helfer der Spitalleiterin als einen gewaltigen Aufstieg. Nur allzu gern überließ er die Pfarre St. Johann im Thal einem seiner drei Mitbrüder, die derzeit ihre Dienste in Hinterreute und anderen traurigen Winkeln der Pfarrei verrichteten.

Nachdem alles so weit geklärt war, wollten sie den hervorragenden Schachzug, der durch die weitsichtige Konstanze Dreyling von Wagrain eingeleitet und von ihrem Mann aufgegriffen worden war, begießen. Der Propst holte noch ein Trinkgefäß, um Nordheim einen Schluck Wein einzuschenken. So erhoben sie denn ihre Becher.

»Endlich wieder eine vernünftige medizinische Betreuung in Aussicht«, freute sich der Ortsvorsteher, der Kraft dieses Amtes nicht nur die Verantwortung für das Schloss und deren Bewohner, sondern auch noch unbezahlte Arbeit für ganz Staufen auf sich genommen hatte.

»Ja! Jetzt werden wir bekommen, was wir uns so sehr gewünscht haben«, bekundete auch der Propst seine Freude über den gelungenen Handel, den sie allerdings bisher ohne Schwester Bonifatia gemacht hatten.

»Apropos ›bekommen‹«, unterbrach Ulrich seinen Freund, während er sich mit der flachen Hand so fest auf die Stirn schlug, dass es klatschte. »Fast hätte ich es vergessen: Gestern habe ich ein Sendschreiben von Oberamtmann Speen bekommen, in dem er mir mitteilt, dass unser hochverehrter Graf plant, mit der Gnädigen und einem Teil des Hofstaates von Konstanz nach Immenstadt zurückzukehren!«

»Das ist fürwahr eine frohe Kunde. Aber warum bringt er nicht alle mit … und was ist mit den jungen Herrschaften?«, fragte der Propst.

»Sicher ist es nur die Vorhut, und unser Herr möchte sich vergewissern, dass hier keine Pest wütet, bevor er seine Kinder nachholen lässt.«

»Und wann?«

»Spätestens an *Christi Himmelfahrt* möchte er hier sein.«

»Dann wird er voraussichtlich am Namenstag der mildtätigen Katharina von Siena oder tags darauf, am Namenstag der ehrwürdigen Hildegard von Bingen, eintreffen«, stellte der Propst, der – egal wovon er sprach – immer eine Verbindung zu Heiligen oder anderen namhaften Persönlichkeiten der katholischen Kirche herzustellen pflegte, fest.

»Ja! Du könntest recht haben. Umso wichtiger ist es, dass wir bis dahin die Sache mit dem Spital zum Laufen gebracht haben! Auch wenn es momentan ruhig ist und es bis auf die üblichen Kranken und Verletzten keine ernst zu nehmenden Probleme gibt, wissen wir nicht, wann das Spital wieder benötigt wird. Die Pest ist zwar zur Zeit kein Thema, kann aber jederzeit wieder ausbrechen. Außerdem herrscht immer noch Krieg und es treiben sich auch im Allgäu ständig kaiserliche und schwedische Söldnertruppen herum, die brandschatzen, rauben und morden.«

»Gott bewahre«, schoss es aus dem Propst heraus, der sich sogleich bekreuzigte.

Kapitel 3

DIE KRAFT DER FRÜHLINGSSONNE ließ den meisten Schnee dahinschmelzen und machte sogar aus den hartnäckigsten Eisklumpen immer kleiner werdende schmutzige Gebilde. Auf der Mooswiese unterhalb von Sinswang blühten gelbe Trollblumen, so weit das Auge reichte, und buhlten mit der blauvioletten Krokuswiese auf dem Hündlekopf hoch über dem Konstanzertal. Und auf der entgegengesetzten Seite Staufens legte sich über den *Obergölchenwanger Grat* eine malerische Wolkenfahne. Angenehme Stimmung ergriff von den Menschen, die fest davon überzeugt waren, die schlimmste Zeit hinter sich zu haben, Besitz. Sie hatten die Tragödie mit der vermeintlichen Pest überstanden und konnten jetzt auch noch den Winter endgültig verabschieden.

Viele von ihnen pilgerten immer und immer wieder zum Galgenbihl, um den Rest des Verfalls ihres ehemaligen Peinigers zu verfolgen. Sie genossen es, den Medicus ungestraft anzuspucken und zuzusehen, wie ihn die Krähen mehr und mehr aushöhlten. Einer hatte dem Strangulierten sogar das Hemd heruntergerissen, um den Biestern zu helfen, leichter an ihre Mahlzeit zu kommen. Als aber irgendein nächtlicher Besucher seine Skrupel überwunden und den Strick durchgeschnitten hatte, damit die Reste des Leichnams herunterfallen und Füchse oder verwilderte Hunde den Rest besorgen konnten, war es mit der Gafferei vorbei. Dies hatte auch den Vorteil, dass zumindest dort, wo bald nur noch ein paar Knochen herumlagen, schnell alle Spuren der schrecklichen Zeit und die durch den Medicus geschlagenen Wunden verschwunden waren und langsam vernarben konnten.

Da es auf dem Galgenbihl nichts mehr zu sehen gab, ging jetzt auch niemand mehr dorthin. Nur der Bechtelerbauer kam von Zeit zu Zeit, um den Galgen mitsamt dem Holzpodest auf dessen Funktionalität hin zu kontrollieren, damit er jederzeit für die Vollstreckung eines eventuellen Schnellurteiles einsetzbar wäre. Da diese Fläche von jeher als hoheitlich ausgewiesen war, konnte sie von niemandem bewirtschaftet werden. Lediglich Bechtelers Schafe durften darauf grasen. Der Bauer musste sich sogar verpflichten, dass der Galgenbihl zum Zwecke von Hinrichtungen stets sauber abgegrast war. Und dafür bekam er auch noch Geld vom Immenstädter Oberamt. Da sich dies der ansonsten nicht unbedingt als *ruchig* bekannte Bauer nicht entgehen lassen wollte, war er ganz besonders darauf bedacht, stets einen sauberen Henkersbuckel vorweisen zu können.

Auch wenn sich jetzt niemand mehr für den Medicus und dessen unrühmliches Ende interessierte, hieß dies nicht, dass die Überlebenden ihre toten Angehörigen und Freunde vergessen hatten. Im Gegenteil: Obwohl die Hinterbliebenen den Kirchhof während der ganzen Zeit, als die vermeintliche Pest gewütet hatte und aus Angst vor Ansteckung sogar darüber hinaus, gemieden hatten, konnten sie es jetzt nicht mehr erwarten, bis der Schnee auch im schattigen Kirchhof weggeschmolzen sein würde. Auch wenn niemand wusste, unter welchem Dreckhaufen die eigenen Verstorbenen lagen, hatten sie jetzt das Bedürfnis, ordentliche Gräber herzurichten und Kreuze aufzustellen. Jedenfalls brauchten sie Plätze, an denen sie ihre Toten wähnten, um dort trauern und für sie beten zu können. Den ehemaligen Aushilfstotengräber Fabio, der sämtliche Tote des Jahres 1634 unter die Erde gebracht hatte, konnten sie ja nicht mehr fragen. Aus taktischen Gründen hatte ihn der Kastellan offiziell für tot erklärt.

Obwohl die Menschen bettelarm waren, ließen viele von ihnen in der Kirche Messen für ihre Lieben lesen. Einige von denen, die unerwartet ihr Geld wieder zurückbekommen hatten, drückten dem Propst ein paar Kreuzer in die Hand. Sie hofften, dadurch Gottes Schutz für die Zukunft und Seelenheil für die Verstorbenen erkaufen zu können. Aber es flossen nicht nur kleine Spenden – es taten sich auch große Dinge: Da das kinderlose Ehepaar Karl und Seffa Hagspiel-Mahler die vermeintliche Pest überlebt und kein Familienmitglied zu betrauern hatte, gelobte es, am Fuße des Staufenberges eine kleine Gedenkkapelle zu errichten. »Wenn uns der Herr dann auch noch mit Kindern segnet, werde ich noch härter für die hohen Herrschaften arbeiten, um das nötige Geld für den Kapellenbau zu verdienen«, schrie der wegen seines ungewöhnlichen Berufes als ›Spinner‹ abgestempelte Uhrmacher besonders laut über den Marktplatz, damit es ja alle hören sollten und er von seinem Gelöbnis nicht mehr zurücktreten konnte. Sein lautstarker Schwur führte dazu, dass sich spontan ausreichend Männer dazu bereit erklärten, beim Bau zu *fronen*, um dadurch ihr eigenes Seelenheil zu sichern. Es waren ausnahmslos Familienväter, die keinen einzigen Heller übrig hatten, um eine Messe lesen zu lassen. So hofften sie, auf diese Art den Segen Gottes zu erhalten.

⊷⊶

Das Wetter war so schön, dass sich auch die Blaufärber hinauswagten. In diesem Jahr saßen sie zum ersten Mal auf dem Bänkchen hinter dem Haus und genossen die wohltuende Wärme der Sonnenstrahlen und den Blick zur *Nagelfluhkette*. Sie sprachen über Eginhard, der ihnen am Ende des vergangenen Jahres so großartig geholfen hatte, indem er ihre Erfrierungen behandelt hatte, und dem sie sich zu großem Dank verpflichtet fühlten. Als sie unweigerlich auf ihren eigenen Gesundheitszustand zu sprechen kamen, driftete das Gespräch ungewollt auf ihre beiden verschwundenen Söhne ab. Seufzend schmiegte die Blaufärberin ihr Haupt an die Schulter ihres Mannes, der ihr mit seinen verbliebenen Fingern sanft über die Wange strich. In Gedanken versunken, blieben sie eine ganze Weile wortlos sitzen. Obwohl sie den Rest des Winters nur vors Haus gegangen war, wenn es unbedingt erforderlich erschien, und sie sich nie weit davon entfernt hatte, war auch der Blaufärberin etwas vom Toten im Entenpfuhl zu Ohren gekommen. Niemals wäre sie darauf gekommen, dass es sich dabei um ihren ältesten Sohn Otward handeln könnte. Was hätte er auch vor seiner Abreise nach Dietmannsried an diesem Weiher zu tun gehabt? Und dass es sich bei dem Toten auch nicht um den jüngeren Sohn Didrik gehandelt hatte, war für sie sowieso klar, seit sie erfahren hatte, dass der Tote ein Erwachsener war.

»Lass uns ein Stück laufen. Die morschen Knochen werden es uns danken«, unterbrach der Blaufärber die beklemmende Ruhe. Im Gegensatz zu seiner Frau ahnte er irgendwie, dass der Tote im hüfttiefen Tümpel sein Ältester sein könnte. So schlug er – seine

Frau am Arm – den Weg zum Entenpfuhl ein. Der ebene Weg dorthin war für die beiden die einzige Möglichkeit, in der Nähe ihres Hauses weder bergauf noch bergab laufen zu müssen. Sie spürten jeden einzelnen Schritt und ihre Glieder schmerzten bei jeder Bewegung. Immerhin wären sie im Winter fast erfroren, hatten ein paar Zehen und Finger dem Frost opfern müssen und sich seit der erfolglosen Rückkehr von der Suche nach Otward nur wenig bewegt. Die Vorräte, die ihnen Eginhard gebracht hatte, gingen langsam, aber sicher zur Neige.

»Es ist höchste Zeit, dass wir unter die Lebenden zurückkehren und wieder unsere Arbeit aufnehmen«, sagte der Blaufärber, während er den Arm seiner Frau noch fester in den seinen hakte, um sie besser stützen zu können. »Oben liegen etliche Ballen Leinen, die verarbeitet werden wollen.« Als er dies äußerte, zeigte er zum Dachgeschoss des Färberhauses, an dessen nördlicher Außenseite – wie auf der Südseite – sich ebenfalls Stangen zum Trocknen der gefärbten Stoffbahnen befanden.

Da der Blaufärber seit der Rückkehr aus Dietmannsried noch nicht wieder auf dem Dachboden war, wusste er auch nicht, dass sich dort vor geraumer Zeit Krähen eingenistet gehabt hatten und ein Großteil seiner Ware über und über voller ätzendem Vogelkot war, der sie ziemlich unbrauchbar gemacht hatte.

Die frische Frühlingsluft und die Bewegung taten den beiden gut. Sie hatten einen klaren Blick auf die vertraute Bergkette und erfreuten sich am fröhlichen Gezwitscher der Vögel und am beruhigenden Rauschen der Blätter. Dennoch wurde es dem Blaufärber mulmig, als sie dem Teich näher kamen und er von den sich im Wasser brechenden Lichtstrahlen der Sonne geblendet wurde. Je mehr sie sich dem kleinen Gewässer näherten, umso trüber wurden seine Gedanken.

Auch wenn die Blaufärberin immer noch davon ausging, dass darin keiner ihrer Söhne ums Leben gekommen sein konnte, so war dort doch ein Mensch gestorben. Dies hatte auch sie zunehmend nachdenklich werden lassen. Fast am Tümpel angelangt, blieb sie stehen und faltete ihre geschundenen Hände zum Gebet.

»Bete für mich mit. Ich möchte mir den Teich etwas näher

betrachten«, sagte der Blaufärber ruhig, während er die letzten Schritte zum Wasser allein ging. Kaum am Entenpfuhl angekommen, sah er etwas im Ufergeäst hängen. Neugierig geworden, versicherte er sich, dass seine Frau nicht hersah, bevor er die frisch knospenden Zweige auf die Seite schob, um die Sache zu untersuchen. Er konnte aber nichts Genaues erkennen. Wenn er erfahren wollte, um was es sich handelte, würde er sich weit nach vorne beugen müssen, was er nach einigem Zögern auch tat.

»Verdammter Mist«, schrie er, als er bauchüber in den Teich klatschte. Seine Frau bekam einen Riesenschrecken und wollte ihm zu Hilfe eilen.

»Bleib wo du bist, Gunda«, winkte er beruhigend ab. »Mir ist nichts passiert. Es ist nicht tief. Ich kann hier gut stehen.«

Als er ans rettende Ufer wollte, merkte er, dass ihn der weiche Seegrund festzuhalten versuchte. Er fasste nach unten, um mit Hilfe seiner Hände einen seiner steckengebliebenen Füße aus dem Morast zu ziehen. Plötzlich schrie er laut auf.

»Was ist?«, rief seine verängstigte Frau.

»Ich weiß nicht! Ich muss mich wohl an irgendetwas geritzt haben.«

Tatsächlich blutete seine Hand. Da er immer noch feststeckte, musste er wohl oder übel wieder nach unten greifen. Dieses Mal tastete er sich behutsamer an seinem linken Bein hinunter, um daran ziehen zu können. Dabei berührte er einen festen Gegenstand, den er vorsichtig anfasste und sogleich nach oben hievte.

Er glaubte, vom Blitz getroffen zu werden, als er erkannte, was er da in Händen hielt. Seine Befürchtung hatte sich bestätigt. Kein Zweifel: es war das Arbeitsmesser seines Sohnes Otward, der es bei seiner Abreise nach Dietmannsried zu seinem Schutz mitgenommen haben musste, weil es zu Hause nicht mehr zu finden gewesen war. Der besorgte Vater hatte ihm damals noch davon abgeraten, weil dem gemeinen Volk neben Waffen aller Art auch das Tragen von Messern verboten war, wenn sie nicht unmittelbar für die Arbeit benötigt wurden. Otward hatte nur gemeint, dass er es gut zu verstecken wüsste. Jetzt stand für den Blaufärber fest, dass sein ältester Sohn tot und hier aller Wahrscheinlichkeit nach auch noch einem Gewaltverbrechen zum Opfer gefallen war. Der abgearbeitete Mann hätte aus Wut und Trauer heulen und laut schreien können.

Kaum haben wir den Schmerz über das Verschwinden unserer geliebten Kinder einigermaßen überwunden, kommt die nächste Strafe Gottes, dachte er, während er das Messer sanft streichelnd vom Schlick befreite und einsteckte.

Er überlegte, was zu tun wäre, und beschloss, seiner Frau noch nichts davon zu erzählen.

Ich muss mein Weib schonen. Es würde ihr die letzten Fetzen aus ihrem Herzen reißen, wenn sie wüsste, dass unser geliebter Otward tatsächlich tot und hier – so nahe an seinem Elternhaus – gestorben ist, durchfuhr es ihn immer wieder, während er seine ganze Kraft aufwendete, um seine Beine aus dem Sumpf zu ziehen.

Dabei sah er den Grund, weshalb er überhaupt in den Teich gefallen war: einen Fetzen Stoff, der zweifellos von Otwards Hemd stammte. Er nahm ihn an sich und ließ ihn ebenfalls in seiner triefnassen Tasche verschwinden, um ihn vor seiner Frau zu verstecken. Als er aus dem Wasser stieg, zitterte sie immer noch vor Entsetzen. Es brauchte schon sehr viel Kraft, sich selbst nichts anmerken zu lassen und gleichzeitig die eigene Frau zu beruhigen. Aber dem braven Mann gelang beides bemerkenswert gut. Nass wie er war, nahm er sie in den Arm.

»Es ist wirklich nichts passiert und die Sonne wird mich wärmen. Komm, wir gehen nach Hause und verbinden den kleinen Schnitt, der wohl von einem scharfkantigen Blatt oder von einem Ast herrührt.«

Während des Heimweges kämpfte der Blaufärber mit den Tränen, unterdrückte sie aber, um seine Frau nicht noch mehr zu beunruhigen. Die liebende Gattin merkte dennoch, dass etwas nicht stimmte, und sprach ihn mehrmals darauf an.

»Ach, es sind nur der Schrecken und die Schmerzen, die der Schnitt verursacht hat. Aber halb so schlimm«, lenkte der Blaufärber ab, während er krampfhaft überlegte, was wohl mit Otward geschehen und warum er zu Tode gekommen war.

Da außer einer Person niemand wusste, was damals wirklich passiert war, konnte der Blaufärber auch nicht ahnen, dass sein Sohn der ›Legende des verschollenen Alemannenschatzes‹ zum Opfer gefallen war. Der Totengräber hatte diese alte Geschichte benutzt, um den unwissenden Sohn des Blaufärbers an den Entenpfuhl zu locken. Der Fiesling hatte Otward glaubhaft gemacht, dass der Entenpfuhl früher wesentlich größer gewesen sei – was teilweise sogar stimmte – und im Laufe der Jahrhunderte zunehmend verlandet war. Dadurch wäre der einst versenkte Schatz nicht mehr im Wasser, sondern im Uferbereich. Da er die genaue Stelle wüsste, würden sie nur noch danach graben müssen. Obwohl niemand genau wusste, um welchen Schatz es sich überhaupt handelte und ob es ihn tatsächlich gab, hatten Generationen von Staufnern erfolglos danach gesucht.

Zum Heben der Beute würde er einen Helfer benötigen, den er mit der Hälfte des Schatzes beteiligen würde, hatte der Totengräber den jungen Mann gelockt, der ihm in seiner Verblendung alles geglaubt hatte und immer erpichter auf die Sache geworden war. So war es für Ruland Berging ein Leichtes gewesen, Otward auch noch das Versprechen abzunehmen, niemandem etwas davon zu erzählen. Da sich der etwas einfältige junge Mann an diese Abmachung gehalten hatte, war es dem Totengräber gelungen, am vereinbarten Termin auf den Färbersohn – den er damals noch für denjenigen gehalten hatte, der ihn und den Medicus einst im Kirchhof belauscht hatte – zu warten, um ihn umbringen zu können.

Dass dies alles andere als leicht werden würde, hatte der Totengräber nicht ahnen können. Er hatte geglaubt, dem unliebsamen Mitwisser nur einen Holzpflock über den Schädel ziehen zu müssen, um seine Probleme loszuwerden.

So hatte er gewartet, bis Otward sich von ihm abwenden und nach vorne beugen würde, um die vermeintliche Fundstelle besser betrachten zu können. Aber genau in dem Moment, als der Totengräber hatte zuschlagen wollen, hatte sich sein Opfer umgedreht und den Schlag geistesgegenwärtig abgewehrt. Das Holz hatte zwar noch seinen Kopf getroffen, aber nur eine Platzwunde verursacht. Schlimmer war es dem Arm, mit dem Otward den Schlag abzuwehren versucht hatte, ergangen. Die Wucht war so stark gewesen, dass sie es vermocht hätte, seinen Schädel zu spalten, wenn er dort getroffen

49

worden wäre. Daraufhin hatte sich ein Kampf auf Leben und Tod entsponnen, in dessen Verlauf das linke Auge des Totengräbers dank des Messers, das Otward gerade noch mit seiner gesunden Hand hatte ziehen können, böse zugerichtet worden war. Diese und andere Verletzungen hatten den Totengräber zwar derart entstellt, dass er nach diesem Kampf das Weite hatte suchen müssen, hatten aber dem erst 16-jährigen Otward, der dem Totengräber letztendlich unterlegen gewesen war, nichts genutzt. Der Stärkere hatte gesiegt.

Als alles vorüber war, hatte der Totengräber den besinnungslosen Sohn der Blaufärbers mitsamt seinem Messer in den Teich geworfen und ihn dem Ertrinken überlassen. Er hatte sich dessen Fuhrwerk mit allem, was darauf gewesen war, geschnappt, um noch am selben Tag aus Staufen zu fliehen. Wissend, dass man den Toten früher oder später finden würde, hatte er befürchten müssen, dass seine auffälligen Gesichtsverletzungen mit dessen Tod in Verbindung gebracht werden könnten. Deswegen hatte er sich trotz seiner Schmerzen nicht einmal dem Medicus anvertraut und sich notdürftig selbst verarztet. Da er seinem Kumpan nicht hatte trauen können, hatte er Angst davor gehabt, von ihm erpresst zu werden. So war er bis nach Bühl gefahren, um eine ihm bekannte Herbaria aufzusuchen, die dort in einer eigentümlichen Behausung lebte. Der als Hexe verschrienen Heilerin hatte er einst – als er noch gräflicher Beamter in der Immenstädter Bibliothek gewesen war – einen Gefallen getan und ihr dadurch mehr oder weniger das Leben gerettet. So hatte er gehofft, dass sie ihm dies nun zurückzahlen würde, indem sie seine Wunden behandelte und sein arg zugerichtetes Auge heilte. Und er hatte sich nicht getäuscht. Er war bei ihr bis zur völligen Abheilung seiner Wunden geblieben. Die Alte hatte ihm noch ein Mittelchen mitgegeben, das er täglich auf sein lädiertes Auge schmieren sollte, wenn er es retten wollte.

»Das Auge können wir vielleicht erhalten, aber es werden wüste Narben zurückbleiben, auch wenn du es mit der Salbe pfleglich behandelst. Die Narben am Hals und am Mund werden ebenfalls für immer bleiben. Das Beste wird sein, wenn du dir wieder einen Bart wachsen lässt, damit sie niemand sieht«, hatte sie ihm noch mit auf den Weg gegeben.

Der sonnige Tag sollte nicht nur für den Blaufärber ungeahnt Böses bereithalten. Auch sonst war nicht alles so friedlich, wie es aufgrund des schönen Wetters den Anschein hatte. Konstanze, die stets kränkelnde Frau des Kastellans, besuchte Judith Bomberg und hatte ihren Jüngsten dabei. Seit die beiden Frauen zusammen mit ihren Kindern Otwards Leiche im Entenpfuhl entdeckt hatten, waren die manchmal etwas strenge Kastellanin und die eher zart wirkende Jüdin Freundinnen geworden. Obwohl Judith sich mit den schönen Dingen des Lebens nicht so gut auskannte wie ihr Mann, der in jungen Jahren ein Antwerpener Buchdrucker gewesen war, verband sie mit Konstanze die Liebe zur Musik und zur Dichtkunst, was immerhin so viel hieß, dass sie lesen und schreiben konnte – ein Privileg, das sie mit nur wenigen Menschen ihres niederen Standes, und schon gar nicht mit anderen Frauen, teilte. Sie nutzte ihr Wissen, um es an ihre Töchter weiterzugeben. Gerade weil sie Jüdinnen waren, wollte ihnen Judith möglichst viel mit auf den Weg ins nicht immer leichte Leben mitgeben.

Da Lodewig die Gelegenheit nützen wollte, seine Geliebte zu besuchen, fragte er den Vater, ob die ihm aufgetragene Arbeit einen Tag Aufschub dulden würde.

»Na, geh schon«, schmunzelte der Kastellan, »und grüß' Sarah recht herzlich von mir!«

Als die drei im Unterflecken ankamen, sprangen ihnen Judiths Töchter entgegen. Lodewig hielt seine Arme weit auf, um Sarah aufzufangen und durch die Luft zu wirbeln, bevor er sie fest an sich drückte und sie sanft küsste.

»Na, na, na! Nicht in der Öffentlichkeit«, gemahnte Judith die jungen Leute zur Sittsamkeit, während sie sich prüfend nach allen Seiten umsah.

»Entschuldigt, aber es musste einfach sein«, gab Lodewig verschämt zur Antwort.

Da das verliebte Paar allein sein wollte, ging es nicht ganz bis zum Haus mit. »Wir laufen ein Stück den Seelesgraben hinunter«, rief Sarah winkend zurück.

»Gebt auf euch acht«, sprudelte es unisono aus den beiden Frauen heraus, die, darüber lachend, ins Haus gingen.

Ihre Kleinen blieben indes draußen, um zu spielen. Judith vergewisserte sich noch mit einem Blick aus dem Fenster, dass die Kinder in Sichtweite des Hauses waren.

※

Lea warf haufenweise trockenes Laub des letzten Herbstes in den Seelesgraben, ein friedlich dahinfließendes Bächlein, und sah zu, wie es langsam davonschwamm. Sie winkte den Blättern, die sich nach und nach voneinander lösten, fast melancholisch nach. Kaum ein Blatt würde den weiten Weg bis zur Argen schaffen, geschweige denn bis zum Bodensee oder von dort aus weiter. Kein einziges Blatt würde sich im Kehrwasser des Rheinfalles wälzen. Manche Blätter verfingen sich sogar schon hier im Eis, das am Bachrand immer noch nicht ganz weggeschmolzen war.

Diederich versuchte, mit einem Stock die hängengebliebenen Blätter zu lösen, um auch ihnen den Weg ins Ungewisse zu ebnen. Das leise gurgelnde Nass hingegen fand auch unter dem Eis seine Bahn. Je länger die Kinder auf die glitzernde Oberfläche schauten, umso mehr hatten sie das Gefühl, dass das Wasser immer schneller und schneller fließen würde. Bei längerem Hinsehen verlor es seine stoische Gemächlichkeit und bekam etwas Unheimliches. Es hatte fast den Anschein, als wenn es vor der kommenden Bedrohung und der damit einhergehenden blutroten Verfärbung fliehen wollte. Den Kindern war das egal. Sie machten sich keine Gedanken über die Zukunft, die sie sowieso nur ganz am Ende des Baches zu finden glaubten. Dort, wo der letzte Wassertropfen im Erdreich versickerte, war für die beiden die Unendlichkeit des Universums. Und dies musste nach ihrem Stand des Wissens gleich außerhalb des Dorfes sein.

»Komm, Lea«, verleitete Diederich das Mädchen dazu, dem Bachlauf zu folgen, um neben den Blättern herlaufen zu können. Da ihre Blicke konzentriert auf dem Wasser klebten, merkten sie nicht, dass sie sich schon ein ganzes Stück vom Haus entfernt hatten und aufmerksam beobachtet wurden.

Längst waren sie außer Sichtweite von Leas Elternhaus und hatten sogar schon die anderen Häuser hinter sich gelassen. Vor sich sahen sie in der Ferne nur einen kleinen Heustadel und ein Stückchen weiter ein Bauernhaus. Das musste der Platz sein, wo die Welt zu Ende war. Danach war weit und breit keine Behausung mehr zu sehen – nur kleine Waldinseln, einzelne Laubbäume und schier endlose gelbe Sumpfwiesen. Die Kinder wähnten sich allein auf weiter Flur, aber sie irrten: Während sie immer noch dem Bachlauf folgten, schlich sich eine unheimliche Gestalt von Baum zu Baum. Es war nicht schwer zu erraten, um wen es sich handelte. Wie es der Teufel wollte, war der Totengräber zufällig in der Nähe gewesen und hatte die Kleinen beim Spielen gesehen. Seither war ihnen die Unheil versprechende Gestalt auf Schritt und Tritt gefolgt.

Endlich, dachte das Narbengesicht, kann ich die vermurksten Morde an den Blaufärbersöhnen bereinigen und den ersten der beiden wahren Mitwisser meines Gesprächs mit dem Medicus beseitigen. Eigentlich schade, dass auch das Mädchen dran glauben muss. Aber ich kann keine Zeugin gebrauchen – außerdem ist es nur eine Jüdin, lenkte er seine menschenverachtenden Gedanken auf das, was er jetzt zu tun gedachte.

Er blickte sich immer wieder um, ob ihn auch niemand sehen würde, wenn er gleich zur Tat schreiten wollte. Obwohl er schon Otwards Lungen den lebensnotwendigen Sauerstoff versagt hatte und sie stattdessen mit dem Wasser des Entenpfuhls hatte füllen lassen, plante er, auch diese beiden wie einen Wurf junger Katzen zu ersäufen. Da er wusste, dass Otwards Leiche nicht identifiziert werden konnte und verbrannt worden war, machte er sich keine Sorgen darüber, dass die kleinen Wasserleichen mit der großen Leiche vom Entenpfuhl in Verbindung gebracht würden. Es würde so aussehen, als wenn das Mädchen in den kalten Bach gestürzt und der Junge beim Versuch, ihm zu helfen, ebenfalls ertrunken wäre.

Die Kinder konnten nicht ahnen, dass sie zufällig fast den gleichen Weg nahmen wie ein Weilchen zuvor ihre älteren Geschwister. Lodewig und Sarah hatte es auf dem ungefähr 250 Schritte parallel zum Bach verlaufenden Weg Richtung Genhofen zu ihrem geheimen Liebesnest gezogen. Für ihre Schäferstündchen diente ihnen ein Heustadel mit einem weit nach vorne gezogenen Dach. Der zwischendurch auch als Schaf- und Ziegenstall genutzte Stadel lag etwas abseits der Straße und versteckte sich hinter einer buschigen Wildrosenhecke und mehreren Baumgruppen. Fremde Reisende kannten diesen Stadel nicht. Nur die Einheimischen wussten um die ehemalige Wichtigkeit dieses Platzes, weil direkt neben dem windschrägen Holzhäuschen ein über 200 Jahre altes Sühnekreuz stand. Solche Denkmäler zeugten nicht nur hier an der Straße von Staufen nach Genhofen von der Handhabung mittelalterlichen Rechts, sondern auch in Sonthofen, Haldenwang und mindestens zehn weiteren Allgäuer Orten. Dieses Steinkreuz hatte 1423 von einem Mörder namens Suttner, der an dieser Stelle den Bauern Kaspar Moosmann erschlagen hatte, errichtet werden müssen. Diese Art der Sühne für einen Mord oder Totschlag war vom 13. bis zum 16. Jahrhundert durchaus üblich gewesen. Erst als Kaiser Karl V. im Jahre 1533 private Fehden untersagt hatte, waren ordentliche Gerichte anstelle von Sühnestrafen getreten.

»Hoffentlich ist dieses Kreuz kein böses Omen für unsere religionsübergreifende Liebe?«, hatte Lodewig befürchtet, als er mit Sarah zum ersten Mal hierher gekommen war, diese Sorge aber schnell beiseite geschoben, als sie im Heu neben ihm gelegen war.

Er kannte den Heustadel und die Geschichte des steinernen Sühnesymboles seit seiner Kindheit. In strengen Wintern hatte er seinem Vater oftmals helfen müssen, von hier aus Heu für das hungernde Rotwild zu verteilen. Dadurch wusste er auch, dass der Stadel um diese Jahreszeit nicht benötigt wurde und niemand hierher kam. Erst wenn man im Frühsommer wieder Schafe und Geißen austrieb, würde der Stadel den Hirtenbuben und das Vordach den Tieren als Schlechtwetterunterschlupf dienen. Obwohl es der Sonne zwar noch nicht gelang, ihre ganze Kraft zu entfalten, vermochte sie es, den mit *Landern* gedeckten Holzbau etwas zu erwärmen.

Damit sie es sich so richtig gemütlich machen konnten, hatte sich Lodewig von zu Hause schon vor längerer Zeit ein paar Schafwolldecken ausgeliehen.

Jetzt lagen die beiden, durch die Decken geschützt, im weichen Heu und streichelten sich zärtlich. Sie wussten, dass die fleischliche Verbindung keine Selbstverständlichkeit war und die immer noch alte Vorstellung herrschte, dass man dem Körper des anderen Geschlechtes – zumindest in der Öffentlichkeit – mit einem gewissen Abstand gegenüberstehen musste. Von der katholischen Kirche aus war die körperliche Liebe schon seit dem 11. Jahrhundert reglementiert und strikt auf die Ehe beschränkt. Öffentliche Regungen der Herzen und freies Ausleben der Fleischeslust waren deswegen immer noch eine schwere Sünde. Davon, dass viele Kreuzfahrer nur deswegen aufgebrochen waren, um sich wahllos Frauen zu nehmen, wollte die Kirche nichts mehr wissen. Wie schon im Mittelalter, war auch jetzt lediglich ein keuscher Blickwechsel gestattet. Wenn der Funke übergesprungen war, durfte der Verliebte vor aller Ohren einen Seufzer von sich geben, um dadurch der Angebeteten seine Liebe zu zeigen. Wenn er dafür ein – für alle sichtbar – zartes Küsschen bekam, war das schon viel. Dementsprechend waren die beiden Verliebten schon längst über's Ziel hinausgeschossen. Bei Lodewig und Sarah war die Sache von Anfang an etwas anders gelaufen, weswegen beide schon mehrmals von ihren Müttern gerügt worden waren.

Auch weil sie verschiedener Konfessionen waren, fürchteten gerade Sarahs Eltern eine Erregung öffentlichen Ärgernisses, wenn die beiden ihre Liebe zu offenkundig zeigten. Sie waren froh, dass in dieser zarten Verbindung ihr Spross das Mädchen war und nicht umgekehrt. So konnte wenigstens niemand sagen, dass ein lüsterner jüdischer Knabe ein unschuldiges christliches Mädchen verführt hätte. Andererseits würde es sowieso nichts nützen, wenn ihnen jemand Böses unterstellen mochte. Man könnte immer noch behaupten, dass Sarah den keuschen Sohn des katholischen Schlossverwalters verführt hätte, um in dessen ehrbare Familie einheiraten zu können, damit sie an deren Titel und Erbe gelangen würde. In diesem Fall würde man ihr wahrscheinlich auch noch unterstellen, eine Hexe zu sein. Sarahs Mutter durfte gar nicht an so etwas denken.

Auch Propst Glatt war ein Verfechter reiner Liebe, die sich seiner Ansicht nach nur in gleichkonfessioneller Ehe finden konnte.

Der Beichtvater erfuhr immer wieder von Fehltritten, die er – nach außen hin das Beichtgeheimnis wahrend – über Umwege bestrafte, um die Menschen zu christlicher Moral zu bekehren. Er wusste, dass er nicht nur weiße Schäflein hatte und sie trotz Armut und Hunger die Aufwallungen der Herzen und die Abenteuerlust der Körper besser kannten, als sie dies nach Gottes Gebot sollten.

»Die reine Liebe, nicht aber Lust und Verlangen, duldet unser Herr«, pflegte er ganz besonders vor und während der Fasnachtszeit zu predigen.

Während der letzten Fasnacht hätte er sich diese Sprüche allerdings sparen können. Sarah und Lodewig hatten dies sowieso nicht angefochten. Sie liebten sich nicht nur, sie begehrten sich auch. Und da ließen sie sich von niemandem dazwischenreden. So liebten sie sich jetzt gerade so leidenschaftlich, dass Sarahs Schreie über das Tal hallten. Nein, sie wollten sich weder ihre Liebe noch ihre Lust aufeinander nehmen lassen. Außerdem trug Sarah bereits die Frucht ihrer Liebe unter ihrem Herzen. Nachdem sie noch ein Weilchen gekuschelt hatten, versteckten sie die Wolldecken unter dem Heu und machten sich glücklich auf den Heimweg.

※

Der Totengräber wartete immer noch auf eine günstige Gelegenheit, um Diederich und Lea ins Wasser stoßen zu können. Da er allerdings in der Ferne etwas gehört hatte, was er zwar nicht als Lustschrei einer Frau identifizieren konnte, war er dennoch vorsichtiger geworden, als er dies sowieso schon gewesen war. Fast ängstlich blickte er sich nach allen Richtungen um, konnte aber keinerlei Bedrohung für sich und sein Vorhaben ausmachen. Nur noch ein paar Fuß weiter, dann krümmt sich das Gewässer und wird zunehmend breiter und tiefer. Ideal, dachte er und konnte es kaum erwarten, dass die Kinder die ausgewaschene Biegung des Baches erreichen würden.

Angestrengt blickte er sich mit seinem verbliebenen Auge nach allen Richtungen um. Trotz der Voraussage der Bühler Herbaria war das Auge doch nicht geheilt und trübe geworden.

»Nur noch ein Stückchen«, murmelte er in seinen inzwischen

wieder gewachsenen Bart, der fast alle seine hässlichen Narben verdeckte. Lediglich sein schiefes Maul konnte aufmerksamen Beobachtern auffallen, da ihm seit seiner Mundverletzung ständig der Speichel heruntertroff. Aber der Fiesling hatte Mittel und Wege gefunden, nicht nur seine Narben an Hals und Wangen, sondern auch seine Mundverletzung vor allzu neugierigen Blicken zu verstecken. So hatte er sich angewöhnt, niemanden näher an sich heranzulassen als drei Schritte.

Da sich dem Totengräber aufgrund seines Berufes sowieso niemand allzu sehr nähern wollte, hatte er damit auch keine Probleme. Jetzt allerdings musste er sein Gesicht nicht verbergen.

Es wird wohl das Letzte sein, das die Kinder – wie einst der unter dem Galgen stehende Medicus – zu sehen bekommen, dachte er, während er auf Lea und Diederich wartete.

Aber es schien noch zu dauern, bis die Kinder ihre Richtstätte erreichen würden. Sie entdeckten dort, wo sie gerade standen, etwas Interessantes und hielten sich ein ganzes Weilchen an dieser Stelle auf. Dort blieben sie so lange, bis Diederich, dem Bachlauf folgend, zur Bachbiegung zeigte, Lea am Arm packte und sie mitzog.

»Siehst du, Lea? Dort vorne ist ein *Gumpen*!«

»Endlich«, grummelte der aufgeregt nach allen Seiten blickende Totengräber.

»Sie gehen weiter. Nur noch ein paar Schritte, dann …«

Kapitel 4

PROPST GLATT HATTE SO VIELE FRAGEN an seinen Freund Ulrich gehabt, dass sich ihr Gespräch mit dem Kanoniker Martius Nordheim bis in den frühen Nachmittag hinein gezogen hatte.

So lohnte es sich für den Kastellan nicht mehr, seinen Leuten auf den schlosseigenen Kapfberg und in den Wald zu folgen, um ihnen bei der Arbeit zu helfen. Bis dorthin konnte man nicht reiten, und er würde für den Weg zu ihnen mindestens zwei Drittel eines großen Glockenschlages benötigen. Außerdem wusste er nicht, in welchem Teil des Waldes sie gerade arbeiteten, und würde sie erst noch suchen müssen. Dies gelänge ihm zwar durch lautes Rufen, das er zum Schutz der Waldtiere aber vermeiden wollte.

Die wissen, was sie zu tun haben, dachte er gelassen.

Außerdem konnte er sich voll und ganz darauf verlassen, dass sein Knecht Ignaz den ansonsten nicht gerade als übereifrig einzustufenden Rudolph fest im Griff hatte und dafür sorgte, dass die Arbeit gut voranging, obwohl Rudolph mit seiner angestammten Arbeit als Schlosswache schon heillos überfordert war. Deswegen beschloss der Kastellan spontan, die Gelegenheit beim Schopf zu packen und den angebrochenen Nachmittag dafür zu nutzen, um zum Siechenhaus zu reiten. Er wollte Nägel mit Köpfen machen und Schwester Bonifatia noch an diesem Tag den Vorschlag unterbreiten, nach Staufen zu ziehen und als Leiterin des Spitals in die Dienste des Propstes zu treten.

Als er ortsauswärts ritt, sah er keinen einzigen Menschen. Erst ein ganzes Stück vor dem Dorf kamen ihm Sarah und Lodewig, denen es nicht gelang, ihre Hände so schnell voneinander zu lösen, dass es der Vater nicht mehr sah, entgegen. Lächelnd zügelte er sein kohlrabenschwarzes Pferd, das wegen der Farbe seines Felles den Namen ›Rabe‹ trug, und stieg ab, um die beiden zu begrüßen und um sich ein wenig mit den Turteltauben zu unterhalten.

»Wo reitest du hin, Vater?«, lenkte Lodewig ab, während Sarah einen züchtigen Knicks machte.

»Zum Siechenhaus«, antwortete der schmunzelnde Reiter, während er seine Antwort in eine Frage umlenkte. »Und wo kommt ihr her?«

Dem erfahrenen Mann blieb nicht verborgen, dass Lodewig sich zwar um eine Antwort bemühte, aber nicht darauf vorbereitet war und dementsprechend auch nichts herausbrachte. Gleichzeitig liefen auch noch Sarahs Wangen rot an, noch bevor sie verschämt ihren Kopf senken konnte. Um der Situation die Peinlichkeit zu nehmen, schwang sich Lodewigs verständnisvoller Vater gleich wieder aufs Ross und flunkerte lächelnd, dass er es eilig habe und deswegen weiter muss. »Was macht Mutter?«, fragte er beiläufig, als er schon ein paar Fuß entfernt war.

»Sie ist bei Frau Bomberg«, kam die kurze Antwort.

»Und Diederich?«

»Der spielt mit Lea vor unserem Haus«, traute sich jetzt Sarah zu antworten. Wie schon Lodewig in die Familie Bomberg, so hatte auch sie mittlerweile Vertrauen zur Familie Dreyling von Wagrain gewonnen.

Fürwahr ein schönes Paar, dachte der Kastellan, während er, zufrieden winkend, weiterritt.

Sarah und Lodewig sahen sich an und mussten lauthals lachen, während sie – wieder händchenhaltend – heimwärts gingen.

⊷⊶

Ruland Berging wollte gerade hinter seinem Versteck hervorkommen, um sein Vorhaben in die Tat umzusetzen, als er Stimmen hörte. Blitzschnell huschte er zurück, um sich wieder hinter einem Baum zu verstecken. Er blickte in die Richtung, aus der die Wortfetzen drangen. Schemenhaft sah er zwei Leute des Weges kommen.

»Diederich! … Lea«, riefen die beiden und winkten, als sie ihre kleinen Geschwister an der Bachbiegung sahen.

Erst jetzt erkannte der Totengräber, dass es sich um die erwachsenen Geschwister der beiden handelte. Während die Kleinen ihnen freudestrahlend entgegenrannten, kämpfte er mit seiner Wut. »Na ja! Ein anderes Mal. Wenigstens weiß ich jetzt auch, wie der große Bruder des Knaben aussieht«, dachte er still, während er sich dessen Gesicht genau einprägte. »… und was er für eine gutaussehende Maid bei sich hat! Die könnte mir auch gefallen«, stellte er noch fest.

»Oh, mein Gott«, rief Konstanze, als sie hörte, dass die Kirchturmglocke die fünfte Stunde schlug. Da die Sonne erst jetzt langsam unterging, hatten sich die beiden Mütter den ganzen Nachmittag über keine Sorgen um ihre Kinder gemacht.

»Die Kinder«, durchzuckte es auch Judith.

Auch wenn der Nachmittag friedlich und der Plausch angenehm gewesen war, machten sie sich jetzt plötzlich Sorgen um ihre Sprösslinge und stürzten nach draußen.

»Was hat euch denn gestochen?«, fragte Lodewig, der den

Frauen gerade noch ausweichen konnte, als er mit den anderen eintreten wollte.

»Ach, nichts«, erwiderte seine Mutter. »Wir wollten euch gerade rufen, da wir ins Schloss zurück müssen, bevor es zu dunkeln beginnt.«

Kapitel 5

IN IMMENSTADT HERRSCHTE HELLE AUFREGUNG. Weil es sich herumgesprochen hatte, dass der Regent und seine Gemahlin – die Hohenzollernprinzessin Maria Renata – von Konstanz zurückkehren würden, war das ganze Städtchen auf den Beinen. Die einen konnten es kaum erwarten, beim Grafen eine Audienz zu bekommen, weil sie aufgrund der hungrigen Zeiten Angst hatten, ihrer Pfründe oder anderer der sowieso schon dezimierten Annehmlichkeiten ganz verlustig zu werden, und es diese zu sichern galt, wenn sie momentan schon nicht würden ausgeweitet werden können. Andere wiederum wollten sich über weiß der Teufel was alles beschweren. Wieder andere waren während der Abwesenheit des Grafen mit dem Gesetz in Konflikt geraten oder hatten kleinere Dummheiten begangen. Manche hatten sich einfach nur mit dem Oberamt angelegt und brauchten eine Entscheidung von höchster Stelle oder mussten beim Grafen Abbitte für eine Verfehlung leisten. Alle aber hatten eines gemeinsam: Sie suchten nur ihren Vorteil und hofften darauf, dass sich im Städtle wieder etwas rühren und ein Teil des alten Glanzes, der mit bescheidenem Wohlstand einherging, zurückkehren würde.

Oberamtmann Speen hatte mit Hilfe des Stadtammanns Zwick zunächst alle Hände voll zu tun, Leute zu rekrutieren, die alle verstaubten Räume des Schlosses auf Vordermann bringen sollten. Da der Graf fast sein gesamtes Hofgesinde mit nach Konstanz genommen hatte, standen hier von seiner Seite aus kaum Arbeitskräfte zur Verfügung. So musste sich der treue Oberamtmann etwas einfallen lassen. Dabei machte er sich die Eitelkeit der honorigen Bürgerinnen zu Nutze, indem er öffentlich verlautbaren ließ, dass der Graf vier Tage nach seiner Rückkehr ein Fest mit öffentlichem Feuerspiel geben würde, zu dem er auch einige der honorigen Bürgerpaare einzuladen gedächte. Beiläufig tat Speen sein Problem kund, über keine Arbeitskräfte zu verfügen, um das Schloss für den Empfang der gräflichen Familie gebührend herrichten zu können. Schon am nächsten Tag meldeten sich Dutzende Freiwillige. Ja, sie schlugen sich fast darum, für Putzarbeiten im Schloss als würdig erachtet und von Speen genommen zu werden.

Auch wenn sich die wenigsten von ihnen tatsächlich über eine Einladung freuen dürften, so hatten sie jetzt doch die einmalige Gelegenheit, sich im Schloss mehr oder weniger frei bewegen und in aller Ruhe umsehen zu können. Immerhin verfügten sie dann über interne Kenntnisse, die ihnen einmal nützlich sein könnten …, und sei es nur, um Sprüche klopfen zu können. Dies allein war ihnen schon die Mühe wert. Außerdem konnte es nicht schaden, dem Regenten zu Gefallen zu sein.

Wer weiß, wann man ihn persönlich einmal braucht, dachten die Helferinnen, die zwar wussten, dass sie nicht entlohnt würden, dafür aber umso mehr hofften, der Graf würde vom Oberamtmann erfahren, dass sie sich freiwillig am Putzdienst beteiligt hatten.

»Das Schloss muss glänzen! Beeilt euch! Aber macht eure Arbeit gründlich«, schrie der übereifrige Amtsdiener Funk so laut durch die Schlosshalle, dass es in den oberen Sälen nur so hallte. Während Frauen aus den umliegenden Bürgerhäusern damit beschäftigt waren, die von Speen persönlich abgezählten Kerzen in alle Zimmer des herrschaftlichen Wohntraktes zu bringen und mit ihren Töchtern zusammen das inventarisierte Geschirr zu polieren, nahmen deren Mägde die schützenden Leintücher von den Möbeln, staubten ab und putzten, was das Zeug hielt. Die ehrsüchtigen Bürgerinnen spannten auch ihre Söhne ein, damit diese Brennholz für die Küche und den *Majolikaofen* des prächtigen Repräsentationssaales im zweiten Stock organisierten, während die Knechte dorthin schwere Eichentische, Stühle und Anrichten schleppten. Die einen putzen die Stallungen, die anderen trugen *krettenweise* Lebensmittel herbei, während sie dabei von den extra hierfür abgestellten Soldaten nicht aus den Augen gelassen wurden. Zu rar und zu kostbar waren die Fressalien, als dass sie in den Schürzen der, teilweise vermeintlich, arbeitsamen Frauen verschwinden durften. Unter der Fuchtel der ansonsten weniger an Arbeit, sondern mehr an Müßiggang gewohnten Immenstädter Bürgerinnen lief die Sache wie geschmiert.

Damit sich die wertvollen Wohngegenstände und das Geschirr nicht wundersam dezimierten, stellte Speen zusätzlich auch noch einige Beamte ab, die wachsamen Auges durch die hochherrschaftlichen Räume patrouillierten.

~~~

Mittlerweile hatte Ulrich Dreyling von Wagrain erfahren, dass der gräfliche Tross am kommenden Freitag nach der Mitte des Tages den Hahnschenkel überwinden und sich somit ganz in der Nähe Staufens befinden würde. Der Zug wollte aber auf direktem Weg nach Immenstadt weiterreisen und keinen Halt in Staufen machen. Als dies dem Kastellan mitgeteilt wurde, war er enttäuscht darüber, dass sich der Graf in Staufen nicht die Ehre geben würde. Immerhin war sein geliebter Herr schon ewig nicht mehr in seinem Zweitschloss gewesen. Da es nur ein kleiner Abstecher gewesen wäre und es zudem viel zu bereden gäbe, hatten er und der Propst insgeheim doch noch auf den hohen Besuch gehofft. Im Staufner Schloss wäre alles vorbereitet gewesen – auch ohne die Hilfe der hiesigen weiblichen Bevölkerung, die andere Sorgen hatte, als auf eine Einladung des Grafen zu spekulieren.

Obwohl im Schloss auch alles bestens gepflegt war, wenn kein Besuch erwartet wurde, überprüfte Konstanze alle Räume und ließ von ihrer Magd Rosalinde in den herrschaftlichen Gemächern sogar die kleinsten Staubflusen wegwischen.

Da für die seinerzeitige gerichtliche Anhörung des Arztes das gesamte Mobiliar ins *Gelbschwarze Streifenzimmer* umgeräumt hatte werden müssen und die Anordnung von Tischen und Stühlen immer noch so stand wie damals, musste Lodewig dafür sorgen, dass jetzt schnellstens wieder der Urzustand hergestellt wurde. Man hatte damals noch nicht gewusst, ob Fabio zu trauen war, und so hatte der die Innenräume des Schlosses noch nicht betreten und dementsprechend auch nicht beim Umräumen helfen dürfen. Aber mittlerweile hatte er sich nicht nur gut eingelebt, sondern auch prächtig entwickelt. Der ehemalige Aushilfstotengräber packte an, wo man ihn brauchte, und gab allen das Gefühl, ein ehrlicher Kerl zu sein, obwohl er ein ortsbekannter Dieb gewesen war. Im Schloss jedenfalls war der Wuschelkopf mittlerweile wohlgelitten. Also ließ Lodewig sich dieses Mal nicht von Ignaz, sondern von Fabio beim Umräumen helfen. Der Knecht hatte sowieso genug damit zu tun, die Stallungen und den Schlosshof herzurichten. Außerdem war er dafür zuständig, Ratten und Mäuse zu jagen und – wenn möglich – abzumurksen.

»Etwas Gutes hat es ja«, lautete Konstanzes Kommentar, als sie davon erfuhr, dass nun doch keine Gäste kommen würden. Sie hatte sicherheitshalber mehr Lebensmittel besorgen wollen als sonst üblich, aber feststellen müssen, dass dies momentan mangels Angebot nicht möglich war.

Sicher, sie hätte beim letzten Markt den anderen Staufnerinnen alles vor der Nase wegschnappen können. Die Händler hätten sie allesamt bevorzugt behandelt; nicht nur, weil sie die Frau des Kastellans war und ihre Wünsche lautstark äußern konnte, sondern weil sie wohl die Einzige war, die über genügend Geld verfügte. Aber wie wäre sie dann dagestanden? Das bisher einigermaßen harmonische Miteinander wäre ins Bröckeln geraten. So war es ihr letzten Endes doch recht, dass der Besuch nicht kommen würde.

Dem Ortsvorsteher blieb nur noch, die Staufner vom aktuellen Stand der Dinge zu unterrichten. Dabei ließ er nicht verlauten, dass der Graf und die Gnädige ursprünglich nach Staufen kommen wollten, sondern teilte ihnen lediglich mit, dass sie mitsamt ihrem Gefolge an Staufen vorbeireisen würden. Somit kam wenigstens beim Volk keine Enttäuschung, sondern stattdessen große Freude und der Wunsch auf, sich zur *Salzstraße* nach Genhofen zu begeben, um dort dem Grafen und der Gnädigen zujubeln zu können. Schaden kann es wohl kaum, hatte sich der eine oder andere berechnend gesagt. Letztendlich sollten es ganze Heerscharen sein, die so dachten und dorthin pilgerten.

So versammelten sich um die Mittagszeit viele Staufner vor der Kapelle in Genhofen. Da sie nicht genau wussten, wann der Tross kommen würde, mussten sie sich allerdings in Geduld üben. Der Kastellan trat als Ortsvorsteher auf und nutzte die Zeit, um den Leuten ein paar Verhaltensregeln näherzubringen. Er zog zehn Fuß vom Straßenrand entfernt eine symbolische Linie und gebot ihnen, diese nicht zu übertreten.

»Ich verlass' mich auf euch! Blamiert mich nicht und macht der Herrschaft Staufen alle Ehre«, beschwor er die freudig erregt durcheinanderredende Menschenmenge.

Da ihm immer noch der ruchlose Mordanschlag auf Freiherr Georg, den Vater des Grafen, im Gedächtnis saß, hatte er sicherheitshalber den waffen- und kampferfahrenen Siegbert mitgebracht. Die in jeder Hinsicht zuverlässige und gut bewaffnete Schlosswache patrouillierte ständig durch die Menschenmenge, um herauszufinden, ob sich darunter ein Mordbube befinden könnte, der die Gelegenheit nutzen wollte, einen Anschlag auf den Grafen zu verüben. Wäre dies der Fall, würde sie es mit aller Macht zu verhindern wissen.

Die Kapellenuhr schlug jetzt schon zum vierten Mal die volle Stunde, und Siegbert patrouillierte immer noch wachsam auf und ab. Dabei ließ er es sich nicht anmerken, dass er unter seinem Helm und dem schweren Lederkürass schwitzte wie ein Schwein.

Obwohl den meisten das lange Warten nicht unbedingt gefiel, verharrten sie ohne nennenswertes Gemaule. »Typisch Adel!« und andere abfällige Bemerkungen Einzelner konnten die Vorfreude auf das bevorstehende Ereignis nicht trüben. Lediglich der Kastellan war inzwischen nachdenklich geworden und ritt unruhig vor den wartenden Menschen diesen Teil der Salzstraße auf und ab. Seine Gedanken wurden zunehmend trüber. Er machte sich Sorgen, dass etwas Unerwartetes geschehen sein könnte.

»Wenn der Tross am Hahnschenkel überfallen worden wäre, hätten wir es von hier aus hören müssen«, versuchte ihn der Propst, der spürte, was in seinem Freund Ulrich vorging, zu beruhigen.

»Vielleicht haben ihnen aber schon vorher irgendwelche Raubritter die Kehlen durchgeschnitten?«, bekam er vom Kastellan, den jetzt nichts mehr hielt, zur Antwort. Er meldete sich beim Propst ab und gab seinem Pferd die Sporen. Um sich Gewissheit über das Wohlergehen des Grafen und seines Gefolges zu verschaffen, ritt er einmal mehr, jetzt aber noch unruhiger geworden, den Hahnschenkel hoch. Oben angekommen, hielt er eine Hand über die zusammengekniffenen Augen und blickte auf die andere Seite des Buckels, wo er weder eine Menschenseele noch Kampfspuren oder etwas anderes, das auf Unannehmlichkeiten, die der gräfliche Tross gehabt haben könnte, schließen lassen würde, sah. Um bis zur nächsten Erhebung schauen zu können, machte er sich auch noch die Mühe, nach Burkatshofen hinunterzureiten. Nichts! Der Tross des Grafen schien nicht zu kommen. Nachdem der Kastellan eine ganze Zeit lang Ausschau gehalten hatte, ritt er zurück und schlug vor – nachdem er den Staufnern alles berichtet hatte –, noch bis zum nächsten Glockenschlag zu warten und – sollte sich bis dahin nichts rühren – die Aktion abzubrechen. Die fünfte Stunde schlug und es war immer noch niemand zu sehen. Also machten sich die Leute, enttäuscht maulend, auf den Nachhauseweg.

Der Kastellan bat den Propst, zusammen mit Siegbert für einen geordneten Rückzug zu sorgen.

»Und was machst du?«

»Ich habe keine Ruhe und werde unserem Herrn so weit entgegenreiten, bis ich ihn aufgespürt habe …, und wenn ich die halbe Nacht durchreiten muss.«

»Aber du weißt doch nicht, welchen Weg sie am Bodensee unten gewählt haben.«

»Meiner Treu: Du hast recht! … Aber ich muss es riskieren, den falschen Weg zu erwischen. Ach, noch etwas, Johannes: Geh bitte zu Konstanze und überbringe ihr die Botschaft, dass ich später komme und sie sich keine Sorgen zu machen braucht. Sie ist mir immer noch gram, dass ich nach unserem Gespräch in deinen Räumen nicht sofort ins Schloss zurückgeritten bin, um mich für die Verspätung zu entschuldigen. Und dass ich stattdessen direkt zum Siechenhaus aufgebrochen bin, hat sie zusätzlich geärgert ..., obwohl sie überhaupt nicht zu Hause gewesen wäre. Da sie aufgrund ihrer zurückliegenden Krankheit immer noch recht geschwächt ist, wollte ich ihr heute den Weg hierher und zurück nicht zumuten. Sie wird schon sehnsüchtig auf mich warten. Ich danke dir dafür!«

»Ja, ja, die holde Weiblichkeit – ich weiß schon, warum ich ihr entsage«, lästerte der Priester lächelnd, bevor er wieder ernst wurde. »Sei unbesorgt. Ich grüße sie von dir und erkläre ihr die Situation.«

Als der Kastellan davonpreschen wollte, ließ der Propst den Zügel, an dem er sich während des ganzen Gespräches festgehalten hatte, nicht gleich los. »Warte! Der Herr segne dich und die anderen.«

Der tiefgläubige Reiter zeichnete sich mit dem Daumen das kleine Kreuz auf Stirn, Mund und Brust, auf die er zum Eingeständnis von Schuld auch noch klopfte, bevor sein Rabe vom Propst einen Klaps auf die Hinterbacke bekam und er das Pferd in Richtung Weiler lenkte. Gleichzeitig setzten sich die enttäuschten Menschen unter Führung des Propstes in die entgegengesetzte Richtung in Bewegung. Der Seelsorger nützte die Gelegenheit, um aus dem kleinen Ausflug einen Bittgang zu machen: »Beten wir für die gute Rückkehr des Grafen und seiner Begleiter ... und für unseren Ortsvorsteher. Vater unser, der du bist im Himmel ...«
Ein gleichförmiges Gemurmel setzte ein.

Im Schloss Staufen waren längst alle Kerzen ausgeblasen. Die Kinder des Kastellans schliefen selig. Auch Rosalinde, Ignaz, Fabio und Siegbert hatten es sich auf ihren Strohmatratzen gemütlich gemacht. Nur Konstanze saß noch in der Küche und grübelte im matten Schein des ausgehenden Kaminfeuers vor sich hin. Bei dem Gedanken, dass ihrem Mann etwas hätte geschehen sein können, fröstelte sie.

Rudolph schob Wache und kontrollierte gerade das Haupttor. Wenn ich schon vor dem Tor bin, kann ich mich auch schnell erleichtern, dachte er und stellte die Laterne auf den Boden. Als er so vor sich hin pfiff und gelangweilt nach rechts blickte, glaubte er seinen Augen nicht zu trauen. Ein Lichtermeer bewegte sich aus dem Ort heraus den Schlossberg hoch. Obwohl er noch nicht fertig war, beendete er sofort, was er gerade tat, und blies ins Alarmhorn.

Ein Schlossbewohner nach dem anderen kam herausgerannt, um zu sehen, was los war.

»Das darf doch nicht wahr sein! Der Tross des Grafen«, rief Konstanze erschrocken, aber freudig. »… hoffentlich ist Ulrich dabei.«

Obwohl kein Schlossverwalter da war, der Befehle geben konnte, ging jetzt alles ganz schnell. Die eingespielte Mannschaft wusste auch so, was zu tun war. In der Schnelle weniger Augenaufschläge brachten alle ihre Gewandungen in Ordnung, hielten gleich darauf brennende Fackeln, Kerzen oder Holzspäne in den Händen und stellten sich zum Spalier vor dem großen Tor auf. Lodewig rannte schnaufend die Treppen bis zum Giebelfenster des Hauptgebäudes hoch, um die gräfliche Rautenfahne herauszuhängen. Siegbert streifte schnell seine Rüstung über, schnappte sich die Hellebarde und brachte sich zusammen mit Rudolph beeindruckend in Position. Es war jetzt ganz still im Eingangsbereich des Schlosses. Man hörte nur das Klappern von Hufen, ein gelegentliches Schnauben von Pferden und das Gemurmel vieler Menschen.

Der Tross hatte sich bis auf wenige Fuß dem Schlosseingang genähert, als der Graf mit fester Stimme die Stille durchbrach: »Alle Achtung, mein lieber Wagrain! Obwohl Seine Leute nicht wussten, dass Wir kommen, hat Er Uns einen würdigen Empfang bereitet. – Respekt!«

Obwohl dies für den Kastellan nichts besonderes war, zeigte er sich nun doch stolz auf seine Mannschaft … und auf seine geliebte Frau.

»Gott sei Dank«, entfuhr es Konstanze leise in Richtung ihrer Söhne, »Papa ist dabei.« Am liebsten wäre sie ihm entgegengelaufen und um den Hals gefallen, aber sie bewahrte – ihrem hohen Stand gemäß – Contenance.

Da sahen es die meist derberen Untertanen des Grafen schon etwas lockerer: »Hoch lebe unser geliebter Landesherr«, rief einer der Staufner, die sich in beachtlicher Zahl dem Zug angeschlossen und ihn bis zum Schloss begleitet hatten, aus Sicherheitsgründen aber nicht in den Schlosshof durften. Um dies klarzustellen, bauten sich Rudolph und Siegbert unter dem Torbogen auf, spreizten ihre Beine und kreuzten die Hellebarden.

»Ja! Hoch leben Graf Hugo und seine Gemahlin Maria Renata«, erwiderten alle anderen Staufner, um ihrem Herrn zu huldigen.

~⊙~

Im Schlosshof deutete der Graf mit einer Handbewegung, sich aus der ehrerbietigen Verneigung zu erheben. Jetzt war es mit der Ruhe vorbei und alle taten, was ihnen zugedacht war: Ignaz und Fabio nahmen die Zügel der Pferde und führten die Tiere mit Hilfe der gräflichen Wachen in die Stallungen, während sich die erlauchten Herrschaften und Konstanze herzlich begrüßten. »Das also ist der junge Dreyling von Wagrain? Groß ist Er geworden«, lobte der Graf, während er Lodewig die Wange tätschelte. »Und er soll dereinst Unser Schloss verwalten?«, fragte er den Kastellan – »Respekt!«

›Respekt‹ war wohl eines der am meisten gebrauchten Wörter des Grafen, wenn er in Lobesstimmung war.

Hoffentlich reicht das, was ich im Haus habe aus, dachte die für Küche und Keller zuständige Frau des Schlossverwalters, während sie auf dem Weg ins Schlossinnere waren.

»Liebste Konstanze. Ihr müsst Uns sogleich berichten, was sich seit Unserer Abwesenheit in Staufen alles zugetragen hat«, eröffnete die Gräfin das Gespräch, während sie sich altvertraut bei ihr einhakte.

Derweil begrüßte Hugo Graf zu Königsegg-Rothenfels den Propst, der die Gruppe segnete, bevor er seiner Sorge über den langen Verbleib des Trosses Ausdruck verlieh: »Edler Herr! Was hat Euch so lange aufgehalten? Wir waren in großer Sorge um Euch. Wir wollten Euch in …«

»Wir wissen, werter Freund«, unterbrach ihn der Regent. »Als Dreyling von Wagrain zu Uns gestoßen ist, hat er Uns sogleich davon berichtet, dass Uns Unsere Staufner Untertanen bei der Durchreise in Genhofen zujubeln wollten. Eigentlich wollten Wir auf direktem Weg nach Immenstadt weiterziehen. Da Wir aber viel später in Konstanz weggekommen sind als geplant, ist es so spät geworden, dass Wir jetzt doch in Staufen eine nächtliche Rast einlegen.«

»Aber wo sind Eure restlichen Leute, Erlaucht. Ich zähle nur zwei Handvoll. Ist etwas geschehen?«

»Nein, nein! Wo denkt Er hin«, winkte der Graf ab. »Mit Hilfe Unserer Hofheiligen, der barmherzigen Gottesmutter Maria, sind Wir unbeschadet im Allgäu angekommen. Da Wir zwar viele Informationen über marodierende Landsknechthaufen und die Pest erhalten haben, aber dennoch nicht sicher gewusst haben, ob sie endgültig aus Unserem Herrschaftsgebiet gewichen ist, haben Wir Unsere Kinder momentan noch dem sicheren Schutz der Stadt Konstanz überlassen. Sollten Wir Uns davon überzeugen können, dass absolut keine Gefahr mehr droht, lassen Wir die jungen Herrschaften und den Rest des Hofstaates nachkommen. Außerdem haben Wir sie in die Obhut Unseres Bruders Berthold, der, wie Er weiß, Domscholaster und -schatzmeister ist und den Er persönlich kennt, gegeben. Dies dürfte Ihn, einen Diener Gottes, doch erfreuen? Und was die Wachen und Unsere Leibdiener anbelangt, so sind diese die Einzigen, die hier sind. Alle anderen sind auf direktem Wege nach Immenstadt weitergereist. Wir verzichten hier sogar auf den Küchenmeister, den in Immenstadt viel Arbeit erwarten dürfte, da Wir schon in vier Tagen eine kleine Gesellschaft geben möchten, bei der Wir Ihn bitten, zugegen zu sein.«

Ohne dem Propst die Möglichkeit zu geben, sich zu bedanken und zu verneigen, fuhr der Graf, dem Kastellan zugewandt, fort: »Hat Er gehört, dass Wir keinen Küchenmeister dabeihaben? Wir gehen davon aus, dass Uns Seine liebreizende Frau Gemahlin eine Kleinigkeit zubereiten lassen kann, bevor Wir Uns danach sofort in Unsere Gemächer zurückziehen.«

※

Nachdem sie im Gelbschwarzen Streifenzimmer gespeist und sich, entgegen des gräflichen Vorsatzes, stundenlang bei reichlich

Wein unterhalten hatten, wussten die Erlauchten über das, was sich in den letzten Monaten in Staufen ereignet hatte, genauestens Bescheid.

»Wir haben von Speen mehrere Sendschreiben bekommen, in denen er Uns die Situation in Zusammenhang mit der vermeintlichen Pest und den Taten des ruchlosen Arztes geschildert hat. Sehr gerne wären Wir bei der Gerichtsverhandlung persönlich zugegen gewesen. Aber just an diesem Tag kam eine Delegation aus dem österreichischen Feldkirch nach Konstanz, um Verhandlungen mit Uns zu führen, die keinen Aufschub geduldet haben. Aber Wir lassen Uns noch etwas einfallen, um die geschundene Bevölkerung Staufens aufzuheitern. Vielleicht stiften Wir sogar eine Fahne mit Umzug und ein Festmahl für die ledigen Burschen des Dorfes. Was meint Ihr, werter Glatt?«

Mit vorgehaltener Hand fügte er dem Kastellan gegenüber noch leise an: »Die jungen Männer müssen schnell wieder zu Kräften kommen, um für Nachwuchs sorgen zu können, der wiederum die Abgaben an Uns sichert.«

Kapitel 6

IN DEN VERGANGENEN DREI TAGEN war dem gräflichen Zeremonienmeister durch Oberamtmann Speen viel unangenehme Arbeit aufgebürdet worden. Der Lackaffe hatte dafür zu sorgen, dass nicht nur die Untertanen in der Residenzstadt selbst, sondern auch die in den umliegenden kleinen Weilern Akams, Bräunlings, Bühl, Diepolz, Eckarts, Rauhenzell, Werdenstein, Stein und Zaumberg lebenden Menschen allesamt von der Rückkehr ihres Herrn erfahren würden, damit sie sich im Oberamt melden konnten, falls sie triftige Gründe vorzuweisen hatten, um mit ihren Anliegen oder Beschwerden zum Grafen vorgelassen zu werden. Zu den weiter von Immenstadt gelegenen Ortschaften der Grafschaft würde es sich dann schon herumsprechen, dass Seine erlauchte Herrschaft, der Graf zu Königsegg, wieder im Allgäu weilte. Wem eine Audienz gewährt wurde, oblag allein Oberamtmann Speen, der sich von Fall zu Fall mit Stadtammann Zwick absprach. Insgesamt durften es am Tag nicht mehr als vier pro großem Glockenschlag sein. Bis zum Fest sollten also insgesamt nicht mehr als 24 Leute zum Grafen vorgelassen werden.

»Zwei Stunden am Tag für mein geliebtes Volk werden genug sein. Und, dass Er Untertanen verschiedener gesellschaftlicher Ränge auswählt«, hatte der Regent schon am ersten Tag seines Hierseins Speen gegenüber angeordnet. Die restliche Zeit wollte er damit verbringen, sich die wichtigsten offiziellen Berichte seiner Amtsleiter und des Hauptmannes der Stadtgarde, Benedikt von Huldenfeld, anzuhören, wobei auch noch der Stadtpfarrer und ein paar andere Pfaffen dazwischengeschoben werden mussten. Alles andere würde er von den geladenen Gästen bei der mittlerweile fest geplanten Feier erfahren. Die straffe Einteilung des Begrüßungsfestes oblag ebenfalls dem eingebildeten Zeremonienmeister, der zudem auch umsichtig terminieren musste, wenn es um die schnelle Aburteilung kleiner Gauner ging, denen allesamt die Gnade des Herrn widerfahren würde, sofern sie keine Kapitalverbrechen begangen hatten und glaubhaft gelobten, fürderhin gesetzestreu zu leben. Der Graf wollte alles Lästige möglichst schnell hinter sich bringen, um sich nach dem Begrüßungsfest den wirklich wichtigen Aufgaben widmen zu können. So hatte der eine oder andere Halunke das Glück, sogar freigelassen zu werden, obwohl er es verdient hätte, eine gewisse Zeit lang in der Fronfeste über dem Schollentor zu darben, damit er ungestört über seine Verfehlungen nachdenken konnte.

꧁꧂

Endlich war es so weit und dem Zeremonienmeister oblag eine angenehmere Aufgabe: Das vom Grafen gewünschte Fest begann. Während er mit seinem Marschallstab jeweils zweimal auf den Boden klopfte, proklamierte er – ganz nach höfischer Manier – die Namen und Titel oder Berufe und Würden der eintretenden Gäste, unter denen sich Stadtammann und Landrichter Hans Zwick, Stadtpfarrer Conrad Frey und Gardehauptmann Benedikt von Huldenfeld befanden. Selbstverständlich waren auch die umliegenden Adelsgeschlechter – vertreten durch Johann Joachim von Laubenberg zu Rauhenzell, Franz Apronian Pappus von Tratzberg, Hans von Werdenstein und einige Niederadlige – dabei. Es waren auch Vertreter der ehrwürdigen Kaufleute und aller Handwerkszünfte mitsamt ihren ehrsüchtigen Weibern eingeladen. Dazu kamen noch einige der von Oberamtmann Speen zugesagten bürgerlichen Paare aus der Residenzstadt und die kleine Delegation aus der Herrschaft Staufen.

Unter den 63 illustren Gästen befanden sich zwar auch einige besonders angesehene Vertreter verschiedener Zünfte, aber kein Einziger, der die große Masse der Untertanen vertreten würde. So weit ging die für einen Despoten sowieso schon ungewöhnlich enge Beziehung zu seinem Volk nicht, um auch noch Bauern, die sich vermutlich zwar gewaschen hätten, aber dennoch wie die Schweine stinken würden, bei seinem Fest dabeihaben zu wollen.

Ziel dieser hochgräflichen Einladung war es, von verschiedenen Seiten möglichst viel darüber zu erfahren, was sich seit seiner Abwesenheit zugetragen hatte und wie die Stimmung in der Grafschaft war. Obwohl er zuweilen mehrmals das Gleiche zu hören bekam, war Graf Hugo mit der Fülle an Informationen, die er während des Festgelages zwischen allerlei entfleuchenden Leibeswinden zu hören bekam, zumeist hochzufrieden, selten aber mit deren Inhalten.

Das Bankett konnte sich sehen lassen. Dass die Freuden der Tafel zu den ältesten Vergnügen der menschlichen Zivilisation und Kultur gehörten, zeigte sich – obwohl es für das Volk eine brotlose Zeit war – nun auch in Immenstadt.

Es hatte sich als gut erwiesen, dass der Küchenmeister einen Tag vor dem Grafen und der Gnädigen in Immenstadt angekommen war. So hatte er gerade noch ausreichend Zeit gehabt, um den benötigten Mitarbeiterstab zu rekrutieren. Seine Hilfsköche, zwei der Küchenjungen, der *Fürschneider*, der *Truchsess* und der *Mundschenk* hatten auf Befehl des Grafen in Konstanz bleiben müssen, um den ebenfalls dort zurückgebliebenen jungen Herrschaften zu Diensten zu sein. Wenn ihm die Wirte Melchior Renn von der Taverne ›Zum Engel‹ und Franz Linder vom ›Goldenen Lamm‹ nicht mit Personal ausgeholfen hätten, wäre es eng geworden. Da ihm auch kein Einkäufer zur Verfügung gestanden war, weil dieser eines Tages mit dem Geld, das er zum Erwerb von Waren bekommen hatte, auf und davon gegangen war, hatte der Erste Koch des Grafen selbst schauen müssen, wo er die benötigten Lebensmittel herbekam. Ein gewisses Maß Sicherheit gaben ihm die vom Bodensee mitgebrachten Fische, die nach der langen Reise gerade noch frisch genug waren, um sie verarbeiten zu können. Nach dem Kauf am Konstanzer Fischerhafen hatte er sie sofort eingesalzen und gleich bei der Ankunft in Immenstadt in eiskaltes Wasser gelegt, damit sich das Salz auflösen und sich der unangenehme Geruch mit dem Wasser vermischen konnte. »Durch das Braten und Würzen mit frischen Gartenkräutern wird man schon nichts mehr riechen«, hoffte der Küchenmeister einer weiblichen Hilfe gegenüber, die unverhohlen ihre Nase rümpfte.

Da das Angebot der Fleischer in Immenstadt und andernorts gleich null war, konnte er beim besten Willen nicht alles auftreiben, was er für ein 70-Personen-Bankett benötigte. So musste der gräfliche Leibkoch an allen Ecken und Enden improvisieren. Er hatte den Oberamtmann gebeten, den Jägermeister in die gräflichen Jagdreviere hinauszuschicken, um Wild zu erlegen.

Neben einem halben Dutzend Feldhasen hatte er sich entweder einen kapitalen Hirsch gewünscht, mit dessen mächtig gehörntem Kopf er die Tafel dekorieren würde, oder zwei Rehe.

»Wenn's ein *Schwarzkittel* ist, soll's mir auch recht sein«, hatte er dem Oberamtmann noch nachgerufen.

Mehl aufzutreiben, war ein ebenso lösbares Problem, wie es dies bei Kräutern, Milch und Eiern war. Getrocknete Linsen lagerten in einem großen Fass im Keller direkt unter der Schlossküche. »Da werden die hohen Herren wieder furzen«, hatte er laut lachend gelästert.

Da der Graf in Konstanz nur Bodenseeweine getrunken hatte, war der danebenliegende und sorgsam versperrte Weinkeller aufgrund der Abwesenheit des Grafen immer noch voll der besten Weine aus der Mainzer Gegend. Würden die Lagerräume im Keller nicht so versteckt liegen, wären sie längst von den Schweden oder kaiserlichen Haufen entdeckt und ausgeplündert worden. Wahrscheinlich würden sich sogar untreue Beamte des Grafen daran vergangen haben. So aber hatte es der Küchenmeister geschafft, eine grandiose Begrüßungstafel zu dekorieren und die feinsten Spezereien und Getränke aufzufahren.

Nachdem der Graf seinen Gästen Salz und Brot zum Zeichen unverbrüchlicher Gastfreundschaft gereicht hatte, wurden fast alle Kerzen ausgeblasen und die Köche trugen illuminierte Schüsseln, Schalen und Platten auf.

»Im Angesicht allgemeiner Hungersnot zeigt unser Herr seine Macht fast etwas zu prahlerisch«, wisperte der stets auf Sparsamkeit bedachte Oberamtmann seiner Frau ins Ohr.

Gut, dass seine ketzerische Aussage im allgemeinen »Aaah!« unterging. Sie würde ihm wohl Ärger einbringen, wäre sie gehört worden.

Es war beeindruckend, was die Gäste zu sehen bekamen. Allein zum Auftragen des mit Reisig dekorierten Hirsches wurden vier Helfer benötigt. Da es dem Oberjäger und seinen Jagdgehilfen in der Kürze der Zeit tatsächlich gelungen war, einen kapitalen Hirsch zu erlegen, hatte der Küchenmeister sie mit dem *Aufbruch*, den er ihnen heimlich überlassen hatte, belohnt. Aus der Riesenschüssel Kraut ragten Fasanenfedern heraus. Hasen und Hühnchen türmten sich auf einer ovalen Silberplatte, die mit allerlei Kräutern verziert war.

Im Raum befanden sich zwei der gräflichen Jagdhunde, auf deren Rücken man zur Feier des Tages wappenbestickte Überhänge gelegt hatte. Links und rechts des Saaleinganges saßen sogar die beiden Jagdfalken des Grafen, die als Symbole charakteristischer Jagdattribute einer herrschaftlichen Tafel auch etwas abbekamen. Silber, Zinn und Porzellan hoben sich edel vom Weiß der fein umsäumten Tischdecken ab.

Nachdem es auch noch eine süße Pastete gab, musste der ursprünglich aus dem Engadin stammende Küchenmeister mitsamt seinem kompletten Personal antreten, um ein dickes Lob und Applaus in Empfang zu nehmen. Als Zeichen dafür, dass es mundete, wurde an allen Ecken und Enden der großen Tafel ungeniert geschmatzt, gerülpst ... und gefurzt. Zuweilen verbreiteten die Leibeswinde einen äußerst unangenehmen Raumduft.

Es kehrte erst Ruhe ein, als der Zeremonienmeister mit seinem Stab dreimal auf den Steinboden klopfte und ankündigte, dass der Regent etwas zu sagen habe. Der sowieso schon recht feiste Graf vermochte es kaum, sich aus seinem mit rotem Samt bezogenen Sessel zu erheben. Er war zu vollgefressen und überdies hatte er zu viel Wein getrunken. Irgendwie schaffte er es dann doch, sich aus seinem weichen Sitz zu schälen und dabei einen respektgebietenden Eindruck zu erwecken.

»Ehrenwerte Herren!«

Es folgte eine kleine Pause, gefolgt von einer kaum wahrnehmbaren Verneigung des Regenten: »Die Damen! ... Wir möchten die Gelegenheit nützen, um all jenen, die hier in Immenstadt tapfer die Stellung gehalten haben, während ein Großteil der Immenstädter Untertanen feige aufgrund der Pest und der Hungersnot oder vor den lutherischen Söldnern geflohen ist, Unserer Hochachtung zu versichern.«

Dass er selbst das Vorbild zur Stadtflucht abgegeben hatte, weil er sich nach Konstanz abgesetzt hatte, ignorierte der Graf und begründete seine unaufschiebbare Abwesenheit stattdessen mit dringlichen Geschäften, bevor er mit seinen schwülstigen Dankesworten fortfuhr: »Unser besonderer Dank gilt Speen, Zwick, Huldenfeld und Dreyling von Wagrain!«

Mit hastigen Winkbewegungen sprach er weiter: »Erhebt euch und bemüht euch zu Uns. Wir mussten Uns auch aus Unserem gemütlichen Sitz quälen, obwohl es Unser Wanst kaum zuließ«, witzelte er.

Während die Gäste nicht recht wussten, ob sie über diese Selbstironie offen lachen durften, traten vier im Gesicht gepuderte Diener in feinstem Livree zum Grafen und postierten sich links und rechts von ihm. Sie trugen je ein rotes Samtkissen, auf dem etwas, was die sitzenden Gäste nicht erkennen konnten, lag.

Als Fanfarentöne erklangen, erhoben sich alle und warteten gespannt auf das, was jetzt kommen sollte. Der Graf würde auf jeden der vier zuvor Genannten eine Laudatio halten und sich für deren unermüdlichen Einsatz zum Wohle des rothenfelsischen Herrschaftsgebietes bedanken. Dabei würde er jedem der solchermaßen Geehrten auch noch ein allseits vernehmbares ›Respekt!‹ zugestehen.

Er wusste ganz genau, dass er sich diese vier Personen warmhalten musste, da sie es waren, die seit Jahren alles dafür taten, um seine Grafschaft auch in schwierigen Zeiten zusammenzuhalten – insbesondere dann, wenn er selbst abwesend war. Deswegen machte er aus dieser eigentlich unbedeutenden Ehrung ein kleines Ereignis.

Als Erster der vier kam Ulrich Dreyling von Wagrain – der die Ehre genoss, mit dem Regenten auf vertrautem Fuße zu stehen – an die Reihe, weshalb die Laudatio vom Grafen besonders persönlich und herzlich ausfiel. Mit salbungsvollen Worten erklärte er sein Geschenk: »Werter Freund! Er soll als Zeichen Unseres Dankes und Unserer Wertschätzung Ihm gegenüber diese silberne Schaumünze erhalten. Wir hatten das Glück, aufgrund der guten Beziehungen Unseres Bruders Berthold, der – wie alle Anwesenden wissen – Domschatzmeister in Konstanz ist – einige davon erstehen zu können. Es handelt sich zwar um eine Münze, die sich jenseits der monetären Gesichtspunkte bewegt, was so viel heißt, dass es sich dabei um keines der gültigen Zahlungsmittel handelt. Dafür aber ist es eine wertvolle Medaille – ein Regimentsgulden aus dem Jahre 1623, der zum Ruhme und zum Ansehen derer, die in der Konzilsstadt das Regiment führten, in Konstanz geprägt wurde.

Auf dem Avers zeigt er die Konstanzer Stadtansicht mit der Hafeneinfahrt, über der zwei Stadtschilde, ein *Bindenschild* und das *Goldene Vlies* schweben.«

Da der Graf nicht mehr genau wusste, welches Motiv die Rückseite zierte, drehte er die Medaille ungeniert um und betrachtete sie, bevor er in die andere Hand rülpste und fortfuhr: »Auf dem Revers befinden sich ovale Wappenkartuschen mit den fünf Wappen der Mitglieder des Kleinen Konstanzer Rates und den 21 Wappen der Mitglieder des Großen Rates.«

Nachdem er mit der Ehrung seiner vier engsten Vertrauten fertig war, dürstete es ihn wieder und er sagte nur noch: »So, das wäre das! Nun lasst uns weiterfeiern.«

Der Hausherr deutete dem Mundschenk, ihm frischen Wein zu bringen. »Erheben wir unsere Becher, auf dass Unserer Grafschaft trotz des Krieges und vielerlei Seuchen kein weiteres Leid geschieht! Musikanten, spielt auf«, rief der Hausherr, ob des Gelingens seines Begrüßungsfestes gut gelaunt.

Als die Musiker eintraten, ging ein Raunen durch den Saal. Das kleine Orchester wurde vom schmächtigen, erst 19-jährigen Johann Jakob Froberger geleitet. Eigentlich war er ein für sein Alter doch schon recht bekannter Orgelvirtuose, reiste aber lieber von Stadt zu Stadt, um Konzerte am Cembalo und Klavichord zu geben.

Der begnadete Jungmusiker hatte sogar schon ein Buch mit Musikwerken für Orgel und Cembalo geschrieben und war gerade dabei, für diese Instrumente, aber auch für den Musikstil der Suite, einen neuartigen, ausdrucksstarken Stil zu entwickeln. Dass es einem glücklichen Umstand zu verdanken war, Froberger in Immenstadt zu haben, verschwieg der Graf lieber. Stattdessen ergötzte er sich an der Bewunderung, die ihm die Gäste bezüglich seines Organisationstalentes entgegenbrachten. Dass Froberger, aus seiner Heimatstadt Stuttgart kommend, noch einige Auftritte in Süddeutschland zu bewältigen hatte, bevor er nach Wien weiterreisen sollte, um dort Hoforganist zu werden, wussten die Gäste des Grafen nicht.

※

Unter der Bevölkerung hatte es sich schnell herumgesprochen, dass es um Mitternacht eines der höchst seltenen ›Feuerspiele‹ zu bestaunen gäbe. Obwohl die Menschen Angst vor diesem unheimlichen Zauber hatten, lockte sie die unbändige Neugierde zum Marktplatz. Schon seit über einer Stunde umsäumten mehrere Hundert Immenstädter Bürger den großen Platz vor dem seit langer Zeit erstmals wieder illuminierten Schloss. Immer mehr Männer und Frauen mit ihren Kindern fanden sich ein, und da Speen befürchtete, dass sie zu nahe an das gefährliche Gezündel herantreten könnten, ließ er zu ihrem Schutz fast die gesamte Stadtgarde – die bei Bedarf zugleich auch als eine Art Bürgerwehr fungierte –

aufmarschieren. Da für den Brandschutz die Stadt verantwortlich war und sich zudem viel Prominenz im Schloss versammelt hatte, teilte Stadtammann Zwick die ›Feuerknechte‹ – eine Art hauptamtlicher Feuerwehr – höchstpersönlich ein. Er hatte zwar auch schon davon gehört, dass vor Kurzem ein Löschschlauch erfunden worden sei, hatte selbst aber noch nie diese merkwürdig anmutende Neuerung gesehen, geschweige denn, dass er diese vom Hauptmann der Feuerknechte hatte testen lassen können. So ließ er in mehr oder weniger bewährter Manier über 40 der alten Lederkübel mit Wasser füllen und rund um den Platz aufstellen. Hinter jedem Wasserkübel postierte er einen Mann. Die Immenstädter Bürger wussten aus leidiger Erfahrung, wie gefährlich eine Feuersbrunst war, und konnten sich noch gut an die letzten Brände erinnern. Ganz besonders war ihnen dabei der Brand des Pfarrhofes im Jahre 1619 sowie des Spitales und der gesamten Unterstadt sieben Jahre darauf im Gedächtnis geblieben. Sie wussten, wie schnell sich ein wütendes Feuer verbreitete und wie sie sich einigermaßen dagegen schützen konnten.

Sie wussten aber nicht, wie sich ein fachgerecht gezündetes und koordiniertes Feuerspiel verhielt. Dass schon in den Naturreligionen 6000 Jahre vor Christus mit Arsenschwefel, Schwefelantimon und Natriumverbindungen pyrotechnisches Feuerspiel veranstaltet worden war und dass der Venezianer Marco Polo um 1230 nach Christi Geburt die ersten kultivierten Feuerwerke aus dem fernen China nach Europa gebracht hatte, davon hatten die unbedarften Menschen ebenso wenig Kenntnis wie vom Wirken des sonderlichen Freiburger Mönchs Berthold Schwarz, der im 14. Jahrhundert hatte Gold herstellen wollen und stattdessen zufällig das Schießpulver erfand, weil er sein Gemisch aus vielerlei chemischen Verbindungen dummerweise an eine Kerze gehalten hatte, um es näher betrachten zu können. Ob das Pulver nach dem Namen seines Erfinders oder nach dessen verkohltem Gesicht benannt worden war, wusste ebenfalls niemand mehr. Während der Name Berthold Schwarz selbst nahezu unbekannt geblieben war, sollte das, was er der Nachwelt hinterlassen hatte, von großem Nutzen für die Kriegsmaschinerie sein und würde auch seinen Teil zum Feuerspiel beitragen. Das Ganze hatte sich bis jetzt zur Blütezeit des Feuerwerks in Europa entwickelt. In den großen Städten gab es öfter derartige Inszenierungen und aufwendige Illuminationen als hier im ländlichen Allgäu. Deswegen kamen die Menschen kaum in den Genuss dieses Erlebnisses und verstanden auch nichts davon, weswegen sie alles Mögliche in dieses Teufelswerk hineinmystifizierten und respektvoll Abstand hielten.

So verkörperte für sie eine zunächst aktive, knallende und blitzende, dann aber wie tot niedersinkende Rakete den Hochmut und den Fall, wogegen die kleinen hin und her schwirrenden Schwärmer einen unberechenbaren und ungerechten Tyrannen symbolisierten. Aus Kosten- und Sicherheitsgründen kam allerdings nicht allzu viel Höhenfeuerwerk, dafür aber umso mehr Bodenfeuerwerk zum Einsatz. Aber die niedrigen Effekte zeitigten auch ihre Wirkung auf die nicht nur diesbezüglich kaum verwöhnten Zuschauer, die aus nah und fern hierher gekommen waren.

Der Zeremonienmeister hatte große Mühe gehabt, die satten und angeheiterten Gäste des Grafen nach draußen auf den Marktplatz zu bemühen. Zu voll waren ihre Wänste, sodass sie sich nicht unnötig bewegen wollten. Aber jetzt sollte es losgehen, und der Graf würde höchstpersönlich ein Feuerwerk entzünden, wie er es seit seiner Hochzeit mit Prinzessin Maria Renata von Hohenzollern-Sigmaringen im September 1625 im Hohenzollernschloss Hechingen selbst nicht mehr gesehen hatte. Das komplette Trommlercorps der Immenstädter Kompanie war angetreten und stand als Spalier bereit. Als die feine Gesellschaft aus dem Schlossportal mehr oder weniger heraustorkelte, setzte dumpfer Trommelwirbel ein.

Da Feste an großen herrschaftlichen Höfen ohne Hofnarr undenkbar waren und auch der Graf bei seinen Lustbarkeiten nicht ganz darauf verzichten wollte, obwohl er sich keinen eigenen Belustiger leistete, wurde bei solchen Gelegenheiten immer improvisiert. So musste auch jetzt wieder einmal der *Butz* herhalten. Auf Geheiß des Oberamtmannes hatte die ansonsten ganz in Weiß gewandete Fasnachtsfigur die Rolle des Hofnarren übernommen.

Diese Doppelfunktion gefiel jedem jungen Burschen, der in diese Rolle schlüpfen durfte. Da dieses Amt verhältnismäßig einträglich war, wurde dafür traditionsgemäß von den ledigen Burschen der Stadt alljährlich einer von ihnen – der allerdings zu den Bedürftigsten der Stadt gehören musste – dafür ausgewählt. Der Butz lebte meist mitten unter den Ärmsten der Armen, die ihre Behausungen in den Nischen entlang der Stadtmauer hatten und die eingelassenen Mauerbögen unter dem Wehrgang als Wohnung nutzten. Und weil sie alle dringend Geld benötigten und diese Aufgabe übernehmen wollten, kam es ebenfalls fast traditionsgemäß zu Streitereien. Immerhin bekam der Butz während der Fasnachtstage meist so viel Geld von der Herrschaft und von den bessergestellten Bürgern der Stadt, dass er davon seine Familie ein paar Wochen oder länger ernähren konnte. Bei solchen Gelegenheiten wie heute wurde er – im Gegensatz zu seinen Auftritten während der Fasnacht – auch noch auf das Beste verköstigt, durfte zudem die Reste des Festschmauses mitnehmen und, nachdem er seine Familie versorgt hatte, unter den ledigen Burschen Immenstadts verteilen – allerdings erst, nachdem sich die Dienerschaft bedient hatte.

Um in den Genuss dieser außerordentlichen Privilegien zu kommen, musste er sich nur bunter gewanden, als dies an den Fasnachtstagen der Fall war, wobei er auch jetzt sein Gesicht hinter einer Maske mit hölzerner Knollennase verbarg, um unerkannt zu bleiben. Dies sollte ihm die Peinlichkeit ersparen, von der Honoration als einer der Ärmsten der Armen erkannt zu werden. Da der Butz bei der Fasnacht auch als eine Art Ordnungshüter auftrat und symbolisch für die Gerechtigkeit stand, hing an seinem schwarzen Gürtel ein hölzernes Schwert, das er – quer in beide Hände genommen – dafür benutzte, um die Zuschauer etwas vom Geschehen wegzuschieben.

Dabei ging er sanft vor und tänzelte ständig hin und her, um zwischendurch immer wieder Sprünge mit gespreizten Beinen zu vollführen, bei denen er sein Schwert mit beiden Händen nach oben hielt. Wenn er einen honorigen Bürger oder gar ein Mitglied der gräflichen Familie sah, sprang er auf sie zu und vollführte eine höfische Verneigung, die ihm meistens ein paar Heller einbrachte.

Mit etwas Glück würde er auf diese Weise heute vielleicht

sogar einen Gulden oder mehr zusammenbringen. Dabei konnte er getrost auf die alkoholbedingt gute Laune der Obrigkeit hoffen. Insbesondere, da sich der Graf nicht lumpen ließ und mit zehn Kreuzern seinen Gästen einen stolzen Anhaltspunkt vorgab. Dabei bekundete er dem Oberamtmann gegenüber seine Freude, dass es diese merkwürdige Figur gäbe und er sie zur allgemeinen Erheiterung künftig öfter einsetzen wolle.

Begleitet von den Klängen der Hofmusikanten, entfaltete sich ein wahrhaft imposantes Lichterspectaculum, das der Immenstädter Einwohnerschaft und den Gästen des Grafen noch lange im Gedächtnis bleiben sollte. Als alles vorüber war und der Himmel sich wieder dunkel zeigte, folgte abermals dumpfer Trommelwirbel, der für Ruhe sorgte, damit der Graf – wenn er schon einmal hier war – einige Worte an seine Untertanen richten konnte: »Liebe Bürger zu Immenstadt …«

Bevor er weitersprechen konnte, entkam ihm schon wieder ein lauter Rülpser, der ihm aber nicht unangenehm zu sein schien – im Gegenteil: »Das Essen war wohl von guter Qualität«, grunzte er zufrieden in Richtung des neben ihm stehenden Stadtammanns, dem zur Unterstreichung dessen, was sein Herr soeben gesagt hatte, ein unangenehmer Geruch aus dem Mund des Grafen in die Nase geblasen wurde.

Noch ein kleiner Rülpser, dann sprach der Graf weiter: »Dieser Lichterzauber soll uns alle in eine erleuchtete und von Gott gesegnete Zeit geleiten und uns vor der ewigen Dunkelheit bewahren …«

»Sein Wort in Gottes Ohr«, flüsterte der Immenstädter Pfarrer dem neben ihm stehenden Staufner Schlossverwalter zu.

»Hoffentlich gilt dies nicht nur für das Städtle, sondern auch für Staufen«, antwortete der Kastellan, gerade so, als wenn er eine Vorahnung dessen, was kommen würde, hatte.

Kapitel 7

GLEICH NACHDEM DIE DREYLINGS VON WAGRAIN aus Immenstadt zurückgekommen waren, mussten die Eltern den beiden Söhnen haarklein vom Begrüßungsfest berichten, wobei Lodewig das Feuerspiel ganz besonders interessierte, während Diederich Papas Medaille nicht mehr aus der Hand geben wollte.

Für die Mutter war das Fest, bei dem sie viel Tabakqualm eingeatmet hatte, und die zugige Rückfahrt in der Kälte offensichtlich zu anstrengend gewesen, weshalb sie noch mehr hüstelte als zuvor und seit ihrer Heimkehr aus Immenstadt wieder das Lager hüten musste. Obwohl sie keine Hitze hatte, sorgte sich Ulrich um sie – zu nah war die Erinnerung daran, als sie im vergangenen Jahr fast gestorben wäre, wenn ihr Eginhard nicht mit seinen unorthodoxen Methoden geholfen hätte.

»Ich bin nur nicht ganz bei Kräften. Ansonsten geht es mir gut. In ein paar Tagen bin ich wieder auf den Beinen«, versuchte sie ihn immer wieder zu beschwichtigen. Dennoch lag sie jetzt schon über eine Woche auf ihrer Lagerstatt.

~·~

Lodewig und Sarah trafen sich täglich. Die beiden waren zu verliebt, um zu bemerken, dass ihnen schon mehrmals heimlich jemand bis zu ihrem Liebesnest, dem Heustadel nahe der Straße nach Genhofen, gefolgt war. In ihrer gegenseitigen großen Zuneigung hatten sie nur noch Augen füreinander.

Es war jetzt Anfang Mai und Sarah im fünften Monat guter Hoffnung.

Da sie ihr Bäuchlein trotz aller Bemühungen, es mit lockerer Gewandung zu kaschieren, beim besten Willen nicht mehr verstecken konnte, musste sie jetzt langsam mit ihren Eltern reden. Damit der Mutter nichts auffiel, hatte Sarah sogar einmal im Monat ihre Unterwäsche mit Hühnerblut bekleckert, bevor sie diese in den Wäschekorb gelegt hatte. Da sie ihre Mutter nicht betrügen wollte, überfiel sie dabei jedes Mal ein schlechtes Gewissen – aber was hätte sie auch anderes tun sollen? Ihr zu sagen, dass sie ein Kind erwartete, hatte sie sich noch nicht getraut. Zudem fürchtete sie auch die Reaktion ihres Vaters, weswegen sie Lodewig bat, ihr bei diesem Gespräch beizustehen.

Normalerweise scherten sich Männer – auch junge angehende Väter – nicht um solchen Kram und ließen ihre Weiber mit ihren Problemen allein. Nicht aber Lodewig. Für ihn war es selbstverständlich, an der Seite seiner geliebten Sarah zu sein, wenn sie ihren Eltern mitteilte, dass sie bald Großeltern würden.

Es war an einem verregneten Sonntagnachmittag, als sie in der Stube der Bombergs saßen und sich über dies und das unterhielten, unter anderem auch über die verschiedenen Religionen. Als sie dabei auf den geplanten Kapellenbau der Eheleute Hagspiel-Mahler und auf die schlosseigene Marienkapelle zu sprechen kamen, nutzte Lodewig die Gelegenheit, um Sarah ein Stichwort zu geben.

Beherzt fragte er die Bombergs, ob er ihre Tochter zur Frau nehmen dürfe. Als er zu seiner Freude feststellte, dass sich in deren erstaunte Gesichtsausdrücke ein sanftes Lächeln mischte, setzte er – ohne die Antwort und die drohende Umarmung seiner Schwiegermutter in spe abzuwarten – gleich noch eins drauf. »Wir möchten gerne noch im Mai in der Schlosskapelle heiraten!«

Diese Worte sprudelten so schnell aus ihm heraus, dass Judith Bomberg irritiert fragte: »So schnell schon?«

Sarah, die Lodewigs Taktik sofort durchschaut hatte, drückte seine Hand noch fester als zuvor und antwortete schlagfertig: »Ja, Mama. Ich trage ein Kind unter dem Herzen!« Sie war froh, dass es heraußen war.

Der darauf folgende Moment der Ruhe wurde nur vom Gegacker der Hühner gestört. Die Eltern sahen sich so lange sprachlos an, bis Judith Bomberg gequält lächelte und die beiden herzlich umarmte, immer wieder küsste und fest an sich drückte. Sanft strich sie über Sarahs Bäuchlein und fragte sie, wie weit sie sei.

»Anfang des fünften Monats«, antwortete Sarah mit einem entwaffnenden Lächeln.

»Aber wie ...« Judith war verblüfft und wollte etwas fragen, ließ dies aber wegen des Beiseins ihres Mannes und der kleinen Lea sein. Während sie ihrer Tochter weiter über das Bäuchlein strich, um deren Aussage auf's Neue zu überprüfen, bemerkte sie skeptisch: »Man spürt fast nichts ... Es muss ein kleines Würmchen sein. Wohl darum habe ich nichts bemerkt.« Dabei sah sie immer wieder zu Sarah und zu ihrem Mann, der bis jetzt nichts gesagt, ja, nicht einmal eine Reaktion gezeigt hatte. Er saß nur da und schien geistig völlig abwesend zu sein. Jakob Bomberg wusste, dass er an dieser neuen Situation nichts mehr ändern konnte. Er wusste aber auch, dass er in diesem Moment – in seiner Eigenschaft als Familienoberhaupt – neben Sarah die Hauptperson war. Er genoss das Gefühl, dass ohne seine Zustimmung gar nichts ging, auch wenn es in diesem Fall ohnehin zu spät war, weil Sarah ihr Kind schon in sich trug. Sie hatte ihn zuvor nicht gefragt, ob er seine Zustimmung für eine feste Beziehung mit Lodewig geben würde. Das kratzte ein bisschen an seiner Ehre als Sippenoberer. Dass allein schon aufgrund des Glaubensunterschiedes viel geregelt werden müsste, wenn Probleme vermieden werden sollten, und was wohl die Leute dazu sagen würden, interessierte ihn im Moment wenig – das ließe sich alles regeln. Vielmehr dachte er an seine geliebte Sarah, die er von nun an nicht nur mit Lodewig, sondern auch noch mit einem Kind würde teilen müssen. Sarah war stets eine gute Tochter gewesen und hatte ihm unendlich viel Wärme, Zärtlichkeit und das Gefühl, gebraucht zu werden, gegeben. Und jetzt würde sie ihm auch noch einen Enkel schenken. Jakob Bomberg drohte innerlich vor Stolz zu platzen.

»Papa, was ist? Bist du böse auf mich?«, fragte Sarah und legte ihre Hand auf die seine.

»Sag' ja nichts Falsches«, schien der stechende Blick seiner Frau zu bedeuten, während sie gespannt auf eine Reaktion von ihm warteten.

»Nun?«, drängte Judith in harschem Ton, um den unerträglichen Moment der Stille zu zerreißen.

Lodewig indessen versuchte, den Schweiß an seinen Händen loszuwerden, indem er sie unruhig an seiner Beingewandung rieb, was allerdings herzlich wenig nützte.

»Na endlich. Ich habe schon gedacht, dass das überhaupt nichts mehr wird mit euch beiden«, sagte der Vater in sonorem Ton und bekundete damit deutlich, dass die jungen Leute sein Wohlwollen genießen durften, obwohl er wusste, dass eine konfessionsübergreifende Paarbeziehung gewaltige Probleme mit sich bringen konnte. Die Reaktionen der Seinen, zu denen Lodewig irgendwie ja längst gehörte, waren dementsprechend.

Obwohl der junge Mann wusste, dass seine Eltern ebenfalls gelassen reagieren würden, schlug er sicherheitshalber die gleiche Taktik ein, die dann auch zu einem ähnlichen Ergebnis führte wie bei den Bombergs. Ulrich flüsterte seiner Frau ins Ohr: »Jetzt muss ich mit einer Großmutter das Lager teilen«, und handelte sich dafür eine sanfte Ohrfeige ein, der ein zartes Küsschen auf die gleiche Stelle folgte.
Nur Propst Glatt zeigte sich entrüstet und meinte, die beiden jungen Leute schelten und belehren zu müssen. Er sah nicht die geringste Möglichkeit, diese Verbindung durch die Kirche legitimieren zu lassen – insbesondere, da die konfessionelle Problematik durch einen *Bastard* noch komplizierter geworden war. Der Kirchenmann wusste, dass er Ende des vergangenen Jahres bereits Unglaubliches zugelassen hatte, indem er die Juden an einem Bittgottesdienst für die seinerzeit schwer erkrankte Konstanze in der Schlosskapelle hatte teilnehmen lassen. An die Sache mit dem Leib des Herrn, bei der er der kleinen Lea anlässlich der Kommunion ein Stück Brot gegeben hatte, wollte er erst gar nicht mehr denken. Wenn dies jemand wüsste, könnte er jetzt noch der Ketzerei angeklagt werden. Und nun wollen die beiden auch noch heiraten, dachte er und rieb sich nachdenklich die Stirn. Erst als Lodewig damit argumentierte, dass es doch ohnehin zu spät sei, um über verschüttete Milch zu jammern, und noch genügend Zeit für eine Konvertierung Sarahs zum katholischen Glauben bliebe, bevor er sie vor der Niederkunft ehelichte, lenkte der Propst langsam ein, wobei das ausschlaggebende Stichwort ›Konvertierung‹ gewesen war.
Als das jüdische Mädchen auch noch bemerkte, dass sich der Herrgott über jedes Kind freuen würde, streckte der konservative Kirchenmann seine Waffen ganz und erklärte sich bereit, gemeinsam mit den beiden Familien über die Sache zu sprechen.
»Der 21. oder der 22. Mai wären ideal«, schlug er letztendlich vor und ließ dadurch ein glückliches Paar zurück, als er ging.

Kapitel 8

DIE LÄNDLICH GEPRÄGTE BEVÖLKERUNG STAUFENS könnte jetzt bei strahlendem Sonnenschein längst ihrer Arbeit nachgegangen sein, wenn sie nur ein Fünkchen mehr Lebensmut besäße und dem Frieden trauen würde. Vorbei waren die Kälte und der durch den Medicus heimtückisch herbeigeführte Tod, der einen Großteil der Staufner Familien getroffen hatte. Geblieben waren eine dezimierte Einwohnerschaft und der Hunger als ständiger Wegbegleiter. Dennoch dachten die Staufner immer seltener an die schrecklichen Geschehnisse im Herbst des vergangenen Jahres. Obwohl es nachts immer noch stark abkühlte, war die Tagestemperatur für diese Jahreszeit ungewöhnlich hoch, weswegen die Bauern bei ihrer Feldarbeit zwar schwitzen mussten, dafür aber auf reiche Ernte hoffen konnten. Die würden sie auch brauchen, da sich in diesem Jahr das Ungeziefer plagenartig vermehrt hatte und einen beträchtlichen Teil des Ertrages wegzufressen drohte – insbesondere, weil auch die Mäuse- und Rattenpopulation seit dem Winter beängstigend gestiegen war. »Verfressene Viecher«, hörte man nicht nur den Schmied, der mit seiner Schaufel gar nicht so schnell nach den ungeliebten Mitbewohnern schlagen konnte, wie sie ihm über den Weg huschten. Erwischte er eines von den Tieren – was selten genug vorkam –, schienen ihn andere zu verspotten, indem sie sich nicht einmal davor scheuten, seine Beingewandung hochzukrabbeln.

Gerade die Ratten waren überall und schienen die Angst vor den Menschen zunehmend zu verlieren. So war ihr Kot nicht nur in den Gassen, Scheunen und Ställen, sondern auch in den Wohnräumen zu finden. Wehe dem, der seine spärlichen Essensvorräte nicht gut abgedeckt hatte. Ratten waren nicht nur wahre Spezialisten auf dem Gebiet des Überlebens und der Anpassung, sondern auch überaus fruchtbar. Da sie erst im März und April geworfen hatten, waren es zurzeit besonders viele Plagegeister, die der Landbevölkerung das Leben schwermachten. Obwohl vor ein paar Tagen ein außergewöhnlicher Kälteeinbruch kurzzeitig eisigen Frost und starke Schneefälle gebracht hatte, verbreiteten sich die Ratten ungebremst. Wenn sich nicht auch die lebensnotwendigen Nutztiere – die zwar noch immer äußerst rar waren, jetzt aber, nach Auszahlung des Geldes durch Ulrich Dreyling von Wagrain, wieder vereinzelt in den Ställen standen – gut vermehren würden, könnte man verzweifeln.

Das wusste auch der Pfandherr, dem der Staufner Pfarrherr dringend ans Herz gelegt hatte, ›irgendetwas‹ zu tun, um wieder neuen Lebensmut unter die gebeutelte Bevölkerung zu bringen. Also hatte der Reichsgraf zu Königsegg, sozusagen als Erstmaßnahme, den Staufnern für den herzlichen Empfang und ihre Treue zum Herrscherhaus zwei trächtige Kühe geschenkt, die er extra von Immenstadt nach Staufen hatte bringen lassen. Ein Rindvieh brachte der Kastellan zum Bechtelerbauern und das andere zu Jakob Bomberg, weil er wusste, dass es die Tiere dort gut haben und die Kälber fachgerecht großgezogen würden, damit sich diese ebenfalls vermehren und wieder auf andere Ortsbewohner verteilt werden konnten. Sowohl der ehemalige Antwerpener Buchdrucker als auch der bodenständige Bauer waren nur Sachwalter des Grafen und mussten in Bezug auf die kostenlose Abgabe der Milch an die Bevölkerung sorgsam Buch führen, was dem Bauern nicht leichtfiel, da er kaum lesen und schreiben konnte. Wenn ihm dabei nicht sein Knecht Otto helfen würde, müsste er dieses Ehrenamt wohl sofort wieder abgeben.

Jakob Bomberg hingegen hatte damit keine Probleme – immerhin war er früher ein anerkannter ›Jünger der Schwarzen Kunst‹ gewesen.

Bei ihrer diesbezüglichen Arbeit mussten beide darauf achten, dass die tägliche Milchverteilung möglichst korrekt vonstattenging. Eine Familie nach der anderen bekam – je nach Größe und Milchleistung der Kühe – ein vom Kastellan festgelegtes Kontingent zugewiesen, wobei Ausnahmen nur bei Dringlichkeit gemacht wurden.

War jemand sehr krank, bekam er das fetthaltige Lebenselixier ebenso wie eine Mutter auf ihrem Kindslager. Diejenigen, die eigentlich dran gewesen wären, mussten sich dann ein paar Tage gedulden, was so viel hieß, dass sich die Sache nach hinten schob und letztendlich alle warten mussten.

Und so hielten sie es: Der Bauer mit den Bewohnern des Oberfleckens und der Jude mit denen des Unterfleckens. Den Bechtelers und den Bombergs wurde damit zwar zusätzliche Arbeit aufgehalst, sie dienten aber in vorbildlicher Art und Weise dem Gemeinwohl. Zudem nahm es ihnen außer dem Schuhmacher kaum jemand übel, dass sie sich mit Einverständnis des Ortsvorstehers für ihre Mühen jeden Tag ein *Quart* Milch zum Eigenverbrauch abzwacken durften. Aufgrund ihrer Schafzucht ging es den Bechtelers auch in diesen schlechten Zeiten verhältnismäßig gut. Aber auch die Bombergs konnten – obwohl ihnen während der vermeintlichen Pestepidemie fast alle Hühner genommen worden waren – nicht klagen. Judith war sowieso recht zufrieden mit allem: Niemand ihrer kleinen Familie war dem Medicus zum Opfer gefallen, und die ernsthafte Liebe ihrer Tochter zum Sohn des Kastellans ließ sie – trotz allem, was gegen diese Verbindung sprechen mochte – getrost in die Zukunft blicken. Obwohl die Bombergs tiefgläubige Juden waren, sahen Jakob und Judith keine andere Möglichkeit, als ihre älteste Tochter konvertieren zu lassen. Nur so konnten die jungen Leute noch in diesem Monat das Sakrament der Ehe miteinander eingehen und dafür sorgen, dass ihr Kind kein ›Bastard‹ wurde – und dazu mussten sie als Eltern eben ein Opfer bringen. Dafür würden sie in den Genuss kommen, Großeltern zu werden. Außerdem entwickelte sich Judiths Hühnerzucht zunehmend prächtig, was aber schon wieder Neid hervorrief und dem ›Pater‹ die Zornesröte ins Gesicht schießen ließ. Um sich abzureagieren, ging er in die ›Krone‹. Er quetschte sich an den übervollen Stammtisch, stand aber sofort auf, als der Totengräber den Gastraum betrat.

⁂

Seit der Narbengesichtige aus der Versenkung wieder aufgetaucht war, wurde er – obwohl er trotz Bart durch seine Augenklappe und die scheußliche Fratze immer noch furchterregend aussah – nicht mehr so stark gemieden wie vorher und durfte sich sogar zu den anderen Männern des Dorfes setzen. Die Zeiten, als er mit dem *Henkerstisch* hatte vorlieb nehmen müssen, waren wohl endgültig vorüber und er ein mehr oder weniger angesehenes Mitglied der Gesellschaft. Da der Stammtisch aber schon übersetzt ausgesehen hatte, war er von den Zechern zwar freundlich gegrüßt worden, hatte sich allerdings notgedrungen an einen anderen Tisch setzen müssen.

»Ist es gestattet?«, fragte der Schuhmacher Grob mit süßlicher Stimme und ließ sich, ohne die Antwort des Totengräbers abzuwarten, neben ihm nieder. »Ich habe etwas mit Euch zu bereden.«

Ruland Berging wollte zuerst unwirsch abblocken, besann sich aber – während der unbeliebte Lederer zu reden begann – auf seine ihm eigene Neugierde. »Und was? ... wenn ich fragen darf.«

Nachdem ihnen die dralle Schankmagd zwei Humpen Bier gebracht und dabei um des Trinkgeldes willen nicht mit ihren Reizen gegeizt hatte, stillten die beiden den ersten Durst. Hemmo Grob wischte sich mit dem Handrücken den Schaum des dunklen Bieres vom Mund und kam ohne Umschweife auf den Punkt: »Ich habe zufällig mitbekommen, dass Ihr ein besonderes Interesse an der Familie des Kastellans habt.« Er sah sein Gegenüber listig an, während er auf dessen Antwort wartete.

»Ich weiß nicht, was Ihr meint«, antwortete der Totengräber und gab sich bewusst uninteressiert.

»Ihr braucht Euch vor mir nicht zu verstellen. Ich habe auf dem letzten Markt deutlich gesehen, dass Ihr nicht nur Interesse am Weib des Kastellans, sondern auch an deren kleinem Sohn gezeigt habt.«

Bevor Ruland Berging dazu ansetzen konnte, sich künstlich zu empören, fuhr ihm der ›Pater‹ dazwischen: »Ich selbst habe auch ein besonderes Interesse an einer gewissen Familie.«

Jetzt sah der Totengräber sein Gegenüber fragend an. Der blickte sich verstohlen nach allen Seiten um und rückte so nahe an Ruland Berging heran, dass der dessen unangenehme Ausdünstung in Kauf nehmen musste. »Ich will Euch nichts vormachen, da ich weiß, dass wir beide Verbündete suchen«, fuhr er fort.

Der Totengräber verstand jetzt überhaupt nichts mehr. Was weiß diese Kanaille?, dachte er im Stillen, während er forsch darum bat, seine Zeit nicht mit Rätselraten zu vergeuden.

»Also gut! Hört zu: Mir ist es letztlich egal, was Ihr mit der Familie des Kastellans zu schaffen habt. Ich sage es unumwunden, dass ich die jüdische Familie hasse«, entfuhr es dem ›Pater‹ in der aufkommenden Erregung eine Spur zu laut, während er mit der Faust auf den Tisch schlug. Er konnte von Glück sprechen, dass am Stammtisch gerade schallendes Gelächter ausgebrochen war und deswegen niemand etwas mitbekam.

»Mäßigt Euch in der Lautstärke, wenn Ihr so etwas von Euch gebt«, rügte ihn der Totengräber, dessen Interesse jetzt gewaltig geweckt worden war.

»Ist ja schon gut! Wie gesagt, hasse ich die Bombergs.«

»Weshalb?«

»Weil sie mir das Haus, das ich für meine Familie erwerben wollte, quasi gestohlen haben!«

»Ich dachte, dass die Bombergs ihr Anwesen vom Vorbesitzer legitim erstanden haben?«

»Gekauft haben sie es, das stimmt zwar, – aber zu was für einem Spottpreis! Außerdem war es mir quasi versprochen worden.«

»Was heißt hier immer ›quasi‹?«, lästerte der Totengräber.

»Eure Haarspaltereien könnt Ihr Euch sparen! Wie dem auch immer sei: Ich möchte dieses Pack vernichten. Diese Hexe von einem jüdischen Weib nennt mittlerweile wieder etliche Dutzend Hühner ihr Eigen, und wir ehrbaren Leute müssen ihr auf dem Markt viel Geld für die Eier und die Hennen – die sie nicht einmal gerupft liefert – bezahlen«, schimpfte der ›Pater‹ weiter. »Dieses gottverdammte Mistpack …!«

»Euch kommt vor *Scheelsucht* schon derart die übelriechende Galle hoch, dass Ihr einem erbärmlich stinkenden Aussätzigen alle Ehre machen würdet«, unterbrach ihn der Totengräber und rutschte demonstrativ ein Stückchen von ihm weg.

»In Bezug auf üblen Geruch müsst gerade Ihr etwas sagen.« Bevor sich der Totengräber empören konnte, fuhr Hemmo Grob fort: »Die Galle kann einem aber auch hochkommen. Wenn ich daran denke, dass der Kastellan jetzt auch noch eine der Kühe des Grafen bei den Juden untergestellt hat, und dieses gottverdammte Dreckspack …«

»Na, na, na. Jetzt mäßigt Euch aber! Das habt Ihr schon gesagt«, unterbrach der Totengräber, der bisher eigentlich nichts gegen Juden und schon gar nichts gegen die Bombergs gehabt hatte, jetzt seinen zornigen Gesprächspartner.

»Jedenfalls haben die dadurch täglich genügend Milch und erdreisten sich auch noch, den Rest großzügig nach eigenem Gutdünken an uns zu verteilen«, mokierte sich dieser weiter.

»Aber der Bechteler macht dies auf Geheiß des Kastellans doch ebenfalls so?«, nahm Ruland Berging die Art, wie die Sache mit den Kühen gehandhabt wurde, kurioserweise in Schutz.

»Ja! Aber Dreyling von Wagrain hat eine der beiden Kühe den Juden doch nur zugeschanzt, weil diese jüdische ›Metze‹ ihre Beine für seinen Sohn breit macht.«

»Das werdet gerade Ihr wissen.«

»Na klar! Ist Euch denn noch nicht zu Ohren gekommen, dass der Sohn des Kastellans und die kleine Judenhure ein schlampiges Verhältnis miteinander haben?«

»Natürlich habe ich auch schon davon gehört. Aber im Unterschied zu Euch ist mir dies gleichgültig. – Ich habe andere Sorgen.«

»Da seht Ihr. Ihr sagt es selbst, dass wir Probleme haben, weil die da …«, der ›Pater‹ machte jetzt je eine Kopfbewegung in Richtung Schloss und in Richtung des Bomberg'schen Anwesens, »alle unter einer Decke stecken.«

»Ich habe nur gesagt, dass ich andere Sorgen habe, sonst nichts«, konterte der Totengräber, der es aber nicht vermochte, den ›Pater‹ zu bremsen.

»Früher hätte man die Juden verbrannt und fertig.«

»Jetzt reicht es aber! Das geht entschieden zu weit«, schnarrte der Totengräber den Sprechenden an. »Entweder Ihr mäßigt Euch jetzt endlich oder die Unterhaltung ist beendet. Was wollt Ihr eigentlich von mir?«

Bevor er eine Antwort bekommen sollte, leerte der ›Pater‹ seinen Becher und bestellte Bier nach. »Nun, wie mehrmals gesagt, hasse ich die Juden, und Ihr hasst ganz offensichtlich die Dreylings von Wagrain. Meinen Grund habe ich genannt und …«

»Ihr wollt deren Haus in Euren Besitz bringen«, versuchte der Totengräber, das Gespräch zu verkürzen.

»Ja! Und Ihr wollt etwas von denen da oben.«

Der *grantige* Mann machte wieder eine schnelle Kopfbewegung in Richtung Schloss.

»Was Ihr vom Kastellan wollt, weiß ich nicht. Ich weiß nur, dass Ihr vor Eurem Verschwinden etwas mit dem Medicus zu tun hattet …, das möglicherweise mit der Familie des Kastellans in Verbindung steht?«

Der Totengräber überlegte lange. Einerseits muss ich unmissverständlich klarstellen, dass ich – außerberuflich – zu keiner Zeit etwas mit dem Medicus zu tun hatte, andererseits könnte mir der ›Pater‹ helfen, die beiden Söhne des Kastellans zu beseitigen. Wenn ich im Gegenzug die Juden vernichte, würde niemand Verdacht schöpfen, weil der ›Pater‹ nie etwas mit den Dreylings von Wagrain und ich nie etwas mit den Bombergs zu tun gehabt habe. Hmmm … Wir tauschen ganz einfach die Rollen. Vielleicht können wir sogar Geschäftspartner werden und gemeinsam das Thema Pest wieder aufgreifen?, dachte er. Je länger er darüber grübelte, umso klarer wurde es für ihn, dass eine Zusammenarbeit für sie beide von Nutzen sein konnte. »Also gut«, sagte der Totengräber grinsend, während er seinen Humpen, in dem die Bedienung das frische Bier gebracht hatte, zur Hand nahm. »Ich heiße Ruland, und du?«

»Hemmo, Hemmo Grob!« Erst als der Nachtwächter seine Runde machte, verließen die beiden das Wirtshaus.

Kapitel 9

Es war Samstag, der 13. Mai, und Propst Glatt befand sich auf dem Rückweg von den Hagspiel-Mahlers. Er hatte mit ihnen über den Bau der versprochenen Kapelle zu Füßen des Staufenberges gesprochen. Da dieses Gespräch länger gedauert hatte als gedacht, beeilte er sich jetzt, zum Propsteigebäude zurückzukommen. Dort warteten schon die Brautleute mit ihren kompletten Familien, um mit ihm letzte Details der kirchlichen Zeremonie zu besprechen.

Unter Absprache mit ihrer Familie und mit deren Segen war Sarah schon vor einer Woche zum katholischen Glauben konvertiert und getauft worden, weswegen sich der Propst jetzt so richtig in die Sache kniete. Immerhin war es ihm gelungen, dem Oberhirten ein weiteres Schäfchen zuzuführen.

Und die anderen krieg' ich auch noch, hoffte er.

Da schon einige Gespräche stattgefunden hatten, das Wichtigste geklärt war und die Organisation auf Hochtouren lief, würde die heutige Unterhaltung nicht allzu lange dauern.

Laut blökend kreuzte eine Schafherde seinen Weg. »Der gute Hirte sucht wohl ein verlorenes Schaf?«, krächzte der Wanderschäfer über die Straße.

»Nein! Ganz im Gegenteil: Ich habe eines dazubekommen«, rief der Propst zurück. Da er anstatt einer Antwort nur ein Husten, das im Geblöke der Schafe unterging, zurückbekam und er es sowieso eilig hatte, ging er, ohne die Unterhaltung zu vertiefen, weiter.

Für die heutige Zeit eine beachtliche Herde, dachte er, während er sich noch einmal umdrehte, um dem Schäfer nachzuwinken. Neun Böcke, 26 *Aue* und 13 *Zutreter* zählte die Herde, die, vom Westallgäu kommend, auf dem Weg zum Galgenbihl war, um auf den dortigen Weideflächen zu grasen. Dort oben war das frische Frühlingsgras jetzt ganz besonders saftig. Da es die Bauern nicht gerne hatten, wenn Schafe auf ihren Wiesen weideten, weil danach diese Flächen von den Kühen gemieden wurden, war es der Schäfer gewohnt, seine Herde dorthin zu treiben, wo sie geduldet wurde. Diesen Teil des Staufenberges verwaltete der Bechtelerbauer, der selbst Schafzüchter war und man ihm deshalb gestattete, seine Tiere dort weiden zu lassen. Mit dem Großbauern machte der Wanderschäfer zweimal jährlich – immer, wenn er durch Staufen zog – Geschäfte. So waren alle Schafe, die der Bauer besaß, ohne Ausnahme von ihm.

Da der Bechtelerhof unweit der Weidefläche lag, war die Herde gleich beim Eintreffen gesichtet worden. Schon eilte der Bauer herbei, um seinen Geschäftspartner mit einem festen Händedruck zu begrüßen.

»Oh Gott! Wie siehst du denn aus?«, fragte er den verhärmten Schäfer, der gerade mit schleimigen Auswürfen zu kämpfen hatte, während ihm kalter Schweiß ausbrach. Der Bauer legte ihm die flache Hand auf die Stirn. »Um Gottes willen, du hast ja die Hitze!«

»Ich habe mich bei dem Sauwetter nur etwas erkältet. Der für diese Zeit ungewöhnliche Schnee und der Frost der vergangenen Tage haben nicht nur dem keimenden Getreide geschadet, sondern auch meinen Füßen. Tagelang im nasskalten Schneematsch stehen zu müssen, hinterlässt unvermeidlich gesundheitliche Spuren. Außerdem sind die Nächte in meinem Karren auch jetzt, nachdem es langsam wieder wärmer zu werden scheint, doch noch recht kühl.« Der Schäfer musste erst einen schleimigen Brocken ausspucken, bevor er weitersprechen konnte. »Und mein treuer Hund kann mich nicht wärmen, da er nachts auf die Herde achten muss. Als es vor ein paar Tagen besonders kalt war, habe ich ihn zu mir in den Wagen hereingeholt, damit wir uns gegenseitig wärmen können. Allerdings ist mich dies teuer zu stehen gekommen. In jener Nacht hat mir ein verwilderter Hund oder ein Wolf zwei *Zibben* gerissen.«

Der Schäfer wurde jetzt nachdenklich und genehmigte sich wegen eines Hustenanfalls notgedrungen eine Pause, bevor er weitersprach: »Obwohl mich dies hart getroffen hat, musste ich feststellen, dass es viel Schlimmeres gibt!«

»Warum? Hattest du sonst noch einen Verlust zu beklagen oder hast du irgendwelche Probleme außer deinem miserablen Gesundheitszustand?«, fragte der Bauer mit sorgenvoller Miene.

»Ich nicht«, kam es kopfschüttelnd zur Antwort. »Als ich vorgestern in Scheidegg war, habe ich sogar großes Glück gehabt: Ich bin wohl vom Herrgott persönlich geleitet worden, als ich meine Tiere in einen uneinsehbaren Talkessel außerhalb des Dorfes gebracht habe. Da mein Hund auf die friedlich grasende Herde aufgepasst hat, wollte ich ins Dorf gehen, um die mir seit Langem bekannte Jungfrau Christine Milz zu besuchen, als ...« Der Schäfer schluckte und stützte sich mit beiden Händen auf seinen Stab, während er die Augen schloss.

»Ich verstehe nicht ...«, unterbrach der Bauer das Schweigen. »Erzähl weiter.«

Der Schäfer hob langsam die Augenlider und blickte sein kräftiges Gegenüber lange an, bevor er es schaffte weiterzuberichten. »Christine hat mir seinerzeit erzählt, dass es Scheidegg aufgrund von Kriegsgräueln und Feuersbrünsten im letzten Jahr schlecht ergangen ist. Die Schweden haben damals von Wangen und Isny aus Raubzüge in die Umgebung unternommen, wobei sie Ellhofen und Lindenberg niedergebrannt haben, bevor sie ihren tödlichen Radius ausgeweitet haben. Am 28. Februar – ich glaube, es war gegen Ende der Fasnachtszeit – haben die schwedischen Horden in Scheidegg die Kirche angezündet und bis auf drei Anwesen alle Häuser niedergebrannt, wobei 16 gottesfürchtige Menschen ums Leben gekommen sind. Und Scheidegg war nicht der einzige Allgäuer Ort, den es so hart getroffen hat.«

»Nur Staufen ist wie durch ein Wunder verschont geblieben«, warf der Bauer ein, worauf sich die beiden bekreuzigten.

»Ja«, sagte der Schäfer. »Aber jetzt sind die Schweden wiedergekommen, und es bleibt nur zu hoffen, dass sie Staufen erneut verschonen.«

Der Bauer bekreuzigte sich – dieses Mal ängstlich – und wartete ab, bis der Schäfer ausgehustet hatte, bevor er ihn weiter berichten ließ: »In Scheidegg haben sie gebrandschatzt, gestohlen und vergewaltigt.«

»Heilige Jungfrau Maria! Wann war das?«

»Erst vorgestern! Als ich ahnungslos ins Dorf gehen wollte, hätten sie mich fast gesehen. Aber ich konnte mich gerade noch rechtzeitig hinter einer Geländekuppe ducken und beobachten, was passierte. Offensichtlich war der schwedische Trupp erst kurz vor mir in Scheidegg eingetroffen. Jedenfalls habe ich gesehen, wie sie die ersten Häuser angesteckt und mit ihren Grausamkeiten begonnen haben. Es war unbeschreiblich schrecklich. Das willkürliche Abschlachten der Menschen im letzten Jahr war ihnen dieses Mal nicht genug.«

Der Schäfer hustete wieder und würgte ein blutiges Etwas heraus, das er seitlich auf den Boden spuckte.

»Sie haben dieses Mal die Männer nur zusammengetrieben und – bis auf wenige Ausnahmen – nicht umgebracht, dafür aber durchweg alle Weiber geschändet, wobei sie auch nicht vor den ganz jungen Dingern Halt gemacht haben. Die Schweine haben nicht einmal auf die alten *Vetteln* Rücksicht genommen ... und ihnen danach allensamt die Nasen abgeschnitten.«

»Was haben die getan?«, fragte der Bauer, der glaubte, sich verhört zu haben.

»Ja, ja. Du hast schon richtig gehört: Die Bastarde haben allen Weibern die Nasen abgeschnitten!«

Der Bechtelerbauer spuckte angewidert auf den Boden.

Während der Schäfer weiter von den Gräueltaten der Schweden berichtete, sackte er in sich zusammen und kniete nun, auf seinen Stab gestützt, schluchzend auf dem Boden, von wo ihm der freundliche Bauer wieder hochhalf und ihn zu trösten versuchte.

»Was ist mit dieser Christine?«, fragte er den Schäfer.

»Ich musste stundenlang still verharren, das Gegröle während der Schändungen und das herzerweichende Geschrei mit anhören ..., und was ich dabei zu sehen bekommen habe, war das Schrecklichste in meinem ganzen Leben. Als die Schweden endlich weg waren, habe ich ein Weilchen gewartet und bin dann ins Dorf geschlichen. Ich musste nun – ob ich wollte oder nicht – das ganze Elend aus der Nähe sehen. Wie gesagt: Sie haben allen Weibern die Nasen abgeschnitten ... und als Trophäen auf ihre Hellebarden gespießt. So habe ich in vielen Winkeln des Dorfes heulende und schreiende Geschöpfe Gottes, die Tücher auf die Stellen, an denen kurz zuvor noch ihre Riechorgane waren, gedrückt haben, gesehen. Alles war über und über voller Blut. Die Schmerzensschreie hallen mir immer noch in den Ohren und ich sehe ständig noch die vielen Hände, die sich mir hilfesuchend entgegengestreckt haben. Mir ist nur noch ein Gedanke durch den Kopf geschwirrt: Wo ist die brave Jungfrau Christine? Was ist mit ihr geschehen? Obwohl ich das ganze Dorf nach ihr abgesucht habe, war sie zunächst nirgendwo zu finden. Während meiner Suche – bei der ich in ständiger Angst war, dass die Schweden zurückkehren könnten – habe ich das Elend wieder und wieder hautnah mitbekommen. Irgendwann habe ich etwas außerhalb des Dorfes direkt neben dem Friedhof eine Hütte, auf deren Verschlag ein schlampiges Kreuz gemalt war, gesehen. Nachdem ich alle anderen Häuser, die nicht am Brennen waren, durchsucht habe und bei deren

Bewohnern – falls dies überhaupt noch möglich war – erfolglos nach Christine gefragt habe, bin ich zu dieser Hütte geschlichen. Der Verschlag war weit geöffnet und hat etwas vom Tageslicht hineingelassen. Im Halbdunkel des Raumes habe ich schnell erkannt, dass mehrere Personen nebeneinander auf dem Boden gelegen sind und eine davon bäuchlings quer auf den anderen lag. Durch ihr Gewicht hat sie den beiden, die noch geschnauft haben, die letzte Luft zum Atmen genommen. Den anderen konnte dies nichts mehr anhaben, da sie dem Anschein nach schon tot waren.

Obwohl ich nicht mehr gewusst habe, ob mich jetzt überhaupt noch die Hoffnung, Christine hier zu finden, antreiben soll, habe ich alle genau betrachtet. Um auch in das Gesicht der querliegenden Person blicken zu können, musste ich sie umdrehen. Dabei bin ich über die anderen hinweggestiegen und bin erst in diesem Moment des süßlich-beißenden Geruches gewahr geworden, der zum sowieso schon starken Kot-, Urin- und Fäulnisgestank dazukam. Ich habe meine Lungen nur einmal mit diesem ekelerregenden Luftgemisch gefüllt und erst wieder ausgeschnauft, nachdem ich die Person auf den Rücken gedreht und nach draußen geschleift habe, weil ich sofort erkannt habe, dass es tatsächlich Christine war. Endlich hatte ich sie gefunden. Sie hat zwar noch gelebt, war aber ohne Bewusstsein und überdies in einem erbarmungswürdigen Zustand. Die Schweden haben sie offensichtlich ganz einfach auf die anderen geworfen, nachdem sie mit ihr fertig waren.«

Der Schäfer hustete und wischte sich die Tränen aus dem Gesicht.

»Sie ist nur ein paar Herzschläge später in meinen Armen gestorben. Gedemütigt, geschändet … und ohne Nase. Da ich nichts mehr für sie tun konnte und fürchten musste, dass die Schweden zurückkommen, habe ich nur noch ein kurzes Gebet gesprochen, sie zugedeckt und mich mit meinen Tieren schnellstens in Richtung Staufen aufgemacht.«

Der Bauer tätschelte dem Schäfer unbeholfen den Arm: »Es tut mir leid. Aber sag mir: Wohin sind die Schweden gezogen?«

Der Schäfer zeigte nach Westen.

»Gott sei gepriesen! Nicht hierher, sondern in die andere Richtung.«

»Das muss nichts heißen«, murmelte der Schäfer so leise, dass es sein Gegenüber nicht verstehen konnte. Da sich der Bauer um den Schäfer sorgte und merkte, dass sich dieser kaum noch auf den Füßen halten konnte, nahm er ihn mit zu seinem gepflegten Hof.

»Otto treibt meine Schafe gerade ein Stückchen weiter zur oberen Weide. Also haben deine Schafe auf dem Galgenbihl genügend Platz und zudem saftiges Futter. Und dein Hund wird sie bewachen. Außerdem werde ich nach ihnen sehen. Du kannst dich also getrost eine Zeit lang bei mir ausruhen, um wieder zu Kräften zu kommen.«

Kapitel 10

KNAPP ZWEI WOCHEN WAR ES HER, dass Reichsgraf Hugo zu Königsegg-Rothenfels nach langem Aufenthalt in Konstanz in seine Allgäuer Heimat zurückgekehrt war und seinem kleinen Gefolge den Befehl gegeben hatte, auf direktem Weg nach Immenstadt weiterzureisen, um nur mit seiner Gemahlin Maria Renata, ihren Leibdienern und ein paar Wachsoldaten einen kleinen Abstecher in sein Schloss Staufen zu machen. Da er ganz in der Nähe gewesen war, hatte er die Gelegenheit nutzen wollen, seinen getreuen Schlossverwalter Ulrich Dreyling von Wagrain zu besuchen und im Schloss Staufen nach dem Rechten zu sehen.

Um wieder auf dem aktuellen Stand der Dinge zu sein, hatte er von ihm einen ausführlichen Bericht über all die unglaublichen Geschehnisse des vergangenen Herbstes erwartet und auch erhalten.

Dies war zwei Wochen her. Seit er in seinem Immenstädter Schloss ein fulminantes Begrüßungsfest gegeben hatte, war sogar erst eine knappe Woche vergangen, und obwohl sich die Dringlichkeiten im Arbeitszimmer des Grafen stapelten und es von äußerster Wichtigkeit gewesen wäre, seine Grafschaft vor geordneten Truppen und marodierenden Söldnerhaufen zu schützen oder andere Aufgaben wahrzunehmen, hatte er samt seiner Gemahlin und der gesamten Dienerschaft in der Nacht vom 19. auf den 20. Mai Immenstadt Hals über Kopf schon wieder verlassen, um doch nach Konstanz zurückzukehren. Obwohl niemand auch nur annähernd wissen konnte, was der Grund dafür gewesen war, hatte sich die übereilte Abreise der Erlauchten wie der Blitz im gesamten Herrschaftsgebiet herumgesprochen.

Nur in Staufen hatte das Volk noch nichts davon mitbekommen und rüstete sich eifrig für die Hochzeit, die in zwei Tagen stattfinden sollte und zu der das erlauchte Paar, sowie das Ehepaar Speen erwartet wurden. Wenn auch die Braut eine ehemalige Jüdin aus dem Volk war und nicht auf adlige Abstammung verweisen konnte, so war doch immerhin der Bräutigam von Stand.

◦⊙◦

Oberamtmann Speen und Stadtammann Zwick waren über die überstürzte Abreise ihres Regenten ebenso erschüttert wie alle anderen weltlichen und geistlichen Würdenträger des rothenfelsischen Landes, die inzwischen davon erfahren hatten. Da der Grund für die hektische Flucht ein Gerücht, dass in Scheidegg und in anderen Orten die Pest grassieren würde, sein sollte, konnten sie die Entscheidung ihres Herrn einerseits verstehen, hofften andererseits aber, dass er sich besinnen, in Zeiten der Not endlich einmal zu ihnen halten und an ihrer Seite bleiben würde, anstatt sich aus Angst vor der Pest ständig nach Konstanz abzusetzen. Seit die letzte Pestwelle vor sieben Jahren in der Residenzstadt gewütet hatte, ging es den Untertanen landauf, landab zunehmend schlechter. Abgesehen von der nagenden Hungersnot, die das ganze Land überzog, wurden auch noch die Forderungen der kaiserlichen Truppen ständig unverschämter – es wurden immer höhere Zahlungen gefordert, um die Katholiken im Krieg gegen die verhassten Protestanten zu unterstützen.

»Wo nichts ist, kann man auch nichts holen«, schrie Speen dem kaiserlichen Kommissär mutig ins Gesicht, als dieser wieder einmal Kriegsgeld fordern wollte. Der ranghöchste Beamte des Grafen riskierte damit, eingekerkert, ausgepeitscht oder gar exekutiert zu werden. Ihm geschah zwar nichts, allerdings nützte sein Mut auch niemandem. Da kein Geld da war, konfiszierte der Kommissär kurzerhand alles, was ihm irgendwie verwertbar erschien. Als er die Räume des Schlosses durchsuchen ließ und nichts fand, da das gesamte Tafelsilber, das Porzellan, die Gemälde, Gobelins, Kerzenleuchter und andere Wertgegenstände schon gleich nach der Abreise der gräflichen Familie vor zwei Wochen in Sicherheit gebracht worden waren und die Lagerräume im Schlosskeller sich an gut versteckter Stelle befanden, drohte die Situation fast zu eskalieren. Speen führte aber das glaubhafte Argument ins Feld, dass die Schweden schon hier gewesen seien und alles geplündert hatten. Zum Beweis knallte er eine Muskete, die zwar nicht aus Schweden stammte, was aber niemand wusste, drei mit schwedischen Regimentswappen ziselierte Stichwaffen, ein paar unter flämischer Aufsicht in Schweden hergestellte ›Holländische Töpfe‹ – typische Infanteriehelme, wie sie in der Armee Gustav Adolfs Usus waren, andere Rüstungsteile und sogar eine Standarte des General-von-Horn'schen Regimentes auf den Tisch, die laut seiner Aussage im Scharmützel verloren gegangen sein mussten oder einfach vergessen wurden. Woher der ausgebuffte Fuchs Speen diese Militaria hatte, wusste nicht einmal Stadtammann Zwick, der nur mühsam sein Grinsen verbarg.

Jedenfalls zeigten die schwedischen Stücke Wirkung und unterstrichen die Notlüge des Oberamtmannes. Außerdem war dem Kommissär bekannt, dass weite Teile des Allgäus seit der Rückeroberung des fürstäbtlichen Kempten und anderer Städte vor knapp einem Jahr wieder fest in schwedischer Hand waren, zumindest aber stark unter den Lutherischen gelitten hatten. Warum also nicht auch das katholische Immenstadt? So konzentrierten sich die Schergen des Kommissärs auf die Bürgerhäuser. Um der Bevölkerung die Gelegenheit zu nehmen, jetzt auch noch das, was sie nicht sowieso schon beiseite geschafft hatten, schnell verstecken zu können, ließ er seine Männer auf einen Schlag ausschwärmen und alle Häuser innerhalb der Stadtmauer gleichzeitig durchsuchen. Wenn die Soldaten in einem Haus überhaupt keine materielle

Beute machten, hielten sie sich eben an den Frauen und Töchtern des Hauses umso schadloser.

Nachdem die Aktion endlich beendet war und die Kriegsbeute auf mehreren Tischen in einem leerstehenden Raum des Schlosses lag, wunderte sich der kaiserliche Kommissär, dass doch noch so viel zusammengekommen war. »Na also, es geht doch«, bemerkte er zufrieden grinsend, während er sich seelenruhig seine tönerne Pfeife stopfte.

Obwohl die Stadtbewohner an ihren monetären Werten hingen, traf es sie noch mehr, dass die Kaiserlichen auch die meisten der sowieso schon wenigen Nutztiere mitnahmen, die sie bei einfacheren Leuten in Pflege gegeben hatten. Unabhängig von anderen Allgäuer Orten, die schon lange vor Ausbruch des Krieges viel Leid hatten erfahren müssen, herrschte jetzt auch in der Residenzstadt große Not. Davon, dass sich die Gustav Adolf unterstützenden Protestanten beeilten, in Prag ihren Frieden mit dem Kaiser zu machen, merkte man hier nichts. Im Gegenteil: Es sah eher so aus, als wenn sich die dritte Stufe dieses verdammten Krieges noch über Jahre hinziehen würde. Jedenfalls ging im Allgäu immer noch alles drunter und drüber, mehr, als dies bisher der Fall gewesen war.

Große Sorgen machte Speen auch das zunehmende Schnapspanschen. Durch den unkontrollierten Alkoholkonsum kam es zu allerlei Unsinnigkeiten, Anzüglichkeiten und zusätzlichen Gewalttaten.

»Und in dieser schwierigen Zeit lässt uns der feine Herr schon wieder allein, nur weil scheinbar irgendwo am Rande seiner Grafschaft wieder einmal die Pest ausgebrochen sein soll. Verdammt noch mal! Diese Scheißseuche bricht doch ständig irgendwo aus«, rief der ansonsten stets besonnene und absolut loyale Oberamtmann erzürnt aus.

»Woher hat der Graf überhaupt diese Information und warum wissen wir nichts Konkretes darüber? Wahrscheinlich handelt es sich nur um Panikmache und alles ist halb so wild«, versuchte der bei vielen Gelegenheiten eher zu Aggression und Unüberlegtheit neigende Stadtammann Zwick, die Sache abzutun.

Dass es sich tatsächlich um die Pest – und wie sie zwischenzeitlich auch noch gehört hatten, im nahen Staufen – handeln solle, wollten die Immenstädter nicht glauben. Dennoch trauten Speen und Zwick dem Frieden nicht so ganz und ließen sicherheitshalber die Wachen an den Stadtmauern verdoppeln und die vier Stadttore auch tagsüber schließen. Sie gaben den Befehl, so lange niemanden herein zu lassen, bis sie genau wussten, was los war. Wie recht sie damit hatten, würde sich schneller erweisen, als ihnen lieb war.

༄

Als zwei Tage später Fabio vor dem die Stadt im Westen schützenden Schollentor auftauchte, herrschte helle Aufregung.

»Ich habe für Euren Oberamtmann ein Sendschreiben vom Verwalter des Schlosses Staufen«, rief der Bote des Kastellans erschöpft, aber aufgeregt den Brief schwingend, schon von Weitem.

Die Torwachen schickten nach Benedict von Huldenfeld, der entscheiden sollte, was mit dem offensichtlich aufgrund des langen Fußmarsches stark geschwächten Boten zu geschehen habe. Da der Hauptmann der Stadtwache zwischenzeitlich ebenfalls von den Pestgerüchten gehört hatte, ließ er Vorsicht walten und gebot Fabio, das gefaltete und versiegelte Papier durch einen Schlitz im Tor hereinzuschieben. Er gab den Befehl, den Einlass unter keinen Umständen zu öffnen, bis er mit Speen oder Zwick gesprochen hatte. Danach brachte er das Sendschreiben umgehend zum Oberamtmann, der hastig das Siegel brach und den Brief las, bevor er ihn weiterreichte.

»Um Gottes willen«, entfuhr es Speen, dem das Entsetzen ins Gesicht geschrieben stand. »Lasst den Boten unter keinen Umständen in die Stadt herein und sagt ihm, dass er warten soll, bis ich ein Rückschreiben angefertigt habe.«

»Meine Wachen sind bereits instruiert«, beschied ihm der schneidige Gardehauptmann, dem man bei jeder seiner Bewegungen und bei der Art seiner Aussprache unschwer anmerken konnte, dass er von Adel war.

»Gut! Wenn wir ihn schon nicht in die Stadt hereinbitten können, geht wenigstens anständig mit ihm um. Auch wenn der Bote schlechte Kunde bringt, hat er keinerlei Schuld auf sich geladen. Reicht ihm Wasser und Brot vom Wehrgang hinunter und legt auch noch ein Stück Speck dazu, zieht den Kübel aber nicht mehr hoch, sondern schmeißt auch noch das Seil hinterher! Niemand darf sich von ihm berühren lassen!«

Der Oberamtmann überlegte kurz, was als Erstes zu tun sei, bevor er noch hastig anfügte, dass sich alle, die mit dem Brief in Berührung gekommen waren, sofort die Hände so fest waschen sollten, bis ihnen beinahe die Haut abfiel. Noch während er dem Hauptmann der Stadtwache diese Befehle gab, eilte er selbst an eine Wasserschüssel, um hastig seine Hände, mit denen er das womöglich infizierte Papier angefasst hatte, zu reinigen. Er ließ sich mehrmals frisches Wasser bringen, um sie immer und immer wieder aneinander zu reiben. Erst als er sicher zu sein glaubte, dass er sich mit der manischen Händewascherei der bedrohlichen Pest entledigt und sich dadurch vor Ansteckung geschützt hatte, begab er sich zu seinem *Katheder* und setzte ein kurzes Schreiben an den Kastellan auf, das er versiegelte und Hauptmann von Huldenfeld, nachdem auch dieser sorgfältig seine Hände gewaschen hatte, in die selbigen drückte.

»Habt Ihr Eure Hände ordentlich gewaschen? – Gut! Nun werft dieses Schreiben dem Boten hinunter und schickt ihn unverzüglich nach Staufen zurück«, befahl er knapp, um sich sogleich daranzumachen, den Rat der Stadt und alle anderen wichtigen Leute Immenstadts zu einer Krisensitzung zusammenzurufen.

Es dauerte kaum die Hälfte einer Stunde, bis alle versammelt waren. Aufgrund der Dringlichkeit hielt sich Speen nicht mit einer langen Vorrede auf, sondern kam gleich zur Sache: »Meine Herren! Ich habe eine äußerst beunruhigende Nachricht für Euch!«

Die Honoratioren ahnten sofort, um was es ging, als der Versammlungsleiter eröffnete, vom Staufner Schlossverwalter ein Sendschreiben erhalten und dieses sofort verbrannt zu haben.

»Es ist also doch wahr. Die Pest ist tatsächlich ausgebrochen«, bekräftigte ein Ratsmitglied das soeben Gehörte.

»Und ausgerechnet in Staufen. Genau an dem Tag, an dem der junge Dreyling von Wagrain heiraten wollte«, bestätigte der

Oberamtmann das Gesagte. Obwohl dies angesichts der anstehenden Probleme unwichtig war, ergänzte er noch, dass es zwar nicht schön, aber wohl kein Problem wäre, die Hochzeit zu verschieben.

»Falls die jungen Leute die Pestilenz überleben sollten«, murmelte Stadtammann Zwick mit leicht süffisantem Unterton.

»Mussten die Staufner im vergangenen Jahr nicht schon genug mitmachen?«, bekundete der honorige Leiter der Kaufmannszunft sein Mitgefühl.

»Wie konnte dies geschehen?«, fragte ein anderes Mitglied des hohen Rates.

»Laut Schreiben des verehrten Schlossverwalters Ulrich Dreyling von Wagrain muss es wohl ein Wanderschäfer gewesen sein, der die Pest vom Westlichen ins Obere Allgäu geschleppt hat!«

»Also hat es doch gestimmt, dass diese vermaledeite Seuche zuvor in Scheidegg war. Das bedeutet, dass sich die Pestilenz jetzt über das ganze Allgäu ausbreiten könnte«, mutmaßten die Männer einmütig und schüttelten bedenklich ihre Köpfe.

»Gibt es in Staufen weitere Tote?«, wurde der Oberamtmann gefragt.

Speen zuckte mit der Schulter. »Offensichtlich noch nicht! Jedenfalls stand in dem Brief nichts davon. Da mir Dreyling von Wagrain nicht mehr mitgeteilt hat, als ich Euch schon gesagt habe, kann ich Euch auch nicht berichten, was genau geschehen ist. Geht aber davon aus, dass weitere Todesfälle folgen werden.«

Die Ratsmitglieder setzten sich an den großen Tisch im Sitzungssaal und wollten gerade mit der Diskussion über Vorsorgemaßnahmen beginnen, als sich Stadtpfarrer Frey bekreuzigte und – nachdem es ihm alle nachgemacht hatten – damit begann, ein Gebet für die Scheidegger und die Staufner Bevölkerung zu sprechen. »… und möge der Herrgott unser geliebtes Städtle dieses Mal verschonen!«

Den Staufnern war es anfangs auch nicht anders ergangen als den Immenstädtern. Aufgrund ihrer letzten Erfahrung mit der Pest, oder was man dafür gehalten hatte, war ihnen zunächst nicht bewusst geworden, dass es sich dieses Mal um die echte Seuche handelte, sie hatten sogar noch ihre Scherze damit gemacht: »Wahrscheinlich ist der Medicus von den Toten auferstanden und hat damit begonnen, sein gewinnbringendes Werk fortzusetzen«, hatte Josen Bueb am Stammtisch der ›Alten Sonne‹ getönt.

Aber auch in der ›Krone‹ waren nur dumme Witze zu diesem Thema erzählt worden: »Was haben ein dunkles Bier und der Schwarze Tod gemeinsam?«, hatte der ›Pater‹ seine Stammtischbrüder gefragt. Und er hatte die Antwort gleich mitgeliefert: »Wenn man zu viel davon bekommt, muss man kotzen!« Dass er mit dem Begriff ›Schwarzer Tod‹ eine Bezeichnung für die Pest gewählt hatte, die erst wesentlich später in den allgemeinen Sprachgebrauch aufgenommen werden sollte, hatte er nicht gewusst.

Hatte er da noch die Lacher auf seiner Seite, war den Staufnern das Lachen schlagartig vergangen, nachdem sich herumgesprochen hatte, dass der Totengräber einen Pesttoten beim Bechtelerhof abgeholt und nach Weißach hinunter zum bereits vor Jahren angelegten Pestfriedhof gekarrt hatte. Nur dem Kastellan war sofort klar geworden, was die Stunde geschlagen hatte, als er vom Propst darüber unterrichtet worden war, dass der Wanderschäfer der Pest erlegen war. Er hatte sofort nach den Bombergs schicken lassen, um mit ihnen und den Seinen darüber zu sprechen, wie mit der auf diesen Tag angesetzten Hochzeit verfahren werden sollte. Letztendlich waren sie so verblieben, dass die kirchliche Zeremonie in verkürzter Form und in kleinstem Kreise stattfinden sollte.

»Es tut mir so leid für euch. Aber so seid ihr wenigstens offiziell Mann und Frau, und euer Kind hat legitime Eltern, falls …« Der Kastellan hatte sich um Haltung bemüht, hatte aber erst durchschnaufen müssen, bevor er den Satz beenden konnte. »Falls ihr vor unseren Schöpfer treten müsst … Aber daran denken wir jetzt noch nicht und freuen uns lieber auf die Feierlichkeiten, die wir zu einem späteren Zeitpunkt nachholen werden«, hatte er die Enttäuschung und die damit verbundene Sorge aller etwas abzumildern versucht. Danach war er in seine Schreibstube geeilt, um einen Brief an Oberamtmann Speen aufzusetzen und nach Fabio zu rufen, der alsbald gekommen war und stumm darauf gewartet hatte, was ihm der Kastellan zu sagen hatte.

»Fabio, ich kann es dir nicht befehlen, hätte aber eine wichtige Aufgabe für dich.«

»Ja, Herr?«

»Ich bitte dich, dieses Schreiben auf schnellstem Wege nach Immenstadt zu bringen. Aber ich sage es gleich: Aus gewissen Gründen kann ich dir kein Pferd mitgeben. Das heißt, du musst laufen.«

Nachdem Fabio spontan zustimmend genickt hatte, ohne zu wissen, um was es überhaupt ging, hatte er die weiteren Anordnungen des Kastellans entgegengenommen: »… und sieh zu, dass du vor Einbruch der Dunkelheit wieder zurück bist. Vermeide es, anderen Leuten zu nahe zu kommen oder sie gar zu berühren. Wenn dir jemand entgegenkommen sollte, versteck dich im Gebüsch.«

»Es ist die Pest! Nicht wahr?« Fabio hatte dabei seinen Herrn unsicher angeblickt.

»Ja! Und jetzt geh«, hatte der Kastellan ehrlich zur Antwort gegeben und dabei über Fabios Wuschelkopf gestrichen. Dies war die allererste Liebkosung gewesen, die der ungeliebte Sohn einer Hure erfahren hatte, seit sie ihn ungefragt in diese unfreundliche Welt entlassen hatte und er – kaum dass er geboren war – von einem Straßenköter abgeleckt worden war. Dankbar hatte er dem Kastellan in die Augen geschaut, bevor er sich auf den Weg gemacht hatte. Er wäre für ihn bis ans Ende der Welt, und nicht nur bis nach Immenstadt, gegangen. Während er die 17 Meilen zu Fuß dorthin unterwegs gewesen war, hatte er sich immer wieder übers Haar gestrichen. Noch nie hatte ihn jemand so sanft berührt, wie der Kastallan. Noch nie hatte ihn ein solch wonniger Schauer überkommen. Ja, er würde für seinen neuen Herrn und dessen Familie wirklich alles tun und hoffte auf eine diesbezügliche Gelegenheit. Dabei konnte er nicht im Entferntesten ahnen, wie schnell diese kommen sollte.

⁂

Ulrich Dreyling von Wagrain indessen hatte die Sorge um die Bechtelers und um die Doblers zum Hof der allseits geschätzten und beliebten Bauersleute getrieben. Aber seine Angst um deren

Gesundheitszustand schien umsonst gewesen zu sein. Die Hofbewohner waren allesamt wohlauf und hatten lediglich Durchfall. »Die Bohnen …«, entschuldigte sich der Bauer, nachdem ihm ein allzu heftiger Leibeswind entfleucht war.

Dennoch hatte es der Kastellan vermieden, das Innere des Hauses zu betreten, und sich stattdessen mit dem Bauern und mit Otto Dobler vor der Tür unter Wahrung eines Sicherheitsabstandes unterhalten. Es hatte ihn geschmerzt, seinen Freund Otto so behandeln zu müssen. Aber die Gefahr, dass auch er sich beim Schäfer angesteckt haben könnte, war einfach zu groß. Auf die höfliche Bitte der Bäuerin einzutreten, hatte der Ortsvorsteher als Ausrede angeführt, dass er in Eile wäre, weil er an diesem Tag noch viel Arbeit wegen der ausgefallenen Hochzeit habe. Da war ihm der Glockenschlag der Kirchturmuhr gerade recht gekommen. »Ich muss mich sputen.« Als er schon im Gehen war, hatte er sich noch einmal umgedreht: »Versteht mich nicht falsch, wenn ich Euch bitten muss, die nächsten Tage das Haus nicht zu verlassen.«

»Natürlich! Wir verstehen das«, hatte der Bauer gelassen geantwortet. Aber schon eine Stunde später war er mit Otto zum Galgenbihl gegangen, um nach den Schafen des Wanderschäfers und nach den eigenen Schafen, die sie vor ein paar Tagen ein ganzes Stück höher, zu einer saftigeren Viehweide, getrieben hatten, zu sehen. Deswegen hatten die Schafe des Wanderschäfers auf dem Galgenbihl genügend Platz gefunden.

Kapitel 11

AUFGRUND SEINER BEFÜRCHTUNG, es könnte sich Schlimmes anbahnen, lag dem Kastellan viel daran, das vormals im Siechenhaus vereinbarte ausführliche Gespräch mit Schwester Bonifatia schnellstens herbeizuführen. Als er bei ihr gewesen war, hatte sie ihm nicht die benötigte Zeit hierzu gewährt, weil er sie unangemeldet besucht und sie viel Arbeit gehabt hatte. Nachdem er ihr dennoch die Leitung des Staufner Spitals angeboten hatte, war es ihr doch etwas mulmig ums Herz geworden, weil ihr klar geworden war, dass sie dann mit den Franziskanerinnen nicht mehr zu tun haben würde, als dass sie ein Mitglied dieses Konvents blieb. Also hatte sie sich die Sache in Ruhe überlegen wollen und deswegen etwas Zeit erbeten, die jetzt abgelaufen war.

Da die Nonne erst noch einiges abzuwickeln hatte, mussten sich der Ortsvorsteher und der Propst in Geduld üben, was ihnen insofern entgegenkam, da sie dadurch Zeit hatten, auch andere Personen zu diesem Gespräch einzuladen.

Jetzt saßen sie mit Schwester Bonifatia, dem Kanoniker Martius Nordheim und Fabio in der Schlossbibliothek zusammen.

Sie warteten nur noch auf den Totengräber, um mit dem Disput beginnen zu können. Der war zwar inzwischen ebenfalls auf dem Schlossgelände eingetroffen, ließ sich aber auf seinem Weg über den Hof in Richtung Herrschaftsgebäude Zeit, weil er sah, dass die Magd Rosalinde gerade durch ein kleines Türchen in die außerhalb der Mauerumfriedung liegenden Gartenanlage ging, um wohl irgendwelche Kräuter zu holen. Er war neugierig geworden. Diese versteckt liegende und von außen nicht sichtbare Maueröffnung interessierte den Totengräber, weil er darauf spekulierte, eventuell über den dahinter liegenden Wurzgarten durch dieses Türchen in den Schlosshof eindringen zu können, um sich dort den Söhnen des Kastellans nähern zu können. Er wusste zwar noch nicht, wann und wie dies geschehen sollte. Dafür wusste er umso besser, dass dies ein äußerst gefährliches Unterfangen mit hohem Risiko sein würde, das er – wenn irgend möglich – vermeiden musste. Außerdem hatte er noch keinen Plan, wie er von außen in den Wurzgarten kommen konnte. Er blickte sich unauffällig nach allen Seiten um und wurde gewahr, dass sich Siegbert gerade auf eine Inspektionsrunde zur Nordmauer machte, nachdem er ihn auf Geheiß des Kastellans hereingelassen und das Türchen im großen Haupttor hinter ihm geschlossen hatte. Somit konnte der Wachhabende den Totengräber nicht sehen, als dieser – die Hände locker auf dem Rücken, unauffällig vor sich hin pfeifend – zu dem Gartentürchen schlenderte. Zufrieden stellte Ruland Berging fest, dass die Öffnung, durch die ein gestandener Mann nur gebeugt hindurchkam, nicht mit einer festen Holztür, sondern nur mit einem fast filigran geschmiedeten Tor, das zudem in lottrigem Zustand zu sein schien, verschlossen werden konnte. Als Rosalinde wieder in den Schlosshof zurückging, um den im Schlossbrunnen zuvor bereits gefüllten Kübel mitzunehmen, sah der Totengräber, dass sie das Türschloss nicht verriegelte, sondern das verzierte Schmiedeeisen, das eher einem herrschaftlichen Grabkreuz als einem Gartentürchen glich, lediglich zuschlug, damit der Riegel in die dafür vorgesehene Halterung krachen konnte.

Diese Eisentür wird nicht abgeschlossen und kann möglicherweise sogar über die Südmauer von außen erreicht werden, ohne dass man gesehen wird, freute er sich, während er seine Schritte hastig zum Haupthaus lenkte, um nicht allzu spät zur anberaumten Besprechung zu kommen.

»Na endlich! Es wurde auch höchste Zeit«, schnauzte ihn der Kastellan, der den Totengräber nach wie vor nicht mochte und in seinem Innersten immer noch vermutete, dass er seinen Söhnen etwas Böses wolle, an.

»Entschuldigt! Aber ich hatte noch zu tun!« Als er dies sagte, grinste er finster in sich hinein.

»Schon gut. Nehmt Platz!« Der Hausherr stand auf und griff sich das vor ihm liegende Stück Papier, das ihm Fabio aus Immenstadt mitgebracht hatte.

»Bevor wir mit dem eigentlichen Thema beginnen, bedanke ich mich bei Fabio für seinen Mut, nach Immenstadt zu gehen, und bei euch für euer aller Kommen. Ich muss euch leider die betrübliche Mitteilung machen, dass es unser hochverehrter Graf und seine Gemahlin vorgezogen haben, wieder einmal übereilt nach Konstanz zurückzukehren, nachdem sie davon erfahren hatten, dass in Scheidegg die Pest grassiert. Wie diese Hiobsbotschaft so schnell nach Immenstadt gelangen konnte, bevor ich es überhaupt gewusst habe, verstehe ich nicht. Wenn ich Speens Zeilen richtig deute, hat unser gnädiger Herr zum Zeitpunkt seiner Abreise noch nichts von unserem toten Schäfer gewusst. Die genauen zeitlichen Einordnungen werde ich noch zu recherchieren wissen, aber dies tut im Moment sowieso nichts zur Sache.«

Er blickte in die Runde, um zu sehen, ob jemand etwas zu sagen hatte. Nachdem niemand das Wort ergriff, kam er unumwunden zum eigentlichen Thema der Zusammenkunft: »Wie dem auch sei: Ich wollte euch nur mit dem Hinweis auf absolute Diskretion – die übrigens für alles, was heute hier besprochen wird, gilt – hiervon in Kenntnis setzen. Da wir es sowieso nicht ändern können, brauchen wir uns auch nicht näher damit zu beschäftigen.«

Bis auf Fabio, der es für eine hohe Ehre hielt, an dieser Sitzung teilnehmen zu dürfen, aber noch nicht so recht wusste, wie er sich verhalten sollte, murmelten jetzt alle durcheinander.

»Bitte! Lasst uns nun zum eigentlichen Grund unserer Zusammenkunft kommen.«

Der Kastellan wartete, bis alle ruhig waren, und fuhr dann sichtlich angespannt fort: »Ich habe euch heute nicht in meiner Eigenschaft als Schlossverwalter, sondern in meiner Eigenschaft als immer noch amtierender Ortsvorsteher hierhergebeten. Ich werde nicht lange um das Thema herumreden. Bis auf die ehrwürdige Schwester Bonifatia wissen alle Anwesenden, dass es in Staufen vor ein paar Tagen einen Pesttoten gegeben hat.«

»Gott erbarm'«, entfuhr es der Ordensfrau, die sich gleich dreimal hintereinander bekreuzigte.

Da der Kastellan wollte, dass diese Zusammenkunft rasche Ergebnisse zeitigte, und er den Anblick des Totengräbers nicht unnötig lange ertragen mochte, ergriff er sofort wieder das Wort, ohne auf die Schwester einzugehen: »Bitte lasst mich zuerst alles darlegen, was ich zu sagen habe, und unterbrecht mich nicht. Wenn ich alles kundgetan und meine Vorschläge unterbreitet habe, können wir gemeinsam in Ruhe und mit der gebotenen Ernsthaftigkeit darüber reden. Seid ihr damit einverstanden?«

Durch allseitiges Kopfnicken bestätigten die Anwesenden ihr Einverständnis.

»Also: Unser heutiges Treffen birgt schon ein großes Risiko. So bedauerlich es auch ist, müssen wir davon ausgehen, dass es sich – im Gegensatz zum vergangenen Herbst – dieses Mal um die ›echte‹ Pestilenz handelt und sich diese Geißel Gottes in Staufen aller Wahrscheinlichkeit nach unaufhaltsam ausbreiten wird. Ich befürchte, dass es schon bald die nächsten Opfer geben wird. Wie ich erfahren habe, ist die Familie Bechteler mit dem an der

Pest gestorbenen Schäfer in Berührung gekommen. Überdies hat mein bester ...«, er hielt kurz inne, »und unvernünftiger Freund Otto mehrmals mit dessen Schafen Kontakt gehabt. Ob der Schäfer durch die Flöhe seiner Schafe oder indirekt von den Schweden infiziert worden ist, entzieht sich meiner Kenntnis. Und Ratten wird es ja auch in Scheidegg geben. Dazu kommt noch, dass Otto und seine Mutter Resi tagtäglich hautnah mit allen Mitgliedern der Familie Bechteler zu tun haben.«

Der Kastellan schnaufte tief durch, bevor er weitersprach: »So traurig es ist, müssen wir doch mit dem Schlimmsten rechnen. Damit ihr wisst, um was für eine abscheuliche Krankheit es sich überhaupt handelt, woher sie kommt und wie sie sich auswirkt, erzähle ich euch jetzt erst einmal, was ich schon letztes Jahr vom weitgereisten Immenstädter Stadtmedicus und von meinem Sohn Eginhard, der, wie ihr vielleicht wisst, bald ein Doctor der Medizin sein wird, darüber erfahren habe.«

Bevor der besorgte Ortsvorsteher zu berichten begann, schnaufte er tief durch.

»Die Zeit zwischen Ansteckung und Ausbruch der tödlichen Krankheit beträgt nur wenige Tage. Mittlerweile wissen wohl die meisten der studierten Ärzte, dass in erster Linie Rattenflöhe die Krankheitsüberträger sind. Es können auch andere Tiere sein, die allerdings zuvor von einem Rattenfloh gebissen worden sein müssen, bevor sie selbst die tödliche Krankheit weitergeben können. Beißen diese kleinen Flöhe einen Menschen, entwickelt sich an der juckenden Stelle innerhalb von einem bis sechs Tagen ein blauschwarzes Umfeld.«

Während er dies sagte, begannen sich ein paar seiner Zuhörer – wie auf einen inneren Befehl hin – zu kratzen.

»Schon zwei bis drei Tage später schwellen die dieser Stelle am nächsten liegenden Lymphknoten an, dann folgen nach einer Woche – oder früher – Kopfschmerzen, Fieber und Benommenheit. Bis dahin ähnelt die Seuche einer der üblichen winterlichen Erkrankungen. Doch dann wird der Infizierte schwach und muss sein Lager hüten. Hautblutungen treten auf, Verdauungsstörungen, große innere Schmerzen, geistige Verwirrtheit folgen und die Knoten schwellen zu faustgroßen Beulen an«, unterstrich er seine Ausführungen, indem er eine Faust ballte, während er den erstaunten Zuhörern weiter berichtete. »Wenn die Beulen aufbrechen, läuft daraus zwar eine ekelhaft stinkende und eitrige Flüssigkeit, bietet aber dem Erkrankten die einzige Möglichkeit, überleben zu können.«

Der Ortsvorsteher machte jetzt eine kleine Pause, in der er erkannte, dass ihm alle Anwesenden ernsthaft interessiert an den Lippen hingen, während sich die offensichtlich an verhältnismäßig wenig Schmutz und Ekel gewohnten Diener Gottes immer noch kratzten.

»Gewiss: Eine eher schwache Hoffnung, aber immerhin besteht bei der Beulenpest die Möglichkeit zu überleben. Aber lasst mich euch weiter über den Fortgang der Krankheit in Kenntnis setzen«, schweifte er kurz vom Kern seines Berichtes ab.

»Spätestens jetzt wird das Umfeld des Kranken in Angst und Schrecken geraten sein, weil es begriffen hat, dass es die Pestilenz ist. Manche Infizierte brechen an Ort und Stelle zusammen, andere schleppen sich nach Hause, mit Beulen am Hals, unter den Achseln und an den Leisten, aus denen unablässig Blut und Eiter hervorquellen. Der Körper ist jetzt mit Geschwüren und schwarzen Flecken übersät. Das bedauernswerte Opfer krümmt sich vor inneren Schmerzen. Atem, Schweiß, Urin, Kot …, alles stinkt erbärmlich nach Fäulnis. – Hat jemand eine Frage?« Der Redner – von seinem eigenen Bericht sichtlich ergriffen – blickte auffordernd von einem zum anderen.

»Wissen die Ärzte Genaueres über den Erreger?«, wollte die in der Heilkunde bewanderte, aber in Sachen Pest doch recht unerfahrene Krankenschwester wissen.

»Ja! Aber wie ich glaube, bisher nur vereinzelt. Wie mir bekannt ist, hat der alte Immenstädter Stadtmedicus Erfahrung damit und weiß mehr darüber als die meisten seiner Berufskollegen, weil er als junger Medicus in Jerusalem bei einem berühmten Pestarzt gearbeitet hat. Jedenfalls hat er mir viel darüber erzählt. Einen Moment, bitte. Ich habe mir bei diesem Gespräch Notizen gemacht … Ah! Da sind meine Aufzeichnungen ja.«

Der Kastellan überflog erst das vergilbte Blatt, bevor er die Frage der Schwester beantwortete: »Der Pesterreger ist ein Bazillus, dessen Wirtstier die Ratte ist und der durch den Biss des Rattenflohs – wie zuvor schon gesagt – von Tier zu Tier übertragen wird. Wie wir alle wissen, sind Ratten und Flöhe eine alltägliche Plage – so alltäglich, dass niemand auf den Gedanken kommt, zwischen ihnen und dem Sterben einen Zusammenhang zu sehen. Da die Pest nicht nur durch Wanderratten, sondern auch durch Hausratten, wie wir sie heuer in ungewohnt hoher Population dulden müssen, übertragen wird, kommen früher oder später auch Menschen mit der Krankheit in Kontakt. Der Floh kann ohne Wirtstier bis zu 30 Tage überleben. Er versteckt sich gerne in Heuballen, Strohlagern oder schlüpft in Stoffe. Da sich die Flöhe bei Kälte verkriechen und lahm werden, verbreitet sich die Seuche bei warmen Temperaturen wesentlich schneller als im Winter.«

Dass es sich konkret so verhielt, dass Rattenflöhe bei Temperaturen unter zehn Grad Celsius in eine Art Gliederstarre fielen, war auch dem Immenstädter Medicus noch nicht bekannt.

Der Ortsvorsteher biss sich auf die Unterlippe. »Obwohl wir schon auf Ende Mai zugehen, ist es aufgrund des unvorhergesehenen Wetterwechsels jetzt noch recht kalt …, aber die heiße Zeit kommt so sicher wie das Amen in der Kirche«, gab er zu bedenken, bevor er den Unterschied zwischen der Beulen- und der Lungenpest erklärte: »Es kann sein, dass sich bei manchen Erkrankten die Beulenpest in die noch tückischere Lungenpest verwandelt. Dies geschieht dann, wenn Flüssigkeit in die Lunge eines Infizierten gelangt und das Gewebe des Atemorgans rasend schnell zerstört. Bluthusten, Lähmungen und schließlich der grausame Tod durch Ersticken sind die unvermeidlichen Folgen. Einmal akut, wird die Lungenpest durch Infektion übertragen, durch winzige Flüssigkeitsspuren in der Luft. Sie zerstört den Körper mit schrecklicher Schnelligkeit: Von der Infektion bis zum Tod vergehen meist zwei Tage, in manchen Fällen nur ein paar Stunden. Der Stadtmedicus hat gemeint, dass unter Umständen eines von drei Opfern die Beulenpest überleben kann und danach sogar für eine gewisse Zeit gegen diese Krankheit immun ist, wenn auch manchmal Schäden, wie Dauerlähmungen oder Irrsinn, zurückbleiben. Die Lungenpest hingegen überlebt so gut wie niemand. Den Menschen – selbst den meisten Ärzten – ist kaum bewusst, dass die Beulenpest und die Lungenpest insofern in Verbindung gebracht werden können, als dass aus der Beulenpest die Lungenpest werden kann und dass es sehr gefährlich ist, einem Kranken zu nahe zu kommen. So hat es im rothenfelsischen Gebiet wenigstens das Gute, dass man hier schon an vielen Orten Erfahrung mit der Pest machen konnte und ...«

»Was soll daran gut sein?«, unterbrach Fabio, der über seine Kühnheit, den hohen Herrn zu unterbrechen, derart erschrocken war, dass er reumütig den Kopf senkte.

»Immerhin wissen wir dadurch, dass diese Krankheit ansteckend, also übertragbar ist! In weiten Teilen des Landes ist dies immer noch völlig unbekannt, zumal beim einfachen Volk. Wir hingegen wissen sogar, durch was und wie man sich anstecken kann. Wir müssen unbedingt versuchen, die Bevölkerung darüber aufzuklären«, antwortete sein derzeitiger Dienstherr.

»Ein sinnloses Unterfangen«, konstatierte Ruland Berging, der seine Mitmenschen schon immer für dümmer hielt, als sie waren, in diesem Punkt aber recht hatte.

Der Kastellan nickte dennoch zustimmend, da er befürchtete, dass es auch aus seiner Sicht sehr schwierig sein würde, die Bevölkerung aufzuklären und dadurch zu beruhigen. Er wusste noch allzu gut, wie chaotisch die Staufner sich am Ende des vergangenen Jahres verhalten hatten, als einer nach dem anderen durch die Mörderhand des ruchlosen Arztes Heinrich Schwartz hatte sterben müssen, und sie geglaubt hatten, dass es die Pest gewesen war. Er legte seine Aufzeichnungen auf den Tisch zurück und vergrub Nase, Mund und Kinn in seinen gefalteten Händen.

Während sich die anderen das Gehörte durch den Kopf gehen ließen, überlegte er, was er als Nächstes sagen wollte. »Das ist schon ungeheuerlich. In der Hoffnung, dass ihr diese Nachricht inzwischen verdauen konntet, möchte ich mit eurer Erlaubnis zum Hauptpunkt kommen.«

»Ja, natürlich«, forderte der Propst seinen Freund auf, weiterzusprechen.

»Nach meiner Einschätzung haben wir zwei Möglichkeiten. Wir schnüren noch heute unsere Bündel und fliehen so schnell und so weit, wie uns unsere Füße tragen ...«

»*Fuge cito et longe*«, murmelte der Propst kaum hörbar, während der Kastellan den Kanoniker und die Schwester ansah.

»Oder wir übernehmen Verantwortung für unsere Mitmenschen und setzen alles daran, dass sich die Seuche möglichst wenig ausbreiten kann und dass denjenigen, die infiziert worden sind, Linderung und vielleicht sogar Heilung zuteil wird.«

Mit wechselnden Blicken zum Propst, zum Totengräber und zu Fabio fuhr er fort: »Und dass die Verstorbenen mit Gottes Beistand schnellstens bestattet werden, damit eine zusätzliche Ansteckungsgefahr verhindert wird. Dies muss unser oberstes Gebot sein! ... Das heißt, wir müssen uns die Arbeit einteilen.«

Dass sich der Kastellan mit dieser Aussage bereits für Option zwei entschieden hatte, fiel niemandem auf. Gerade so, als wenn der zweite Vorschlag längst von allen Anwesenden sanktioniert worden wäre, fuhr er fort: »Ehrwürdige Schwester: Ihr richtet zusammen mit dem Kanonikus das Spital her und kümmert Euch – so gut es eben geht – um die Kranken. Ist dies möglich?«

Die zwar kurz erschrockene, offensichtlich aber mutige und entscheidungsfreudige Nonne zögerte keinen Wimpernschlag lang, bevor sie antwortete: »Ja! Aufgrund unseres letzten Gespräches weiß ich schon einiges über ihn und habe nichts dagegen, mit ihm zusammenzuarbeiten, ... sofern er eine Frau als Vorgesetzte akzeptiert. Außerdem habe ich meinem Mutterhaus bereits mitgeteilt, dass ich nicht nach Dillingen zurückkehren, sondern nach Staufen gehen werde. Ich muss nur noch einmal ins Siechenhaus zurück, um diese karitative Institution ordentlich zu übergeben und meine Sachen zu packen.«

Ohne das Einverständnis des jungen Priesters oder seines Dienstherrn abzuwarten, sah der Kastellan mit zusammengekniffenen Augen den Totengräber an: »Und Ihr werdet zusammen mit Fabio diejenigen, denen nicht mehr zu helfen ist, abholen, auf den Pestfriedhof nach Weißach verbringen und dort ordentlich bestatten! Es darf nicht schon wieder sein, dass sich die Toten in der St. Martins-Kapelle und auf dem Kirchhof stapeln. Als dies im letzten Herbst der Fall war, habe ich von Oberamtmann Speen eine Rüge bekommen, weil wir die Toten nicht gleich nach Weißach gebracht haben und ...«

»Auch wenn er dadurch einmal mehr geglaubt hat, sich in kirchliche Angelegenheiten einmischen zu müssen, hat er recht daran getan«, unterbrach ihn der Propst, der es ansonsten gar nicht mochte, wenn sich die Weltlichkeit um Kirchenbelange kümmerte, ... und mochte sie noch so hochgestellt sein.

»Unser Regent hat schon gewusst, warum er vor ein paar Jahren diesen Pestfriedhof fernab des Dorfes anlegen ließ, auch wenn es immer noch an einer ordentlichen Mauerumfriedung mangelt«, schimpfte er noch.

»Er hat nur einen Kapellenbau in Auftrag gegeben und keinen Gottesacker anlegen lassen ... Aber der Platz dort unten, fernab Staufens, eignet sich bestens«, korrigierte der Kastellan, bevor er auf sich selbst zu sprechen kam: »Und ich übernehme die Koordination«, beschloss Ulrich Dreyling von Wagrain, der wusste, dass dafür sowieso kein anderer infrage kommen würde, diesen Teil des Gespräches.

Während der darauffolgenden Strategiebesprechung hörten sie Siegbert diejenigen Töne ins Horn blasen, die einen friedlichen Besucher ankündigten. Bevor der Kastellan aufstand, um nachzusehen, wer am Schlosstor war, blickte er allen nochmals tief in die Augen: »Ihr seid euch dessen bewusst, dass ihr euch in große Gefahr begebt. Niemand zwingt euch, das zu tun, was wir soeben besprochen haben. Aber wenn ihr es tut, dann bitte richtig! Ich muss mich auf euch verlassen können.«

Natürlich machten sich jetzt alle Gedanken darüber, ob ihr Einsatz nicht nur gut für die bedauernswerten Opfer, sondern auch für sie selbst war. Der Propst schien am wenigsten in Gefahr zu sein, da er mit den Kranken und Sterbenden keinen direkten Körperkontakt haben würde. Schwester Bonifatia und der Kanoniker waren da schon wesentlich gefährdeter. Um das Risiko, selbst infiziert zu werden, zu minimieren, würden sie sich bei ihrer Arbeit mit dementsprechender Kleidung, zu der auch ein mit Essig getränktes Tuch, das sie sich im Bedarfsfall vor Mund und Nase binden konnten, schützen. Außerdem vertrauten sie auf die Obhut Gottes, in die sie sich voll und ganz begeben würden.

Und der Totengräber fürchtete sowieso nichts. Er sah momentan nur seine Entlohnung, die er so knapp wie möglich mit Fabio, der die Sache mit jugendlicher Unbekümmertheit und treuem Gehorsam dem Kastellan gegenüber betrachtete, zu teilen gedachte.

Bevor der einerseits resignierte, andererseits hoffnungsvolle, Hausherr nach draußen ging, um nach dem Besucher zu sehen, bat er Schwester Bonifatia, in die Kammer seiner kranken Frau zu gehen, um ihr bei der offensichtlich aufziehenden Krankheit beizustehen. Wenn Konstanze die Pest hat, ist sowieso alles aus, dachte er und verließ hängenden Hauptes den Raum.

Vor dem Tor stand ein junger Bursche in der typisch zerschlissenen und verdreckten Gewandung der Dorfjugend und berichtete, dass er von seiner Mutter geschickt worden war, um mitzuteilen, dass sich im Bechtelerhof niemand rührte und trotz lauten Rufens weder Fenster noch Türen geöffnet würden. Da die Haustür von innen verriegelt war, würde die Mutter untertänigst darum bitten, dass der hohe Herr nach dem Rechten sehen möge.

Der Kastellan wollte dem Knaben zuerst über den Haarschopf streichen, bevor er ihm dankte, unterließ dies dann aber aus einem plötzlichen Instinkt heraus und trat sogar einen Schritt zurück. Sicher ist sicher, dachte er sich, bevor er zu ihm sagte: »Danke, Gustl. Wir kommen! Geh nach Hause und sag deiner Mutter, dass wir uns sofort darum kümmern. Ach, noch etwas: Verlasst eure Behausung bis auf Weiteres nicht mehr und lasst auch niemanden herein, auch keine noch so engen Verwandten. Hast du das verstanden? … Und erzähle dies allen, die du auf deinem Nachhauseweg triffst!«

»Ja, Herr«, erwiderte der Knabe, ängstlich nickend, obwohl er nicht verstanden hatte, um was es überhaupt ging.

※

Als der Kastellan mit seinem Freund Johannes Glatt und dem Totengräber beim Hof der Bechtelers ankam, rief er mehrmals laut nach den Bauersleuten. Da sich tatsächlich niemand rührte, mussten sie eine Scheibe einschlagen, um ins Innere des Hauses zu gelangen. Als der Propst den Ärmel hochkrempelte, um das

Fenster von innen zu öffnen, schob ihn der Totengräber beiseite. »Das ist meine Aufgabe! Ihr wartet hier, bis ich zurück bin! Es ist nicht nötig, dass wir uns alle der Gefahr einer Infektion aussetzen!«

Der Kastellan und der Propst sahen sich verdutzt an.

»Hättest du gedacht, dass Berging eine Seele, geschweige denn Mut oder Erbarmen mit seinen Mitmenschen hat?«, fragte der Propst den kopfschüttelnden Kastellan, während sie dem Totengräber fassungslos zusahen, wie er sich durch die Fensteröffnung zwängte.

Die beiden konnten nicht wissen, dass sich der Unhold nur freiwillig gemeldet hatte, um in den Schubladen und Schränken hastig und ungestört nach Geld, Schmuck und anderen kleinen Wertgegenständen stöbern zu können.

Bevor er die Wohnung zu durchsuchen begann, tröpfelte er noch schnell die stets bei sich führende Tinktur auf ein Tuch, das er sich um Mund und Nase band. Dieses stinkende Mittelchen hatte ihm die ›Herbaria‹, die er seinerzeit aufgesucht hatte, weil beim Kampf mit dem Blaufärbersohn Otward Opser sein linkes Auge verletzt worden war, zubereitet. »Das hilft auch gegen Pest und Cholera«, hatte ihm die alte Hexe versprochen, bevor sie sich 15 Kreuzer dafür hatte geben lassen. Und weil dieses ›Allheilmittel‹ so teuer gewesen war, glaubte Ruland Berging, der ansonsten nichts und niemandem Glauben schenkte, daran.

Danach streifte er sich die stinkenden Handschuhe, die er seit der Aufnahme seiner Arbeit als Leichenbestatter immer dabeihatte und nachtsüber in Essig badete, über. Als er die Bechtelers in der Wohnung liegen sah, erkannte er sofort, dass hier nichts mehr zu tun war – außer abzukassieren. Da zweifellos alle tot waren, musste er sich nicht lange mit ihnen befassen und Gefahr laufen, sich zu infizieren. So konnte er die Zeit nutzen, um die ganze Wohnung zu durchwühlen, wobei er nicht davor zurückschreckte, auch unter den Matratzen, auf denen die toten Eltern lagen, nachzusehen – selbstverständlich, ohne die bedauernswerten Opfer zu berühren. Während der Totengräber alle Räume auf den Kopf stellte, gingen der Kastellan und der Propst zur danebenliegenden kleinen Wohnung der Doblers, um nachzusehen, ob sich wenigstens dort noch etwas rührte. Aber, wie sie durch die Fenster erkennen konnten: die Wohnung war leer.

»Oh, mein Gott! Otto?«, entfuhr es dem Kastellan, der sofort zum Eingang des Bauernhofes zurückeilte und nach dem Totengräber rief: »Was macht Ihr so lange da drin? Was ist los?«

Gleich darauf kam der Leichenfledderer, mit gesenktem Haupt … und vollen Taschen, durch die Haustür heraus. Mit glaubhaft betrübter Miene berichtete er, dass alle Mitglieder der Familie Bechteler tot waren.

»Alle?«

Der Schwarzgewandete presste die Lippen zusammen und nickte still.

»Und die Doblers?«

Die Geste des Totengräbers gab die Antwort.

»Ich habe es befürchtet. Es muss schnell gegangen sein«, konstatierte der Kastellan, während der Propst leise ein Gebet sprach.

Wie schnell es tatsächlich gegangen war, konnten sie nicht im Entferntesten erahnen.

Die gesamte Familie Bechteler sowie Resi und Otto Dobler waren nur eine Woche nach dem Tod des Schäfers innerhalb von zwei Tagen dem Pesttod erlegen. Gleich zu Beginn hatte es den Bauern selbst getroffen – vermutlich, weil er den ersten Kontakt zum Schäfer gehabt hatte. Nur vier Stunden später waren in Folge drei Kinder dahingeschieden, denen die Doblerin tags darauf im Namen des Herrn gefolgt war, bevor wieder zwei Kinder sterben sollten. Daraufhin war die Bäuerin, mit einem schon toten Kind im Arm, gestorben, innerhalb einer Stunde gefolgt vom letzten der sieben Kinder. Ganz am Schluss war Otto heimgegangen, der treue Knecht und unvergessene Freund des Kastellans, der zusammen mit seiner Mutter den Bechtelers hatte helfen wollen. Was sich während dieser Zeit in diesem Haus abgespielt hatte, musste wohl grauenvoll gewesen sein.

»Warum habe ich mich nicht mehr um Otto gekümmert und ihn öfter besucht?«, schalt sich der Kastellan laut, kam aber zu dem Schluss, dass dies auch nichts geändert haben würde.

Kapitel 12

NOCH AM SELBEN TAG HATTE ES SICH HERUMGESPROCHEN, dass die Bechtelers und die Doblers der Pestilenz erlegen waren. Seither war den Staufnern das Lachen gänzlich vergangen. Selbst Hemmo Grob verkniff sich seine sonst üblichen, meist unpassenden, Witze. Sie alle hatten schnell begriffen, dass es sich dieses Mal um die echte Pest handelte und sie sich in allerhöchster Lebensgefahr befanden. So war im Dorf nicht nur diese Seuche mit der wie üblich lähmenden Lethargie, sondern daneben auch hektische Betriebsamkeit ausgebrochen.

Die Szenerie glich derjenigen vom vergangenen Herbst, als die Staufner geglaubt hatten, sich vor der vermeintlichen Pest schützen zu können, indem sie ihre Behausungen ausgeräuchert, die Fenster zugenagelt und Lebensmittel gehamstert hatten, um ihre Wohnungen so lange nicht mehr verlassen zu müssen, bis der Spuk vorüber war.

Doch bei ihren diesbezüglichen Überlegungen machten sie dieses Mal einen folgenschweren Fehler: Da nicht nur die Kinder wussten, dass auf dem Galgenbihl eine herrenlose Schafherde graste, wollten sie damit Nahrungsmitteldepots anlegen.

Obwohl wegen des gegenseitigen Misstrauens die wenigsten von ihnen miteinander darüber gesprochen hatten, war dieser Gedanke wohl allen, zumindest aber den meisten, gleichzeitig gekommen. »Derjenige, dem sie gehört haben, ist tot ... Er braucht die Schafe nicht mehr«, hatten die Männer so oder ähnlich in den eigenen vier Wänden gesagt, um ihr Gewissen zu beruhigen, und waren von ihren immer weniger an Gott glaubenden Frauen meist darin bestätigt worden.

»Der Bechteler war ein gottesfürchtiger Mensch und hätte gewollt, dass wir uns seine Schafe holen und damit wenigstens unser Leben retten, wenn es ihm selbst schon nicht gelungen ist, sich und die Seinen zu schützen«, hatte die alte Lechnerin gesagt und darauf hingewiesen, dass sogar das Grundstück, auf dem die Tiere grasten, verwaist war und sich jetzt niemand mehr um die bedauernswerten Schafe kümmerte. Und sie hatte sogar recht damit: Da die Schafe die eingezäunte Wiese schon in ein paar Tagen kahl gefressen haben würden und sie jetzt niemand mehr tränkte, würde ihnen über kurz oder lang unweigerlich der Hungertod oder das Ende durch streunende Hunde oder ein Wolfsrudel, das man vor Kurzem gesichtet hatte, drohen. Da lag es doch nahe, aus der Not eine Tugend zu machen und die Tiere vor dem sicheren, qualvollen Tod zu bewahren, indem man sich selbstlos um sie kümmerte.

»Außerdem besteht zusätzliche Seuchengefahr, wenn wir die vielen Tiere sterben und auf offener Flur verfaulen lassen. Dann wird der Peststurm des Todes über unser Dorf fegen«, legten sie sich als weiteres Argument für ihren geplanten Diebstahl, den sie eher als Mundraub ansahen, zurecht.

Es kam ihnen so vor, als wenn ihnen die Pestilenz zwar aus der Hölle, diese Tiere aber vom Himmel geschickt worden wären. Sie sahen die einzige Möglichkeit darin, die drohende Seuche aussitzen zu können, indem sie ihre Behausungen nicht mehr wegen Nahrungsbeschaffung würden verlassen müssen, solange latente Gefahr bestand. Da sie nicht wussten, dass die Krankheitserreger im Fell der Schafe auf sie lauerten, würden sie die Tiere scheren. Das konnte nicht schaden, waren sich die einfältigen Tölpel sicher, für die diese spezielle Schafwolle auch ein geeignetes Mittel war, um ihre Feuerstellen zu entzünden. Dies stank zwar erbärmlich, konnte aber helfen, ... falls die Flöhe sich nicht rechtzeitig in Sicherheit bringen konnten.

Fast alle Männer und ein paar, aufgrund der traurigen Zeiten besonders gottlos gewordene, Weiber zogen, mit Stricken bewaffnet, in Richtung Staufenberg. Schon auf dem Weg dorthin kam es zu unschönen Szenen. Jeder wollte der Erste sein, um für sich die kräftigsten Tiere reklamieren zu können. So versuchte einer den anderen zu überholen. Während des ganzen Weges schoben und rempelten sie sich so unsanft, dass immer wieder jemand zu Boden fiel, blutete oder sogar mit gebrochenen Knochen auf dem Weg liegen blieb. Am Ortsausgang, direkt beim Bechtelerhof, hatte sich mitten auf der Straße der Staufner Pfarrherr postiert, um die Männer aufzuhalten. Mit beiden Händen umklammerte er das wertvolle *romanische* Holzkreuz, das er extra aus der Sakristei geholt hatte, und rief den aufgebrachten Männern entgegen: »*Vade retro! Vade retro Satanus!* ... Versündigt euch nicht und seht her!« Dabei zeigte er wild gestikulierend zum Bechtelerhof. »Hier an dieser Stelle sind elf gottesfürchtige Menschen gestorben, die noch nicht einmal bestattet worden sind, und ihr ...«

Bevor er weiterreden konnte, wurde er beiseitegeschoben und schließlich zu Boden gestoßen. Die Männer ließen sich auf ihrem Weg zu bescheidenem Reichtum nicht aufhalten. Nicht jetzt, wo es ums neuerliche Überleben ihrer Familien ging. Einer von ihnen schielte sogar auf das wertvolle Kreuz, das dem Pfarrherrn aus den Händen gefallen war, ließ es aber doch liegen. Dies tat er weniger aus Skrupel, sondern aus dem Drang heraus, möglichst schnell zu den Schafen zu kommen.

Bei der Herde angekommen, vertrieben sie erst den aufgeregt bellenden und zähnefletschenden Hund des verstorbenen Schäfers, bevor sie sich mit ihren mitgebrachten Stricken auf die erschrockenen, und deshalb wild durcheinander rennenden und blökenden, Tiere stürzten. Da es nur neun Böcke waren und sie alle am liebsten einen zeugungsfähigen Bock, ein milchgebendes Mutterschaf für die Zucht und ein fettes Tier zum Schlachten mitnehmen wollten, stritten sie sich hauptsächlich um die größeren Tiere. Dabei gingen sie nicht gerade zimperlich miteinander um. Letztendlich zeitigte das Gesetz des Stärkeren dementsprechende Resultate. Wer am besten zuschlug, bekam das, was er wollte, und die Schwächsten mussten sich mit den Lämmern zufriedengeben. Die geben zwar noch keine Milch, haben aber wenigstens zartes Fleisch auf den Rippen. Besser als gar nichts, dachte sich der eine oder andere, der froh war, überhaupt noch ein Tier ergattert zu haben und sich dadurch zu Hause von seinem Weib kein enttäuschtes Gemaule würde anhören müssen.

Diejenigen, denen es gelungen war, die meisten Tiere gestohlen zu haben und nach Hause führen zu können, waren am zufriedensten. Sie wussten nicht, dass sie sich dadurch auch selbst die meisten Probleme in ihre Häuser bringen würden. Je größer die Tiere waren und je mehr Schafe der Einzelne mitnahm, desto mehr Rattenflöhe holte er sich auch ins Haus und sprach somit selbst das Todesurteil über sich und seine Familienmitglieder. Wenn sie gewusst hätten, dass Bechtelers Schafe in einer uneinsehbaren Bodenmulde ein Stück weiter oben grasen und gesund sind, hätten sie sich wohl daran vergriffen.

Kapitel 13

KONSTANZE VERLIESS ZWISCHENDURCH ZWAR IMMER WIEDER IHR KRANKENLAGER, war aber einfach noch zu schwach für die tägliche Hausarbeit. Sie war froh, dass ihr Rosalinde die meiste Arbeit abnahm und sich nebenbei auch noch um Diederich kümmerte. Aufgrund der vielen Arbeit konnte die Magd den kleinen Wildfang, der bei schönem Wetter unbedingt draußen spielen wollte, allerdings nicht ständig im Auge behalten.

Lodewig und seine Herzallerliebste wohnten immer noch nicht zusammen. Um Sarah im Schloss aufnehmen zu können, bedurfte es erst noch der offiziellen Genehmigung des Grafen. Aufgrund der zurzeit allgemeinen Probleme hatte Oberamtmann Speen allerdings anderes zu tun, als sich um diese Lappalie zu kümmern. Platz gab es zwar genügend im Schloss. Aber wenn sich der Kastellan auch sicher war, dass es keine Schwierigkeiten geben würde, konnte er die gewünschten Räume noch nicht für die junge Familie bereitstellen. So übten sie sich weiterhin in Geduld und Lodewig musste – wenn er Sarah sehen und sich nach dem Ungeborenen erkundigen wollte – zu ihr ins Dorf hinuntergehen. Also zog er heute schon in aller Früh los. Zuvor hatte er seiner besorgten Mutter wie jeden Tag versprechen müssen, die kürzeste Strecke zu den Bombergs zu nehmen und sich auf dem Weg dorthin keinem Menschen zu nähern, geschweige denn, Millers Katze oder ein anderes Tier zu streicheln.

Bei den Bombergs angekommen, richtete er Sarahs Eltern aus, dass sein Vater etwas Wichtiges mitzuteilen habe und sie dazu umgehend ins Schloss bat. Sie kamen der Aufforderung sogleich nach und eilten dorthin, wo schon alle Schlossbewohner auf sie warteten.

»Auf Bitten meiner Frau soll ich euch ...« – die Dreylings von Wagrain und die Bombergs duzten sich mittlerweile – »die Gelegenheit geben mitzuhören, was ich meinen Familienmitgliedern, den Dienstboten und den Wachen über die Pest erzählen möchte«, begann der von allen Versammelten am höchsten Gestellte seinen Vortrag, während er Konstanzes Hand hielt. Aufgrund der Brisanz klärte er die Anwesenden in etwa so über die Pest auf, wie er es mit dem Propst, den neuen Spitalleitern und den beiden Leichenbestattern getan hatte.

Nachdem er das soeben Gehörte einigermaßen verdaut hatte, bedankte sich Jakob Bomberg, auch im Namen seiner Familie, überschwänglich für diese möglicherweise lebenswichtigen Informationen. »Ich hänge an meinem Leben und bin dir dankbar für diese wertvollen Informationen«, sagte Jakob, der natürlich wusste, dass es allen so ginge, zum Kastellan.

Die beiden Familien vereinbarten, dass sie keinesfalls von außen Lebensmittel besorgen und verarbeiten würden. Um sie alle vor der Pest zu schützen, sollte Judith ihrem Schwiegersohn immer wieder Eier und zwischendurch ein Huhn mitgeben. Im Gegenzug würde Lodewig den Bombergs jedes Mal zwei Holzkübel Frischwasser aus dem Schlossbrunnen mitbringen, damit sie ab sofort darauf verzichten konnten, eventuell verunreinigtes Wasser aus dem Seelesgraben zu trinken. Überdies ordnete der Kastellan an, dass ab sofort niemand mehr ins Schloss hereingelassen werde, auch nicht der Propst. Aus Sicherheitsgründen informierte er Johannes Glatt, dass auch Fabio bis auf Weiteres nicht mehr das Schlossgelände betreten durfte »... nur zur Sicherheit aller!«

»Aber dann ist er ja wieder Josen Bueb und seiner Meute ausgesetzt, die ihn letztes Jahr selbst richten wollten«, versuchte der besorgte Seelsorger, seinen Freund umzustimmen. Dabei hatte er noch allzu gut in Erinnerung, wie es dem ›Pater‹ gelungen war, Fabio einen Mord anzuhängen, indem er überzeugend, ohne mit der Wimper zu zucken, behauptet hatte, dass Fabio den Immenstädter Wachmann beim Markt mit einer Mistgabel erstochen habe.

»Die kämpfen jetzt mit anderen Problemen, als einen jungen Mann zu jagen und für etwas, was er überhaupt nicht getan hat, zu bestrafen. Wenn die merken, dass er der Hilfstotengräber ist, traut sich sowieso niemand mehr an ihn heran. Außerdem stehen die Räume des ehemaligen Dorfarztes in der Propstei immer noch leer. Somit hast du deinen Schützling in der Nähe. Du wirst doch keine Mühe haben, Fabio zu beschützen – oder, Johannes?«

Da Ulrich Dreyling von Wagrain nicht nur auf die Sicherheit seiner mittlerweile um vier Personen angewachsenen Familie bedacht war, sondern zudem die Aufgabe hatte, das Schloss in jeder Hinsicht sauber zu halten, mussten die Wachen sorgsam darauf achten, das Schlosstor ab sofort zu jeder Tages- und Nachtzeit von innen verriegelt und beide Balken in den Halterungen liegen zu lassen.

»In diesen unruhigen Zeiten weiß man nie, was passiert … oder wann der Graf wieder unangemeldet zu Besuch kommt«, bekräftigte er seinen Befehl, bevor er mit Lodewig und den Bombergs ins Dorf hinunterging, um in seiner Eigenschaft als Ortsvorsteher zu versuchen, die unwissenden Leute wenigstens einigermaßen über die Pest aufzuklären. Dabei ging er von Haus zu Haus, klopfte mit einem Stock an die Türen und verkündete – ein essiggetränktes Tuch vor Mund und Nase gebunden – von der Straße aus die wichtigsten Verhaltensregeln.

Wo und ob überhaupt seine Botschaft angekommen war, wusste er nicht, da sich kaum ein Fensterladen und schon gar keine Tür öffnete, obwohl die Glocke, die er sich vom Nachtwächter ausgeliehen hatte, unüberhörbar war. Die Menschen hatten eine Heidenangst vor der Pestilenz und ließen sich deswegen ums Verrecken nicht mehr aus ihren Behausungen locken.

Der Ort war wie leer gefegt. Man hörte nur das Holpern des Leichenkarrens, mit dem der Totengräber die soeben aufgeladenen Pestopfer vom Bechtelerhof durch Fabio auf den Pestfriedhof schaffen ließ. Da er selbst etwas anderes vorhatte, schickte er seinen Gehilfen voraus. »Wenn du dort unten angekommen bist, kannst du sofort damit beginnen, die Gräber auszuheben. Ich komme später nach«, trug er ihm auf. »Denn ich habe jetzt Wichtigeres zu tun«, murmelte er, für Fabio nicht hörbar, in seinen ungepflegten Bart hinein.

Indem die elf Leichen nachgewiesenermaßen gleich unter die Erde gebracht wurden, würde er später, bei einer eventuellen Befragung, unschwer beweisen können, dass er sich am Nachmittag nicht auf dem Schlossgelände, sondern auf dem Pestfriedhof, weit außerhalb Staufens und weit weg vom Schloss, aufgehalten hatte. Außerdem wusste niemand, dass er ein Schlupfloch in der Südmauer des Schlossgartens entdeckt hatte. Wüsste der Kastellan davon, dass es im Sicherheitssystem des Schlosses eine Lücke gab, hätte er sie längst schließen lassen. Doch der Garten war unangefochtenes Revier seiner Frau und er selbst kam höchst selten dorthin.

Der Totengräber sputete sich, um zum Schloss zu kommen. Da er wusste, dass sich weder der Kastellan noch Lodewig in der weitläufigen Anlage befinden würden, und zudem die Kastellanin krank auf ihrem Lager lag, wollte er die Gelegenheit nutzen, Diederich, den ersten der beiden Mitwisser des verhängnisvollen Gesprächs, das er mit dem damaligen Medicus auf dem Kirchhof geführt hatte, für immer zum Schweigen zu bringen. Damit man ihn nicht sehen würde, benutzte er nicht die offizielle Straße zum Schloss, sondern ging am ›Löwen‹ vorbei den Buckel bis zum Färberhaus hinunter und direkt hinter dem Entenpfuhl links den dicht bewaldeten Schlossberg hoch. Obwohl das südseitige Gelände außerhalb des Schlosses direkt an der Mauer steil abfiel, war noch genügend Platz, um dort ungesehen entlanglaufen zu können. Von hier aus kam man direkt zum westseitig des Schlosses gelegenen Wurzgarten, von dem eine kleine Treppe zum schmiedeeisernen Türchen ins Burginnere führte.

Wenn diese Tür auch heute geöffnet ist, kann ich mich problemlos in den Schlosshof hineinschleichen und mich dort so lange verstecken, bis ich den kleinen Sohn des Kastellans sehe. Wenn es so weit ist, wird mir schon etwas einfallen, um ihn zu mir zu locken. Ich werde ihm den Mund zuhalten und ihn nach draußen schleifen, um ihn den steilen Hang hinunterstoßen zu können. Es wird aussehen wie ein Unfall, freute sich der Totengräber schon jetzt über seinen gewünschten Erfolg.

Tatsächlich war das, in weiten Teilen angerostete, Türgitter unverschlossen und er konnte sich unentdeckt ins Innere der Schlossanlage schleichen. Jetzt musste er sich nur noch in Geduld üben und auf den Knaben warten. »Diederich«, murmelte er und verzog sein sowieso schon hässliches Gesicht zu einer Fratze.

~~~

Während sein kleiner Bruder in Lebensgefahr schwebte, saß Lodewig nichtsahnend bei den Bombergs zu Hause und berichtete ihnen gerade von der revolutionären Sache, von der ihm sein Vater und Eginhard schon vor längerer Zeit erzählt hatten. Um die Familie des Blaufärbers zu schützen, hatten sie bei ihrer Erzählung allerdings bewusst darauf verzichtet zu erwähnen, wo sie auf diese Kuriosität gestoßen waren. »Ich weiß nicht, in welchem Haus mein Vater und mein Bruder das Loch entdeckt haben, das voller Fressalien und Wertsachen war. Stellt euch vor, diese Leute haben mitten im Haus einfach ein Loch in die Erde gegraben.«

»Und für was soll das gut sein?«, fragte Jakob stirnrunzelnd.

»Na ja: Immerhin ist es ein gutes Versteck, in dem man sogar Lebensmittelvorräte anlegen kann. Laut meinem Vater sorgt der kühle Lehmboden dafür, dass sich die anfälligen Lebensmittel über einen längeren Zeitraum hinweg halten – auch im Sommer!«

Während Judith schmunzelte, fand Jakob diesen Gedanken gar nicht mehr so dumm.

»… und dann haben sie eine Art Falltür angebracht und einen Teppich daraufgelegt, damit das Versteck von niemandem entdeckt werden kann.«

»Wer weiß?«, orakelte Jakob Bomberg, der Lodewig interessiert zugehört hatte. »Vielleicht brauchen wir auch schon bald ein solches Versteck.«

»Fein«, rief Lea erfreut, »dann kann ich dort auch Verstecken spielen.«

»Wie meinst du das, Jakob?«, fragte Lodewig, ohne auf Lea einzugehen, entsetzt, während er nach Sarahs Hand griff, um ihr das Gefühl von Sicherheit zu geben.

Jakob überlegte lange, ob und was er Lodewig antworten sollte, entschloss sich letztlich doch dazu, offen zu sein: »Nach unserer leidigen Erfahrung werden allerorten, wo die Pest grassiert, wir Juden als Schuldige hingestellt, weil ...«

»Ach, Jakob, das interessiert doch Lodewig nicht«, versuchte Judith mit sanfter Stimme, ihren Mann von diesem heiklen Thema abzubringen. Sie änderte schlagartig Tonfall und Lautstärke: »Verdammt! Jetzt ist mir eine Masche heruntergefallen!«

»Doch, doch«, warf Lodewig schnell ein, »bitte erzähl' mir mehr davon. Mich interessiert alles, was mit eurer – mit meiner – Familie zu tun hat.« Dabei sah er Sarah so sanft an, als wenn er sie fragen wollte, ob es falsch war, wie er es soeben formuliert hatte. Er erntete dafür einen mit den Lippen angedeuteten Kuss.

»Na gut, wenn's sein muss ... Dann pass mal auf!«

Jetzt hörte Lodewig allerhand Unglaubliches über die Pest in Zusammenhang mit dem jüdischen Volk. Bei dieser Gelegenheit erfuhr er auch, dass Jakob Bomberg früher in Antwerpen ein hoch angesehener Buchdrucker gewesen war und dadurch ganz besonders viel von der europäischen Geschichte mitbekommen hatte. So wusste Jakob zu berichten, dass bereits bei der ersten großen Pestwelle, die Europa im 14. Jahrhundert überzogen hatte, die Juden dafür verantwortlich gemacht und gnadenlos verfolgt wurden. »... und dies war dann europaweit immer so, wenn die Pest irgendwo ausgebrochen ist.«

Jakob begann, Lodewig von seiner Sorge, die aus einer düsteren Vorahnung heraus entstanden war, zu erzählen: »Von Anbeginn an hat man uns Juden vorgeworfen, die Brunnen zu vergiften und dadurch die verhasste Seuche zu bringen.«

»Wie hat man euch Juden damit in Verbindung bringen können?«, fragte Lodewig erregt.

»Dummerweise haben im Herbst 1348 jüdische Angeklagte unter der Folter gestanden, Gift in Brunnen und Quellen geschüttet zu haben. Dass sie dieses unwahre Geständnis nur abgelegt haben, weil man ihnen die Brustwarzen und die Geschlechtsorgane mit Zangen abgerissen hat und die damit verbundenen Schmerzen unerträglich waren, hat niemanden interessiert.«

Judith drückte Lea ganz fest an sich und hielt ihr die Ohren zu, während sich Sarah entsetzt eine Hand vor den Mund hielt.

»Die Hauptsache war, dass man Schuldige gefunden hatte, die man für den Pesttod Tausender zur Rechenschaft ziehen konnte. Im September dieses unseligen Jahres wurden nur eineinhalb Tagesreisen von hier – im schweizerischen Zürich – viele Juden ermordet und am Genfer See sogar ganze jüdische Viertel niedergebrannt. Zwei Monate später hat man in Lindau, Landsberg, Augsburg und Stuttgart die Judenviertel abgefackelt. Ein Jahr darauf folgten Basel, Freiburg, Ulm und andere Städte. Der Hass auf uns Juden war dermaßen groß, dass sich die Hatz weiter ausgedehnt und es auch Konstanz, Würzburg und andere Städte getroffen hat. Ich spreche jetzt nur von Städten der näheren und weiteren Umgebung des Allgäus. Natürlich ist man auch im Rheinland, ganz oben in den Städten der Hanse, und in anderen europäischen Landstrichen genauso menschenverachtend mit unseresgleichen umgesprungen wie hierzulande. Was meinst du, Lodewig, warum wir aus unserer schönen Heimatstadt Antwerpen geflohen sind?«

Bei diesem Gedanken erfasste Jakob Wehmut und er seufzte tief.

Judith spürte, wie schwer es ihrem Mann fiel, über dieses Thema zu reden, und strich ihm mit dem Handrücken sanft über die Wange, obwohl es ihr ebenso erging und sie die Wehmut packte.

»Aber wer, in Himmels Namen, war zu so viel Grausamkeit fähig?«, hinterfragte Lodewig.

Jakob hob die Schultern an, zog gleichzeitig die Mundwinkel nach unten und die Augenbrauen hoch, bevor er antwortete: »Fanatische Hetzprediger, getrieben von hysterischer Angst vor der Pest. Aber es waren auch Habgier und die Absicht, Schulden bei jüdischen Gläubigern loszuwerden, die aus zuvor gottesfürchtigen Christen Mörder werden ließen. Da es den Christen verboten war, Geld zu verleihen, haben sie sich über Jahrhunderte hinweg Geld von uns Juden geliehen und dann die Gelegenheit genutzt, sich der Gläubiger zu entledigen, indem sie ihnen vorgeworfen haben, die Ursache der immer und immer wieder europaweit um sich greifenden Geißel der Menschheit zu sein.«

»Das ist ja schrecklich! Meinst du, dass dies wieder geschehen könnte?«, fragte Lodewig, der jetzt Sarahs Hände noch fester hielt als bisher.

»Wer weiß? Die Pest ist immer noch so undurchschaubar wie vor fast 300 Jahren, und die Ärzte stehen dieser rätselhaften Krankheit immer noch ziemlich ratlos gegenüber, auch wenn sie heute etwas mehr darüber wissen. Wahrscheinlich wird man uns Juden auch noch in 300 Jahren verfolgen. Die einzige Erkenntnis, die in dieser langen Zeit gewonnen wurde, ist, dass man heutzutage weiß, die Pest ist ansteckend. Sicher: Eine wichtige Erkenntnis, ... aber ein Kraut dagegen ist immer noch nicht gewachsen. Der interessante Vortrag deines Vaters hat dies nur allzu deutlich gemacht. Aber auch dieses wertvolle Wissen scheint nur wenig zu nützen. Obwohl wenigstens der aufgeklärte Teil der Bevölkerung wissen sollte, dass die Pest nicht durch die Vergiftung von Brunnen ausbricht, sondern durch Rattenflöhe verbreitet wird, glauben die Menschen immer noch an die Ansteckung durch Zauberei, bloße Berührung und sogenannte ›Miasmen‹, einem üblen Dunst, der bei Wärme aus dem feuchten Boden steigen soll und als vergiftete Luft den Tod bringt ...«, Jakob schluckte, »oder eben durch vergiftetes Wasser. Deswegen befürchte ich, dass wir Juden auch heutzutage noch für die Pest verantwortlich gemacht werden könnten.«

»Wie kommst du darauf?«, fragte Lodewig aus Sorge um seine geliebte Sarah.

»Nun, die Menschen hier sind zwar nicht gescheiter oder dümmer als anderswo, aber sie sind ungebildet, wofür sie nichts können, ... und abergläubisch. Wenn hier ein ›Judensleger‹ auftritt ...«

»Ein was?«, unterbrach Lodewig seinen Schwiegervater.

»Entschuldigung! Das kannst du nicht wissen. Dabei handelt es sich um eine alte Bezeichnung in Anlehnung an diejenigen, die im Mittelalter streunende Hunde gejagt und getötet haben. Solche Leute hat man damals als ›Hundesleger‹ bezeichnet. Ich meine damit eine Person, die andere gegen uns aufhetzen könnte, wenn sich die Pest in Staufen erst einmal richtig ausgebreitet hat.«

»Gott sei Dank gibt es in Staufen niemanden, der dazu in der

Lage wäre. Außerdem seid ihr hier bei allen sehr beliebt«, versuchte Lodewig, die Bombergs zu beruhigen.

»Wirklich niemanden?«, fragte Jakob leise, bevor er die Augen schloss und seinen Kopf in den Händen vergrub.

Kapitel 14

DA MAN DIE ›PESTTOTEN‹ des vergangenen Herbstes nicht auf dem vor sechs Jahren extra hierfür geplanten, seinerzeit aber noch nicht errichteten, Pestfriedhof im weit außerhalb des Dorfes liegenden Weißachtal begraben hatte, war der Schäfer der Erste gewesen, dem die Ehre zuteil geworden war, in dieser geweihten Heimaterde bestattet zu werden. Da der Tote in Staufen aber nicht allzu bekannt war, gab es auch keinen Leichenzug. Aus Angst vor Ansteckung hätte es den wahrscheinlich auch nicht gegeben, wenn er ein alteingesessener und der beliebteste Mann des Dorfes gewesen wäre. So war er lediglich in sicherem Abstand von Propst Glatt begleitet worden, der, den ganzen Weg nach Weißach hinunter vor sich hin murmelnd, Gottes Segen herabbeschworen und die Flur mit Weihwasser besprizt hatte. Dabei hatte er sorgsam darauf geachtet, nicht hinter dem Leichenwagen herzulaufen, um keinesfalls den Odem des Todes einatmen zu müssen. Aus dem ehemals selbstbewussten Pfarrherrn war innerhalb kurzer Zeit ein erbärmlicher Feigling geworden.

Jetzt war der Propst schon wieder auf dem Rückweg vom Pestfriedhof, wo Fabio gerade die Gruben für diejenigen, die dem Schäfer in seinen letzten Stunden beigestanden hatten, zuschüttete. Da kam dem wegen des steilen Weges heftig schnaufenden Priester der an diesem Tag noch dunkler als sonst gewandete Ruland Berging entgegen. Wegen der breiten Krempe dessen übergroßen Schlapphutes hätte ihn der Priester fast nicht erkannt. Um ihm nicht zu nahe kommen zu müssen, wechselte er die Seite des Weges. Der Totengräber dachte sich nichts dabei. Er wusste, dass ihn jetzt alle Menschen nicht nur um seiner selbst willen, sondern aus Angst vor

Ansteckung mieden, und fragte lediglich mürrisch danach, wie weit Fabio mit seiner Arbeit sei.

Der ist heute aber übel gelaunt, dachte sich der Propst und ging grußlos weiter, ohne zu antworten.

༄

Als Stunden später nach getaner Arbeit auch der Totengräber und Fabio erschöpft im Dorf eintrafen, erfuhren sie, dass es schon wieder einen Toten – den ersten außerhalb des Bechtelerhofes – gab.

»Den holen wir morgen. Du nimmst den Karren mit und reinigst ihn, während ich ins Wirtshaus gehe«, ordnete der Totengräber, der seinen Ärger darüber, dass er selbst doch noch hatte mit anpacken müssen, hinunterspülen wollte, mit einem sarkastischen Grinsen an.

In der ›Krone‹ saß nur eine Handvoll Männer. Einer davon war der ›Pater‹, der endlich wieder einen Grund hatte, über die Juden herzuziehen. »Die haben die Brunnen und …«, er hob beschwörend die Hände nach oben, während er seine Aussage konkretisierte, »den Seelesgraben vergiftet«, vernahm der Totengräber, während er an Hemmo Grob vorbeilief. Ihm war es jetzt wieder nicht mehr gestattet, sich an den Stammtisch zu setzen. Aber dies war ihm egal; er hatte sich sowieso längst vorgenommen, seine Sache allein durchzuziehen und sich nun doch nicht mit dem Schwätzer zusammenzutun.

»Seid uns nicht böse, … aber die Ansteckung«, entschuldigte sich der Wirt.

Ruland Berging winkte ab und setzte sich seit langer Zeit wieder einmal an seinen alten Stammplatz, den nach wie vor allseits gemiedenen ›Henkerstisch‹.

Welche Ironie, dachte er. Nach langer Zeit sitze ich ausgerechnet heute wieder hier.

༄

Die Wochen zogen sich zäh dahin, und es verging kein Tag, an dem Fabio und sein Herr nichts zu tun hatten, wobei der Totengräber anschaffte und Fabio schaffte. Starb an einem Tag ausnahmsweise niemand, musste der inzwischen so richtig fleißig gewordene Hilfstotengräber Gruben auf Vorrat ausheben. Aber im Schnitt erlag jetzt täglich ein Mensch der Pest, an manchen Tagen waren es sogar zwei oder drei. Die meisten davon musste er allein abholen und auch ohne Ruland Bergings Hilfe unter die Erde bringen. Dennoch war Fabio zufrieden: Er hatte ein festes Dach über dem Kopf, bekam genug zu essen und zu trinken und vom Totengräber hin und wieder ein paar Heller oder Kreuzer, manchmal sogar einen Viertel Gulden für seine Arbeit. Das war verdammt viel Geld. Dass es sich dabei eher um Schweigegeld handelte, war dem ehemaligen Dieb egal. Er tat nur, was ihm aufgetragen wurde, und kümmerte sich sonst um nichts. Dadurch diente er indirekt auch Ulrich Dreyling von Wagrain und somit der ganzen Dorfgemeinschaft.

Dem Totengräber ging es jetzt wie einst dem Medicus. Er konnte die Früchte ›seiner‹ Arbeit genießen und brauchte nur noch abzukassieren. Dementsprechend faul und hochnäsig war er geworden. Für jedes Grab nahm er einen halben Gulden und bei Abholung einer Leiche noch einen halben dazu. Ein Wahnsinnslohn, wenn man bedachte, dass ein städtischer Pestarzt für einen Hausbesuch nur drei Kreuzer bekam.

Das hatte der Medicus schon gut gemacht. Er hatte den Tarif seinerzeit von seinen Patienten selbst festlegen und zudem auch noch hochschrauben lassen. Nur dumm, dass er zu unvorsichtig war. So kann ich das Geschäft jetzt allein machen, dachte der Totengräber zufrieden und streifte sich den Bierschaum aus dem Bart.

Zunehmend taten sich schreckliche Dinge. Überall sah man Leid und Elend. Da Fabio mit seiner Arbeit kaum noch nachkam, lagen vor den Häusern teilweise mehrere Leichen. Der Totengräber ließ die Pestopfer nur dann abholen, wenn sie von ihren Angehörigen ordentlich vor die Tür gelegt oder an die Hauswand gelehnt worden waren und er einen halben Gulden auf ihrer Brust liegen sah. Wenn er bei einer Leiche auch noch einen Rosenkranz oder sonst etwas Verwertbares entdeckte, gab er ihr den Vorzug. Entdeckte er aber nichts dergleichen oder das Geldstück war gestohlen worden, bevor er es hatte an sich nehmen können, hatten die Angehörigen des Toten Pech gehabt. Entweder sie legten eine weitere Münze auf die Leiche oder diese verrottete so lange, bis sie von Ratten angenagt oder von streunenden Hunden oder Katzen zerrissen wurde. Zudem redeten bei diesen Festmählern auch noch die Krähen und das kleine Wolfsrudel, das sich zunehmend ins Dorf hinein traute, ein Wörtchen mit.

Zur Sicherheit hatte der Totengräber seinem Gehilfen verboten, in die Häuser zu gehen, um die Leichen herauszuholen. Außerdem drohte er mit dem Schlimmsten, wenn Fabio auch nur einer Person erzählen würde, dass er selbst keine Toten beerdigte und Särge abrechnete, die niemals hergestellt, geschweige denn benutzt worden waren. Selbst wenn er wollte, brächte der Totengräber jetzt schon nicht so viel Holz her, wie er bräuchte, um alle Pesttoten ordentlich in Särge betten zu können. Über den strengen Winter hin hatten die Menschen alles verbrannt, was nur annähernd nach Holz ausgesehen hatte. Bei ihrer Suche nach Brennbarem hatten sie sich wie die Wilden auf dicke Bruchholzstämme gestürzt, wodurch jetzt, nachdem der Schnee längst verschwunden war, nur noch knorriges Geäst, das nicht zur Bretterherstellung taugte, zum Vorschein kam. Außerdem war das meiste davon auch schon längst eingesammelt worden, damit über den Sommer hinweg die Öfen geschürt werden konnten. Somit waren die verwertbaren Ressourcen in den gräflichen Wäldern rund um Staufen fast restlos aufgebraucht. Wenn der letzte Winter auch nur eine oder zwei Wochen länger gedauert hätte, wäre es unumgänglich gewesen zu versuchen, über den Kastellan beim Oberamt in Immenstadt eine Sondergenehmigung zum Fällen von Bäumen zu erwirken. Selbst wenn dem Totengräber geschlagene Baumstämme zur Verfügung stünden, wüsste er nicht, wer Schwertlinge daraus machen könnte. Den einzig verbliebenen Schreiner des Dorfes hatte Fabio vorgestern nach Weißach gekarrt. Dazu kam noch, dass auch der letzte Zimmerer schon seit über einer Woche tot war.

Da der Weg zum Pestfriedhof weit war, stapelte Fabio die Leichen auf dem Karren, den er, um Zeit zu sparen, nur voll beladen nach Weißach zog. Da er dies allerhöchstens zwei Mal pro

Tag schaffte, weil er schon mit dem Ausheben der Gruben überfordert war, legte er die Leichen unter die Schatten spendenden Bäume nahe des kühlenden Weißachbaches, der am Pestfriedhof vorbeifloss.

Kapitel 15

AUCH SCHWESTER BONIFATIA und der junge Kanoniker hatten längst alle Hände voll zu tun. Über die Hälfte der zur Verfügung stehenden Krankenlager im Spital unterhalb des Schlosses war jetzt schon teilweise mit vor Schmerz schreienden Menschen belegt, von denen die Pestilenz Besitz ergriffen hatte. Aufopferungsbereit pflegten die beiden Samariter ihre Patienten so lange, bis sich der Mantel des Todes gnädig über die Kranken legte. Wenn ein Infizierter damit begann, Blut zu spucken, wussten die beiden Nothelfer, dass sein Krankenlager noch an diesem Tag frei würde und sie außer Beten nichts mehr für ihn tun konnten. Sie wussten aber auch, dass das Lager so schnell wieder belegt wäre, dass ihnen nicht einmal die Zeit bliebe, um ein frisches Tuch über die verlausten Strohsäcke zu stülpen. Die Erfahrung hatte sie gelehrt, dass es gegen den Pesttod im Grunde genommen kein Mittel gab. So versuchten sie, den Sterbenden, so gut es ging, Trost zu spenden und deren geschundene Seelen im Angesicht des Todes Gott näherzubringen. Da sich der Propst aus Feigheit nur selten blicken ließ, holten sie die schöne Kreuzigungsgruppe aus der nahe gelegenen Ölbergkapelle und funktionierten einen kleinen Raum des Spitals zum Betraum um.

»Ihr seid ein gotterbärmlicher Feigling«, setzte ihm Schwester Bonifatia couragiert entgegen, als der Priester einmal mehr händeringend nach einer Ausrede suchte, den Sterbenden nicht nahe kommen zu müssen.

»Die Sakramente kann auch mein Kanonikus spenden. Er ist sowieso direkt vor Ort und bekommt immer mit, wann es nötig ist«, war die lapidare Antwort des ansonsten so wortgewandten

Kirchenmannes, der noch anfügte, dass er die Toten zum Pestfriedhof hinunterbegleiten und dies viel Zeit in Anspruch nehmen würde. Dass er sich dies mittlerweile auch nicht mehr traute, verschwieg er der streitbaren Schwester.

Da Bonifatia nicht lockerließ, versuchte der Propst, seine unverständliche Haltung auch noch damit zu begründen, indem er ihr vorjammerte, dass seine Pestgewandung immer noch nicht fertig sei, obwohl er diese gleich zu Beginn des Ausbruches der Pest bei Agath, der einzigen Näherin des Dorfes, in Arbeit gegeben hätte.

»In die Gewandung werden die Symbole der menschlichen Sterblichkeit eingestickt. Ich habe den Totenschädel und die Darstellung des Fegefeuers als äußeres Zeichen der Bußfertigkeit ausgewählt«, berichtete er pathetisch.

Schwester Bonifatia schüttelte den Kopf und sagte ihm mutig ins Gesicht, dass sie ihn nicht mehr wiedererkennen würde und sehr enttäuscht von ihm wäre. Lästernd versicherte sie ihm, dass ihm die schön bestickte Pestgewandung sicher gut stehen werde.

Bevor die ehemalige Franziskanerin, die im Grunde genommen immer noch ihrem Orden angehörte, und der Kanoniker ihre tägliche Arbeit an den Pestkranken begannen, beteten sie für ihre Patienten, vergaßen dabei aber nicht, auch an ihr eigenes Seelenheil zu denken. Die Schwester hatte schon im Genhofener Leprosenhaus so viel Schmerz gesehen, dass sie selbst den Tod nicht mehr fürchtete. Sie plagte lediglich die Sorge, dass es sie vor dem jungen Kanoniker erwischen und dieser nach ihrem Tod ungehindert den verachtungswürdigen Gedanken des feigen Propstes folgen würde.

Da es dann niemanden mehr gäbe, der sich mutig um die pflegebedürftigen Pestopfer kümmern würde, wäre dies eine Katastrophe. Der Kanoniker machte sich zwar schon recht gut, war aber ohne sie doch noch ziemlich hilflos. So beschwor sie auch heute die drei christlichen Tugenden Glaube, Liebe und Hoffnung vom Himmel herunter, um Gott an ihrer Seite zu wissen. Wenn die beiden nicht so gottesfürchtig wären, könnten sie das Leid und Elend hier schon längst nicht mehr ertragen. Täglich starben ihnen die

Patienten unter den Händen weg. Dennoch keimten immer neue Hoffnungen, die dann aber jäh zerstört wurden. Der Tod war nicht wählerisch und nahm sich, was sich gerade anbot. Fast schien es so, als habe er einen Pakt mit dem Teufel geschlossen.

⁓☙⁓

Fabio schaute mittlerweile ohne Aufforderung jeden Morgen in der Krankenanstalt vorbei und fragte, ob es Arbeit für ihn gäbe. Die im Spital Verstorbenen rutschten dem Totengräber oftmals durch, weil er nicht den Mut aufbrachte, der Schwester zu sagen, dass die Toten nur dann bestattet würden, wenn ihre Angehörigen dafür bezahlt hatten. So legte er Fabio die Pflicht auf, ihm die Leichen aus dem Spital zu zeigen, damit er, falls er sie aufgrund ihrer meist grausam verzerrten oder entstellten Gesichter überhaupt noch erkannte, wenigstens das nehmen konnte, was sie am Leibe trugen und bei sich führten, oder, was ihm viel lieber war, bei den Hinterbliebenen das Totengeld einfordern konnte.

Es wurmte ihn sowieso, dass er es aufgrund des vorhandenen Spitals seinen Kollegen anderer Orte nicht gleichtun und den Kranken gegen zusätzliche Bezahlung ›Pestkuren‹ verordnen konnte, bevor sie sowieso starben. In den Städten war es längst Usus, dass sich die seriösen Ärzte tagtäglich gegen Pfuscher, Henkersknechte, Bader, Kräuterweiber, Wehmütter, abtrünnige Pfaffen und eben auch gegen Totengräber wehren mussten, die aus der Not Kapital schlagen wollten, indem sie den gutgläubigen Kranken teure Wunderkuren andrehten. Die Bezahlung im Voraus verstand sich hierbei von selbst.

»Heute ist ein ganz besonderer Tag«, sagte Schwester Bonifatia nach dem Morgengebet zu Martius Nordheim, nachdem sie festgestellt hatte, dass es in einem Fall Hoffnung zu geben schien. Die Krankenschwester und der Kanoniker hatten vor drei Tagen einer jungen Patientin die Pestbeulen unter einer Achselhöhle aufgeschnitten und sie lebte noch immer. Egal, ob sich die Pestbeulen in der Leiste, hinter den Ohren oder unter den Achseln befanden: wenn sie so groß wie Hühnereier waren, konnten, vielmehr mussten sie aufgeschnitten und ausgedrückt werden. Dies ging aber nur, wenn sich genügend Eiter angesammelt hatte und die Beulen weich waren. Die betreffenden Personen kamen dabei zwar nicht umhin, übermenschliche Schmerzen aushalten zu müssen, verspürten aber kurz darauf etwas Linderung.

»Man muss das Schmatzen des Todes hören. Erst wenn ich ihn in meinen Händen halte oder er in einer Schale liegt, besteht die Möglichkeit des Überlebens«, pflegte die Schwester jedes Mal, wenn sie erfolgreich an aufgeschnittenen Pestbeulen herumgedrückt hatte, zu sagen.

Bisher aber hatte der Tod trotz allem auch diese Patienten innerhalb von längstens zwei oder drei Tagen nach dem Ausdrücken einer oder mehrerer Pestbeulen eingeholt. »Ja, ja: Tote reiten schnell«, war ein weiterer, irgendwoher übernommener Spruch von Bonifatia, wenn sie eine Leiche hinaustrugen.

Lisbeth hieß die Erste, die Tage nach dem Ausdrücken ihrer Beulen immer noch lebte. Die Patienten hatten zwar alle dieselbe Krankheit, die sich aber – je nachdem, wann sie ausgebrochen war – in unterschiedlichen Stadien befand. Während einige erst vor Kurzem infiziert worden waren und dementsprechend nur Kopfschmerzen und die Hitze hatten, jammerten und wimmerten andere, denen die krankhaften Veränderungen in Form von schwarzen Flecken schon zuzusetzen begannen. Vier solcher Patienten schrien schon den ganzen Tag vor rasenden Schmerzen. Sie waren nur still, wenn sie zwischendurch das Bewusstsein verloren.

Sobald sie erwachten, waren die unerträglichen Schmerzen wieder da und sie begannen sofort wieder, laut zu schreien. Schwester Bonifatia wollte ihnen gerne helfen, musste aber warten, bis die Beulen die richtige Größe zum Aufschneiden hatten, damit sie die schlechten Körpersäfte herausdrücken und die stinkenden Wunden mit Essig reinigen konnte, bevor sie Kräuterumschläge darauflegte.

Ständig veränderten sich die Geschwüre, die manchmal nur so klein wie Kirschkerne, ein anderes Mal so groß wie ein Apfel sein konnten.

Der Körper eines dieser Patienten wies nur kleine Beulen auf, die nicht aufgeschnitten werden konnten. Er beendete sein irdisches Dasein, bevor ihm auch nur der Hauch einer Linderung zuteilwerden konnte. Die Schwester und der Kanoniker arbeiteten bis zum Umfallen und gönnten sich nachts abwechselnd nur ein paar Stunden Schlaf, den sie wegen des ständigen erbärmlichen Geschreis und Gejammers trotz Übermüdung kaum bekamen.

Morgen würde die Schwester zum Propst gehen und ihn um Unterstützung bitten. Da sie dringend einen zusätzlichen Helfer benötigte, würde sie sich nicht zu schade sein, sich notfalls bei ihrem Bruder im Herrn zu entschuldigen. Zuvor aber würde sie zusammen mit dem Kanoniker den letzten Toten dort ablegen müssen, wo ihn Fabio gleich morgen früh würde finden können. Sie legten die schlaffen Körper immer in den kleinen Schuppen etwas abseits des Spitals. Die Schwester sah darin die Vorteile, dass die Toten die Lebenden nicht mehr anstecken konnten und dass Fabio nicht von den Lebenden angesteckt werden konnte, weil er nicht ins Spital hineinmusste. Ob dieser Gedanke richtig war, wusste sie nicht so genau. Aber mit Gottes Hilfe würde es auch weiterhin klappen. Und damit sie den derzeit überbeschäftigten Herrgott zu ihren Pesttoten in den Schuppen locken konnte, brannten dort ständig Kerzen. Außerdem gelobte sie, genau an dieser, zu Füßen des Kapfberges gelegenen Stelle, eine kleine Kapelle zu errichten … falls sie das Ende der um sich schlagenden Seuche erleben sollte.

Es war spät in der Nacht, als sich die Schwester zu ihrem bescheidenen Lager aufmachte. Auf dem Weg dorthin kam sie am Gebetsraum vorbei und gönnte sich noch ein paar Minuten der inneren Einkehr. Sie bat ihren Schöpfer darum, dem Mädchen, das jetzt schon den vierten Tag überlebt und bei dem sie die Beulen längst ausgedrückt hatte, weiterhin die nötige Kraft zur Genesung zu geben. Aufgrund ihrer bisher deprimierenden Erfahrung glaubte sie zwar selbst nicht daran, dass ihre junge Patientin auch nur den Hauch einer Überlebensmöglichkeit hatte, würde es sich aber so sehr wünschen, damit sich wenigstens ein kleiner Hoffnungsfunke würde breitmachen können.

Kapitel 16

IM DORF SPIELTEN SICH INDES WÜSTE DINGE AB, die den Totengräber in rasende Wut versetzten. »Ihr Leichenfledderer«, schrie er, der selbst vor keinem Diebstahl zurückschreckte, einem Burschen nach, den er fast erwischt hätte, als dieser das auf der Brust einer Leiche liegende ›Totengeld‹ klaute.

Die Pest wütete nun schon im zweiten Monat – eine lange Zeit, wenn man in ständiger Angst lebte und in den eigenen Häusern mehr oder weniger eingesperrt war. Da Sarah zwischenzeitlich im achten Monat der freudigen Erwartung war, bereitete man sich im Hause der Bombergs rein vorsorglich jetzt schon auf die Niederkunft vor. Nach wie vor durfte auch sie nicht aus dem Haus und wartete ungeduldig, bis ihr Liebster jeden Tag mit frischem Trinkwasser kam.

Aber nicht nur Sarah fühlte sich eingesperrt. Allen anderen Staufnern ging es ebenso. Sie empfanden dasselbe wie sie. Da nach und nach die letzten Lebensmittelreserven aufgebraucht waren, würden sie über kurz oder lang wieder aus ihren Löchern kriechen müssen, um an Nahrung zu kommen. Selbst diejenigen, denen die gestohlenen Schafe über einen gewissen Zeitraum hinweg das Überleben gesichert hatten, und die – wegen oder trotz der mit Ungeziefer übersäten Schafe – überlebt hatten, litten jetzt Hunger. Da es auch kein Futter für die Tiere gab, mussten sie geschlachtet werden. Obwohl es draußen frisches Grün zuhauf gab, konnten sie die Schafe nicht zum Grasen hinauslassen. Die kahlrasierten Geschöpfe hätten nicht einmal das erste Büschel zermalmt, da wären sie schon unversehens in einem anderen Stall gestanden. Und zum Mähen traute sich niemand nach draußen. So mussten die Lämmer und die Böcke zuerst dran glauben, die Hungers zugrunde gegangen wären, wenn man ihnen nicht mit einem Messer den Gnadenstoß gegeben hätte. Da keine Möglichkeit bestand, die *Decken* zu trocknen, hatte man den Tieren nicht gleich das Fell über die Ohren gezogen, sondern sie stattdessen geschoren. Damit die mit Rattenflöhen gespickte Wolle sinnvoll genutzt werden konnte, wurde sie entweder als Brennmaterial verwendet oder in den Häusern gelagert und zum Abdichten von Ritzen genommen. Da sich die Menschen zu diesem Zeitpunkt aus Angst vor Ansteckung immer noch nicht aus ihren Behausungen trauten und zudem die Gefahr drohte, dass das Fleisch sofort andere Besitzer gehabt haben würde, wenn außer Haus geschlachtet worden wäre, mussten sie die Schlachtungen in ihren vier Wänden vornehmen. Weil zudem auch noch die Möglichkeiten zur ordentlichen Reinigung des Schlacht- und Essbesteckes mehr als begrenzt waren, verbreitete sich bei der sommerlichen Hitze rasch ein zusätzlicher übler Geruch.

Bald stank es überall dermaßen, dass es der Sau grausen konnte. Aber nicht nur in den Häusern war es kaum noch auszuhalten. Die Gedärme und die anderen unverwertbaren Teile der geschlachteten Tiere wurden einfach vor die Türen geschmissen, und über dem ganzen Dorf hing eine Geruchsglocke, die direkt aus der Hölle emporgestiegen zu sein schien. Der bestialische Gestank lockte auch das kleine Wolfsrudel an, was ein Verlassen der Behausungen zusätzlich gefährlich machte. Da es hier – im Gegensatz zu den extrem wildreichen Immenstädter Wäldern – nur wenige Wildschweine und Rehe, geschweige denn kapitale Hirsche gab, waren die Wölfe zunehmend gezwungen, sich auch mit Aas zu begnügen und um das Dorf herumzuschleichen, um das sie zuvor einen großen Bogen gemacht hatten.

Zudem tauchten immer mehr Krähen, verwilderte Hunde, Katzen … und noch mehr Ratten auf, als sowieso schon da waren. In deren Pelzen saßen Abertausende von Flöhen, die nur darauf warteten, Menschen als neue Wirte zu bekommen. Die ekligen Nager hatten sich im Frühjahr immens vermehrt … und mit ihnen die gefährliche Flohpopulation, die Pestbakterien mit dem aufgesaugten Blut aufnahmen, die sich dann im Darm vermehrten und beim nächsten Stich wieder erbrochen wurden. So gelangten sie auch in die Blutbahn der Menschen, denen sie dadurch den meist sicheren Tod brachten.

Als von den Überresten der Schafböcke und der Lämmer bis auf die Knochen nichts mehr übrig war, zog es die Ratten bei ihrer Nahrungssuche wieder in die Häuser zurück. Dort gab es aber auch nur noch dort Nahrung, wo die letzten Fleischreste an Haken hingen. Bei den sommerlichen Temperaturen verfaulte das Fleisch so schnell, dass die Fliegen gerade noch Zeit hatten, dort ihre Eier abzulegen. Das Resultat war, dass mangels Feuerholzes madiges Fleisch verzehrt werden musste, was unweigerlich zu weiteren Krankheiten führte und die Betroffenen zusätzlich schwächte. Für die bisher überlebenden Familien der Schafdiebe begannen die Probleme aber erst richtig, als sie aufgrund des Hungers anfingen, die Mutterschafe zu schlachten. Dadurch verloren sie auch noch ihre Milchlieferanten.

Jetzt war der Zeitpunkt gekommen, vor dem sie sich gefürchtet hatten: Wenn sie überhaupt eine Möglichkeit haben wollten, um zu überleben, würden sie wohl oder übel ihre Häuser verlassen müssen, um Wasser zu holen und Lebensmittel zu beschaffen. Aber woher nehmen, wenn nicht stehlen? So waren Plünderungen schnell an der Tagesordnung. Der bisherige Ehrenkodex ›*Mir Schdöufnar holddet allat zämet*‹ war von heute auf morgen außer Kraft gesetzt worden, und vom dörflichen Zusammenhalt keine Spur mehr. Niemand scherte sich jetzt noch um das Eigentum des anderen. Da in vielen Häusern Menschen starben, obwohl sie sich von dem Tag an, als sie vom Tod des Schäfers erfahren hatten, von der Außenwelt abgeschottet hatten und mit keinem Kranken in Berührung gekommen waren, glaubte jetzt niemand mehr ernsthaft daran, sich schützen zu können. Dass es gerade diejenigen Familien am schlimmsten traf, in deren Häusern gestohlene Schafe waren, war niemandem verborgen geblieben, weswegen die Überlebenden den Tod ihrer Familienmitglieder als Strafe Gottes für den Schafsdiebstahl ansahen.

»Nie wieder klauen«, schworen sie sich. Doch diese Versprechen hielten meist nicht einmal so lange wie das Leben derer, die es gegeben hatten.

Da es aus Sicht der Einwohner Staufens auch keinen Schutz innerhalb ihrer Häuser gab, begannen sie irgendwann damit, sich wieder aus ihren Behausungen zu wagen.

»Es ist scheißegal, ob wir in unseren Hütten verrecken oder davor krepieren«, brachte es der ›Pater‹ auf den Punkt, als er sich mit seinem Nachbarn unterhielt. Die beiden waren die Ersten, die sich todesmutig aus dem anfänglich sicher geglaubten Schutz ihrer vier Wände trauten.

Nachdem sie fast gleichzeitig die Türen geöffnet hatten, um vorsichtig nach draußen zu spitzeln, waren sie aufeinandergetroffen und unterhielten sich seither angeregt über das Thema Nummer eins. Sie vereinbarten, zusammen auf die Suche nach etwas Essbarem zu gehen und auch gemeinsam den Seelesgraben aufzusuchen, um am Wasser zu riechen, ob es noch verpestet war. Wenn nicht – wie auch immer sie dies feststellen wollten –, würden sie dort Trinkwasser schöpfen. »Wenn das Wasser immer noch vergiftet ist, haben wir Pech gehabt …, dann packt's uns eben«, meinte der Nachbar lakonisch, während schon die allseits bekannte Antwort des ›Paters‹ kam.

Trotz des lockeren Spruches über die ›Seelesgrabenvergiftung‹ schien der Nachbar an seinem Leben zu hängen, denn er schlug vor, dass sie sich nicht berühren und einen Sicherheitsabstand einhalten sollten, während sie ein ganzes Stück dem Ursprung des Baches folgten, um sauberes Wasser zu holen. »Diese Mischpoke wird nicht den ganzen Bach bis zur Quelle vergiftet haben«, sagte er hoffnungsvoll, »… es sei denn, dort leben ebenfalls Juden.«

Nachdem sie weder etwas gerochen noch die Pest im klaren Wasser – in welcher Form auch immer – gesehen hatten, füllten sie ihre Kübel und trugen sie nach Hause. Danach machten sie sich gemeinsam auf die Suche nach etwas Essbarem. Vorsichtig waren sie durch das wie ausgestorbene Dorf gestreift, das im hellen Schein der Sonne gar nicht so erschreckend tot wirken würde, … wenn der erbärmliche Gestank nicht wäre.

Roch es an einer Stelle nach Urin und Kot, wehte ihnen woanders Schweiß- und Fäulnisgeruch entgegen. Aber egal, wo sie gerade waren: Den süßlichen Geruch des Todes hatten sie ständig in ihren Nasen. Irgendwann vernahmen sie von irgendwoher undefinierbare Geräusche.

»Hörst du das auch?«, zischte der ›Pater‹.

»Ja! Das klingt so, als wenn es ein *Viech* wäre.«

»Pssst«, mahnte Hemmo Grob seinen Nachbarn zur Ruhe und hielt ein Ohr in die Richtung, aus der er das Geräusch wähnte.

Um sich besser konzentrieren zu können, kniffen beide die Augen zu, während sie – nachdem sich Hemmo Grob getäuscht zu haben schien – angestrengt in alle Richtungen lauschten.

»Ich glaube, dass es von dort kommt«, unterbrach der Nachbar die Stille.

»Lass uns nachsehen!«

Etwas ängstlich folgten sie den in Abständen hörbaren Geräuschen und orteten sie rasch als das Geblöke eines Schafes aus Richtung des Schindelmacherhauses. Als sie dort waren, hielten sie ihre Ohren an die Tür, ohne diese zu berühren. Da sie Angst davor hatten, dass ihnen durch die Ritzen der Pesthauch des Todes entgegenströmen könnte, hielten sie sicherheitshalber die Luft an.

»Eindeutig Schafgeblöke!«

Sie sahen sich hilflos an.

»Was sollen wir jetzt tun?«

Der ›Pater‹ klopfte mit einem Stock an die Tür, bekam aber keine Antwort.

»Da ist niemand drin.«

Wieder blökte ein Schaf.

»Ist niemand da?«

Nachdem die beiden ein paar Mal gerufen und immer fester an die Tür gehämmert hatten, rupfte der ›Pater‹ ein Grasbüschel aus, um es wie einen Handschuh zu benutzen. Vorsichtig drückte er die Holzklinke herunter.

»Abgeschlossen!«

Sie klopften und riefen noch einmal, bevor sie die Tür gewaltsam öffneten. Der Nachbar fiel mitsamt dem zersplitterten Holz ins Haus, rappelte sich aber sofort wieder auf und sprang nach draußen, so schnell es ihm möglich war.

»Pfui Teufel! Es stinkt brutal«, stellte er hastig, nach Frischluft ringend, fest und rannte zum Seelesgraben, um sich darin zu reinigen. Währenddessen wagte sich der ›Pater‹ vorsichtig – die Luft ebenfalls anhaltend – ins Haus hinein. Man konnte ihm weißgott viel nachsagen, aber feige war er nicht.

Als er im Halbdunkel des Raumes stand und seine Pupillen sich geweitet hatten, wurde er gewahr, woher der Gestank kam.

»Die Schindelmacher hat es allesamt erwischt«, rief er nach draußen, während er dem Mutterschaf mit seinem gräsernen Handschuh einen festen Klaps verpasste und dann ebenfalls schnell das Weite suchte.

»Die ganze Familie Senger von der Pest dahingerafft. Was für ein Elend! Ich kann mich noch erinnern, wie sie vor über 20 Jahren aus dem Schindelmacherdorf Wallburg – ich glaube, es liegt irgendwo im Schwarzwald – nach Staufen gekommen ist.«

Für einen langatmigen Monolog – sein Nachbar sass immer noch im Seelesgraben und schrubbte sich mit Bachsand ab – hatte er jetzt aber keine Zeit. Er musste das Schaf einfangen, das jetzt ihm allein gehören würde und das er nicht mit dem Nachbarn zu teilen brauchte. Das verängstigte Tier hatte sich durch den Krach und den plötzlichen Lichteinfall derart erschrocken, dass es, wie vom Teufel besessen, die letzte Kraft gebündelt hatte und davongerannt war. Obwohl er das ganze Dorf danach absuchte, konnte er das wertvolle Tier nirgends finden. Bei seiner Suche merkte er nicht, dass er durch eine fingerbreit geöffnete Tür – hinter der sich jemand zufrieden die Hände rieb – beobachtet wurde. So zog er verärgert ab.

∽⊙∽

»Ihr Scheißjuden seid an allem schuld«, schrie der ›Pater‹ stinksauer aus voller Brust, während er bei den Bombergs vorbeikam. Als er daraus auch noch das Gegacker von Hühnern hörte, drehte er völlig durch und bewarf das Haus mit Steinen. »Ich krieg' euch! ... Dreckspack«, schrie er noch lauter als zuvor. »Und euer Federvieh dazu!«

Die Bombergs hatten bisher verhältnismäßig wenig Probleme gehabt. Sie hatten wieder genügend Eier legende Hühner gezüchtet und bekamen – wie vereinbart – täglich zwei Kübel frisches Trink- und Brauchwasser aus dem Schlossbrunnen, die ihnen Lodewig nur allzu gerne brachte. Im Gegenzug durfte er täglich frische Eier und zwischendurch ein oder zwei Hühner mit ins Schloss zurück nehmen. Rosalinde bereitete dann daraus köstliche Speisen für seine Familie, die Wachen und die Dienerschaft. Um sowohl die Schlossbewohner als auch die Bombergs zu schützen, hielt sich der junge Mann strikt an sein Versprechen und nahm stets den kürzesten Weg, wobei er sich von nichts und niemandem aufhalten ließ und nichts und niemanden berührte, ... nicht einmal Millers Katze, die er früher immer gerne gestreichelt hatte. Durch diese Vorgangsweise konnten sich die Mitglieder beider Familien wenigstens einigermaßen sicher sein, ihrer aller Leben zu schützen.

Kapitel 17

OBWOHL DER TOTENGRÄBER mit seinen Einnahmen zufrieden sein konnte, war er immer noch darüber verärgert, dass ihm Geld von einer ›seiner‹ Leichen geklaut worden war und er den jugendlichen Dieb nicht erwischt hatte. Seit die Menschen wieder aus ihren Löchern gekrochen kamen, wusste er nicht mehr, wie er sich vor solcher Dreistigkeit schützen sollte. Um weitere Münz-Diebstähle zu verhindern, blieb ihm nichts anderes übrig, als es dem Habicht gleichzutun, der seine Opfer nicht mehr aus den Augen ließ, wenn er sie erst einmal angepeilt hatte.

Ja, die Toten waren seine Opfer – auch wenn er sie nicht umbrachte, so fledderte er sie. Damit er die Sache mit dem ›Totengeld‹ in jedem einzelnen Fall möglichst schnell würde klären können, musste ihm Fabio immer unverzüglich berichten, wann und wo er eine Leiche abholen würde. Der Totengräber wollte ab jetzt immer persönlich an Ort und Stelle sein, um das Geld gleich in Empfang nehmen zu können.

Mittlerweile hatte Fabio sage und schreibe 183 Pesttote mehr oder weniger ordentlich unter die Erde gebracht, und sieben lagen noch – Schulter an Schulter – auf einer Wiese am Weißachbach, weil er bisher keine Zeit gehabt hatte, Gruben für sie auszuheben.

Immer wenn er sich an diese kräftezehrende Arbeit hatte machen wollen, war er von seinen Auftraggebern Ruland Berging oder Propst Glatt irgendwohin gerufen worden, um schon wieder einen Toten abzuholen.

Ich sollte sie einfach verbrennen, hatte er sich schon eine ganze Zeit lang gedacht und sich nach einem geeigneten Platz umgesehen.

Momentan hatte der Totengräber anderes im Kopf, als gestohlenem Geld nachzutrauern. Da gerade der Wagen des Bunten Jakob ins Dorf hereinholperte, wollte er jetzt erst einmal ein paar dunkle Geschäfte machen. Der fahrende Händler fürchtete weder Tod noch Teufel und hatte trotz der Pest kaum Angst, nach Staufen zu kommen, um hier außerhalb der offiziell genehmigten Marktzeiten profitable Schweinereien zu betreiben. Deswegen scherte er sich auch nicht um das Schild am Ortseingang, auf das für die vielen Analphabeten ein Totenkopf gemalt worden war.

Der zwielichtige Händler berichtete Ruland Berging, dass andernorts die ›Pestilenzischen Totengrübel‹ erschossen werden durften, wenn man sie abseits ihrer Arbeit beim Geschäftemachen antraf. »Auf diese Weise sind schon vor sieben Jahren in Immenstadt acht Totengräber hintereinander ums Leben gekommen!«

Aber Ruland Berging wusste auch so, dass er jetzt – da er es zunehmend auch wieder mit Lebenden zu tun hatte – ganz besonders vorsichtig sein musste. Irgendwann würden sie merken, dass er der große Gewinner der Pest war, weil ihm die Menschen ihre letzten Heller hatten geben müssen. Neid und Missgunst würden um sich greifen und irgendwann würde auch er zum Abschuss freigegeben. Er machte sich nichts vor und wusste, dass die Leute nur allzu schnell dazu bereit sein würden, ihn als Schuldigen für alles Leid dieser Welt auszumachen. Und dann gnade ihm Gott, was natürlich nicht geschehen würde.

Vielleicht ist es gar nicht so schlecht, dass es die Juden gibt. Vielleicht sollte ich doch noch mit Hemmo sprechen, dachte er sich, während er sein Geschäft mit dem Bunten Jakob abwickelte.

»Drei Gulden«, forderte er vom Händler, bekam aber nur »Einen!« zur Antwort.

»Also gut … Mein letztes Angebot: Zwei!«

»Hand drauf«, ergänzte er, als er merkte, dass sein ihm in Bezug auf Kaltschnäuzigkeit ebenbürtiges Gegenüber nahe daran war, einvernehmlich zu nicken.

»So weit geht die Freundschaft nicht«, antwortete der zwar mutige, dennoch aber vorsichtige Händler. Er wusste natürlich auch, dass die Pest eine ansteckende Seuche war, und mied jeden direkten Körperkontakt. So ließ er vom Totengräber die gut zwei Dutzend Rosenkränze in einen kleinen Rupfensack gleiten, ohne sie selbst zu berühren. Er würde die Gebetsperlen erst in die Hand nehmen, nachdem sie mindestens zwei Tage lang in Essig gelegen hatten.

Leck mich: Ein gutes Zusatzgeschäft, dachte der Totengräber erfreut. Er konnte ja nicht wissen, dass der Bunte Jakob das Zigfache herausschlagen würde, wenn er die Rosenkränze weiterverkaufte. In Zeiten wie diesen hatten *Devotionalien* jeder Art Hochkonjunktur.

»Wenn du Spielwürfel hast, kauf' ich sie dir das nächste Mal ebenfalls ab«, raunte der fliegende Händler, der schon wieder zum Aufbruch rüstete.

»Was willst du denn damit?«, fragte der Totengräber verdutzt.

»Das geht dich überhaupt nichts an«, kam es schnippisch zurück.

Ruland Berging wusste nicht, dass sein fieser, aber überaus fleißiger, Handelspartner in den Städten rund um den Bodensee und weit darüber hinaus sämtliche Wirtshäuser aufsuchte, in denen die Gäste vor dem Krieg eifrig ›getoppelt‹ hatten, um den Wirten die alten Spielwürfel abzukaufen.

Da zurzeit nur noch Soldaten diesem alten Gaunerspiel frönten, würde er die Würfel eigentlich marodierenden kaiserlichen oder schwedischen Truppen verkaufen müssen. Aber so mutig war der Bunte Jakob nun doch nicht, um sich an diese Kundschaft zu wagen. Also hatte er sich etwas anderes einfallen lassen, das ihn vom Angebot seiner Kollegen abhob: Diese kantigen, aus Horn gefertigten Glücksspielutensilien, mit denen schon so manch braver Familienvater leichtsinnig oder im Rausch Haus und Hof oder gar die eigene Freiheit verspielt hatte, ließ er – nachdem sie ihr Essigbad hinter sich hatten – rundschleifen, durchbohren und von seinem Weib zu Rosenkränzen verarbeiten. Er wusste, dass er keinen Heiligenschein bekommen würde, wenn er dieses verbotene

Teufelswerk aus dem Verkehr zog und daraus katholische Zählketten machte. Er wusste aber auch, dass er früher Rosenkränze nur in den Monaten Mai und Oktober gut verkaufen konnte. Seit der Krieg in vollem Gange war und es die von Gott gesandte Pest gab, lief das Geschäft mit den aufgezogenen Hornperlen das ganze Jahr über wie geschmiert. Ein wunderbarer Kreislauf: Die Katholiken kauften beim Bunten Jakob die Rosenkränze, um sie den Pesttoten in die kalten Hände zu drücken, damit sie die Leichenbestatter allerorten wieder an sich nehmen konnten, um sie abermals dem Bunten Jakob zu verkaufen, der sie wieder an andere Gläubige weiterverscherbelte, die diese dann wiederum den Toten mitgaben. Dadurch wechselten die Rosenkränze nicht selten zehn oder zwanzig Mal die Besitzer.

Während der Totengräber dem Händler nachwinkte, drehten sich seine Gedanken erneut um die eigene Sicherheit. Da er ständig damit rechnete, Hals über Kopf fliehen zu müssen, war er froh darüber, sein Pferd beim Moosmannbauern außerhalb Staufens untergestellt zu haben. Um sicher sein zu können, dass der Landmann auch weiterhin schweigsam bleiben und es seinem Pferd gut gehen würde, entlohnte er ihn nicht nur fürstlich, sondern brachte ihm von Zeit zu Zeit zusätzlich ein kleines Fässchen Schnaps mit. Auf halbem Weg zu dessen Hof – nahe dem Heustadel mit dem Sühnekreuz – hatte er eine Geldschatulle vergraben, damit er im äußersten Notfall nicht mehr in seine im Zentrum gelegene *Kemenate* müsste und ohne Verzögerung mit seinem ergaunerten Geld das Weite suchen könnte.

Während er überlegte, wie er sich vor dem über kurz oder lang drohenden Zugriff der Obrigkeit oder vor einer wütenden Menschenmenge schützen könnte, erinnerte ihn ein ungutes Gefühl daran, die damaligen Zeugen des Gespräches mit dem Medicus endlich zu beseitigen. Er hatte immer noch eine Heidenangst davor, dass die Söhne des Kastellans zu viel gehört haben könnten und er doch noch in den Verdacht geraten würde, der Komplize des Arztes gewesen zu sein. Ihn wunderte, dass die Knaben bisher stillgehalten hatten, und schob dies dem Umstand zu, dass sie sich wahrscheinlich nicht getraut hatten, ihren Eltern zu erzählen, verbotenerweise nachts auf dem Kirchhof gewesen zu sein.

Wie auch immer: Im Falle einer Anklage würde er wohl keinen einzigen Fürsprecher haben.

»Scheiß drauf«, entfuhr es ihm laut. »Ich erledige einen Teil davon heute noch!«

Kapitel 18

ROSALINDE TAT ALLES IN IHRER MACHT STEHENDE, damit sich die geliebte Herrin endlich wieder erholte. Aber so sehr sie sich auch um die schwächelnde Frau kümmerte – es nützte alles nichts. Konstanze blieb so saft- und kraftlos, dass sie es kaum noch vermochte, sich von ihrem Lager zu erheben. Alle hofften, dass es nicht die Schwindsucht war, aber niemand wusste, was ihr wirklich fehlte.

»Was wäre, wenn du die ehrwürdige Schwester aus dem Spital holen würdest?«, fragte Lodewig seinen Vater.

»Nein, mein Sohn! Schwester Bonifatia mag zwar viel von der Wundheilkunde verstehen und sich aufopfernd um die Pestkranken kümmern. Als sie aber vor Kurzem hier im Schloss war, habe ich sie zu deiner Mutter geschickt.« Der Vater schnaufte betrübt durch: »So sehr sie sich auch bemüht hat, ist ihr außer einem heißen Kräutersud und dem, was wir von Eginhard sowieso schon wissen, auch nichts eingefallen. Außerdem wäre es viel zu gefährlich, sie jetzt noch ins Schloss hereinzulassen. Sie könnte sich bereits infiziert haben und uns die Pestilenz bringen. Wie du weißt, darf ich auf Anordnung Speens sowieso niemanden mehr ins Schloss hereinlassen. Nur so können wir uns alle vor dem schrecklichsten aller Tode schützen. Du bist der Einzige, der unter strikter Einhaltung der von uns besprochenen Vorsichtsmaßnahmen ins Dorf hinunter darf. Allein schon die Tatsache, dass wir uns mit unserer neuen Verwandtschaft austauschen und du tagtäglich zu ihnen gehst, birgt über die Gefahr einer Ansteckung hinaus genügend Risiko.«

»Wie meinst du das? Das verstehe ich nicht.«

Der Vater zögerte, bevor er die Antwort gab: »Na ja, unabhängig davon, dass das Risiko einer Infektion durch deinen täglichen Kontakt mit anderen Menschen doch recht groß ist, habe ich schon vor längerer Zeit gehört, dass der Lederer Hemmo Grob das Auslösen der Pest den Bombergs in die Schuhe schieben möchte, weswegen ich befürchte, dass Unheil aufziehen könnte.«

»Wenn Grob meiner Sarah auch nur ein Haar krümmt, bringe ich ihn um«, fuhr der impulsive junge Mann hoch. »So eine Narretei! Was haben denn die Bombergs mit dem Ausbrechen der Pest zu tun?«, schimpfte er, seine Hände zu Fäusten ballend, los. »Außerdem habe ich keinen Kontakt mit ›anderen‹ Menschen, sondern ausschließlich zu den Bombergs …, einem Teil meiner … unserer Familie!«

»Beruhige dich, mein Sohn. Es sind die alten Sprüche aus dem Mittelalter, die besagen, dass die Pest immer dann ausbricht, wenn Juden einen Brunnen vergiftet haben … Aber den Unsinn glaubt doch heute niemand mehr«, versuchte der Vater, Lodewig zu beruhigen.

»Aber wenn doch?«

Da dem Kastellan keine Antwort einfiel, zuckte er nur mit den Schultern.

»Ich werde jedenfalls wachsam sein und auf Sarah achten«, antwortete Lodewig und wechselte das Thema. »Was ist mit Eginhard? Könnte er nicht kommen, um Mutter zu helfen?«

Sein Vater zog die Augenbrauen hoch und presste die Lippen zusammen, bevor er antwortete: »Als vor drei Wochen eine günstige Gelegenheit war, konnte ich über Immenstadt ein Sendschreiben nach Bregenz bringen lassen, in dem ich Eginhard die Krankheit deiner Mutter, so gut ich es vermochte, beschrieben und ihn um Rat gebeten habe. Allerdings glaube ich nicht, dass er sich so kurz vor dem Abschluss seines Studiums schon wieder freimachen kann. Außerdem weiß ich nicht einmal, ob ihn mein Brief überhaupt erreicht hat. Der Bote könnte die Pest bekommen haben und unterwegs zusammengebrochen sein. Es ist auch möglich, dass er Raubgesindel in die Hände gefallen ist. Falls mein Schreiben aber doch im Kloster Mehrerau angekommen sein sollte, ist nicht sicher, ob schon eine Antwort deines Bruders auf dem Weg über Immenstadt zu uns ist. Sollte dies tatsächlich der Fall sein, wäre das Sendschreiben aber immer noch nicht bei uns in Staufen. Die Pest hat alles durcheinandergebracht. An den Ortseingängen stehen jetzt wieder die Schilder, auf denen das Immenstädter Oberamt darauf hinweist, dass niemand in den Ort herein und niemand hinaus darf. Somit ist es momentan kaum möglich, Briefe auszutauschen und ...«

»Einen kleinen Hoffnungsschimmer gibt es dennoch«, unterbrach Lodewig seinen Vater, dessen Augen sich schlagartig vergrößerten.

»Ja, mein Sohn?«, fragte er ungläubig.

»Da es den Bombergs mittlerweile zu Hause auch zu eng wird und Frau Bomberg sowieso nach Mutter sehen möchte, habe ich gestern mit ihr besprochen, dass ich heute nicht zu ihnen ins Dorf hinunter gehen werde, sondern sie stattdessen mit Sarah zu uns kommt.«

»Um Gottes willen, Lodewig«, entfuhr es dem entsetzten Vater, der sogleich ansetzen wollte, ihm ein Schreckensszenario zu entwerfen und auf die Vorgaben des Grafen zu verweisen.

»Keine Angst«, bremste ihn der Sohn. »Sie werden auf ihrem Weg zu uns die gleiche Vorsicht walten lassen, wie du sie mir für meinen Weg ins Dorf hinunter eingebläut hast ... Und der Graf ist weit weg.« Als er letzteres sagte, grinste Lodewig vielsagend.

»Aber weshalb ist der Besuch von Frau Bomberg und Sarah ein Hoffnungsschimmer für Mutter?«, hakte der Vater, dem Graf Königsegg momentan auch nicht wichtig war, nach.

»Eginhard hat ihr und Rosalinde damals – als Mutter sterbenskrank war – detailgenau erklärt, wie die nassen Wickel angelegt werden müssen ... Und da unsere gute Rosalinde leider nichts von alledem, was Eginhard erzählte, verstanden hat, kann nur noch Sarahs Mutter helfen. Und dies würde sie wirklich sehr gerne tun!«

Der Vater strich sich den Bart und überlegte ein Weilchen: »Das stimmt. Die nassen Wickel haben ihr schon einmal geholfen, da kann es jetzt auch nicht schaden. Außerdem wären wir – wenn wir alle zusammen sind – noch sicherer vor der Pest, denn du müsstest dann nicht mehr jeden Tag ins Dorf hinunter. Vielleicht kommt Jakob ja auch mit?«

Lodewig freute sich, dass sein Vater einsichtig war. Er konnte es kaum erwarten, Mutter und Tochter Bomberg im Schloss begrüßen zu dürfen.

~⊙~

Im Dorf unten ging es immer chaotischer zu. Die Pest forderte täglich die ihr scheinbar zustehenden Opfer. Die Staufner waren verzweifelt und wussten schon längst nicht mehr, was sie tun oder lassen sollten. Wenn sie in ihren Häusern blieben, verdursteten und verhungerten auch diejenigen, die noch nicht von den Klauen des Todes gepackt worden waren. Verließen sie aber ihre Behausungen, setzten sich auch diejenigen Familien, die noch nicht infiziert waren, der Gefahr aus, von der wütenden Seuche erwischt zu werden. Was also sollten sie tun? Außerdem gab es Ratten drinnen wie draußen. Niemand hatte einen brauchbaren Rat parat, geschweige denn lebensnotwendige Nahrungsmittel übrig. Diejenigen, denen sie immer vertrauen konnten, hatten jetzt genug mit sich selbst zu tun. Der Kastellan musste sich auf Befehl des Oberamtmannes im Schloss mehr oder weniger verbarrikadieren. Und der Propst hatte mindestens genauso viel Angst wie sie selbst und ließ sich so selten wie möglich in der Öffentlichkeit blicken. Er saß lieber in seinem Arbeitszimmer, wo er auf dem Schreibtisch die barocken Symbole der Vergänglichkeit – ein Kruzifix, eine Kerze, einen Totenschädel und eine Bibel – drapiert hatte und über den Sinn des Lebens nachdachte. Einen Arzt gab es nicht mehr, und von außerhalb traute sich fast niemand mehr nach Staufen hinein, was außerdem ebenso verboten war, wie den Ort zu verlassen. Um zu gewährleisten, dass die Seuche von Staufen aus nicht in die Residenzstadt gelangen konnte, hatte Hauptmann Benedikt von Huldenfeld im Auftrag des Oberamtmannes inmitten einer flachen und deswegen übersichtlichen Wiese – zwischen Thalkirchdorf und dem Staufenberg, direkt unterhalb einer alten ›Bauernfliehburg‹ – zwei Kompanien Soldaten postiert und sogar Sperren mit provisorischen Wachtürmen errichten lassen. Zu den bisherigen Schildern waren noch welche dazugekommen, die den Staufnern unter Androhung der sofort zu vollziehenden Todesstrafe verboten, die künstlich gezogene Grenze zu übertreten. Außerdem streiften ständig gräfliche Soldaten über die links und rechts des langgezogenen Talkessels gelegenen Steilhänge. Sicherheitshalber hatte der Gardehauptmann die einzige Straße, die von Staufen nach Immenstadt führte, auch noch auf Höhe des Alpsees abriegeln lassen. Sollte es also tatsächlich einem der Staufner Untertanen gelingen, sich über die bewaldeten Berghänge zu beiden Seiten des breiten Konstanzertales an den Wachposten vorbeizuschleichen, würde er spätestens am Alpsee abgefangen werden. Dies würde ein sofortiges Ersäufen nach sich ziehen. Hierzu würden die Wachsoldaten den Erwischten mit ihren Spießen nur ins Wasser zu drängen brauchen. Selbst wenn er schwimmen könnte – was unwahrscheinlich war –, würde ihn auf der anderen Seeseite ebenfalls hartgeschmiedetes und zugespitztes Eisen erwarten. Und sollte es – was gänzlich unmöglich war – tatsächlich jemandem gelingen, sich bis nach Immenstadt durchzuschlagen, würde er sich an der gutbewachten Stadtmauer die faulen Zähne ausbeißen.

Die Staufner waren sich jetzt selbst überlassen und konnten nicht im Geringsten mit Hilfe von außen rechnen. Also mussten sie miteinander reden, um zumindest für das Lebensmittelproblem eine einigermaßen passable Lösung zu finden. Der ›Pater‹ erkannte dies als einer der Ersten und nutzte jede sich bietende Gelegenheit, um sich mit denjenigen, die sich aus ihren Behausungen heraustrauten, zu unterhalten. Dabei versäumte er es nicht, die Dorfbewohner systematisch weiter gegen die Juden aufzuhetzen. Auch wenn ihm die Geschichte mit dem scheinbar bewiesenen Brunnenvergiften nicht immer auf Anhieb geglaubt wurde und diejenigen, die sie schon mehrmals gehört hatten, langweilte, hatte er mit seiner Mission doch Erfolg: Denn spätestens dann, wenn er ihnen hinter vorgehaltener Hand berichtete, dass im Stall der Bombergs die Hühner gleich dutzendweise herumliefen und aufgrund der Tatsache, dass die Eier zurzeit nicht auf dem Markt verkauft werden konnten, einfach in den Seelesgraben geworfen würden oder verfaulten, kamen seine Zuhörer ins Grübeln.

»Ich habe es mit eigenen Augen gesehen, dass diese dreckige Jüdin die Eier gleich krettenweise in den Bach geworfen hat«, log der ›Pater‹ einmal mehr das Blaue vom Himmel und lieferte gleich eine Rechnung dazu. »Jede dieser Hennen legt pro Tag ein Ei, das eigentlich der Erzeugung von Nachkommenschaft dienen sollte! Das sind bei 50 Hennen pro Tag ...«

Um die Wirkung seiner rechnerisch wertlosen Aussage zu erhöhen, tat er an dieser Stelle immer so, als müsse er nachrechnen.

»Sage und schreibe, 50 Eier! Dieses Miststück lässt uns allesamt lieber verhungern, anstatt ihre bäuerlichen Produkte mit uns zu teilen. Wenn ihre Hühner schon zu viele Eier legen, könnte sie doch einen Teil davon ausbrüten lassen, um uns die Küken zu schenken, damit auch jeder von uns mit einer kleinen Hühnerzucht für den Eigenbedarf anfangen könnte. Es ist unmöglich, dass eine vierköpfige Familie die Eier von 50 Hühnern verspeisen kann«, schimpfte der erboste Mann stets so lange, bis er merkte, dass seine monatelangen Hetztiraden endlich den erhofften Erfolg zeitigten und seine Gesprächspartner so nach und nach ins gleiche Horn zu blasen begannen.

Die allgemeine Scheelsucht nahm ihren Lauf, Missgunst keimte auf, Zorn machte sich breit.

Der ›Pater‹ spürte, dass es nicht mehr lange dauern konnte und die Juden würden mit Hilfe einer aufgebrachten Menschenmenge aus ›seinem‹ Haus vertrieben werden. Er selbst wollte sich nicht an dem von ihm geplanten Pogrom beteiligen. Wenn es so weit wäre, würde er aus sicherer Entfernung zusehen, wie die anderen die verhasste Familie eliminierten. Er würde sich nur am Gemetzel ergötzen wollen und danach in Ruhe das verwaiste Haus in Besitz nehmen.

Sollen sich die anderen die Hände schmutzig machen und um die Hühner und die Eier streiten. Hauptsache, die Juden verrecken endlich und ich bekomme das Haus, malte er sich im Stillen schon seine Zukunft aus.

Dass bisher Juden darin gewohnt und die Luft ›verpestet‹ haben könnten, schien ihn kurioserweise nicht zu stören.

Aufgrund der vom Grafen verhängten Ausgangssperre bekam der ›Pater‹ nicht mit, dass es den anderen Anhängern des mosaischen Glaubens anderswo ebenso erging, wie er es sich mit den Bombergs vorstellte. Hätte er gewusst, dass es den Juden auch in anderen Orten des Allgäus an den Kragen ging, würde er sich bestätigt gefühlt und wahrscheinlich schon längst großes Unheil angerichtet haben. Überall dort, wo die Pest grassierte, schürte man zunehmend den Hass gegen die von Gott verdammten ›Brunnenvergifter‹. Aber nicht nur dort, wo die Pest wütete: Auch in nicht betroffenen Orten wurden sie verfolgt und reihenweise umgebracht.

Von den Juden hatte man sowieso noch nie viel gehalten. Schon der gelehrte Petrus Venerabilis hatte sie als ›ohne Verstand und Würde‹ abqualifiziert. Der bedeutende Theologe Thomas von Aquin hatte sie als ›Sklaven der Kirche‹ bezeichnet und der Chronist Kunrat von Megenberg hatte einst gesagt, dass sie der Frauen und aller Christen Feind wären.

Während der Pest genossen notgedrungen nur die Ärzte unter den Juden ein gewisses Maß an Ansehen. Christliche Adlige, reiche Bürger und sogar diejenigen Ratsherren, die zusammen mit den Pfaffen Erlässe gegen die Juden herausgegeben hatten, ignorierten das Verbot für Christen, sich von jüdischen Ärzten behandeln zu lassen. Ansonsten mochte man nichts mit ihnen zu schaffen haben. Während die Juden in einigen Städten gegen Zahlung einer saftigen ›Judensteuer‹ Zuflucht fanden, flogen sie aus anderen Städten im hohen Bogen hinaus. In größeren Städten lebten die meisten von ihnen schon längst in Ghettos. Wenn ein Jude nach Mitternacht außerhalb des abgeriegelten Bereiches erwischt wurde, musste er eine saftige Geldstrafe bezahlen, was nichts anderes hieß, als dass er sich von Selbstjustiz freikaufte. Im Wiederholungsfalle drohten ihm in der Regel zwei Monate Kerkerhaft. Um ihre Viertel vor nächtlichen Übergriffen zu schützen, errichteten die Juden Mauern. In manchen Städten wurde ihnen dies sogar von den Stadtvätern auferlegt, damit sie von den ehrbaren Bürgern besser isoliert waren. Die Mauern um die Judenviertel herum sollten zudem gewährleisten, dass sie sich nicht ausweiten konnten. Das Bauen und Kaufen weiterer Häuser wurde ihnen ebenso verwehrt wie die Aufnahme in die ehrbaren Handwerkszünfte. Im Gegenteil: Die Zünfte arbeiteten nicht einmal für die Juden – zumindest nicht offiziell. Wenn Juden allerdings gut bezahlten, wurden sie still und heimlich im Dunkel der Nacht beliefert. Ihr

Geld schien nachts nicht schmutziger zu sein als das der scheinbar so ehrbaren Adligen, der mehr oder weniger honorigen Ratsherren und dem Heer von Bürgern, die es sich gerne von ihnen liehen ... Oder lag dies daran, dass man den Dreck und das Blut, das am Geld klebte, nächtens schlechter sehen konnte, als dies tagsüber der Fall war? Damit sie es nicht zurückzahlen mussten, kam so manchem die Pest gelegen und ein dazu passender Gedanke.

Um sich vor Pogromen zu schützen, bezahlten viele jüdische Gemeinden oder einzelne jüdische Familien hohe Schutzgelder an die Städte. Auf diesen Gedanken wären die Bombergs nie im Leben gekommen. Sie hatten sich in Staufen immer geborgen gefühlt und nie daran gedacht, sich den Schutz des Reichsgrafen erkaufen zu müssen. Ihr Credo lautete: ›Lasst uns in Ruhe, dann lassen wir euch in Ruhe.‹

Aber die Zeiten hatten sich gewaltig geändert. Jakob und Judith Bomberg hatten schon während der vermeintlichen Pest vor gut einem halben Jahr gemerkt, dass sie in Krisenzeiten von einigen Staufnern kritischer beäugt worden waren, als dies zuvor der Fall gewesen war. Irgendwann hatten sie sogar mitbekommen, dass der Lederer Hemmo Grob sie nicht zu mögen schien, obwohl sie weder ihm noch einem anderen Staufner etwas angetan hatten. Spätestens seit er vorgestern vor ihrem Haus herumgeschrien und Steine an die Hauswand geworfen hatte, wussten sie, dass die Sache ernst zu nehmen war.

»Wir haben doch niemandem etwas getan. Oder hast du jemandem Geld geliehen?«, fragte Judith ihren Mann besorgt.

Kapitel 19

LÄNGST WAREN AUS DEN ERSTEN KRANKEN Sterbende und aus den Sterbenden Tote geworden. Im Staufner Spital bot sich ein Bild des Grauens. Überall stank es nach Fäulnis, Schweiß, Kot, Urin ... und Tod. Hatten die Krankenlager anfangs noch ausgereicht, waren sie irgendwann bis auf den letzten Platz mit vor Angst jammernden und vor Schmerzen schreienden Gestalten aller Geschlechter und jeglichen Alters belegt. Jetzt mussten sich zwei Infizierte, teilweise auch drei, eines der sowieso schon schmalen Lager teilen. Überdies kauerten die Siechen auch noch auf dem Fußboden herum. Es war kaum noch möglich, vernünftig zu arbeiten. Schwester Bonifatia wurde von den Hilfesuchenden schon längst nicht mehr gefragt, ob man sie im Spital aufnehmen könnte. Die Infizierten kamen einfach, suchten sich einen bestmöglichen Platz und legten sich dorthin, wo sie gerade Raum fanden. Dabei gingen manche unglaublich skrupellos vor. Sie warfen diejenigen, die sich aufgrund des Krankheitsfortschrittes nicht mehr wehren konnten, einfach von ihren Lagern und nahmen diese in Besitz.

Verzweifelt versuchte die trotz ihres ungebrochenen Willens überforderte Ordensschwester, die Situation unter Kontrolle zu behalten, oder besser gesagt, wieder in den Griff zu bekommen. Aber es war längst zu spät: es gelang ihr nicht einmal mehr mit Gottes Hilfe, obwohl sie ihm zu Gefallen ständig frische Kerzen entzündete und ihr Gelöbnis, eine Kapelle zu errichten, ständig aufs Neue bekräftigte. Dennoch gab sie nicht auf und versuchte immer noch, es so einzuteilen, dass sich die Neuzugänge erst ordentlich anmeldeten, bevor sie in einem speziellen Raum geschoren, entkleidet, gewaschen, mit Essig abgerieben und mit einer Art Überziehhemd neu gewandet wurden. Dass Schwester Bonifatia diese Hemden von einer beherzten Frau überhaupt nähen lassen konnte, hatte sie einem ebenso beherzten Spender zu verdanken, der ihr ein paar Leinenballen vorbeigebracht hatte. Danach hätte sie am liebsten jeden einzelnen Patienten in aller Ruhe untersucht, um feststellen zu können, ob dieser erst in Quarantäne kommen sollte oder gleich behandelt werden musste.

Um die Ansteckungsgefahr zu minimieren, wollte sie die Kranken wie vor geraumer Zeit, als sie mit ihrer Arbeit im Spital begonnen hatte, gerne je nach Symptomen in verschiedenen Räumen unterbringen.

Raum I: Diejenigen, bei denen noch Hoffnung bestehen könnte.

Raum II: Die fortgeschrittenen, hoffnungslosen Fälle.

Raum III: Die Sterbenden.

Einen Raum IV hatte und brauchte sie auch nicht, weil die Toten sofort nach draußen in den kerzenbeleuchteten Schuppen geschafft wurden, damit wieder Platz für wenigstens einen neuen Patienten gewonnen werden konnte.

Nur wenn sie dieses Kreislaufsystem durchsetzen konnte, waren ihre Patienten bestmöglich geschützt. Aber das ging schon lange nicht mehr. Die Schwester und der Kanoniker hatten erkennen müssen, dass sie nicht mehr die Herrscher dieses Totenhauses waren, sondern nur noch Knechte der Pest ... und deren Opfer. Dennoch versuchten sie, ihre Arbeit so gut es irgendwie ging zu verrichten. Um mit ihren Patienten so locker umgehen zu können, als wären es Badegäste der Kaisertherme im frühen Aachen oder des ›Caldariums‹ im ehemals römisch geprägten ›Cambodunum‹, der neben Trier ältesten Stadt Deutschlands, mussten sie alle Abscheu und jeden Ekel ablegen und sich eine dicke Haut zulegen. Die Angst vor dem eigenen Tod war ihnen Gott sei Dank längst abhandengekommen.

Aber nicht nur der direkte Umgang mit ihren Patienten machten Schwester Bonifatia und ihrem mittlerweile doch recht versiert gewordenen Mitstreiter Sorgen. Wie allen anderen Dorfbewohnern stellte sich auch ihnen tagtäglich die Frage der Nahrungsmittelbeschaffung. Würde da nicht der eine oder andere etwas Geld mitbringen, müssten im Staufner Spital sogar mehr Menschen Hungers als an der Pest sterben.

Heini, ihr im Geiste schwacher ehemaliger Helfer aus dem Siechenhaus, besorgte ihr bei Bauern in Genhofen und im nicht viel weiter entfernten Stiefenhofen all das, was sie für ihre Patienten benötigte und auch bezahlen konnte. Die Bauern aus dem westlichen Teil des Allgäus rückten allerdings – wenn überhaupt – Nahrungsmittel nur gegen unangemessen viel Geld heraus.

»Gott sei's gepriesen, dass Heini geistig nicht ganz auf der Höhe ist«, dankte die Schwester dem lieben Gott fast jeden Tag.

Wäre Heini ganz Herr seines Geistes, würde er sich nie und nimmer in Richtung des pestverseuchten Staufen wagen. Die Schwester wusste, dass sie ein sehr hohes Risiko einging, da durch Heinis Besuche die große Gefahr bestand, dass auch er sich infizieren und die Pest aus Staufen hinaus nach Genhofen und von dort aus ins westliche Allgäu, das nicht mehr zum Herrschaftsgebiet des Grafen zu Königsegg gehörte, tragen könnte. Sie müsste sich ewig Vorwürfe machen, wenn es nach Staufen auch noch die kleinen Ortschaften um das Siechenhaus herum bis nach Harbatshofen hinaus treffen würde. Um auch hier das Risiko möglichst gering zu halten, durfte Heini nicht bis ganz nach Staufen hinein. Die Schwester kannte an der Straße, die ungefähr 250 Fuß unweit des Seelesgrabens verlief, den Heustadel, neben dem sich ein Sühnekreuz befand. Der Stadel stand weit genug vom Dorf entfernt.

Somit barg dieser Platz für Heini kaum Gefahr, sich zu infizieren, wenn er die von der Schwester georderten Waren dorthin brachte, um sie zu deponieren. Die Schwester selbst konnte sich ebenfalls einigermaßen sicher fühlen, wenn sie die dringend benötigten Sachen dort abholte. Meist sahen sie sich dabei nicht. Der eine lieferte tagsüber, die andere holte die Waren im Schutze der Dunkelheit. So einfach war das. Nur jeden Montag um das Mittagsläuten herum trafen sie sich persönlich, hielten aber einen großen Sicherheitsabstand, während die Schwester neue Bestellungen aufgab und Heini ihr aktuelle Ereignisse aus dem Siechenhaus erzählte. Niemals würden sie sich so nahe kommen, dass sich ihr Atem kreuzen könnte. Die Schwester achtete sorgsam darauf, dass – falls sie selbst schon das tödliche Bakterium in sich tragen sollte – wenigstens Heini unversehrt blieb. Sie wusste, dass sie von dem mutigen Burschen wie eine Heilige verehrt wurde, weswegen er alles für sie tat, um was sie ihn bat.

Es war ihr allerdings auch bewusst, dass sie ihn trotz aller Vorsichtsmaßnahmen in Lebensgefahr würde bringen können – immerhin konnte der Heustadel jetzt auch ein verseuchter Ort sein.

»Hoffentlich kommt außer uns niemand hierher«, sagte sie besorgt. »Nicht, dass wegen mir sich auch noch Unbeteiligte infizieren.«

Aber zurzeit hatte sie ganz andere Sorgen. Es waren die zusätzlichen Tätigkeiten, die nicht direkt mit ihren Patienten zu tun hatten, die ihre Arbeit im Spital erschwerten: Allmorgendlich mussten die Räume gereinigt und akribisch mit Essig durchgewischt werden. Insbesondere die medizinischen Instrumente verlangten nach sorgfältiger Reinigung. War es anfänglich schon mühsam gewesen, die Fußböden mit streng riechendem Kalk zu schrubben, so war dies wegen der vielen Menschen, die jetzt überall herumlagen, kaum noch möglich. Dazu kam noch, dass sie gar nicht so viele Leinentücher auftreiben konnte, wie sie benötigte. Wäre nicht der Blaufärber gekommen und hätte ihr mehrere Ballen Leinenzeug gespendet, wäre die Lage sowieso hoffnungslos geworden. Allein die karitative Geste des Blaufärbers und sein Mut hierherzukommen, hatte die Schwester wieder etwas aufgerichtet. So schaffte sie es immer aufs Neue, jene Toten, die eine einigermaßen brauchbare Gewandung anhatten, zu entkleiden und die verdreckten Stoffe zuerst in gelöschtem Kalk zu desinfizieren, bevor sie gewaschen wurden. Auch diese unangenehme Arbeit teilte sie sich mit dem Kanoniker. Sie entkleidete die Frauen, während er es ihr mit den Männern gleichtat, obwohl sie zum Wäschewaschen viel zu wenig Zeit erübrigen konnten. So türmten sich die tagtäglich dringend benötigten Gewandungen der Toten hinter dem Spital oder lagen viel zu lange in den Kalkwannen – manchmal so lange, bis sie vom Kalk zerfressen und dadurch nicht mehr brauchbar waren.

Die beiden barmherzigen Samariter wären jeden Tag nahe daran zu verzweifeln, wenn ihnen der Herrgott nicht die nötige Kraft für ihre aufopferungsvolle Arbeit gegeben hätte. Obwohl sie wussten, dass die Pest keine göttliche Heimsuchung, sondern ein medizinisches Phänomen war, beteten sie jeden Tag zum Herrn über Leben und Tod. Es war jetzt Ende August und insgesamt waren in Staufen schon fast 300 Menschen der Pest erlegen, 109 davon im Spital.

Bisher hatten alle, die hier eingeliefert worden oder aus eigenem Antrieb gekommen waren, das Spital liegend, mit den Füßen voraus, verlassen.

»Warum sollte der himmlische Vater unsere Gebete jetzt plötzlich erhören?«, fragte Bonifatia den Kanoniker, als sie wieder einmal nahe daran waren zu verzweifeln.

»Warum nicht?«, kam die Antwort angesichts der schier unglaublichen Tatsache, dass es schon über zwei Wochen her war, dass sie einer jungen Frau die Beulen ausgedrückt und sich darüber gewundert hatten, dass sie tags darauf und zwei Tage später immer noch dem Tod getrotzt hatte. Da das Mädchen nach wie vor lebte, war sogar die Franziskanerin geneigt, an ein Wunder zu glauben. Die Genesende war zwar noch schwach, erholte sich aber von Tag zu Tag. Aus Dankbarkeit für ihre Heilung versprach Lisbeth, wie das Mädchen hieß, im Spital mitzuhelfen, sobald ihre alten Kräfte zurückgekehrt waren. Das überglückliche Geschöpf Gottes war dem Herrn und allen Heiligen dankbar und begab sich täglich in den kleinen Betraum, um ihre Dankbarkeit auszudrücken. Wie glücklich würde sie erst sein, wenn sie wüsste, dass sie ab jetzt mindestens für ein ganzes Jahr immun gegen die Pest war. Aber nicht nur sie, sondern auch Schwester Bonifatia und der Kanoniker waren überaus froh. Sie hatten jetzt nicht nur eine neue Helferin in Aussicht, die sich mit den Gewandungen der Toten, der Leintuchwäsche und der leidigen Putzerei beschäftigen würde, sondern es herrschte seit deren Heilung auch eine ganz andere Stimmung im Spital. Sie und die Kranken schöpften wieder etwas Hoffnung – bis die Pestilenz aufs Neue zuschlug.

Kapitel 20

AN JENEM TAG, an dem ihm der Bunte Jakob die Rosenkränze der Pestopfer abgekauft hatte, wollte der Totengräber wenigstens einen der Söhne des Kastellans zum Schweigen bringen. Da er aber noch vor der Umsetzung seines abscheulichen Planes dem Propst direkt in die Hände gelaufen war und ihm nicht mehr hatte ausweichen können, hatte er sich wohl oder übel die Zeit nehmen müssen, um von ihm neue Anweisungen entgegenzunehmen.

Außerdem war es schon längst überfällig, den Propst über den aktuellen Stand der Dinge zu informieren. Der Kirchenmann führte über jeden einzelnen Pesttoten mehr oder weniger akribisch Buch und trug alle Verstorbenen in das ›Pfarrmatrikel‹ ein. Er benötigte deswegen stets umgehend Mitteilung über alle diesbezüglichen

Neuigkeiten. Auch wenn sich der Seelsorger selbst schon längst nicht mehr in die Häuser traute, so wollte er den zu Hause Sterbenden wenigstens mit einem gewissen Sicherheitsabstand beistehen und ihnen Gottes Segen mit auf den Weg ins erhoffte Himmelreich geben. Diejenigen, die im Spital starben, wurden ja von seinem Kanoniker seelsorgerisch betreut.

Ruland Berging berichtete dem Propst, der schon lange nicht mehr auf den Pestfriedhof ging, dass alles seine beste Ordnung habe. »Ich«, betonte er, »ich und Fabio arbeiten bis zur Erschöpfung, um den Toten ein ordentliches Begräbnis zu geben. Das ist meistens nur sehr schwer zu bewältigen. Wenn der Höfener Bauer Maginger nicht die Särge für uns zimmern würde, kämen wir überhaupt nicht zurande. Zu viel Arbeit wartet tagtäglich auf uns: Fabio holt die Leichen ab und ich sorge dafür, dass alles reibungslos klappt. Die Gräber heben wir meistens gemeinsam aus. Für unsere Mühen erhalten wir aber nur selten ein paar Kreuzer, die wir dann zum großen Teil für die Herstellung von Särgen benötigen. Das Wenige …« Er machte eine abschätzige Geste, »das dann noch übrig ist, teilen wir redlich«, log der Totengräber dem Propst unverfroren ins Gesicht.

Solange der kirchliche Würdenträger selbst Angst vor der Pest hatte und die ansteckungsgefährdeten Orte mied, würden die verlogenen Aussagen des Totengräbers kaum nachprüfbar sein. Und die Hinterbliebenen der Pestopfer, die Beschwerde führen könnten, hüteten sich davor, denn sie wussten nicht, wann sie dessen überteuerte Dienste würden wieder in Anspruch nehmen müssten.

Sollte der Propst zufällig etwas erfahren, was seinem Ruf als korrektem Leichenbestatter schadete, würde Ruland Berging schon eine Ausrede einfallen. Solange Fabio das Maul hielt, war alles in bester Ordnung.

Sorgen machten ihm momentan nur noch die beiden Söhne des Kastellans. Um sich selbst zu beruhigen, wollte er die Sache endlich und endgültig hinter sich bringen. Nun fackelte er nicht mehr lange und begab sich auf direktem Weg in Richtung des schattigen Schleichpfades, der zur Südseite des Schlosses führte.

Als sich der wegen seiner dunklen Gewandung fast Unsichtbare den schmalen Grat an der Südmauer des Staufner Schlosses entlanghangelte, hörte er ein merkwürdiges Rauschen und Knacken im Geäst der Bäume. Da er keinen Hauch eines Lüftleins verspürte, wunderte er sich darüber und blickte nach oben. Aber er sah nichts. Der Boden war hier recht feucht und schmierig, und er musste höllisch darauf achten, nicht selbst den Abhang hinunterzurutschen. Deswegen behielt er ständig den Boden im Auge, hörte aber wieder das Geräusch und blickte abermals zum Himmel, von dem der dichte Baumbewuchs nur ein paar helle Streifen durchließ. Jetzt sah er etwas herunterfallen, konnte aber nicht erkennen, was es war. In kurzen Abständen suchte irgendetwas den Weg durch das Geäst der Bäume, um dann auf dem Boden aufzuklatschen und den steilen Abhang hinunterzurutschen beziehungsweise herunterzuhüpfen. Der Totengräber sah dem Treiben eine Zeit lang zu, ohne dahinterzukommen, was es war. Um besser sehen zu können, hätte er am liebsten seine Augenklappe abgenommen. Aber dies hätte nichts genützt. Erst als er neben sich etwas Rötliches liegen sah und es aufhob, erkannte er ein vermoostes Ziegelfragment, von dem er glaubte, dass es schon ewig hier liegen würde. Auf seinem Weg in Richtung Kräutergarten, in dem sich das Treppchen und das kleine Tor zum Schlosshof befanden, drückte er sich fester an die Schlossmauer. Da er sich der vielen Äste erwehren musste, die ihm fortwährend ins Gesicht und an den Körper peitschten, merkte er nicht, wie ihm ein Ast seinen kleinen Lederbeutel vom Gürtel riss.

Am Ende der Mauer lugte er vorsichtig um die Ecke. An dieser Stelle fiel das Gelände nicht mehr steil ab und er konnte sich – während er sich vorsichtig duckte und fast etwas ängstlich nach allen Seiten blickte – etwas vorwagen, um nachzusehen, was da oben los war. Als er Stimmen vom Dach herunter hörte, konnte er sich gerade noch rechtzeitig kleinmachen, um nicht gesehen zu werden.

Auf dem First saßen, mit Stricken gesichert, der Kastellan und Ignaz, die damit beschäftigt waren, beschädigte Dachpfannen durch neue zu ersetzen. Dem Wortwechsel konnte der Totengräber entnehmen, dass bei den beiden noch jemand sein musste, den er nicht sehen konnte.

Nachdem er ein Weilchen konzentriert gelauscht hatte, glaubte er, auch wenn er die dritte Person nicht sah, Lodewigs Stimme, die er erst vor Kurzem am Seelesgraben gehört hatte, zu erkennen.

Wahrscheinlich reicht er die Dachpfannen aus einer Luke hinaus. Wenn dies der Fall ist, kann ich ihn jetzt nicht umbringen. – Andererseits…, überlegte er weiter, wäre sein kleiner Bruder ohne nennenswerten Schutz. Die Männer sind auf dem Dach und die Frau des Hauses ist wahrscheinlich immer noch an ihr Lager gefesselt. Wären nur noch die beiden Wachen, die den Kleinen schützen könnten.

Geduckt schlich er sich am Kräutergarten entlang, um durch das kleine Tor in den Schlosshof zu gelangen. Er hatte Glück, dass die Gittertür wieder unverschlossen war. Fortuna schien ihm heute besonders hold zu sein, denn Diederich spielte unweit von ihm mit seinem schwarzen Holzpferdchen.

Während der Totengräber innerlich vibrierte und überlegte, wie er die Sache am geschicktesten anpacken könnte, blickte er sich immer wieder nach allen Seiten um. Leise zog er sich so weit zum Tor zurück, dass er den Knaben gerade noch sehen konnte. Aus seinem sicheren Versteck heraus begann er, Geräusche von sich zu geben, die von einem Kuckuck stammen mochten. Dabei achtete er darauf, dass sie so leise wie möglich waren, dennoch von Diederich gehört werden konnten. Schon nach ein paar Tönen wurde der Bub aufmerksam und blickte in die Richtung, aus der die ihm bekannte Vogelstimme kam.

Aber er war so in sein Spiel vertieft, dass er sich gleich wieder damit beschäftigte.

»Kuckuck! … Kuckuck!«

Immer wieder schaute Diederich in Richtung der interessanter werdenden Töne. Er drückte sein Holzpferdchen fest an sich und ging langsam in die Richtung, aus der die Lockrufe kamen.

»Na, Diederich, i… i… iist d… dein Pff… Pfff… Pferdchen auch b… bb… b … brav?«, hörte der Totengräber eine stotternde Weiberstimme aus dem Hintergrund, sah aber niemanden.

Sicherheitshalber blickte er sich schon nach seinem Rückzugsweg um.

»Nein«, hörte er Diederich antworten. »Der ›Rabe‹ ist heute ganz, ganz böse und muss jetzt gleich wieder in seinen Stall!«

»Verdammter Mist! Ich habe die Rechnung ohne die dumme Magd gemacht«, entfuhr es dem Totengräber fast hörbar, als er Rosalinde direkt auf sich zukommen sah. Jetzt blieb ihm nur noch, sich hurtig das Treppchen hinunter und über den Garten zur Mauersüdseite zurückzubegeben. Dabei musste er achtsam sein, um weder von Rosalinde noch von den Männern auf dem Dach erblickt zu werden. Da ihm dies gelang, konnte er in Ruhe beobachten, was die Hausmagd tat.

Hoffentlich gräbt die jetzt nicht den ganzen Garten um, dachte er, aus Sorge darüber, dass Diederich zwischenzeitlich weg sein könnte.

Aber Rosalinde schnitt nur etwas Wilden Majoran und begab sich sofort wieder auf den Rückweg. Als er sie nicht mehr sehen konnte, nahm der Totengräber den Weg zum Tor auf die gleiche Weise, wie er es zuvor schon getan hatte. Da er erneut von niemandem gesehen wurde, der Knabe immer noch an gleicher Stelle mit seinem Holzpferdchen spielte und die Magd wieder im Vogteigebäude verschwunden war, ging er die Sache nochmals an: »Kuckuck! ... Kuckuck!«

Diederich wurde abermals aufmerksam, nahm seinen ›Raben‹ und ging jetzt langsam in Richtung der Rufe. Da er den Vogel nicht erschrecken, ihn jedoch sehen wollte, bewegte er sich ganz vorsichtig auf Zehenspitzen vorwärts. Immer näher kam er dem Totengräber, der langsam rückwärts schlich, während er zwischendurch weiterhin die Vogelstimme imitierte. Er hatte sich draußen direkt an das kleine Tor gepresst und musste jetzt nur noch warten, bis der Kleine herauskommen würde.

Jetzt ging alles ganz schnell: Der Totengräber packte den Jungen, drückte ihm eine Hand so fest auf den Mund, dass er nicht schreien konnte, und zerrte das zappelnde und wild um sich schlagende Kind samt seinem Holzpferdchen die Mauer entlang zur Südseite des Schlosses. Dort fackelte er nicht lange und knallte den Kopf des hilflosen Kindes einige Male so brutal an die Mauer, dass es krachte. Diederich war sofort tot.

Ruland Berging hielt den regungslosen Körper seines unschuldigen Opfers noch eine ganze Weile an die Wand gedrückt, bevor er ihn langsam zu Boden gleiten ließ. Dabei sah ihm der Mörder eiskalt in die weit aufgerissenen Augen.

Er stützte – das Kind lag direkt vor ihm – seine Hände auf die Knie, um zu verschnaufen. Im Wald war es jetzt ganz still. Erst als er das bekannte Rauschen in den Bäumen hörte, besann er sich wieder und überlegte, wild um sich blickend, was jetzt zu tun war. Er musste nicht lange überlegen: Erst schlug er einen Steinbrocken auf den sowieso schon blutüberströmten Hinterkopf des Kindes und rieb diesen auch noch in der klaffenden Wunde, bevor er den schlaffen Körper im feuchten Erdreich hin- und herzog. Es sollte so aussehen, als wäre Diederich ausgerutscht und dadurch schmutzig geworden. Er schleifte den toten Buben zum Anfang der Falllinie des steilen Abhanges und stieß ihn mit aller Wucht hinunter. Damit später der Eindruck erweckt würde, Diederich sei beim Hinunterfallen auf den Steinbrocken geknallt, warf er den blutverschmierten Stein hinterher.

Ignaz war entsetzt. Er sah vom Dach aus zwischen den Bäumen etwas den Berg hinunterrollen, das aussah wie ein Mensch. Während er in diese Richtung zeigte, schrie er: »Um Gottes willen! Da stürzt jemand den Abhang hinunter!«

Bis der Kastellan sich umdrehte, um dorthin zu schauen, wohin der leichenblass gewordene Knecht immer noch zeigte, war alles vorüber. Im Schein der Sonnenstrahlen, die den Wald zu durchdringen versuchten, sah er nur noch trockenes Laub vom letzten Herbst durch die Luft tänzeln. Während Lodewig schon im Treppenhaus war, mussten der Kastellan und Ignaz erst noch vom Dachfirst heruntersteigen, durch die Luke in den Dachboden klettern und sich der Stricke, die sie um ihre Hüften gewunden und fest verknotet hatten, entledigen. Dies alles geschah innerhalb weniger Augenblicke. Während dieser Zeit warf der Totengräber auch noch das Holzpferdchen hinterher und versuchte hastig, das Blut von der Mauer zu wischen.

Da er dies auf die Schnelle nicht schaffte, fiel ihm ein, vermooste Erde darüberschmieren zu können. Am liebsten würde er das ganze Blut von der Mauer waschen, hatte aber weder Wasser und Lappen noch die Zeit dazu. Ich könnte darüberbrunzen, kam dem Ferkel kurz in den Sinn, was er aber sein ließ, weil er fürchtete, das frische Nass könnte auffallen. Außerdem hätte er dies auf die Schnelle sowieso nicht geschafft.

So wird's schon gehen, hoffte er, während er die mit Moos verschmierte Stelle etwas verrieb und sich noch schnell nach anderen verräterischen Spuren umsah. Danach verschwand er so schnell, wie er gekommen war.

Da Lodewig davon ausging, dass das kleine Tor zum Wurzgarten geschlossen war, rief er Siegbert zu, sofort das Schlosstor zu öffnen. Das dauerte natürlich eine gewisse Zeit. Lodewig konnte es nicht erwarten, hinauszurennen, um links über die Mauer in den Garten klettern zu können. Die hierzu benötigte Zeit kam ihm ewig lange vor. Beim Überqueren der kleinen Gartenanlage wunderte er sich darüber, dass das schmiedeeiserne Türchen, das vom Schlosshof in den Garten führte, doch geöffnet war.

Als er endlich am Ort des Geschehens war, blickte er angestrengt den Abhang hinunter und entdeckte die Rutschspuren.

»Vater! Nimm mit Ignaz den Weg durchs Gartentor! Es ist offen. Und bringt die Seile mit«, rief er, so laut er konnte, nach oben.

Kurz nachdem der Kastellan bei Lodewig war, kam auch Ignaz mit den Seilen angerannt.

»Schnell, Vater! Wickle sie um Bäume, während Ignaz und ich die anderen Enden um unsere Bäuche binden«, kommandierte Lodewig, der ahnte, dass etwas Grauenvolles geschehen sein musste.

»Alles klar?«, fragte er den Knecht schnaufend, während der schon damit begann, sich abzuseilen.

Wenige Fuß von ihm entfernt, machte es ihm Lodewig nach. »Verdammt steil!«

»Ja! Und rutschig!«

Die Seilsicherung hinderte die beiden zwar vor dem Abrutschen, verhinderte aber nicht, dass sie ständig auf ihren Hosenböden landeten.

»Da, junger Herr!« Ignaz zeigte aufgeregt auf etwas, an dem Lodewig gerade vorbeigerutscht war, weswegen er sich wieder ein Stück nach oben quälen musste.

»Neeeiiin«, schrie Lodewig, als er Diederichs Holzpferdchen sah. »Das darf nicht wahr sein. Lieber Vater im Himmel, gib, dass es nicht stimmt!«

Während er Ignaz das Spielzeug in die Hände drückte, hangelte sich Lodewig weiter den immer steiler werdenden Abhang hinunter. So weit, bis er fassungslos in die gebrochenen Augen Diederichs blickte.

Als Ignaz bei ihm ankam, erkannte auch er sofort, dass der Kleine tot war. Einen Moment hingen sie – die Hände auf ihre Münder gepresst – fassungslos in den Seilen. Während sie sich seitlich ganz zum leblosen Körper hinarbeiteten, schrie Lodewig seinen Schmerz so gewaltig in den Wald hinein, dass es auch der oben wartende Vater hörte, der immer wieder laut rufend wissen wollte, was da unten los wäre. Aber die beiden vermochten es nicht zu antworten. Zusammen hoben sie den Kleinen sanft vom Boden auf. Lodewig presste seinen geliebten Bruder zart an sich und begann, haltlos zu weinen. Ignaz konnte lediglich hilflos danebenstehen und warten, bis sich Lodewig wieder einigermaßen gefasst hatte. Währenddessen blickte er sich nach allen Seiten um und entdeckte den blutverschmierten Stein, den er sogleich an sich nahm.

»Junger Herr«, flüsterte er. »Wir müssen zurück. Ich hangle mich schon mal nach oben, um Euch helfen zu können, damit Ihr die Hände weiter um …«, jetzt packte es auch den gutmütigen, ansonsten eher ruppigen Knecht. Er wischte sich die Tränen aus dem Gesicht, »…Diederich halten könnt.«

Als er oben ankam, fragte ihn der Kastellan, was geschehen war. Da Ignaz keinen Ton herausbrachte, zeigte er seinem Herrn wortlos den blutverschmierten Stein und das Holzpferdchen. Der Vater spürte auch ohne Worte sofort, was los war, und half Ignaz zitternd, Lodewig hochzuziehen. Als er Diederich in den Armen des großen Bruders sah, ließ er das Seil los, um intuitiv das Kreuz zu schlagen.

Ignaz konnte gerade noch verhindern, dass es einen zu starken Ruck gab und Lodewig mitsamt Diederich wieder nach unten stürzte. Da sein Herr nicht mehr zu gebrauchen war, zog Ignaz die beiden allein hoch. Als sie endlich oben waren, strich der immer noch zitternde Vater seinem jüngsten Sohn mit der flachen Hand sanft übers Gesicht, um ihm die Augen zu schließen. Sie sahen den Kleinen, der jetzt – wäre nicht alles über und über voller Blut – einen fast friedlichen Eindruck machte, lange an, bevor sie sich alle drei – Diederich in die Mitte genommen – innig umarmten und ihren Tränen freien Lauf ließen.

⁓♡⁓

Bevor sie es der Mutter so schonend wie möglich beibringen wollten, ließ der Kastellan – ungeachtet der drohenden Gefahr durch die Pest – nach Propst Glatt schicken. Ohne an die Möglichkeit der Ansteckung zu denken, lief Ignaz auf direktem Weg ins Propsteigebäude, um priesterlichen Beistand zu holen. Währenddessen hatten der Kastellan und Lodewig dem Kleinen das Blut und den Schmutz abgewaschen und ihn frisch gewandet. Die klaffende Wunde hatten sie sorgsam verbunden. Niemals sollte die Mutter das große Loch am Hinterkopf sehen. Obwohl Vater und Sohn verzweifelt waren, dachten sie in diesem Moment nur an die Mutter.

»Wie wird sie es aufnehmen?«, fragte Lodewig leise. Dabei war ihm die Stimme schier im Hals steckengeblieben.

»Ich weiß es nicht, mein Sohn!«

Die beiden fielen sich immer und immer wieder schluchzend in die Arme, wenn sie den leblosen Körper ihres über alles geliebten Diederich betrachteten.

»Wo bleibt denn Johannes?«, entfuhr es dem ungeduldigen Vater, der es endlich hinter sich bringen, aber nicht auf kirchliche Unterstützung verzichten wollte, wenn sie den Kleinen zu seiner Mutter brachten. Da der Propst nicht zu Hause war, versuchte es Ignaz in der Kirche. Das dauerte natürlich. Schließlich stöberte er den Seelsorger des Dorfes in der Sakristei auf und berichtete ihm hastig alles, während sie schon auf dem Weg in Richtung Schloss waren.

Vater und Sohn Dreyling von Wagrain hielten Diederich abwechselnd in ihren Armen und wurden nicht müde, sein Gesicht zu streicheln, ihn immer wieder sanft an ihre Herzen zu drücken und zart zu küssen. Es wurde ihnen nicht erst im Angesicht des Todes klar, dass das jüngste Familienmitglied ihr ein und alles – gewesen – war.

Wie hatten sie es doch geliebt, wenn der Kleine so lange Fragen gestellt hatte, dass ihnen die Antworten ausgegangen waren, oder wenn er wieder einmal nicht hatte einschlafen wollen und Rabatz gemacht hatte. Und wie hatten sie es geliebt, wenn er für Unordnung gesorgt, Vaters Werkzeug verzogen oder Eginhards Bücher versteckt hatte.

Wie hatten sie sich darüber amüsiert, als er damals Lodewigs Gewandung zum Fenster hinausgeworfen hatte, um zu sehen, ob sie fliegen würde.

»Wir müssen Eginhard informieren«, unterbrach der Vater plötzlich die nur durch ein leises Schluchzen gestörte Stille. Er ging auf leisen Sohlen zur Schlafkammer seiner Frau und spitzelte hinein. Konstanze schlief gerade, zwar sehr unruhig, aber sie schlief. Das ist gut so, dann hat sie nichts mitbekommen, dachte er.

Endlich fand sich auch Ignaz mit dem Propst, der am liebsten alle umarmen würde, es aus Vorsicht aber etwas unbeholfen bei den Worten »Die Pest …!« beließ, in der Küche ein. Dabei zuckte er Verständnis heischend mit den Achseln. Während der kirchliche Würdenträger in groben Zügen vom vermeintlichen Unfallhergang in Kenntnis gesetzt wurde, kramte er geweihte Utensilien aus einer mitgebrachten Tasche, die er für die Krankensalbung benötigte. Er schlug vor, Diederich sofort und in diesem Raum die Sterbesakramente zu geben, um Konstanze nicht zu belasten.

»Es wird noch schrecklich genug werden, wenn sie vom Tod ihres jüngsten Sohnes erfährt, und sie wird noch genügend Gelegenheit haben, Diederich in ihre Gebete einzuschließen«, betonte er.

Als Lodewig sah, dass sein Vater zustimmend nickte, holte er zwei Kerzen und nahm den mit Weihrauch gefüllten Kelch, um das Rauchfass zu füllen.

Diesen kirchlichen Dienst hatte er in seiner Eigenschaft als

Messdiener in der Staufner Pfarrkirche schon Hunderte Male mit Freuden verrichtet. Jetzt war dies anders. Lodewig wirkte apathisch. Sein Gesicht war wie versteinert. Nur das leichte Zittern der Unterlippe ließ seine innere Verfassung erkennen. Als er die Kerzen entzündete, spiegelte sich das Licht auf seinen tränennassen Wangen.

»Können wir beginnen?«, fragte der Seelsorger leise und bekam vom Kastellan ein kaum merkliches Kopfnicken zur Antwort, was ihn dazu veranlasste, sich dem toten Knaben, der wie schlafend in den Armen seines Vaters lag, zuzuwenden.

»*Memento mori*«, murmelte der Propst beschwörend, bevor er mit der Salbung begann. »Durch dieses heilige Sakrament helfe dir der Herr in seinem reichen Erbarmen, er stehe dir bei mit der Kraft des Heiligen Geistes: Der Herr, der dich von Sünden befreit, rette dich, in seiner unendlichen Gnade richte er dich auf.«

Der Priester nahm die Salbung nach *tridentinischem Ritus* vor und salbte alle Sinnesorgane des Kindes. Dabei berührte er mit dem Daumen Diederichs Augen und Ohren, den Mund und die Nase, die Hände und die Füße. Gerade in dem Moment, als der Propst dem Kleinen mit Chrisam ein Kreuz auf die Stirn zeichnete, damit er vom Himmel aus den ›Wohlgeruch Christi‹ würde verbreiten können, wehte ein Luftzug durch den Raum und löschte die beiden Kerzen. Alle Anwesenden erschraken und bekreuzigten sich hastig. Es folgte ein Moment der Stille, bevor sie gemeinsam ein stilles ›Vaterunser‹ beteten.

Als sie damit fertig waren und der Priester den Segen Gottes erteilen wollte, hörten sie Konstanze, die mit schwacher Stimme fragte: »Ist da jemand?«

Erschrocken sahen sich die Männer an, denn sie wussten momentan nicht, was schrecklicher war: Der Tod des jüngsten Familienmitgliedes oder es der kranken Mutter beibringen zu müssen. Sie beschlossen, dass der Vater mit dem priesterlichen Freund des Hauses zu ihr hineingehen und sie sanft vorbereiten sollte, während Lodewig mit Diederich auf dem Arm vor der Kammertür warten würde.

»Und du …«, befahl der Kastellan dem Knecht noch vor dem Eintreten mit versteinerter Miene, »fertigst ein Holzkreuz an.«

Ignaz räumte noch die Utensilien des Propstes zusammen und zündete die Kerzen wieder an, bevor er mit gesenktem Haupt die Küche verließ. Als er auf der Treppe war, hörte er einen markerschütternden Schrei seiner Herrin: »Wo ist mein Kind?«

»Jetzt haben sie es ihr gesagt«, murmelte er, bekreuzigte sich und begann haltlos zu weinen.

⊷❦⊶

Mittlerweile hatten auch die beiden Wachmänner Siegbert und Rudolph erfahren, was geschehen war. Die Schuld an dem Unglück sollte Rosalinde haben, die sich gerade in einem der Lagerräume aufhielt.

Nicht nur, dass sie das Gartentor unverschlossen zurückgelassen hatte, nachdem sie die Kräuter geschnitten hatte, sie hatte es auch noch sperrangelweit offen stehen lassen. »Hätte sie es wenigstens ins Schloss fallen lassen, wäre der Kleine noch am Leben«, bildeten sie sich in ihrer Trübsal allzu schnell ihre Meinung.

Sie waren heilfroh, nicht selbst in Verdacht geraten zu sein, Schuld an dem tragischen Unfall zu haben, weil der Schlüssel zum Gartentor verschwunden war.

»Da kann ja jeder unbemerkt das Schlossgelände betreten und verlassen«, konstatierte Siegbert nachdenklich.

»Aber nicht, ohne von uns Wachen gesehen zu werden«, entgegnete Rudolph, der sich angegriffen fühlte, energisch.

»Du hast recht«, beruhigte ihn sein Kamerad, »… wenn jemand über den Kräutergarten nach außen gelangen möchte, müsste er zuvor über die Mauer klettern. Und dies geht nicht, ohne von einem von uns gesehen zu werden«, taten sie die Sache ab. Darauf, dass man ungesehen über die Südseite in den Wurzgarten gelangen konnte, kamen sie nicht.

Nach mehreren Diskussionen und Ortsbesichtigungen, bei denen niemandem das eingetrocknete Blut an der Schlossmauer aufgefallen war, weil der Totengräber eine gute Arbeit hinterlassen hatte und somit die Mauer nicht in den Fokus der Untersuchung des Herganges geraten war, meinten alle einmütig, dass es zweifelsfrei ein tragischer Unfall gewesen sein musste. Niemals hätten sie etwas anderes vermutet, zu eindeutig erschien die Sachlage: Der Kleine hatte beim Spielen mit seinem Holzpferdchen beobachtet, wie Rosalinde durch das kleine Tor in den Wurzgarten gegangen war, um Majoran zu holen. Da sie das Gartentürchen hatte offen stehen lassen – was sie auch nicht leugnete –, musste ihr Diederich nachgegangen sein. Es hatte ihn wohl gereizt, einen kleinen Erkundungsspaziergang außerhalb des Schlosshofes zu unternehmen. Dabei war er ungesehen bis zur Südmauer in Richtung des steilen Abhanges gelaufen ... und dort war der bemooste Boden ganz besonders feucht. Die eindeutigen Rutschspuren und der blutige Stein konnten den Rest der traurigen Geschichte erzählen.

Kapitel 21

NACHDEM DIE TÜR ZUR KÜCHE in der Schlossverwalterwohnung aufgerissen worden war und Judith Bomberg hereinstürmte, um gebrauchtes Wasser in den *Ferker* zu schütten und lauwarmes Frischwasser vom Herd zu holen, stolperte sie über Lea, die auf dem Fußboden selbstversonnen mit Diederichs Holzpferdchen spielte, das dessen Vater auf den Küchentisch gelegt hatte. Jakob Bomberg und Lodewig indessen kamen sich beim Auf-und-ab-Laufen in dem hierfür viel zu kleinen Raum gegenseitig ins Gehege.

»Verdammte Sch ...«, setzte der heute ungewohnt unruhige Jakob zu schreien an, nachdem er den vollen Schwall abbekommen hatte, hielt aber mit seiner Flucherei sofort inne, als er den mahnenden Blick seiner seit Diederichs Tod ebenfalls ständig angespannten Frau sah.

Langsam zog sich das rot gefärbte Wasser durch den Raum und bildete unter dem Tisch eine große Lache.

Nur der Kastellan schien die für Männer typische Anspannung während der Momente, in denen sie sich hilflos fühlten und überhaupt nichts tun konnten, mit stoischer Ruhe zu ertragen. Es hatte den Anschein, als wenn ihn die ganze Sache nichts anginge und er es sich gemütlich gemacht hätte. Und dass er auf der Ofenbank saß, während er scheinbar genüsslich an seiner Pfeife zog, verstärkte diesen Eindruck noch. Tief in seinem Inneren sah es aber ganz anders aus. Trotz des zu erwartenden Ereignisses dachte er momentan nur an Diederich ... und an Eginhard. Obwohl es ihn schon die ganze Zeit über kränkte, würde er auf Geheiß seiner Frau baldigst nach Bregenz reiten müssen, um seinem ältesten Sohn die traurige Nachricht vom Unfalltod des jüngsten Familienmitgliedes zu übermitteln.

Das einzig Gute daran ist, dass ich während des Rittes allein meinen trüben Gedanken nachhängen kann, suchte er der Sache etwas Positives abzugewinnen.

Da sich ausgerechnet an diesem Tag, am Tag tiefster Trauer, etwas Wunderbares angekündigt hatte, wollte Ulrich Dreyling von Wagrain nicht gerade jetzt dem Schloss und Staufen den Rücken kehren. Er würde noch nicht abreisen, sondern so lange im Schloss bleiben, bis hier alles so war, wie von Gott gewollt. Und was Gott wollte, würde er – nachdem er mit Diederichs Tod bereits überdeutlich gezeigt hatte, wie er zur Familie Dreyling von Wagrain stand – allem Anschein nach in den nächsten Stunden auf eine völlig andere Art neuerlich demonstrieren.

※

»Was ist? Wie geht es ...?«, fragte Lodewig unruhig seine Schwiegermutter, die ihn zwar unterbrach, ihm aber, anstatt eine Antwort zu geben, auftrug, die von ihr verursachte Sauerei vom Boden zu wischen.

»Frauensache! ... Bleib gelassen, mein Sohn. Die machen das schon«, beruhigte ihn sein Vater, der das Ganze schon mehrere Male miterlebt hatte. Damit meinte er nicht das Aufwischen der von Judith angesprochenen Überschwemmung.

Der Kastellan erinnerte sich noch gut daran, wie er von etwas ausgeschlossen worden war, das es ohne sein Zutun überhaupt nicht gegeben hätte. Nur ungern dachte er an das erste Mal, als er – genau wie Lodewig und Jakob jetzt – stundenlang hilflos, mit schwitzigen Händen, im Raum auf und ab gegangen war. Damals wäre ihm nie in den Sinn gekommen, so ruhig auf der Ofenbank zu sitzen, wie er es jetzt gerade tat. Und doch glich die heutige Szenerie der von damals: Nur die Wasserträgerin war seinerzeit nicht Judith gewesen, sondern Maria, Rosalindes Vorgängerin, die seine damaligen Fragen ebenfalls unbeantwortet gelassen hatte.

»Ein schlechtes Zeichen«, murmelte der Kastellan, der noch wusste, was seine Frau bei der Geburt ihres Erstgeborenen hatte mitmachen müssen. Da Eginhard ein wahrhaft schwerer Brocken gewesen war und Konstanze zudem ein schmales Becken hatte, war die Geburt alles andere als unkompliziert verlaufen. Als sich das Köpfchen auch nach stundenlangen Presswehen immer noch nicht hatte zeigen wollen und Konstanze viel Blut verloren hatte, was zur Folge gehabt hatte, dass sie immer schwächer geworden war, hatte die damalige Wehmutter, die man nur ›Die alte Gruberin‹ genannt hatte, weil sie mit Nachnamen Gruber geheißen und wie eine alte Vettel ausgesehen hatte, obwohl sie die dreißig noch nicht überschritten gehabt hatte, rein vorsorglich nach dem Pfarrer schicken lassen. Nur mit viel Glück, der fachkundigen Arbeit der Geburtshelferin und – laut Aussage des damaligen Propstes Johann Zängelein – »mit Gottes Hilfe« war es irgendwie doch noch gelungen, das Kind auf die Welt zu holen. Auch wenn darauf Tage des Bangens und ständiger Gebete gefolgt waren, sind Mutter und Kind am Leben geblieben. Aber diese Geburt hatte Konstanze damals so geschwächt, dass sie sich nie mehr richtig davon erholt hatte und sie seither wesentlich anfälliger für Krankheiten war. Es hatte an ein Wunder gegrenzt, dass sie die Geburten ihrer nächsten beiden Söhne fast problemlos überstanden hatte.

Schon vor einigen Tagen hatte sich abgezeichnet, dass Sarahs Niederkunft kurz bevorstand. Ihr Unwohlsein am Tage von Diederichs Tod war offensichtlich das erste Anzeichen hierfür gewesen. Da ihr Lodewig nicht hatte beistehen können, weil er zur gleichen Zeit kaputte Dachziegel hatte auswechseln müssen, bestand er jetzt darauf, Sarah immer in seiner Nähe zu haben. Er wollte sofort bei ihr sein können, wenn es ihr wieder schlechter gehen sollte. So hatte er – endlich mit Erlaubnis und mit Hilfe seines Vaters, aber immer noch ohne Gestattung des Grafen – für sie, Lea und das Ehepaar Bomberg notdürftig eine helle Kammer im direkt dem Vogteigebäude angebauten Nordwesttürmchen eingerichtet, in der sie sich – fernab von Pest, Schmutz und eventuellen Anfeindungen – in aller Ruhe auf die Niederkunft hatte vorbereiten können.

Trotz der allgemein schlimmen Zeit waren es für Lodewig irgendwie die schönsten Tage seines Lebens gewesen …, bis zu Diederichs Tod. Und jetzt sollte sein Kind zur Welt kommen? Ausgerechnet jetzt? Der verwirrte junge Mann wusste nicht mehr, was er von Gott und der Welt halten sollte: Sarah war im Schloss und kurz vor der Niederkunft. Er konnte sich ständig um sie kümmern – sie war hier bei ihm. Er hätte ihr die Sterne vom Himmel geholt, wenn sie dies gewollt hätte. Die werdende Mutter aber wünschte sich nur die Nähe ihres Geliebten und eine problemlose Geburt, bei der sie ihn ebenfalls gerne bei sich haben würde, was natürlich nicht möglich war. Für Lodewig war dennoch klar, wohin seine Gedanken gehörten, zumindest im Moment. Sei mir nicht böse, Diederich, ich vergesse dich nicht und werde immer in Gedanken bei dir sein, dachte er kurz, bevor er sich gedanklich wieder Sarah zuwandte.

Sie trägt ihren ausnehmend dicken Bauch nur vorne und wirkt von hinten ebenso schlank, wie Konstanze damals war, machte sich der Kastellan Sorgen, behielt seine Feststellung allerdings für sich. Dennoch war dies auch Konstanze selbst aufgefallen, die jetzt gerne am Kindsbett sein würde, um mithelfen zu können, gesundheitlich aber nicht dazu in der Lage war. Sie erinnerte sich ebenso wie ihr Mann an ihre Problemgeburt vor gut 20 Jahren, weswegen sie sich darüber ärgerte, ihre Erfahrung nur mündlich, nicht aber praktisch, mit einbringen zu können. Zur Beruhigung ihres Mannes orakelte sie einem alten Sprichwort gemäß: »Das hat nichts mit dem Gesundheitszustand einer werdenden Mutter zu tun. Wenn sich alles nach vorne ausrichtet und man ihr von hinten nichts ansieht, wird es ein Knabe. Das ist alles.«

Der Großvater in spe lächelte und gab seiner Frau noch ein

Küsschen, bevor er sich von ihrem Krankenlager entfernte, um Neuigkeiten in Bezug auf die Geburt zu erfahren. Es tat ihm gut zu wissen, dass sie jetzt wenigstens in Gedanken für einige Momente abgelenkt war und nicht ausschließlich an Diederich dachte.

Während Judith sich liebevoll um Sarah kümmerte, stieg die Anspannung bei den in der Küche Wartenden ins Unerträgliche. Immer wieder versuchte der Kastellan, den werdenden Vater zu beruhigen, und musste sich dabei auch noch um Jakob, der sich um seine Tochter Sarah sorgte, kümmern. Ihre Geduld wurde auf eine harte Probe gestellt: Es war bereits kurz nach Mitternacht und das Kind war immer noch nicht da. Da war es nur gut, dass Konstanze wieder eingeschlafen war und sich nicht ständig nach dem Stand der Dinge erkundigte, weil sie meinte, gute Ratschläge geben zu müssen. Lea lag längst auf ihrem Lager und schlief ebenfalls, Diederichs Pferdchen fest umklammert. Es war ruhig geworden. Nur Judith kam zwischendurch in die Küche, um schales, rötliches, gegen frisches, lauwarmes, Wasser auszutauschen, Lappen auszuwringen oder mit irgendetwas herumzuklappern, bevor sie wortlos wieder im Türmchen verschwand. Ansonsten sahen und hörten die drei Männer nicht mehr viel. Sie waren innerlich zwar aufgewühlt, erweckten äußerlich aber einen etwas ruhigeren Eindruck. Und damit dies so blieb, hatte Judith sie damit beauftragt, auf Anweisungen hin verschiedene Kräutersude anzusetzen und einen speziellen Sud aus der Baldrianwurzel und den Blättern der Zitronenmelisse selbst zu trinken. Dass Judith diesen beruhigend wirkenden Trank speziell für die Männer vorbereitet hatte, merkten diese nicht. Rotwein hätte vermutlich eine bessere Wirkung gezeigt. Allerdings war dies nicht der Tag, um Wein zu genießen.

Sogar Ignaz oder eine der Burgwachen waren jetzt nicht mehr mit ihren freundlich gemeinten Nachfragen lästig. Und Propst Glatt hatten sie noch nicht informiert. »Der säuft uns eh nur den letzten Tropfen Wein weg, während wir dieses Gesöff trinken müssen«, hatte der Kastellan die Entscheidung, den Seelsorger erst wieder zu benachrichtigen, wenn er dringend gebraucht wurde, begründet. Unabhängig davon stand den Frauen dadurch ein Mann weniger im Weg. Ulrich hatte sich – nachdem er seinen priesterlichen Freund direkt nach Diederichs Salbung weggeschickt hatte, um mit den Seinen allein zu sein – überlegt, ob dies richtig gewesen war. Während er seinen Gedanken nachhing, die zwischen tiefer Trauer und leiser Hoffnung schwankten, konnte man nur noch das Knistern im Kamin hören.

Diese Ruhe hatte auch die angespanntesten Gemüter schläfrig werden lassen. Lodewig war, mit dem Kopf auf dem Tisch, eingenickt. Jakob döste ebenfalls vor sich hin, als plötzlich ein lautes, aber undefinierbares Schreien die Stille unterbrach.

Der Hausherr schreckte als Erster hoch und tippte seinen Sohn an. »Lodewig, wach auf! … Ich glaube, es ist so weit.«

Angestrengt lauschten sie in die Stille des Raumes, um das zweifellos aus dem Türmchen kommende Schreien identifizieren zu können.

»Ist das Sarah?«, fragte Lodewig ängstlich, als auch schon Judith in die Küche gestürmt kam und laut verkündete, dass es ein Knabe sei. Lodewig realisierte nicht gleich, was er soeben gehört hatte, und blickte alle der Reihe nach fragend an.

»Wie geht es den beiden?«, fragte der Kastellan ruhig.

»Sarah ist zwar geschwächt, aber ebenso wohlauf wie der Kleine. Du solltest dich jetzt um Konstanze kümmern …, sie braucht dich. Ohne sie hätte die Sache wohl nicht so gut geendet. Geh zu ihr. Sie ist total geschafft. Sie weint jetzt nur noch. Wahrscheinlich überlagern die Tränen der Trauer die des Glücks«, bekam er zur Antwort, während sie ihm Mut machend über das Gesicht streichelte, bevor sie ihn, Lodewig und ihren Mann umarmte.

In diesem Moment des Glücks dankten wohl alle ihrem Gott, obwohl sie wegen Diederichs Tod eigentlich großen Zorn auf ihn hatten. Der frischgebackene Vater konnte es kaum erwarten, seinen Stammhalter und Sarah ans Herz drücken zu können, wollte sich aber erst die Tränen aus den Augen wischen. Abgesehen davon musste er sich sowieso noch so lange gedulden, bis Judith seinen Sohn gewaschen und gewickelt hatte. Erst als sie auch noch Sarahs Gesicht vom Schweiß gereinigt, deren Haare gebürstet und ihr den Kleinen in den Arm gelegt hatte, durfte Lodewig zu ihnen.

Währenddessen eilte der Kastellan zu seiner durch den Schrei aufgewachten Frau, deren Gefühle jetzt verrückt spielten, was sich in einer glücklich aussehenden Mimik, aber auch in haltlosen

Weinkrämpfen ausdrückte, um ihr die frohe Botschaft zu überbringen. Konstanzes Gefühle spielten jetzt – nachdem sie aus kurzem Schlaf wieder aufgewacht war – total verrückt, was sich in einem zittrigen Krampfanfall äußerte. Nachdem Ulrich ihr alle Details der Geburt erzählt hatte, war er noch ein Weilchen neben ihr gesessen. Es hatte lange gedauert, bis Konstanze, total entkräftet, wieder eingeschlafen war. Wäre sie nicht so erschöpft gewesen, hätte sie dies wohl kaum noch einmal zugelassen und wieder nach Diederich gerufen.

Jetzt stand der Großvater mit den anderen an Sarahs Lager und bestaunte den Neuankömmling, als ob dieser ein Weltwunder wäre.

»Wie soll er denn genannt werden?«, fragte er, trotz seiner Trauer um Diederich, sichtlich stolz.

So ist das Leben ... und der Tod, kam ihm in den Sinn, während er sich über Sarah und das Kind beugte, um beide zu küssen. Dabei versäumte er es nicht, ihnen ein Kreuz auf die Stirn zu zeichnen. Wenn's nicht hilft, dann schadet's sicher auch nicht, dachte er, weil er aufgrund Diederichs Todes seine Beziehung zum Herrgott neu überdenken wollte.

»Lodewig und ich haben beschlossen, die Namensgebung seinem Paten Eginhard zu überlassen«, holte ihn Sarah mit dünner Stimme aus seinen trüben Gedanken.

»Pate?«

»Ja! Selbstverständlich soll unser Sohn christlich getauft werden, Vater, und Eginhard soll sein Taufpate werden«, antwortete Lodewig entschlossen.

»Er hat meine Nase ... und meinen Mund«, bestand Jakob darauf, dass ihm sein Enkel wie aus dem Gesicht geschnitten sei, wenn er – so wie es im Moment aussah – schon nicht seine Religion annehmen durfte.

»Ist es überhaupt ein Knabe? Er sieht so zart aus«, witzelte der Kastellan, der aufgrund des momentanen Glücks für den Bruchteil einer Sekunde nicht an Diederich und seine bevorstehende unangenehme Mission in Bregenz dachte.

Als Judith Sarah half, das Deckchen anzuheben und den Wickel zu lösen, damit sich die Männer selbst vom Geschlecht überzeugen konnten, schoss dem Kastellan ein warmer Strahl entgegen, was in dem Moment für Erheiterung sorgte.

»Jetzt weißt du es«, lachte Judith kurz auf, obwohl sie ahnte, dass dem gebeutelten Mann noch Schlimmes bevorstand.

Kapitel 22

DA ES EIN BESONDERS HEISSER SOMMER WAR, konnte Diederichs Leichnam selbst im kühlsten Zimmer des Schlosses nicht allzu lange verbleiben.

Der beste Raum zur Aufbahrung des kleinen Körpers war das Kreuztonnengewölbe im Keller des Herrschaftshauses, wo es allerdings nicht nur kalt, sondern auch recht feucht war. Dort hatte man den Buben bis über die Geburt von Sarahs und Lodewigs Kind hinweg der Kühle des Raumes nur überlassen können, weil Konstanze die Kraft gefehlt hatte, sich dagegen zu wehren. Diederichs Aufbahrungsort hätte man auf Ulrichs Wunsch hin auch noch so lange dort nutzen können, ohne dass die Verwesung allzu rasch fortgeschritten wäre, bis er von Bregenz zurück sein würde. Aber dies hatte Konstanze nicht zugelassen. Da hatte es auch nichts genützt, dass Ignaz den Gewölbekeller ausgekehrt hatte, Diederich auf weißes Leinen gebettet und der düstere Raum durch eine Vielzahl von Kerzen erleuchtet worden war. Zudem hatte der jeweils wachfrei Habende in seiner Freizeit die Totenwache gehalten.

Die trauernde Mutter hatte getobt und wie wild um sich geschlagen, als ihr Mann diesen Gedanken hatte laut werden lassen.

»Vielleicht möchte Eginhard mit mir zurückkommen, um bei der Beerdigung dabei zu sein?«, hatte er vergeblich argumentiert.

»Mein Sohn wird nicht in einem feuchten Keller von Ratten angenagt«, hatte sie ihren Mann angeschrien und dabei mit den Fäusten auf seine Brust getrommelt, bevor sie schluchzend in seine kräftigen Arme gesunken war.

Der Kastellan hatte auch später große Mühe, seiner Frau zu erklären, dass er diesen Vorschlag doch nur gemacht habe, um Zeit zu gewinnen, damit vielleicht sogar Eginhard die Möglichkeit hätte, bei der Beerdigung dabei zu sein. Erst nachdem Sarah ihrer weinenden Schwiegermutter nach einem Schwächeanfall den neuen Erdenbürger in die elterliche Schlafkammer gebracht und ihr in die Arme gelegt hatte, beruhigte sich Konstanze etwas. »Nun bist du mein Kleiner«, murmelte sie, während sie ihren Enkel zart an sich drückte, ihm ein Kreuzzeichen auf die Stirn zeichnete und – als wenn sie es versiegeln mochte – sanft einen Kuss darüber legte. Allein die Existenz des Kindes gab ihr jetzt die Kraft, gemeinsam mit ihrem Mann zu überlegen, was wohl das Beste wäre. Da ungeachtet des normalen Zerfalls und dessen geruchlichen und optischen Auswirkungen, Tote immer die Gefahr des ›Leichengiftes‹ mit irgendwelchen Infektionen in sich bargen und zudem das allgemeine Seuchenproblem omnipräsent war, kamen sie, ohne dass dies direkt angesprochen worden war, zu dem Ergebnis, mit der Beerdigung nicht so lange zu warten, bis Eginhard informiert sei und deswegen womöglich sogar nach Hause kommen würde. Auch wenn der Ritt von Staufen nach Bregenz und zurück reibungslos verliefe, würde es mindestens zwei, drei Tage dauern, bis der Kastellan mit Eginhard wieder hier wäre – lange Tage und Nächte, während derer der Kastellan seine kranke Frau und Lodewig mit dem toten Diederich allein lassen müsste. Unmöglich! Da nützte es auch nichts, wenn ihnen der familiäre Beistand der Bombergs zuteil würde und sie Trost durch den Säugling haben würden.

Jetzt hatten sie mit Diederichs Beerdigung schon so lange gewartet, bis der neue Erdenbürger das Licht der Welt erblickt hatte. Die Sache noch weiter hinauszuschieben, ließ die Vernunft allerdings beim besten Willen nicht mehr zu. So beschlossen sie schweren Herzens, Diederich in einem extra hierfür bereiteten Bettchen noch so lange neben der Mutter zu belassen, bis seine fleischliche Hülle morgen auf der Anhöhe westlich des Schlosses in aller Stille Gott dem Herrn zurückgegeben werden würde.

»Der eine muss gehen…«, hatte Konstanze mit trauriger Miene gesagt und zu Diederich ins Bettchen geschaut, »und der andere darf kommen«, hatte sie dann noch mit einem merkwürdigen Lächeln auf den Lippen geflüstert und den Neugeborenen noch fester an sich gedrückt, nachdem die Sache besprochen worden war.

Wenn die Mutter erwartungsgemäß die Trennung von ihrem Kind weiter hinauszögern wollte, konnte man ihr den Kleinen in Gottes Namen noch einen zusätzlichen allerletzten Tag lassen, ohne gleich die Gefahr einer Seuche durch das gefürchtete Leichengift heraufzubeschwören.

Letztendlich waren sie sich auch darüber einig geworden, dass das Studium ihres ältesten Sohnes nicht gefährdet werden dürfe und er erst nach der Beerdigung vom Tod seines Bruders in Kenntnis gesetzt werden sollte.

Wie an anderen Studierorten auch, ging das Studienjahr im Kloster Mehrerau offiziell erst an Silvester zu Ende. Das würden noch drei lange Monate sein. Da es mit der Berechnung eines Studienjahres allerdings nicht so genau genommen wurde und die Studierzeit in erster Linie vom Fleiß und von der Intelligenz der Studiosi abhing, könnte es gut sein, dass Eginhard seine Doctorwürde früher erlangen würde als geplant. Dennoch würden sie mit der Beerdigung nicht auf ihn warten können – so kalt war nicht einmal der tiefste Kellerraum des Schlosses. Außerdem war es sowieso besser, den verstorbenen Jungen in der dafür gebotenen Zeit unter die Erde zu bekommen, damit sich die Mutter nicht noch länger an ihren toten Sohn klammern konnte, sondern Trost beim Umgang mit ihrem Enkel fand. Es war schon beklagenswert genug, mit ansehen zu müssen, wie sich Konstanze um ihren toten Letztgeborenen kümmerte – gerade so, als würde er noch leben. Anfangs hatte man den kleinen Liebling direkt neben sie auf das Lager ihres Mannes betten müssen, während der Kastellan die Nacht über auf die Ofenbank in der Küche verbannt worden war. Erst tags darauf hatte der Kleine in das Bettchen, das direkt neben Konstanzes Lager gestellt worden war, gelegt werden dürfen. Und dies hatte Konstanze irgendwie ruhiger werden lassen.

❧

Nun aber, als für die Beerdigung alles vorbereitet worden war, hatte ihr der Kastellan den geliebten Sohn mit sanfter Gewalt nehmen müssen, um ihn in den kleinen Sarg, den Ignaz mit viel Liebe zusammengezimmert und den Rosalinde mit extra hierfür kurz geschnittenem Heu aufgepolstert und mit weißem Leinen ausgekleidet hatte, legen zu können.

Der Propst wollte den Totengräber zum Schloss hochschicken, um die kleine Grube auszuheben. Aber dem Kastellan wäre es nie in den Sinn gekommen, diesem ekelerregenden Menschen diesen letzten Liebesdienst für seinen Sohn anzuvertrauen. Auch wenn der Kastellan nicht ahnte, dass Ruland Berging Schuld an Diederichs Tod hatte, traute er ihm nach wie vor nicht. Außerdem konnte er aufgrund seiner Arbeit die Pest ins Schloss schleppen. Sicher, Fabio wäre eine Alternative zum Ausheben der Grube gewesen. Aber auch er konnte den Keim der ansteckenden Seuche an sich haben.

So schaufelten Vater und Bruder das Grab letzten Endes selbst. Obwohl sie dabei abwechselnd immer wieder von Weinkrämpfen geschüttelt wurden, ließen sie sich nicht einmal von Ignaz helfen. Der hatte sowieso kaum Zeit, weil er noch mit der Herstellung eines Kreuzes beschäftigt war. Wie beim Sarg, bei dem er sich besonders viel Mühe gegeben und die rauen *Schwertlinge* auch noch glatt geschliffen hatte, tat er auch jetzt alles, um seinen Teil an Diederichs Beerdigung beizutragen. So hatte der treue Knecht, der während seiner Arbeit ebenfalls immer wieder weinen musste, in den Sargdeckel sogar ein kleines Kreuz als Element für den Glauben, ein Herz für die Liebe und eine Sonne für die Hoffnung geschnitzt. Das Herz und die Sonne hatte er zusätzlich auch noch aus dünnem Holz herausgesägt und die Symbole der Liebe und der Hoffnung links und rechts auf den Querbalken des Kreuzes genagelt. Er hatte außerdem das Herz rot und die Sonne gelb angemalt. Als er mit dem Hammer auf die Nägel schlug, liefen ihm schon wieder Tränen über die Wangen.

Der jüngste Spross der Familie Dreyling von Wagrain wurde in aller Stille der ewigen Ruhe übergeben. Es war ein jammervolles Bild, das sich dem Propst bot. Konstanze war so schwach, dass sie von ihrem Mann und ihrem mittleren Sohn gestützt werden musste. Ihre markerschütternden Schreie hörte man wohl bis ins Dorf hinunter. Als der Priester Erde auf den Sarg warf, wollte die verzweifelte Mutter am liebsten mit in die Grube steigen. Nur durch sanftes Zureden gelang es, sie daran zu hindern. Ulrich und Lodewig hatten allergrößte Mühe, Konstanze, die schlagartig ungeahnte Kräfte entwickelte, festzuhalten. Außer ihnen waren nur noch Siegbert, Ignaz, Judith und Jakob Bomberg anwesend. Die kleine Lea hatten sie bei Sarah und ihrem Säugling im Schloss gelassen. Die Wöchnerin konnte die traurige Zeremonie von einem Turmfenster aus mitverfolgen. Rudolph musste Wache schieben, vermochte aber von seinem Wachposten aus ebenfalls der Beerdigung beizuwohnen.

Rosalinde durfte sich keinesfalls blicken lassen. Der Kastellan hatte seiner Frau hoch und heilig versprechen müssen, sie bei der nächsten *Lichtmess* gegen eine andere Magd auszutauschen. Da sich Rosalinde noch nie das Geringste zu Schulden hatte kommen lassen und er selbst in der unglückseligen Sache mit dem offenen Gartentürchen nicht mehr als eine Verknüpfung tragischer Umstände sah, hoffte er im Stillen, dass sich seine Frau bis zum zweiten Februar beruhigen und die Magd behalten würde. Die brave Magd allein für das Unglück verantwortlich zu machen und sie da draußen womöglich an der Pest krepieren zu lassen, wäre vor Gott und den Menschen falsch. Nein, das verdient sie wirklich nicht, hatte er bei sich gedacht, als er Rosalinde aufgetragen hatte, sich unter keinen Umständen bei ihrer Herrin blicken und sich stattdessen von Ignaz in eine Arbeit außerhalb des Vogteigebäudes einweisen zu lassen.

※

Als für den Kastellan die Stunde des Abschieds kam, entzündete er in der Bubenkammer eine Kerze und wies Lodewig an, sorgsam darauf zu achten, dass auch die Kerzen in der Schlosskapelle ständig erneuert würden, wenn diese heruntergebrannt waren.

»Aber Vater, sind Kerzen nicht zu wertvoll, um sie auch tagsüber brennen zu lassen?«, meinte Lodewig es in seiner gleichsam schmerz- und freudebedingten Verwirrtheit gut, erntete dafür aber nur einen strengen Blick seines Vaters.

»Ich möchte mich von Mutter verabschieden und bitte dich mitzukommen«, sagte er fast etwas zu schroff.

Sie setzten sich ganz nah an Konstanzes Lager und sprachen zu dritt ein Gebet ums andere, so lange, bis die erschöpfte Frau in Schlaf fiel. Der besorgte Familienvater tat, was seine Frau mit dem Neugeborenen umgekehrt getan hatte: Er küsste sie auf die Stirn, bevor er darauf mit dem Daumen ein Kreuz zeichnete. Dann strich er ihr auch noch zart über die Wangen, während er sich – von ihr schon ungehört – verabschiedete. Danach küsste er auch Lodewig auf die Stirn, drückte ihn fest an sich und gemahnte ihn, niemals zu vergessen, dass er während seiner Abwesenheit der Herr im Haus sei.

Er gab ihm und den Wachen noch schnell einige Anweisungen, bevor er das bereits von Ignaz gesattelte Pferd bestieg.

Kapitel 23

Dem Kastellan war es nicht wohl bei dem Gedanken, seine Frau schon am Tage nach Diederichs Beisetzung der alleinigen Obhut seines mittleren Sohnes überlassen zu müssen. Letztendlich aber war es Konstanzes ausdrücklicher Wunsch gewesen, dass – nachdem Diederich der Erde übergeben worden war – der Vater persönlich ihrem Erstgeborenen die traurige Nachricht überbringen sollte.

So machte er sich schweren Herzens auf den gefährlichen Weg ins vorarlbergische Bregenz. Als er durch Staufen ritt, kam ihm Judith Bomberg mit voll bepackten Kretten und einem flatternden Huhn in der Hand entgegen.

Die Jüdin berichtete, dass ihr Mann und ihre kleine Tochter Lea so lange, wie der Kastellan abwesend sein würde, allein zu Hause blieben, damit sie sich mit Lodewigs Hilfe Tag und Nacht um Konstanze, Sarah und den Säugling kümmern könnte.

»Und damit ist dein Mann einverstanden?«, fragte der Kastellan ungläubig.

»Ja, Ulrich! Jakob ist dies nur allzu recht. ›Wenigstens seid ihr zwei einige Tage vor der Pest und anderer Unbill in Sicherheit. Lea und ich kommen schon allein klar. Mach dir deswegen keine Gedanken‹, hat er mir zum Abschied gesagt.«

Dabei hatte der treusorgende Familienvater Judith verschwiegen, dass seine größere Sorge derzeit dem unberechenbaren Schuhmacher Hemmo Grob galt. Spätestens seit es Steine gegen ihr Haus gehagelt hatte, wusste er, dass der ›Pater‹ vor keiner Schandtat zurückschreckte und brandgefährlich war. Am liebsten hätte er die kleine Lea ebenfalls dem Schutz des Schlosses anvertraut, wollte Judith und Lodewig aber nicht noch mehr Arbeit aufbürden. Außerdem mochte er nicht so dastehen, als wenn ihn das ganze Ungemach kalt ließe und er sich nicht daran beteiligen wollte.

Der ansonsten doch recht hartgesottene Schlossverwalter hatte große Mühe, Judith gegenüber Tränen der Dankbarkeit zu unterdrücken. Verstohlen wischte er sich mit einer Hand über die Augen und den Bart. »Lodewig hilft dir, wenn es an etwas mangeln sollte«, überspielte er seine momentanen Gefühle, die – wie er glaubte – eines gestandenen Mannes nicht würdig waren.

Bevor er sein Pferd endgültig antrieb, rückte er seinen leichten, aus dünnem Blech getriebenen *Kürass*, den er sich zu seiner Sicherheit schon vor dem Krieg von einem Vorarlberger *Blattner* extra für Reisen hatte anfertigen lassen, zurecht und drehte sich noch einmal um.

»Danke! Gott schütze euch!«

Welcher Gott auch immer seine schützende Hand über die aufopferungsbereiten Bombergs halten würde, war dem Kastellan einerlei. Hauptsache, der jüdischen Familie würde kein solches Unglück geschehen, wie es ihm und den Seinen widerfahren war. Dass sich während seiner Abwesenheit Judith Bomberg um seine Frau kümmern würde und Sarah ebenfalls im Schloss war, beruhigte ihn ungemein. So konnte er sich denn getrost zum Kloster Mehrerau aufmachen, um seinem Ältesten die Hiobsbotschaft zu überbringen. Aus Sicherheitsgründen wählte er nicht den kürzeren Weg über den Bregenzer Wald, sondern nahm die ihm vertrautere Salzstraße, deren Verlauf fast über Lindau nach Bregenz führte.

Die Reise verlief ruhig, und Ulrich Dreyling von Wagrain kam auch gut voran. Dennoch war es kein angenehmer Ritt. Zunehmend begegneten ihm menschliche Wracks, deren Schicksale er sich nur allzu gut zusammenzureimen vermochte, obwohl er sie nicht danach fragen konnte, weil er ihnen nicht zu nahe kommen durfte. Er sah Hunderte verhärmter Gestalten, die mit ihren dürftigen Habseligkeiten aus allen Richtungen in alle Richtungen zu fliehen oder ziellos umherzuirren schienen. Darunter befanden sich auffallend wenig Alte und Kinder.

Die Schwächsten hat es immer schon zuerst getroffen, dachte er, während er sich mit dem Fuß eines allzu aufdringlichen Bettlers erwehrte.

Der Kastellan wusste, dass er nach wie vor jede Nähe zu den Menschen meiden musste, wenn er sich nicht der Gefahr einer Infektion aussetzen wollte.

Sicherheitshalber hatte er sich ein Tuch vor's Gesicht gebunden und sah deshalb selbst aus wie ein Haderlump in einer gestohlenen Landsknechtrüstung, der etwas zu verbergen hatte oder ein Unrecht plante. Und dass der große Schlapphut sein halbes Gesicht verbarg, ließ ihn auch nicht gerade vertrauenserweckender wirken.

Obwohl er stets darauf bedacht war, nur durch Ansiedlungen zu reiten, wenn es sich nicht umgehen ließ, und er zudem ständig darauf achtete, gebührende Distanz zu den Menschen am Wegesrand zu halten und notfalls seinem Pferd die Sporen zu geben, erfuhr er von vielen Pesttoten in Wangen, Kißlegg, Eglofs und Herlazhofen. Auch in Friesenhofen und in anderen oberschwäbischen Orten, die er auf seinem Weg an den Bodensee nicht passieren würde, sollte es zu Hunderten von Todesfällen durch die Pest gekommen sein. Der Kastellan erfuhr aber auch aus ersten Quellen, dass diese vermaledeite Seuche nicht das alleinige Übel war.

Die grausamsten Begebenheiten erzählten ihm Flüchtlinge aus Singen am Hohentwiel, die wegen schwedischer Söldner oder kaiserlicher Landsknechte durch die Hölle hatten gehen müssen. Die meisten von ihnen hatten aber nicht nur ihr Vieh und ihre gesamte Habe verloren, vielmehr waren auch noch ihre Höfe abgefackelt und ihre Angehörigen massakriert worden.

Als zu Beginn des Großen Krieges die Truppen der Katholischen Liga und der Protestantischen Union noch soldatisch geordnet gewesen waren, hatten sie sich einigermaßen an den militärischen Ehrenkodex gehalten, der europaweit besagte, dass Zivilisten zwar durch mehr oder weniger freiwillige Abgaben dazu beitragen ›durften‹, das Kriegsvolk beider Seiten zu ernähren, wobei das ungeschriebene Gesetz: ›Wer zuerst kommt, mahlt auch zuerst‹ galt. Zivilisten durften jedoch weder sinnlos gequält noch umgebracht werden …, es sei denn, sie widersetzten sich den Anordnungen der Heerführer. Der Kodex gebot des Weiteren, dass Kinder, Alte und Gebrechliche in jeder Hinsicht tabu waren und weder junge Maiden noch reife Frauen zur Fleischeslust gezwungen werden durften. Waren gerade diese Gebote noch nie korrekt eingehalten worden, verhielt sich die Moral jetzt wie ein streunender Hund. Spätestens seit der Zersplitterung vieler Truppenteile waren die ethischen Wertmaßstäbe beider Kriegsseiten auf die unterste Latte gerutscht. So waren nicht nur die Reste fremder Heere auf dem besten Weg, direkt in die Hölle zu fahren, auch die ehedem gottgefälligen deutschen Landsknechte machten ihren der Pest hilflos gegenüberstehenden Landsleuten das Leben zusätzlich schwer. Was war aus den strammen Soldaten von einst nur geworden?

Obwohl überall schwarze Rauchschwaden hochstiegen, glaubte der Kastellan, anhand der im Winde flatternden Fahnen kaiserliche Truppen auszumachen, die – so sah es zumindest aus – Lindenberg übernommen hatten. Oder war es der österreichische Adler, den er auf den Fahnenkartuschen zu sehen glaubte? So oder so war es ihm einerlei. Er wollte nur schnell vorwärts kommen und schlug deswegen einen großen Bogen um das ehemals schöne *Pferdestädtchen*.

Früher übten schon die Kaiserlichen, letztes Jahr zweimal die Schweden unter General Gustaf Graf Horn und jetzt offensichtlich schon wieder Schergen des Kaisers in Lindenberg die Macht aus. Die armen ›Außer-Vorarlberger‹, dachte er und war froh, Lindenberg unbeschadet hinter sich gelassen zu haben. Er hoffte, auch beim meilenlangen und ungemein steilen Stück zum See hinunter keine Probleme zu bekommen. Schon bald nach Scheidegg musste er allerdings befürchten, dass sein Pferd auf dem Geröll des ungepflasterten *Saumweges* ausrutschen und sich womöglich eine seiner schlanken Fesseln brechen könnte.

Aber dem Herrn sei's gelobt, alles ging gut.

Bei Leutenhofen berichtete ihm ein Bettelmönch, dass in der vergangenen Woche scheinbar die letzten Schweden bis auf einige ›Schutzwachen‹ aus dem Allgäu abgezogen waren und vorgestern sogar die 600 Mann starke kaiserliche Besatzung bis auf 40 Mann, die jetzt noch auf der Kemptener Burghalde stationiert waren, die Stiftsstadt verlassen habe. Er selbst war aber nicht aus Feigheit oder gar wegen der gottlosen Lutheraner auf dem Weg zum Bodensee. Vielmehr war er aus Kempten gewichen, weil es dort – ebenso wie in Memmingen, wo er zuvor gewesen war – nichts mehr zu essen gab, vor allen Dingen aber, weil die Stadt durch und durch verpestet war und er sein Leben erhalten musste, um auch fürderhin den Bedürftigen helfen zu können.

»Wer's glaubt, wird selig.«

»Was?«

»Ich habe nur den Abzug der Schweden gemeint«, gab der Kastellan zurück.

Während der Mönch überlegte, ob es der Herr hoch zu Ross tatsächlich so gemeint haben könnte, tastete er seinen trotz scheinbarer Entbehrungen feisten Wanst ab und bemerkte noch, dass die Lieferung von Lebensmitteln nach Kempten endgültig eingestellt worden war. Um davon abzulenken, dass er eventuell aus Arbeitsscheu oder doch aus gottserbärmlicher Feigheit geflohen war, hielt er mit einer Hand sein um den Hals hängendes Holzkreuz in Richtung Himmel und ballte mit der anderen eine Faust, die Kampfbereitschaft vortäuschen sollte: »Vor den Bewaffneten habe ich keine Angst, ich fürchte nur den unsichtbaren Tod, der des Teufels ist«, schrie er dem davonpreschenden Kastellan nach, der keine Lust mehr hatte, sich das dumme Geschwätz des heruntergekommenen Geistlichen noch länger anzuhören.

Aber nicht nur versprengte Soldatenhorden saugten die Bevölkerung bis auf den letzten Blutstropfen aus. Auch die wenigen, von ganz besonders respektierten Kommandeuren immer noch einigermaßen zusammengehaltenen Truppenteile nahmen sich mittlerweile, was sie kriegen konnten. Aufgrund der Nahrungsmittelknappheit wussten die Landsknechtsführer oftmals keine bessere Lösung, als ihren Männern die Plünderung einzelner Bauernhöfe und sogar ganzer Dörfer mehr oder weniger offiziell zu gestatten. Waren früher noch die Artilleristen von den Plünderungen ausgenommen, weil der Sold der *Stückknechte* wesentlich höher gelegen hatte als der eines einfachen Landsknechtes, beteiligten sich diese jetzt umso eifriger an den Gemetzeln. Und wenn die Zivilisten all ihrer Habe beraubt waren, ließen sie auch noch ihre Geschütze, denen sie so klangvolle Namen wie ›Tolle Grete‹ oder ›Faule Magd‹ gegeben hatten, sprechen – einfach so zum Spaß.

Darüber, dass die Soldaten bei ihren Raubzügen nicht gerade zimperlich vorgingen und sich auch für ihre Fleischeslust brutal nahmen, was sie begehrten, sahen weniger schneidige Kriegsherren darüber hinweg und beteiligten sich oftmals sogar selbst an Massakern und Vergewaltigungen. Die Verrohung der Sitten nahm parallel zur sinkenden Moral der *Soldateska* immer weiter zu.

Dies bekam auch der Kastellan hautnah mit. Er konnte es nicht fassen, was er auf seinem Weg die Ortschaften entlang an Gräueln und deren Hinterlassenschaften zu sehen oder zu hören bekam. Landauf, landab hatten Tod und Elend gnadenlos Einzug gehalten. Kaum ein Weiler war verschont geblieben. Überall stiegen dunkle Rauchwolken auf.

Wie mag es wohl in den größeren Dörfern und Städten aussehen, wenn ich hier schon so viel Schlimmes um mich herum habe?, dachte ein zutiefst deprimierter Ulrich Dreyling von Wagrain beim Anblick der vielen Invaliden und Verletzten, der Dahinsiechenden, Sterbenden und Toten, die seinen Weg säumten. Weshalb sie ihr Leben hatten lassen müssen, war nicht immer sofort erkennbar. Unabhängig von der großen Pestilenz, waren die meisten von ihnen an Wundbrand als Ergebnis äußerer Verletzungen oder hungers gestorben.

Für einen kurzen Moment überkam ihn sogar fast ein Gefühl des Glücks, zumindest der Erleichterung. Er hatte den gefährlichsten und größten Teil seiner Strecke geschafft. Sein Blick schweifte melancholisch über den glitzernden Bodensee. Obwohl er nicht so oft in diese fruchtbare Ebene kam, wie er gerne wollte, mochten sich seine Augen nicht an der unbeschreiblichen Schönheit dieser Gegend und der gewaltigen Wasserfläche mit ihrem schilfigen Uferbesatz laben – seine Gedanken waren bei seinem toten Sohn und den anderen Mitgliedern seiner über alles geliebten Familie.

Wie gerne wäre er unter anderen Umständen bis an den Lindauer Hafen geritten, um dort ein Weilchen zu verweilen und zuzusehen, wie die *Lädinen* ent- und beladen würden, bevor sie wieder in Richtung Österreich, in die Schweiz hinüber oder bis nach Konstanz schipperten, wo sie durch die bezollte Seeenge mussten, um einen der beiden Wasserarme passieren zu können und in den Untersee zu gelangen. Dort luden die Schiffer auf der Insel Reichenau das beliebte Obst und Gemüse ein, das dann auf den Wochenmärkten des Umlandes feilgeboten wurde. Manchmal verirrten sich die sonnenverwöhnten Früchte dieser Klosterinsel sogar bis ins Allgäu hoch, wo sie allerdings nicht immer so gut abgesetzt werden konnten, wie es die Händler aufgrund der außergewöhnlich hohen Qualität gewohnt waren. Wegen der Konstanzer Ausfuhrsteuer und des langen Weges waren sie teurer als Obst und Gemüse aus *Buchhorn,* Meersburg, Langenargen oder anderen Anbaugemeinden der Sonnenseite des Bodensees.

Sehr gerne hätte sich Ulrich Dreyling von Wagrain währenddessen in einer der Hafentavernen niedergelassen und die Gelegenheit genutzt, um eines der modernen Getränke, die es hier zwar gab, in seiner Heimat aber noch nicht, zu kosten, auch wenn es – wie man allgemein sagte – ›von einem Sarazenenteufel‹ gemacht worden war, obwohl das schwarze Heißgetränk lediglich aus gebrannten Bohnen gebrüht wurde. Aber er hatte jetzt keine Zeit, um seinen Horizont diesbezüglich zu erweitern. Wenn er schnellstens nach Bregenz gelangen wollte, musste er Lindau rechter Hand liegen lassen und nach links weiterreiten, was er denn auch mit zunehmend trüben Gedanken tat.

Als der Staufner Adlige verschwitzt und verstaubt in Hörbranz ankam, hörte er schon von Weitem ein wüstes Geschrei, das er allerdings nicht gleich einordnen konnte. Auch wenn es nicht unbedingt Soldaten sein mussten, die diese Aufregung verursachten, war dem erfahrenen Mann sofort klar, dass dies dennoch nichts Gutes bedeuten konnte und er jetzt besonders achtsam sein musste, wenn er unbeschadet durch dieses Dorf – oder besser noch daran vorbei – reiten wollte. Es war ihm eigentlich auch egal, um was es hier ging. Ihn beschäftigte vielmehr, wie er der Menschenmenge, die er schon bald vor sich sah, ausweichen konnte. Aufgrund der geografischen Lage schien dies jedenfalls nicht leicht zu werden. Die einzige Straße war durch Hunderte Menschen versperrt, links ging es den Berg hoch, rechts war gleich der See und dazwischen enge Gassen, in denen es ebenfalls vor wild durcheinanderschreienden Leuten, die offensichtlich alle zur Hauptstraße drängten, nur so brodelte.

Vielleicht ist es ja doch nur eine Gauklertruppe oder etwas Ähnliches?, hoffte der Kastellan, der nicht wusste, ob sich der Große Krieg schon bis hierher vorgearbeitet hatte.

Er überlegte, ob er sich so lange gedulden sollte, bis der Knoten gelöst und die Straße wieder offen sein würde, konnte aber nicht einschätzen, wie lange er würde warten müssen. Jetzt hatte er es in einer einzigen Tagesreise bis hierher geschafft und konnte halbrechts über der glitzernden Wasserfläche schon die Spitze der Mehrerauer Klosterkirche sehen. Er musste nur noch ein Stück um den See herum, dann war er in Bregenz. Da er sich seinen strammen Reiseschnitt nicht noch so kurz vor dem Ziel verderben lassen wollte, überlegte er, wie er am schnellsten an dem Menschenpulk vorbeikommen konnte. Außerdem war er müde und konnte es kaum erwarten, seinen ältesten Sohn in die Arme zu schließen, auch wenn dies mit seiner traurigen Mission einhergehen würde. Also musste er sich etwas einfallen lassen. Was gäbe er jetzt dafür, mit einem Boot zum Kloster übersetzen zu können. Aber es nützte nichts – weit und breit war kein Lastenkahn in Sicht, der ihn hätte mitnehmen können. Und dem einzigen hiesigen Fährmann war das Boot von einer Gruppe streunender Italiener gestohlen worden, hatte er von einem Einheimischen erfahren. Da er nach längerem Überlegen keine bessere Möglichkeit sah, entschloss er sich letztendlich doch dazu, den direkten Weg durch die verstopfte Straße zu nehmen.

Aufmerksam nach allen Seiten spähend, ritt er langsam – mit einer Hand die Zügel, mit der anderen seinen Säbel fest am Heft – auf die Menschenmenge zu. Dennoch war er nicht wachsam genug. Sein Herz war bei Eginhard, den er in spätestens einer Stunde zu sehen hoffte. Der Gedanke daran ließ seinen Mund gerade von einem leisen Lächeln umspielen, als er hinterrücks vom Pferd gezogen wurde und einen harten Schlag im Gesicht verspürte.

Kapitel 24

SEIT DER KLEINE DIEDERICH TOT und oberhalb des Schlosses beerdigt worden war, triumphierte jetzt nicht nur allein die Trauer im Schloss, denn die Freude am Neugeborenen hatte etwas Hoffnung aufkommen lassen. Dennoch trug der schmerzliche Verlust ihres jüngsten Sohnes nicht gerade zu Konstanzes Heilung bei, weswegen sie jetzt dringender Hilfe benötigte als je zuvor. Nachdem Ulrich ihr Diederichs Tod behutsam mitgeteilt hatte, war sie zusammengebrochen und seither in noch schlechterer Verfassung, als sie es ohnehin schon gewesen war. Obwohl sie Eginhards Studium keinesfalls durcheinanderbringen wollte, hoffte sie jetzt doch insgeheim, Ulrich würde ihren heilkundigen Sohn mitbringen, damit er ihr wenigstens etwas Linderung verschaffen konnte und sie sich bei ihm würde ausweinen können. Da sie Rosalinde immer noch vorwarf, durch Unachtsamkeit die Schuld am Tod ihres geliebten Sohnes auf sich geladen zu haben, ließ sie ihre verzweifelte Magd nicht mehr an sich heran. Wenn die Kastellanin nicht von Judith versorgt würde, wäre sie zudem auch noch recht einsam: Ihr Mann war irgendwo da draußen, ein Sohn war tot, ein anderer weit weg von Staufen und der dritte ließ sich von Sarah über den Tod seines Bruders hinwegtrösten, anstatt seiner Mutter beizustehen. Obwohl Diederichs Tod Sarah und Lodewig noch enger zusammengeschweißt hatte und ihre gegenseitige Liebe wachsen ließ, waren sie sich seither körperlich nicht mehr nahe gekommen. Durch ihr Kind wäre dies jetzt sowieso nicht möglich und überdies derzeit auch nicht wichtig. Genauso wie ihre Zuneigung wuchs, war ihre Stimmung wegen Diederichs Tod ganz nach unten gesunken und begann, angesichts des Neugeborenen, erst jetzt so langsam wieder etwas zu steigen.

Wenigstens war Sarah nun ständig in Lodewigs Nähe. Er musste sie und das noch namenlose Kind lediglich allein lassen, wenn er an jedem zweiten Tag ins Dorf hinunterschlich, um Jakob Bomberg und der kleinen Lea frisches Wasser zu bringen, für das er im Gegenzug ein paar fix und fertig gerupfte Hühner und so viele Eier bekam, dass sie für sämtliche Schlossbewohner ausreichten. Seit seine Mutter krank war und Sarah mit ihrer Mutter im Schloss lebte, ging er zu einer anderen Zeit als zuvor zu den Bombergs ins Dorf hinunter. Dort spielte er dann ein bisschen mit Lea, die ihre Mutter und ihre Schwester sehr vermisste, bevor er sich mit Jakob Bomberg über dies und das unterhielt und ihm von seinem Enkel erzählte.

Auch Lea wollte alles über das Neugeborene erfahren; immerhin war es ihr Neffe ... und sie war jetzt stolze Tante. Selbstverständlich berichtete Lodewig haarklein, wie es Judith und Sarah im Schloss erging, wobei Jakob stets auch wissen wollte, wie es um Konstanze stand. Immer wenn Lodewig von ihr berichtete, kam ihm auch sein kleiner Bruder in den Sinn, weshalb er die Tränen nur selten zurückhalten konnte. Lodewig wusste, dass er sich in Gegenwart von Sarahs Vater nicht mehr verstellen musste und er sich sogar von ihm trösten lassen konnte, wenn es gar zu schlimm wurde. Längst hatte der junge Mann Vertrauen zu dem freundlichen Juden gefasst und ihn in sein Herz geschlossen. Auch sein Schwiegervater freute sich, dass er sich mit Lodewig zunehmend besser verstand.

Schnell kehrte Lodewig wieder ins Schloss zurück, weil ihm Jakob ein Huhn mitgegeben hatte, das er Judith, nachdem er ihr einen herzlichen Gruß von ihrem Mann ausgerichtet und ihr sogar zaghaft in seinem Namen einen zarten Kuss auf die Wange gedrückt hatte, übergab.

»Mein geliebter Jakob. Er hat daran gedacht, dass Konstanze eine fette Suppe aus gekochtem Huhn guttun wird. Oh, wie ich ihn liebe«, entfuhr es Judith in der Küche so laut, dass es sogar Konstanze, die im Nebenraum auf ihrem Lager ruhte, hörte. Sie war erst vor wenigen Minuten aus dem Schlaf aufgeschreckt, weil sie geträumt hatte, ihrem Mann sei auf seinem Ritt nach Bregenz Unheil widerfahren.

Jetzt dachte sie intensiv an ihn und Eginhard, was ihr trotz ihrer Besorgnis ein kurzes Lächeln auf die blassen Lippen zauberte.

Während die Stimmung nicht nur im Schloss, sondern auch im Dorf unten auf dem absoluten Nullpunkt angelangt war, gab es in Staufen einen Menschen, der intensiv darauf hinarbeitete, endlich sein Ziel zu erreichen, und einen anderen, der sich mit dem Verlauf der Ereignisse mehr als zufrieden zeigte. Da Fabio dem Totengräber immer noch die ganze Arbeit abnahm, hatte der Kindermörder nichts anderes zu tun, als abzukassieren und zu überlegen, wie er auch noch den zweiten Sohn des Kastellans beseitigen konnte. Seit er eines Tages zufällig gesehen hatte, wie Lodewig mit zwei Kübeln durch den Ort gegangen war, folgte er ihm, so oft es ging, unauffällig. Dabei hatte er feststellen können, dass sein geplantes Opfer allmorgendlich denselben Weg zum Haus der verhassten Juden nahm, was allein schon Grund genug für ihn wäre, Lodewig ebenfalls zu hassen.

Nachdem er ursprünglich vorgehabt hatte, seinen neuen Freund Hemmo darüber zu informieren, um ihn vor seinen Karren zu spannen, beschloss er letztendlich, die Sache weiterhin allein durchzuziehen, um keine Mitwisser zu haben. Er hatte sich in aller Ruhe einen tödlichen Plan zurechtgelegt, den er aber noch nicht in die Tat hatte umsetzen können, da er Lodewig schon einige Zeit nicht mehr gesehen hatte. Außerdem wusste er, dass er mit dem kräftigen jungen Mann kein solch leichtes Spiel haben würde wie mit dessen kleinem Bruder. So blieb ihm nichts anderes übrig, als tagtäglich in Sichtweite des Bomberg'schen Anwesens zu lauern und auf eine günstige Gelegenheit zu warten.

Während der Totengräber die meisten Vormittage mit Herumstehen und Warten totschlug, fühlte sich sein fleißiger Gehilfe Fabio immer mieser. Der Jüngling überlegte ernsthaft, ob er einfach davonlaufen und Staufen verlassen sollte. Da mittlerweile täglich bis zu 25, an manchen Tagen sogar noch mehr Menschen starben und die Arbeit kaum noch zu bewältigen war, lief ihm oft der Schweiß in Strömen herunter.

Der September neigte sich dem Schluss zu, aber ein Ende der Pest war immer noch nicht in Sicht.

Als Fabio gerade das 376. Pestopfer abholte, kam ihm Josen Bueb entgegen und ballte, in Erinnerung an die Schmach vom vergangenen Herbst, warnend die Fäuste. »Warte nur«, rief er. »Wir kriegen dich schon noch!«

Hätte der Sohn des Sonnenwirtes nicht so viel Furcht vor Ansteckung, würde er Fabio, den er fälschlicherweise immer noch als ›Mistgabelmörder‹ betrachtete, längst totgeprügelt haben. Die Peinlichkeit, die der Dieb ihm und den anderen Häschern auf Wachters Bauernhof zugefügt hatte, weil er ihnen dort entwischt war, konnte der als aggressiv bekannte Wirtssohn immer noch nicht vergessen. Da Fabio seinen Karren tagtäglich durch den Ort zog, um irgendwo Leichen abzuholen, hatte es ja nicht ausbleiben können, dass ihn diejenigen, die ihn im vergangenen Winter bei Wachters aufgespürt hatten, entdecken würden. Mittlerweile hatten ihn alle seine damaligen Jäger irgendwo gesehen und sich darüber gewundert, dass er noch am Leben war. Nur derjenige, dem er damals vom Giebelfenster eines Heustadels aus auf den Kopf uriniert hatte, und Josen Bueb, der damalige Anführer von Fabios Häschern, wollten ihm noch an den Kragen. Alle anderen Männer hatten jetzt keinen Sinn dafür, einen harmlosen Strauchdieb, dem sie, genau genommen, kein einziges Vergehen oder gar ein Verbrechen nachweisen konnten, zu bestrafen. Damals hatten sie sich von Josen Bueb und dem ›Pater‹ blenden und aufhetzen lassen. Jetzt respektierten die meisten von ihnen, dass sich der verlauste Bursche aufopferungsbereit um die Pesttoten kümmerte. Selbst dem ›Pater‹ war es momentan egal, dass sich Fabio frei bewegen konnte. Das sollte aber nicht heißen, dass er ihn auf Dauer in Ruhe lassen würde. Momentan hatte er ein ganz anderes Ziel vor Augen. Er wollte noch in diesem Monat das Haus der verhassten Juden ergaunern. Deswegen ließ er den jungen Hilfstotengräber ungestört seine Arbeit verrichten.

⸻

Nachdem Fabio seinen Karren vollgeladen hatte, wollte er die Leichen eigentlich wie immer nach Weißach hinunter zum Pestfriedhof bringen, um sie dort irgendwann zu begraben. Da ihm die Hitze nun aber besonders zusetzte und er den allgegenwärtigen Verwesungsgeruch nicht mehr ertragen konnte, beschloss er kurzerhand, die bedauernswerten Opfer der Pest nur den Ort hinaus in Richtung Salzstraße zu karren, um sie dort auf freiem Gelände zu verbrennen. Unabhängig davon, dass er mit dem Ausheben von Gruben schon längst nicht mehr nachkam, weshalb sich die Leichen am Weißachbach stapelten, wurde er schon mehrmals dazu aufgefordert, die stinkenden Leiber ins Feuer zu werfen, um die Seuchengefahr zu vermindern. Ihm wurde gesagt, dass dies, wenngleich auch keine von Gott gewollte, so doch im Vergleich zur Erdbestattung die sauberere Lösung wäre.

Also packte er es jetzt an und stapelte die Leichen außerhalb des Dorfes in der Nähe des Stadels, neben dem das Sühnekreuz stand, zu einem stinkenden Fleischberg auf, den er mit mühsam zusammengetragenem Bruchholz und mit dürren Ästen anreicherte. Bevor er eine neue Lage Leichen auf die darunterliegenden warf, legte er das wenige Geäst, das er hatte finden können, dazwischen. Da er weder Teer noch Öl zum Anfeuern hatte, brauchte er lange, um das Ganze zum Brennen zu bringen.

»Verdammt«, fluchte er. »... hätte ich doch nur etwas Zündstoff hier!«

Irgendwann schaffte er es aber doch, den Scheiterhaufen ohne Brandbeschleuniger zum Brennen zu bringen. Aus sicherer Entfernung und den Wind im Rücken, beobachtete er, wie die Flammen – zuerst langsam, dann immer gieriger – hochschlugen.

Eine kluge Entscheidung. Da kann ich mir künftig viel Arbeit ersparen, stellte er zufrieden fest, während sich die Flammen immer höher fraßen. Wie er dem Feuer so zusah, glaubte er, seinen Augen nicht zu trauen. »Ja, spinn ich denn! Das gibt's doch nicht«, rief er und blickte um sich, als wenn jemand in seiner Nähe wäre.

Mit Entsetzen sah er, wie sich die Oberkörper der oben liegenden Leichen aufrichteten und dabei sogar die Arme bewegten. Er konnte es nicht fassen, dass ein Mann dabei auch noch sein Gesicht zu einem Lachen verzog. Einige der Brennenden schienen wieder lebendig zu werden und ihn zu verspotten, bevor sie plötzlich wieder in sich zusammensackten. Fabio, der noch niemals in seinem ganzen Leben das Kreuzzeichen gemacht hatte, versuchte sich jetzt erstmals daran, während er vor Angst schreiend etwas Abstand vom Scheiterhaufen suchte.

Er glaubte, dass es sich um das leibhaftige Auferstehen der Toten oder aber um Ausgeburten der Hölle handelte, die ihn für all seine kleinen Verfehlungen bestrafen und deswegen mit in das Feuer ziehen wollten. Er gelobte bei seiner Mutter und allen anderen Huren dieser Welt, künftig nicht einmal mehr einen Heller, allerhöchstens Äpfel zu stehlen, wenn ihn diese Kreaturen nur in Ruhe ließen. »Von mir aus lass ich auch das mit den Äpfeln«, schrie er, vor Angst zitternd.

Dass es die Hitze war, die ihm diesen Streich gespielt hatte, und es bei entsprechenden Temperaturen durchaus dazu kommen konnte, dass sich Gliedmaße von Toten kurz bewegten, wusste er natürlich nicht. Er beruhigte sich erst, als die furchterregenden Leiber um und um von den Flammen eingeschlossen waren und sich endgültig seinen Blicken entzogen hatten.

Nachdem der Scheiterhaufen niedergebrannt war, wartete er lange in angemessener Entfernung, ob die Leiber sich nochmals dem Himmel entgegenzustrecken versuchten oder ob sie verbrannt waren. Er wollte die verkohlten Holzreste und Knochen beseitigen, ließ dies aber, weil der Schrecken immer noch in seinen Gliedern steckte.

Vielleicht ist das Verbrennen doch kein so guter Gedanke?, fragte er sich und wandte sich vom Ort des Geschehens ab.

Während er schnell den leeren Leichenkarren nach Staufen zurückzog, schwor er sich, nie wieder einen Pesttoten zu verbrennen, weil er fürchtete, Gefahr zu laufen, so die Schleusen der Hölle zu öffnen. Hatte er gehofft, sich durch das Verbrennen der Verstorbenen künftig eine Arbeitserleichterung zu verschaffen, wollte er jetzt doch lieber wieder Gruben ausheben. Dennoch sollte sein Scheiterhaufen in dieser Woche nicht das einzige Feuer gewesen sein.

Kapitel 25

»Los! Her mit dem Geld …, oder ich bring' dich um«, brüllte der Straßenräuber sein Opfer mit furchterregend tiefer Stimme an, während er seiner Forderung Nachdruck verlieh, indem er bedrohlich eine Doppelaxt schwang. Obwohl die langen blonden Haare und der dicke Bart nicht viel von seinem Gesicht preisgaben, erkannte der auf dem Boden liegende Kastellan, dass über ihm mit breit gespreizten Beinen ein großes und stark wirkendes Wesen stand, das nicht nur grimmig dreinblickte, sondern es auch böse zu meinen schien. Obwohl Ulrich Dreyling von Wagrain nicht den geringsten Zweifel daran hegte, dass von dem Hünen eine ernstzunehmende Gefahr ausging, wenn er dessen Aufforderung nicht umgehend nachkommen sollte, hatte er nicht vor, sich widerstandslos ausrauben zu lassen, ohne in seine Fintenkiste zu greifen: »Moment! … Ahh«, klagte er und fasste an die Stelle, an der ihn die Wucht eines Schmiedehammers getroffen hatte, während er fast gleichzeitig vom Pferd gerissen wurde. Dabei hatte er das Gesicht bewusst so verzerrt, als wenn er große Schmerzen vom Faustschlag, den er soeben hatte einstecken müssen, hätte. Mit dieser Finte wollte er Zeit für Überlegungen gewinnen und seinen Gegner in Sicherheit wiegen, was diesen unvorsichtig machen sollte. Sicher, er spürte den Schlag der überdimensionalen Faust dieses riesigen Kerls, der ihn hinterrücks niedergestreckt hatte – aber dies ließ sich locker aushalten.

»Hört auf zu jammern und erhebt Euch«, wurde der auf dem Boden liegende Mann mit fester Stimme aufgefordert.

»Ahh! … Sofort«, ergänzte der Kastellan sein künstliches Gejammere, während er die genaue Position seines Gegners einzuschätzen versuchte.

Nun ging alles blitzschnell: »Jetzt«, schrie er lautstark, um sich selbst Mut zu machen, während er dem Straßenräuber gleichzeitig seinen Stiefel so fest zwischen die Beine knallte, dass dieser seine Waffe fallen ließ, um sich mit beiden Händen das getroffene Körperteil zu halten, und mit einem Schmerzensschrei in sich zusammensackte.

Blitzschnell zog der für sein Alter, seine Größe und trotz der Oberkörperrüstung, unglaublich wendige Schlossverwalter seine Beine an, rollte sich von seinem Gegner weg und stand, während er seinen Säbel schon gezogen hatte, in sicherem Abstand vor ihm. Dem Kastellan bot sich ein interessantes Bild: Einen vor Schmerz schreienden Riesen, der in gekrümmter Haltung mit beiden Händen seine Männlichkeit hielt, hatte er weiß Gott noch nie gesehen. Er rammte seinen Säbel in den Boden und stützte sich mit einer Hand lässig auf den Knauf, während er mit der anderen die Doppelaxt seines Gegners schulterte. Der momentane Sieger dieses merkwürdigen Duells wartete, dass die Schmerzen beim bemitleidenswerten Wegelagerer nachließen und dieser aufstehen würde.

Der Hüne konnte es nicht fassen, von seinem Opfer wie ein Baum gefällt worden zu sein, und wunderte sich darüber, dass er für seinen Raubversuch nicht – wie es in dieser Zeit üblich war – sofort mit seinem Leben bezahlen musste. Langsam streckte er seine Glieder und entspannte sich, nun flach auf dem Rücken liegend.

Der Kastellan stand, nicht ohne auch jetzt auf einen gewissen Sicherheitsabstand zu achten, an dessen Kopfende und fuchtelte lachend mit der Spitze seiner Langwaffe über dessen Nase herum.

»Seht Ihr! Es wäre ein Leichtes für mich gewesen, Euch zu töten, während Ihr versucht habt, wieder Leben in Eure geschundene Manneskraft zu bringen. Ihr wisst, dass dies mein gutes Recht gewesen wäre. Da mir aber nicht der Sinn danach steht und ich schleunigst weiterreisen muss, werde ich den Dreck auf meiner Säbelspitze nicht gegen Euer Blut tauschen und Gnade vor Recht ergehen lassen. Ich verschone Euch. Steht auf und geht!«

Als ihm der unbekannte Reiter auch noch großzügig die Hand

zum Aufstehen reichte, verstand der verdutzte Straßenräuber überhaupt nichts mehr.

Erst als der Hüne aufgerichtet vor ihm stand, erkannte der Kastellan, welch Glück er gehabt hatte, so schnell und richtig reagiert zu haben.

»Meiner Treu«, entfuhr es ihm respektvoll vor dessen imposanter Erscheinung. Instinktiv trat er zwei Armlängen zurück.

»Aber ... warum?«, fragte der Straßenräuber.

»... ich nicht von meinem Recht Gebrauch gemacht habe, Euch für Euren verwerflichen Versuch, mich auszurauben, sofort zu töten?«, unterbrach der Sieger seinen Gegner, dem keinerlei Anzeichen von Furcht anzumerken waren, obwohl er sich soeben noch in einer denkbar schlechten Position befunden hatte.

Der mittlerweile als klarer Gewinner des ungleichen Kampfes Dastehende lachte auf. »Ich bin sicher, dass mich meine Menschenkenntnis nicht im Stich lässt, wenn sie mir sagt, dass Ihr zwar ein niederträchtiger Raubritter, aber kein übler Zeitgenosse seid und nur aus der Not heraus versucht habt, an mein Geld zu kommen ... Stimmt's? Wer also seid Ihr wirklich?«

Der Riese überlegte lange, bevor er antwortete: »Ich erbitte Eure Verzeihung für meinen schändlichen Versuch, Euch Euer Ross zu stehlen. Euer Geld habe ich nicht begehrt. Das müsst Ihr mir glauben.«

»Ja, ja. Schon gut. Ich vergebe Euch, wenn es Eurem Seelenheil dient. Betet gelegentlich einige Vaterunser für meine Familie, und sogar der Herrgott wird Euch vergeben. Aber nun sagt mir endlich, wer Ihr seid.«

Der Hüne nickte und versprach, einige ›Paternoster‹ für die ihm unbekannte Familie seines Bezwingers zu beten.

Oh! Er kann Latein, dachte sich der Kastellan verwundert, ging aber nicht darauf ein, sondern drängte ihn, endlich zu sagen, wer er sei und woher er käme.

»Ich habe mich als Hufschmied verdungen«, grummelte der Riese, weil dies am ehesten zu seiner Statur passen könnte. »Da es aber mangels Rössern kaum noch Arbeit für mich gibt, muss ich eben auf andere Art versuchen, mich zu ernähren. Und da Ihr mit Eurem verstaubten Tuch vor dem Gesicht und dem ins Gesicht gezogenen

Schlapphut auch nicht gerade einen vertrauenerweckenden Eindruck auf mich gemacht habt, habe ich gedacht, einem Reiter, der sicher selbst ein Pferdedieb ist, das Ross abnehmen zu können und …«

»Apropos Pferd«, unterbrach ihn der Kastellan abermals und holte sein in der Nähe grasendes Ross, das nicht sein ›Rabe‹ war, weil dieser mit einem geschwollenen Knöchel im Stall stand, weswegen er eine braune Stute dabei hatte. Wieder zurück, fragte er den Hünen, ob es hier in der Nähe eine Taverne gäbe, wo man sich den Staub aus der Kehle spülen könne.

»Unweit von hier, am Ortseingang von Bregenz, befindet sich der ›Schwanen‹«, bekam er mit einem Fingerzeig zur Antwort.

»Um dorthin zu gelangen, muss ich durch die tobende Menschenmenge«, stellte der Kastellan fest und schlug deshalb vor, sich hier irgendwo niederzulassen, um etwas zu plaudern.

»Ich möchte mehr von Euch wissen, Riese.«

So setzten sich die beiden unterschiedlichen Männer auf etwas abseits liegende Findlinge, wo sie das von der Straße kommende Geschrei nicht so laut hörten. Dabei achtete der Kastellan auf einen gewissen Sicherheitsabstand. Obwohl er nicht den geringsten Grund hatte, dem Gauner zu vertrauen, fand er irgendwie Gefallen an ihm, weshalb er ihn unumwunden fragte, wie er heiße. Der Wegelagerer erweckte den Eindruck, als wenn er überlegen müsste, bevor er antwortete: »Mein Name ist … Jodok.«

»Und ich heiße Ulrich!«

Der Kastellan gab dem Straßenräuber dessen imposante Waffe zurück und wies ihn darauf hin, dass es für Leute seines niederen Standes auch in Österreich verboten sei, öffentlich Waffen zu tragen, und bei Zuwiderhandlung eine lange Kerkerhaft drohe.

Der Riese blickte Ulrich an und zog einen Mundwinkel grinsend nach oben, bevor er antwortete: »Sag mir: Wer sollte sie mir abnehmen?«

Während Ulrich Dreyling von Wagrain sein Gegenüber von oben bis unten musterte, musste auch er grinsen: »Da hast du recht. Außer mir wird dies wohl niemandem gelingen.«

»Und du hast auch nur Glück gehabt, dass du mich besiegen konntest, weil du mich unversehens an meiner empfindlichsten Stelle getroffen hast.«

Die beiden Männer reichten sich die Hände zum Frieden, während sie ob ihres unglücklichen Kennenlernens lauthals lachen mussten. Dabei behielt der Kastellan eine Hand am Heft seines Säbels.

»Sag mir, Jodok, warum gibt es hier keine Pferde mehr?«

»Ganz einfach: Alle Rösser wurden von Vorarlberger Truppen für Kriegszwecke konfisziert.«

»Dann ist der europäische Glaubenskrieg also doch schon bis hierher vorgedrungen?«

»Nein! Zumindest glaube ich das nicht. Ich selbst habe in Sigmaringen zwar schon viel davon mitbekommen und ...«

»Du warst in Sigmaringen?«, fragte der immer neugieriger werdende Schlossverwalter, der es noch vermied, von sich selbst etwas preiszugeben.

»Ja! Als ich vor drei Jahren dort angekommen bin, hatten die Schweden gerade das Hohenzollern'sche Schloss besetzt. Erst im Jahr darauf konnte es durch kaiserliche Truppen aus feindlicher Hand zurückerobert werden. Deren General ist dabei nicht gerade zimperlich vorgegangen und hat sogar in Kauf genommen, dass der Ostteil des Schlosses durch einen Brand zerstört worden ist.«

»Ja, ja, diese dreckigen Schweden haben auch im Allgäu schon viel Schaden angerichtet.«

»Sowohl die gottverdammten Lutheraner als auch unsere Katholischen werden wie alle Soldaten auf der gleichen Seite stehen«, spöttelte Jodok, der dadurch ebenfalls ungewollt von sich preisgab, dass er ein streitbarer Katholik war.

»Wie meinst du das? Auf welcher Seite?«

»Auf der Seite, wo es etwas zum Abgreifen und zu fressen gibt.«

»Du bist zwar derb in deiner Ausdrucksweise, aber offensichtlich gescheiter, als du dich gibst ... Berichte weiter, Jodok.«

»Ich weiß nicht nur, was in der Hauptstadt des Hohenzollern'schen Fürstentums vor sich geht, sondern auch, dass es gerade das Allgäu – von wo aus einzelne Truppenteile unaufhaltsam nach Vorarlberg ziehen – derzeit besonders hart trifft. Aber bis hierher ist dieser unselige Krieg noch nicht ganz vorgedrungen. Wir brauchen ihn auch nicht, da wir uns auch ohne ihn die Köpfe einschlagen. Wir haben hier ständig unsere eigenen Fehden.«

»Was für Streitereien denn? Erzähl mir mehr davon«, bat Ulrich.

»Wir brauchen hier weder Gustav Adolfs noch Habsburger Truppenverbände. Unsere Soldaten werden auch so schon über Gebühr in Anspruch genommen. Die Vorarlberger Truppen haben genügend mit dem Grenzkrieg gegen das eidgenössische Graubünden zu tun, und selbst ohne den Krieg der Schweden gegen die Kaiserlichen gibt es ausreichend Probleme. Auch hier leidet man Hunger. Die Kriegsschauplätze verlagern sich mehr und mehr vom Süden des Landes in den Norden, was so viel heißt, dass die Ortschaften nördlich von Bregenz, vor allen Dingen das Leiblachtal und Teile des Allgäus, die zu Vorarlberg gehören, betroffen sein werden. Eine Scheißzeit!«

»Aha! Darum habe ich heute früh einen Trupp Soldaten in Lindenberg gesehen. Ich glaubte, Fahnen unseres Kaiserhauses erblickt zu haben, konnte sie aber nicht sicher erkennen, weil kein Lüftchen geweht hat, das sie hätte flattern lassen. Außerdem haben dicke Rauchschwaden meinen Blick getrübt. Vielleicht waren es auch Vorarlberger? Ich weiß es nicht. Zurzeit wird wohl niemand den richtigen Durchblick haben und wissen, wer eigentlich wo gegen wen kämpft«, schloss der Kastellan daraus.

»Ich habe doch schon gesagt: Eine Scheißzeit!«

»Und was hast du von der Pestilenz mitbekommen?«, legte der Staufner nach.

»Wie ich noch im Klost ...«, Jodok räusperte sich und korrigierte die Ouvertüre zu dem, was er berichten wollte: »Wie mir ein fahrender Händler noch vor meiner Abreise nach Sigmaringen berichtet hat, muss Ende der zwanziger Jahre wohl die Hälfte der Bevölkerung Dornbirns daran gestorben sein, während Bludenz verschont geblieben ist. Was diesbezüglich in Bregenz los war und wie es heute in Vorarlberg aussieht, weiß ich nicht, weil ich zu lange fort war. Auf meinem Rückweg vom Donautal durch das Oberschwäbische hierher an den Bodensee habe ich allerdings die grausamsten Dinge ...«, Jodok schluckte, »und auch viele Tote gesehen, denen die Rattenflöhe zum Verhängnis geworden sind.«

Jetzt wusste der Staufner gewiss, dass sein Gesprächspartner gebildet sein musste, weswegen er ihn fragte, ob er lesen und sogar etwas schreiben könne.

»*Non scholae, sed vitae discimus*«, kam die prompte Antwort, als wenn es selbstverständlich wäre, diese Künste zu beherrschen.

»Du kennst dich nicht nur mit Latein aus, du scheinst es auch zu beherrschen, oder?«, stieß Ulrich erstaunt hervor.

»Na klar!«

Der Schlossverwalter blickte ungläubig zu dem zwar ungepflegt und verhauen aussehenden, dennoch irgendwie fein wirkenden Hünen hoch, um dessen Augen zu suchen. »Wer bist du wirklich?«

Jodok kaute auf seinen Fingernägeln herum und überlegte lange, welche Variante aus seinem vielseitigen Antwortenschatz er herauskramen sollte, bevor er sich dazu entschloss, seinem neuen Bekannten zwar nicht die volle Wahrheit zu sagen, ihn aber auch nicht ganz zu belügen.

»Also gut: Ich habe doch gerade erst erwähnt, dass ich für längere Zeit in Sigmaringen war.«

»Ja, und?«

Jodok ließ sich mit der Beantwortung Zeit. »Ich war auf der Suche nach meiner Identität.«

»Du hast deine familiären Wurzeln gesucht?«

»Ja! Und aufgrund einiger Grundinformationen, über die ich schon längst verfügt habe, bin ich auch fündig geworden.«

»Mensch! Nun mach es doch nicht so spannend. Wer bist du?«

Jodok sah lange zum Himmel, bevor er sein Haupt senkte und Ulrich fast ebenso lange in die Augen blickte: »Ich bin der uneheliche Sohn eines Hohenzollernfürsten.«

»Was«, kam es mehr in einer entsetzten Feststellung als fragend zurück.

»Ja! Mein leiblicher Vater ist Fürst Johann von Hohenzollern-Sigmaringen, der mit einer Wild- und Rheingräfin, die ich aber leider nicht meine Mutter nennen kann, verehelicht ist.«

»Was«, entfuhr es dem Kastellan abermals im selben Ton wie zuvor. »Wie alt bist du?«

»Mein wunderschönes Antlitz durfte in den Iden des März Anno Domini 1609 zum ersten Mal der glitzernden Sonne ein noch strahlenderes Lächeln entgegensetzen«, antwortete Jodok spaßeshalber, während er sich von seinem steinernen Sitz erhob und eine ehrerbietige Bewegung vollführte, der es nur noch an der passenden *Cuculle* mangelte, um an die höfischen Gesten eines Mitgliedes des Hochadels zu erinnern.

Der Kastellan musste zwar wieder lachen, ließ sich aber nicht von seiner Neugierde ablenken. »Dann bist du heute im 26. Jahr deines Lebens?«

»Ich vermag nicht, dies zu leugnen.«

»Weißt du noch mehr um deine Geburt?«

»Bis vor Kurzem nicht! Nachdem ich ein Bastard – zwar von ›zweifachem Blute‹ – bin, musste man mich schnellstens nach meiner Geburt von der Bildfläche verschwinden lassen.«

Der Kastellan staunte nicht schlecht, als er dies hörte. »Wenn du behauptest, von doppeltem Blute zu sein, heißt dies, du weißt, dass auch deine leibliche Mutter dem Hochadel angehört.«

»Ja! Als ich in Sigmaringen war, habe ich das Glück gehabt, mich im Schloss Hohenzollern beim Wiederaufbau des niedergebrannten Ostflügels verdingen zu können. Auf diese Weise ist es mir gelungen, mich für eine feinere Arbeit innerhalb des Schlosses zu empfehlen.«

»Was für eine Art Arbeit? Und was hat die mit deiner Mutter zu tun?«

»Das spielt jetzt keine Rolle. Jedenfalls habe ich im unzerstörten Teil des Schlossinneren gearbeitet und dadurch die Möglichkeit gehabt, meine ganze Herkunft in Erfahrung zu bringen. Zudem war mir das Glück hold. Wäre meine Mutter anstatt einer Hochadligen eine Niederadlige oder nur eine Bürgerliche, womöglich gar ein Weib aus dem einfachen Landvolk, wäre nichts aufgeschrieben oder die Niederschrift meiner Geburt wieder vernichtet worden, bevor sie in die Abschrift der Hohenzollern'schen *Wappenrolle* aufgenommen worden wäre.«

»Warum nur in die Abschrift und nicht in das Original der Wappenrolle?«, fragte Ulrich, selbst adlig, verständnislos.

»Ganz einfach. Weil die Abschrift die Wahrheit über alle Hohenzollern-Abkömmlinge birgt, weswegen sie in einer mehrfach verschlossenen Truhe verwahrt wird. Nur die verlogenen ›Originale‹ finden den Weg in die Öffentlichkeit. Alles klar?«

Während Ulrich über das soeben Gehörte grübelte, fuhr Jodok mit seiner interessanten Erzählung fort: »Mit an Sicherheit grenzender Wahrscheinlichkeit hätte man mich gleich nach meiner ungewollten Geburt dem Katzentod anheimgegeben, indem man mich in einen Sack gesteckt und ertränkt hätte. So aber durfte ich leben.«

Jodok musste erst tief einatmen, bevor er weitererzählen konnte: »Ich war kaum mit der ersten *Bruche* umwickelt, als man mich meiner leiblichen Mutter entrissen und in ein entferntes Kloster gebracht hat, in dem ich aufgewachsen bin und wo man einen demütigen Diener Gottes aus mir machen wollte.«

»Und warum bist du das nicht geworden und in diesem Kloster geblieben?«

»Alles ist nichts und nichts ist alles. Jedenfalls ist es eine lange Geschichte, die ich dir hier und jetzt nicht erzählen kann«, wollte Jodok das Thema beenden.

»Bevor ich dir etwas von mir berichten kann, sag mir bitte, wer denn nun deine leibliche Mutter ist«, wollte Ulrich Dreyling von Wagrain noch eine Frage beantwortet haben.

»Eine geborene Truchsess und spätere Landgräfin von Waldburg, deren *curriculum vitae* ich sehr genau studiert habe«, kam es wie aus der Muskete geschossen, »sie muss schon ein rechtes Luder …, aber ein saugut aussehendes Weib gewesen sein.« Trotz der letzten Aussage klang es fast so, als wäre er stolz auf die Frau, die ihn zwar geboren, dann aber weggegeben hatte.

Für den Kastellan war diese Aussage ein weiteres Indiz dafür, dass er es tatsächlich mit keinem dummen Wegelagerer, sondern mit einem feinfühligen Menschen in einer harten Rüstung zu tun hatte. »Erzähl weiter«, forderte er Jodok auf, der jetzt doch wieder redselig zu werden schien.

»Na gut: Nachdem ich alles über meine Herkunft in Erfahrung gebracht habe, bin ich aus Sigmaringen fortgegangen und habe auf meinem Weg von dort nach Vorarlberg noch eine längere Zeit in einem oberschwäbischen Kloster verbracht.«

»Du bist fürwahr von zweifachem Blute, auch wenn du ein Bastard bist …, und außerdem bist du in meinen Augen jetzt kein gewöhnlicher Straßenräuber mehr, sondern ein echter Raubritter, wovon ich mich ja selbst überzeugen konnte. Ich verneige mich vor dir.«

Während der Kastellan diesen spöttischen Satz aussprach, wollte er spaßeshalber eine ehrerbietige Verneigung demonstrieren, wurde aber sofort am Arm gepackt und wieder hochgezogen. »Hör mit den Possen auf! Sag mir lieber, was du mir über dich zu erzählen gedenkst.«

Jetzt benötigte der Kastellan eine gewisse Zeit des Überlegens und musste sich räuspern, bevor er loslegen konnte: »Ich selbst stamme aus dem rothenfelsischen Herrschaftsgebiet, das im Allgäu liegt und vom Reichsgrafen Hugo zu Königsegg regiert wird. Dessen Gemahlin Maria Renata ist eine ...« Bevor er den Satz beendete, sah er Jodok vielsagend an: »Hohenzollernprinzessin! Sie wurde zwar vor genau 22 Jahren im Hohenzollernschloss Hechingen geboren, stammt aber vom Sigmaringer Zweig der Familie ab. Dein Vater, Fürst Johannes, ist auch der ihrige. Somit ist sie zweifelsfrei deine Halbschwester.«

Da diese Aussage bei Jodok für Überraschung gesorgt hatte, war es ein Weilchen still. »Du sprichst Unglaubliches recht locker aus. Das heißt, dass du etwas davon verstehst und selbst von Adel bist. Aber du hast recht, dies lässt sich jetzt unschwer daraus schließen«, beendete er die Stille und wartete darauf, dass Ulrich weiterspräche und endlich etwas über sich preisgeben würde, was er denn auch tat.

»Ich heiße Hannß Ulrich Dreyling von Wagrain ... aber alle nennen mich entweder nur Ulrich oder Kastellan. Da ich der Verwalter des dem Grafen gehörenden Schlosses Staufen bin, habe, oder besser gesagt, hatte ich hin und wieder auch mit der Gnädigen zu tun. Übrigens: Sie ist zwar bei Weitem nicht so groß wie du, sieht dir aber irgendwie ähnlich.«

»Warum sagst du, dass du öfter mit ihr zu tun gehabt hattest – ist sie tot?«

»Um Gottes willen! Nein! Da seit Jahren immer wieder die Pestilenz in irgendeinem Teil des rothenfelsischen Herrschaftsgebietes wütet, weilt die gräfliche Familie derzeit bei einem Bruder des Grafen in Konstanz.«

»Bei Berthold?«

»Ja! Du kennst ihn?«, fragte der Kastellan staunend.

»Natürlich! Er ist dort Domschatzmeister und *Kirchenscholaster*. – Er war eine Zeit lang mein Lehrer. Meine mir unbekannte Halbschwester ist jetzt also eine Königseggerin?«, sinnierte der groß gewachsene Mann.

Ulrich, der sich jetzt über gar nichts mehr wunderte, sah zum Himmel hoch, um am Stand der Sonne die Zeit abzulesen, und bestätigte noch kurz Jodoks Frage mit einem Kopfnicken, bevor er ihn höflich darum bat, das ersprießliche Gespräch abbrechen zu dürfen, da er heute noch ins Kloster Mehrerau zu seinem Sohn müsse.

»Wohin musst du?«, fragte jetzt Jodok mit einem ungläubigen Unterton. »… ins Kloster Mehrerau? Ich glaub', ich fasse es nicht!«

Bevor Ulrich den Versuch unternehmen konnte, Jodok dazu zu bewegen, sein Erstaunen zu erklären, legte ihm dieser aufgrund des erst noch frischen Kennenlernens fast zu freundschaftlich einen seiner schweren Arme auf die Schultern und stellte mit einer Stimme, die keinen Widerspruch zuzulassen schien, fest: »Weißt du was, ›Schlossherr‹ aus Staufen? Ich begleite dich bis in dieses Kloster, um dich zu beschützen! Es ist zwar nicht mehr allzu weit, aber in der aufkommenden Dunkelheit könnten dich trotzdem noch bösere Buben, als ich einer bin, überfallen und nicht nur dein braunes Ross, sondern auch noch deine sicherlich prall gefüllte Geldbörse begehren.«

Der Kastellan verstand jetzt zwar überhaupt nichts mehr, musste aber ob dieses Spruches herzhaft lachen. »Ich nehme Euer Angebot dankend an, werter Fürst der Dunkelheit! Bedenkt aber, dass ich es war, der Euch besiegt hat und nicht umgekehrt.«

Als Ulrich geradeaus zu der immer noch schreienden Menschenansammlung blickte, wurde ihm bewusst, dass es nicht würde schaden können, einen starken Mann an seiner Seite zu haben. Da Jodok über kein eigenes Pferd verfügte, musste er neben dem Kastellan, der nicht aufs Ross gestiegen war, herlaufen. So gingen sie denn in Richtung der Menschenmenge, um noch vor der Dunkelheit nach Bregenz zu gelangen.

Kapitel 26

WÄHREND ANDERNORTS DIE PEST ihren Höhepunkt bereits überschritten hatte, nahm das Gräuel in Staufen weiter zu und die Menschen starben wie die Fliegen. Das Elend war unbeschreiblich.

Schwester Bonifatia bekam jetzt tagtäglich noch mehr Neuzugänge, denn ihre Patienten fanden von selbst den Weg zu ihrer Krankenanstalt, die wohl eher einem Sterbehospiz glich. Wenn die Anzeichen der Pest ausgeprägt sichtbar wurden, waren die Infizierten meist schon nicht mehr dazu in der Lage, klare Gedanken zu fassen. Deshalb schien es für sie das Beste zu sein, schon beim ersten Anzeichen ins Spital zu gehen. Wenn überhaupt, so hatten sie, falls sie sich tatsächlich schon angesteckt hatten, nur eine winzig kleine Überlebenschance, wenn ihnen die Schwester die eitrigen Pestbeulen aufschnitt, sie ausdrückte und reinigte, damit die aus ihrer Sicht von bösen Mächten während mystischer Rituale gemischten und während des Schlafes heimlich in ihre Körper gezauberten bösen Säfte abfließen konnten.

Die Schwester und der Kanoniker hätten schon längst kapituliert, wenn ihnen nicht Lisbeth bei ihrer deprimierenden Arbeit geholfen hätte. Das junge Mädchen war bisher die Erste und leider auch die Einzige, die diese Krankheit überlebt hatte. Sicher, gemessen an den mittlerweile über 400 Pesttoten in Staufen fiel dieser eine Erfolg nicht ins Gewicht, auch nicht, wenn er an denjenigen gemessen wurde, die im Spital verstorben waren. Die Schwester und der Kanoniker werteten diesen einen *Pyrrhussieg* über den Tod jedoch als ein Zeichen Gottes, das ihnen die Kraft gab weiterzumachen. Mit Lisbeths Hilfe würden sie es schon irgendwie schaffen. Auch da es für die Schwester immer schwieriger geworden war, an Nahrungsmittel zu kommen, weil ihr Heini seit einiger Zeit nichts mehr an den Stadel neben dem Sühnekreuz gelegt hatte, war es ihr nicht mehr möglich, Lisbeth während deren Krankheit täglich eine zusätzliche Ration Brot und – sofern vorhanden – auch noch einen Becher Milch zuzuschieben. Um deren Genesung in ganz besonderem Maße zu unterstützen, hatte Bonifatia sogar vergessen, dass vor Gott alle Menschen gleich waren und sie deswegen das Mädchen nicht in einen separaten Raum hätte verlegen dürfen. Aber dort war das junge Ding allein und konnte in aller Ruhe gesunden. Die Schwester wusste, dass das, was für Gott gültig war, erst recht für seine Diener auf Erden Gültigkeit haben sollte. Dafür, dass ihr diese Erkenntnis recht spät gekommen war, betete Bonifatia an jedem Abend ein Vaterunser zusätzlich. Sie setzte all ihre Hoffnungen in das junge Ding und wurde nicht enttäuscht. Dementsprechend frohgestimmt war sie jetzt. So ging sie jeden neuen Tag mit vollem Elan an, um dem Elend wenigstens etwas Paroli zu bieten. Obwohl sämtliche Krankenlager, die Fußböden der Flure, mittlerweile auch die Böden beider Behandlungsräume und sogar die des Gebetsraumes längst nicht mehr ausreichen, gelang es ihr irgendwie immer wieder, die Neuzugänge unterzubringen.

»Gott zum Gruße, werter Herr Blaufärber«, rief sie freundlich schmeichelnd. »Ich freue mich, Euch bei bester Gesundheit zu sehen! Bringt Ihr wieder einen Ballen Leintücher? Den können wir dringend gebrauchen.«

Als Hannß Opser auf die Schwester zugehen wollte, bremste sie ihn jedoch energisch: »Tretet um Eurer Sicherheit willen nicht ein!«

Der Blaufärber blieb unter dem Türrahmen stehen und drehte verlegen seinen Hut in der Hand, während er Bonifatia sorgenvoll anblickte.

»Was ist mit Euch?«, fragte sie.

»Mit mir ist nichts, ehrwürdige Schwester. Und ich bringe heute auch keinen Ballen Linnen, sondern nur mein Weib, von dem die Pestilenz Besitz ergriffen hat.«

»Auch das noch«, entfuhr es der Schwester ungewollt, während sie ihre Hände an der Schürze abputzte, anstatt sich zu bekreuzigen. »Wo ist die Gute?«

Sie folgte dem verhärmt wirkenden Mann in einem gewissen Sicherheitsabstand nach draußen, wo seine Frau auf einem Handkarren lag. Er hatte sie liebevoll zugedeckt, ihr den Rücken mit Stroh gepolstert und ihr auch noch einen Heusack unter den Kopf gelegt, damit sie das Rütteln während des Transportes vom Färberhaus hierher nicht so spüren sollte.

»Deckt sie bitte ab«, dirigierte Bonifatia, nachdem sie sich nach allzu neugierigen Blicken umgesehen, aber niemanden bemerkt hatte.

»Ja, wollt Ihr sie denn hier draußen untersuchen, ehrwürdige Schwester?«, fragte der Mann ungläubig, tat aber sogleich, wie ihm geheißen wurde.

»Damit habe ich bereits begonnen. Und wie es mir den Anschein hat, liegt Eure Frau zwar in der Hitze, ist aber nicht an der Pestilenz erkrankt!«

»Das habt Ihr so schnell erkannt?«, staunte der gute Mann, der noch nicht so recht wusste, ob er sich jetzt schon freuen durfte, ungläubig.

»Wenn man so viel mit Pestkranken zu tun hat wie ich, sieht man auf einen Blick, in welchem Stadium sich die Betreffenden befinden …, auch ohne, dass man sie berühren muss. Und ich sage es nochmals: Eure Frau hat bestimmt nicht die Pest! Zieht ihr das Miederhemd so weit nach oben, dass ich ihre Achselhöhlen begutachten kann.« Wieder blickte sie sich nach unerwünschten Gaffern um.

Nach eingehender Betrachtung der betreffenden Körperstellen sagte sie: »Außer der Hitze – die Gott weiß woher rühren kann und sicher in den Griff zu bekommen ist – kein einziges Anzeichen der Pest.«

»Aber … Ihr habt sie ja nicht einmal angefasst, um …«

»Ich habe sie nicht berührt, weil ich zu keiner Stunde weiß, ob ich nicht selbst den tödlichen Bazillus in mir trage und Eurer Frau anstatt Hilfe durch direkten Körperkontakt sogar selbst den Tod bringen könnte.«

Der Blaufärber war so überglücklich und dankbar, dass er auf die Knie fiel, dreimal das Kreuz schlug und die Hände faltete.

»Beten könnt Ihr später noch. Zuvor aber muss Eurer Frau geholfen werden«, unterbrach die Schwester seine kurze Andacht.

»Und wie?«

Bonifatia zeigte auf einen Baum: »Schiebt Euren Karren bis dorthin zurück und wartet im Schatten auf mich. Ich komme gleich wieder.« Sie verschwand im Inneren des Spitals, ließ aber den Blaufärber nicht lange warten und rief von der Eingangstreppe aus: »He, Färber! Fangt auf!«

Hannß Opser konnte das Rupfenbeutelchen gerade noch erwischen, öffnete es schnell und schnupperte daran. »Was ist das?«

»Rührt dieses Pulver in Wasser und verabreicht es ihr dreimal am Tag, lasst sie noch mehr schwitzen, als sie dies bisher schon tut, und lasst sie zusätzlich möglichst viel Wasser trinken. Ihr habt doch eine eigene Quelle am Haus, oder?«

Der Mann nickte.

»Dennoch kocht das Wasser zuvor ab und flößt es Eurer Frau dann im Wechsel mit dem Pulver in lauwarmem Zustand ein. Wenn sie sich daraufhin übergeben muss, lasst sie ... und flößt ihr das Gleiche nochmals ein. Dies könnt Ihr etliche Male tun. So lange, bis der Magen Eurer Frau leer ist und nichts mehr kommt. Wartet dann einen Tag, bevor Ihr ihr etwas zu essen gebt. Ihr habt doch Lebensmittel?«

Der Blaufärber blickte verschämt zu Boden und schüttelte kaum sichtbar den Kopf.

»Das habe ich mir gedacht ... Wartet hier!«

Die Schwester brachte einen Ranken Brot, zwei Eier und eine Handvoll Dörräpfel, sie trug die Lebensmittel in einem Tuch und legte sie auf die unterste Stufe der Treppe.

»Mehr kann ich nicht für Euch tun. Holt die Speisen erst, wenn ich wieder im Haus bin und die Tür hinter mir geschlossen habe. Geht dann nach Hause ... Und noch etwas: Versteckt das Essen unter der Decke Eurer Frau und seht zu, dass Ihr ohne Umwege so schnell wie möglich ins Färberhaus zurückkommt und sich Euch niemand auf mehr als zehn Schritte nähert. Um dies zu gewährleisten, sagt einfach, Eure Frau hat die Pestilenz. Das hilft todsicher!« Nachdem ihr dies in der Form herausgerutscht war, musste sie fast ein klein wenig schmunzeln.

Als von innen markerschütternde Schreie nach außen drangen, verging der barmherzigen Schwester das Lachen so schnell, wie es ihr über den Mund gehuscht war, und sie verabschiedete sich hastig: »Ich muss jetzt wieder zu meinen Patienten. Gott helfe Euch! ... Und nochmals Dank für den Leinenballen, den Ihr uns vor einiger Zeit überlassen habt. Wie gesagt: Wir könnten noch mehr davon gebrauchen, ... auch wenn sie verschlissen sind«, fügte sie ihrem Gruß noch schnell an, bevor sie wieder im Reich der *morituri* verschwand.

Dass ihr der dankbare Blaufärber noch nachrief, ihr so viele Leintücher zu bringen, wie sie benötigen würde, hörte die Schwester nicht mehr.

⁓⊙⁓

Zur gleichen Zeit tat Konstanze Dreyling von Wagrain, was der Blaufärberin noch bevorstand: sie schmorte in ihrem eigenen Saft. Judith hatte ihr mit Sarahs Hilfe nasskalte Laken um den nackten Leib gewickelt, die alle vier Stunden gewechselt werden mussten. Sie deckte Konstanze mit einer dicken Schafwolldecke zu und stopfte diese seitlich unter den Körper, bevor sie eine zusätzliche Decke darüberlegte und das Ganze auch noch mit drei Bändern verschnürte. Durch diese Schwitzpackung sollten Konstanzes Selbstheilungskräfte geweckt und eine künstliche Hitze erzeugt werden, die hoffentlich sämtliche krankmachenden Körpersäfte ausschwemmen würde. Mit der flachen Hand an Konstanzes Stirn prüfte Judith, ob ihre Freundin schon zum Schwitzen gekommen war. Damit die Kranke ruhig blieb und sich dem erholsamen Schlaf ergeben konnte, hatte ihr Judith vor dem Einwickeln einen heißen Sud aus zerhackter Baldrianwurzel und getrocknetem Hopfen verabreicht, den sie schon vor längerer Zeit von einem reisenden Markthändler aus der Hallertau erstanden hatte. Von Eginhard wusste sie, dass die Wirkung von Baldrian schnell einsetzt, die beruhigende Wirkung von Hopfen jedoch länger anhält. Auf diese Art, so hoffte sie, würde Konstanze den Verlust ihres jüngsten Sohnes wenigstens im Schlaf vergessen und endlich wieder gesunden. »Wenn sie doch mehr Lebenswillen hätte und nicht so verzweifelt wäre«, flüsterte Judith ihrer Tochter Sarah zu. Sie war zwar guter Hoffnung, die Kranke heilen zu können, wusste aber, dass sie es nicht vermochte, ihrer Freundin die Schwermut zu nehmen. Vielleicht täte ihr ein warmes Bier gut, überlegte die treusorgende Jüdin. Da wegen der kurzen Haltbarkeit aber keines im Haus war, erübrigten sich weitere diesbezügliche Gedanken. Vielleicht etwas warmen Wein?, überlegte sie weiter.

Aber nicht nur Konstanze stand unter dem Trauma, einen geliebten Menschen verloren zu haben. Auch den nicht zur Familie gehörenden Schlossbewohnern steckte das schreckliche Ereignis so fest in den Köpfen, als wenn es ihnen mit einem Schmiedehammer reingehauen und dann unter noch größeren Schmerzen eingemeißelt worden wäre.

Die beiden Schlosswachen fühlten sich ebenso mies wie Ignaz, den es ganz besonders getroffen hatte, weil er Diederichs schreckliches Unglück als Erster mitbekommen hatte. Der Magd ging es sogar noch schlechter als allen anderen. Aber sie war nicht allein. Ignaz, Siegbert und Rudolph kümmerten sich jetzt ganz besonders fürsorglich um sie und gaben ihr das Gefühl, nicht von allen verstoßen worden zu sein und jemanden um sich zu haben.

»Die Herrin wird sich schon wieder beruhigen. Außerdem ist es bis zur Lichtmess noch lange hin«, tröstete Ignaz sie und halste ihr so viel Arbeit auf, dass sie kaum Zeit zum Trübsalblasen hatte.

Da die Stimmung im Schloss trotz des Neugeborenen bedrückend war, hofften alle inständig, der Kastellan würde schnell wieder zurückkommen und vielleicht sogar Eginhard mitbringen. Bis auf Judith, die nicht länger als ein paar Minuten vom Krankenlager ihrer Freundin wich, trafen sich alle – zwar abwechselnd, aber in regelmäßigen Abständen – zum gemeinsamen Gebet in der Schlosskapelle. Auch wenn man sie ursprünglich zu einem anderen Glauben erzogen hatte, war es für die konvertierte Jüdin Sarah selbstverständlich, ihren geliebten Lodewig in die hauseigene Kapelle zu begleiten, um mit ihm für Diederichs Seelenheil und für die Genesung ihrer Schwiegermutter zu beten. Und was sie still vor sich hinbetete, würde sicherlich egal sein – Hauptsache, sie betete. Sarah würde alles für ihren Geliebten tun und auch alles mit ihm teilen, wenn es ihm nur gut ginge – denn nur das zählte für sie. Wie sie jetzt das grenzenlos erscheinende Leid mit ihm teilte, hatte sie auch schon die allerschönste Seite des Lebens mit ihm kosten dürfen und konnte jetzt sogar die Frucht ihrer gemeinsamen Liebe genießen. Wie sehr sehnte sie sich danach, ihn bald wieder liebkosen zu dürfen, um ihm die trüben Gedanken zu vertreiben. Wie gerne würde sie sich ihm wieder hingeben, obwohl ihr eigentlich noch nicht danach war, weil sie erst kürzlich ihr Kind geboren hatte. Dennoch konnte sie es irgendwie kaum erwarten, ihm auch auf diese Weise zu zeigen, wie innig sie ihn liebte. Sie sehnte sich nach seinen zärtlichen Berührungen und dachte oft an die wunderschönen Stunden in dem kleinen Heustadel zurück, der für sie ein Stück heimeliger Geborgenheit bedeutet hatte und immer noch ein wenig war. Aber Sarah war besonnen genug, um jetzt nichts von Lodewig einzufordern und auf ihre eigene Gesundheit zu achten.

Es ging im Augenblick nicht um sie, sondern um ihn. Nur um ihn. Er musste selbst spüren, wann sich die größte Trauer aus seinem Geist zurückziehen würde, damit die Gefühle ihr gegenüber wieder in den Vordergrund treten konnten. Auch ihr gemeinsames Kind hatte ein Anrecht auf die Zuneigung seines Vaters. Sarah wusste sehr wohl, dass die Trauer niemals aus Lodewigs Herz weichen und fest darin verankert bleiben würde. Diederich würde für immer und ewig seinen festen Platz darin haben, ... im Leben wie im Tode. Dass er sich seit dem tragischen Unfall seines Bruders auch ihr gegenüber anders verhielt, verstand sie. Nur allzu gerne rückte sie mit ihrem Kind etwas zur Seite, damit Diederich genügend Platz in Lodewigs Herzen hatte. Er sollte auch für seine Eltern und für Eginhard genügend Raum darin bereitstellen.

Hauptsache, er ließ noch eine winzig kleine Ecke für sie und den Kleinen übrig. Sarah war glücklich, wenn Lodewig glücklich war, und litt mit ihm, wenn es ihm schlecht ging. Und da er sich jetzt überhaupt nicht gut fühlte, würde sie sich gedulden, bis er wieder so weit sein würde, ihre brennende Liebe zu empfangen. Sarah wusste, dass dies noch eine Zeit lang dauern würde und bedeckte mit ihrer Rechten seine zum Gebet gefalteten Hände, während er, in Gedanken versunken, die wunderschön geschnitzte und bemalte Altarmadonna betrachtete.

Erst nach einer Stunde verließen sie die Schlosskapelle, um ins Vogteigebäude zurückzukehren. Dort war Judith gerade wieder damit beschäftigt, Konstanze den Schweiß von der Stirn zu tupfen, während sie ihr Enkelkind im Arm wiegte.

Als Sarah bei der Essensvorbereitung ein paar harte Brotkanten in die Linsensuppe mischte, wandte Lodewig seinen Blick keine Sekunde von ihr.

»Ist etwas nicht in Ordnung?«, fragte sie ihn verunsichert.

»Das frage ich dich, mein Schatz«, konterte er sanft lächelnd.

»Du hast doch irgendwas?«

Da Sarah Lodewig nicht mit ihren eigenen Problemen belasten wollte und sie es ihrem Vater zudem hatte versprechen müssen, niemandem davon zu erzählen, war sie auch nicht darauf vorbereitet und wusste nicht so recht, wie sie beginnen sollte. Nachdem sie sich ein Weilchen gewunden und erfolglos versucht hatte, das Thema doch noch abzuwenden, kam sie jetzt nicht mehr daran vorbei.

»Also gut, mein Geliebter. Ich erzähle dir jetzt etwas, wenn du mir versprichst, ruhig zu bleiben und meinem Vater nicht zu sagen, dass du es jetzt weißt.«

Lodewig war zwar irritiert, stand aber auf und gab seiner innig geliebten Sarah einen Hauch von Kuss, während er sie sanft an sich drückte. »Nun erzähl schon. So schlimm wird's nicht werden, dass ich vor Wut mit den Füßen auf den Boden stampfe. Und wenn es dein Wunsch ist, erzähle ich deinem Vater nichts davon, versprochen.«

Sarah druckste noch ein Weilchen um das Thema herum, bevor sie zum eigentlichen Kern kam: »... und dann hat der Schuhmacher Hemmo Grob Steine gegen unsere Hauswand geworfen und dabei wie wild geschrien. Es war schrecklich.« Sarah drückte sich ganz fest an ihren Mann und begann zu weinen.

»Was? Dieses Schwein!« Lodewig riss sich trotz seiner Wut auf den Lederer, wie versprochen, zusammen und blieb einigermaßen ruhig, ließ sich von Sarah aber alles haarklein berichten. Am Ende ihrer Ausführungen hatte Sarah allerdings doch noch große Mühe, ihren Geliebten davon abzuhalten, sofort ins Dorf hinunterzurennen und den ›Pater‹ zu suchen, um ihm an die Gurgel zu gehen.

»Nehmen die Probleme denn überhaupt kein Ende? Wir lassen uns das bisschen Glück, das uns nach Diederichs Tod noch bleibt, nicht von einem händelsüchtigen Schuhmacher zerstören«, versprach Lodewig, während er die Hand, die er um Sarah gelegt hatte, zu einer Faust formte.

Aber nicht nur im Schloss war die Stimmung gereizt. Auch im Dorf unten brodelte es an allen Ecken und Enden. Obwohl die Menschen immer noch nicht kapiert hatten, wodurch die Pest übertragen wurde, trauten sich – nachdem es ihnen der Schuhmacher und dessen Nachbar vorgemacht hatten und nicht daran gestorben waren – die meisten von ihnen wieder auf die Gassen. Der allgemeine Hunger war unbeschreiblich. So stand – wie immer, jetzt aber ganz besonders – die Nahrungsbeschaffung im Vordergrund und ließ die Angst vor Ansteckung durch Mitmenschen in den Hintergrund treten. Dies gefiel dem ›Pater‹, der sich nun einen nach dem anderen vornehmen und davon überzeugen konnte, dass die Juden Schuld am Elend in Staufen trugen. Spätestens wenn er zu dem Punkt kam, dass die Bombergs den Stall voller Hühner hatten, waren die hungrigen Zuhörer auf seiner Seite. Auch wenn ihm nicht alle glaubten, so waren sich dennoch die meisten von ihnen unausgesprochen darüber einig geworden, dass es ihnen guttun würde, ihrer Wut über ihre unerträgliche Situation Luft zu verschaffen, indem sie Schuldige suchten ... und bestraften. Und dass es die Juden treffen sollte, war jetzt auch denjenigen egal, die sich mit den Bombergs stets gut verstanden hatten. Hauptsache, es fielen ein paar Hühner und Eier ab, die ihnen und dem Rest ihrer Familien für eine kurze Zeit das Überleben sichern würden. Der ›Pater‹ spürte, dass das Fass überzulaufen drohte und die Menschen bald zu allem bereit sein würden. Er wusste instinktiv, dass es nur noch ein paar Tage dauern konnte, bis er sein Ziel erreicht hätte. In seiner Euphorie schreckte er nicht einmal davor zurück, sogar Fabio gegen die Juden aufhetzen zu wollen.

»Warum stellt Ihr mir nach? Lasst mich endlich in Ruhe! Ich habe Euch nichts getan und möchte auch nichts mit Euch zu schaffen haben! Außerdem habe ich keine Zeit für irgendwelchen Unfug«, schrie Fabio, der sich zwar wunderte, dass ihm sein ehemaliger Verfolger plötzlich freundlich gesonnen schien, aber nicht verstand, was der unbeliebte Schuhmacher eigentlich von ihm wollte.

Da Fabio mit seiner Arbeit jetzt überhaupt nicht mehr fertig wurde und die Toten, die von ihren Angehörigen schon vor längerer Zeit zur Abholung vor die Türen gelegt oder daneben gelehnt worden waren, unvorstellbar zum Himmel stanken, musste dringend etwas geschehen. Der junge Leichenbestatter wusste sich keinen Rat mehr. Er wusste nur, dass es so nicht weitergehen konnte und er die verwesenden Leiber nicht mehr eine Woche oder sogar noch länger liegen lassen durfte, bevor er dazu kam, sie zu verscharren. Und Verbrennen kam ja nicht mehr infrage. Was also tun? Für einigermaßen ordentliche Bestattungen auf dem Pestfriedhof in Weißach hatte er schon längst keine Zeit mehr. Die dort abgelegten Leichen werden wohl oder übel so lange warten müssen, bis ich es schaffe, sie wenigstens in ein Massengrab zu werfen, dachte er.

Da er aber nicht nur in Weißach haufenweise an der Pest Verstorbene gestapelt, sondern auch an anderen Plätzen des Dorfrandes gut erreichbare Leichendepots eingerichtet hatte, wimmelte es in allen Gassen vor Fliegen und Maden, die sich in den Körperöffnungen, aber auch an anderen unbekleideten Körperteilen der aufgedunsenen Leiber wohlzufühlen schienen und weiteres Ungeziefer oder große Tiere anlockten.

Auch wenn Fabio sich immer wieder aufs Neue zusammenriss und sich redlich bemühte, nicht nur die frischen Leichen, sondern auch die länger liegengebliebenen abzutransportieren, gelang ihm dies kaum noch, ohne dass ihm speiübel wurde. Er schaffte es jetzt nicht mehr, die am Rücken wundgelegenen und oftmals offenen Körper aufzuheben und auf seinen zweirädrigen Totenkarren zu werfen, ohne dadurch lästige Aasfresser anzulocken, die sich von ihm kaum noch vertreiben ließen. Auch wenn ihn der Anblick der Tiere, die sich – kaum hatte er die meist schlaffen, manchmal steifen Körper aufgehoben – an den am Boden klebenden Fleischresten und an den dazwischen kriechenden Maden gütlich taten, grauste, musste er es tun. Es half alles nichts; er hatte diese Arbeit nun einmal angenommen und würde sie jetzt zum Wohlgefallen des Kastellans auch ordentlich zu Ende bringen. Außerdem wusste er, dass Propst Glatt stets ein Auge darauf hatte. Und den Zorn des Totengräbers fürchtete er sowieso.

Um die Verstorbenen davor zu bewahren, von Tieren angenagt oder ganz aufgefressen zu werden, begannen viele Menschen damit, ihre Angehörigen in der Erde unter den Holzböden ihrer Behausungen zu verscharren, anstatt sie draußen abzulegen.

Aber nicht nur die Tiere litten Hunger und wurden dadurch zu Allesfressern. Auch die Menschen waren längst zum Äußersten bereit, wenn es darum ging, an Essbares zu gelangen. Sie schreckten jetzt auch nicht mehr davor zurück, alles zu verspeisen, was sich bewegte. Um an Fleisch zu kommen, nutzten sie jede sich bietende Gelegenheit und ließen sich hierzu einiges einfallen. Obwohl der Gestank unerträglich war, lauerten die Männer unmittelbar bei den Leichenhaufen auf Tiere, die sich intensiv mit den Toten beschäftigten und dadurch unachtsam waren. Die Männer bastelten die skurrilsten Waffen und Gerätschaften, um die Aasfresser erlegen oder einfangen zu können. Der Hunger war so groß, dass jetzt niemand mehr Skrupel hatte, auch Tiere zu verspeisen, die zuvor nicht auf dem dürftigen Speiseplan gestanden hatten. Hunde und Katzen waren schon längst nicht mehr vor dem Bratrost sicher, wenn es denn auch das dazu benötigte Brennholz gab. Wenn nicht, wurde den Tieren einfach das Fell über die Ohren gezogen oder deren Federn gerupft, bevor sie zerlegt und in rohem Zustand hastig vertilgt wurden. Dann waren auch noch Mäuse, Ratten und Krähen drangekommen. Die Gewässer rund um das Dorf herum waren längst leergefischt, und da sich niemand mehr die Furcht vor Bestrafung leisten konnte, nahmen sich die Staufner nun auch den Weißachbach vor. Beim Absuchen des munter vor sich hin plätschernden Gewässers nach Regenbogenforellen und Flusskrebsen streifte so mancher am Bachlauf auf der Höhe des Pestfriedhofes vorbei und bekam dabei den ätzenden Geruch der dort abgelegten Leichen in die Nase, was aber nur kurzfristig jegliche Lust auf Essbares verdrängte. Sowie in die Lungen wieder die feuchte und lebensspendende Kühle des Wassers und der frische Duft der Bäume strömte, kam der Hunger unaufhaltsam zurück. Aber dieses ehedem fischreiche Gewässer bot mittlerweile ebenso wenig Nahrung wie die längst verwaisten Wälder, in denen es inzwischen weder Rot- noch Schwarzwild gab. Bachauf, bachab wurde bald außerhalb des Ortsgebietes alles herausgefischt, was sich unter der Wasseroberfläche bewegte. Dadurch waren auch auf Höhe des Dorfgebietes die Fische mehr als rar geworden, was sie unbezahlbar machte. Aber nicht nur für Fische musste das Zehn- bis Zwanzigfache ihres früheren Preises bezahlt werden, wenn sie von den Schwarzfischern verkauft wurden, was wegen des Eigenbedarfs nur noch höchst selten vorkam. Auch Tiere, die man früher vertrieben hatte, wenn sie dem eigenen Wurz- und Kräutergarten zu nahe gekommen waren, konnten von heute auf morgen wertvoll geworden sein: Für eine Maus musste jetzt ein Gulden, für eine Ratte sogar fast das Doppelte bezahlt werden. Dass gerade die größeren Nager um und um voller Flöhe waren, fiel den Menschen zwar auf, dass jedoch die Tiere dadurch mit der Pest infiziert waren, glaubten sie in ihrer Gier nach Essbarem aber nicht, obwohl sie es eigentlich hätten wissen müssen, seit der Kastellan gleich nach dem Tod der Bechtelers und der Doblers einen Rundgang durch das Dorf gemacht hatte, um die Leute über die wahre Ursache der Krankheitsverbreitung aufzuklären.

»Die Flöhe verbrennen beim Braten oder verschwinden von selbst, wenn wir den Tieren die Haut abziehen«, rissen sie sogar auch noch Späße über die Flöhe.

―※―

Seit der Sache mit dem Medicus im vergangenen Jahr glaubten die Menschen nichts und niemandem mehr und verließen sich lieber auf ihre eigenen abenteuerlichen Interpretationen. Selbst Propst Glatt, Schwester Bonifatia und der Kanoniker glaubten nicht wirklich daran, dass die Rattenflöhe und deren Wirte die einzigen Überträger der undurchschaubaren Seuche waren. Dementsprechend verhielten sie sich auch.

Niemals würden sie eine Katze verspeisen, die mittlerweile für drei Gulden gehandelt wurde, oder ein Hundeviertel, das sogar sieben Gulden kostete – ein Wahnsinnsgeld!

Das Einzige, auf was sich die drei mittlerweile eingelassen hatten, war das Verspeisen von Vögeln, wenn es auch nicht gerade Krähen sein mussten. Allerdings mussten sie für einen Vogel – je nach Größe – einen halben bis zwei Gulden bezahlen, falls sie überhaupt einen kaufen konnten. Es den anderen Staufnern gleichzutun und die Tiere auf deren grauenvolle Art einzufangen, war nicht ihr Ding. Dazu hatten sie zu viel Respekt vor der Schöpfung und viel zu wenig Ahnung von der Jagd.

Da die Bevölkerung längst alle diesbezüglichen Skrupel überwunden hatte, stellte das Verspeisen von Tieren kein Problem mehr dar und man tauschte offen neu erprobte Rezepte darüber, wie das zähe Fleisch der Fledermäuse oder das der Vögel weich zu bekommen wäre, aus. Am wolkenverhangenen Himmel und auf den Ästen der Bäume war es still geworden.

Das Problem war jetzt nur noch, dass es im großen Umkreis Staufens mittlerweile kaum noch flatternde oder streunende Viecher gab, und wenn doch, mussten sie erst noch eingefangen oder erlegt werden. Fallen, wie sie in den Wäldern mittlerweile im Abstand von wenigen Schritten zu finden waren, hatten sich für das Fangen von Tieren innerhalb des Dorfes als ungeeignet erwiesen und waren zudem für Kinder – von denen es, als die scharfzackigen Eisenfallen noch im Dorf selbst aufgestellt worden waren, dem einen oder anderen einen Fuß gekostet hatte – viel zu gefährlich. Da es im Dorf aber keine einzige Schusswaffe gab, hatten sich die Menschen auch hier etwas einfallen lassen müssen. So schnitzten sich einige Pfeile und Bögen aus den geschmeidigen Haselnussästen, was allerdings aufgrund mangelnder Zielsicherheit oder krummer Pfeile recht wenig Jagderfolg versprach. Erwischte jemand tatsächlich eine Katze oder gar einen Hund, konnte er sich glücklich schätzen, musste das Tier aber auf schnellstem Weg in Sicherheit bringen, wenn er deswegen nicht selbst Opfer eines sich ›versehentlich‹ verirrenden Pfeiles werden wollte. Da er das Fleisch für sich selbst und für seine Familie benötigte, verkaufte er es, trotz interessanter Angebote, nicht. Dies hatte zwangsläufig zur Folge, dass das wenige vorhandene Geld plötzlich nichts mehr wert war. Von dieser Entwicklung profitierten nur diejenigen, die sich bereits eines gewissen Reichtums erfreuen konnten. Während es in der Stiftsstadt Kempten nur noch wenige Bürger gab, die in der Lage waren, Steuern zu zahlen, gab es in Staufen keinen einzigen, der auch nur annähernd dazu imstande war.

Unabhängig davon, dass Oberamtmann Speen wusste, dass es in Staufen derzeit nichts zu holen gab, könnte er es auch nicht verantworten, den gräflichen Steuereintreiber dorthin zu schicken. Entweder würde dieser von den Staufnern aus dem Dorf geprügelt oder er würde am Spieß enden. Wäre Ersteres der Fall, würde der Steuereintreiber außer der Pest und der Gewandung, die er am Leibe trug, wohl nichts mit nach Immenstadt zurückbringen. Seine Stiefel würde er in jedem Falle hierlassen müssen. Da die Immenstädter außerdem mit sich selbst beschäftigt waren und zudem genug damit zu tun hatten, Staufen konsequent abzuriegeln, damit die Pest noch vor Thalkirchdorf abgefangen wurde, um ja nicht bis zur Residenzstadt vorzudringen, wurde momentan auf das Einziehen der Steuern gänzlich verzichtet. Dies hieß aber nicht, dass man auch von deren Erhebung Abstand nahm und die Sache nach dem Abklingen der Pest in Vergessenheit geraten würde. Der Graf würde zu gegebener Zeit schon irgendwie dafür sorgen, dass er wieder zu seinem Recht käme.

Außer den ›Totengrübeln‹, wie die Leichenbestatter oft auch genannt wurden, verfügte kaum noch jemand über eine zufriedenstellende Geldreserve. Während das übrige Volk zunehmend verarmte, waren sie die großen Gewinner am Krieg und an der Pest. ›Der Krieg ernährt den Krieg … und der Pestische ernährt den Totengrübel‹, hieß es bereits.

Da die Leichenbestatter in den Dörfern mangels Präsenz der Obrigkeit die Höhe ihrer Entlohnung mehr oder weniger selbst festlegten und auch selbst eintreiben konnten, mussten in den Städten oftmals sogar eigene Steuern erhoben werden, um die städtischen Leichenbestatter bezahlen zu können. So waren die Kemptener Stadtväter erst vor Kurzem dazu gezwungen gewesen, extra hierfür eine neue Vermögenssteuer auszuschreiben und wöchentlich auf brutale Art und Weise einzutreiben, um den ›Pestbader‹ und zwei Leichenbestatter bezahlen zu können.

Obwohl sich die Schwarzgewandeten allein schon mit ihrer angestammten Arbeit dumm und dämlich verdienten, nutzten viele von ihnen die Gunst der Stunde und verschafften sich einträgliche Nebengeschäfte, indem sie die Toten bestahlen, nachdem sie diese zuvor mit obskuren Methoden ›behandelt‹ und sich auch dies hatten bezahlen lassen.

Den gutgläubigen Menschen, die noch nicht von der Pest infiziert waren, verkauften sie wirkungslose Mittelchen zur Vorsorge und den bereits Infizierten verschrieben sie spezielle ›Pestkuren‹ in Verbindung mit ominösen Gegenmitteln, die sie selbst aus klein gehacktem Grünzeug, zermahlenen Knochen, Hühnerkot und allerlei anderen Ingredienzen, die sie nicht selten mit schalem Brunnenwasser, Tierblut oder Urin vermischt hatten, herstellten. Um noch schnell an das letzte Geld der Todgeweihten zu kommen, ließen sie sich alles einfallen, was Gott verboten hatte.

Seriöse Ärzte mussten sich eines Heeres von profitsüchtigen Verbrechern erwehren, die ihre ›Dienste‹ teuer anboten. Während ein ordentlicher Arzt für die riskante Behandlung eines Pestkranken in dessen Behausung drei Kreuzer erhielt, verdiente ein Leichenbestatter für seine Arbeit – die Nebengeschäfte nicht eingerechnet – mittlerweile das 20-Fache oder mehr. So war es nicht verwunderlich, dass sich die Totengräber gegen alle wehrten, die ihnen das Geschäft versauen wollten.

Und dabei gingen sie nicht gerade behutsam vor, wie der Fall des in Staufen geborenen und schon seit Jahrzehnten in Kempten praktizierenden Stadtarztes Doktor Bilger zeigte. Erst vor zwei Wochen hatte er den Rat der Stadt um Schutz bitten müssen, weil der Pestbader Abraham Schmid damit gedroht hatte, dem studierten Herrn, der ihm in seine Arbeit hineinredete, bei der nächsten Gelegenheit die Ohren abzuschneiden. Andernorts wurde dem Stadtmedicus sogar der Kopf abgeschlagen, weil er sich erdreistet hatte, dem Leichenbestatter Vorschriften in Bezug auf die Hygiene zu machen. Einem Arzt aus dem Bodenseegebiet waren sämtliche Knochen gebrochen worden, um ihn für lange Zeit arbeitsunfähig zu machen. Dass er daran gestorben war, hatte nur seine Familie und vielleicht noch einige seiner Patienten interessiert, … falls es diese denn noch gegeben hatte.

Aufgrund des ungewohnten Reichtums waren viele Leichenbestatter übermütig geworden, und so manch einer dieser profitablen Zunft hatte es übertrieben, weswegen er selbst einen Kopf kürzer gemacht, aufgeknüpft oder standrechtlich erschossen worden war.

Unabhängig davon, dass aufgrund der Pest die Richter rar geworden waren, traute sich selbst die Staatsgewalt kaum an die Mitglieder dieser Berufssparte heran. So kam es höchst selten vor, dass einem Totengräber der Prozess gemacht wurde. Dadurch konnten diese sauberen Herren meist ungehindert ihr Unwesen treiben, ohne selbst zur Rechenschaft gezogen zu werden. Viele von ihnen machten sich sogar auch noch der Leichenschändung schuldig und vergewaltigten tote Frauen und Mädchen, selbst in den Leichenhäusern liegende alte Vetteln waren nicht vor ihren Übergriffen sicher. Andere schändeten die Toten, indem sie sich geschmacklose Scherze mit ihnen erlaubten. Der Kemptener Totengräber Lienhart Lutz soll sogar – ein fröhliches Lied auf den Lippen – die nackte Leiche eines an der Pest gestorbenen Mädchens auf ein Pferd gesetzt und am helllichten Tag durch die Stadt auf den Friedhof geführt haben. Der mittlerweile schwerreiche Leichenbestatter von Hindelang soll Musikanten dafür bezahlt haben, dass er die Pestopfer unter den Klängen von Tanzmusik auf den Gottesacker hatte führen können. Nicht nur die Schwester des Müllers soll er splitternackt ausgezogen und sie so brutal an den Haaren die Treppen hinunter aus dem Haus über die Straßen geschleift haben, dass ›*... Haut unnd Flaisch am Pflaster klebengeblieben*‹ waren. So zugerichtet, soll er das bedauernswerte Geschöpf Gottes nach Vorderhindelang gebracht haben.

Da nahmen sich die verwerflichen Taten des Staufner Totengräbers Ruland Berging geradezu harmlos aus. Davon abgesehen, dass im vergangenen Herbst die Frau des Bäckers Föhr als Versuchsobjekt für die von ihm und dem zwischenzeitlich erhängten Medicus Heinrich Schwartz geplanten ›Pestmorde‹ ihren Kopf hatte hinhalten müssen, er drei unschuldige Knaben ermordet hatte und er mit Lodewig noch einen weiteren Mord auf sein Gewissen zu laden plante, würden ihm in Bezug auf seine Arbeit als Totengräber lediglich Leichenfledderei, Diebstahl und Hinterbliebenenbetrug vorgeworfen werden können. Dies würde allerdings voraussetzen, dass man ihn auf frischer Tat erwischte. Obwohl Ruland Berging die Gräueltaten seiner Kollegen aus Kempten, Hindelang und anderen Orten zwar immer wieder gerne vom Bunten Jakob hörte, wollte er mit deren Schweinereien nichts zu tun haben. Er liebte nur das klangvolle Geklimper von Münzen, weswegen er die Leichen lediglich fledderte und nicht auch noch schändete. Nur einmal hatte er einem alten Mann auf dessen Wunsch hin ein noch warmes junges Mädchen gebracht, das gerade erst gestorben war. Da der Totengräber gut dafür entlohnt worden war, hatte er nicht gefragt, was der Alte damit vorhabe. Zwei Tage später war das nackte Geschöpf Gottes vor dessen Tür geschmissen worden, wo es Fabio hatte abholen müssen. Da der Mann nach seiner schändlichen Tat von Gott gestraft worden war, hatte er bald darauf sein Haus selbst mit den Füßen voraus verlassen müssen.

Davon hat das Mädchen jetzt auch nichts mehr, hatte sich Fabio gedacht, als er augenscheinlich gewahrte, was der Lüstling dem Mädchen angetan hatte.

Ruland Berging war mittlerweile zu so viel Reichtum gekommen, dass er sich sogar einen ›Lieferdienst‹ leisten konnte. Einmal wöchentlich traf er sich im Schutze der Dunkelheit weit außerhalb des Dorfes mit dem Bunten Jakob und anderen Händlern, die ihm stets die feinsten Spezereien mitbrachten: Bratfertige Feldhasen, denen bereits das Fell über die Löffel gezogen worden war und deren Innereien längst im Suppentopf der fahrenden Händler gelandet waren. Dazu Lammkeulen und Enteneier, Karotten, die allerdings meist schon recht lapprig waren, wenn sie bei ihm ankamen, und vieles mehr. Der Totengräber konnte sich sogar teuren Wein aus Meersburg und einen guten Obstbrand aus Kressbronn leisten.

Allmorgendlich, wenn er aufstand, nahm er einen kräftigen Schluck dieses fruchtig schmeckenden Schnapses zur Desinfektion zu sich – dies hatte ihm ein hutzeliges, aber kerngesundes Bäuerlein geraten, das auf die Hundert hingearbeitet, dies wegen der Pest allerdings nicht mehr geschafft hatte. Jedenfalls hatte er seither seine eigene Methode, sich vor der Pest zu schützen. Ob dies letztendlich helfen würde, wusste er zwar nicht, schwor aber darauf … insbesondere, weil er es sich nun auch noch leisten konnte, seine Hände anstatt in Unschuld, in Schnaps zu waschen. Bei diesen Gelegenheiten schacherte er mit den fahrenden Händlern und verkaufte ihnen das, was er den Pesttoten oder den Hinterbliebenen abgenommen hatte. Er bot dem Bunten Jakob nicht nur die üblichen Rosenkränze und einige Gewandungen in relativ gutem Zustand an, sondern auch noch reichlich Keramik, mit der man ihn, anstatt mit Geld, entlohnt hatte. Im Gegenzug benötigte der Totengräber dringend etliche Trauringe. Im Angesicht des allgegenwärtigen Todes eigentlich eine Farce, hatte er aber festgestellt, dass sich viele junge Menschen noch schnell das Jawort geben wollten, bevor sie selbst an der Pest erkranken würden.

»Nächste Woche bringst du mir die Ringe mit! Ich zahle gut«, wollte der Totengräber den Handel beschließen, indem er dem Bunten Jakob seine Rechte entgegenstreckte.

»Meine Hand bekommst du aber nicht darauf«, rief der hinterkünftige Händler zurück, bevor er seinen klappernden Wagen ortsauswärts Richtung Salzstraße in Bewegung setzte.

Damit auch Fabio bei Kräften und dessen Arbeitskraft uneingeschränkt erhalten blieb, gab ihm der Totengräber großzügig von den frisch erworbenen Nahrungsmitteln ab.

Da sich Propst Glatt auch weiterhin ruhig verhalten sollte, bekam er vom Totengräber ausreichend Brot, Fleisch und sogar hin und wieder eine kleine Gallone Wein. Bei solch einer Gelegenheit berichtete der Totengräber von seiner neuen Erkenntnis in Bezug auf die frisch ausgebrochene Heiratswut.

»... und Ihr verheiratet diese Narren miteinander! Die Einnahmen teilen wir dann«, schlug er dem Propst vor, um ihn mit ins Boot zu bekommen.

Und tatsächlich war der ehedem mutige und gottgefällige Kleriker schon längst nicht mehr der Alte und im Begriff, sich vom Paulus zum Saulus zu wandeln.

Er war feige geworden und mittlerweile alles andere als ein würdiger Diener Gottes. Er diente nur noch dem, der ihm ausreichend Nahrung und Wein zur Verfügung stellen konnte. Und da er wusste, dass er das, was er zum Leben benötigte, zurzeit nur vom Totengräber erhalten konnte, diente er ihm zwar nicht, sah aber geflissentlich darüber hinweg, woher der seine feinen Nahrungsmittel bezog und mit welchem Geld er diese bezahlte. Der

Propst hielt drei Mal in der Woche eine Heilige Messe ab, und das war es dann auch schon mit der Seelsorgerei. Um ja nicht in Kontakt mit den Gläubigen zu kommen, hatte er vor dem Altarraum eine dicke rote Kordel gespannt und davor ein Tischchen gestellt, auf dem noch bis vor ein paar Wochen nach der Gabenbereitung und dem Hochgebet ein Kelch gestanden hatte, in dem der Leib des Herrn gelegen hatte, den sich die Segensempfänger selbst hatten abholen müssen.

Diesen Selbstschutz hatte er sich einfallen lassen, da ihm bei dem Gedanken grauste, den Gläubigen die gepressten Brotstücke in ihre verfaulten und dementsprechend stinkenden Mäuler legen zu müssen, und er sich fürchtete, dabei infiziert zu werden. Allerdings hatte er diese Art der Kommunionsdarreichung schnell wieder aufgeben müssen, weil es die hungrigen Messbesucher vorgezogen hatten, anstatt nur den Segen des Herrn die gesamten Brotscheibchen aus dem Kelch herauszunehmen und in ihren Taschen verschwinden zu lassen. Eines Tages hatte auch der Kelch gefehlt.

Ansonsten verkroch sich der Kirchenmann am liebsten in sein Arbeitszimmer im Propsteigebäude, um an seinem vor drei Jahren begonnenen Repertorium weiterzuschreiben. Seine erste Eintragung betraf ein Gelübde des Reichsgrafen Hugo und seiner Gemahlin Maria Renata aus dem Jahre 1629, die aus Dankbarkeit dafür, dass Staufen in diesem deutschlandweiten Pestjahr gänzlich verschont geblieben war, in Weißach eine Kapelle errichten wollten. Die unglaubliche Tatsache, dass sich vor einigen Jahren, als die Pest im nahen Thalkirchdorf gewütet hatte, die Familie des Georg Köhler aus Salmas in einer Höhle zu Füßen eines Wasserfalles hatte retten können, war ihm keine Notiz wert, obwohl die Bewohner des Konstanzer Tales fast allesamt von der Pest ausgerottet worden waren. Neben vielen anderen mehr oder weniger interessanten Eintragungen beschrieb der Propst hingegen auch den Durchmarsch des schwedischen Regiments Baldering in Staufen durch das Konstanzer Tal nach Immenstadt, wo es 1632 Rast gemacht hatte, was die Stadt 3.000 Gulden gekostet hatte.

Dies war wohl der Grund, warum das Gelübde des Regentenpaares lange nicht eingelöst werden konnte und der Bau der Pestkapelle in Weißach ein paar Jahre hatte warten müssen.

An die Aufzeichnung der 69 Menschen, die im vergangenen Jahr allein durch den Medicus gestorben waren, und an die nicht enden wollende Bevölkerungsdezimierung dieses Jahres wagte er sich noch nicht heran. Zu schwer fiel es ihm auch jetzt noch, der Nachwelt davon zu berichten. Seit Wochen machte er sich Gedanken darüber, wie er das unglaubliche Elend in Worte fassen konnte. Jetzt aber legte er erst einmal eine Schreibpause ein und gönnte sich ein dickes Stück Speck, das er soeben vom Totengräber bekommen hatte. Der großzügige Spender freute sich derweil, dass der Kirchenmann dem Teufel aus der Hand fraß.

∽⦾∾

Ruland Berging war auf dem Weg zu seinem treuen Helfer, um auch ihm Brot und verschiedene Spezereien vorbeizubringen. Aber Fabio war nicht nach Essen zumute. Er hatte eine schlaflose Nacht hinter sich und musste sich ständig von seinem Lager erheben, um sich zu übergeben oder anderweitig zu entleeren. Seine Brechattacken kamen stets so heftig, dass er es nicht immer bis zur Haustür, einmal sogar nur bis zu einer Ecke des Flures geschafft hatte.

Die lange Zeit, die er jetzt schon mit den grausamsten Facetten des Todes zu tun hatte, das Erlebnis mit den scheinbar lebenden Toten auf dem Scheiterhaufen, das Verhalten der Tiere in Bezug auf die vor den Häusern liegenden Pesttoten und letztendlich auch noch dieses alte Schwein, das sich vom Totengräber eine gerade erst verstorbene Jungfrau hatte bringen lassen, um daran sein abartiges Verlangen zu stillen, hatten den jungen Mann arg mitgenommen.

Ruland Berging, der die Lebensmittel vor der Tür ablegte, rief mehrmals vergeblich nach Fabio. Den wird es doch nicht erwischt haben?, fuhr es ihm durch den Kopf. »Verdammt!«

Kapitel 27

OBWOHL DER KASTELLAN noch vor Einbruch der Dunkelheit im Kloster Mehrerau hatte eintreffen wollen, war er mit seinem neuen Wegbegleiter Jodok aufgrund der lärmenden Menschenmenge, durch die ein Teil der Lauteracher Hauptstraße und die Nebenwege versperrt worden waren, nur langsam vorwärtsgekommen. Da es sein Pferd nicht gewohnt war, dass ein Reiter es an der langen Leine hielt und neben ihm herlief, schnaubte es unruhig. Als jetzt auch noch lautes Geschrei und das Gewimmel von nach Schweiß riechenden menschlichen Leibern hinzukamen, konnte der Kastellan sein zunehmend unruhiges Tier kaum noch bändigen. Aber nicht nur die junge, unerfahrene Stute, auch die beiden gestandenen, kräftigen Männer waren wegen der vielen aufgebrachten Menschen angespannt und packten instinktiv ihre Waffen am Heft. Nur mühsam konnten sie sich einen Weg durch das wilde Getümmel bahnen.

»Was ist hier los?«, wollte der Kastellan von einem Burschen wissen, der ihm aufgrund seines Verhaltens extrem vorlaut vorkam.

»Seid Ihr mit Blindheit geschlagen, edler Herr?«, fragte dieser keck zurück, während er nach vorne auf einen großen Scheiterhaufen zeigte. »Heute wird eine Hexe verbrannt«, fügte er seiner dreisten Frage die Antwort hinzu und triumphierte gerade so, als wenn er selbst etwas davon haben würde. »Ein blutjunges Weib«, sagte er noch in fast verschwörerischem Ton, bevor er wieder in das allgemeine Geschrei einstimmte.

Jodok stupste den Kastellan mit dem Ellbogen, um dessen Aufmerksamkeit zu bekommen. Er wollte die Gelegenheit nutzen, ihm einen Teil seines umfangreichen Wissens um die Hexenprozesse in dieser Gegend zu vermitteln: »Soviel ich weiß, ist es bereits 26 Jahre her, als in dieser Gegend der letzte aufsehenerregende Prozess über die vermaledeite Hexerei stattgefunden hat. Die Menschen wurden damals in Scharen denunziert, gejagt, gefoltert und umgebracht. Um Kosten zu sparen, ist in der vermutlich heute noch gültigen Reichsgerichtsordnung neben anderem eine Abweichung von der *Constitutio Criminalis Carolina* enthalten. Sie besagt, dass die Opfer nicht unbedingt einzeln angeklagt werden müssen, sondern auch massenweise abgeurteilt werden können. Im unseligen Jahr 1609 wurden allein in Bregenz sechzehn Menschen hingerichtet. Wenn man bedenkt, dass in jedem einzelnen Fall Beschuldigungen von drei unabhängigen Personen vorliegen mussten, bevor eine Frau oder ein Mann der Hexerei angeklagt werden konnte, muss es allein in diesem Fall fast ein halbes Hundert Denunzianten in Bregenz gegeben haben. Wenn ich daran denke, dass wahrscheinlich einige von denen heute noch leben und womöglich auch am Schicksal dieser bemitleidenswerten *Sputtel* Mitschuld tragen, schaudert es mich.«

Obgleich Jodok eigentlich weiter über die Hexenverfolgungen berichten wollte, unterbrach ihn Ulrich höflich:

»Verzeih. Deine Erzählung ist äußerst interessant. Da aber mein Pferd zu unruhig geworden ist, ziehe ich es vor, es an der kurzen Leine durch die Menschenmenge zu führen. Es wäre gut, wenn du vorangehen könntest.«

So führte Ulrich Dreyling von Wagrain die junge Stute mit sicherer Hand durch die wild durcheinanderschreienden Menschen am Scheiterhaufen vorbei, während Jodok durch seine bloße Anwesenheit den Weg frei machte und für ihre Sicherheit sorgte.

Beim Anblick des aus Holz errichteten Todbringers wurde ihnen ganz mulmig zumute. Wie schnell könnte auch ich denunziert, unwahrer Dinge angeklagt und verbrannt werden, dachten beide unabhängig voneinander, während sie dumpfen Trommelschlag vernahmen und sahen, wie Wachen aufzogen, sich in gebührendem Abstand rund um den Scheiterhaufen postierten und versuchten, die sensationslüsternen Menschen in den Griff zu bekommen.

»Lass uns weitergehen, bevor es hier so richtig losgeht! Wir können doch sowieso nicht helfen«, empfahl Jodok und beschleunigte seine Schritte. Dem Hünen fiel es allein schon durch sein angsteinflößendes Äußeres leicht, ihnen eine Schneise durch die staunende Menschenmenge zu bahnen. Obwohl einige Jodok zuwinkten und ihn zu kennen schienen, hatten die meisten noch nie so einen Riesen gesehen.

Jodoks aufgesetzt strenger Blick und seine imposante Waffe leisteten einen guten Beitrag zum Vorwärtskommen.

»Ich gehe davon aus, dass du anstelle dieses menschenverachtenden Spektakels lieber einen Becher Wein vor deinen Augen haben möchtest«, schlug Ulrich vor.

»Na klar! Wenn du bezahlst. Da vorne, linker Hand, ist das Wirtshaus ›Zum Schwanen‹, von dem ich dir erzählt habe«, bekam der Kastellan lachend zur Antwort. Sie waren beide froh, die vielen Menschen und den Scheiterhaufen hinter sich gelassen zu haben, und freuten sich auf einen kühlen Trunk.

Da sich nur 14 Schritte schräg gegenüber des Wirtshauseinganges das östliche Seitenportal der kleinen ›Kapelle zum See‹ befand, schlug Jodok trotz seines Durstes vor, nicht gleich zur Tränke zu gehen, sondern erst dem Herrgott dafür zu danken, dass ihre Reisen bisher fast problemlos verlaufen waren.

»Außerdem muss ich ja auch noch mein Paternoster beten, um von meiner letzten Sünde befreit zu werden, bevor mir ein Becher Wein zusteht«, scherzte er. Zur Kapelle erzählte er, dass sie ihren Namen daher hatte, weil früher der Bodensee bis hierher gereicht und sich im Laufe der Zeit zurückgezogen hatte.

Da ist wohl bei Jodoks kurzem Klosteraufenthalt doch etwas hängengeblieben, freute sich der Kastellan, der längst wusste, dass sein neuer Freund ein kluger Kopf war, innerlich. Er wunderte sich aber gleichzeitig darüber, dass der offensichtlich immer durstige Pferdedieb aus eigenem Antrieb das Gebet noch vor der Labung suchte. Merkwürdig, dachte er.

Dafür drängte Jodok nach seinem Zwiegespräch mit Gott umso schneller ins Wirtshaus. Es fiel ihnen auf, dass die Haustür sperrangelweit offen stand und niemand da zu sein schien. Jedenfalls war außer dem altersschwachen Hofhund, der sofort schwanzwedelnd auf Jodok zulief, niemand zu sehen. Dem Kastellan kam es merkwürdig vor, dass sich der Köter seinem Weggefährten gegenüber auffallend zutraulich verhielt, während er sich anknurren lassen musste. Jodok hingegen wunderte sich, dass es hier um diese Zeit totenstill war. Er sah Ulrich stumm an und umklammerte das Heft seiner Waffe. Ulrich verstand und tat es ihm gleich.

»Wer weiß, was hier geschehen ist«, murmelte Jodok, der das Schlimmste befürchtete. »He, Wirt«, rief er mehrmals hintereinander und blickte sich nach allen Seiten um.

Vorsichtig betraten sie das Hausinnere, ließen ihre zusammengekniffenen Augen den Flur entlang und die Treppe hochgleiten, bevor sie den Gastraum betraten. Sicherheitshalber sahen sie auch in die hinteren Räume und in die Küche.

»Es ist niemand da. – Die werden jetzt wohl alle um den Scheiterhaufen herumtanzen und es kaum erwarten können, bis ein vor Schmerzen schreiendes Mädchen vor ihren Augen jämmerlich dem Flammentod erliegt. Vielleicht zeigt sich der Tod ja gnädig, indem er ihr eine schnelle Besinnungslosigkeit durch den Rauch bringt und sie dadurch die Hitze des Feuers nicht mehr spürt«, orakelte Ulrich angewidert, während sie sich an einen Tisch im vorderen Gastraum setzten.

»Sicher werden die Wirtsleute ihr Haus nicht lange unbeaufsichtigt lassen. Ansonsten wäre dies eine Einladung, die das hiesige Diebsgesindel dankbar annehmen würde.«

Als er diese Vermutung aussprach, vernahm der Kastellan ein Geräusch. »Hörst du das auch?«

Jodok zog die Augenbrauen zusammen, streifte sich die strähnigen Haare hinter die Ohren und nickte stumm.

»Mein Gefühl hat mich nicht getrogen. Hier stimmt tatsächlich etwas nicht«, flüsterte Ulrich. »Hör zu, mein Freund! Die Geräusche kommen zweifellos von oben. Während ich die Treppe hochgehe, sicherst du die Lage hier unten.«

Jodok nickte wieder stumm.

Als die beiden sich gerade auf ihre Positionen begeben wollten, hörten sie, wie jemand die Treppe herunterschlich und zweifellos alles daransetzte, nicht gehört zu werden. Jedenfalls schienen die leisen Schritte immer wieder ins Stocken zu geraten, was ihnen verriet, dass die betreffende Person zwischendurch mehrmals regungslos abwartete und ins Erdgeschoss hinunterlauschte, bevor sie weiterging.

Als Jodok aus dem Gastraum treten wollte, hielt ihn der Kastellan am Ärmel zurück. »Pssst!«

Sie horchten angestrengt und hörten das Knarzen der schweren Eichenbohlen.

»Er muss jetzt hier unten sein und kommt auf uns zu«, flüsterte Ulrich so leise, dass es Jodok kaum verstehen konnte. Dabei deutete er seinem neuen Freund, lautlos in den nächsten Gastraum, von wo ebenfalls eine Tür ins Treppenhaus ging, zu schleichen, um die Sache von hinten zu kontrollieren. Kein leichtes Unterfangen für einen schwergewichtigen Hufschmied. Sie wussten beide nicht, um wen es sich handeln könnte. Dafür war ihnen klar, dass jemand, der auf leisen Sohlen durch ein herrenloses Haus schleicht, Dreck am Stecken haben musste. Als der Unbekannte fast auf Höhe der vorderen Gastraumtür war, bogen sich die Bodenbohlen unter Jodoks Gewicht und verursachten ein unüberhörbares Knarzen, das auch der Eindringling hörte.

Bevor dieser aber Fersengeld geben konnte, trat Ulrich einen Schritt nach vorne und stellte sich ihm in den Weg. Ein verhärmt aussehender Mann von schmächtiger Statur erschrak dermaßen, dass er seinen geschulterten Rupfensack fallen ließ, auf dem Absatz umdrehte und nach hinten flüchten wollte. Dort aber wartete bereits Jodok auf ihn, mit gespreizten Beinen, locker auf seine Doppelaxt gestützt. Der Fremde glaubte, einen riesigen Geist vor sich zu haben, und sah sich ängstlich nach einem Fluchtweg um. Aber auf den ersten Blick schien es keinen zu geben. In die Enge getrieben, jammerte er, dass man ihn laufen lassen möge, weil er doch nur ein kleiner Dieb sei, der ein faules Weib, eine alte Mutter, einen dem Wahnsinn verfallenen Schwiegervater, drei kranke Brüder und zudem zwölf Bälger zu ernähren habe.

»So, so. Du bist also nur ein kleiner Dieb! Dann wollen wir doch mal sehen, was du erbeutet hast, um damit deine offensichtlich krummbuckelige Familie zu ernähren.«

Während Ulrich Dreyling von Wagrain mit dem Sack zum Wirtshauseingang vorging, um dort das inzwischen fahle Licht des Tages zu nutzen, stand Jodok mit ernster Miene vor dem eingeschüchterten und wimmernden Häufchen Elend.

Als der Staufner Schlossverwalter das glänzende Diebesgut aus dem Sack schüttelte, um es zu betrachten, kamen drei Männer und eine Frau auf den Eingang zu. Nachdem die Wirtin ihr feinstes Tafelsilber erkannt hatte, rief sie laut: »Ein Dieb! Ein gottverdammter Dieb! ... Packt ihn!«

Ohne lange zu fackeln, stürzten der Wirt und die beiden anderen Männer auf den offensichtlichen Eindringling zu und nahmen ihn in die Mangel. Der Kastellan hatte nicht die geringste Möglichkeit, sich zu wehren, und musste es sich wohl oder übel gefallen lassen, etliche schmerzhafte Fausthiebe ins Gesicht zu bekommen. Der Wirt und einer der Männer hielten ihn an den Armen fest, während der dritte genüsslich die Ärmel hochkrempelte, um danach den Magen des vermeintlichen Diebes zu malträtieren.

»Haltet ein«, rief Jodok, der jetzt erst aus dem Dunkel des Treppenhauses hervortrat. »Hier ist der wahre Dieb!«

Während er sich wieder nach dem scheinbar potenten kleinen Mann umdrehte, um ihn am Schlafittchen zu packen, stellte er fest, dass dieser nicht nur Kraft in seinen Lenden zu haben schien, sondern auch Kraft in den Beinen hatte. Und wendig war er überdies auch noch gewesen. Jedenfalls war er durch eine Hintertür, die über den Schopf nach draußen führte, verschwunden.

Jodok fluchte, dass die Wände wackelten.

»So kann nur einer fluchen«, stellte der Wirt fest, trat ins Innere seines Hauses und rief, während er seine Arme ausbreitete, erfreut: »Nepomuk!«

Da die beiden Männer den Kastellan immer noch festhielten und ihn lauthals anmaulten, weil sie ihn für einen Dieb hielten, und er nicht in Blickrichtung des Hausinneren stand, hatte er nicht gehört, mit welchem Namen sein Freund vom Wirt angesprochen worden war. Zudem sah er auch nicht, wie Jodok dem Hausherrn mit einem Auge zuzwinkerte und blitzschnell einen Zeigefinger auf seine Lippen drückte. Während der Wirt Nepomuk herzlich umarmte und sich offensichtlich freute, ihn wiederzusehen, flüsterte ihm dieser ins Ohr: »Pssst! Sprich bitte leise und lass dir meinem Weggefährten gegenüber nicht anmerken, dass du mich kennst. Ich möchte ihn später noch überraschen. Sag dies auch Anna. ... Ach, noch etwas: Ich heiße heute Jodok, nicht Nepomuk.«

Trotz seiner Irritation nickte sein pausbäckiges Gegenüber.

Bevor er den Männern anschaffte, den vermeintlichen Dieb loszulassen, winkte er seine Frau herein, um sie unauffällig über Jodoks merkwürdigen Wunsch zu informieren. Auch sie umarmte den Riesen, während sich der Wirt beim Kastellan für die unsanfte Behandlung entschuldigte und alle Beteiligten in die Gaststube bat.

»Wer seid Ihr?«, fragte der Wirt.

Bevor der Kastellan antworten konnte, stellte sich sein Gefährte als Jodok vor. »... und dies ist mein verehrungswürdiger Freund Ulrich Dreyling von Wagrain, der Verwalter des Schlosses Staufen.«

»Ich bin Leopold, der Wirt, das ist mein Weib Anna und dies sind Dietmar und Eberhard, zwei Hanseaten ... oder so etwas Ähnliches. Wo Dietmar herkommt, weiß niemand so genau, und Eberhard hat es aus einem Ort namens Rendsburg, das wohl hoch im Norden liegen muss, nach Buchhorn verschlagen, bevor er hierhergekommen ist. Jedenfalls sind es liebe Stammgäste, die manchmal sogar bezahlen«, scherzte der Wirt.

Als die gegenseitigen Vorstellungen, Erklärungen und Entschuldigungen ausgetauscht und endlich vorüber waren, saßen alle gemeinsam bei einer guten *Pinte* Wein zusammen und feierten den Sieg des Guten über das Böse.

»Auch wenn wir den Dieb nicht erwischt haben, so konntet ihr doch unsere bescheidene Habe retten. Für das, was ihr heute zu trinken und zu essen gedenkt, mache ich die *Kerben!*«

»Das kann aber teuer werden«, flüsterte Anna, die Nepomuks, alias Jodoks Durst nur allzu gut kannte, ihrem Mann warnend ins Ohr.

»Dafür konnte aber die Hexe erwischt und verbrannt werden«, ergänzte Eberhard, der für seine ständigen kleinen Maulereien bekannt war, das vom Wirt zuvor Gesagte.

»Die war ja nicht einmal *fuchsig*. Vielleicht war sie überhaupt keine Hexe?«, flocht Dietmar dazwischen.

Damit die anderen über kurz oder lang nicht versehentlich auf ihn zu sprechen kamen, griff Jodok dieses Thema selbst auf. Aufgrund seines muskelbepackten, fast übernatürlich großen Körpers mochte der gutmütige Riese auf den ersten Blick zwar zum Fürchten aussehen. Wer ihn aber etwas näher kennenlernen durfte, stellte schnell fest, dass in diesem gesunden Körper ein überaus wacher und feinsinniger Geist steckte, der so gar nicht in diesen groben Klotz zu passen schien. Der Kastellan hatte dies allerdings schon längst bemerkt und versuchte deshalb ständig, mehr über seinen Wegbegleiter in Erfahrung zu bringen.

Irgendetwas stimmt mit dem nicht, dachte er und rieb sich das Kinn.

Da dessen Neugierde von Jodok sofort durchschaut worden war, ließ er Ulrich zappeln, gab nicht alles von sich preis und lenkte stets geschickt ab, wenn er mit zu intimen Fragen konfrontiert wurde.

»Aus einer trockenen Kehle kann nichts herausfließen«, stellte Jodok fest, nachdem ihn Ulrich gebeten hatte, wenigstens noch etwas von seinem offensichtlich imponierenden Wissen über Hexen preiszugeben, wenn er schon nicht über sich selbst sprechen wollte.

Der Hüne zog die Stirn in Falten und leerte seinen Becher in einem Zug. Er tat so, als ob er angestrengt nachdenken müsste, und wartete so lange, bis er merkte, dass nicht nur Ulrich ungeduldig zu werden drohte.

»Na gut! Dann erzähle ich euch etwas über den Hintergrund der unseligen Hexenverfolgungen in heutiger Zeit. Erwartet aber nicht von mir, dass ich irgendwelche Grausamkeiten auf den Tisch lege, an denen ihr euch belustigen könnt ... Also: Wie ihr sicher wisst, war schon das vergangene Jahrhundert durch einen immensen Wandel des Weltbildes und vom Übergang einer gottgewollten Weltordnung zu einer von der Natur bestimmten Ordnung geprägt. Hinzu kamen die Spaltung der Religionen und der totale Untergang altbewährter Werte. Und dafür, dass dies auch heute noch so ist, haben wir anhand des Diebes einmal mehr ein gutes Beispiel bekommen.«

Während er dies sagte, konnte sich Ulrich ein stilles Grinsen nicht verkneifen, ließ Jodok aber ungestört weitererzählen: »Weil uns zunehmend Hungersnöte plagen und es Seuchen zuhauf gibt, kommt es zu keiner Aufbruchstimmung ... Im Gegenteil!«

Jetzt machte Jodok selbst eine Art schöpferischer Pause und versicherte sich des Interesses aller am Tisch Sitzenden, bevor er mit wichtiger Miene fortfuhr: »Aus Existenzangst heraus triumphiert mehr und mehr das Böse ... und das Schlechte wird zunehmend auf den Schild gehoben. Um von eigenen Unzulänglichkeiten, von Hunger, Seuchen und Krankheiten oder gar vom drohenden Weltuntergang abzulenken, werden Anhänger uns fremden Glaubens, Andersdenkende und Menschen anderer Hautfarbe, Herkunft oder Rasse gnadenlos verfolgt und sinnlos massakriert. Scheinbar gottlose Frauen, die sich entweder kleiner Verfehlungen schuldig gemacht oder meistens sogar überhaupt nichts Verbotenes getan, als unversehens bei einem Mann die Lust geweckt zu haben, werden immer noch reihenweise auf die Scheiterhaufen geschleppt und verbrannt, … nachdem man seinen Spaß mit ihnen gehabt hat.« Jodok nahm einen großen Schluck aus seinem Becher. »Eine Scheißzeit!«

Die Blicke der Anwesenden hingen an den Lippen des zweifelsfrei über die Maßen hinaus gebildeten Mannes und konnten es kaum erwarten, bis er weitersprach, was er denn auch tat: »Die Hexenverfolgungen sind heute noch – auch hier in Bregenz – ein probates Mittel, dem Verfolgungswahn der Obrigkeit gerecht zu werden und den aufrührerischen Geist des einfachen Volkes auszubremsen. Blut vermochte zu allen Zeiten, Begehrlichkeiten zu stillen …, aber nur, um sie wieder aufs Neue zu entfachen.«

Jodok strich sich über den Bart und überlegte. »Aber eigentlich wollte ich euch nicht nur Allgemeines über die Hexenjagden erzählen, sondern ein paar Beispiele aus unserer Gegend bringen.«

Er blickte in die kleine Runde – gerade so, als ob er fragen wollte, ob dies auch gewünscht wäre, lehnte sich weit über den Tisch und deutete mit seinem Zeigefinger, dass es ihm die anderen nachmachen sollten.

Eine gespenstisch anmutende Situation entwickelte sich. Es war still. Die Männer hatten verschwörerisch ihre Köpfe zusammengesteckt, und der Raum wurde nur durch zwei Kerzen mehr als dürftig ausgeleuchtet, wovon eine auf dem Ausschanktresen und die andere in der Mitte des Tisches stand. Da es spannend zu werden schien, schob sich jetzt auch noch die feiste Wirtin zwischen die Männer und legte ihre hochgeschnürten Brüste auf ihre verschränkten Arme, die es ebenso wenig wie das Mieder vermochten, die gewaltige Fleischmasse zu halten. Der geifernde Blick des ihr gegenübersitzenden Dietmar löste sich erst davon, als Jodok mit seiner tiefen Stimme leise zu sprechen begann: »Wisst ihr, dass nicht nur junge Mädchen der Inquisition zum Opfer fallen, sondern dass es auch vorkommt, Männer der Hexerei anzuklagen?«, fragte er, ohne eine Antwort abzuwarten. »Hier am Bodensee hat man 1628 einem Alchimisten, der sich Hans Jörg Jäger genannt hat, den Prozess gemacht, obwohl er in hochoffiziellem Auftrag des Grafen Georg Fugger gehandelt hat.«

»Was hat er denn verbrochen?«, fragte Dietmar, der mit Jodoks Erzählgeschwindigkeit nicht mitkam.

»Er hat versucht, Gold zu machen!«

Als sie dies hörten, mussten die Männer und die Wirtin, deren Brüste beim Zurücklehnen schlagartig absackten, schallend lachen.

»Dem armen Tropf war nicht zum Lachen zumute. Jäger wurde gefangen genommen und in die Fugger'sche Fronfeste nach Wasserburg gebracht. Er muss wohl schon um die 70 Jahre alt gewesen sein und ...«

»Dann war die Wehmutter auch nicht mehr schuld«, wurde Jodok in Anspielung auf das hohe Alter des Mannes vom Wirt unterbrochen, was wieder Gelächter auslöste und die Brüste seiner Frau zu Dietmars Freude hüpfen ließ, als wären sie Spielbälle, die sich in einem Netz verfangen hatten. Bevor sich Dietmar so richtig sattsehen konnte, fuhr Jodok fort: »Jedenfalls musste der Angeklagte zig Verhöre über sich ergehen lassen. Unter der Folter hat er schließlich zugegeben, Teufelswerk betrieben zu haben. Später hat er sein Geständnis widerrufen, was ihm neuerlich die *peinliche Befragung* eingebracht hat. So hat sich die Sache lange hingezogen. Ich glaube, dass es vier Tage vor Weihnachten war, als in Wasserburg der *Malefizgerichtstag* stattgefunden hat, an dem der arme *Malificant* zum Tode verurteilt worden ist. Zuvor aber haben sie ihm die rechte Hand abgeschlagen.«

»Und das nur, weil er Gold herstellen wollte?«, fragte der aufgeklärte Verwalter des Schlosses Staufen kopfschüttelnd.

»Nein! Ihm wurden neben der Zauberei und der Hexenmeisterei auch etliche Diebstähle zur Last gelegt. Außerdem wurden ihm Misshandlungen, Betrug, Sodomie und sogar Mord- und Totschlag durch sein teuflisches Gift sowie durch Salben und Pulver vorgeworfen.«

»Also hat er es doch faustdick hinter den Ohren gehabt«, stellte Dietmar, dessen Blicke immer noch auf der Wirtin ruhten, fest.

Erst als er von Eberhard unter dem Tisch getreten wurde, entspannte er sich und schaute wieder zu Jodok, der dieses Thema jetzt beenden wollte, da bei einigen offensichtlich die Konzentration nachzulassen schien: »Mag sein. Ich weiß nur, dass dieser Fall noch jahrelang für Gesprächsstoff gesorgt hat. Außerdem …«

Durch Jodoks Erzählung, die er immer wieder mit spannenden Anekdoten ausgeschmückt hatte, war die Zeit wie im Fluge vergangen. Als die Wirtin schon wieder eine Runde bringen wollte, winkte der Gast aus dem fernen Allgäu dankend ab: »Es reicht! Der Seewein ist zwar sehr gut, hat es aber in sich. Wir sehen uns bestimmt wieder. Jetzt aber wird es höchste Zeit, dass ich in die Au komme, bevor die Klosterpforte abgeschlossen wird.«

Jodok, dessen Sitzfleisch so langsam auf der Bank kleben bleiben würde, hätte sich gerne noch ein Weilchen mit dem Wirt unterhalten und ihm von seinen Erlebnissen in Sigmaringen erzählt. Da er sich dies aber im Beisein seines Weggefährten verkneifen wollte, um die geplante Überraschung nicht zu verderben, verdrängte er sogar seinen Durst und versprach den Wirtsleuten, sich alsbald wieder sehen zu lassen.

»Auch wir werden uns sicher wiedersehen«, versprach Ulrich kurze Zeit später von seinem Pferd herunter. Dabei schmunzelte er, weil sein neuer Freund neben ihm herlaufen musste.

»Nun denn, gehabt Euch wohl«, rief ihnen der Wirt winkend nach, als sie sich in Richtung des in der Au gelegenen Klosters Mehrerau aufmachten.

Kapitel 28

DAS BIS ZUR KIRCHE HOCHDRINGENDE GESCHREI lockte immer mehr Menschen in den unteren Teil Staufens. Um zu sehen, was da los war, krochen viele Leute seit langer Zeit zum ersten Mal wieder aus ihren Löchern. Während die Ahnungslosen unter den Staufnern aus purer Neugierde über den Marktplatz in Richtung Seelesgraben hinunterhasteten, eilten diejenigen, die bereits wussten, um was es ging, zielstrebig dorthin, um sich ihren Teil an der erhofften Plünderung zu sichern. Wenn es um Nahrungsbeschaffung ging, waren die ausgemergelten Staufner längst zu allem bereit. Sie hatten nicht die geringsten Skrupel, ihren Mitmenschen deren letzte Nahrungsmittelreserven abzunehmen – egal wie. Wenn dies nicht auf freiwilliger Basis ging, dann eben mit Gewalt.

Schon in den letzten Wochen war es zu mehreren Übergriffen gekommen, bei denen sich die Dorfbewohner gegenseitig bestohlen, beraubt und geprügelt hatten. Obwohl die Männer und Frauen allesamt auf dem besten Weg waren, bis auf die Knochen abzumagern, und die letzten Kraftreserven bald verbraucht sein würden, gehörten Handgreiflichkeiten in aller Öffentlichkeit mittlerweile fast schon zur Tagesordnung.

Es grenzte an ein Wunder, dass dabei noch niemand direkt zu Tode gekommen war. Durch die ständigen Raufereien sorgten die Staufner allerdings indirekt dafür, dass dem Sensenmann neue Opfer zugeführt wurden, die er ansonsten vielleicht nicht, zumindest aber nicht so schnell, bekommen hätte: Denn wenn sich zwei Kampfhähne streitend auf dem Boden wälzten, konnte es vorkommen, dass ein neugieriger Rattenfloh den Wirt wechselte und dadurch ein bisher noch Gesunder von der Pest befallen wurde.

Mit der wachsenden Menschenschar in Staufens Unterflecken war auch die Stimmung aggressiver geworden. Diejenigen, die noch nicht wussten, um was es hier überhaupt ging, ließen sich nur allzu schnell aufhetzen. Da die Sache auch für sie verlockend schien, überlegten sie nicht lange und stimmten in das allgemeine Palaver und Gemaule gegen die Juden ein. Während das Geschrei zunehmend lauter wurde, warfen sie immer größere Gegenstände. Waren es anfangs noch kleine Steine gewesen, krachten jetzt schon größere Steinbrocken gegen das Haus der Familie Bomberg.

Mehr und mehr glich die Szenerie einer mittelalterlichen Burgbelagerung. Nachdem der ›Pater‹ seine Mission als Aufhetzer erfolgreich erledigt hatte, konnte er es sich jetzt gemütlich machen. Fast unbemerkt tat er es den anderen gleich, ohne sich allzu auffällig in den Vordergrund schieben zu müssen. So warf er selbst weder die größten Brocken noch schrie er am lautesten. Er stand nicht einmal in der ersten Reihe, dirigierte aber die Sache sanft von hinten, wenn es ihm notwendig erschien: »Man darf nicht daran denken, dass die den Stall voller Hühner haben ...«, tuschelte er gleichsam vielsagend, aber alles offen lassend, seinem Nachbarn ins Ohr und wechselte gleich darauf seinen Standplatz.

»Diese Mistjuden haben den Stall voller Hennen«, schrie daraufhin der Nachbar so laut, dass es alle hören konnten.

Der ›Pater‹ grinste. Für ihn war die Sache so gut wie gelaufen und es würde nicht mehr lange dauern, bis die Bombergs aufgeben mussten und er in dieses schmucke Anwesen einziehen konnte. Wenn das Haus gestürmt war, musste er es nur noch so hinbekommen, dass die Juden mit Schimpf und Schande in westlicher Richtung aus dem Dorf getrieben würden.

Sollten die Bombergs nach Osten, also in Richtung Immenstadt, flüchten, würde es sich nicht vermeiden lassen, dass sie direkt in die Arme der rothenfelsischen Soldaten, die bei der Palisadensperre vor Thalkirchdorf ihren Dienst verrichteten, liefen und sich bei Oberamtmann Speen erklären müssten. Der oberste Beamte des Grafen würde der Sache sicherlich akribisch nachgehen und gleich nach Beendigung der Pest erneut eine Untersuchungskommission nach Staufen entsenden, die alles daransetzen würde, die Schuldigen für die Vertreibung der Juden auszumachen. Sicher würde auch der Kastellan in diesen Ausschuss berufen werden. Allein schon dessen freundschaftliche Verbundenheit zu seinen neuen Verwandten konnte fatale Folgen haben: Zum einen würde der ›Pater‹ nicht so locker an das Bomberg'sche Anwesen kommen oder – sollte er es bereits in Beschlag genommen haben – es umgehend zurückgeben müssen und zudem mit an Sicherheit grenzender Wahrscheinlichkeit auch noch wegen böswilliger Aufhetzung der Massen bestraft werden. Aber der Schuhmacher war sich absolut sicher, dass sein christlicher Herr im Himmel gerecht war und die Sache im gewünschten Sinne beendet werden konnte. Da er dieses Haus schon hatte erwerben wollen, bevor die Bombergs eingezogen waren, leitete er für sich das moralische Recht ab, es jetzt in seinen Besitz zu nehmen. Aber ganz so weit war es noch nicht.

Die Leute müssen noch viel aggressiver werden, um den Juden so viel Angst einzujagen, dass sie ihr Heim fluchtartig verlassen, dachte der ›Pater‹ und tuschelte einem anderen Nachbarn ins Ohr, dass Jakob Bomberg den Seelesgraben vergiftet und dadurch in Staufen den Tod heraufbeschworen hatte. Diese Art der Hetzerei klappte abermals.

»Ihr seid an allem schuld! ... Ihr habt unsere Gewässer vergiftet«, rief der Mann über die Menge hinweg in Richtung des Bomberg'schen Anwesens.

»Kommt heraus oder es geschieht ein Unglück! Vermaledeite Jesusmörder!«

»Ergebt euch dem christlichen Volk, dem ihr so viel antut«, oder: »Wir bringen euch um!« und ähnliche Aufforderungen zeigten – zumindest nach außen hin – zunächst keinerlei Wirkung.

Da man aus dem Haus der Bombergs nicht das geringste Geräusch vernehmen konnte, hatte es lange Zeit den Anschein, als wäre überhaupt niemand daheim. Erst als Josen Bueb, den Dreschflegel schwingend, damit drohte, das Haus zu stürmen, und ihn an die 60 Kehlen lauthals dabei unterstützten, ging langsam die Haustür auf und Jakob Bomberg streckte vorsichtig seinen Kopf heraus. Da er die riesige Menschenmenge zuvor schon durch Ritze in der Hauswand beobachtet hatte, war er zwar nicht mehr überrascht, dafür aber umso ängstlicher. Jetzt sah er auch noch den furchteinflößenden Hass in den blitzenden Augen der Belagerer. »Was wollt ihr von uns? Was haben wir euch getan?«, fragte er mit zitternder Stimme.

»Hau mit deiner Brut sofort ab! ... Verschwindet«, bekam er im Chor zur Antwort, während einer seinem Wunsch nach Judiths Hühnern und Eiern lauthals Ausdruck verlieh, indem er einen Steinbrocken schleuderte, der Jakob so fest am Kopf traf, dass er wie ein Sack nach hinten kippte.

»Das geschieht dir recht, du Saujude«, hörte man die Leute freudig grölen, während sich Jakob auf allen Vieren ins Innere seines Hauses schleppte und Lea bedeutete, rasch die Tür zuzuziehen.

Das zarte Mädchen schaffte es gerade noch, den schweren Riegel vorzuschieben. »Papa, Papa! Was ist mit dir?«

Lea sah das rote Rinnsal am Kopf ihres Vaters und holte geistesgegenwärtig ein Stück Leinen, das sie ihm auf die klaffende Wunde drückte. So sehr sich das kleine Mädchen auch bemühte, ihr Vater war nicht mehr ansprechbar.

Kapitel 29

WÜRDE SICH DIE MAGERE MONDSICHEL nicht schon gestern Nacht angeschickt haben, fetter zu werden, wäre es auch jetzt noch stockdunkel gewesen. So aber gab der Mond genügend Licht, um die Pforte am zweiten, rechts gelegenen Gebäude des Mehrerauer Klosters auf Anhieb zu finden. Ulrich blickte Jodok an und wartete auf ein Zeichen von ihm, um an die Klosterpforte klopfen zu können. Als Jodok zustimmend nickte, packte er den bronzenen Ring, der wie Ohren an beiden Seiten eines kunstvoll gearbeiteten Engelskopfes angebracht war, und schlug ihn auf die darunter befindliche Eisenplatte, dass es nur so schepperte. Trotz des Höllenlärms in der ansonsten ruhigen Nacht rührte sich nichts.

»Der Bruder Pförtner schläft wohl schon den Schlaf des Gerechten«, bemerkte Jodok mit einem wissenden Lächeln in den Mundwinkeln, während Ulrich mürrisch den schweren Ring nochmals so fest auf das Eisen krachen ließ, dass es nicht nur im Klosterhof, sondern bis zur hinter den gegenüberliegenden Gebäuden untergebrachten Klosterfleischerei hallte. Aber es tat sich immer noch nichts.

»Um diese Zeit können noch nicht alle schlafen ... oder doch?«, fragte der Kastellan ungläubig.

»Nein«, bekam er zur Antwort. Jodok blickte angestrengt zum Himmel empor. »Wir dürften erst die Hälfte der siebenten Stunde überschritten haben.«

Ulrich Dreyling von Wagrain blickte jetzt ebenfalls nach oben und bestätigte dies durch ein stilles Kopfnicken.

»Dann sind sie bei einer Lesung oder bei einem Vortrag im Kapitelsaal.«

Der Kastellan wunderte sich zwar über Jodoks Kenntnis der hiesigen Gepflogenheiten, aber schon längst nicht mehr über dessen Sachkenntnis. Der Hüne drückte einen Daumen an den linken Nasenflügel und schnäuzte sich, bevor er sich nach allen Seiten umsah. »Warte! Ich werde den Pförtner auf uns aufmerksam machen.« Während er dies sagte, hob er einen Stein auf, um einen großen Schlüssel darunter hervorzuzaubern.

Der Kastellan schüttelte verwirrt den Kopf und wollte Jodok wieder etwas fragen, bekam aber nur ein »Psst!« mit einem an den Mund gelegten Zeigefinger zurück. Jodok sperrte zwar leise, aber so selbstverständlich, als wenn er hier zu Hause wäre, die äußere Klosterpforte auf und wisperte seinem verunsicherten Begleiter zu: »Komm! Wir brechen jetzt hier ein.«

Der grundehrliche Staufner wollte protestieren, hatte aber keine Möglichkeit dazu, weil ihn Jodok am Ärmel packte und mit hineinzog.

⁂

Von links erhellte das dürftige Mondlicht, das in einen danebenliegenden Raum schien, über ein Seitenfenster den Vorraum, in dem sie sich jetzt befanden. Jodok deutete seinem Gefährten nochmals mit einem Zeigefinger am Mund, leise zu sein, und mit der anderen Hand, sich zu ducken. Dem Kastellan wurde es unheimlich. Er hatte Angst und befürchtete nunmehr ernsthaft, auf dem besten Weg zu sein, sich tatsächlich eines Einbruchs mitschuldig zu machen.

Eigentlich kenne ich diesen Verrückten überhaupt nicht, schoss es ihm durch den Kopf. Vielleicht ist er doch ein Halunke? Immerhin habe ich ihn in einer Situation kennengelernt, als er sich nicht gerade wie ein Ehrenmann oder gar ein Adliger benommen hat. Womöglich stimmt die Geschichte, die er mir über seine Herkunft erzählt hat, nicht und er ist ein Wolf im Schafspelz, der sich mir gegenüber nur so freundschaftlich verhalten hat, weil er hoffte, in mir einen künftigen Helfershelfer für seine üblen Taten zu finden?

Ulrich wurde abrupt aus seinen Überlegungen gerissen. Jodok richtete sich etwas auf, um durch ein kleines Butzenscheibenfenster blicken zu können. Als er gesehen hatte, was er hatte sehen wollen, lächelte er, duckte sich wieder und schrie aus voller Brust: »Feurio! Feurio!«

Ein dumpfer Knall, Scheppern und lautes Fluchen deutete Jodok, dass er recht gehabt hatte und Bruder Laurentius – der Pförtner – im Begriff war, die Erholungszeit nach dem abendlichen Mahl so lange zu verlängern, bis seine Mitbrüder aus dem *Kapitelsaal* zurückkamen. Als sich der beleibte Pförtner endlich hochgerappelt hatte, entzündete er eilig wieder die heruntergefallene Kerze, die er an das Seitenfenster hielt, um festzustellen, von wem und woher das Geschrei gekommen war. Da er aber nichts sah, hastete er schnaufend aus dem Raum in den Flur, sperrte zitternd die Innenpforte auf und wollte gerade die Stufen hinunter zur äußeren Klosterpforte ins Freie rennen, um nachzusehen, wo es brannte, da stellte sich ihm Jodok in den Weg.

Laurentius, nicht gerade mit Mut gesegnet, ließ schon wieder die Kerze fallen, um sich dem Griff des Mannes, den er im Dunkel nicht erkennen konnte, zu entziehen. Da er glaubte, einen Einbrecher vor sich zu haben, wollte sich Bruder Laurentius schnellstens im sicheren Pförtnerzimmer verbarrikadieren, um von dort aus Alarm zu schlagen. Als er aber merkte, dass ihm dies nicht gelingen würde, versuchte er zu schreien, was ihm allerdings nicht möglich war, weil ihm Jodok mit seiner tellergroßen Hand den Mund zuhielt, während er selbst zu sprechen begann: »Gott zum Gruße, mein schneidiger Freund Laurentius!«

Es folgte ein Moment absoluter Stille.

Der Hüne löste langsam seine Hand vom Gesicht des Pförtners.

»Kreuzkruzifix! ... Bruder Nepomuk! Dem Herrn sei Dank: Du bist es! Du bist zurück«, entfuhr es dem pausbäckigen Mönch, der sich zwar noch nicht ganz von seinem Schrecken erholt hatte, sich aber für sein Fluchen hastig bekreuzigte, bevor er den Riesen umarmte.

»Jetzt versteh' ich überhaupt nichts mehr«, drang es fast zaghaft aus dem Dunkel hervor.

»Ach so: Das ist mein Freund Ulrich, ein Allgäuer Schlossverwalter, der mich im Kampf besiegt hat, und dies ist Bruder Laurentius, dem ein saftiger Braten mehr gilt, als *Laudes und Komplet* zusammen«, lachte Jodok, während er Laurentius nochmals fest an sich drückte.

Trotz des fahlen Lichtes fanden sich die Hände der Männer zum Gruß, der die Situation beruhigte.

»Kommt herein, meine Freunde. Ich muss nur noch die heruntergefallene Kerze finden, um sie wieder am Span entzünden zu können.«

Während Bruder Laurentius zitternd einen Kerzendocht nach dem anderen zum Brennen brachte, unterhielt er sich angeregt mit Jodok, den er einmal als ›mein Mitbruder‹ bezeichnete, ein anderes Mal aber ›Nepomuk‹ nannte.

Ulrich Dreyling von Wagrain war zwar über die schlagartige Namensänderung seines Begleiters verwirrt, bemerkte aber sofort die innige Vertrautheit der beiden, die über viele Jahre gewachsen sein musste. Er begann nicht nur zu ahnen, sondern wusste jetzt, in welchem Kloster Jodok der Hufschmied, alias Jodok der Sohn des Fürsten von Hohenzollern oder Nepomuk der Wasweißich aufgewachsen war.

»Na warte …«, murmelte er schmunzelnd.

Zwischenzeitlich hatte sie Bruder Laurentius in den Besucherraum geführt, wo er sofort die leicht glimmende Glut im Kamin neu entfachte und eine Kanne Wasser, Brot und den Rest der mittäglichen Gemüsesuppe auftischte, als etliche *Fratres* und zwei Novizen aus dem Kapitelsaal zurückkamen, um durch einen Verbindungsgang in die neben dem Empfangsgebäude gelegene Klosterkirche zu gelangen, wo sie gemeinsam das Nachtgebet sprechen wollten. Als sie die Festbeleuchtung im Bereich der Pforte, in der Eingangshalle und im zu den Repräsentationsräumen, zum Refektorium und zum Küchenbereich führenden Flur bemerkten, die mit Speck angereicherte Gemüsesuppe rochen und Stimmen hörten, wurden sie neugierig und gingen auf leisen Sohlen zum Besucherraum, aus dem die Stimmen kamen und von wo ebenfalls Licht durch die leicht geöffnete Tür in den Flur fiel.

Bruder Bernardus war der Einzige, der den Mut hatte, die Tür vorsichtig so weit aufzudrücken, dass sein Kopf hindurchpasste. Nachdem er sein tonsiertes Haupt wieder zurückgezogen hatte und sich beide Hände vor den Mund hielt, um seine Freude zu unterdrücken, wagte sich einer nach dem anderen herein. Obwohl Bruder Nepomuk fast fünf Jahre weg gewesen war und jetzt mehr als schulterlanges Haar und zudem einen Bart trug, wurde er aufgrund seiner Statur sofort von seinen Mitbrüdern erkannt. Der listige Hüne saß zwar mit dem Rücken zur Tür, bemerkte aber sofort, dass etwas hinter ihm vorging. Hätte sich die gleiche Situation in einem fremden Wirtshaus abgespielt, wäre seine Doppelaxt längst durch die Luft geflogen und neben einem der Männer in der Wand stecken geblieben, während er seinen Säbel gezückt haben würde und für den Kampf bereit gewesen wäre. So aber sagte er nur: »Habt den Mut einzutreten, meine tapferen Mitbrüder im Herrn.«

Wie eine Herde schnatternder Ganter traten die Mönche in den Raum und umarmten – einer nach dem anderen – ihren längst verloren geglaubten Mitbruder, der ihr ganzer Stolz zu sein schien. So eine freudige Begrüßungszeremonie hatte der Kastellan selten gesehen. »Ihr müsst hier in diesem Euch ach so fremden Kloster sehr beliebt sein, ehrwürdiger Bruder Hufschmied«, stellte er süffisant fest.

»Ja! Bruder Nepomuk ist allerdings schon lange kein Hufschmied mehr – dies war er nur in jungen Jahren hier im Kloster. Dafür ist er aber fürwahr unser bestes Ross im Stall«, bestätigte der Pförtner die Vermutung des deutschen Gastes. Er ergänzte aber nach einer kurzen Pause: »Er hat immer schon den größten Mist gemacht.«

Während sich die Mönche vor Lachen schüttelten, stellte sich der Kastellan offiziell vor und löste dadurch wieder Geschnatter bei den Mönchen aus. Als er nach seinem Sohn fragte, schauten ihn die Mönche erwartungsvoll an. »Ihr seid der Vater unseres jungen Doctors medicinale?«

»Nein! Ich bin der Vater von Eginhard, dem Studiosus!«

»Aber Eginhard ist der Doctor, den ich meine«, bekräftigte der Mönch seine Frage und setzte dabei eine wissende Miene auf.

»Ich spreche von jenem Eginhard, der meinen Namen trägt und …«

»... sich Dreyling von Wagrain aus der reichsgräflichen Herrschaft Staufen nennt«, unterbrach ein anderer Mönch.

»Ja«, bestätigte der Kastellan merklich verunsichert, während ihm etwas zu schwanen begann.

Da legte ihm Nepomuk eine Hand auf die Schulter und gratulierte ihm: »Ja, Ulrich, es sieht so aus, als müsstest du dich damit abfinden, dass dein mir leider unbekannter Sohn klüger ist als du.« Da Nepomuk – bevor er sich nach Sigmaringen aufgemacht hatte – in Salzburg und Wien ein Professor medicinale gewesen war, hatte er Eginhard nicht mehr kennenlernen können. Die beiden waren sich also noch nie begegnet.

Dem Kastellan schwirrten die Gedanken so intensiv durch den Kopf, dass er glaubte, sie würden gegen seine Schädelwand prallen, um sich Wege nach draußen zu suchen. Er konnte es einfach nicht glauben, dass sein ältester Sohn jetzt schon die Doctorwürde erlangt zu haben schien. In den Wust der vielen erfreulichen Gedanken mischte sich nun aber auch der eigentlich traurige Grund für sein Hiersein. Er konnte es nicht verhindern, plötzlich ganz innig an seinen toten Sohn und an seine kranke Frau zu denken.

Wenigstens kann ich Konstanze eine gute Nachricht überbringen, wenn ich wieder in Staufen bin, tröstete er sich, während seine Augen feucht wurden. Angesichts der vielen Männer wollte sich der Kastellan zusammenreißen, verlor aber letztendlich den Kampf gegen die Tränen. Um sich nicht zu blamieren, wo es eigentlich nichts zu blamieren gab, und um seine Gedanken ordnen zu können, zog er sich für einen Moment in einen nur spärlich beleuchteten Winkel des Raumes zurück.

Als er wieder zurückkam, klatschten die Mönche anerkennend in die Hände: »Es ist eine große Ehre für uns, den Vater unseres jungen Doctors kennenzulernen.«

»Ich habe mich also nicht verhört? Eginhard hat in der Tat die Doctorwürde erlangt? Er ist ein Medicus!«

»Ja«, schallte es ihm vielkehlig entgegen.

»Es ist schon spät und das Nachtgebet wartet auf uns«, unterbrach Bernardus die Begeisterung der Mönche und schnippte mit den Fingern.

Zwei Novizen traten vor: »Meister Bernardus?«

Der Mönch drehte sich zum Gast hin: »Sicher seid Ihr von der langen Reise müde und freut Euch auf ein weiches Nachtlager. Dieser junge Novize wird Euch in Eure Zelle bringen, während der andere Euer Pferd versorgt. Wir würden uns noch gerne länger mit Euch unterhalten, könnten aber Gefahr laufen, unseren Abt zu verärgern. Er hat es nicht gerne, Dinge erst dann zu erfahren, wenn wir sie schon wissen. Unser Klosterleiter hat sich bereits zurückgezogen und wird morgen in aller Herrgottsfrüh über Euer Kommen unterrichtet werden«, bestimmte Bernardus, der nach dem Gesagten seinen Blick vom Kastellan ab- und Nepomuk zuwandte. »Und du, Bruder Nepomuk, wirst dich darüber freuen, jetzt mit uns das Komplet zu sprechen.«

Nepomuk hätte viel lieber ein paar Becher gepresster und vergorener Bodenseefrüchte im Kreise seiner Mitbrüder geleert, fügte sich aber der Anordnung seines Mitbruders Bernardus. »Ja! Morgen ist auch noch ein Tag!«

»Und was ist mit meinem Sohn? Kann ich ihn sehen?«, fragte Ulrich Dreyling von Wagrain erwartungsvoll.

»Heute nicht mehr. Er schläft bereits. Ihr werdet ihn morgen treffen. Überlasst ihn jetzt dem Schlaf des Gerechten. Damit Ihr ihn morgen früh überraschen könnt, werden wir ihm nichts von Eurer Ankunft erzählen.«

Der Kastellan konnte es zwar kaum erwarten, seinen Ältesten in die Arme zu schließen und ihm zu gratulieren, wusste aber noch nicht so recht, wie er ihm die traurige Nachricht von Diederichs Tod überbringen sollte. Da er außerdem hundemüde war, sollte es ihm recht sein, erst morgen früh auf Eginhard zu treffen. Er war jetzt ja in seiner Nähe, das beruhigte ihn.

Kapitel 30

OBWOHL LEA DIE KLAFFENDE KOPFWUNDE ihres Vaters notdürftig verbunden hatte und immer wieder – wenn vom obersten Leinenstück das Weiß dem hässlichen Rot gewichen war – einen zusätzlichen Stofffetzen darauflegte, brachte sie die starke Blutung nicht zum Stillstand.

Immer, wenn sie sanft versuchte, etwas fester daraufzudrücken, lief ihr die warme Flüssigkeit zwischen den Fingern hindurch – gerade so, als wenn sie das Blut herausdrücken würde. Während sie mit weit aufgerissenen Augen entsetzt ihre roten Handinnenflächen betrachtete, veränderte sich ihre ansonsten liebliche Mundpartie zu einer zitternden Grimasse. Als sie damit fertig geworden war, ihren schwer verletzten Vater zu verbinden, bemühte sie sich, ihn zu seiner Lagerstätte zu schleppen. Aber er war zu schwer. Immer wieder versuchte sie, ihn unter den Achseln fassen zu können und hochzuheben. Nachdem dies nicht geklappt hatte, packte sie ihn an den Füßen, um ihn in die elterliche Schlafkammer zu ziehen. Egal, wie es Lea auch anstellte; das 10-jährige Mädchen war einfach zu schwach, um diese Aufgabe allein bewältigen zu können. Als sie irgendwann begriff, dass es ihr beim besten Willen nicht gelingen würde, holte sie einen Strohsack und legte ihn unter Papas Haupt. Lea war verzweifelt und wusste sich nicht anders zu helfen.

Sie wusste ja nicht einmal, ob ihr Vater überhaupt noch lebte. Er selbst hatte es ihr doch beigebracht, wie man prüfte, ob ein Mensch noch am Leben war. Aber es fiel ihr nicht ein. Sie war völlig verstört und nahm nicht wirklich wahr, was um sie herum vorging. Nein, es fiel ihr beim besten Willen nicht ein.

Sie hörte jetzt nur noch das ohrenbetäubende Geschrei und die unglaublich schmerzenden Worte, die von draußen hereindrangen:

»Scheißjuden! Her mit den Hennen, oder wir fackeln euch ab!«

»Ja! Und raus mit den Eiern!«

Obwohl sie das Krachen der Steine an der Hauswand schier verrückt werden und immer wieder zusammenzucken ließ, konnte ihr jetzt niemand einen Rat geben. Keiner sagte ihr, was sie tun sollte.

»Papa, sag doch etwas! Papa! ... Papa?«

Aber ihr Vater rührte sich nicht. Das, was 34 Jahre lang pulsierend durch seinen Körper gelaufen war, rann ihm nunmehr unaufhaltsam den Kopf hinunter und färbte sein Hemd von oben bis unten rot. Ein grässlicher Anblick für ein wohlbehütetes junges Mädchen, das noch nie direkt mit solchen Dingen konfrontiert worden war.

»Mama«, wimmerte Lea – nachdem ihr Vater nicht antwortete – ständig leise vor sich hin. Aber ihre Mutter konnte ihr augenblicklich nicht helfen, sie war zum ersten Mal nicht da, wo Lea sie doch so nötig brauchte.

Während ihr die Tränen in Strömen herunterliefen, irrte sie immer wieder planlos durch das Haus, als wäre sie noch nie hier gewesen. Sie wollte irgendetwas tun und sie suchte irgendetwas. Aber was? Sie wollte nur alles tun, um ihrem geliebten Vater zu helfen – aber wie?

⁓⁕⁓

Von draußen drangen immer noch die grässlichen Schreie herein, und es hatte den Anschein, als wenn sie immer lauter würden. Der ›Pater‹ hörte wiederholt den Spruch, dass einer seiner Mitstreiter das Haus der Bombergs, das ja bald sein Haus werden sollte, in Brand setzen wollte. Mit zusammengekniffenen Augen und gespitzten Ohren versuchte er, denjenigen, der immer wieder von »abfackeln, anzünden und ausräuchern« sprach, zu orten.

Bald hatte er ihn entdeckt. Endlich bekam er mit, von wem dieser närrische Gedanke stammte.

Der ›Pater‹ zwängte sich durch die aufgebrachte Menschenmenge hindurch bis hin zu dem dummen Schreihals. »Wenn du diese alte Hütte anzündest, verbrennen auch die Hühner. Also lass den Scheiß!«

Als er zur Antwort bekam, er solle sein Maul halten, kapierte der ›Pater‹ langsam, dass er jetzt niemanden mehr bremsen konnte. Genauso mühsam, wie es gewesen war, die Leute gegen die Juden aufzuhetzen, genauso schwierig würde es mit Sicherheit werden, zurückzurudern und den aufgebrachten Mob so weit zu besänftigen, dass er nur die Juden vertrieb, das Haus aber unbeschädigt ließ. »Mist! Was tu ich nur?«

Die Belagerer schaukelten sich gegenseitig so hoch, dass sie endlich zu allem fähig waren. Da die Hühner der Bombergs längst zum Reizthema geworden waren, drängten die Leute allesamt nach vorn, um bei den Ersten zu sein, wenn der Stall endlich geplündert werden konnte.

»Wer weiß, was da sonst noch alles zu holen ist«, rief Josen Bueb mit einem gefährlich gierigen Glanz in den Augen.

»Ja«, schrie ein anderer. »Alle Juden haben Geld, das ihnen nicht gehört!«

Und wieder krachten Steine gegen die Hauswand, an die Tür und auf die verschlossenen Fensterläden, von denen jetzt einer zerbarst. Während Lea einen Riesenschrecken bekam, war es selbst dem ›Pater‹ längst schon unheimlich geworden. Er hatte eigentlich nur im Sinn gehabt, die verhassten Juden zu vertreiben, aber nicht, sie umzubringen. Andererseits: Was soll's. Hauptsache, das Haus bleibt heil, dachte er, während er sich wieder in die letzte Reihe zurückzog, um den unaufhaltsamen Fortgang der Dinge aus sicherem Abstand zu verfolgen.

»Die Hühner«, hauchte Jakob Bomberg mit flacher Stimme.

»Was?« Es dauerte eine Zeit lang, bis Lea klar wurde, dass ihr Vater nicht tot war, sondern nur besinnungslos gewesen war. Sie kniete sich neben ihn auf den Boden und streichelte sanft seine Wange. Dass nach wie vor das Blut so stark aus der Wunde trat, dass es nicht gerinnen konnte, merkte sie nicht. Hauptsache, ihr Vater lebte.

»Papa! ... Es ist so schrecklich.«

Anstatt sich wegen des aus seiner Besinnungslosigkeit erwachten Vaters wenigstens etwas zu beruhigen, ging Leas Schluchzen in einen Weinkrampf über. Sie merkte nicht, dass sie ihre Hände ganz fest in dessen blutverschmiertes Hemd krallte und ihn – so gut es ihre Kräfte vermochten – schüttelte.

Dass sie ihm dadurch zusätzlichen Schmerz zufügen könnte, kam ihr nicht in den Sinn. Erst als sich diese ungewollte Verkrampfung löste, erschrak sie über ihr Tun und legte sanft den Kopf auf die Brust ihres Vaters. »Entschuldige, Papa.«

»Die Hühner«, hauchte er kaum vernehmbar immer wieder.

»Was ist damit?«, fragte Lea verwirrt. »Was ...«

»Treib ... treib sie raus«, unterbrach der Schwerverletzte seine Tochter, weil er nicht wusste, ob er einen Augenblick später noch dazu in der Lage sein würde. Das Sprechen kostete den durch Blutverlust und Schmerzen arg geschwächten Körper so viel Kraft, dass Jakob Bomberg keinen ganzen Satz mehr am Stück herausbringen konnte.

»Ja, Papa? Soll ich ...?«

»Ja! Und leg alle Eier vor die Tür. – Vielleicht lassen sie uns dann in ...«

»Papa! Papa«, rief Lea verzweifelt. Aber es half nichts. Ihr Vater antwortete schon wieder nicht mehr.

Lea drückte beide Hände auf ihren Mund und blickte sich nach allen Seiten um. »Was hat Papa zu mir gesagt?«

Ihre Gedanken schwirrten derart wirr durch den Kopf, dass sie es nicht fertigbrachte, sie zu sortieren. »Papa, was hast du gesagt? Was soll ich tun?«

Als ein Stein mit solcher Wucht durch das Fenster mit dem kurz zuvor beschädigten Fensterladen schoss, dass er sogar an die hintere Wand krachte und beim anschließenden Herunterfallen einen großen Tonteller zerdepperte, riss es Lea hoch und sie erwachte wie aus einem tranceähnlichen Zustand.

Jetzt fiel es ihr wieder ein: »Die Hühner! Und die ...«

Hastig rannte sie den düsteren Gang entlang, in dem rechter Hand die Arbeitsgeräte ihrer Eltern hingen und links die Regale mit den Hühnereiern standen, und verletzte sich dabei so fest am rechten Oberarm, dass es sie gleich auf die andere Seite – mitten in die Eierregale hinein – schleuderte. Das erste Holzgestell kippte um und drückte Lea auf den Boden. Dabei blieb kaum ein Ei heil. Während nach und nach auch die anderen Regale zusammenbrachen, schrie sie vor Schmerz und hielt ihre blutende Schulter. Aber sie hatte jetzt keine Zeit, sich um sich selbst zu kümmern – sie hatte einen Auftrag, den es schnellstens zu erfüllen galt. Trotz des stechenden Schmerzes ließ sie sich nicht beirren und lief jetzt ungebremst in den Hühnerstall. Hastig schnaufend angekommen, riss sie die Stalltür auf. Dass das eindringende Tageslicht blendete, war eine Gnade. So sah sie die drohende Menschenmenge wenigstens nur schemenhaft. Sie versuchte erst gar nicht, ihre Augen an das langsam untergehende Licht der Sonne zu gewöhnen. Da die Hühner mindestens genauso aufgeregt waren wie Lea, brauchte sie diese erst gar nicht nach draußen zu scheuchen. Die dummen Viecher rannten dem Tageslicht und somit ihrem unvermeidlichen Ende in den Mägen der hungernden Meute entgegen.

Die Leute ließen ihre Mistgabeln, Sauspieße und Dreschflegel fallen und rannten – wie das aufgeregt gackernde Federvieh – ebenfalls wild durcheinander, um es zu fangen.

Von alledem bekam Lea nichts mehr mit. Sofort schloss sie die Stalltür wieder und lehnte sich schnaufend mit dem Rücken dagegen, sie konnte nicht mehr. Sie hoffte jetzt nur noch, dass die da draußen sich mit den Hühnern zufriedengeben und sie und ihren Vater in Ruhe lassen würden. »Mama ...«, wimmerte sie.

Kapitel 31

ALS SICH DIE MÖNCHE DES KLOSTERS MEHRERAU um sieben Uhr zur Morgensuppe versammelten, hatten sie bereits das *Stundengebet* mit dem anschließenden *Morgenlob* und das *Konventamt* hinter sich. Werktags wie sonntags und sommers wie winters begann ihr Tag zur fünften Stunde. Wie es der *monastischen Lebensweise* entsprach, war der klösterliche Bereich aber nicht nur ein Ort des Gebetes, sondern auch der Arbeit. So hatten einige der geistlichen Brüder sogar schon seit der vierten Stunde auf den Beinen sein müssen, um die Öfen zu schüren, Wasser aus dem Brunnen zu schöpfen, Brot zu backen und die Morgensuppe zuzubereiten oder andere Arbeiten zu verrichten.

Vom Beginn des Tages an demonstrierten die Mönche ihre Treue zur Klostergemeinschaft und zu einem zielstrebigen Wandel des Bösen zum Guten. Sie unterwarfen sich bedingungslos den Anweisungen ihres Abtes Plazidus Vigell und wandelten aufopferungsbereit mit ihm auf den Spuren des Evangeliums. Die alltägliche

Feier der Liturgie und der heiligen Eucharistie dokumentierten ebenso, dass Gott die lebendige Mitte ihres klösterlichen Lebens war wie das Stundengebet und die Zeiten des Schweigens, was Mönchen wie Bruder Bernardus oftmals am schwersten fiel. Als Zeichen der Freude an Gott und am Leben wurden im Kloster Mehrerau nicht nur die täglichen Gebete, sondern auch der Gesang des Chorals gepflegt.

Das göttliche *Offizium* wurde in lateinischer Sprache nach den liturgischen Büchern des Klosterordens gebetet und gesungen. Klausuren dienten der inneren Einkehr sowie dem Studium der Kirchenlehre und anderer Wissenschaften.

An Klausur war aber heute nicht zu denken. Die Mönche freuten sich, dass sich in ihrem ansonsten ruhigen Alltag endlich wieder einmal etwas rührte. Durch alle Räume wehte ein Hauch ungezwungener Fröhlichkeit, und aus dem Arbeitszimmer des Abtes hörte man schon seit über Stunden lautes Gelächter. Nachdem Plazidus Vigell von Bruder Nepomuks Rückkehr berichtet worden war, hatte er sich mit seinen Gebeten beeilt, um sich mit ihm zu unterhalten. Selbstverständlich würde er seine Pflichten morgen nachholen. Jetzt aber wollte er erst einmal alles vom verloren geglaubten Klostersohn erfahren, weswegen er ihn seit dem ersten Hahnenschrei mit Fragen überhäufte. Nepomuk musste ihm alles über die Zeit fernab des Klosters und über seine Herkunftsrecherchen berichten.

»Und du hast die ganzen Jahre über einen Vollbart und dieses lange Haar getragen?«, fragte der ehrwürdige Klosterleiter ungläubig. »Schade, dass du ihn heute früh, noch bevor ich dich damit gesehen habe, abrasiert hast. Aber du weißt schon …«, er sah seinen Mitbruder streng an, bevor er weitersprach, »dass du dir von Bruder Hermann auch noch die Haare schneiden lassen musst.«

Nepomuks trotziger Blick verhieß dem Abt, dass er seinem diesbezüglichen Wunsch noch Nachdruck würde verleihen müssen, weswegen er jetzt nicht näher darauf einging und stattdessen eine weitere Frage stellte: »Sag mir nochmals: Wie hast du Dreyling von Wagrain kennengelernt?« Er amüsierte sich zwar köstlich über die Antwort, die er bereits zum dritten Male hörte, weil er Nepomuk diese Frage ebenfalls schon zum dritten Male gestellt hatte, gedachte aber, dem ihm nicht ganz reuig dünkenden Sünder Nepomuk dafür die Beichte abzunehmen und ihm eine angemessene Buße aufzuerlegen.

Sie redeten und lachten so lange, bis Bruder Vincenzius an die Tür klopfte und darauf hinwies, dass die siebente Stunde angebrochen sei und es Zeit für die Morgensuppe wäre.

»Sind unsere Mitbrüder schon alle versammelt?«

»Ja, ehrwürdiger Abt!«

»Ist unser Gast auch schon da?«

»Nein! Wir haben ihn bis jetzt schlafen lassen. Aber sein Sohn Eginhard sitzt schon im Refektorium.«

»Gut! Dann weiß er noch nicht, dass sein Vater hier ist. Weck den Kastellan!«

»Wen?«

Der Abt schüttelte den Kopf. »Na, wen schon? Eginhards Vater! Und nun mach hin! ... Wir kommen auch gleich in den Speisesaal.«

Während der allseits respektierte und hochgeachtete Abt des berühmten Klosters Mehrerau und Bruder Nepomuk auf dem Weg zur Morgensuppe waren, konnte er sich ein paar lästernde Bemerkungen zur langen Abwesenheit des Hünen nicht verkneifen, sagte aber abschließend: »Schön, dass du wieder da bist.«

⁓☙⁓

Lachend, Arm in Arm, betraten sie das durch mehrere große Fenster lichtdurchflutete Refektorium. Als Eginhard die beiden sah, wusste er nicht, über was er sich mehr wundern sollte: über die Größe und das angsteinflößende Aussehen des ihm fremden Mannes in Mönchskutte, oder über die ungewöhnlich lockere Art des ansonsten auf Abstand bedachten Ordensleiters.

»Meine Mitbrüder. Wie ihr mittlerweile sicherlich alle wisst, haben wir einen hohen Gast ... Er wird gleich hier sein«, verkündete der Abt freudig.

»Noch jemand?«, fragte Eginhard, für den auch der Hüne ein Gast war, leise seinen Tischnachbarn.

Aber anstatt eine Antwort zu geben, hatte der rechts neben ihm sitzende Bruder Andreas große Mühe, ein Kichern zu unterdrücken.

Eginhard wollte ihn eigentlich noch fragen, warum sein ansonsten links von ihm sitzender Nachbar Josephus schräg gegenüber dort Platz genommen hatte, wo ansonsten der seit Tagen kranke Bruder Hieronymus saß, während Josephus' angestammter Platz frei geblieben war, ließ dies aber aufgrund der merkwürdigen Albernheit des Mönches bleiben. Ihm fiel zwar auf, dass heute alle besonders guter Laune waren, er konnte sich aber keinen Reim darauf machen.

Da sich bei den Fratres nicht nur der Hunger, sondern auch die Neugierde bemerkbar machte, konnten sie es kaum erwarten, bis Bruder Vincenzius mit dem Gast kommen würde. Als sie endlich schlurfende Geräusche ausgelatschter Sandalen und zudem einen festen Stiefeltritt hörten, blickten alle gespannt zur Tür. Bruder Vincenzius trat ein und kündigte den Gast in einer Art und Weise an, als wenn er dies vom Zeremonienmeister des nahe gelegenen Schlosses Hohenbregenz gelernt hätte: »Hannß Ulrich Dreyling von Wagrain, der Vater unseres Doctors Eginhard Dreyling von Wagrain«, verkündete er mit sichtlichem Stolz auf seine ehrenvolle Aufgabe, bevor er den zweiten Flügel der Tür öffnete.

Als Eginhard dies hörte, schlug er ungläubig die Hände zusammen. Indessen durchmaß sein Vater mit großen Schritten den Raum bis zu dem Platz, der ihm von Bruder Matthias zugewiesen wurde. Eginhard war schon von seinem Stuhl aufgesprungen, um seinem Vater entgegenzulaufen. Beide brachten keinen Ton hervor und sahen sich intensiv an, bevor sie sich so lange umarmten, wie sie der Hausherr gewähren ließ.

»Und nun setzt Euch, damit Ihr gestärkt in den Tag gehen könnt, edle Herren«, löste der Abt die herzliche Situation auf.

Als sein Vater links neben ihm Platz nahm, wusste Eginhard, weswegen dieser Stuhl freigehalten worden war. Da während der Einnahme der Morgensuppe geschwiegen werden musste, warf er Bruder Josephus, der ansonsten neben ihm saß, einen dankbaren Blick zu.

Als die erste Speisung des Tages beendet war, begann ein allgemeines Gemurmel, das sogleich vom Abt unterbrochen wurde. Er stand auf und rieb sich fast verlegen die Hände, bevor er zu sprechen begann. Dabei setzte er eine ernste Miene auf, die eigentlich nicht zur momentan fröhlichen Situation passte.

»Meine lieben ... meine lieben Mitbrüder im Herrn«, begann er seine Rede ungewöhnlich holprig, bevor er sich räusperte.

»Ich glaube, dass es jetzt an der Zeit ist, einige Dinge klarzustellen. Bevor wir unseren noblen Gast – den Vater unseres hochgeschätzten Eginhard – begrüßen, möchte ich den verlorenen Sohn – unseren geliebten Bruder Johannes Nepomuk – im Kreise seiner Mitbrüder willkommen heißen.«

Die Mönche klatschten aufgeregt in ihre Hände und warfen Nepomuk strahlende Blicke zu. Sie alle freuten sich, ihn wieder in ihrer Mitte zu haben.

»Mein Tag begann heute nicht mit der Laudes, sondern mit einem langen und ersprießlichen Gespräch, das ich mit Bruder Nepomuk führen konnte.«

Der Abt wirkte, für alle spürbar, merklich unruhig und musste – was sonst nicht seine Art war – erst noch einen passenden Anfang für das, was er eigentlich sagen wollte, finden. »Nun: Bruder Nepomuk hat mir gestattet, euch offen zu berichten, warum er für lange fünf Jahre unser Kloster verlassen hat und ...«

Als schon wieder Gemurmel einsetzte, machte der Abt eine kurze Pause, bevor er dazu ansetzte, endlich zur Sache zu kommen: »Wie ihr alle wisst, wurde Bruder Nepomuk unserer Obhut übergeben, als er noch in der Bruche gelegen ist. Um den Winzling aufziehen zu können, bedurfte es der Hilfe unserer Mitschwestern von Mariastern und einer Amme aus dem Sankt Gallischen. Nepomuk war stets ein gottesfürchtiges Kind und hat sich ohne zu murren den Regeln unseres Klosters untergeordnet. Obwohl er nie einen Hehl daraus gemacht hat, dass der Dienst am Herrn nicht unbedingt seine Berufung ist und er lieber Kranke außerhalb unserer Klostermauern heilen würde, wurde er ein vorbildlicher Mönch unseres Ordens. Es ist ein Verdienst von Bruder Alfons, dass der wahrhaft kluge Geist unseres Mitbruders schon früh erkannt wurde und wir einen der berühmtesten Heilkundigen weit und breit aus ihm machen konnten.«

Der Kastellan hatte sich schon über das glatt rasierte Gesicht seines neuen Freundes gewundert. Über das aber, was er jetzt zu hören bekam, musste er staunen, weswegen er dem Abt umso interessierter zuhörte, obwohl er die Augen nicht von Eginhard lassen konnte.

»Da wir Bruder Nepomuk nicht gehen lassen wollten, wurde er zum Grund dafür, dass wir uns dazu entschlossen haben, Lehrer in unser Kloster zu holen, um hier gottesfürchtigen, talentierten jungen Männern die Heilkräfte der Natur näherbringen zu können. So wurde aus Bruder Nepomuk nicht nur ein Heilkundiger, sondern ein Gelehrter, der sein Leben der Hilfe Kranker verschrieben hat. Er hat nicht nur die Heilwirkung der verschiedensten Pflanzen studiert, sondern auch noch die scholastische Medizin und die Chirurgie. Vor seiner Privatreise nach Sigmaringen weilte er sogar in Wien und Salzburg, um dort als Universitätsprofessor zu wirken.«

Als der Kastellan dies hörte, musste er schmunzeln. Von wegen Hufschmied, dachte er, leicht den Kopf schüttelnd. Obwohl seine Gedanken einen Moment zu ihrem ersten Treffen nach Hörbranz abschweiften, hörte er dem Abt weiterhin aufmerksam zu.

»Dies, meine Brüder, ist es aber nicht, was ich euch sagen wollte. Unabhängig davon, dass Stolz eine Sünde ist, dürfen wir uns freuen, einen der hervorragendsten Heiler unserer Zeit hervorgebracht zu haben, … und dem folgt bereits der nächste auf dem Fuß.«

Der Abt wandte sich jetzt Eginhard zu: »Unser junger Medicus aus dem Allgäu hat es innerhalb kürzester Zeit geschafft, in die fürwahr großen Fußstapfen Bruder Nepomuks zu treten.«

Ein betagter Mönch fürchtete sich nicht, den Abt zu unterbrechen und repetierte, für alle hörbar: »Er hat fürwahr große Füße!«

Mit Blick auf den Hünen musste der Abt selbst schmunzeln und wartete geduldig ab, bis das Lachen der Mönche verstummt war, bevor er mit salbungsvollen Worten weitersprach: »Dass Eginhard eines Tages ein Meister seines Fachs werden würde, konnten Bruder Alfons und ich schnell erkennen. So haben wir seinerzeit die nötigen Schritte eingeleitet, um ihm eine möglichst gute Ausbildung angedeihen zu lassen. In der leisen Hoffnung, dass Eginhard eines Tages unserem Kloster dienen würde, haben wir nicht nur die Immatrikulationsgebühr und die Prüftaxen entrichtet, sondern auch noch die nötige Gelehrtentracht bezahlt. Für die Graduierung ist unser Kloster ebenso aufgekommen wie für die Bezahlung der Dozenten und der Prüfer. Damit sich seine Eltern nicht sorgen, haben wir ihm auferlegt, nicht darüber zu sprechen ... Außerdem war dies auch sein eigener Wunsch. Zudem wollten wir ihn davor bewahren, während seiner Universitätsaufenthalte in Studentenhäusern wohnen zu müssen. Deswegen haben wir ihn bei unseren geistlichen Mitbrüdern in Salzburg und Wien untergebracht. Auch dies, baten wir Eginhard, so lange für sich zu behalten, bis er seinen Abschluss hat ... Immerhin wird unsere noch junge ›Klosteruniversität‹ von oben her aufmerksam beobachtet.«

An den merkbar verdutzt dreinschauenden Kastellan gewandt, fuhr er fort: »Werter Herr Dreyling von Wagrain! Ich sage Euch dies nicht, um etwas zurückzufordern. Wir taten alles aus freien Stücken und nicht, um Eginhard an unser Kloster zu binden, sondern allein aus der Entscheidung heraus, einem talentierten jungen Mann den Weg in ein Leben zum Gefallen Gottes und zum Wohle der Menschheit zu ebnen. Und dass diese Entscheidung richtig war, wissen wir heute. Wohl kaum ein Studiosus hat die Doctorwürde, ... die allerdings erst noch bestätigt werden muss«, fügte er schnell noch ein, »... in solch kurzer Zeit erlangt wie Eginhard. Dies grenzt nicht an ein durch unsere Gnadenmutter verursachtes Wunder, sondern ist allein Eginhard selbst zuzuschreiben.«

Während der Abt weitererzählte, blickte er immer noch den Kastellan an. »Euer Sohn hat sich an keinem einzigen Tag so aufgeführt wie die Scholaren des Mittelalters, die es noch heute in den Universitäten zuhauf zu geben scheint. Da er niemals frech und aufmüpfig war, hat ihm zu keiner Zeit aufgrund von Ungehorsam oder gar von Sittenlosigkeit die Relegation gedroht. Im Gegenteil: Schon als junger Studiosus hat sich Eginhard tagtäglich der Disputation und der Repetition mit seinen Professoren und mit uns allen gestellt. Anstatt in Salzburg und in Wien die Nächte mit seinen saufenden, raufenden und hurenden Kommilitonen zu verbringen, hat er sich vorbildlich auf seine Examina vorbereitet«, drohte der Abt ins Schimpfen abzugleiten, wurde aber durch allseitiges Gemurmel anlässlich des Gehörten wieder auf das gelenkt, was er eigentlich sagen wollte. Dabei merkte er, dass der Kastellan nicht mehr wusste, wovon überhaupt gesprochen wurde, und stellte gleichzeitig fest, dass es Eginhard unangenehm zu sein schien, weil sein Vater jetzt erst, und nicht von ihm selbst, davon erfuhr.

Während der Kastellan seinen Sohn ungläubig, aber stolz, ansah, fuhr der Abt fort: »In Salzburg musste er das Elementarstudium der ›Artes liberales‹, wozu Grammatik, Rhetorik und Dialektik gehören, hinter sich bringen, um seinem Ziel näher zu kommen. Nach drei Semestern hatte Eginhard das Elementarstudium mit Bravour bestanden und als ›Bakkalaureus‹ beendet, bevor er in Wien sieben weitere Semester lang studierte, wonach er – zum ›Magister artium‹ graduiert – die Lehrbefähigung erlangt hat und nach Mehrerau zurückkehren konnte, um hier, von Bruder Alfons unterrichtet, intensiv die Heilkräfte der Natur und die Medizin studieren zu können.«

Der Abt schnaufte tief durch.

»Schon am Ende dieses Jahres wird Eginhard seine Lehrbücher an einen ebenfalls talentierten Knaben aus Arbon weitergeben und hoffentlich selbst als Dozent in unserem Institut wirken. Mein Glück wäre vollkommen, wenn uns neben Eginhard auch Bruder Nepomuk als Professor zur Verfügung stehen würde. Obwohl dies wohl erst der Fall sein wird, wenn es jemandem gelingt, ihm seine Streitaxt abzunehmen, haben wir jetzt schon die Zusage aus Wien, einen weiteren Studiosus – den eben genannten Knaben – aufnehmen zu dürfen. Da wir nicht so lange warten können, bis Bruder Nepomuk so alt ist, dass seine Hände die Axt nicht mehr zu halten vermögen, konzentrieren wir uns auf den vielversprechenden Knaben aus der Schweiz, der Eginhard nachfolgen und – so Gott will – teilweise auch von ihm unterrichtet werden wird. Sollte uns dann ein dritter Erfolg beschieden sein, wird es unserem Kloster freistehen, hochoffiziell eine eigene Universität zu gründen«, schloss der Abt den ersten Teil seines Berichtes.

Während die Mönche begeistert zu klatschen begannen, legte der Kastellan seinen rechten Arm um Eginhard und drückte ihn fest an sich. »Ob Sünde oder nicht: Ich bin stolz, mein Sohn!« Die Tränen in seinen Augen sah Eginhard nicht.

Eine Handbewegung des Abtes gebot der aufkommenden Unruhe im Raum Einhalt und sorgte dafür, dass ihm auch weiterhin die ungeteilte Aufmerksamkeit der Mönche zuteil wurde.

»Ich bin noch nicht ganz fertig und möchte jetzt auf unseren Bruder Johannes Nepomuk eingehen! Seit aus dem Kind ein Knabe wurde, ist kaum ein Tag vergangen, an dem er mich nicht nach seinen leiblichen Eltern gefragt hat. So musste ich ihm eines Tages die Wahrheit über seine ...«, der Abt schluckte, »blaublütige Herkunft sagen. Nepomuk trägt sogar den Vornamen seines Vaters, des regierenden Fürsten von Hohenzollern-Sigmaringen und wird nur von uns Nepomuk gerufen.«

Im Speisesaal war es jetzt so still, dass die Mönche ihr eigenes Schnaufen hören konnten, während sie sich gegenseitig ungläubig anschauten. Der Abt ließ ihnen genügend Zeit, das soeben Gehörte gedanklich zu verarbeiten, bevor er Genaueres darüber erzählen wollte. Denn von Nepomuks hochadliger Abstammung wussten sie bisher ja nichts.

Der stolze Vater lächelte Eginhard wissend an, während auch er dem Abt zuhörte und noch einige Neuigkeiten über die vornehme Abstammung seines Freundes erfuhr, die ihm Nepomuk noch nicht berichtet hatte.

Nachdem sich die Mönche wieder etwas beruhigt hatten, ergriff Abt Vigell erneut das Wort und sagte spaßeshalber: »Nun wisst ihr über euren Mitbruder Nepomuk Bescheid und könnt euch ihm gegenüber dementsprechend benehmen.«

»Nur gut, dass wir vor ihm nicht in die Knie gehen müssen, um unter ihm zu stehen, weil er selbst so groß ist«, witzelte der betagte Mönch, der sich zuvor schon erdreistet hatte, den Abt zu unterbrechen.

Aber der nahm es gelassen und wandte sich abermals lächelnd dem Gast zu: »Und nun zu Euch, werter Dreyling von Wagrain, hochrangiger Verwalter des Schlosses Staufen ... und Vater unseres allseits geschätzten und beliebten Zöglings. Seid uns ebenfalls herzlich willkommen! Was ist der Grund dafür, dass Ihr den beschwerlichen Weg von Staufen hierher nach *Brigantium* auf Euch genommen habt?«

Der Gast benötigte etwas Zeit, bevor er antworten konnte: »Ich bin hierhergekommen, um meinem Sohn etwas Wichtiges mitzuteilen.« Er sah mit schmerzlichem Blick auf Eginhard.

»Um Gottes willen, Vater! Ist etwas mit Mutter?«

»Nein! Nein! Ihr geht es zwar immer noch nicht gut, aber es ist nichts Außergewöhnliches mit ihr«, versuchte der Kastellan, seinen Sohn zu beruhigen.

Eginhard spürte dennoch, dass etwas nicht stimmte. So ließ er nicht locker und stellte seinem Vater hastig eine Frage nach der anderen. »… und mit Lodewig und Diederich ist doch auch alles in Ordnung?«

Der Kastellan erhob sich und wandte sich mit der Bitte an den Abt, sich mit seinem Sohn zurückziehen zu dürfen.

»Geht in die Kirche! Da stört Euch um diese Zeit niemand. Außerdem seid Ihr dort dem Herrn nahe, falls Ihr seinen Beistand benötigen solltet«, gebot der Klosterleiter mit sanfter Stimme. Da er spürte, dass der Vater seinem Sohn keine gute Kunde überbringen würde, fügte er noch an: »Wir beten währenddessen für Euch und Eure Familie.«

Eine betretene Stille machte sich breit. Die Mönche falteten die Hände und begannen – ohne sich abgesprochen zu haben – *communi consensu* damit, ein Stoßgebet dem Himmel entgegenzuschicken.

Nachdem sie von einem Novizen in die Kirche geleitet worden waren, eine Kniebeuge gemacht und sich bekreuzigt hatten, setzten Ulrich und Eginhard sich in die erste Bankreihe.

Der Vater hielt beide Hände seines Sohnes fest und sah ihn lange an. Er wusste nicht, wie er es ihm sagen sollte. Bevor er es herausbrachte, gab sich Eginhard selbst die Antwort: »Lodewig oder Diederich ist tot!«

Der Vater nickte nur stumm und begann zu schluchzen: »Ja, mein Sohn! … Unser Kleiner!«

Eginhard schrie ein so lautes »Neiiin«, dass es nicht nur in der Kirche hallte, sondern sogar im Refektorium zu hören war.

Die Mönche wussten zwar noch nicht, welchen Schmerz Eginhard hinausschrie, sprachen aber dennoch ein Gebet ums andere für die Familie Dreyling von Wagrain. Der junge Medicus verbarg den Kopf in seines Vaters Halsbeuge und fragte immer wieder nur: »Warum? ... Warum Diederich?«

Es dauerte lange, bis er sich so weit gefasst hatte, dass ihm sein Vater den vermeintlichen Unfallhergang, der zum Tod seines jüngsten Bruders geführt hatte, in den vermuteten Einzelheiten berichten konnte. Dabei wurde er immer wieder durch Weinkrämpfe seines Sohnes unterbrochen. So dauerte es eine geschlagene Stunde, bis der ansonsten selten um Worte verlegene Schlossverwalter alles losgeworden war.

Danach blieben sie noch lange in der Kirche. Sie redeten, schwiegen, beteten und weinten abwechselnd, wobei Tränen in den Augen ihre Dauerbegleiter waren. Immer wieder stellte Eginhard die gleiche Frage: »Warum gerade dieser unschuldige Bub, der doch niemandem etwas getan hat? Mein Gott, wo warst du zur Stunde seines Unfalls?« Dabei schweiften seine Gedanken immer wieder ganz intensiv zur kranken Mutter.

~⚬~

Nachdem die Mönche ihr Mittagsmahl und ihre Ruhezeit hinter sich gebracht hatten und sich längst schon wieder ihrem vormittags begonnenen Tagewerk widmeten, spazierten der Kastellan und Eginhard am Seeufer entlang. Die Bewegung, die frische Luft, der klare Blick über den Bodensee bis nach Lindau hinüber und das Gespräch taten Vater und Sohn dermaßen gut, dass sie sich am späten Nachmittag so weit erholt hatten, um an der baldigen Vesper teilnehmen zu können. Zuvor aber wollte Eginhard ein Weilchen allein sein. Diese Zeit nutzte der Kastellan, um dem Abt und Nepomuk vom Unglück seines jüngsten Sohnes zu berichten. Er erzählte auch ausführlich von der langen Krankheit seiner Frau und bat darum, Eginhard mit nach Hause nehmen zu dürfen, damit er seiner Mutter nicht nur seelischen Beistand leisten, sondern auch versuchen könnte, sie mit seinen Künsten zu heilen. »Da er nicht nur – wie ich heute früh gehört habe – sein Grundstudium, sondern auch schon sein Doctoratsstudium beendet hat, ist er hier sicher entbehrlich«, stellte der Kastellan fast schroff fest und ging davon aus, dass es kein Problem sein würde, gleich morgen früh mit Eginhard nach Hause zu reiten.

Aber der Abt versuchte, dem Schlossverwalter klarzumachen, dass für Eginhard die absehbare Möglichkeit bestünde, darüber hinaus auch noch als Professor anerkannt zu werden, und er daher keineswegs entbehrlich sei. »Auch wenn Eginhard inoffiziell schon den Doctorgrad hat, wäre es unverzeihlich, wenn er den letzten Teil seines Studiums nicht beenden würde. Pater Alfons benötigt Eginhard im *claustrum infirmarium*, wo er ein letztes Semester damit verbringen wird, die Praxis im Umgang mit Kranken, Verletzten und Siechen zu erlernen. Seid also vernünftig und lasst Euren Sohn noch eine Weile hier«, bat Plazidus Vigell und erfuhr dabei unerwartete Unterstützung durch Nepomuk, der einen Vorschlag unterbreitete, von dem der Abt allerdings ganz und gar nicht begeistert war: »Ulrich …«, sagte Nepomuk mit einem sanften Lächeln auf seinen Lippen, während er einen Arm auf die Schultern seines neuen Freundes legte, »anstelle deines Sohnes reite ich mit dir nach Staufen, um zu versuchen, deine Frau zu heilen. Sollte mir dies – wovor Gott uns bewahre – nicht gelingen, würde es Eginhard vermutlich auch nicht glücken. In diesem Fall könntest du mich zum Teufel jagen. Eginhard hingegen würde sich ewig Vorwürfe machen.«

Da Nepomuk wusste, dass ihn der Abt am liebsten hierbehalten und deswegen jetzt protestieren würde, dies aber aufgrund der Situation wohl nicht fertigbrachte, sah er ihn herausfordernd an.

»Jetzt haben wir unseren verlorenen Sohn endlich wieder im Schutze seines Ordens gewähnt, da möchte er schon wieder fort.« Abt Vigell presste die Lippen zusammen und schüttelte den Kopf: »Also gut! Du tust ja sowieso, was du möchtest. Um der Sache willen …, in Gottes Namen: Meinen Segen hast du.«

»Aber … Eginhard? Wir müssen zuvor mit ihm sprechen! Er wird sich nicht davon abbringen lassen, seiner Mutter in der Stunde der Not beizustehen«, entgegnete der Kastellan, der zwar einerseits seinen Sohn gerne mitgenommen hätte, andererseits aber dachte, dass es für den erst frischen Medicus im Moment noch eine fürwahr unzumutbar verantwortungsvolle Aufgabe wäre, gerade seiner eigenen Mutter bei einer offensichtlich schlimmen und womöglich unheilbaren Krankheit zu helfen. Der Vater war der Meinung, dass Eginhard zwar ein großes Talent, aber aufgrund seiner Jugend doch noch recht unerfahren war.

»Er wird es verstehen«, antwortete Nepomuk milde, während der Abt zähneknirschend, aber zustimmend nickte und das Thema beendete, indem er zur Vesper bat.

Während die anderen beiden aufstanden, zögerte der Kastellan: »Aber da ist noch etwas!«

»Was denn?«

»Aufgrund des großen Glaubenskrieges sind die Straßen unsicher … und außerdem wütet in Staufen auch noch die Pestilenz!«

»Dass es auf den Straßen landauf, landab von marodierenden kaiserlichen und schwedischen Truppen nur so wimmelt, dürfte für Bruder Nepomuk kein Problem sein«, witzelte der Abt und überlegte ein Weilchen. »… aber die Pest?«, gab er dann doch zu bedenken.

»Ach was! *Non mergor*, wofür bin ich ein Heilkundiger? Vielleicht kann ich ja nicht nur der Frau meines Freundes, sondern auch noch anderen helfen?«

Zum Kastellan gewandt, ergänzte Nepomuk noch: »Gut, dass du es gesagt hast. Ich habe nicht nur vorzügliche Mittel, um deiner Frau zu helfen, sondern auch, um die ›Bubos‹ zu entleeren.«

»Bubos?«

»Ja! In einem orientalischen Buch über die Pest werden die eitrigen Pestbeulen so benannt. Obwohl diese Schrift alt ist und aus dem Jahre 398 nach der *Hedschra* stammt, birgt sie schon unschätzbar wertvolle Kenntnisse über die Pest.«

»Du bist nicht nur der Sprache des Morgenlandes mächtig, sondern kennst dich auch noch mit den dortigen Sitten und Gebräuchen aus?«, fragte der Kastellan erstaunt und bekam in dem Tonfall des Erhabenen zur Antwort, dass man erst die Sprache der Muslime beherrschen und deren manchmal merkwürdig anmutende Kultur kennen musste, bevor man sie zum richtigen Glauben bekehren konnte.

»Nun reicht es aber mit deinen von Gott ungewollten Sprüchen. Übe dich lieber in Demut! Und nun kommt endlich! … Die Vesper wartet«, fuhr der nun sowieso schon schlecht gelaunte Abt knurrend dazwischen.

»Es ist mir unangenehm, noch etwas einwerfen zu müssen«, traute sich Ulrich Dreyling von Wagrain fast nicht mehr zu sagen.

»Sprecht getrost«, ermunterte ihn der feinfühlige Abt, der dies bemerkt und sich sofort wieder beruhigt hatte. »Meine Rüge galt nicht Euch.« Als er dies sagte, sah er Nepomuk, der fast etwas verlegen wurde, streng an.

»Da die Pest schon seit Mai grassiert, gibt es in Staufen auch keine Lebensmittelvorräte mehr. Selbst im Schloss gehen sie langsam, aber sicher zu Ende … wenn sie dies zwischenzeitlich nicht schon sind. Im Dorf spielen sich deswegen schon seit längerer Zeit schreckliche Dinge ab. Um nicht zu verhungern, raubt einer des anderen Nahrungsmittel. Die Menschen schrecken selbst davor nicht zurück, Hunde, Katzen oder sogar …« Der Kastellan schluckte. »Weitere Scheußlichkeiten möchte ich Euch ersparen.«

»Das ist auch gut so«, hätte der Abt die Ausführungen des Kastellans sowieso abgewürgt. Er hatte sich schon Nepomuk zugewandt, dem er jetzt augenzwinkernd den guten Rat gab, seine gefürchtete Doppelaxt nicht zu vergessen.

Eine merkwürdige Reaktion für einen friedliebenden Obermönch, empfand der im Grunde genommen ebenfalls friedliche Staufner, dem sogleich zugesichert wurde, ihn mit ausreichend Nahrung zu versorgen. Der großzügige Klosterleiter versprach sogar, einen großen Wagen mit Lebensmitteln bepacken zu lassen, damit wenigstens im Staufner Schloss und im Spital – von dem der Kastellan ebenfalls ausführlich berichtet hatte – für eine gewisse Zeit nährstoffreiche Kost zur Verfügung stehen würde.

»Vergiss aber nicht, ein *Lot* Wein mit aufladen zu lassen«, empfahl Nepomuk. »… nicht wegen des Weines selbst, nur wegen der darin enthaltenen Nährstoffe.«

Nach der Vesper fanden sich der Abt, Nepomuk und Eginhard ohne den Kastellan zu einem Gespräch zusammen. Die Unterhaltung verlief erwartungsgemäß problematisch. Die beiden Benediktinermönche mussten schwere Geschütze auffahren, um den jungen Mann davon zu überzeugen, dass es besser wäre, wenn an seiner statt Bruder Nepomuk mit nach Staufen reiten würde, um zu versuchen, seiner todkranken Mutter zu helfen. Auch wenn Eginhard selbst nicht würde mitkommen können, würde es seiner Mutter doch eine große Freude bereiten zu erfahren, dass ihr Erstgeborener nicht nur ein Doctor war, sondern sich auch anschickte, noch höhere wissenschaftliche Weihen zu empfangen. So etwas hatte es bisher im gesamten Allgäu nur höchst selten, in Staufen sogar noch nie gegeben. »Deine Mutter wird sehr stolz auf dich sein«, war sich Abt Vigell sicher.

Eginhards Vater hielt sich bewusst aus diesem heiklen Gespräch heraus und lief stattdessen lieber im Flur auf und ab, damit ihm der junge Medicus später nicht würde vorwerfen können, schuld daran zu sein, dass er seiner Mutter zwar habe helfen wollen, aber es letztendlich doch nicht geschafft habe, sie zu retten. Dies würde das ganze Leben seines hoffnungsvollen Sprosses für alle Zeiten negativ verändern und er würde nie mehr der aufstrebende Jungmediziner sein, der er ansonsten sein könnte. Umgekehrt wollte der Kastellan auch nicht die Last mit sich tragen müssen, falls Nepomuks Heilkunst nicht ausreichen sollte. »Ihn dann zum Teufel jagen, ist leicht gesagt. Aber wer hätte etwas davon?«, überlegte er.

Der Kastellan war sich bewusst, dass Eginhard seine Mutter vielleicht nie mehr sehen würde, ... wenn er jetzt nicht mitkam. Diese Vorstellung war für den liebenden Vater unerträglich. Während die anderen in der zwei Stockwerk hohen und reichlich ausgeschmückten Bibliothek saßen und laut hörbar diskutierten, wandelte er unruhig umher.

Endlich ging die Tür auf und die drei kamen heraus. Eginhard lief schnurstracks auf seinen Vater zu und umarmte ihn, während er ihm leise ins Ohr flüsterte: »Ich weiß nicht, warum, aber ich habe Vertrauen zu Bruder Nepomuk. Er wird Mutter heilen!«

Der Kastellan drückte seinen Sohn, auf den er jetzt ob seiner Besonnenheit und seiner Vernunft noch stolzer war als schon zuvor, ganz fest an seine Brust und schämte sich seiner Tränen nicht, die bei beiden schon wieder reichlich flossen. Um Eginhard wenigstens etwas zu beruhigen, erzählte ihm der Vater ausführlich von Lodewigs Hochzeit mit Sarah und von der Geburt ihres Kindes. Dass Eginhard Taufpate werden würde, verschwieg er ihm. Dies – so war es zu Hause abgesprochen worden – wollte Lodewig seinem älteren Bruder an Weihnachten selbst mitteilen.

Nachdem sie sich noch ein ganzes Weilchen unterhalten hatten, teilten sie den Mönchen die Situation und Eginhards Entscheidung mit. Dabei waren den Klerikern ein lachendes und ein weinendes Auge anzumerken. Zu gerne hätten sie nicht nur Eginhard, sondern auch noch ihren Mitbruder unter sich gewusst. Abt Vigell hatte es mit der Vesper als Teil der liturgischen Regeln des Ordens für heute gut sein lassen, damit sich die Mönche den ganzen Abend mit Bruder Nepomuk unterhalten konnten. Er ließ sogar ein kleines Fässchen besten Seeweines bringen, rief die angeregt plaudernden Mönche allerdings um die zehnte Stunde zur Ordnung, damit sich der Kastellan und Bruder Nepomuk morgen in aller Herrgottsfrühe auf den Weg nach Staufen machen konnten.

Kapitel 32

MIT HILFE IHRER FRAUEN hatte eine Schar von Männern die meisten der ungefähr 30 Bomberg'schen Hühner eingefangen. Nur in der Ferne hörte man noch ein gelegentliches Krähen der beiden Hähne, denen die Flucht gelungen war. Aber auch dies dürfte bald verstummen; schneller, als den kräftigen Tieren lieb sein würde.

Selbst dem nicht gerade zart besaiteten ›Pater‹ hatte sich während der Dauer dieser Hatz ein garstiges Bild geboten: Die Hühnerdiebe hatten in Gedanken das Federvieh bereits, gerupft und fertig zubereitet, in ihren triefenden Schlünden gesehen, weswegen sie so gierig und aggressiv geworden waren, dass jetzt nicht nur Federn, sondern auch Fetzen flogen.

Als Lea die Hühner freigelassen hatte und die weißen oder rötlich braunen Federknäuel aufgeregt zwischen den noch aufgeregteren Menschen hin und her zu rennen begonnen hatten, waren einigen von diesen diverse Taktiken eingefallen, um möglichst viel des köstlichen Hühnerfleisches für sich ergattern zu können. Am erfolgreichsten waren diejenigen gewesen, die den bedauernswerten Geschöpfen sofort ihre Hälse abgedreht oder sogar abgerissen hatten, sowie sie diese zu fassen bekommen hatten. Lieber besaßen sie blutleere Hühner und verzichteten auf leckere Rotwürste, die man aus deren Lebenssaft hätte machen können, als dass sie zu wenig oder überhaupt kein Federvieh mit nach Hause nehmen konnten. Blitzartig hatten sie ihre Beute irgendwo versteckt, um sofort erneut auf die Hatz gehen zu können.

Obwohl er bei dieser Jagdtaktik unverschämt bösartig und egoistisch vorgegangen war, sollte Josen Bueb letztendlich kein einziges Huhn nach Hause bringen. Durch seine Rücksichtslosigkeit anderen gegenüber hatte er zwar sage und schreibe vier Hühner ergattern, aber keines davon für sich retten können. Zu seinem Pech hatte er die ersten zwei so schlecht hinter einer Hecke versteckt, dass man sie schnell gefunden hatte und sie wohl bald andere Mägen füllen würden. Und dann war ihm auch noch ein Huhn kopflos davongerannt. Als er dessen gewahr geworden war, hatte er in seiner Wut versehentlich auch noch den erbeuteten Hahn losgelassen. Obgleich er versucht hatte, ihn wieder einzufangen, musste er sich jetzt der Erkenntnis beugen, dass der bedauernswerte Gockel einen ähnlichen Weg wie die anderen drei Mistviecher nehmen würde.

Anstatt in seinem Topf kochte es so stark in ihm selbst, dass er laut vor sich hin fluchte.

So richtig zufrieden war sowieso niemand mit dem Jagdergebnis. Bis auf den unentdeckt gebliebenen Dieb, der klugerweise nicht selbst gejagt, sondern lediglich versteckte Beute gesucht und gefunden hatte, war es schlussendlich kaum jemandem gelungen, mehrere dieser blitzschnellen Viecher zu erwischen. Hätten die anderen gewusst, dass einer von ihnen Josen Buebs Hühner und weitere dieser begehrten Mistkratzer gestohlen hatte, womöglich zusätzlich auch noch einen oder gar mehrere eigene Jagderfolge verbuchen konnte, hätten sie dem vermaledeiten Hühnerdieb wohl die

Hand abgeschlagen. Aber waren sie nicht alle Hühnerdiebe der übelsten Art, die bestraft werden mussten?

Erst als kein einziges Federvieh mehr gackerte, sammelten sie ihre primitiven Waffen, die sie in ihrer Gier nach Fleisch irgendwo fallen gelassen hatten, um beide Hände für die Treibjagd frei zu haben, wieder ein. Während ihre Frauen die magere Beute nach Hause brachten, formierten sich die Männer nach und nach neuerlich vor dem Haus der Bombergs.

※

Der ›Pater‹ rieb sich zufrieden die Hände. Diese Tölpel haben nun, was sie wollten. Jetzt müssen sie mir nur noch zu dem verhelfen, was ich will, dachte er und freute sich, die fast eskalierte Situation wieder unter Kontrolle und die Menschen dorthin gelotst zu haben, wo er sie haben wollte: vor das schmucke Anwesen der Bombergs, das Objekt seiner unbezähmbaren Begierde!

So wie es aussah, war es ihm gelungen, die Staufner derart aufzustacheln, dass die von ihm über die Maßen gehassten Juden vor Schreck widerstandslos ihre wertvollen Hühner herausgerückt hatten. Jetzt muss die Angst nur noch so weit geschürt werden, dass das gottlose Gesindel endlich abhaut, berechnete er in Gedanken weiter die Lage und leitete in die Überlegung über, wie er es am besten, vor allen Dingen aber so vorsichtig wie nur irgend möglich, anpacken sollte.

Wenn er aber glaubte, dass sich die aufgeregte Meute mit den paar Hühnern zufriedengeben und jetzt nur noch die Eier aus dem Haus holen wollte, täuschte er sich. Die Stimmung war immer noch an dem Punkt, wo sie vor der Hühnerhatz gewesen war, und sie hatte sich während der Jagd sogar noch weiter aufgeheizt. Diejenigen, die mit dem Jagderfolg überhaupt nicht zufrieden waren, schrien jetzt am lautesten: »Her mit den Eiern! Sonst räuchern wir euch aus!«

»Recht hat er: Wir fackeln euch ab«, schrie zum Entsetzen des ›Paters‹ nun derjenige, der schon zu Anfang dieser unglaublichen Aktion davon gesprochen hatte.

So langsam dämmerte es dem skrupellosen Schuhmacher und er

begann zu ahnen, was jetzt auf die Juden und ›sein‹ Haus zukommen würde.

⚜

Lea lehnte immer noch rücklings, heftig schnaufend, zitternd und schluchzend an der Stalltür und hoffte, dass der Spuk endlich vorbei ginge. Aber es knallte schon wieder etwas gegen ihr Elternhaus. Während des Spektakels draußen war sie wie versteinert gewesen und hatte sich nicht bewegen können. Jetzt zuckte sie zusammen. Sie drehte sich um und schlug so fest mit beiden Fäusten gegen die Tür, dass sie darüber ihre Schmerzen vergaß.

»Lasst uns in Ruhe«, schrie sie verzweifelt. Das ängstliche Kind flüsterte, in ein leises Wimmern übergehend, dann nur noch: »Wir haben euch doch nichts getan.«

Während sie langsam an der Tür hinunterrutschte und sich dabei etliche Holzsplitter in die Handflächen zog, schlugen ihre Gedanken Purzelbäume. In ihrem kleinen Schädel hämmerte es so dumpf, als wenn ein riesiger Gong geschlagen würde.

»Die Eier«, schoss es ihr durch den Kopf.

Ahnend, was sie vorfinden würde, drehte sie – immer noch an der Tür kniend – ihren Kopf ganz langsam in Richtung der umgestürzten Eierregale.

Lea erschrak über das Chaos, das sie angerichtet hatte. Sie machte sich heillose Vorwürfe und versuchte mit aller Kraft, ihre Gedanken zu sortieren. Momentan fiel ihr aber nichts Besseres ein, als zu versuchen, die einzelnen Teile des Regals aufzuheben. Dabei registrierte sie nicht, dass sie jetzt in einem glibberigen Etwas stand. Auch wenn der Boden nicht so rutschig und sie unverletzt wäre, würde es ihr nicht gelingen, die schweren Regalteile aufzurichten.

Ihr Vater hatte ein derart stabiles Holzgestell gezimmert, dass es trotz des Einsturzes nicht kaputt gegangen war. Sie freute sich sogar einen Moment darüber, dass sie von ihm deswegen nicht ausgeschimpft werden konnte. Es war aber nicht die Zeit, Vaters Handwerkskunst zu bewundern, geschweige denn, sich über irgendetwas zu freuen. Wie verrückt suchte sie nach heil gebliebenen Eiern, die sie den zunehmend hysterisch schreienden Leuten da draußen würde geben können, damit man sie und ihren

Vater endlich in Ruhe ließe. Während sie den Boden vergeblich nach den verflixten Dingern absuchte, rief sie immer wieder nach ihrem Vater ... und nach ihrer Mutter. Durch ihr ständiges Flehen glaubte Lea, ihre Mutter herbeibeschwören zu können, was ihr aber nicht gelingen konnte. Erst als sie ein unversehrtes Ei fand, schöpfte sie neue Hoffnung und fahndete eifrig weiter. Als ihr klar wurde, dass nur dieses eine, jetzt ganz besonders wertvolle Ei den Sturz überstanden hatte, hangelte sie sich zwischen den scharfkantigen Arbeitsgeräten und dem Regalverhau über das Chaos auf dem Boden in Richtung Küche, um nach ihrem Vater zu sehen.

⁓⊘⌒

Draußen spitzten sich die Dinge bedrohlich zu. Mit Entsetzen sah der ›Pater‹, dass Josen Bueb eine Fackel entzündet hatte und drohend in seinen Händen schwang. »Macht das Judenpack nieder! Brennt ihre Bude endlich ab«, schrie er immer wieder, während er mit seiner Fackel zusammengebundene Holzspäne, mit Reisig und Stroh vermischte Knäuel und was die anderen auf die Schnelle sonst noch so alles zusammengebastelt hatten, in Brand steckte.

»Haltet ein! Denkt an die Eier«, versuchte der Schuhmacher immer wieder, die mordlüsterne Meute zu bremsen.

»Denkt nicht an die paar Eier, sondern daran, dass diese Mistjuden schuld daran sind, dass wir die Pestilenz im Dorf haben und dass es uns deswegen so schlecht geht! Räuchert sie aus und vertreibt sie aus Staufen«, schrie Josen Bueb, der dafür mit grölendem Beifall bedacht wurde.

Was der widerliche Lederer Hemmo Grob auch versuchte, um das Haus zu retten – es nützte nichts und all seine Beschwörungen liefen ins Leere. Als er dazu noch einen Schlag ins Gesicht bekam, wusste er endgültig, dass er ›sein‹ Haus nicht mehr würde retten können. Es war vorbei.

»Neiiin«, schrie er entsetzt, als er die erste Fackel gegen das Bomberg'sche Anwesen fliegen sah. Dadurch spielte er sich in der Wahrnehmung der anderen letzlich als Retter auf, was ihm zusätzlich einen äußerst schmerzhaften Fausthieb einbrachte.

⁓⊘⌒

Lea indessen kümmerte sich wieder um die Kopfwunde ihres Vaters. Die Freude darüber, dass diese kaum noch blutete, half ihr, die eigenen Schmerzen zu unterdrücken. Über ihren stark blutenden Oberarm band sie notdürftig ein Stück Leinen, das sie mit der anderen Hand und den Zähnen verknotete. Jakob Bomberg war immer noch besinnungslos. Lea glaubte, es sei ein gutes Zeichen, kein laufendes Blut mehr zu sehen, ... auch wenn ihr Vater mittlerweile kalkweiß geworden war. Sie versuchte tapfer, ihm zu helfen, wusste aber immer noch nicht, wie. So kniete sie sich neben seinen Kopf, den sie mit einem Arm umschlang.

Mit der anderen Hand streichelte sie abwechselnd zart seine Hände und fuhr ihm vorsichtig über die blassen Wangen und die blutverklebten Haare, zwischendurch spielte sie fast selbstvergessen mit seiner Haarlocke, die jeder männliche Jude als äußeres Zeichen seiner Religiosität trug. Den Lärm draußen hörte sie schon fast nicht mehr. Sie war einfach glücklich darüber, dass Papas Wunde nicht mehr blutete. »Jetzt wird alles wieder gut«, glaubte sie, ihren geliebten Vater trösten zu können.

Irgendwann hörte sie ein Knistern, das sie aber erst beachtete, als sie den Rauch bemerkte. Während sie ängstlich um sich blickte, um zu ergründen, woher es kommen mochte, fiel ihr Blick auch nach oben. An einer Stelle hatte sich das Feuer schon so weit durch das Dach durchgearbeitet, dass sie die Flammen sehen konnte. Obwohl sie noch nicht wusste, dass das Stroh um und um voller größer werdender Brandherde war, rüttelte sie ihren Vater. »Papa! Papa! Wach auf!« Dass es brannte, flüsterte sie gerade so, als wenn sie ihn vor der Wahrheit schützen, es ihm zwar sagen, irgendwie aber doch verheimlichen wollte.

Wie schon ganz zu Anfang dieser menschenverachtenden und sinnlosen Aktion, versuchte sie, ihn wegzuziehen. Dieses Mal allerdings nicht in die elterliche Schlafkammer, sondern nach draußen. Aber das Spiel war das gleiche wie zuvor: Ihr Vater war zu schwer, sie konnte ihn nicht bewegen.

Als das zunächst leise Knistern bedrohlich in ein laut knackendes Prasseln überging und weitere unheimliche Geräusche dazukamen, blickte Lea wieder nach oben. Dort zeigte sich jetzt ein zweites Brandloch, das durch sein Größerwerden mit dem ersten Loch zusammen aussah, als wenn ein Ungeheuer langsam, aber unaufhaltsam seine glühenden Augen öffnen würde. Als es an einer Stelle richtig laut zu krachen begann und ein paar Balken der einfachen Dachkonstruktion herunterstürzten, rannte sie zur Tür, um Hilfe zu holen.

Sie war sicher, dass die Menschen da draußen nicht so böse sein konnten, sie und ihren Vater bei lebendigem Leibe verbrennen zu lassen.

Während sie die Tür zu öffnen versuchte, rief sie laut um Hilfe. Aber draußen war das Feuer schon weiter fortgeschritten als drinnen. Das Vordach war in seiner ganzen Länge heruntergebrochen und versperrte, wütend prasselnd, den Ausgang.

Ich Dummerle. Die Stalltür!, schoss es ihr plötzlich durch den Kopf.

Während sie von der Haustür weg an ihrem Vater vorbeirannte, rief sie ihm zu, dass alles gut werden und sie Hilfe holen würde. Um aber dorthin zu gelangen, musste sie denselben Weg wie zuvor nehmen. Sie riss einen Fetzen von ihrem Kleidchen ab und umwickelte damit vorsichtig das Ei, bevor sie sich abermals auf den Weg durch das verwüstete Haus machte. Als das unglaublich mutige, aber immer schwächer werdende Mädchen endlich alle Hindernisse überwunden hatte und, mit nur wenigen Blessuren mehr, bei der Stalltür angelangt war, musste es allerdings feststellen, dass auch dort ein Teil des brennenden Daches lag und drohend vor sich hin zischte. Da sie die Tür nur zwei Handbreit nach außen zu drücken vermochte, konnte sie lediglich durch den schmalen Schlitz versuchen, die Aufmerksamkeit der Menschen da draußen zu erwecken, indem sie das Ei, ihren momentan einzigen Halt, hinaushielt.

⁓❦⁓

Die Brandleger hatten gehofft, durch ihre Rache innere Befriedigung für das, was ihnen die Juden scheinbar angetan hatten, zu verspüren. Aber die wenigsten von ihnen spürten jetzt überhaupt etwas. Es wollte nicht einmal das Gefühl von Genugtuung aufkommen. Sie empfanden nicht mehr den geringsten Groll gegen ihre jüdischen Mitmenschen. Weshalb auch? Die Bombergs hatten ihnen zu keiner Zeit etwas Böses getan, eher im Gegenteil!

Jetzt standen sie schon eine ganze Weile tatenlos vor dem lodernden Gebäude und stellten fest, dass sie mit gemischten Gefühlen zu kämpfen hatten und ihre vermeintlich berechtigte Wut langsam grenzenloser Scham wich. Dem einen oder anderen fiel es plötzlich wie Schuppen von den Augen, dass er womöglich nicht nur materiellen Schaden angerichtet, sondern ein weit darüber hinausgehendes Unglück mit zu verantworten hatte.

Während sich das Feuer immer weiter ausdehnte, breitete sich Unruhe unter den Gaffern aus. Sie hatten zwar das Haus in Brand gesteckt, aber fest damit gerechnet, dass sich die vierköpfige Familie vor dem Feuer retten würde, indem sie ins Freie lief.

»Warum kommt denn niemand heraus?«, fragten sie sich irritiert.

»Da die Hennen und die Gockel zu uns herausgetrieben wurden, muss auch jemand im Haus sein«, stellte ein besonders Kluger fest.

»Na klar, du Narr! Den Juden haben wir vorhin doch gesehen. Aber du Hornochse musstest ihm ja einen Stein an den Kopf werfen«, bekam er vom ›Pater‹, der sicherheitshalber schon mal damit begann, sich aus der Verantwortung zu stehlen, vorwurfsvoll zur Antwort.

»Herr, hilf«, flehte ein älterer Mann mit ängstlichem Blick zum verdunkelten Himmel, während er trotz seiner Rückenschmerzen die Hände so weit nach oben zu recken versuchte, als wenn er dadurch den Herrgott würde auffangen können, falls dieser leibhaftig herunterschweben sollte – ein irrwitziges Unterfangen. Ja, jetzt wäre ihnen der Schöpfer von Himmel und Erde wieder recht, um alles ungeschehen zu machen oder wenigstens zu helfen. Aber der Herr hilft nur denen, die Reue zeigen … und Buße tun. Zuerst kommt die Reue, dann die Buße und danach erst die Hilfe. Außerdem lag irgendwo dazwischen noch etwas: Vergebung! Aber wer sollte denen, die gestrauchelt waren, vergeben, wenn sie nicht selbst bereit waren, etwas dafür zu tun. Den Stein, in den Moses das alte Testament gemeißelt hatte, konnte man zwar gegen ein jüdisches Haus werfen, musste sich aber nicht wundern, wenn er zurückflog.

Während die ersten der inzwischen wieder zurückgekehrten Frauen damit begannen, sich zu bekreuzigen, hörten einige von ihnen Leas Hilferufe.

»Seht doch! Dort, eine Hand, … die ein Ei hält«, zeigte ein jüngerer Mann, dessen Augen noch in Ordnung waren, in Richtung Stalltür, die man durch den Qualm gerade noch erkennen konnte.

»Um Gottes willen! … Seht doch, ein Kind! Das muss die kleine Lea sein! Tut doch etwas«, schrie eine Frau mittleren Alters, die selbst Mutter von vier Kindern war.

So nach und nach legte sich die Erstarrung und einige Männer rannten in Richtung der ausgestreckten Hand, um ihr Gewissen zu erleichtern … oder um wenigstens so zu tun. Als sie so nahe am Haus waren, wie es die Hitze zuließ, war die Hand mit dem Ei verschwunden.

»Herrgott, hilf«, schrie die vierfache Mutter wieder und hielt sich, weil sie das von ihr vermutete Elend nicht sehen mochte, beide Hände vors Gesicht.

Einem der Männer liefen die Tränen herunter. Er ließ sich auf den Boden sinken und sprach schluchzend ein Gebet, während ein anderer kopfschüttelnd immer wieder murmelte, dass es ihm leidtue.

Lea indessen kniete wieder bei ihrem Vater. Sie hatte jetzt auch noch mit dem ätzenden Rauch zu kämpfen und hustete sich die kleine Lunge aus dem geschundenen Leib. »Papa … Papa, die wollen das Ei nicht«, entschuldigte sie sich weinend.

Der landwirtschaftliche Teil des Anwesens war inzwischen gänzlich zusammengebrochen und brannte lichterloh. Jetzt war es nur noch eine Frage der Zeit, bis das Feuer auch den Wohnbereich völlig im Würgegriff haben und niederbrennen würde. Um Lea und ihren Vater herum krachten brennende Balken und Bretter herunter. Es knallte und schepperte in allen Teilen des Hauses. Zudem näherten sich den beiden bedrohliche Hitze und tödlicher Qualm.

»Lea ...«

Das Mädchen glaubte, seinen Ohren nicht zu trauen. »Papa? ... Papa!«

»Hör zu, mein Kind, du musst dich ...«

Der Vater war wieder zu sich gekommen und versuchte mit aller Kraft, seiner Tochter etwas zu sagen. Er hob eine Hand und deutete dem Mädchen mit einer leichten Bewegung des Zeigefingers, dass sie ihren Kopf ganz nahe zu ihm neigen sollte. Kaum vernehmbar hauchte er ihr ins Ohr: »Mein Mäuschen ...« Er brachte es kaum heraus: »Das ... das Loch!«

Lea verstand nicht, was er damit meinte. Hatte sie ihn richtig verstanden? Das Loch? Welches Loch?

Der Mund ihres Vaters war trocken und die Zunge angeschwollen. Dennoch presste er noch etwas heraus, das in der Stunde des Leids wie Balsam für Leas Seele wirkte: »Ich liebe dich, meine Kleine! ... Ich ... Ich liebe euch alle!«

Für den Bruchteil eines Augenaufschlages genoss Lea die weich klingenden Worte ihres Vaters, besann sich aber sofort wieder auf das, was sie tun wollte: Vielleicht hilft Papa ein Schluck Wasser?, überlegte sie.

Lea rappelte sich hoch, um in diesem Durcheinander einen der beiden Wasserkübel zu suchen, konnte ihn aber aufgrund des Wirrwarrs und der immer stärker werdenden Rauchentwicklung nicht finden. Als sie zu ihrem Vater zurückwollte, musste sie mit ansehen, wie er unter herunterkrachendem Dachgebälk verschwand. Das Kind schrie hysterisch auf und versuchte mit aller Kraft, zu ihm zu kriechen. Als abermals brennendes Holz auf den jüdischen Buchdrucker Jakob Bomberg stürzte und ihn fast gänzlich begrub, wusste dessen unglaublich besonnene und tapfere Tochter, dass sie ihm nicht mehr helfen konnte. Gleich darauf wurde ihr klar, dass sie jetzt an sich selbst denken musste. Sie spürte instinktiv, dass sie sich schleunigst in Sicherheit bringen musste. Aber in welche Sicherheit? ... Und wohin?

»Das Loch! Wo ist das Loch?«, schrie sie verzweifelt, während sie schon suchend durch den dunklen Raum kroch, um das

Vorratsloch zu finden. Schlagartig war ihr klar geworden, was ihr Papa hatte sagen wollen, um ihr Leben zu retten.

Durch die ganze Aufregung und das Durcheinander fiel es ihr schwer, die Orientierung im eigenen Haus zu finden. Ein paar Mal wechselte sie die Richtung, kletterte über glimmende Balken und rutschte unter brennenden Brettern hindurch. Als sie beim Herumkriechen auf etwas Weiches stieß, musste sie wieder schrecklich weinen. »Entschuldige, Papa!«

Trotz ihrer Todesangst streichelte sie kurz das Weiche, das ihr so vertraut war. Sie realisierte nicht, welcher Körperteil ihres Vaters unter dem Bretterhaufen hervorlugte, aber sie konnte ihn wenigstens noch kurz streicheln, bevor sie sich schmerzlich von ihm löste und ihm noch schnell zuflüsterte, dass auch sie ihn lieben würde.

Es dauerte eine ganze Weile, bis sie die Stelle fand, an der das vom Vater gemeinte Loch war, das ihm von Lodewig zur besseren Lagerung der Essensvorräte empfohlen worden war.

Zu ihrem Glück lag darauf nichts besonders Schweres. Sie hatte zwar Mühe, die daraufliegenden Holzteile beiseitezuschieben, schaffte dies aber irgendwie. Die Schiefer, die sie sich dabei schon wieder einzog, spürte Lea nicht. Vielmehr plagte es sie, dass sie aufgrund des ätzenden Qualmes die Augen kaum noch offen halten konnte. Aber dann hatte sie es doch irgendwie geschafft und musste ›nur noch‹ die Holztür anheben, um in Sicherheit zu sein … oder sich wenigstens einigermaßen in Sicherheit zu fühlen. So suchte sie mit letzter Kraft den an der Falltür angebrachten Eisenring, um ihn mit ihren blutenden Händen hochziehen zu können. Dazu musste sie ihn aber erst aus der Mulde, die ihr Vater passgenau aus dem Holz geschnitzt hatte, herausbringen.

Da sie es mit ihren zarten Fingern nicht schaffte, den durch die Hitze mehr als warm gewordenen Eisenring freizukratzen, musste sie sich etwas einfallen lassen. So kroch sie wieder kreuz und quer durch das Haus.

Dabei stieß sie an ein Bein ihres toten Vaters. Auch dieses Mal nahm sie sich die Zeit, ihn sanft zu streicheln.

Ihre Eltern wären unbändig stolz auf Lea gewesen, wenn sie hätten sehen können, wie besonnen die Zehnjährige sich im Angesicht des Todes verhielt.

Am schmierigen Untergrund erkannte das tapfere Mädchen, dass es inmitten des Ganges war, in dem es vorher alles durcheinandergebracht hatte. Ein Wahnsinnsschmerz durchfuhr Lea, als sie mit den Händen dort hineinlangte, wo zerschlagene Eier auf dem Boden lagen. Aber auch diesen Schmerz verdrängte sie ebenso tapfer wie die Schmerzen, die ihr durch die aufgerissenen Knie bereitet wurden. Als sie sich an einem der umgefallenen Regale die Wand hochhangelte, gelang es ihr, ein Stemmeisen zu ertasten und in die Hände zu bekommen. Nun galt es nur noch, den Weg zurück zum Vorratsloch zu finden, um sich dort hineinretten zu können. Ob ihr dies wirklich helfen würde, wusste sie nicht. Dass sie auf dem Rückweg beinahe von herunterstürzenden Ziegelsteinen des in sich zusammenfallenden Kamins erschlagen worden wäre, merkte sie erst, als sie das Krachen direkt neben sich hörte.

Endlich war sie wieder an der Tür zum, hoffentlich rettenden, Loch. Mithilfe des Stemmeisens gelang es ihr nach einigen Versuchen tatsächlich, den mittlerweile glühend heiß gewordenen Eisenring aus der Vertiefung zu wuchten.

»Jetzt nur nicht mehr loslassen. Es geht schon«, murmelte sie, um sich selbst Mut zuzusprechen, und begann mit aller Kraft, daran zu ziehen. So sehr sie sich aber bemühte, es bewegte sich nichts. Lea wusste, dass ihr Schicksal endgültig besiegelt war, wenn sie es nicht schaffen würde, die schwere Tür hochzuheben. Allerdings wusste sie nach wie vor auch nicht, ob sie überleben würde, wenn ihr Vorhaben gelänge.

Um Ratten, Mäuse und kleineres Ungeziefer daran zu hindern, in das kühle Lehmloch zu gelangen, hatte ihr Vater nicht nur den sowieso schon harten Lehmboden festgestampft, sondern auch noch die Falltür ebenso passgenau angefertigt, wie er die Mulde für den Eisenring aus dem Holz herausgeschnitzt hatte. Immerhin lagerten da unten fast die gesamten verderblichen Lebensmittel der Familie.

Während Lea immer wieder verzweifelt am Eisenring zerrte, schossen ihr tausend unwichtige Gedanken durch den Kopf. Es schien, als hätte ihr Vater die Tür allzu genau eingepasst, sodass sie nicht mehr geöffnet werden konnte, oder hatte sich das Holz durch die von unten kommende Feuchtigkeit verzogen? Oder war die jetzige Hitze, die sich zwischenzeitlich darübergelegt hatte, verantwortlich? Lea wusste es nicht und dachte auch nicht darüber nach. Aber das mutige Mädchen gab nicht auf und schaffte es letztendlich doch noch, die Luke zu öffnen. Mit letzter Kraft warf es einen Teil der Lebensmittel heraus, um selbst Platz in dem dunklen und feuchtkalten Loch zu haben.

»Danke, Papa«, rief sie so laut es ihr möglich war.

Lea kroch hastig in die Vertiefung und wollte gerade die Tür zu sich herunterziehen, als sie einen Höllenlärm vernahm und einen starken Schmerz auf ihrem Kopf verspürte. Schlagartig war es stockdunkel ... und beängstigend still.

Kapitel 33

DER TOTENGRÄBER HÖRTE ZWAR GESCHREI aus dem unteren Teil des Dorfes zu ihm hochdringen, kümmerte sich aber nicht darum. Er hatte momentan ganz andere Dinge im Kopf, die ihn für einige Zeit sogar seine ansonsten ständig bohrenden Mordgedanken Lodewig gegenüber vergessen ließen. Schon seit Stunden war er in der Propstei, um sich nach der an ihm eigentlich unbekannten Manier der Samariter zu betätigen. Sein Hilfstotengräber lag, wenn er sich nicht gerade übergeben musste oder anderweitig entleerte, von Magenkrämpfen geschüttelt, leichenblass auf seinem Strohlager.

»Ich benötige lediglich ein paar Tage Ruhe«, versicherte Fabio seinem Herrn, dem klar schien, dass es nur die Pest sein konnte, die hier ein neues Opfer gefunden hatte. Dennoch hoffte er auf ein Wunder und konnte es nicht erwarten, Fabio wieder bei der Arbeit zu sehen. Um nicht unnötig lange auf dessen gewinnbringende Mitarbeit verzichten und womöglich die unangenehme Arbeit selbst übernehmen zu müssen, tat Ruland Berging fast alles dafür, Fabio möglichst schnell wieder auf die Beine zu bringen. Da aber der Gedanke nicht von ihm ablassen mochte, dass es nur die Pest sein konnte, die seinen Helfer in ihren Würgegriff bekommen hatte, vermied er den direkten Kontakt zu ihm und panschte bei Propst Glatt, dessen Wohnräume über Fabios Kammer lagen, eine kräftige Brühe zusammen, die sich der Kranke Löffel um Löffel selbst einflößen sollte, was ihm allerdings wegen seiner Zitteranfälle nicht gelang. Also musste ihm der Totengräber wohl oder übel trotz seiner Angst vor Ansteckung dabei helfen. Vielleicht ist es ja doch nicht die Pest, dachte er für einen Moment mehr oder weniger zuversichtlich.

Der klerische Hausherr war von der samariterischen Haltung des Totengräbers sichtlich angetan, was ihn aber nicht von seiner Schreibarbeit ablenkte. Da er sich immer noch in der Schreibstube seiner Propstei verkroch, hatte er zwar ebenfalls Lärm, der vom Unterflecken in den oberen Bereich des Dorfes hochdrang, gehört, aber nichts von den schrecklichen Geschehnissen am und im Haus der Juden mitbekommen. Er wunderte sich zwar über Ruland Bergings ungewöhnlich mitfühlendes Benehmen Fabio gegenüber und das damit einhergehende todesverachtende Verhalten, hielt sich aber nicht damit auf.

Immer, wenn sich Fabio übergeben hatte, bekam er jetzt – ob er wollte oder nicht – ein paar Löffel der herzhaften Brühe eingeflößt. Der Totengräber hätte selbst im Traum nicht gedacht, jemals dazu in der Lage sein zu können, überhaupt einem Menschen, und dazu auch noch einem offensichtlich Pestkranken, zu helfen. Aber außergewöhnliche Umstände erforderten eben außergewöhnliche Maßnahmen, dachte er und überlegte, was er sonst noch dafür tun konnte, um die Arbeitskraft seines Helfers schnell wiederherzustellen. Wieso eigentlich ›Helfer‹? Fabio hatte seit Monaten die ganze Arbeit allein verrichtet, während er selbst nur abkassiert hatte. Und da dies so bleiben sollte und die Pest nach wie vor tagtäglich ihre Opfer forderte, würde er seinen durch und durch verlausten, aber fleißigen Helfer auch in Zukunft dringend brauchen. Also musste er ihn schnellstens wieder auf die Beine bringen – egal wie.

Zunächst aber muss ich ein in Essig getränktes oder mit Kräutern gefülltes Tuch vor den Mund binden, hatte er sich zu Beginn der Behandlung an eine alte Empfehlung seines ehemaligen Kumpans Heinrich Schwartz erinnert, aber nicht gewusst, welche Kräuter zu verwenden waren. Also hatte er sich für den ätzend stinkenden Essig entschieden.

※

Auch wenn Ruland Berging neben seinem aufwändigen Dienst am Kranken jetzt vorübergehend selbst die berufsbedingt typische Arbeit eines Totengräbers verrichten musste, würde er keinen einzigen Hinterbliebenen auslassen und sorgsam darauf achten, dass alle korrekt das Totengeld entrichteten. Außerdem behielt er sich vor, jedes einzelne Pestopfer nach allem zu durchsuchen, was sich irgendwie würde zu Geld machen lassen. An das Tragen von Handschuhen und Mundschutz hatte er sich während Fabios Krankenpflege ja gewöhnt.

※

Bis zur Stunde hatte sein Helfer stets alles abgeliefert, was von Wert sein konnte. Der ehemals zu Recht als Dieb verschriene Herumtreiber hatte bisher kein einziges Stück eingesteckt und für sich behalten. Schließlich war er aus seiner Sicht ein ehrbarer Dieb gewesen, der nur hatte überleben wollen.

Seit der Totengräber einen Burschen dabei beobachtet hatte, wie dieser das auf der Brust einer Leiche liegende Totengeld geklaut hatte, kassierte er es bei den Hinterbliebenen direkt ab. Aus Fabios Sicht waren Gewandteile, Rosenkränze und Kleinkram nichts wert, was es ihm bisher umso leichter gemacht hatte, sein gutes Gewissen zu behalten. Hier musste er sich zwar schinden wie ein Ackergaul und hatte fürwahr eine Scheißarbeit, aber er hatte wenigstens ein Dach über dem Kopf und mehr zu essen als die meisten anderen Dorfbewohner. Zumindest vorübergehend handelte es sich um die beste Art, sein ansonsten nutzloses Dasein zu fristen. So klang es fast unglaublich, als Fabio dem Totengräber versprach, rasch zu gesunden, um seiner derzeitigen Berufung wieder nachgehen zu können. Um zu verhindern, dass es ihn ständig würgte und er sich übergeben musste, durfte er momentan allerdings nicht an seine ekelhafte Arbeit denken.

⁂

Im Spital ging es derweil drunter und drüber. Der Kanoniker Martius Nordheim und Lisbeth hatten alle Hände voll zu tun, um die ihnen übertragenen Aufgaben wenigstens einigermaßen bewältigen zu können. Dazu kam, dass immer noch laufend unvorhergesehene Neuzugänge die Platzkapazität des Spitals zu sprengen drohten. Aufgrund der heillosen Überfüllung müssten sie Hilfesuchende eigentlich schon längst abweisen, brachten dies aber noch nicht übers Herz.

»Ach, wäre doch nur unsere gute Schwester Bonifatia hier«, jammerte Lisbeth, die heute zum ersten Mal den direkten Dienst an den Kranken verrichten musste, weil sich die agile Krankenschwester schon in aller Früh auf den Weg gemacht hatte, um Nahrungsmittel zu beschaffen.

Bevor die fürsorgliche Spitalleiterin gegangen war, hatte sie mit Lisbeth und Martius Nordheim über jeden einzelnen Patienten gesprochen und haarklein erklärt, was für deren Wohlbefinden alles zu tun sei. Dabei waren ihr zwei Patienten unter den Händen weggestorben.

»Ich verlass' mich auf euch«, hatte sie ihren braven Helfern zugerufen, bevor sie mit dem kleinen Leiterwagen losgezogen war, um die Bauernhöfe in der Umgebung Staufens abzuklappern.

Da die Nahrungsmittel, die ihr Heini bis vor Kurzem zuverlässig besorgt hatte, allesamt von Bauern aus der nördlichen Umgebung Staufens stammten, dachte die Schwester, dass sie wohl erfolgreicher sein würde, wenn sie sich in östlicher Richtung aufmachte.

Warum sich Heini nicht mehr blicken lässt, muss ich schnellstens ergründen. Ohne seine Lebensmittellieferungen sind meine Patienten dem Tod, dem sie zu entfliehen suchen, ganz sicher ausgeliefert, dachte sie, als sie auf dem Weg, am Staufenberg vorbei, in Richtung Wengen unterwegs war.

Der Weg von Staufen nach Thalkirchdorf war gerade auf Höhe des kleinen Weilers Wengen deprimierend. Nur beim direkt an der Salzstraße gelegenen Kipflerhof bekam sie etwas. Ansonsten trennte sich kein Bauer auch nur von einem einzigen Ranken Brot, und sei er noch so trocken gewesen. In einem von außen ungepflegt wirkenden Wirtshaus, das in Wengen ein ganzes Stück abseits der Straße, mitten im Wald lag, hoffte sie auf eine mildtätige Gabe für ihre Kranken, wurde aber stattdessen vom durch und durch boshaften Wirt auf das Übelste beschimpft und wie ein streunender Straßenköter verjagt. Zudem warf er auch noch mit etlichen Holzscheiten nach ihr.

»Nur nichts verkommen lassen«, schmunzelte die Schwester, während sie das wertvolle Brennmaterial aufhob und sich bei dem allseits als neugierig, geschwätzig und verlogen bekannten Wirt bedankte und ihn sogar segnete. Du wirst schon wissen, was du diesem Arsch dereinst zukommen lassen wirst, dachte sie, in sich hineinlächelnd, mit einem entschuldigenden Blick zum Himmel hoch.

Als sie bald darauf das langgezogene Konstanzertal vor sich hatte, sah sie schon von Weitem eine Straßensperre ... und fing den köstlichen Duft eines sich am Spieß drehenden Ferkels ein. Wie sie sich der Sperre aus schräg ineinandergesteckten und oben zugespitzten Pfählen näherte, kamen ihr schon zwei bis auf die Zähne bewaffnete Männer entgegen. Obwohl Schwester Bonifatia ein unwohles Gefühl beschlich, zog sie ihren Leiterwagen mutig weiter. Erst als sie die rotgelbe Uniform der Rothenfelsischen erkannte, wusste sie, dass es sich um Soldaten der gräflichen Kompanie handelte. Da ihr von diesen Männern keine Gefahr drohte, winkte sie ihnen zu und bekam sogar einen freundlichen Gruß zurück. Aber trotz der netten Geste wurde ihr streng untersagt, ihren Weg fortzusetzen. Als ihr die Männer erklärten, dass sie diese Straßensperre errichtet hatten, damit die Pest nicht aus Staufen hinaus über Thalkirchdorf bis nach Immenstadt getragen werde, verstand die Schwester, warum die Soldaten sachlich, aber bestimmt, auf einem Sicherheitsabstand beharrten.

»Hmmmm ..., riecht das gut«, lenkte sie das Gespräch auf den Grund ihres Hierseins.

Da sie den Soldaten ausgewählt freundlich entgegentrat und sich – den geforderten Sicherheitsabstand einhaltend – nett mit ihnen unterhielt, bekam sie tatsächlich ein Stück frisch gebratenes Ferkelfleisch.

»Gott segne Euch dafür! Könntet Ihr das Fleisch in drei gleich große Stücke schneiden, damit ich zwei davon meinen Spitalhelfern mitbringen kann?«

Jetzt erst erkannten die Soldaten, dass es sich bei dieser Frau um die barmherzige Krankenschwester handeln musste, von der alle sprachen und die sich um die bedauernswerten Pestopfer in Staufen kümmerte. Deren gute Taten hatten sich sogar bis ins Städtle herumgesprochen.

Als sich Schwester Bonifatia nochmals herzlich bedankte und ihre Bitte um eine mildtätige Gabe für ihre bedauernswerten Patienten vortrug, zeigten sich die Soldaten von ihrer großzügigsten Seite. Da Stadtsoldaten auch in Krisenzeiten bestmöglich versorgt wurden, mangelte es ihnen selbst in dieser lausigen Zeit nicht an Nachschub. So konnten sie genügend Lebensmittel erübrigen, um der Schwester den Leiterwagen zu füllen. In gebührendem Abstand zu ihr legten sie etliche Laibe Brot, Käse und eine gebratene Ferkelhälfte auf den Boden. Dazu stellten sie sogar einen großen Topf, halbvoll mit gekochten Bohnen und Speck gefüllt. Vielleicht mochte in ihrer Großzügigkeit auch die Angst mitgespielt haben, sich bei der Schwester anzustecken, und das Bestreben, sie darum schnell wieder loszuwerden. Der Samariterin war es einerlei, warum ihr die Soldaten so viele Lebensmittel mitgaben. Hauptsache, sie würde ihre Patienten in den nächsten Tagen durchfüttern können.

Frohen Mutes machte sie sich jetzt auf den Heimweg, wählte dabei aber den Weg, der südlich des Staufenberges vorbeiführte. Damit wollte sie vermeiden, dem Kotzbrocken von Wirt nochmals begegnen zu müssen. Nein, noch einmal würde sie wegen ein paar Holzscheiten den Umweg bis zum Wäldchen, in dem das verlotterte Wirtshaus lag, nicht mehr auf sich nehmen.

Indessen stand auch im Schloss Staufen die Krankenpflege im Vordergrund. Während Lodewig immer noch versuchte, sich mit seinem persönlichen Familienglück über Diederichs Tod hinwegzutrösten, wurde seine Mutter von Judith aufopfernd gepflegt. Die Jüdin kümmerte sich vorbildlich um ihre Freundin. Obwohl es Konstanze etwas besser zu gehen schien, war sie auffallend unruhig. Ungeachtet dessen, hatte auch Judith ein ungutes Gefühl. »Ich weiß zwar nicht, was, aber irgendetwas liegt in der Luft«, hatte sie schon am Morgen zu ihrer Tochter gesagt.

»Ja, das ist mir auch schon aufgefallen, als wir ihr das Krankenlager frisch bezogen haben«, bemerkte Sarah dazu.

»Dass Konstanze heute so aufgeregt wirkt, liegt sicher daran, weil sie sich Sorgen um Ulrich macht und es nicht erwarten kann, bis er wieder zurück ist.«

Sie alle freuten sich auf die Rückkehr des Kastellans, der ihnen allein durch seine bloße Anwesenheit immer ein hohes Gefühl von Sicherheit und Geborgenheit gab. Wenn sie sich auch im Schloss ohne ihn relativ sicher fühlen konnten, waren sie nicht davor gefeit, von einem Augenblick zum anderen in die Wirren des Großen Krieges mit hineingezogen zu werden. Schlagartig konnte ein schwedischer oder kaiserlicher Trupp vor dem Schlosstor stehen und Einlass begehren, um Lebensmittel zu konfiszieren … oder um das Schloss leerzuräumen. Nicht auszudenken, was dann mit den Bewohnern, vor allen Dingen aber mit den Bewohnerinnen, geschehen würde.

Außerdem schwang im Dorf unten immer noch die Pestilenz ihre mörderische Sense und konnte sich ihren Weg ins Schloss hinein bahnen.

Kapitel 34

Als Bruder Nepomuk kurz vor der Abreise nach Staufen breit grinsend in legerer Gewandung erschien und seinem Freund Ulrich freudestrahlend verkündete, jetzt endlich wieder der ehedem einfache Hufschmied Jodok sein zu können, auch wenn er derzeit keinen Bart habe, erinnerte ihn der Abt, der dies mitbekommen hatte, an seine Mönchspflichten und trug ihm auf, sofort wieder sein Benediktinerhabit überzustreifen. »Eine Kutte macht zwar noch keinen Mönch, hat aber nach außen hin eine symbolische Bedeutung, die euch beiden während eures gefährlichen Weges ins derzeit von den Protestanten besetzte Allgäu schneller dienlich sein kann, als euch vielleicht lieb ist«, sagte er komischerweise zum Kastellan, bevor er sich mit strengem Blick seinem Mitbruder zuwandte. »Außerdem stehen dir Cuculle, Tunika und *Skapulier* hervorragend. Abgesehen davon, macht eine Kutte deine innere Einstellung für unseren Glauben und deine Verachtung für irdische Dinge und weltlichen Besitz nach außen hin sichtbar.«

Nachdem der Abt dies gesagt hatte, musste er selbst lachen. Immerhin hatte er keinen gewöhnlichen Mönch vor sich, sondern den Hohenzollern'schen Fürstensohn Johann Nepomuk, einen äußerst eigenwilligen Diener Gottes, der die Lehren des Heiligen Benedikt stets so auslegte, wie sie ihm gerade in den Kram passten, und der in seiner Eigenschaft als Soldat Christi schon mal das Kreuz als Waffe mit seiner Doppelaxt verwechselte.

»Auch wenn ich dir sturem Bock deine geliebte Waffe nicht verbieten kann, bist du doch Bruder Johannes Nepomuk und nicht irgend ein imaginärer Hufschmied namens Jodok. Du bist ein Prediger der Gesetze unseres Herrn und reist in offiziellem Auftrag unseres Klosters. Dementsprechend hast du dich auch zu benehmen … und zu gewanden. Vergiss niemals: Wer einmal die Kutte genommen hat, trägt sie für immer«, wurde er in gefährlich ernstem Ton ermahnt.

Nachdem sich Nepomuk murrend die Bedeutung des Gewandwechsels in Erinnerung hatte bringen lassen müssen und kurz darauf neu gewandet vor dem zufrieden grinsenden Abt stand, bekamen er und der Kastellan nicht nur den Segen des Klostervorstehers, sondern auch noch ein mit Lebensmitteln bis oben gefülltes Fuhrwerk und zwei ausgeruhte Pferde mit auf den Weg.

Nun waren sie schon über sieben Stunden unterwegs. Die bisherige Reise von Bregenz nach Staufen war für den Staufner Kastellan und den ungewöhnlichen Mönch ohne größere Störungen verlaufen. Allerdings nur, weil sie ein paar Sicherheitsumwege gemacht hatten. Sie müßten sich gerade den Weilemer Buckel hoch, als sie vor sich den Glockenturm der Simmerberger Taverne sahen. Solche auf dem Dachgiebel angebrachten Türmchen dienten der Sicherheit und waren in jedem noch so kleinen Dorf mindestens einmal zu finden, weswegen sie eigentlich nichts Besonderes waren. Diese ›Sturmglocke‹ aber thronte auf dem Dachfirst einer Brauerei, also war sie etwas Besonderes, … zumindest für Nepomuk, dem vor lauter Durst schon längst die Zunge aus dem Mund hing.

»Dank der kleinen Umwege und meiner Doppelaxt haben wir keine nennenswerten Probleme gehabt und sind gut vorangekommen. Ich denke, dass ich mir jetzt einen großen Humpen Bier verdient habe«, stellte der hünenhafte Mann Gottes selbstzufrieden fest.

Ulrich Dreyling von Wagrain lachte auf. »Du hast recht. Wenn man den lästigen Bettler, dem du vermutlich mit deinem Fuß vom Kutschbock herunter sämtliche Zähne eingeschlagen hast, und die Gruppe Burschen, die du in einen Bach jagtest, damit sie darin ihr Mütchen kühlen konnten, die versprengten schwedischen Soldaten, die du bis auf den letzten Mann mit deiner Waffe niedergestreckt hast – ich glaube, es waren derer sechs – und die Aussätzigen, die wie alle anderen Wegelagerer unseren Wagen plündern und die Pferde stehlen wollten, nicht rechnet, haben wir in der Tat keine nennenswerten Probleme gehabt«, lästerte er. Schließlich fügte er noch ernst gemeint an: »Ja, mein Freund, ich bin auch der Meinung, dass du dir einen kühlen Trunk verdient hast.« Trotz seiner Gedanken, die ständig um Diederichs Tod kreisten, war dem Kastellan seit seiner Abfahrt vom Kloster Mehrerau seltsamerweise irgendwie wohler. Wahrscheinlich lag es daran, dass er die Hiobsbotschaft seinem ältesten Sohn überbracht und diese Hürde, wenn auch tränenreich, gemeistert hatte. Er wusste, dass er seinen Blick nach vorne richten musste …, auch wenn's im Moment noch sehr schwerfiel. Obwohl er es kaum erwarten konnte, zu seiner geliebten Familie zurückzukommen und zu erfahren, wie es seiner Frau und seinem Enkel ging, konnte er Nepomuk den Wunsch nach Labung nicht abschlagen. Außerdem hatten sie nur eine einzige Rast gemacht und er konnte jetzt auch einen erfrischenden Schluck vertragen. Schales Wasser hatten sie schließlich genug getrunken.

Da sie aufgrund der beiden kräftigen Zugpferde und Nepomuks ständigen Befreiungsschlägen tatsächlich schneller vorwärtsgekommen waren, als sie gedacht hatten, war es noch helllichter Tag und sie hatten genügend Zeit, sich und den Pferden eine angemessene Ruhe zu gönnen, bevor sie sich auf die letzte und schlimmste Etappe zum steilen und gefährlichen Hahnschenkel machen wollten, den es allerdings unbedingt vor Einbruch der Dunkelheit zu überqueren galt.

Nachdem sie das Fuhrwerk im sicheren Hinterhof der Simmerberger Brauerei abgestellt und die Pferde versorgt hatten, eilten sie in die Taverne.

»Ja, ja, eine Scheißzeit. Niemand hat Geld, um sich ein Bier leisten zu können. Dank sei Dir, mein Herr, dass Du wenigstens uns beide mit genügend Münzen und ausreichendem Durst ausgestattet hast«, gab Nepomuk übermütig von sich, als er während eines Blicks durch das kleine Fenster neben dem Taverneneingang feststellte, dass in der Gaststube nur ein paar harmlos aussehende Männer saßen und er – so wie es aussah – weder seine Fäuste noch seine Doppelaxt würde benutzen müssen.

»Und dank unseres Herrn Jesus Christus hast du die Gabe, auch dann saufen zu können, wenn du keinen Durst hast«, scherzte Ulrich, der sich schon im Bregenzer ›Schwanen‹ von Nepomuks imponierendem Trinkverhalten hatte überzeugen können, schon wieder. Aber auch er freute sich jetzt auf einen Becher Bier.

Der Hüne passte trotz Bückens gerade noch durch den Türrahmen und gestattete beim Eintreten nur einzelnen Sonnenstrahlen, ihn in das Wirtshaus zu begleiten. Erst als er im Schankraum stand, erkannten die an einem großen runden Tisch sitzenden Männer, dass es sich bei dem riesenhaften Gesellen um einen Mann Gottes handelte. Sie wussten nicht, was sie davon halten sollten, unterbrachen aber sicherheitshalber ihr Gespräch und starrten den Fremden furchtsam an. Da auf Nepomuk das bis an den Bodensee hinunter als besonders schmackhaft bekannte Simmerberger Bier wartete, war er gut aufgelegt und zog es vor, die Stammtischbrüder nicht unnötig zu erschrecken, was er ansonsten gerne tat, indem er seine Axt zielgenau gegen eine Wand schleuderte, in der sie seiner Erfahrung nach stets steckenblieb. So hatte er vor dem Eintreten seine furchterregende Waffe unter der Kutte versteckt, in den Raum hinein ein großes Kreuz gezeichnet, ein laut vernehmliches »Gelobt sei Jesus Christus« geknurrt und auf die Antwort der Zecher gewartet.

»In Ewigkeit, Amen«, murmelten diese, bekreuzigten sich und grüßten sichtlich entspannt, bevor sie die beiden zu sich an den Tisch winkten. Dies taten die maulfaulen Bewohner des westlichen Allgäus weniger aus Gastfreundschaft als aus Neugierde und Interesse an den merkwürdigen Fremden. So eine Paarung hatten sie weiß Gott noch nie gesehen: einen Riesen mit ungewöhnlich wallender Haarpracht in Mönchskutte, unter der er etwas zu verstecken schien. Dazu einen Edelmann in feinstem Kürass, unter dem ein gelber Samtwams hervorlugte, was ihn als gut betucht auswies.

Bis auf zwei Fuhrwerker und den hier stationierten Salzfaktor waren die Gäste allesamt Einheimische, die schon ewig nicht mehr aus Simmerberg, Buch, Hasenried, Nagelshub, Unterberg oder einem der anderen umliegenden Einöddörfer herausgekommen waren. Dementsprechend neugierig waren sie auch und wollten von den beiden Reisenden wissen, woher sie kamen und wohin ihr Weg sie führte. Da der Wirt den Schankraum verlassen und Nepomuk einen höllischen Durst hatte, kam ihm das Warten wie die Ewigkeit vor. Er begann schnell, ungeduldig zu werden, und schlug mit der flachen Hand auf den Tisch. Wäre dieselbe Hand zur Faust geballt gewesen, würden sich diejenigen, die bereits das begehrte Nass vor sich stehen hatten, keine Gedanken mehr darüber machen müssen, ob der Inhalt ihrer Becher am morgigen Tag Kopfschmerzen verursachen könnte.

»Ich habe Staub in der Kehle und werde eure Fragen erst beantworten, wenn ich flüssiges *Manna* bekommen habe!«

Obwohl sie durch den Schlag auf den Tisch erschrocken waren, mussten die Männer jetzt doch lachen. Als der Wirt endlich die zwei von Nepomuk bestellten Humpen Bier brachte, nahmen die beiden Reisenden ein paar kräftige Züge, bevor der Mönch damit begann, den Zechern derart haarsträubende Geschichten zu erzählen, dass sich sein Freund Ulrich zu schämen begann.

»… und stellt euch vor«, wollte der Mönch dem zuvor Gesagten noch eins draufsetzen, »als wir damals – von Salzburg kommend – durch München geritten sind, hat uns ein gewaltiger …«

»Lass es gut sein, Nepomuk, … auch wenn du stolz darauf bist, eine zeitlang in Baiern gewesen zu sein. Die Allgäuer sind nicht so dumm, wie sie vielleicht aussehen. Sie glauben dir deine Schauergeschichten nicht, auch wenn du dich noch so anstrengst. Denk lieber daran, dass wir uns langsam auf den Weg machen müssen, wenn wir noch vor Einbruch der Dunkelheit den Hahnschenkel überqueren möchten«, unterbrach ihn Ulrich, der jetzt mahnend zum Aufbruch drängte.

»Na gut! … Aber ein Bier geht noch.«

Nepomuk bog den gedachten Verlauf seiner Erzählung noch schnell so hin, dass er das Gesicht wahrte, und bestellte sich gerade den letzten Humpen, als jemand die Tür so fest aufstieß, dass sie fast aus ihren Angeln gehoben wurde.

»Remig! Was machst du denn hier? Ich dachte, du kannst dir den Tavernenbesuch nicht mehr leisten und wolltest heute nach Stiefenhofen, um dich dort nach einem reichen Weib umzusehen?«, spöttelte einer der Stammgäste, als er den mittelgroßen, etwas rundlichen Mann sah, dessen Gesichtszüge nichts Gutes vermuten ließen.

Da bis auf die beiden Salzfuhrwerker nur die einheimischen Gäste lauthals zu lachen begannen, schlossen Nepomuk und der Kastellan daraus, dass es sich bei diesem Mann ebenfalls um einen Einheimischen handeln musste.

Erst als Remig mit schleppendem Schritt näher trat und sich erschöpft mit beiden Händen auf der Tischplatte abstützte, während er schnaufend etwas zu sagen versuchte, erkannten die anderen, dass mit ihm tatsächlich etwas nicht stimmte.

»Setz dich erst einmal und beruhige dich«, empfahl ihm der Salzfaktor, während es ein anderer Gast kaum erwarten konnte zu erfahren, was geschehen war. »Dann erzähl uns, warum du so außer Atem bist.«

Obwohl sie Remig nicht kannten, waren auch Nepomuk und der Kastellan neugierig geworden. »Herr Wirt! Bringt dem Mann einen Becher Bier auf meine Rechnung«, rief der Mönch quer durch den Schankraum.

»Gott sei's gedankt«, nahm Remig das großzügige Angebot des Mönchs an, bekam aber von Bruder Nepomuk nur zur Antwort, dass Gott damit nichts zu tun habe und er das Bier aus eigenem Beutel bezahlen müsse, weswegen ihm und nicht Gott eine Antwort zustünde. »Also?«

Als Remig einigermaßen verschnauft und den Becher in einem Zug geleert hatte, wies er, anstatt zu erzählen, auf seine immer noch trockene Kehle hin. Dabei schielte er auf den wesentlich größeren Humpen des Mönchs, in den die vierfache Menge dieses außerordentlich süffigen Bieres passte.

»Du alter Beutelschneider! Na gut: In Gottes Namen sollst du noch ein Bier …«, Nepomuk knurrte: »von mir aus sogar in Münchener Größe, haben. Aber dann erzählst du uns allen hurtig, welchem Gespenst du auf dem Weg nach Stiefelhofen, oder wie dieser Ort heißt, begegnet bist«, erbarmte sich der Mönch, der zuvor nicht genau hingehört hatte und sich über diese unverhoffte Gelegenheit freute, selbst noch einen Humpen bestellen zu können, obwohl Ulrich längst zum Aufbruch gedrängt hatte.

Auch derjenige, der gleich beim Eintreten des Mannes versucht hatte, Spott über ihn zu bringen, forderte Remig wenig höflich auf, endlich das Maul aufzumachen. Nachdem dieser einen kräftigen Schluck aus dem Literhumpen genommen hatte, wurde er – ganz im Sinne Nepomuks – weiter bedrängt: »So! Des wär des«, drängte Klaus, ein witziger Kerl, den hier alle kannten. »Deine Kehle müsste jetzt hinreichend geölt sein. Also: Erzähl schon.«

»Na gut …«, begann Remig endlich zu berichten. »Du hast recht, Klaus! Ich wollte tatsächlich nach Stiefenhofen! »Dabei sah er aber nicht Klaus, sondern Nepomuk an und betonte das erste *n* in dieser Ortsbezeichnung, bevor er zu erzählen begann: »Ich wollte aber nicht nach Stiefenhofen, um ein Weib zu suchen, das ein paar Kreuzer unter der Matratze versteckt hat. Reiche Weiber gibt es heutzutage doch überhaupt nicht mehr. Und wenn, dann sind sie so drall, dass sie mir nicht gefallen würden.«

»Das mag wohl stimmen«, bestätigte einer, der es wissen musste, weil er als Weiberheld bekannt war, und brachte dadurch diejenigen, die dies wussten, zum Lachen.

»Was wolltet Ihr in Stiefenhofen?«, fragte der Kastellan, den alles interessierte, was dort geschah. Immerhin lag der Ort zwar am Rande des Herrschaftsgebietes seines Grafen, gehörte aber noch dazu.

»Ich wollte nur zu meinen Verwandten, die dort einen Großbauernhof besitzen, um sie um etwas Fressbares zu bitten. Das ist doch legitim ... oder?«

»Ja, ja, ist schon gut. Wir wissen, dass du ein Ehrenmann bist. Ich habe nur nicht gewusst, dass du seit Neuestem keinen Spaß mehr verträgst«, drängte Klaus, der zwar vom abgelegenen Wasenmoss stammte, aber im ganzen westlichen Allgäu als Spaßmacher bekannt war.

»Spar dir deinen Spott. Ich erzähl ja schon«, winkte Remig ab. Er begann, um sich wichtig zu machen, in beschwörendem Tonfall: »Eigentlich wollte ich den kürzeren Weg über Balzhofen nehmen, bin dort aber nicht weitergekommen, weil der Weg auf Höhe der Mühle durch *Muren* unpassierbar ist. Das Unwetter in der vergangenen Woche hat sich dort oben stärker ausgewirkt als hier in Simmerberg. Jedenfalls war der Weg durch schlammigen Dreck und Geröll versperrt. Aus Angst vor Strauchdieben habe ich Schiss gehabt, mich seitlich durch die Wälder zu schlagen und bin zurück zur Salzstraße, um über den Hahnschenkel nach Stiefenhofen zu gelangen. Als ich nach Burkatshofen weiter den Stich hochgelaufen bin, habe ich Lärm gehört.«

Remig trank seinen Krug aus und wischte sich mit dem Handrücken den Schaum vom Mund.

»Na und? Was war das für ein Lärm? Erzähl endlich weiter!«

Da Remig wusste, dass er wohl nie mehr so günstig an Freibier kommen würde, nutzte er die Gunst der Stunde und machte eine künstlerische Pause.

»Trockene Luft hier!«

»Du ... du ... Ach, scheiß drauf. Wirt! Bring dem Mann noch ein Bier, auf dass sein Mundwerk weiterhin geölt wird und er fortfahren kann«, machte der ansonsten eher geizige Klaus ein Friedensangebot für seine vorangegangene Lästerei.

Remig wartete noch, bis das Bier kam, und nahm einen kräftigen Schluck, bevor er weiterberichtete: »Da ich allein und ohne Gepäck war, konnte ich mich ungesehen so nahe anschleichen, bis ich deutlich Schreie und Waffengeklirre gehört habe. Als ich dann in der Nähe des Geschehens war, habe ich mich gut versteckt und gesehen, wie mehrere übel aussehende Gestalten ein Fuhrwerk überfallen und die beiden Fuhrwerker massakriert haben. Die zwei Soldaten, die das Gefährt begleitet haben, sind ebenfalls abgemurkst worden.«

»Was waren das für Soldaten?«, fragte der Kastellan besorgt.

»An deren rotgelben Uniformen habe ich erkannt, dass es sich wohl um Immenstädter gehandelt haben muss.«

»Dann waren es Königsegger Kürassiere«, präzisierte der Kastellan das Gehörte.

»Ja! Außerdem habe ich auf dem Wagen keine stehenden, sondern liegende Fässer gesehen, die ...«

»Dann war es meine nächste Salzfuhre aus Hall in Tirol«, unterbrach ihn der Salzfaktor, der Remig ebenso aufmerksam zugehört hatte wie alle anderen am Tisch.

»Warum wisst Ihr aufgrund der Tatsache, dass die Fässer gelegen und nicht gestanden sind, dass es ein Salztransport aus dem Tirolischen war?«, fragte Nepomuk.

»Ganz einfach: weil Salzfässer nur liegend transportiert werden dürfen und ich schon seit Tagen auf diese Ladung warte!«

»Was ist dann geschehen?«, rief der ebenfalls neugierig gewordene Wirt über die Theke.

»Was wohl? Bevor sie mich entdecken und womöglich auch noch massakrieren konnten, habe ich Fersengeld gegeben und geschaut, dass ich so schnell wie möglich zurück nach Simmerberg komme!« Nachdem trotz der spannenden Berichterstattung auf seine durstigen Blicke niemand mehr reagierte, zog Remig die Mundwinkel enttäuscht nach unten.

Obwohl der Kastellan und Bruder Nepomuk aufbrechen wollten, ließen sie sich von Remig auf die Schnelle noch alle Details berichten, wobei sie ganz besonders die Anzahl und die Bewaffnung der Männer sowie deren genauer Standort interessierte.

»Möchtest du immer noch nach Stiefenhofen?«, wurde Remig vom listig dreinschauenden Benediktinermönch gefragt.

Remigs Augen begannen zu strahlen. »Na klar! Wenn die Möglichkeit besteht, dort lebend anzukommen.«

Während sich der Kastellan bei den Einheimischen für das interessante Gespräch bedankte und beim Wirt die Zeche bezahlte, wollte Nepomuk die Pferde aus dem Stall holen. Weil er sich auf dem Weg dorthin verlief, kam er an einem großen Schuppen vorbei, in dem ein großer Ladewagen, ein paar kleinere Zugschlitten und etliche Fuhrwerke verschiedener Bauart herumstanden. Unter einer Plane versteckte sich sogar ein nobler Kutschenschlitten, der mit allerlei Schnitzwerk und sogar mit dem Wappen der ehemaligen Herren von Weiler versehen war.

Sieht fast aus wie in einem herrschaftlichen Marstall, dachte Nepomuk, bemerkte allerdings, dass ihm ein ganz und gar nicht vornehmer Gestank entgegenkam.

Zwar angeekelt, aber neugierig geworden, ging er seiner Nase nach und fand an dem Ladewagen einen toten Dachs hängen. Das Tier war wohl mit der Schnauze in die auf der Ladefläche zwischen allerlei Gerümpel liegende Wildfalle gekommen. Beim Versuch, sich aus den spitzen Eisenzacken zu befreien, musste es vom Wagen heruntergefallen sein. Da sich allem Anschein nach die an der Falle befestigte Kette zwischen den seitlichen Sprossen der Ladewände verhakt hatte, musste das arme Tier, hilflos baumelnd, auf seinen Tod gewartet haben.

»Nepomuk! Wo bleibst du so lange?«, rief der Kastellan.

»Ich komme ja schon!«

Da der Mönch merkte, dass sein Freund Ulrich ihn fragend anschaute, sagte er nur, dass er einen Plan habe.

»Was für einen Plan?«

»Warte ab, mein Freund!«

Kapitel 35

Sᴀʀᴀʜ ᴜɴᴅ Lᴏᴅᴇᴡɪɢ ᴡᴀʀᴇɴ ɪɴ ᴅᴇɴ Sᴄʜʟᴏssʜᴏғ ɢᴇᴛʀᴇᴛᴇɴ, um Wasser aus dem Brunnen zu schöpfen.

»Es könnte heute noch regnen, was meinst du?«, bemerkte der junge Vater mit einem skeptischen Blick zum wolkenverhangenen Himmel.

Noch bevor Sarah darauf antworten konnte, rief ihnen der Wachhabende, der seine Südrunde hinter sich gebracht und sich gerade zum nördlichen Wehrgang begeben hatte, aufgeregt zu: »Junger Herr! … Seht! … Dort!«

»Was ist los, Siegbert?«

»Im Dorf unten scheint es zu brennen«, kam es aufgeregt zurück.

Tatsächlich! Das sind keine Wolken, das ist Rauch, dachte sich Lodewig, ließ dies aber nicht laut werden. Stattdessen drückte er Sarah hastig seinen Wasserkübel in die Hand, eilte zur Mauerbrüstung, zog sich am Geländer die Treppe hoch und folgte – oben angekommen – mit seinem Blick Siegberts zitterndem Zeigefinger. Jetzt sah er zwar genau, dass Rauchschwaden hochstiegen, konnte aber nicht konkret erkennen, woher sie kamen.

»Es scheint so, als wenn im Unterflecken ein Haus brennen würde«, mutmaßte Siegbert, während er die Gelegenheit nutzte, den Helm abzunehmen, um sich am Kopf zu kratzen.

»Um Gottes willen«, entfuhr es Lodewig, den sogleich eine böse Vorahnung beschlich. Er eilte zur Treppe, stolperte hinunter und rannte zu Sarah, um sie abzulenken, indem er sie bat, den zweiten Kübel zu füllen und ihrer Mutter zu bringen.

»Was ist los, Geliebter?«, fragte die junge Frau irritiert. Da sie – wie überdies zurzeit alle im Schloss – überaus feinfühlig war, hatte sie sofort gemerkt, dass etwas nicht stimmte.

»Nichts Schlimmes. Aber ich sehe trotzdem nach«, antwortete Lodewig in ausgewählt beruhigendem Ton und gab ihr noch schnell ein flüchtiges Küsschen auf die Wange, bevor er Siegbert zurief, das kleine Türchen im Schlosstor zu öffnen.

Da Lodewig von dort aus nicht alles sehen konnte, lief er an der nördlichen Außenmauer der langgezogenen Schlossanlage bis zur Giebelseite des Hauptgebäudes zu dem Bänkchen, auf dem er vor geraumer Zeit sein erstes Treffen mit Sarah gehabt und mit ihr gesessen hatte. Aber für romantische Gedanken war jetzt keine Zeit. Er warf der hölzernen Sitzbank zwar hastig einen verklärten Blick zu, wollte aber schnellstens genau wissen, wo es brannte. So suchte er sich einen Platz, von wo aus er am besten orten konnte, was den Rauch verursachte. Er brauchte nicht lange, um zu erkennen, dass sich Siegberts böse Vorahnung auf das Allerschlimmste bestätigte.

Versteinert blickte er in Richtung des Bomberg'schen Anwesens.

»Jakob? ... Lea?«, rief er in seinem Entsetzen so laut, als wenn er eine Antwort erwarten könnte. Wie angewurzelt starrte er auf das lodernde Etwas. Dennoch dauerte es nicht lange, bis er sich fasste und zurückrannte, um zur Straße zu gelangen, die nach Staufen hinunterführte. Als er schon auf dem Sprung war, rief er Siegbert zu, dass er ins Dorf müsse, um zu helfen.

»Wo denn, junger Herr?«

Aber der Sohn des Kastellans bekam die Frage des Wachhabenden nicht mehr mit, weil er schon auf dem Weg den Schlossberg hinunter war.

Am Dorfeingang angekommen, hörte er hinter sich eine vertraute Stimme. »Lodewig! ... Warte auf mich!«

Er blieb stehen und sah Sarah den Buckel herunterhasten. Er rief ihr zu, im Schloss zu bleiben.

»Ich gehöre zu dir und bleibe an deiner Seite, ... egal, was ist«, rief sie schnaufend, aber forsch zurück. Sarah war so schnell, dass sie von Lodewig aufgefangen werden musste. Als sie an ihm hing, suchte er verzweifelt nach einem Argument, um sie daran zu hindern, ihn zu begleiten. »Deine Mutter benötigt Hilfe bei der Pflege meiner Mutter. Außerdem kannst du unseren Sohn nicht allein lassen ... Geh wieder ins Schloss zurück«, gebot er ihr in ungewohnt scharfem Ton.

Aber Sarah war eine für die Zeit, in der sie lebte, verhältnismäßig selbstbewusste junge Frau und ließ sich nicht abwimmeln. Trotzig sagte sie: »Ich habe das Wasser ins Haus gebracht und kann momentan nichts mehr tun. Mama hat gesagt, dass ich ein Weilchen in den Hof raus soll, um mir die Füße zu vertreten und frische Luft zu schnappen. Also kann ich doch gleich mit dir gehen …, oder?«

»Aber du bist jetzt nicht im Schlosshof, sondern außerhalb des Schlosses«, schimpfte Lodewig.

»Das weiß meine Mutter doch nicht.«

»Wie bist du überhaupt rausgekommen?«

»Als die Wache das Türchen schließen wollte, konnte ich gerade noch hindurchhuschen. Siegberts Fluchen habe ich einfach ignoriert. Und jetzt lass uns gehen«, gebot sie fast etwas zu schroff, was Lodewig aber geflissentlich überhörte.

Während er Sarah ganz fest in den Arm nahm und sanft darauf vorbereitete, dass es sein könnte, etwas Schreckliches zu sehen zu bekommen, spürte er schon ihre Tränen auf seiner Schulter.

»Ich weiß! Als mir die Wache gesagt hat, dass im Dorf unten ein Feuer ausgebrochen ist, und du rausgerannt bist, habe ich gefühlt, dass es möglicherweise unser Haus sein könnte, das brennt«, sagte sie merkwürdig ruhig, fast abgeklärt. »Ich habe meiner Mutter nur noch schnell das Wasser gebracht, bevor ich dir nachgerannt bin. Und nun komm endlich!«

»Oh Gott, dann weiß sie also auch schon Bescheid«, antwortete Lodewig, der für einen Moment vergessen hatte, was und wohin er eigentlich wollte.

»Natürlich nicht«, beruhigte Sarah ihren sichtbar aufgewühlten Mann. »Ich kann ihr doch nichts erzählen, wenn ich selbst noch nicht sicher weiß, was passiert ist! Außerdem war sie so intensiv mit unserem Kleinen beschäftigt, dass sie mir gar nicht zugehört hätte«, beendete Sarah das Gespräch, indem sie Lodewigs Hand packte und wieder zu rennen begann.

»Also gut. Wir haben uns geschworen, auf immer Freud und Leid zu teilen. Bleib aber bei mir, egal was geschieht oder was du siehst!«

֍

Je näher sie dem Marktplatz kamen, umso lauter wurde das Geschrei der Menschenmenge.

»Lea! ... Vater«, schluchzte Sarah, die schreien würde, wenn sie einen Ton herausbrächte.

Sie wollte auf ihr Elternhaus zulaufen, wurde aber von Lodewig sanft daran gehindert. »Schhh ...«, machte er beruhigend, während er sie wieder fest an sich drückte. »Hier kannst du nichts mehr tun«, entfuhr es ihm in seiner Trauer versehentlich. »Verdammt«, zischte er, nachdem ihm sein Fauxpas bewusst geworden war.

Während Sarah schluchzend auf den Boden glitt, drückte Lodewig kurz und fest ihre Hand – gerade so, als ob er ihr sagen wollte, er sei ganz nah bei ihr – während er mit der anderen Hand begann, sich einen Weg durch das Gewühle zu bahnen.

Als die Leute den Sohn des Kastellans und die zum katholischen Glauben konvertierte Jüdin sahen, bildeten sie gleichsam ehrfurchtsvoll und beschämt eine Schneise. Die Männer nahmen sogar die Hüte ab und senkten schlechten Gewissens ihre Häupter.

Nachdem Lodewig die Schar hinter sich gebracht hatte, gebot er Sarah, dort zu bleiben, wo sie gerade war. Er drückte sie fest an sich und strich ihr sanft durchs inzwischen wirre Haar.

Nachdem er sich allein so weit vorgekämpft hatte, wie er die Gluthitze gerade noch ertragen konnte, ging ein Raunen durch die Menge. Er stand vor einem braunschwarzen Durcheinander, dem nur die Glut und die letzten züngelnden Flammen etwas Farbe gaben. Laut rufend, lief er immer wieder um den verkohlten Balken- und Bretterverhau herum, um etwas zu sehen.

Obwohl ihm schnell klar war, dass Lea und sein Schwiegervater nicht mehr am Leben sein konnten, rief er laut nach ihnen und hielt immer wieder einen Moment inne, um auf eine Antwort zu warten. Anstatt der vertrauten und ersehnten Stimmen drangen aber nur das triumphierende Knistern der letzten Flammen oder gelegentliche Geräusche von in sich zusammenfallendem Holz an seine Ohren.

Auf seiner verzweifelten Suche nach den beiden Brandopfern zog er etliche teilweise noch glimmende Balken und Bretter auf die Seite. Immer wieder rief er nach Jakob und Lea. »Ja, hilft mir denn niemand?«, schrie er zornig in die stumm umherstehende Menge und packte sogar den am nächsten stehenden Mann am Kragen, der sich widerstandslos von ihm schütteln ließ. Lodewig stieß den Mann mit ganzer Kraft von sich und donnerte noch lauter als zuvor in die Menge: »Feiges Gesindel«, während er schon wieder um das brennende Chaos streifte. Als er sich beim Herausziehen eines Pfostens die Finger verbrannte, wurde ihm so langsam klar, dass dieses Unterfangen sinnlos war und er in Gottes Namen würde warten müssen, bis der Holzhaufen gänzlich niedergebrannt sein und die Hitze nachgelassen haben würde. Lodewig stand jetzt bewegungslos vor den traurigen Resten des ehedem schmucken Hauses und starrte darauf, wenn er sich nicht gerade nach Sarah umsah, die, immer noch an dem Platz, an dem er sie zurückgelassen hatte, in sich gekauert, vor sich hinweinte.

Obwohl er wusste, dass hier nichts mehr zu machen war, keimte – wenn er zu seiner Frau sah und an seinen Sohn dachte – ein klitzekleiner Hoffnungsschimmer in ihm auf, der ihm aber sofort wieder abhanden kam.

»Eine solche Brandkatastrophe kann niemand überleben«, murmelte er, als er von hinten angesprochen wurde und sich umdrehte.

»Junger Herr! Seid vernünftig und beruhigt Euch. Ihr könnt hier momentan nichts tun und müsst Euch gedulden, bis die letzte Glut erloschen ist. Sowie dies der Fall ist, helfe ich Euch, die ...« Den Satz, dass er beim Bergen der Leichen helfen wollte, sprach der Mann nicht zu Ende, sondern legte nur eine Hand auf die Schulter des Schlossverwaltersohnes. Aber Lodewig verstand auch so, was er hatte sagen wollen.

Auf den Gedanken, Wasser aus dem Seelesgraben zu holen, um das restliche Feuer zu löschen, kam aufgrund der allgemeinen Erstarrung niemand. Die Männer sahen keinen Sinn darin, die letzten Reste eines fast völlig niedergebrannten Hauses abzulöschen. Warum auch sollten sie das Feuer bekämpfen, das sie selbst gelegt hatten?

Sarah hatte sich inzwischen ein kleines bisschen vom ersten Schrecken erholt, rappelte sich auf und ging wie in Trance auf ihr Elternhaus zu. Als die Menschen das Mädchen so apathisch vor sich hinlaufen sahen, bekreuzigten sie sich.

»Gott sei Dank! Wenigstens hat ein Mitglied dieser Familie überlebt«, rief der ›Pater‹ hinterfotzig so laut, dass es ja jeder hören konnte.

Obwohl die umherstehenden Leute ganz genau wussten, dass sie dieses Unglück selbst zu verantworten hatten, zeigte kaum einer von ihnen Pietät. Sie warteten nur neugierig darauf, was jetzt geschehen würde. Interessiert sahen sie, wie Lodewig wortlos seinen rechten Arm hob, damit Sarah darunterschlüpfen konnte. Die beiden standen eine ganze Zeit lang stumm da und starrten auf die Reste des ehemals respektablen Anwesens, in dem Sarah viele schöne Jahre im Kreise ihrer geliebten Familie hatte verbringen dürfen.

»Jetzt ist alles aus«, sinnierte sie. »Nie mehr werde ich an Papas Zopf ziehen und seine Geschichten hören können. Nie mehr werde ich mit Lea Hühner füttern oder den Tisch decken können, ... ich werde ihr Lachen vermissen.«

Von hinten sah man, wie beide Körper von Schluchzen geschüttelt wurden und Lodewig seine Frau fest an sich drückte, während sie ihren Kopf in seiner Halsbeuge vergrub. Es dauerte eine ganze Weile, bis das allseitige Schweigen in ein Gemurmel überging, das rasch alle anderen Geräusche übertönte. Als wäre es bestellt, leistete endlich auch der Himmel seinen Beitrag und schickte einen nassen Schauer, der die Brandruine zum Zischen brachte. Als der Regen aufhörte, waren zwar fast alle Brandherde abgelöscht, allerdings qualmte und dampfte es jetzt so stark, dass Lodewig und Sarah sich weiter gedulden mussten, um in den Trümmerhaufen steigen zu können. Überdies hatten sie auch warten müssen, bis sie sich so weit gefasst hatten, um endlich damit beginnen zu können, die beiden vermutlich schrecklich aussehenden Leichen zu suchen.

»Kommt! Wir helfen ihnen«, schlug eine Frau mittleren Alters, die erst jetzt gekommen war und nichts mit der Brandlegung zu tun gehabt hatte, vor.

Das schlechte Gewissen ließ die Leute zögern. Aber so nach und nach traten Einzelne aus dem Pulk heraus und gingen auf die beiden zu.

»Halt«, schrie Lodewig. »Das geht euch nichts an und ist ausschließlich unsere Sache. Jetzt braucht ihr auch nicht mehr zu helfen. Verschwindet! Haut endlich ab!«

Verschämt wandten sich die Menschen ab und machten sich,

während sie sich immer wieder umdrehten, schweigend auf den Heimweg. Die meisten von ihnen waren froh, den Ort des Grauens auf Lodewigs Geheiß hin verlassen zu dürfen.

Nur noch wenige waren hier, als sich Lodewig und Sarah gegenseitig im Seelesgraben nasse Tücher um Hände und Unterarme banden, die sie zuvor von einer hilfsbereiten Frau bekommen hatten. Sie begannen damit, das verbrannte und teilweise immer noch schwach glimmende Holz beiseite zu räumen.

Da der größte Teil der Dachkonstruktion zur Stallseite weggekippt war, bevor sie ganz in sich zusammengebrochen war, gelang es den beiden in kurzer Zeit, sich bis in den ehemaligen Wohnraum durchzuarbeiten. Der beißende Geruch verbrannten Fleisches wies ihnen den direkten Weg zum Entsetzen. Als Lodewig unter mehreren Balken einen verkohlten Fuß sah, erschrak er. Hastig packte er Sarah und zog sie weg. Er rief die hilfsbereite Alte zu sich und bat sie – obwohl er sie nicht kannte –, sich um seine Frau zu kümmern. Er flüsterte ihr ins Ohr, dass sie Sarah festhalten und unter keinen Umständen zu ihm lassen sollte.

»Danke!« Lodewig musste husten, bevor er noch anmerken konnte: »Gott segne Euch, gute Frau.«

Erst als der treusorgende Familienvater sah, wie sich die beiden ein ganzes Stück entfernt mit dem Rücken zum Geschehen ins Gras setzten, band er sich ein nasses Tuch vor das Gesicht und nahm seine grauenhafte Arbeit erneut auf. Je mehr Bretter und Balken er beiseite schaffte, umso mehr wurde von der verkohlten Leiche freigegeben.

Da Jakob Bombergs leibliche Hülle durch die immense Hitze geschrumpft war, wusste Lodewig nicht gleich, wen von beiden er gefunden hatte.

Der Größe nach könnte es Lea sein, dachte er für den Bruchteil eines Moments, konnte aber anhand der Sandalenreste und Jakobs Gürtelschnalle, die sich hässlich in die Magengrube gefressen hatte, doch recht schnell erkennen, dass es sich nicht um Lea, sondern um ihren Vater handelte.

»Aber wo ist die Kleine?«

Lodewig blickte hastig um sich, während er überlegte, ob er erst nach dem Mädchen suchen oder zunächst seinen Schwiegervater bergen sollte. Da er davon ausging, dass er Lea sowieso nicht mehr würde helfen können, entschloss er sich, zuerst Jakob zu bergen und dann nach ihrer Leiche zu suchen. Dennoch rief er noch ein paar Mal nach ihr … leider erfolglos!

Obwohl sich der schwitzende und hustende junge Mann immer wieder übergeben musste, arbeitete er so lange weiter, bis er Jakobs sterbliche Überreste ganz freigelegt hatte. Er schaffte so viel Material beiseite, bis er eine Schneise geschaffen hatte, in der er seinen Schwiegervater, an den er sich erst seit der Geburt seines Sohnes so richtig gewöhnt hatte, nach draußen würde ziehen können. Bevor er dies tat, bekreuzigte er sich und nahm sich die Zeit für ein kurzes Gebet. Dies geschah nicht allein seines Glaubens wegen, sondern in erster Linie, um seine ganzen Kräfte zu bündeln, damit er diesen seelischen Kraftakt überhaupt bewältigen konnte. Lodewig nahm dies auf sich, weil er unter allen Umständen verhindern wollte, dass Sarah und Judith Bomberg ihre Liebsten in diesem Zustand sehen würden.

Es dauerte lange, bis er sich dazu durchringen konnte, die grässlich aussehende Leiche unter den Achseln zu packen und nach draußen zu ziehen.

Dabei geschah das Malheur, dass ihm der Körper entglitt und Lodewig nur noch die Arme des Toten in seinen Händen hielt. Sehnen und Muskeln, die Arme und Torso verbunden hatten, waren aufgrund der immensen Hitze nicht mehr dazu in der Lage, ihre Dienste zu verrichten. Lodewig entfuhr ein Schrei, der bis zu Sarah drang. Wenn die hilfsbereite Frau sie nicht geistesgegenwärtig festgehalten hätte, wäre Sarah sofort zu Lodewig gerannt. Sie setzte alles daran, sich zu befreien, und benahm sich dabei wie eine Furie. Sie biss der Frau in die Hand, schrie hysterisch und schlug so lange wild um sich, bis sie von ihrem Mann hörte, dass ›alles in Ordnung‹ sei und er sich nur leicht verbrannt habe. Schluchzend sank Sarah wieder in die Arme der ihr fremden, aber irgendwie wohltuenden Beschützerin.

Nachdem Lodewig Jakobs Arme geborgen hatte, gelang es ihm auch, den restlichen Körper nach draußen zu ziehen. Sorgfältig legte er ihn in gebührendem Abstand zum Brandherd ins Gras und drapierte die Arme so dazu, als wenn damit nichts geschehen wäre. Als er dabei in Richtung Sarah blickte, deutete ihm die Frau, wo sie weitere Leintücher abgelegt hatte. Lodewig nickte dankbar und holte die zusammengefalteten Stoffteile, von denen er eines sanft über dem Toten ausbreitete.

Das zweite Leichentuch erinnerte ihn daran, dass ihm noch die entsetzlichste Arbeit bevorstand.

Kapitel 36

DAS GERÄUSCH EINER LEPROSENKLAPPER schien den Takt für einen Singsang, der eher dem Geknarze einer Windmühle als dem eines biblischen Gesanges glich, vorzugeben, während etwas davon entfernt, in einer Wiese, ein Mann drei Mal das raue, kreischende Rätschen des Eichelhähers nachahmte. Wenn der Ruf dieses rötlich grauen Vogels normalerweise die Tiere des Waldes vor eindringenden Feinden warnte, lockte er jetzt vier verdreckte Gestalten aus einem Wäldchen unweit des höchsten Punktes auf dem Hahnschenkel heraus. Während sie – nachdem sie ihre Schaufeln, mit denen sie gerade Gruben ausgehoben hatten, beiseite gelegt hatten – neugierig vom Waldrand in Richtung Straße schlichen, hörten auch sie das näher kommende Lärmgemisch, das immer wieder durch Gebete aus der Sterbeliturgie unterbrochen wurde. Als der Westwind auch noch einen üblen Geruch, der durch das Verbrennen getrockneter Kräuter, Hühnermist, Weihrauch und wer weiß, durch was sonst noch, verursacht wurde, in Richtung Hahnschenkel trug, schlichen die fünf Männer in geduckter Haltung ein Stück den Berg hinunter. Es interessierte sie, wer diesen ungewöhnlichen Krach und den ekelerregenden Gestank verursachte. Und es interessierte sie, ob dort etwas zu holen war.

Als sie einen Zweispänner sahen, der sich den steilen Buckel hochmühte, beobachteten sie ihn ein Weilchen, bevor sie so schnell wieder im Gebüsch verschwanden, wie sie aufgetaucht waren. Aber schon gleich darauf kamen sie neuerlich aus ihrem Versteck hervorgekrochen.

Dieses Mal erweckten sie nicht gerade den Eindruck, als wenn sie nur neugierig sein würden. Sie hatten ihre Schlüsse aus dem eben Gesehenen gezogen und sich bis an die Zähne bewaffnet. Man konnte ihnen unschwer ansehen, dass sie darin geübt waren, ihre Waffen zu gebrauchen, wenn es nötig war. Und Notwendigkeit bestand für diese Halunken immer.

Während sich die Rösser anstrengen mussten, den großen Ladewagen den steilen Buckel hochzuziehen, sah der Kutscher vier furchterregend aussehende Gestalten auf sich zukommen. Während sich einer der Männer zur rechten und einer auf die andere Seite des Fuhrwerks begab, postierten sich zwei mit angelegten Musketen in einem gewissen Abstand dahinter. Für den Kutscher war von vornherein klar, dass es sich um Wegelagerer handelte.

Aber warum schlagen sie nicht zu? Warum laufen sie stattdessen nur schweigend neben und hinter mir her?, fragte er sich.

Als er den höchsten Punkt des Hahnschenkels erreichte, sah er auf der anderen Seite des Buckels einen weiteren Mann, der grinsend mitten auf der Straße stand und mit einer brennenden Lunte in der Hand neben einem Geschütz auf ihn wartete.

Plötzlich hatte der Kanonier sein hämisches Grinsen eingestellt. »Halt«, rief er mit frostiger Stimme, während er auf das gusseiserne Ungetüm zeigte. »Diese Feldschlange hat bis vor Kurzem kaiserlichen Landsknechten gedient und setzt ihre Zielsicherheit jetzt für uns ein. Sie ist genau auf dich gerichtet und wartet nur darauf, Zunder zu bekommen. Wenn dir dein Leben lieb ist, übergib uns kampflos alles, was du mit dir führst, und verschwinde dahin, woher du gekommen bist.«

»Gott, der Herr sei mit Euch«, antwortete der Mann auf dem Kutschbock, bevor er damit begann, die Männer zu segnen. »Auch wenn ihr arme Sünder seid, wird euch Jesus Christus verzeihen ... sofern ihr Reue zeigt!«

Der Kanonier, der auch der Anführer dieses üblen Haufens zu

sein schien, war sichtlich verunsichert und wusste nicht so recht, wie er mit der ungewohnten Situation umgehen sollte. Er sah einen alleinreisenden Mönch, der zwar einem Riesen glich, hätte aber dennoch erwartet, dass dieser vor Angst erzittern und versuchen würde, Fersengeld zu geben. Der aber saß in aller Seelenruhe auf seinem Kutschbock, gab nur dumme Sprüche von sich und machte keinerlei Anstalten, wenigstens zu versuchen abzuhauen. Bisher hatten alle Überfallenen aus Angst ihr Hab und Gut im Stich gelassen und wären nur mit dem, was sie auf dem Leib getragen hatten, geflohen, … wenn ihnen dies geglückt wäre.

Da die Wegelagerer ihr einträgliches Handwerk aber noch recht lange ausüben wollten, würden sie keine Zeugen gebrauchen können und hatten deswegen noch nie jemanden laufen lassen. Dafür hatten die beiden grimmig dreinschauenden Gesellen, die jetzt mit den Waffen im Anschlag hinter dem Fuhrwerk standen, stets gesorgt. Sie warteten nur darauf, dass der Kutscher vom Bock stieg.

Zuerst würden sie ihn erschießen, ihm seine Kutte ausziehen und ihn dann zusammen mit den beiden Immenstädter Soldaten und den beiden Fuhrwerkern, für die sie bereits die Gruben ausgehoben hatten, verscharren.

Das Loch war bereits fertig gegraben und musste nur noch vergrößert werden, damit auch der Riese Platz darin finden würde. Auf einen mehr oder weniger kam es ihnen nicht an. Nicht einmal die üblen Spießgesellen selber wussten, wie viele Löcher sie im Laufe der Zeit gegraben und wie viele Leichen sie mittlerweile in dem kleinen Wäldchen verscharrt hatten.

»Steig ab und übergib uns dein Gefährt mitsamt den Pferden«, schnarrte es Bruder Nepomuk entgegen.

»Mein Sohn! Gerne überlasse ich dir meine Ladung, wenn du mir versprichst, sie getreu unserem Glauben, christlicher Erde zu übergeben.«

»Was soll der Scheiß, hä?«

»Ich führe eine Ladung mit mir, mit der du gewiss nichts anzufangen weißt.« Während Nepomuk dies sagte, hob er sein bis jetzt gesenktes Haupt und zog die Kapuze herunter.

»Was hast du da im Gesicht?«, fragte der Wegelagerer, der zwar neugierig war, aber keinen Schritt von seiner Kanone wich. Stattdessen trat er unruhig von einem Fuß auf den anderen.

»Das sind Zeichen des nahen Todes«, rief ihm der Mönch mit zittriger Stimme, in der trotz der Lautstärke gut erkennbar etwas Kraftloses, etwas Trauriges mitschwang, entgegen.

»Werde deutlicher! Was fehlt dir?«

»Der Herr hat es für richtig erachtet, mich mit der Pestilenz zu strafen.«

Als der Kanonier dies hörte, trat er, der ansonsten weder Tod noch Teufel fürchtete und seine Kanone nie allein ließ, instinktiv ein paar Schritte zurück.

»Und was hast du für eine Ladung?«

»Sieh selbst nach«, empfahl der Kutscher, der sich mittlerweile als Benediktinermönch zu erkennen gegeben hatte, und stieg vom Bock, was die beiden anderen mit ihren Büchsen unruhig herumfuchteln ließ. Dennoch schoss keiner.

Als Nepomuk vorsichtshalber seine Kapuze wieder so über den Kopf zog, dass man sein Gesicht kaum noch sehen konnte, schrie der inzwischen völlig verunsicherte Kanonier: »Bleib stehen!« Dabei fuchtelte er aufgeregt mit der Lunte herum, obwohl er ein ganzes Stück hinter dem Geschütz stand. Er befahl seinen Kumpanen nachzusehen, was sich unter der schmutzigen Pferdedecke, auf die provisorisch ein großes schwarzes Kreuz genäht war, verbarg.

Als sie näher an das Fuhrwerk traten, zuckten sie erschrocken zusammen.

»Pfui Teufel! Das stinkt ja bestialisch«, stellte einer der Männer fest, während der andere rief, dass er ein Bein sehen könne.

»Ich sehe einen Arm! ... Und da spitzelt auch noch ein Fuß heraus«, bemerkte derjenige, der den üblen Gestank als Erster intensiv gerochen hatte, gleichsam erstaunt und verunsichert.

»Aufgrund des holprigen Weges muss es die bedauernswerten Opfer der Pestilenz wohl etwas durcheinandergeschüttelt haben. Ich werde ihre Gliedmaßen wieder unter die Decke schieben, damit die Ansteckungsgefahr nicht unnötig vergrößert wird«, sagte Bruder Nepomuk mit ruhiger Stimme und schickte sich an, nach hinten zum Fuhrwerk zu gehen.

»Bleib, wo du bist«, schnarrte es ihm entgegen.

Seinen Kumpanen befahl der Anführer, die Decke anzuheben und nachzusehen, was sich alles darunter verbarg. Aber die Angst vor der Pest und der Ekel vor dem Gestank des Todes waren so groß, dass es keiner wagte, die Plane vom Fuhrwerk zu ziehen. Erst als ihr Anführer massive Drohungen und Flüche ausstieß, trauten sich wieder zwei der Männer näher an den Wagen und hoben vorsichtig die Decke an. Sie erblickten zwei Tote, die aussahen, als wenn sie Schreckliches mitgemacht hätten, bevor sie gestorben waren. Einer hatte die Augen weit aufgerissen und dem anderen hing seitlich die Zunge aus dem schaumverkrusteten Mund. Was man von ihren Körpern sah, war mit offenen Wunden, an denen ganz offensichtlich getrocknetes Blut klebte, übersät. Außerdem stanken sie, als wären sie schon länger als eine Woche tot.

In ihrer Angst glaubten die Straßenräuber, Pestbeulen zu erkennen, und gaben diese Beobachtung an ihren Anführer weiter.

»Nur zwei Tote und keine Waren? Das kann nicht sein. Dafür ist die Ladefläche zu prall gefüllt«, stellte der Anführer, der etwas mehr in der Birne zu haben schien als die anderen, fest.

»Nein«, fuhr Nepomuk dazwischen. »Die beiden sind die Letzten, die ich eingesammelt habe. Die ganze Ladefläche ist voller Pestopfer. Diese beiden hier liegen auf einer Plache, unter der die älteren, bereits faulenden und furchtbar stinkenden Leichen liegen. Was meint Ihr, warum ich dieses Räuchergefäß mit mir führe?« Da die Sache zu eskalieren drohte, umfasste er unauffällig das Heft seiner unter der Kutte versteckten Doppelaxt. »Ich bin nur ein Bettelmönch und besitze nichts. Die beiden Rösser hat ebenfalls die grausige Seuche gepackt … Ihr könnt sie gerne haben, dann bleibt es mir erspart, sie zum Abdecker zu bringen. Wenn Ihr mich zu ihnen lasst, werde ich sie abbinden und danach die Decke vom Wagen ziehen, damit Ihr das ganze Elend sehen könnt. Zuvor aber tretet in die Richtung, aus der dieser lästige Wind kommt und verhüllt Eure Gesichter mit dicken Tüchern, damit Ihr nicht angesteckt werdet.«

Nepomuk gefiel dieses Schauspiel und er konnte es nicht lassen, die Sache auszuschmücken und auf die Spitze zu treiben.

Obwohl er wusste, dass immer noch höchste Gefahr bestand, kniete er sich hin und begann zu beten: »Tiefe Wunden schlägst du, oh Herr, in alle, die mit der Pestilenz in Berührung kommen. Mich hast du bereits auserkoren, Dir zu folgen. Verschone wenigstens diese Deine verlorenen Schafe, auf dass sie zu Dir zurückkehren mögen. Amen!«

Die Wegelagerer hatten sich derweil um ihren Anführer versammelt, um zu besprechen, was sie tun sollten. In der Zwischenzeit hatte Nepomuk das Räuchergefäß vom Kutschbock geholt und etwas von dem selbst gemischten Räucherwerk dazugegeben. Während er das Gefäß so fest im Wind schwenkte, dass es ja recht stinken sollte, sprach er mit zitternder Stimme weiter: »Wenn ich hingegangen bin und einen Platz für euch bereitet habe, komme ich wieder und hole euch zu mir, damit auch ihr seid, wo ich bin, sprach der Herr! – Und nun lasset uns beten ...« Danach zeichnete er Kreuze in Richtung jedes einzelnen und senkte scheinbar demütig sein Haupt, beobachtete die Halunken aber trotzdem. Nur gut, dass die Kapuze mein Gesicht verbirgt, so können sie weder mein diabolisches Grinsen sehen, noch erkennen, dass meine ›Pestbeulen‹ aus Hühnermist gemacht sind, dachte er zufrieden.

Jetzt reichte es den verstörten Straßenräubern endgültig. Um Nepomuks Redefluss zu stoppen, schoss einer in die Luft.

»So weit kommt es noch, dass wir mit diesem Pfaffen beten«, empörte sich der Anführer. »Da wir vorher schon viel Salz und andere wertvolle Dinge erbeutet haben, geben wir uns für heute zufrieden. Wir werden nicht riskieren, von der Pest gepackt oder – noch schlimmer – von diesem Mönch bekehrt zu werden«, maulte er.

»Darf ich jetzt die Pferde losbinden und die Decke herunterziehen?«, fragte Nepomuk in betont unterwürfigem Ton.

»Du darfst mitsamt deinem Wagen verschwinden – das ist aber auch schon alles, was du darfst. Nun hau schon ab, bevor ich es mir anders überlege«, kam es ihm entgegen. Damit wollte der Räuberhauptmann verhindern, die Pesttoten vergraben zu müssen und sich dabei zu infizieren. Wäre dies nicht gewesen, hätte er sich wenigstens den Ladewagen gekrallt, um die Beute der vergangenen Tage verstauen und transportieren zu können. Da laut Aussage des hünenhaften Mönchs nicht einmal die Pferde zu gebrauchen waren, wollte er das merkwürdige Gefährt mitsamt seinem Kutscher und seiner Ladung möglichst schnell loswerden.

Nepomuk musste in sich hineingrinsen, während er nach hinten ging, um die Gliedmaßen seiner Gefährten unter die Decke zu schieben. Dabei konnte er es nicht lassen, Remig an den Fußsohlen zu kitzeln. Dadurch riskierte er, dass der vermeintlich Tote zu zucken beginnen und dies von einem der Männer gesehen würde. Da die Wegelagerer sich als unberechenbar gezeigt hatten, war die Gefahr noch nicht gebannt.

Kapitel 37

AUCH WENN FAST DAS GANZE DORF auf den Beinen gewesen war, um sich an der sinnlosen Brandlegung zu ergötzen oder sich sogar aktiv daran zu beteiligen, hatten einige davon zunächst nichts mitbekommen. Inzwischen aber wussten es alle. Selbst die Pestkranken, die notgedrungen in ihren Behausungen bleiben mussten, hatten mittlerweile erfahren, was vorgefallen war. Viele Hinterbliebene hatten jetzt keine Zeit, sich weitere Gedanken über das Schicksal der jüdischen Familie zu machen. Denn diejenigen, die ein Huhn gefangen und nicht einmal Skrupel davor gehabt hatten, mehr oder weniger angekokeltes Holz vom Bomberg'schen Anwesen mitzunehmen, schürten nun das Feuer in ihrer eigenen Behausung. Andere waren schon wieder damit beschäftigt, ihre Erkrankten und Sterbenden zu versorgen. Innerhalb kürzester Zeit nach dem Brand lehnten bereits erneut etliche tote Menschen mit weißen Gesichtern und schwarzen Beulen am Hals an den Hauswänden. Wenn sie von ihren Verwandten nicht bald wieder hereingeholt und unter dem Stubenboden verscharrt wurden, müssten sie dort wohl noch lange verbleiben. Denn Fabio fühlte sich zwar zwischenzeitlich endlich etwas besser, war aber noch nicht einsatzfähig. Und der Totengräber hatte ebenfalls keine Zeit, da er seinen Helfer schleunigst vollständig auf die Beine bringen musste, während sich Propst Glatt im selben Haus immer noch in seine Bücher vergrub und wie besessen an seinem Repertorium schrieb.

Da Ruland Berging wusste, dass die gewinnbringende Pest auch noch für ihn arbeitete, während er sich um Fabio kümmerte, stank es ihm, dass er vorläufig nicht zu den Hinterbliebenen konnte, um das Totengeld in Empfang zu nehmen. Er wusste, dass er nur abkassieren konnte, wenn er eine Gegenleistung erbracht hatte. Und da er sich selbst zu fein war, die Drecksarbeit zu verrichten, brauchte er Fabio. Noch mehr Gedanken machte er sich aber über Lodewig, der immer noch lebte und das Geheimnis, das ihn und den Medicus bis zu dessen Tod verbunden hatte, ausplaudern konnte.

Solange auch dieser Sohn des Kastellans nicht tot ist, bin ich immer noch in Gefahr, spukte es im Hinblick auf das elendige Ende seines damaligen Komplizen unaufhörlich in seinem Kopf herum.

Auch im abseits gelegenen Spital hatte man kaum etwas von dem Unglück gehört. Einzelne Neuzugänge versuchten zwar, dem Kanoniker oder Lisbeth davon zu erzählen, brachten es aber aufgrund ihrer schlechten Konstitution nicht fertig.

Während sich Bonifatias treue Helfer der ständig neu hinzukommenden Infizierten kaum noch erwehren und ihren Dienst an den Pestkranken allenfalls notdürftig verrichten konnten, war die Schwester immer noch außerhalb des Dorfes unterwegs, um Lebensmittel zu erbetteln. Da ihr der Staufenberg die Sicht zum Dorf verdeckt hatte, war ihr der Rauch nicht aufgefallen. Sie war guter Dinge und freute sich über die vielen Spenden, die sie von den Königsegger Soldaten erhalten hatte.

Nun war sie auf dem Weg nach Staufen zurück. Dort wollte sie schleunigst ins Spital, um den Leiterwagen zu leeren und Lisbeth Anweisungen zu geben, wie sie die Nahrungsmittel verteilen und den Rest diebstahlsicher lagern sollte. Während Lisbeth dies tun und sich zusammen mit dem Kanoniker um die Kranken kümmern würde, gedachte Schwester Bonifatia, den Leiterwagen ein zweites Mal füllen zu lassen, weswegen sie heute noch nach Buflings hinaus wollte. Dort erhoffte sie sich, von einem Großbauern weitere Verpflegung zu bekommen, obwohl sie mit dem fett gefressenen Großkotz, dessen massiger Rücken halslos direkt in den feisten Hinterkopf überging, bisher nur schlechte Erfahrungen gemacht hatte. Aber die Hoffnung auf die Läuterung schlechter Menschen stirbt ja bekanntermaßen zuletzt, dachte sie sich frohgemut. Würde ihr dies heute auch noch gelingen, wären die nächsten Tage gesichert. Und sollte sie danach noch die Zeit dazu haben, würde sie ihren Leiterwagen das Stückchen weiter bis zum Siechenhaus hinunter ziehen, um sich dort nach Heini und dem Stand der Dinge in der Leprosenanstalt zu erkundigen. Es interessierte sie schon sehr, wie es dort ohne sie lief und ob dort überhaupt noch Kranke und Verletzte und nicht nur Sieche und Gebrechliche aufgenommen wurden. Diesen Umweg wollte sie aber nur auf sich nehmen, wenn sie sicher sein konnte, vor Einbruch der Dunkelheit wieder im Staufner Spital zu sein.

༺☙༻

Im von der Außenwelt abgeriegelten Schloss wusste man noch nichts von den beiden Brandopfern. Siegbert hatte zwar von seinem Wachposten aus gesehen, dass vom ursprünglich dicken Qualm zwischenzeitlich nur noch ein paar Rauchfetzen übrig geblieben waren, ahnte aber nichts vom Grauen, das sich im Dorf unten zugetragen hatte. Da der Kastellan nicht hier war und er niemanden unnötig aufschrecken wollte, hatte er es vorgezogen, die Sache zunächst für sich zu behalten. So wartete er sehnsüchtig darauf, dass Lodewig und Sarah zurückkommen und ihm etwas über den Brand erzählen würden. Ungeduldig schlurfte er den Wehrgang entlang, als er jemanden den Schlossberg hochkommen sah.

Lodewig? »Na, endlich«, entfuhr es ihm erfreut.

Als die Person näher kam, stellte er aber fest, dass es sich um eine krummbuckelige Alte handelte. Es war die für ihre Boshaftigkeit bekannte Leni, die man im Mittelalter nicht nur wegen ihrer Gottlosigkeit und wegen ihres lockeren Mundwerks auf den Scheiterhaufen geschickt hätte. Beim Anblick des hässlichen alten Weibes schauderte es Siegbert.

Nachdem ihr Mann und ihre Kinder der Pest erlegen waren, war sie jetzt die einzige ›Ungläubige‹ in Staufen. Leni hatte schon immer das irrige Gefühl, nur aufgrund ihrer atheistischen Einstellung von den anderen Staufnern gemieden zu werden. Deswegen hatte sie eine Stinkwut auf Jockel Mühlegg und seine Mutter, die einzigen Lutheraner in Staufen, die sich trotz ihrer andersartigen Religionszugehörigkeit allseitiger Beliebtheit erfreuen konnten, und dies, obwohl sie auch noch die Ärmsten des Dorfes waren. Aber auf die Bombergs hatte sie einen richtigen Zorn; denn auch ihnen war es trotz ihres undurchschaubaren Glaubens gelungen, viele Jahre in Ruhe gelassen und sogar von den meisten geachtet, zumindest aber respektiert zu werden. Darauf, dass ihre Unbeliebtheit an ihrem Schandmaul liegen könnte, war Leni nicht gekommen.

Als die Frau schnaufend vor dem Schlosstor stand, fragte Siegbert schroff, was sie hier zu suchen habe.

Da Leni vor einigen Jahren auf Betreiben des damaligen Ortsvorstehers wegen ihrer provozierenden und obrigkeitsverachtenden Sprüche vor Gericht zitiert worden war und einen ganzen Markttag lang die rostige Schandmaske hatte tragen müssen, weil sie Unwahrheiten über die gräfliche Familie verbreitet hatte, war sie nicht gut auf die Obrigkeit, zu der sie auch den Kastellan zählte, zu sprechen. Seither suchte sie nach einer Gelegenheit, ihm eins auszuwischen. Aufgrund der tadellosen Integrität des gräflichen Schlossverwalters und seiner Familie war ihr dies in all den Jahren nicht gelungen. Jetzt aber hatte sie eine Neuigkeit, die den Kastellan wie ein Blitz treffen würde. Da sie wusste, dass die Dreylings von Wagrain mit der jüdischen Familie befreundet und seit Kurzem sogar angeheiratet verwandt waren, hatte sie sich schnell auf den Weg gemacht, um Lodewig bei der Übermittlung der traurigen Nachricht zuvorzukommen. Sie freute sich diebisch auf die

Reaktion des Kastellans, wenn er von ihr erfahren würde, dass fast das ganze Judenpack ausgelöscht war. Es wäre ihr noch lieber gewesen, berichten zu können, dass alle Bombergs verbrannt waren. Es ärgerte sie, dass Sarah überlebt hatte.

»Lass mich ein und bring mich sofort zum Kastellan«, versuchte sie forsch, Siegbert anzuweisen.

»Für geschwätzige Weiber ist kein Platz im Schloss! Um was geht es überhaupt?«, bremste er ihren Übermut.

»Das geht nur den Dreyling etwas an«, zischte sie abfällig. »Ich habe ihm etwas Wichtiges mitzuteilen!«

»Mäßige dich, Weib! Mein Herr ist nicht da. … Und jetzt verschwinde!«

Erst nachdem sie mehrmals erfolglos versucht hatte, Einlass zu bekommen, und das Gespräch eine ganze Zeit lang hin- und hergegangen war, gab die lästige Alte auf. Da sie auf die erhoffte Schadenfreude verzichten musste, schoss ihr die Zornesröte ins Gesicht und sie schwang drohend ihren krummen Gehstock. »Eines kannst du dem feinen Herrn aber sagen: Ich glaube, die ganze Judensippe ist verbrannt«, schrie sie mit geballter Faust, bevor sie hohnlachend abzog.

»Halt! Was sagst du da, Leni?«, rief ihr Siegbert in aufgesetzt freundlichem Ton nach und versuchte, sie zum Zurückkommen zu bewegen. Aber er hörte nur noch das hämische Gelächter der Alten, die wenigstens diesen kleinen Triumph auskosten mochte.

Das war es also: Der Rauch kam vom Haus der Bombergs. Dorthin sind Lodewig und Sarah gerannt, sinnierte Siegbert und zeichnete sich ganz langsam ein Kreuz auf Stirn, Mund und Brust, bevor er die Hände zum stillen Gebet faltete und überlegte, was zu tun sei.

Da der Kastellan nicht da war und seine Herrin das Krankenlager hütete, wusste er jetzt nicht, wie er sich verhalten sollte.

»Um Gottes willen! … Frau Bomberg«, schoss es ihm durch den Kopf.

»Was soll ich ihr nur sagen?«

Siegbert verließ seinen Wachposten und eilte zu Rudolph, der seine Freizeit genoss, indem er sich wieder einmal besoff.

»Rudolph«, rief er aufgeregt. Als der Wachhabende in dessen Kammer trat, sah er, wie sein Kamerad gerade die Schnapskanne unter seinem Lager verschwinden lassen wollte. Mit einer fahrigen Handbewegung bedeutete Siegbert, dass er auch einen Schluck haben wollte.

»Spinnst du? Du trinkst doch sonst nicht! Außerdem hast du doch Wache! Was machst du überhaupt hier?«, fragte Rudolph, während er Siegbert gleichsam widerwillig und erstaunt das Gefäß mit dem kostbaren Inhalt reichte.

Siegbert nahm einen kräftigen Schluck und musste erst noch husten, bevor er Rudolph die schreckliche Neuigkeit erzählen konnte.

Nachdem sein Kamerad alles gehört hatte, machte er einen Vorschlag: »Weißt du was? Ich übernehme vorübergehend deinen Posten, damit du Frau Bomberg die traurige Nachricht überbringen kannst.«

»Das ist kein guter Gedanke. Ich bin heute zum Wachdienst eingeteilt und darf meinen Posten nicht verlassen. Könntest nicht du ...«

»Kommt nicht in Frage«, winkte Rudolph entschieden ab.

»Sei kein Feigling. Außerdem bist du doch sonst nicht um Worte verlegen. Du bist der Richtige, um es der bedauernswerten Frau mitzuteilen, ... und du hast das nötige Einfühlungsvermögen«, versuchte es Siegbert nochmals, indem er seinem Kameraden schmeichelte.

»Nein! Ich übernehme vorübergehend deinen Wachdienst, damit du es Frau Bomberg und der Herrin in aller Ruhe und ohne Zeitdruck sagen kannst. Das ist aber auch schon alles«, beendete Rudolph die Unterhaltung. Während er sich die Wachuniform überstreifte, setzte er nochmals die Kanne an und ging dann mit Siegbert nach draußen. Bevor er auf die Brüstung stieg, klopfte er seinem Kameraden ermutigend auf die Schulter. »Du packst das schon«, sagte er, trotz der traurigen Situation grinsend.

Die wenigen Schritte vom Schlosshof zum Vogteigebäude kamen Siegbert vor, als wenn er König Heinrich IV. bei seinem *Gang nach Canossa* wäre. Er stand lange im offenen Zugang, der zu den

Wohn- und Arbeitsräumen des Verwalters führte, bevor er den Mut aufbrachte, bis zur mit Eisenblech beschlagenen Eingangstür vorzutreten. Als wenn es in dieser Situation von Bedeutung wäre, strich er sich noch schnell die Haare glatt und zupfte die Gewandung zurecht. Kritisch überprüfte er den Glanz seiner Stiefel und rieb sie in den Kniekehlen ab, bevor er Sekret hochzog und sich räusperte, um seine Stimme zu festigen.

»Nun mach schon«, ermutigte ihn Rudolph vom Wachposten herunter.

Endlich klopfte Siegbert an, zunächst ganz zaghaft, dann fester.

Judith Bomberg öffnete die Tür und lächelte ihn freundlich an, während sie den Kopf herausstreckte, um nebenbei ihren Blick über den Schlosshof schweifen zu lassen. Sie suchte Sarah.

»Siegbert! Was kann ich für Euch tun?«

Der Wachhabende blickte Frau Bomberg so lange schweigend in die Augen, bis sie merkte, dass etwas nicht stimmte.

»Was ist los?«

Der ansonsten disziplinierte Wachmann wand sich um eine Antwort, er rang um Worte.

»Nun sagt schon«, drängte die unruhig gewordene Frau, während ihr Blick hastiger als zuvor wieder über den Schlosshof glitt.

Judith Bomberg schob Siegbert auf die Seite und rief laut nach Sarah.

Als sie die Treppe hinunterlaufen wollte, hielt Siegbert sie fest. »Mit Sarah ist alles in Ordnung!«

»Aber wo ist sie?«

»Sie ist mit Lodewig zu Eurem Haus gelaufen.«

»Wieso das denn? Was ist mit unserem Haus?«

Siegbert musste tief durchschnaufen, bevor er stockend die Antwort herausbrachte: »Es …« Er schluckte und senkte seinen Blick. »Es hat gebrannt.« Er war froh, dass Frau Bomberg nicht weiterfragte, sondern ihn nur knapp bat, zu seiner Herrin zu gehen, ihr aber nichts zu sagen, während sie schon zum geöffneten Schlosstortürchen eilte, wo Rudolph mit gesenktem Haupt stand.

Kapitel 38

»Bei Gott, das war auf des Messers Schneide! Gut, dass ich dem mehr als dummen Straßenräuber, der auf Eure Zuckungen aufmerksam geworden ist, glaubhaft machen konnte, dass er sich getäuscht hat«, stellte Nepomuk laut lachend fest, während er die Decke vom Fuhrwerk streifte.

»Wurdet Ihr vom Teufel geritten, als Ihr mich an den Fußsohlen gekitzelt habt? Dass ich deswegen gezuckt habe, war nicht zu vermeiden. Dadurch hätten diese Mordbuben auf dem Hahnschenkel fast gemerkt, dass wir keine Leichen sind und sie erst noch welche aus uns machen müssen«, zischte Remig, dem der makabre Scherz des Mönchs immer noch in den Gliedern steckte.

»Ja! Das war ein Heidenspaß«, freute sich Nepomuk immer noch über den aus seiner Sicht gelungenen Schabernack.

»Du hast gut lachen! Wir mussten unter der Decke schwitzen wie die Ochsen und haben Angst gehabt, dass die ›Pestmale‹, die Til und seine Mutter in unseren Gesichtern und auf unseren Gliedmaßen angebracht haben, durch den Schweiß abbröckeln«, schimpfte der Kastellan, als ihm Nepomuk hochhalf.

»Aber der Kräutermann hat ganze Arbeit geleistet und dich immerhin so glaubwürdig geschminkt, dass du wie eine Pestleiche ausgesehen hast und deswegen noch am Leben bist. Somit hat sich der kleine Umweg nach Hopfen doch gelohnt. Also hör auf zu maulen und sei stattdessen dankbar!«

»Ich habe die ganze Zeit Angst gehabt, kotzen zu müssen, als sich die Maskerade aus Mist, Dreck, Ruß und Hühnerblut aufzulösen und noch furchtbarer zu stinken begann, als dies sowieso schon der Fall war«, schloss sich Remig der Verärgerung des Kastellans an, bevor er begann, ihm die Maden vom Rücken zu streifen.

»So etwas habe ich noch nie mitgemacht«, beschwerte sich Ulrich Dreyling von Wagrain, der mit seinem Rücken auf dem toten Dachs gelegen hatte. Nepomuk hatte das stinkende Tier, das er in den Stallungen der Simmerberger Taverne entdeckt hatte, für die Umsetzung seines Planes gut gebrauchen können. Deswegen war jetzt der Rücken des Kastellans bis auf die Haut durchnässt und mit wimmelnden Maden, die sich über dessen ganzen Körper auszubreiten begonnen hatten, überzogen.

»Aber der Gestank des Tieres hat unser Schauspiel doch erst so richtig glaubhaft gemacht und unsere Leben geschützt, … oder etwa nicht?«, rechtfertigte Nepomuk die von ihm initiierte und erfolgreiche Rettungsaktion.

Während Remig immer noch damit beschäftigt war, mit einem Büschel Stroh den Rücken des Kastellans abzureiben, packte dieser den plattgelegenen Dachs und warf ihn in hohem Bogen über die Wiese.

Als die beiden neben dem Mönch standen und sich gegenseitig betrachteten, mussten sie allesamt lauthals lachen.

»Dort ist Wasser«, deutete der Kastellan.

Nachdem sie sich an der Pferdetränke nahe der Genhofener Kapelle ihrer Maskerade entledigt, sich selbst und ihre Bruchen gründlich gewaschen und getrocknet hatten, packten sie ihre in ölgetränktes Leinen eingewickelten Obergewandungen aus und zogen sie an. Nachdem der Kastellan auch noch seinen gut verpackten Reiterharnisch ausgewickelt und angelegt hatte, gingen sie in das kleine Kirchlein, um dem Herrn dafür zu danken, dass sie den Hahnschenkel unbeschadet und mit allem, was sie bei sich führten, hinter sich gebracht hatten. Sie wollten Remig noch bis zur Abzweigung nach Stiefenhofen mitnehmen, bevor sich ihre Wege trennten. Der aber hatte offensichtlich genug von den beiden und winkte ab.

»Ich glaube, dass es besser ist, wenn ich zu Fuß gehe.«

»Wartet«, rief ihm Nepomuk nach. »Nehmt dies als Dank für Eure theaterreife Mitarbeit. Ihr wisst ja: Mit Speck fängt man Mäuse.«

»Wie meint Ihr das, Bruder Nepomuk?«, fragte Remig verunsichert, als er erfreut ein Stück Geräuchertes und einen Laib Brot in Empfang nahm.

»Na ja: Seid Ihr nicht auf Brautschau?«

»Nein! Wie oft soll ich es noch sagen, dass ich in Stiefenhofen nur meine Verwandten besuchen möchte und kein reiches Weib zu finden hoffe«, dementierte er verärgert das Gerücht, das sich in Simmerberg seit Monaten hartnäckig hielt.

Bevor er sich für das wertvolle Geschenk bedankte, fügte er nachdenklich an: »Obwohl? Warum eigentlich nicht? ... Vielleicht finde ich wirklich noch ein reiches Weib mit drallen Brüsten, das zu mir passt.«

»Ein verrückter Vogel«, kommentierte Nepomuk das von Remig zuletzt Gesagte, während er den Pferden den Befehl »Hü!« gab und mit der Zunge schnalzte.

Auch wenn er kein Hufschmied mehr ist, so kann er immer noch gut mit Pferden umgehen, dachte der Kastellan, als sie an die Abzweigung nach Staufen kamen, wo der hünenhafte Kutscher »Hott!« rief und durch ein leichtes Ziehen am rechten Zügel das Gefährt nach rechts leitete.

―∞―

Es dauerte nicht lange und sie näherten sich Staufen.

»Was für ein prächtiges Bild«, zeigte sich Nepomuk beeindruckt. »Wie heißt dieses imposante Gebirge?«

»Man nennt es ›Nagelfluhkette‹. Sie zieht sich rechter Hand bis nach Österreich.«

Nepomuk zeigte nach vorne: »Und wie heißt dieser Berg?«

»Das ist der Rindalpner Kopf!«

»Nein, ich meine den beeindruckenden Berg rechts daneben.«

»Den nennt man Obergölchenwangergrat und ...«

Als der Zeigefinger des Kastellans wieder nach links glitt und er erklären wollte, dass sich diese Voralpenlandschaft bis zur rothenfelsischen Residenzstadt zog, stutzte er.

»Was ist, Ulrich?«

»Sieh mal, Nepomuk. Dort! Ist das Nebel? ... Nein! Ich glaube, das ist Rauch«, war sich der Kastellan unsicher.

»Hmmm ... Schwer zu sagen. Wenn ja, dann stammt es von einem kleinen Strohfeuer.«

»Ich glaube eher, dass es die Reste eines größeren Feuers sind«, vermutete der Kastellan, der aufgrund seiner Ortskenntnis schnell ausmachen konnte, dass die kleinen Rauchfetzen nicht vom Schloss kommen konnten, sondern vom Unterflecken stammen mussten. Diese Erkenntnis beruhigte ihn aber nur wenig und er schlug Nepomuk vor, das Fuhrwerk allein nach Staufen zu lenken, während er selbst vorausreiten wollte, um nachzusehen, was in Staufen los war.

»Wahrscheinlich gehen die protestantischen Brandleger ihrem schändlichen Handwerk nach«, stänkerte der katholische Mönch, der die kleinen Rauchwölkchen zwar nicht ernst nahm, vorsichtshalber aber schon mal seine Waffe bereitlegte – immerhin hatte er von Ulrich erfahren, dass der große Glaubenskrieg auch im Allgäu tobte.

»Da du das Schloss gleich sehen wirst, muss ich dir den Weg nicht erklären. Bis dann.«

Der Kastellan trieb sein hastig vom Karren abgeschirrtes und reitfertig bezäumtes Pferd sanft zur Eile an und ritt Minuten später in den Ort hinein. Dort stellte er mit Entsetzen fest, dass das Heim der Bombergs ein Raub der Flammen geworden war. Fast gleichzeitig sah er Judith Bomberg in Richtung ihres Hauses rennen. Wenn er auch sonst sanft mit Pferden umging, hieb er der braunen Stute jetzt doch die Hacken seiner Stiefel in die Seiten, um die verzweifelt wirkende und hysterisch schreiende Frau abzufangen, bevor sie zu nahe an die Brandruine kam. Als er ihr zurief, auf ihn zu warten, wurde auch die auf der Wiese sitzende Sarah aufmerksam und wandte sich in seine Richtung. Das Mädchen erblickte die Mutter und ließ sich jetzt von nichts und niemandem mehr aufhalten. Sie riss sich aus den Armen der hilfsbereiten Frau, die ihr in der letzten Stunde so viel Trost gespendet hatte, und rannte laut schluchzend ihrer Mutter entgegen. »Mama! … Mama! … Es ist so schrecklich!«

Judith Bomberg drückte ihre Tochter fest an sich, während ihre Blicke hastig das Gelände absuchten. Wo ihr Mann und Lea waren, traute sie sich kaum zu fragen. Anstatt die unausgesprochene Frage zu beantworten, weinte Sarah so laut los, dass es zum Erbarmen war.

Langsam lenkte Judith ihre Schritte in Richtung des angsteinflößenden Holzhaufens, in dem jemand zu wühlen schien. Bevor sie erkannte, dass es Lodewig war, stand der Kastellan an ihrer Seite und packte sie entschlossen an den Armen.

»Judith! Bleib mit Sarah hier, während ich nachsehe und kläre, was geschehen ist.«

Aber dies hörte die apathisch wirkende Frau nicht mehr. Besinnungslos fiel sie zu Boden.

»Mama! ... Mama?« Sarah kniete sich neben ihre Mutter und schüttelte sie.

»Schhh ... Schhh ...«, beruhigte sie die Alte, die ihr bisher schon beigestanden hatte.

»Kann ich die beiden bei Euch lassen, gute Frau?«, fragte der Kastellan die auch ihm Fremde.

»Ja, hoher Herr! Ich kümmere mich um sie und werde dafür sorgen, dass sie so lange hierbleiben, bis Ihr zurückkommt.«

Kurz darauf sah Ulrich Dreyling von Wagrain das mit Flecken überzogene Tuch, unter dem sich die Form eines Körpers abzeichnete. Als er die Plane anhob, erschrak er, erkannte aber nicht, um wessen Leichnam es sich handelte.

»Jakob«, hörte er Lodewig leise sagen.

Anstatt sich wie gewohnt herzlich zu begrüßen, sahen sich die beiden nur kurz an.

»Was ist mit Lea?«, wollte der Vater wissen, bekam aber nur ein Achselzucken zur Antwort. »Ich werde dir helfen«, beschied er seinen Sohn, der längst damit begonnen hatte, Leas Leiche zu suchen.

»Ja, Vater«, nickte Lodewig, dem jetzt beim Anblick des kräftigen Mannes fast ein erleichtertes Lächeln über die Lippen zu huschen schien. Während der Kastellan hastig die einzelnen Teile seiner Reiserüstung und sein gelbes Samtwams ablegte, um sofort die Ärmel hochkrempeln zu können, realisierte Lodewig langsam, dass jemand da war, bei dem er sich ausweinen konnte. Er tastete sich aus dem Verhau heraus zu seinem Vater zurück und umarmte ihn so innig, als wenn er ihn ewige Zeiten nicht mehr gesehen hätte. Jetzt erst wusste er, wie viel Last eine innige Umarmung zu nehmen und wie viel Kraft sie zu geben vermochte. Er konnte seine Tränen nicht mehr zurückhalten.

»Warum nur?«, fragte er seinen Vater, der eine Antwort schuldig bleiben musste, obwohl er diese Frage gestern von seinem anderen Sohn schon einmal gehört hatte, jetzt aber nur schweigend Lodewig in den Armen hielt und dabei mit raschen Blicken die Brandruine absuchte.

Obwohl der Kastellan nur annähernd erahnen konnte, was Lodewig in den letzten Stunden mitgemacht und geleistet hatte, lobte er ihn. Als er seinem Sohn auch noch sagte, dass er ihn unendlich liebe, verstärkte sich die schwermütige Gemütslage des jungen Mannes noch mehr, was sich umgehend in einem neuerlichen Weinkrampf äußerte.

Während der innigen Umarmung sah Lodewig, wie Sarah auf dem Boden kniete und das Gesicht ihrer neben ihr liegenden Mutter streichelte, während die fremde Frau irgendetwas unter deren Kopf zu stopfen schien.

Er wischte sich die Tränen aus dem Gesicht: »Oh je! Ich habe gar nicht gemerkt, dass Judith auch hier ist. Hast du sie mitgebracht?«

»Nein, mein Sohn. Ich komme direkt aus Bregenz.«

»Was ist mit ihr? Wie geht es Eginhard?«, fiel Lodewig in diesem Moment, einem Moment der Verwirrtheit und des Verzweifelns, sein älterer Bruder ein.

»Eginhard geht es gut. Mach dir darüber keine Gedanken. Aber Judith hat diesen Anblick wohl nicht verkraftet und ist zusammengebrochen. Sie ist zum Glück nur besinnungslos.«

»Vielleicht ist das ganz gut so. Zumindest, bis ich Lea gefunden und sie ebenfalls mit einem Tuch bedeckt habe.«

Der Kastellan beendete diese Unterhaltung, indem er sagte: »Ich helfe dir dabei.«

Gemeinsam räumten sie die kreuz und quer herumliegenden Bretter und Balken auf die Seite.

Die beiden waren derart in ihre Arbeit vertieft, dass sie nicht gemerkt hatten, wie Judith Bomberg aus ihrer Besinnungslosigkeit erwacht war und nun schon eine ganze Zeitlang neben Jakob kniete. Als sie sich endlich traute, das Tuch zurückzuschlagen und den Kopf ihres geliebten Mannes freizulegen, durchschnitt ein markerschütternder Schrei den Unterflecken, der Lodewig augenblicklich auf seine Schwiegermutter aufmerksam werden ließ. »Lieber Heiland! ... Nein!« Er hangelte sich hastig aus den Trümmern, in denen er soeben noch nach Lea gesucht hatte, eilte zu seiner Schwiegermutter und legte seine Hände sanft auf die ihren. »Bitte, Judith, schlag das Tuch nicht weiter zurück.«

Obwohl sich die starr vor sich hin schauende Jüdin nicht ganz sicher war, vermutete sie, dass es ihr Mann war. »Geh, und lass mich mit Jakob allein«, schrie sie ihn völlig verstört an, um gleich darauf lauthals nach Lea zu rufen.

Eingeschüchtert ging Lodewig zu seinem Vater zurück und erklärte sein Eingreifen damit, dass er hatte verhindern wollen, dass Judith die Arme ihres Mannes sehen würde. Die beiden Männer hielten sich aber nicht lange mit Schwatzen auf, sondern schafften umso eifriger Balken um Balken, Brett um Brett und Stein um Stein auf die Seite. Jedoch den verkohlten Körper des kleinen Mädchens fanden sie nicht.

»Das gibt's doch nicht. Ich weiß von Sarah, dass Lea zu Hause gewesen sein muss, als das Unglück geschehen ist. Ihre Leiche muss hier irgendwo sein«, bemerkte Lodewig, während er sich immer weiter durch den Holzhaufen wühlte.

»Vielleicht war sie beim Spielen draußen, als der Brand begonnen hat, und versteckt sich jetzt irgendwo«, mutmaßte der Kastellan mit einem Hoffnungsschimmer auf seinem Gesicht, während er zufällig in diesem Moment das Holz entfernte, das kreuz und quer über der Bodenluke lag. »Was ist das?«, fragte er, als er den Eisenring sah.

»Ich Simpel«, schrie Lodewig. »Zieh ihn hoch, Vater! ... Schnell! ... Beeil dich! ... Nun mach schon: Zieh ihn hoch!«

Obwohl der Kastellan nicht wusste, warum Lodewig plötzlich so aufgeregt war, wollte er tun, wie ihm geheißen. Aber er hatte Mühe, mit seinen großen Fingern den Ring zu greifen. Erst als ihm Lodewig mit seinen etwas zarteren Händen zu Hilfe kam, gelang es ihnen, das Eisen zu packen und die Luke hochzuziehen.

»Mein Gott! Ein Wunder«, rief der Kastellan, als sie darunter die kleine Lea erblickten.

Die beiden konnten es nicht fassen, das Mädchen augenscheinlich weitestgehend unversehrt zu finden. Sie hatte zwar am ganzen

Körper und im Gesicht blutverkrustete Wunden, aber offensichtlich keine größeren Verbrennungen. Das ließ hoffen.

»Vielleicht lebt sie noch«, murmelte Lodewig, der sich aus Angst, etwas falsch zu machen, nicht traute, die Kleine zu berühren. Er streichelte ihr nur zart übers Gesicht.

»Das werden wir schnell feststellen, wenn wir sie herausgeholt haben«, antwortete sein Vater besonnen. »Schnell! Hilf mir, Lodewig.«

Ganz vorsichtig nahmen sie das zerbrechlich wirkende Geschöpf und zogen es aus dem immer noch kühlen Loch. So vorsichtig, dass sie nicht einmal das in Stoff gewickelte Ei beschädigten, das Lea mit beiden Händen umklammerte. Als sie das Mädchen endlich herausgezogen und ins Gras gelegt hatten, prüften sie, ob es noch lebte, indem der Kastellan sein Ohr ganz nah an dessen Mund und Nase hielt.

»Ich ... ich weiß nicht, ob sie atmet. Kann jemand Wasser aus dem Seelesgraben holen?«, rief er laut und ungeduldig. »Schnell!«

»Und?«, wollte Lodewig wissen. »Atmet sie?«

Sein Vater schüttelte fast unmerklich den Kopf. »Nein, mein Sohn! Ich glaube nicht!«

Judith Bomberg hatte irgendetwas gehört und blickte jetzt in Richtung Kastellan und Lodewig. »Lea?«, fragte sie ungläubig, bevor sie hoffnungsvoll nach ihrer jüngsten Tochter rief. Als Judith aufstand und noch nicht wusste, ob sie sich zum Ort des Geschehens trauen sollte, lief Sarah geradewegs auf die Männer zu.

Um ihre Tochter davor zu bewahren, den Vater zu sehen, packte Judith sie am Arm und zog sie mit sich. Während die beiden ihre Schritte beschleunigten, hastete die Sarah mittlerweile vertraute Frau an ihnen vorbei in Richtung Seelesgraben, um dort ihre Schürze mit Wasser zu tränken.

Judith und Sarah konnten nicht glauben, dass Lea noch lebte. Bei ihr angekommen, wollten sich beide auf das Mädchen stürzen, aber der Kastellan hielt sie mit sanfter Gewalt davon ab. Er wusste nicht, wie er ihnen sagen sollte, dass Lea nicht mehr atmete.

»Langsam, ihr beiden! Ihr müsst vorsichtig sein«, sagte er aus Verlegenheit heraus.

Während Judith die Händchen ihrer Tochter zart zu streicheln begann, sah sie die vielen Wunden und wollte sogleich helfen. Als die nette Frau mit ihrer wassergetränkten Schürze zurückkam, riss ihr Judith den Stoff hastig aus der Hand und begann sanft, das schmutzige Gesicht ihrer geliebten Tochter abzutupfen.

Sie zerriss die Schürze und legte ein Stückchen auf Leas Stirn. Mit dem Rest tupfte sie behutsam die geschundenen Ärmchen und Beinchen ab.

»Mein Kind, was ist nur mit dir geschehen?«, schluchzte sie, während Lodewig mit dem Tuch kam, das ursprünglich dafür gedacht gewesen war, Leas Leiche zu bedecken. Er breitete das dünne Leinen direkt neben dem Kind aus und bettete sie mit Hilfe seines Vaters vorsichtig darauf.

Die bangen Momente des Wartens wurden zur Ewigkeit.

»Jetzt müsste Eginhard hier sein«, äußerte Lodewig seinen derzeit innigsten Wunsch. »Warum hast du ihn nicht mitgebracht?«, fragte er seinen Vater vorwurfsvoll.

»Dein Bruder ist nicht hier, aber Bruder Nepomuk«, antwortete der Kastellan, der Lodewigs Vorwurf nicht ernst nahm, erleichtert, nachdem er das vertraute Geklapper des Fuhrwerks gehört hatte und aufgestanden war, um danach zu sehen. Er winkte seinem Freund, der, anstatt zum Schloss zu kutschieren, direkt hierhergekommen war, hektisch zu. »Gott sei gepriesen«, murmelte er, bevor er dem Medicus zurief: »Nepomuk! Schnell! Komm her!«

»Wer ist Nepomuk?«, fragte Lodewig irritiert, bekam aber keine Antwort.

Als der Hüne vom Kutschbock stieg, erschraken alle. Die freundliche Frau und etliche der neugierig Herumstehenden bekreuzigten sich sogar. Während der Benediktinermönch sich wortlos niederkniete und sich über das Kind beugte, stellte ihn der Kastellan als seinen heilkundigen Freund, einen Medicus aus Österreich, vor, den man nicht zu fürchten bräuchte und dem man vertrauen könne.

Der erfahrene Arzt erkannte sofort, dass Lea beatmet werden und dass das kleine Herz wieder in Bewegung kommen musste. Da er diese ungewöhnliche Art der Wiederbelebung einst von einem orientalischen Medicus gelernt und im Krieg mehrmals erfolgreich erprobt hatte, fackelte er nicht lange und presste seine Lippen auf die ihren. Da dies im Okzident noch nicht hinlänglich bekannt war, wurde es durch diejenigen Ärzte, die davon gehört hatten, meist sogar als sittenlos und somit auch als unchristlich hingestellt. Dennoch war er im Moment froh, die Mund-zu-Mund-Beatmung von einem weltweit berühmten Berufskollegen, mit dem er sich religionsübergreifend über die neuesten Möglichkeiten der Chirurgie und diverser Heilmethoden ausgetauscht hatte, als bisher einziger österreichischer Medicus übernommen zu haben.

»Um Jahwes Not! Was tut Ihr da?«, fragte Judith entsetzt und wollte ihn hysterisch schreiend von ihrem Kind wegziehen, wurde aber vom Kastellan daran gehindert.

»Du kannst ihm vertrauen. Der Mönch versteht sein Handwerk«, beruhigte er sie, obwohl auch er sich über das merkwürdig anmutende Tun seines Freundes wunderte.

Als der in Österreich zu Berühmtheit gelangte Arzt auch noch damit begann, das Kleidchen oder das, was davon übrig geblieben war, aufzureißen, um mit seinem Handballen die Brust des Mädchens zu massieren, drohte Judith durchzudrehen. Sie schrie wieder hysterisch und schlug dem Mönch wie wild mit beiden Fäusten auf den Rücken.

Nepomuk ließ sich aber nicht ablenken, er beatmete Lea im Wechsel mit der Herzmassage und erreichte damit tatsächlich, dass sich der kleine Brustkorb wieder rhythmisch hob und senkte. Diese merkwürdige Technik zur Erhaltung eines Lebens hatte hier weiß Gott noch nie jemand gesehen und sie wäre von den Umherstehenden als Teufelswerk deklariert worden, ... wenn es nicht um das Leben eines Kindes gegangen wäre. In der Wahrnehmung aller dauerte es eine Ewigkeit, bis sich Leas Brustkorb selbstständig zu heben und zu senken begann und sie kurz darauf die Augen aufschlug. Verwundert blickte sie sich um. »Wo ist mein Ei?«, fragte sie mit dünnem Stimmchen.

Während Judith und Sarah nicht wussten, ob sie Lea jetzt berühren durften, reagierte Lodewig sofort und holte das inzwischen zwar leicht beschädigte, aber wie durch ein Wunder nicht ganz kaputtgegangene Ei, das er zum Glück nur gedankenlos beiseitegelegt und nicht achtlos weggeworfen hatte.

»Jetzt braucht sie euch«, sagte Nepomuk in sonorem, aber sanftem Ton. Aufgrund dessen, was er von Ulrich während seiner Reise von Bregenz bis Simmerberg alles gehört hatte, war ihm schnell klar geworden, dass Judith die Mutter und Sarah die Schwester der Kleinen sein mussten.

So giftig Judiths Blicke den Mönch zuvor getroffen hatten, so dankbar waren sie jetzt.

»Und nun zeigt ihr eure Liebe«, ermunterte Nepomuk die beiden Frauen, sich um das Kind zu kümmern.

Nachdem Lea etwas getrunken hatte, umklammerte sie das Symbol des Lebens und gab es auch nicht aus der Hand, als sie von ihrer Mutter und ihrer Schwester immer und immer wieder vorsichtig umarmt und zart auf Wangen und Stirn geküsst wurde.

Niemand konnte auch nur annähernd erahnen, was das Mädchen alles hatte durchmachen müssen und dass es sein Leben letztendlich Lodewig und einem Zufall zu verdanken hatte. Lodewig war es, der damals Jakob Bomberg den Vorschlag mit dem Vorratsloch gemacht hatte. Und der Zufall hatte es gewollt, dass gerade in dem Augenblick, als Lea in das Vorratsloch gekrochen war und die Luke hatte schließen wollen, ein Balken heruntergekracht war und ihr die Luke gerade so fest auf den Kopf geschlagen hatte, dass sie besinnungslos geworden war. So unglaublich es klingen mochte, das hatte ihr das Leben gerettet. Durch die Besinnungslosigkeit war ihre Atmung flacher geworden, und sie hatte dadurch nicht nur weniger Sauerstoff verbraucht, sondern auch noch weniger Qualm in die Lunge bekommen, als dies bei einer vollen Atmung der Fall gewesen wäre.

Wenn ihr Vater die Tür nicht so genau eingepasst hätte, wäre sie unweigerlich erstickt. So aber hatte nur wenig Qualm in das Vorratsloch eindringen und das Feuer auch nur geringfügig Sauerstoff entziehen können.

Zum Glück war die Wärme nach oben gestiegen und hatte sich auf der Abdeckung nicht allzu breitgemacht. Zudem war das Lehmloch so feucht und kühl gewesen, dass es die Hitze der Umgebung hatte ausgleichen können. Irgendwann war die Kleine aus ihrer Besinnungslosigkeit erwacht, hatte sanft das Ei umklammert und sich eingeigelt.

Die Sorge um das Ei hatte ihr fast übermenschliche Kräfte verliehen. Später aber war der Sauerstoff doch noch so knapp geworden, dass ihre Sinne wieder geschwunden waren. Ihre Rettung kam in allerletzter Minute.

Kapitel 39

WÄHREND IN EINIGEN ANDEREN ORTEN DES ALLGÄUS die Pest schon im September abzuebben begonnen hatte und teilweise sogar erloschen war, sollte sie in Staufen erst Ende Oktober ihren Höhepunkt erreichen.

Als vor sechs Wochen das Bomberg'sche Anwesen niedergebrannt worden war, hatte es einen gewaltigen Schub gegeben, der immer noch anhielt und die Zahl der zuvor etwa 400 Pestopfer auf insgesamt 621 hochkatapultiert hatte. Damals hatte sich der Großteil der Staufner vor dem brennenden Haus der Juden versammelt und dadurch den Übertragern dieser schrecklichen Seuche ein noch breiteres Betätigungsfeld geboten, als dies zuvor schon der Fall gewesen war. Normalerweise verließen die Rattenflöhe die durch sie Infizierten erst, wenn sie ihre Arbeit erfolgreich verrichtet hatten und ihre Opfer schon eine gewisse Zeit tot waren. Wenn sich aber die Gelegenheit ergab, sich schon vorher einen neuen Wirt auszusuchen, kam es vor, dass dies von den abenteuerlustigen Biestern ausgenutzt wurde. Dementsprechend hatte sich die Zahl der Toten drastisch erhöhen können, wodurch sich auch die Gesamtsituation verschlimmert hatte.

Der allgegenwärtige Tod hatte die Leute mittlerweile so weit abstumpfen lassen, dass ihnen alles gleichgültig geworden war. Daran, dass die Bevölkerung seit Monaten tagtäglich weiter dezimiert wurde, hatte man sich unterdessen so sehr gewöhnt, dass man den Verstorbenen nicht mehr lange nachweinte. Die Tränenkanäle der Menschen schienen ausgetrocknet und der angeborene Überlebenswille gebrochen zu sein. Sie lebten nur noch von heute auf morgen und kamen auf die abstrusesten Gedanken: Der Sohn des Müllers ehelichte ein Mädchen, das er erst vor 24 Stunden näher kennengelernt hatte. Als der Tod diese Verbindung schon zwei Tage später auflöste, fiel dem anständigen Burschen nichts Besseres ein, als sich noch am selben Tag einem ortsbekannt lottrigem Weib antrauen zu lassen. Es schien gerade so, als wenn er im Angesicht des Todes mit aller Gewalt versuchen wollte, seine Gene weiterzugeben. Und er war nicht der Einzige. Unter den Staufnern kam es zu einer regelrechten Heiratswut. Ein 79-jähriger Methusalem nahm eine noch Ältere zur Frau. Da sie unbedingt von Propst Glatt getraut werden wollten, hatte er alles, was er noch besaß, der Kirche vermacht. Ihre Beweggründe waren sicherlich nicht die des Müllersohnes. Vielmehr hofften sie, dem grausamen Tod durch die Pest gemeinsam trotzen zu können.

Die blutjunge Magd Stasi heiratete in der ehrwürdigen Kapelle zu Zell ihren Herrn – den Schwester Bonifatia bestens bekannten Großbauern aus Buflings –, obwohl sie diesen nicht ausstehen konnte, weil er sie seit ihrer Kindheit mehrmals in der Woche geschändet hatte. Dass sie die Fleischeslust jetzt freiwillig mit ihm teilte, mochte wohl daran liegen, dass des Bauern Frau und alle anderen, die von ihm hätten erben können, der Pest erlegen waren.

Während die einen ihr Heil in künstlicher Sinnlichkeit suchten, tanzten andere unter den Klängen der Drehleier und der Schalmei auf dem Marktplatz. Ein Grüppchen fand sich sogar auf dem Kirchhof zusammen, um die Leere, die ihre Geister und Gemüter bedrohte, durch Ringelreihen zwischen den Gräbern hindurch zu bekämpfen, anstatt an diesem geweihten Ort zu beten. Aber die Menschen hatten nicht nur das Arbeiten verlernt, sondern auch das Beten. Anstatt des ›Vaterunser‹ leierten diejenigen unter ihnen, die es kannten, nur noch das Alphabet herunter.

»Darin stecken alle erdenklichen Gebete. Der Herrgott kann sich ja die passenden aus den Buchstaben zusammenstellen«, lästerte die Wirtin der ›Alten Sonne‹, deren Mann gerade in ein paar zurechtgesägte Kanthölzer runde Punkte schnitzte, um Spielwürfel daraus zu fertigen.

Dummerweise hatte er sich vor ein paar Wochen von einem

fahrenden Händler dazu überreden lassen, all seine Spielwürfel zu verkaufen. Er hatte gedacht, dass er sie nicht mehr benötigen würde. Seit Ausbruch der Pest waren kaum noch Gäste gekommen die toppelten und dabei zwar meist ihre letzte Habe verloren, aber ihm während des Spielens gute Umsätze beschert hatten. Er hatte ja nicht wissen können, dass sich die Spielsucht jetzt – auf dem Höhepunkt der Pest – auch ehedem braver Leute bemächtigen würde und Glücksspiele jeder Art ein beliebter Zeitvertreib werden sollten. Alles, was Gott und der Graf verboten hatten, wurde jetzt gespielt.

Glück in der Liebe gibt es mittlerweile ebenso wenig wie Glück im Leben, dachten die Leute und suchten ihr Heil wenigstens im Spiel, während sie des nahenden Todes harrten. So waren jetzt auch die ›Hazard-Spiele‹ beliebt geworden. Derlei Zerstreuung gab es auf die verschiedensten Arten, die bisher allerdings allseits gemieden worden waren. Aber dies war den Staufnern im Augenblick egal. Wo es keine Kläger gab, waren auch keine Richter. Und wenn schon! Was konnte jetzt noch schlimmer werden? Und womit könnte man sie mehr strafen als mit der Pestilenz?

Egal, wie sich jeder Einzelne in sein Schicksal fügte und damit umzugehen versuchte, hatten sie alle eines gemeinsam: Wenn es genügend Alkohol gab, würden sie das, was ihre Herzen und Sinne aufschreien lassen wollte, damit betäuben. Aber Alkohol jeder Art war ebenso rar geworden wie Lebensmittel – insbesondere, seit der beste Schnapsbrenner weit und breit, der seinen Qualitätsschnaps in der ›Höll'‹, einem geheimnisvollen und verborgenen Ort in der Tiefe des Weißachtales, brannte, der Pest erlegen war. Wie sich die Seuche in diesem von Staufen weit entfernten Einödhof hatte einnisten können, war allen ein Rätsel. »Wahrscheinlich hat sie ein reisender Händler dorthin gebracht«, mutmaßten gerade die Männer, die den hervorragenden Branntwein mit dem außerordentlichen Geschmack vermissten. »... oder sie ist vom Bergdorf Steibis zu uns heruntergekommen! Dort soll die Pest erst vor Kurzem gewütet haben«, orakelten hingegen die Frauen, die aber im Grunde genommen überhaupt nichts wussten.

Seit sich selbst der Bunte Jakob nicht mehr nach Staufen traute, bekam nicht einmal der Totengräber frische Waren. So mussten jetzt auch er und sein Helfer, der endlich wieder gesund geworden war, darben. Da Fabio nun plötzlich anstelle von Essen mehr Geld erhielt, blieb er trotz der härter gewordenen Arbeit in den Diensten des Totengräbers. Er legte Heller um Heller für ›ein Leben nach der Pest‹ beiseite. Um an Nahrung zu kommen, musste er sich nur seiner früheren Talente erinnern. Da er im Gegensatz zu allen anderen das Diebeshandwerk von der Pike auf erlernt hatte, mangelte es ihm an wenig und er war – im Gegensatz zu seinem Herrn, der höhere Ansprüche in Bezug auf Reichtum stellte – recht zufrieden.

Ruland Berging ging es überhaupt nicht gut. Unabhängig davon, dass sich der Gedanke in seinem Gehirn festgefressen hatte, Lodewig endlich beseitigen zu müssen, und es ihn ärgerte, dass er dies bis jetzt nicht geschafft hatte, lief auch noch sein Geschäft schlecht. Er wusste, dass seine einträglichste Zeit vorbei wäre, wenn er sich nicht schleunigst etwas einfallen lassen würde. Ihm fiel auf, dass seit geraumer Zeit weniger frische Leichen vor den Türen lagen, als dies in den letzten Monaten der Fall gewesen war, obwohl es jetzt mehr Tote pro Tag gab als je zuvor.

Obwohl die Pest unbeschreiblich grausam wütete, wusste er, dass sie nicht das einzige Problem war, mit dem die Bevölkerung zu kämpfen hatte. Sie war nur die Ursache dafür, dass aus den ehedem ehrbaren und unbescholtenen Staufnern längst nicht nur Einzeltäter geworden waren. Sie brandschatzten, plünderten und mordeten jetzt im Namen des Hungers, der sie tagtäglich zu unbeschreiblich wüsten Handlungen trieb. Um an Nahrung zu kommen, hatten sich etliche Männer sogar in Banden zusammengetan, die sich jetzt – Oberflecken gegen Unterflecken – bekriegten.

Als der Totengräber erfuhr, dass die Frau des Brunnenputzers verstorben war, witterte er endlich wieder einen guten Profit und eilte mit Fabio sofort zu deren schlichter Behausung. Auf dem Weg dorthin sahen sie vor mehreren Häusern verwesende Körper liegen, die dort schon wochenlang oder noch länger liegen mochten und einen dementsprechend unerträglichen Gestank verbreiteten.

»Warum nehmen wir diese Toten nicht mit, Herr?«, fragte Fabio.

»Weil sie keine Hinterbliebenen haben, die dafür bezahlen können«, knurrte der Totengräber knapp, fügte aber noch an, dass diejenigen, die diese Leichen vor die Türen gelegt hatten, wahrscheinlich auch schon von der Pest gepackt worden waren und vermutlich tot in ihren Häusern lagen.

»Aber Herr, seht doch: Überall Ratten, die sich an den Toten schadlos halten!«

»Ja, fürwahr ekelig. Aber wir können nichts dagegen tun, außer uns Tücher vors Gesicht und um die Hände zu binden.«

Als sie beim Haus des Brunnenputzers ankamen, stellten sie verwundert fest, dass keine Leiche vor der Tür lag. Da Ruland Berging nicht auf den erhofften Lohn verzichten wollte, rief er aus sicherer Entfernung zum Haus: »Brunnenputzer! Leg dein totes Weib vors Loch und wir geben ihr ein ordentliches Begräbnis.«

Als Fabio dies hörte, konnte er sich ein Grinsen nicht verkneifen, weshalb ihm sein Herr einen Knuff mit dem Ellbogen versetzte. Obwohl keine Antwort kam, gab der Totengräber nicht auf und rief immer wieder nach dem Mann, der irgendwann die Tür einen Spaltbreit öffnete und vorsichtig seinen Kopf herausstreckte.

»Was wollt ihr? Ich benötige eure Hilfe nicht. Verschwindet!«

»Aber was ist mit deinem Weib? Sollen wir uns nicht darum kümmern?«

»Das mache ich selbst! Was die Ratten können, kann ich auch«, kam es schroff zur Antwort, bevor die Tür zukrachte.

»Wie meint er das?«, fragte Fabio interessiert, bekam von seinem Herrn aber nur ein nachdenkliches »Ich weiß nicht« zur Antwort.

Obgleich dem Totengräber jetzt schon Böses schwante, sollte er erst später erfahren, dass der Brunnenputzer sein Leben zu retten versuchte, indem er seine eigene Frau verspeiste. Am Höhepunkt der Pest und der Hungersnot war es nicht ungewöhnlich, dass die eigenen Verwandten ihren Verstorbenen Fleischstücke aus den Körpern schnitten und roh aßen, weil sie kein Feuerholz hatten.

Vor Kurzem war in den pestfreien Gegenden des Allgäus auch offenkundig geworden, dass in vielen Orten Mütter ihre eigenen

Kinder verzehrt hatten und dass in Augsburg Leichen von noch nicht einmal einen Monat alten Kindern als Leckerbissen gegolten hatten, auch dann, wenn diese an der Pest gestorben waren ... selbstverständlich nur, wenn Brennholz zum Schüren der Öfen zur Verfügung gestanden war. In der Fuggerstadt waren in einem einzigen Haus fünf Pesttote von Frauen verspeist worden. Dort hatte eine sogar ihren eigenen Lebenspartner gegessen. Der dortige Pfarrer hatte gerade noch verhindern können, dass drei weitere Tote, die bereits in dieses Haus geschafft worden waren, den gleichen Weg nehmen würden. Dies alles konnte der Totengräber nicht wissen. Er ahnte aber, dass nicht nur die Pest, sondern auch die Konjunktur den Höhepunkt überschritten hatte, zumindest, was seine Arbeit betraf.

Es ist an der Zeit, mich abzusetzen. Das Dorf ist fast ausgestorben und die Gewinne, die ich hier noch erwarten kann, dürften sich in Grenzen halten. Eigentlich habe ich genügend Geld beiseite geschafft, um es mir gut gehen zu lassen, dachte er und überlegte, wie es mit Fabio weitergehen sollte. »Wenn du hier schon keine Arbeit hast, könntest du die Leichen, die du vor längerer Zeit neben dem Pestfriedhof in Weißach aufgeschichtet hast, vergraben«, schlug er seinem Helfer vor.

»Ja, Herr! Und wenn ich damit fertig bin? Was soll ich dann tun?«

»Sowie neue Leichen entsorgt werden müssen, tust du dies in gewohnter Manier ..., aber nur, wenn dafür bezahlt wird! Wir treffen uns täglich um die siebente Stunde auf dem Kirchhof, um die Lage zu besprechen ... und um abzurechnen. Ich muss mich jetzt um wichtige Dinge kümmern, die keinen weiteren Aufschub dulden.«

»Aha. Ich habe meine Schuldigkeit getan. Na warte! Wir sehen uns in der Hölle wieder«, murmelte Fabio achselzuckend und zog mit seinem Karren in Richtung Weißach ab, während sich der Totengräber zum Spital aufmachte, um von Schwester Bonifatia etwas Essbares zu schnorren.

Kapitel 40

VON DEM TAG AN, als es in Staufen das erste Opfer gegeben hatte, war die einfache Bevölkerung der Pestilenz hilflos gegenübergestanden und hatte sich in ihrer übergroßen Not allein gelassen gefühlt. Gleich bei Ausbruch dieser Seuche war der Graf mitsamt seinem Hofstaat nach Konstanz geflohen, ohne zuvor Anweisungen gegeben zu haben, seine Untertanen wenigstens mit den nötigsten Lebensmitteln zu versorgen. Auf den Gedanken, einen Doctor der Medizin oder jemanden, der wenigstens etwas von der Heilkunde verstand, nach Staufen zu entsenden, war er nicht im Entferntesten gekommen. Und der einzige Medicus in Staufen war auf dem Galgenbihl dem Strick übergeben worden – aber dieser Arzt hätte sowieso niemandem geholfen.

Darüber hinaus hatte Oberamtmann Speen Staufen auch noch von der Straße nach Immenstadt abriegeln lassen, indem er quer durch das ganze Konstanzertal eine gewaltige Sperre hatte errichten lassen, die auch noch mit bewaffneten Soldaten bestückt worden war. Lediglich Schwester Bonifatia und der Kanoniker Martius Nordheim hatten die ganze Zeit über die Pein vieler Staufner etwas zu lindern vermocht, indem sie ihren Patienten, so gut es ging, Nahrung für Körper und Geist gegeben hatten. Aber letztendlich hatten sie bis auf Lisbeth, und später noch einen Burschen und eine Frau, niemanden retten können. Drei Gerettete in gut sechs Monaten – eine fürwahr magere Bilanz!

Weder die mittlerweile in fast allen Haushalten selbst kreierten ›Pestkuren‹ noch die vermeintliche Kunst einiger Weiber, die sich jetzt einbildeten, etwas von Heilkräutern zu verstehen, geschweige denn die vielen undurchschaubaren Zaubermittelchen hatten die Seuche aufzuhalten vermocht. Da auch das Heraufbeschwören sämtlicher Heiliger nichts genutzt hatte, hörten die Staufner jetzt ganz auf zu beten. »Nicht einmal die Heiligen Rochus und Sebastian haben geholfen. Warum also noch beten?«, maulte einer den Dorfpfarrer an und spuckte vor ihm sogar verächtlich auf den Boden.

Jetzt aber schien es so, als wenn diese Geißel der Menschheit auch in Staufen ihren Bezwinger gefunden hätte. Ein zunehmend kühler Wind fegte über das Dorf und schien den Pesthauch des Todes mit sich fortzutragen. Es war kühl und die Tage kürzer geworden. In mancher Nacht meldete auch schon der Frost zaghaft sein Kommen an. Die Kälte war der einzig wahrhafte Meister über die Pestilenz. Jedoch vermochte sie es lediglich, diesem Gräuel die Kraft, nicht aber den Schrecken zu nehmen.

Dass sich die miserablen hygienischen Verhältnisse im Winter nicht so verheerend auswirkten wie im Sommer, hatten zwar sogar die einfachen Menschen erkannt, wussten aber nichts über den eigentlichen Grund dafür, dass jetzt im Schnitt nur noch zwei Menschen pro Tag der Pest erlagen. Selten waren es mehr, immer öfter war aber an einem Tag kein neuer Toter zu beklagen.

Trotzdem konnten die Staufner noch nicht aufatmen. Auch wenn es zunächst den Anschein hatte, als wenn der Winter die Rettung wäre, lauerte gerade er mit all seinen Unbilden darauf, auf andere Weise zuschlagen zu können. Schneller als ihnen lieb sein konnte, kam verstärkt das bekannte Problem der Brennholzbeschaffung auf sie zu. Um bei der typisch allgäuerischen Kälte den Winter überleben zu können, mussten sie unbedingt ihre Behausungen heizen. In früheren Jahren hatte ihnen die Körperwärme ihrer Nutztiere oder deren getrocknete Exkremente, die man gut verfeuern konnte, dabei geholfen, ein bescheidenes Maß an Behaglichkeit in den Wohnraum zu bringen. Da es in Staufen jetzt aber kein einziges Haustier mehr gab, standen auch deren Hinterlassenschaften nicht mehr als Brennmaterial zur Verfügung.

Das größte Problem aber war nach wie vor die Nahrungsmittelknappheit, wobei hier nicht von Knappheit gesprochen werden konnte, da es – außer den Pesttoten, die unter den Stubenböden vergraben waren – schlicht und ergreifend überhaupt nichts Essbares mehr gab. Daran konnte auch Bruder Nepomuk nicht viel ändern, obwohl er sich – nachdem Konstanze, Lea und die anderen vorsorgt waren – endlich die Zeit nehmen konnte, ein Drittel der Nahrungsmittel, die er und sein Freund Ulrich vom Kloster Mehrerau mitgebracht hatten, auf dem Marktplatz zu verteilen.

»Du kennst deine *Pappenheimer* am besten. Verteil du die Fressalien. Geh aber gerecht damit um«, sagte er zu Ulrich und merkte lachend an, dass sie die Brotlaibe, das Salz und das Mehl, die Schweineschwarten und die Speckwürste, das Obst und das Gemüse, den Käse, den *Schlotter* und den köstlichen Bodenseewein schließlich unter Einsatz ihres Lebens hierhergebracht hatten.

Dass Nepomuk die Zuteilung seinem Freund überließ, war gut so. Dadurch hatte er selbst beide Hände frei und konnte sich auf seine Doppelaxt stützen, während er das aufgeregte Treiben beobachtete. Wenn er nicht mit seiner imponierenden Waffe danebenstehen und vom ebenfalls bewaffneten Siegbert flankiert würde, müssten sie sich keine Gedanken mehr über eine Gleichbehandlung der traurigen Gestalten machen. Die ausgehungerten Menschen würden über den Kastellan herfallen und sich mit Gewalt nehmen, was sie brauchten. Da diese aber merkten, dass er sich sehr um Gerechtigkeit bemühte, und sie es sich trotz anderer Sorgen nicht mit ihm verscherzen wollten, rissen sie sich zusammen und blieben friedlich. Selbst Josen Bueb, Ruland Berging und Hemmo Grob stellten sich stillschweigend in die Reihe und gaben sich, nur unmerklich knurrend, mit dem zufrieden, was ihnen der Kastellan zuteilte.

Nur eine Person bekam einen größeren Anteil als alle anderen: Die hilfsbereite Frau, die Sarah in den schwersten Stunden ihres Lebens beigestanden hatte und von der niemand wusste, wer sie war und woher sie so plötzlich gekommen war.

Nachdem sie ihre Ration in Empfang genommen und dem Kastellan dafür dankbar die Hände geküsst hatte, verschwand sie im aufziehenden Nebel.

Ein Drittel der Wagenladung brachte Nepomuk ins Spital zu Schwester Bonifatia und fast die gleiche Menge behielt er für das Schloss ein. Bei aller Mildtätigkeit nahm er den Wein von dieser Teilung aus.

»Der Herr teilt das Meer … und das besteht aus Wasser, nicht aus Wein«, rechtfertigte er seine aus Sicht des Propstes wahrscheinlich unchristliche, aber tragfähige Handlungsweise mit einem hintergründigen Lächeln.

Als ihn Ulrich dafür strafend ansah, merkte Nepomuk noch schnell an, dass dieser Wein von Abt Vigell persönlich gesegnet worden sei und sich auch ideal als Messwein eigne, weswegen er gedachte, dem Propst etwas davon abzugeben.

～⊙～

Bruder Nepomuk hatte sich schnell im Schloss eingelebt und war längst mit allen und allem vertraut. Der Kastellan hatte seinem Gast die meisten Räume des Schlosses gezeigt und erzählte ihm viel über die Geschichte dieser altehrwürdigen Mauern. Dabei ließ es sich nicht umgehen, dass sie auch auf den Grafen und dessen Gemahlin zu sprechen kamen.

»… und jetzt zeige ich dir noch unseren schönsten Repräsentationsraum, den ›Rittersaal‹. Komm! Du wirst staunen. Dich wird nicht nur die für ein Landschloss ungewöhnliche Pracht begeistern, sondern auch die Ahnengalerie der Königsegger.«

Bevor Nepomuk fragen konnte, ob dort auch ein Gemälde der Gräfin hing, führte Ulrich weiter aus: »Im Rittersaal hängen alle Gemälde der Königsegger und ihrer Gemahlinnen, seit sie die Regentschaft über dieses Gebiet übernommen haben.«

Nepomuk war neugierig geworden und folgte seinem Freund nur allzu gerne. »In welchem Jahr war das?«

»Ungefähr 1567, die Übernahme hat sich ein paar Jahre hingezogen«, kam die Antwort des kundigen Schlossführers.

Schon beim Betreten des Raumes zeigte sich der Mönch mehr als beeindruckt. Er sah sich in aller Ruhe um und trat an eines der großen Südfenster, von wo aus er den großartigen Blick in die Berge genießen konnte. Am meisten jedoch interessierten ihn die Gemälde. Jedenfalls betrachtete er sie alle ganz genau. Vor einem Bild aber blieb er lange wie gebannt stehen. »Wer ist das?«, fragte er den Kastellan.

»Gefällt sie dir?«

»Ja! Sie ist wunderschön. Wer ist sie?«, wiederholte er seine Frage.

»Die Antwort müsste dir eigentlich das Allianzwappen in der linken oberen Ecke des Gemäldes geben.«

Nachdem Nepomuk endlich verstanden hatte, schaute er fast ein bisschen verlegen drein.

»Ja, mein unbedeutender Freund Nepomuk«, führte Ulrich mit einem theatralischen Fingerzeig aus. »Dies ist Maria Renata, Prinzessin von Hohenzollern-Sigmaringen, die Gemahlin unseres hochverehrten Grafen Hugo zu Königsegg-Rothenfels, des Besitzers dieses Schlosses.«

Der Kastellan blickte seinen immer noch verblüfft dreinschauenden Freund erwartungsvoll an.

»Meine … meine Halbschwester?«, fragte der Mönch leise, während sein Adamsapfel ein paar Mal auf und ab sprang.

»Ja, Euer Durchlaucht, Fürst Johannes Nepomuk von Hohenzollern«, witzelte der Kastellan jetzt über die hohe Abstammung seines Freundes, während er einen Knicks vorführte, der eher dem Hinknien einer Bergziege glich als einer höfischen Ergebenheitsgeste.

Diesen Scherz bekam Nepomuk überhaupt nicht mit. Er hatte nur noch Augen für die Schönheit des in Öl gemalten Antlitzes seiner Halbschwester, nach dem er schon viel früher hätte fragen sollen.

»Ich sehe schon, dass du dich nicht von ihr abwenden möchtest, und werde dich deswegen mit ihr allein lassen.« Der Kastellan klopfte seinem Freund locker auf die Schulter. »Fühl dich hier wie zu Hause. Du weißt, dass du dich überall im Schloss frei bewegen kannst, ganz, wie es dir beliebt.«

Nepomuk blieb noch lange vor dem Gemälde stehen und stellte sich angesichts der unbeschreiblichen Schönheit dieser Frau die Frage über die Sinnhaftigkeit des Zölibats. Was wäre, wenn sie nicht meine Halbschwester wäre?, sinnierte er, verdrängte aber alle unkeuschen Gedanken, indem er sich selbst in Erinnerung brachte, dass Maria Renata bereits verehelicht und er ein Mönch war.

Dennoch stand für Johannes Nepomuk, den illegitimen Sohn des Fürsten von Hohenzollern-Sigmaringen, fest, dass er seine Halbschwester Maria Renata unbedingt kennenlernen musste.

Um sich abzulenken, erkundete Nepomuk nach der Begegnung mit dem faszinierenden Gemälde alle nur erdenklichen Winkel innerhalb und außerhalb des Schlosses, die er bisher noch nicht kennengelernt hatte. So kam er bei einem seiner Erkundungsgänge auch zu dem Ort, an dem Diederich den Tod gefunden hatte. Auch wenn laut dessen Vater alles zweifelsfrei auf einen Unfall hingewiesen hatte, war Nepomuk die Sache von Anfang an merkwürdig vorgekommen. Genau an der Stelle, an der Diederich ausgerutscht und den Abhang hinuntergefallen sein sollte, war die ebene Fläche von der Außenmauer des Schlosses bis zum Abgrund ziemlich genau acht Fuß breit. Warum soll der Knabe gerade am steilen Abhang entlanggelaufen sein, wenn an der sicheren Schlossmauer genügend Platz war?, fragte er sich, während er das Gelände genauer inspizierte.

Als er dabei ein Stückchen an der Mauer entlang Richtung Osten ging, sah er etwas – halbverdeckt– unter den Blättern liegen. Da er aber dachte, dass es ein Stück Rinde sei, beachtete er es nicht weiter. Als ihm das allerdings etwas merkwürdig aussehende Ding beim Rückweg wieder in die Augen stach, bückte er sich doch noch und hob es auf. Teilweise vermoost und vermodert, erkannte er nicht sofort, dass es sich um einen kleinen Lederbeutel handelte, dessen Inhalt ihn irritierte. Er beschloss, den Beutel umgehend Ulrich zu zeigen und mit ihm darüber zu sprechen. Außerdem würde er gerne den Unfallhergang rekonstruieren. Aber dazu sollte es so bald nicht kommen.

～☯～

Von Konstanze und Lea wurde Nepomuks Heilkunst so stark in Anspruch genommen, dass er den Beutel erst einmal beiseitelegen musste und ihn darüber vergass. Dass er von den beiden gebraucht wurde, war ihm jetzt viel wichtiger. Da Judith und Sarah Bomberg ihr Schicksal mit den Dreylings von Wagrain teilten, konnten sie sich gegenseitig trösten und den Weg von der Finsternis des Todes zum Licht des Lebens gemeinsam gehen. Dabei halfen ihnen ihr gemeinsames Enkelkind und die kleine Lea in ganz besonderem Maße ... und Nepomuk, dessen Anwesenheit ein Segen für alle

Schlossbewohner war. Er half den beiden Trauerfamilien, dem Tod den Stachel wenigstens etwas zu nehmen.

»Dass Lea überlebt hat, ist ein Wunder«, bemerkte Judith immer wieder mit dankbaren Blicken zu Lodewig und zu Nepomuk, den sie trotz allem, was er für Lea getan hatte, immer noch irgendwie fürchtete.

Das Mädchen schien sich dank der sensiblen Hilfe des Mönchs nicht nur körperlich, sondern auch seelisch erstaunlich gut zu erholen. Mit viel Einfühlungsvermögen war es Nepomuk gelungen, dem verstörten Kind im Laufe der Wochen immer mehr Details seines schrecklichen Erlebnisses zu entlocken.

Lea war einerseits froh, es jemandem erzählen zu können, andererseits hatte sie Angst davor, ihrer Mutter und ihrer Schwester davon berichten zu müssen.

»Befragt das Kind um Gottes willen ja nicht zu seinem Erlebnis«, beschwor der Arzt Judith und Sarah. »Ich werde euch zu gegebener Zeit davon berichten. Es ist jetzt von vordergründiger Wichtigkeit, dass Lea das Erlebte mit meiner geistlichen Hilfe verarbeitet, um es möglichst schnell vergessen zu können. Verdrängen ist zu wenig und würde ihr auf Dauer nur schaden. Außerdem seid ihr selbst auch noch nicht so weit, Details davon, was sich in eurem Haus abgespielt hat, zu erfahren. Im Moment muss es genügen, was man uns allen über den Brandhergang berichtet hat.«

Auch wenn Lea Nacht für Nacht schweißgebadet in den Armen ihrer Mutter aufwachte und oft nach ihrem Vater rief, dachte sie tagsüber immer weniger an ihn, an das Geschrei der bösen Menschen und an den grässlichen Brand. Wenn sie doch einmal daran erinnert wurde, weil ihre Mutter das Feuer im Kamin schürte oder sie irgendein laut krachendes Geräusch hörte, holte sie ihr Ei, streichelte es sanft und betrachtete es gedankenverloren. Da ihre Mutter schnell gemerkt hatte, wie wichtig Lea dieses Ei war, hatte sie den Inhalt durch die beschädigte Stelle entfernt und Lodewig hatte es wieder zusammengeklebt, indem er die Schale eines anderen Hühnereis zu Hilfe genommen hatte. Damit die verklebte Stelle nicht so auffiel, hatte er einen Schutzengel daraufgemalt.

»Ist dies nun ein jüdischer oder ein christlicher Schutzengel?«, hatte Lea gefragt, als sie das aus ihrer Sicht wunderschöne Ei zurückbekommen hatte.

»Das ist egal. Ich weiß nur, dass es dein ganz persönlicher Schutzengel ist«, hatte ihr Lodewig zur Antwort gegeben und sie sanft in den Arm genommen.

»Am kommenden Sonntag ist der erste Advent«, mahnte Bruder Nepomuk die Schlossbewohner, sich des Beginns der Vorbereitung auf Weihnachten zu besinnen. »Immerhin ist es die Geburt Christi«, erklärte er Judith, Sarah und Lea und wies sie auch in die Bedeutung der kommenden drei Adventsonntage ein.

»Ja, Weihnachten ...«, murmelte Konstanze gedankenverloren, während sie verträumt aus dem Fenster zum Dorf hinunterblickte. Bald ist auch der Einzug Eginhards im Schloss, dachte sie, während inmitten der allgemeinen Traurigkeit ein Schauer des stillen Glücks über ihre gebeutelte Seele strich. Sie sehnte sich nach ihrem Ältesten und konnte es – noch mehr, als all die Jahre zuvor – kaum erwarten, Eginhard in die Arme zu schließen. Sie wollte heute noch in den Rittersaal hinübergehen, um dort aus dem Fenster zu schauen. Vom Südgebäude aus konnte sie zwar nicht bis nach Bregenz, ja, nicht einmal in diese Richtung sehen, aber sie würde eine gute Sicht in den Bregenzer Wald haben. Und dort war ihr geliebter Sohn.

»Was hast du gesagt, meine Liebste? Ich habe dich nicht verstanden«, riss Ulrich sie aus ihren Träumen.

»An Weihnachten kommt Eginhard zurück!« Während Konstanze weiter vor sich hin sinnierte, huschte ein Lächeln über ihre Lippen. »... Doctor Eginhard Dreyling von Wagrain zu Staufen! *Amendt* ein Professor! Hört sich das nicht großartig an?« Konstanze umarmte ihren Mann so innig, dass er sich wunderte, woher sie die Kraft dazu nahm. Dabei machte sie sich erst gar nicht die Mühe, die aufkommenden Freudentränen zu verbergen.

»Das, was du mir nach deiner Rückkehr aus Bregenz über unseren Erstgeborenen erzählt hast, hat mir die Kraft gegeben, gesund zu werden und Diederichs Tod wenigstens ein kleines bisschen zu verarbeiten.« Während sie dies sagte, legte sie ihr Haupt an Ulrichs Brust.

Er streichelte ihr lange übers Haar, bevor er erwiderte: »Ja, mein Schatz, ich bin auch stolz auf Eginhard. Vergiss dabei aber nicht, dass es Bruder Nepomuk war, der die giftigen Säfte aus deinem Körper vertrieben und dir zur Gesundung verholfen hat«, mahnte er seine Frau, die ihm noch hastig einen dicken Kuss verpasste.

»So, jetzt muss ich aber zusammen mit Judith das Mahl für uns bereiten.«

Der Kastellan bat sie nur noch, sich dabei nicht zu viel zuzumuten, bevor er sich für ihren Kuss revanchierte und sie dann gehen ließ. »Dies ist das zweite Wunder. Nepomuk ist fürwahr ein großer Heiler«, freute er sich über die außerordentlich gute und ungewohnt stabile Gesundheit seiner geliebten Frau sowie deren ungewöhnliche Zärtlichkeit.

Leas und Konstanzes Wohlbefinden gab den Mitgliedern beider Familien die Kraft, zuversichtlich dem bald kommenden neuen Jahr entgegenzublicken, obwohl die Bombergs ihren geliebten Jakob ebenso wenig vergessen würden wie die Dreylings von Wagrain den kleinen Diederich.

⁂

»Lodewig, hast du Zeit? Ich werde zum Propst hinuntergehen, um mit ihm die Adventsliturgie zu besprechen«, rief Nepomuk. »… oder vielmehr, um nachzufragen, ob mein mit Feigheit gestrafter Mitbruder aufgrund der hoffentlich endgültig vergangenen Pest diesbezüglich überhaupt etwas zu tun gedenkt«, murmelte er noch hinterher.

»Ist das alles?«, fragte der Kastellan, der Nepomuks Vorhaben mitgehört hatte, gespannt.

»Ja, ja! Es ist schon gut, Ulrich. Ich habe nicht vergessen, dass ich ihm im Auftrag meines manchmal mit einem Übermaß an Großzügigkeit gesegneten Abtes ein kleines Fass Messwein mitbringen muss«, knurrte der Mönch, bevor er sich wieder Lodewig zuwandte.

Da der junge Mann abermals keine Antwort gab, rief ihn Nepomuk so laut, dass es sogar die Magd und der Knecht hörten, die im Schlosshof das magere Geäst und das Bruchholz, das sie seit

Wochen in den gräflichen Wäldern oberhalb des Schlosses mühsam gesammelt hatten, zu Brennholz verarbeiteten. Seit Diederichs Tod schon hatte Rosalinde Hausverbot und half seither Ignaz bei dessen Arbeit. Obwohl Konstanze wieder gesund war und es ihr offensichtlich auch moralisch besser ging, wollte sie Rosalinde immer noch nicht sehen. Dennoch liebte die Magd ihre Herrin und deren Familie. Sie würde alles dafür tun, wieder in die Gemeinschaft innerhalb des Hauses aufgenommen zu werden und ihrer eigentlichen Arbeit nachgehen zu dürfen. Sie war zwar traurig über ihre Situation, nahm diese aber stillschweigend in Kauf, ... wenn man sie an Lichtmess nur nicht fortschicken würde. Bis dahin waren es nur noch zwei Monate. Bei diesem Gedanken konnte sie die Tränen nicht mehr zurückhalten.

Ignaz sah dies und wusste genau, was Rosalinde bewegte. Er trat zu ihr und nahm sie tröstend in den Arm. »Mach dir keine Gedanken. Es wird alles gut.«

»Lodewig! Verdammt noch mal, wo bist du denn? Möchtest du nicht mit mir ins Dorf hinuntergehen?«, rief Nepomuk und riss die Tür des Vogteigebäudes auf, weil er vermutete, dass sich der Schlingel im Schlosshof aufhielt.

»Habt ihr Lodewig gesehen?«, fragte er die beiden, die nur ihre Köpfe schüttelten.

»Und noch etwas ...«, fügte er schmunzelnd hinzu, »wenn ihr einen Priester braucht, wisst ihr ja, wo ihr mich findet.«

Auch wenn die Magd mit dem Knecht nur eine durch den Arbeitsalltag geprägte Freundschaft verband, schoss Rosalinde die Schamesröte ins Gesicht, während Ignaz nicht wusste, wie er sich verhalten sollte. Obwohl die beiden den hünenhaften Mönch zwischenzeitlich auch etwas besser kennengelernt hatten, war er ihnen immer noch nicht ganz geheuer. Aber: Er konnte kein schlechter Mensch sein. Immerhin schien er ihre geheimsten Gedanken und die tief im Inneren schlummernden Gefühle erkannt zu haben, lange bevor sie dies selbst tun sollten.

Kurz bevor sich Nepomuk wieder der Haustür zuwenden konnte, um Lodewig zu holen, wurde er von hinten angesprungen. Da die Kälte weiter angezogen hatte, rutschte er dadurch auf der Treppe aus und verlor den Halt. Er spürte etwas, das ihn nach unten drückte, wusste aber nicht, was es war. Da er während des Sturzes mit sich selbst zu tun hatte, konnte er nicht gleich klären, was sich auf seinem Rücken befand und sich auch noch um seinen Hals gekrallt hatte. Erst als er sich am Treppenende aufrappelte, hörte er, wie Lodewig erfreut schrie: »Ich bin ein großer Kämpfer! Ich habe einen Riesen bezwungen!«

»Du Saubub, du nixiger«, bekam er von Nepomuk im Dialekt dessen Zeit in München zur Antwort, während sich beide auf dem Boden wälzten und miteinander rangelten.

Schnaufend und lachend lagen sie jetzt mitten im Geäst, das noch nicht zu Brennholz zerkleinert worden war. Als sie sich aufrappelten und zum Vogteigebäude zurückliefen, legte Nepomuk seinen Arm auf Lodewigs Schultern und bestätigte ihm, dass er in der Tat dereinst ein großer Kämpfer werden könne, wenn er sich weiterhin fleißig in den verschiedenen Kampftechniken üben würde. »Jetzt aber ernsthaft, Lodewig, hast du nicht gehört, was ich dich gefragt habe?«

»Natürlich! Klar, dass ich dich zum Propst begleite, ... wenn ich während eurer sicherlich langweiligen Unterhaltung auch mal rausgehen darf«, milderte er seine Zusage etwas ab.

»Ich merke schon, dass dich das, was ich mit ihm zu besprechen gedenke, nicht interessiert«, antwortete Nepomuk und machte dabei ein derart betrübtes Gesicht, dass beide schon wieder herzhaft lachen mussten.

»Dass ich aber mit dem Ortspfarrer auch über die Taufe eures Kindes sprechen möchte, interessiert dich schon, oder?«

Lodewigs Gesicht bekam schlagartig ernsthafte Züge. Während er seine Antwort innerlich formulierte, runzelte er nachdenklich die Stirn und kniff die Lippen zusammen. »Natürlich! Es ist gut, wenn dieses heikle Thema endlich angesprochen wird. Immerhin ist Sarah erst kurz vor unserer notdürftigen Hochzeit zum katholischen Glauben übergetreten ... und unser guter Propst ist ein Priester der alten Schule. Ich kenne ihn vom Lateinunterricht und weiß, dass er in seiner Denkweise sehr altbacken ist und nicht viel von anderen Religionen hält. Hätte Sarah sich bei ihrem Übertritt nicht dazu bereit erklärt, unsere Kinder taufen zu lassen und nach den Regeln des katholischen Glaubens zu erziehen, wäre er wohl nicht so offen, wie er sich diesbezüglich seit Neuestem gibt.«

»Na also, siehst du? Der Propst wird nichts lieber tun, als euer Kind im Namen Christi taufen zu dürfen! Außerdem hat er mich gebeten, euch zur Taufe zu drängen. Wegen der Pestilenz, hat er gemeint ... Man weiß ja nie.«

»Wir hätten unser Kind längst taufen lassen, möchten aber damit warten, bis Eginhard hier ist – immerhin darf er dem jüngsten Spross der Familie Dreyling von Wagrain den ersten Vornamen geben. Vielleicht ist bis dahin sogar die Pest ganz erloschen.«

»Das verstehe ich. Und was die Pest betrifft: Dein frommer Wunsch in Gottes Ohr.« Nepomuk mochte dem diesbezüglichen Frieden noch nicht so recht trauen.

Kapitel 41

»Hier hat aber jemand eine Heidenangst vor der Pest, läuft zudem Gefahr, seinen Glauben zu verleugnen und alten heidnischen Bräuchen zu verfallen«, stellte der Benediktinermönch mit einem süffisanten Grinsen in Richtung der festverschlossenen Propsteitür fest, als er mit Lodewig vor dem Gebäude stand.

Da der Sohn des Kastellans nicht wusste, was mit diesem Spruch gemeint war, ignorierte er ihn und wollte gerade – nachdem er erfolglos die Klinke gedrückt hatte – an die Tür klopfen, als ihn Nepomuk zurückhielt. »Interessiert es dich nicht, was ich damit sagen wollte?«, fragte er.

Lodewig zuckte mit den Achseln und versuchte, sein ratloses Dreinschauen damit zu kaschieren, indem er sich am Kopf kratzte, was den Eindruck erwecken sollte, er würde nachdenken.

Der Mönch lächelte milde. »Mein junger Freund, falls du nach ein paar Augenaufschlägen klüger sein möchtest als jetzt, darfst du gerne meinen Verstand in Anspruch nehmen.«

Der junge Mann wunderte sich zwar über Nepomuks merkwürdiges Verhalten, hörte ihm jetzt aber interessiert zu.

»Sieh mal«, begann der Benediktinermönch und zeigte auf die Kreideschrift an der *gestrickten* Holzwand. »Lies mir das vor!«

Lodewig hatte große Mühe, das offensichtlich hastig Hingekritzelte zu entziffern:

SATOR

AREPO

TENET

OPERA

ROTAS

Er hatte es gerade noch so herausgebracht.

»Gut, mein Sohn. Und was heißt das?«

Der junge Mann grübelte, bevor er antwortete: »Obwohl es Latein zu sein scheint, bleibt mir dessen Sinn verborgen. Ich habe zwar vom Propst recht gut die Amtssprache des Römischen Reiches gelernt, kann mit diesem merkwürdigen Spruch aber nichts anfangen. Aber du weißt sicherlich, was das heißt, Nepomuk.«

»Eigentlich heißt es gar nichts«, kam die verblüffende Antwort.

»Aber warum bringst du diese merkwürdigen Schriftzeichen dann in Zusammenhang mit der Pest und verbindest sie zugleich mit einer Glaubensfrage?«

»Das kann ich dir gerne sagen: Diese fünf untereinandergesetzten Wörter bilden ein magisches Quadrat.«

»Hmmm. Interessant! Wenn es nicht Latein ist, würde ich sagen, dass es sich um einen heidnischen Spruch handelt. Aber was bedeuten diese fünf Worte?«

Der Mönch lächelte zufrieden. »Nicht schlecht. Du wärst ein guter Priester geworden«, scherzte er und klärte die Sache auf. »Obwohl sich die Buchstabenreihenfolge nicht übersetzen lässt und deren Herkunft im Verborgenen liegt, hat sie eine Bedeutung: Es handelt sich sozusagen um eine Formel gegen alles Böse und Krankmachende, das von diesem Haus – in dem offensichtlich ein Feigling wohnt – ferngehalten werden soll. Du kannst das Ganze vorwärts oder rückwärts lesen. Es kommt immer dasselbe dabei heraus.«

Lodewig las die fünf Worte zuerst so, wie er es gewohnt war, und dann so, wie die Heiden Schriften zu lesen pflegten. »Tatsächlich«, stellte er erstaunt fest.

»So, mein junger Freund, die Unterrichtsstunde ist beendet. Lass uns jetzt mit dem Propst sprechen.«

Es dauerte ein Weilchen, bis Johannes Glatt das Schloss entriegelt und die Tür einen Spalt breit geöffnet hatte. Vorsichtig lugte er heraus.

»Wie gesagt: Dieser elende Feigling fürchtet wirklich nicht nur Tod und Teufel, sondern verleugnet zudem unsere Mutter Kirche«, flüsterte der Hüne Lodewig zu.

»Was habt Ihr da gesagt?«, knurrte Johannes Glatt, der nur noch den Schluss mitbekommen hatte.

»Ach, nichts«, wehrte Nepomuk ab. »Und nun gewährt uns endlich Zutritt zum Arbeitshaus unseres Glaubens«, blaffte der Benediktinermönch selbstbewusst zurück, bevor Johannes Glatt weitere Fragen stellen konnte.

Die Begrüßung war dementsprechend kühl ausgefallen, weswegen sich der Mönch auch im Gespräch mit dem Propst bisher schwertat, … und das, obwohl er ihm gleich beim Eintreten das Fässchen überreicht hatte, für dessen Inhalt der Staufner Pfarrherr normalerweise von Pontius bis Pilatus rennen würde, wenn er nicht so grantig gewesen wäre.

Jetzt unterhielten sie sich schon fast eine Stunde, und es war noch nichts Vernünftiges herausgekommen. Dabei schenkte Nepomuk immer wieder vom mitgebrachten Bodenseewein nach, was wenigstens die Stimmung ein bisschen aufhellte.

»Bevor wir diesen Wein für die vielleicht schon bald wieder stattfindenden Messen verwenden, müssen wir ihn kosten«, gab der Propst vor jedem Becher salbungsvoll von sich und schob sein Zinngefäß mehr oder weniger unauffällig zum Krug hin.

Vier Mal hatte Nepomuk diesen Spruch nun schon gehört. Obwohl er nicht schlecht säuft, ist er immer noch verstockt wie ein maurischer Esel, dachte er und füllte zähneknirschend ein fünftes Mal den Becher des Propstes.

Obwohl sie demselben Glauben dienten und Nepomuk den Ortspfarrer schon einen Tag nach dem Brand des Bomberg'schen Anwesens aufgesucht hatte, um sich ihm bekannt zu machen und bei dieser Gelegenheit über die heikle Bestattung des jüdischen Brandopfers zu sprechen, waren sich die beiden Geistlichen noch immer nicht nähergekommen. Da sich der Propst kategorisch geweigert hatte, einen Juden auch nur fernab geweihten Bodens zu beerdigen, obwohl dessen Tochter Sarah schon geraume Zeit vor Jakob Bombergs Tod Katholikin geworden war, musste Nepomuk feststellen, dass sie wohl doch nicht ganz denselben Fachterminus hatten. Auch wenn er die Sache ein klein wenig lockerer sah als sein Staufner Mitbruder, durfte er sich nicht einmischen: »Jakob Bomberg war und bleibt Jude, selbst im Tod. Ihr müsst mir gegenüber nicht so misstrauisch sein. Ich habe Euch weder etwas getan, noch trachte ich danach, die Pfarre Staufen zu übernehmen, ... obwohl dies dringend nötig wäre, wie mir scheint.«

Bevor sich der Propst empören konnte, fuhr Nepomuk fort: »Da Ihr mir den Eindruck macht, als wärt Ihr verzagt, könntet Ihr meine Hilfe wohl nur allzu gut gebrauchen. Reißt Euch also zusammen und benehmt Euch, wie es die Gläubigen von Euch erwarten!«

»Welche Gläubigen?«, entgegnete der Propst mit einem süffisanten Grinsen und einem leichten Kopfschütteln.

Jetzt reichte es Nepomuk und er stand wütend auf. Als der Staufner Priester merkte, dass es der Benediktinermönch ernst meinte und er ihm nichts entgegenzusetzen wusste, ließ er ihn weiterreden.

»Es ist traurig, dass ich gerade Euch als hohen kirchlichen Würdenträger über die manchmal nötige Zusammenarbeit zwischen Katholiken und Lutheranern aufklären muss, obwohl hier im Allgäu schon 1530 die wohl erste inoffizielle Verbindung mit den Lutheranern in der christlichen Geschichte vollzogen wurde. Oder gehört Memmingen – die Stadt, in der dies geschehen ist – etwa nicht mehr zum Allgäu?«

Ohne die Antwort des Propstes abzuwarten, fuchtelte Nepomuk mit erhobenem Zeigefinger herum, während er im Raum auf und ab lief. »Da in der Alten Kirche all das als zweikonfessionell bezeichnet wird, was die Kirche in ihrer weltweiten Ausdehnung betrifft, sehe ich darin auch die weltweite Akzeptanz und Integration anderer Glaubensrichtungen, ... auch der jüdischen und von mir aus auch der muselmanischen – Kruzifix! Das ist für mich gelebte Mehrkonfessionalität«, schimpfte der Mönch.

»Versündigt Euch nicht«, entgegnete Johannes Glatt, der in diesem Disput der Vernünftigere zu sein schien, und wechselte das Thema. »Wolltet Ihr mit mir nicht über die Taufe reden?«

Nepomuk ließ sich ganz langsam auf den Stuhl sacken und schenkte zuerst dem Propst und dann sich den Becher erneut voll, bevor er in ebenfalls ruhigem Ton weitersprach: »Ja! Ihr habt recht. Verzeiht! ... Bitte versteht mich nicht falsch. Ich wollte mir nicht anmaßen, Euch zu rügen, musste aber von einigen Eurer besorgten Schäflein hören, dass Ihr seit Ausbruch der Pest an keinem der von Gott gewollten Arbeitstage, geschweige denn an den heiligen Sonntagen, für Eure Gemeinde da gewesen seid und Euch nur mit Eurem Repertorium be ...« Nepomuk runzelte die Stirn, während er seine Entschuldigung unterbrach und schon wieder loslegte: »Was ist eigentlich ein ›Repertorium‹? Handelt es sich dabei um einen Folgeband der von Euch erstellten Staufner Kirchenchronik? ... ›Repertorium‹! Eine fürwahr merkwürdige Bezeichnung, die Ihr Euren Aufzeichnungen gegeben habt. Für Eure zahlreich dahinschwindenden Schäflein mag sich das gewaltig anhören. Aber wäre die altbewährte Bezeichnung ›Pfarrmatrikel‹ nicht passender? Na ja! Mir soll's egal sein. Was das Volk glaubt, macht es bekanntlich selig.«

Während Nepomuk kopfschüttelnd die Weinkaraffe abstellte und darauf achtete, dass sie in seiner und nicht in der Nähe des Propstes stand, wollte sein Gegenüber protestieren und erklären, dass es sich tatsächlich um den zweiten Band einer sich fortsetzenden Chronik handelte, die allerdings nicht nur mit den Dingen der Kirche allein zu tun hatte. Bevor er richtig zu Wort kam, wurde er von Nepomuk, dem es in seiner Wut auf Johannes Glatt egal war, unhöflich zu wirken, jäh unterbrochen: »Aha! Jetzt weiß ich wieder, wo ich war: Ihr habt Euch mit Eurem ›Repertorium‹ ...«, als er dieses Wort schon wieder aussprach, verdrehte Nepomuk die Augen,

»befasst, während da draußen heulendes Elend herrschte. Ja, meint Ihr allen Ernstes, dass Euer kluges Geschreibsel jetzt irgendjemanden interessiert?« Der heilkundige Mönch blickte dem verwirrten Propst prüfend in die Augen, bevor er ihm einen abschließenden Rat erteilte: »Sofern Ihr die Wahrheit schreibt und keine wichtigen Begebenheiten auslasst, könnte es allerdings sein, dass Eure Aufzeichnungen in 300 oder 400 Jahren interessant werden.«

»Darf ich jetzt auch etwas sagen?«, bat der Propst, erregt zitternd und mit geschlossenen Augen, während er sich zur Beruhigung seinen Nasenrücken massierte.

»Dafür wird es allerhöchste Zeit«, antwortete sein Gast, der aber selbst entscheiden wollte, wann sein Gegenüber antworten durfte. Dafür ließ er ihn jetzt ausführlich zu Wort kommen und hörte sich geduldig dessen Ausflüchte an, was die Dauer von weiteren zwei Bechern Wein in Anspruch nahm. Danach legte er ihm eine Hand auf die Schulter und erklärte mit ruhiger Stimme: »Gut! Jetzt haben wir genügend Wein der Erkenntnis getrunken und wissen, was wir voneinander zu halten haben. Ich schlage vor, dass wir uns endlich wie Brüder im Geiste und Glauben benehmen.« Nepomuk streckte dem Mönch seine Rechte entgegen und sagte: »Ich biete Euch das Du an. Ich heiße Johannes Nepomuk! Aber Nepomuk genügt.«

Der inzwischen angeheiterte Ortspfarrer räusperte sich, bevor er antwortete: »Also gut! Auch ich wurde auf den Namen Johannes getauft.«

Nachdem sie die Becher geleert hatten, schenkte der Mönch dem Propst noch einmal ein, um sich dann mit ihm über die Taufe von Sarahs und Lodewigs Sohn zu unterhalten. »Wo ist der Schlingel eigentlich?«

Kapitel 42

LODEWIG WAR DER ZANKEREI zwischen Propst Glatt und Nepomuk überdrüssig geworden, weswegen er – ohne sich abzumelden – das Propsteigebäude verlassen hatte, um sich im Dorf umzusehen. Er wusste, dass die Pest zwar nachzulassen schien, aber immer noch akute Ansteckungsgefahr bestand. Deshalb würde er bei seinem Streifzug durch Staufen besonders vorsichtig sein müssen und um Gottes willen ja nichts und niemanden berühren. Aber wenn er schon einmal im Dorf war, wollte er sich wenigstens einen groben Überblick vom Gesamtzustand seines Heimatortes verschaffen.

Mit Rücksicht auf Sarah und das Kind hatte er seit dem Brand das Schloss nicht mehr verlassen. Jetzt aber wollte er wissen, was im Ort los war und wie es seinen Mitmenschen ging. Da der Sohn des Kastellans soeben mitbekommen hatte, wie der Benediktinermönch wegen der leerstehenden Pfarrkirche Propst Glatt angeklagt hatte, ging er aufs Geradewohl erst einmal dorthin, um sich nach Möglichkeit selbst ein Bild von der Situation machen zu können.

◊

Am Kirchenportal angekommen, sah er sofort, dass man es gewaltsam aufgebrochen hatte, weswegen es verzogen war und klemmte. Dadurch hatte Lodewig Mühe, es zu öffnen. Hätten sich nicht irgendwelche Kirchenfrevler daran zu schaffen gemacht, wäre er überhaupt nicht hineingekommen, da der Pfarrherr stets sorgsam darauf achtete, seine Kirche verschlossen zu halten. Als er es endlich quietschend nach außen zog, kam ihm nicht nur ein abgemagerter und winselnder Köter, sondern auch bestialischer Gestank entgegen. Dieses im Spital und in den meisten Behausungen der hiesigen Bevölkerung seit Monaten fast als normal zu bezeichnende Gemisch aus Körperflüssigkeiten, Tod und Verwesung hatte der wohlbehütete junge Mann bisher nicht gekannt. Umso mehr grauste es ihn, was ihn aber nicht davon abhielt, der Sache nachzugehen. Neugierig geworden, band er sich ein Tuch vors Gesicht und trat ein.

»Pfui Teufel«, schrie er, als der Gestank innerhalb der Kirche noch beißender wurde.

Sein Schrei hallte durch das ansonsten totenstille Gotteshaus und schreckte ein paar Fledermäuse auf. Es dauerte eine Weile, bis sich seine Augen an das typisch schummrige Licht einer Kirche gewöhnt hatten. Er stolperte über etwas und blickte nach unten. Als er erkannte, auf was er fast getreten wäre, erschrak er und wich entsetzt zurück: Ein toter Hund! Lodewig blickte bestürzt um sich. Dort lag noch einer.

Oh je! Das sind ja mindestens 20 oder noch mehr Tierkadaver – kein Wunder, dass man im Dorf keine Hunde mehr sieht, resümierte er.

Er entdeckte haufenweise vertrockneten Kot und Kratzer in der hölzernen Portaltür. Vorsichtig stieg er über die verwesenden oder bereits mumifizierten, teilweise sogar schon skelettierten Tierkörper, unter denen sich allem Anschein nach auch ein paar Füchse und sogar ein Marder befanden.

Ratten und Fledermäuse sind hier die einzigen lebenden ... und offensichtlich wohlgenährten Kreaturen, stellte Lodewig fest, um gleich darauf zu ergänzen: und Maden, tausende Maden.

Während er langsam den Mittelgang entlangging und dabei abwechselnd nach links und rechts blickte, wo früher hölzerne Bankreihen gewesen waren, schüttelte er immer wieder ungläubig den Kopf.

Auch dort fand er Tierkadaver und überall menschliche Leichen, von denen meist noch weniger übrig war als von den Tieren. Als Lodewig einen toten Hund sah, dessen Schnauze in der Bauchöffnung eines menschlichen Gerippes lag, konnte er sich zusammenreimen, was hier geschehen war. Die Menschen sind zuerst gestorben, fasste er das Ganze zusammen. Und er hatte recht: Im Laufe der Zeit mussten immer wieder pestkranke Menschen die Kirche aufgesucht haben, um hier die ewige Erlösung zu erbitten und im Schutze Gottes zu sterben. Vielleicht waren sie auch von ihren Verwandten hierhergebracht worden? Jedenfalls musste deren Gestank nach und nach verhindert haben, dass jetzt noch gesunde Menschen hierher kamen. Dafür waren ausgehungerte Tiere, die sich an diesem Ort eine gute Mahlzeit erhofft und wohl auch gefunden hatten, angelockt worden. Wie die Kratzer am Portal eindrucksvoll belegten, musste wohl irgendwann jemand das Kirchenportal fest zugeschlagen und somit die bedauernswerten Tiere eingeschlossen haben. Dass es nicht einmal der Marder nach draußen geschafft hatte, war ein Beweis dafür, dass die Kirche bis jetzt verschlossen gewesen war und es kein einziges Schlupfloch gab.

Als Lodewig seinen Blick nach oben zu den Kirchenfenstern schweifen ließ, sah er, dass alle Scheiben unbeschädigt waren.

Wenn eine größere Butze kaputt wäre, hätten sich auch noch die Krähen an dem Festmahl beteiligt, dachte er, während seine Augen vergeblich die Kreuzigungsgruppe suchten. Aber die gab es nicht mehr.

Wahrscheinlich hat man sie ebenso zu Feuerholz verarbeitet wie die Kirchenbänke, mutmaßte er, während er sich entsetzt nach allen Seiten umsah.

Irgendwann reichte es Lodewig; er schlug hastig ein Kreuz und eilte zum Ausgang zurück. Er hatte genug gesehen.

⁓☙⁓

Zur sowieso schon unangenehmen Atmosphäre erwartete ihn draußen aufziehender Nebel, der das Seine dazu tat, die Szenerie noch düsterer erscheinen zu lassen, als dies sowieso schon der Fall war.

Lodewig fröstelte, als er das soeben Gesehene Revue passieren ließ und auf den Straßen schon wieder Pesttote erblickte, von denen er aufgrund ihres Aussehens vermutete, dass diese schon längere Zeit dort lagen. Ihn wunderte, dass die Leichen manchmal haufenweise so zusammengeschichtet waren, dass sie infolge des Verwesungsfortschritts zu einer klumpenartigen Einheit verschmolzen waren, während andere Körper einzeln auf den Straßen lagen oder an Hauswänden lehnten. Lodewig staunte auch über die vor den Behausungen herumliegenden menschlichen Extremitäten und Knochen. Er vermutete, dass diese von irgendwelchen Tieren abgerissen, abgenagt und verstreut worden waren, sah aber keine einzige Katze, geschweige denn einen Hund. Wie auch? Die Letzten ihrer Gattung, die nicht in irgendwelchen Kochtöpfen gelandet waren, vermoderten jetzt in der Kirche.

Dafür wimmelte es überall von Ratten, die auch hier ungeniert an den Leichen herumnagten. Als er all dies sah und ihm auch noch der mittlerweile bekannte Gestank in die Nase stieg, musste sich Lodewig übergeben. Während er sich den Mund abwischte und weiterging, achtete er sorgsam darauf, wo er hintrat und dass er nichts berührte. Wenn man die toten Körper und die menschlichen Einzelteile außer Acht ließ, könnte man fast sagen, die Straßen und Wege Staufens waren so sauber wie noch nie. Jedenfalls lagen keine Küchenabfälle herum. Der Sohn des Kastellans blickte nach oben und stellte fest, dass aus kaum einem Kamin Rauch hochstieg. Er sah, dass es in ganz Staufen keinen einzigen Zaun mehr gab.

Natürlich wusste er, dass die Nussbaumstecken und die Schwertlinge, aus denen die Gartenzäune gefertigt worden waren, längst als Brennholz gedient hatten oder zu Jagdwaffen umgebaut worden waren.

In einer Seitenstraße sah er einen Mann gewaltsam durch ein Fenster in ein Gebäude eindringen.

Lodewig, misch dich nicht ein, gab er sich selbst einen guten Rat, als er an anderer Stelle auch noch zwei Frauen beobachtete, die eine Leiche in ihre Behausung zogen. »Ekelhaft«, entfuhr es ihm.

Etwas später hörte er aus dem Dunkel einer schmalen Gasse ein erbärmliches Geschrei. Er blieb stehen und lauschte. Jetzt konnte er nur noch ein bemitleidenswertes Wimmern vernehmen. Als er langsam darauf zuging, sah er gerade noch, wie sich ein großer, kräftiger Mann Bruche und Beingewandung hochzog und davonrannte. Da dieser dabei den Kopf nach unten gesenkt hielt, konnte Lodewig nicht erkennen, wer es war.

Eine junge Frau, deren Kleid total zerrissen war, lag direkt vor ihm auf dem Boden. Als die Halbnackte den jungen Mann erblickte, streckte sie flehend eine Hand nach ihm aus. »Edler Herr ... Helft mir«, hauchte sie kaum verständlich.

Lodewig wusste nicht, was er jetzt tun sollte. Einerseits war er dazu erzogen worden, stets zu helfen, wenn Hilfe benötigt wurde. Andererseits hatte er seinen Eltern hoch und heilig versprechen müssen, mit nichts, aber auch gar nichts in Berührung zu kommen. Trotzdem beugte er sich zu dem bedauernswerten Geschöpf hinunter. So nahe, dass sie ihre Finger in sein Wams klammern konnte und ihn langsam zu sich herunterzog, während sie ihn mit weit aufgerissenen Augen anstarrte und etwas zu sagen versuchte. Erst als das Leben aus ihr wich, entkrampften sich ihre Finger und sie sackte zu Boden.

Geistesgegenwärtig riss er sich das Lederwams vom Körper, womit er sie bedecken wollte. Um gleichzeitig die weit geöffneten Augen, die ihn immer noch flehentlich anzustarren schienen, und ihre entblößte Scham verhüllen zu können, musste er etwas am Wams herumzupfen, weswegen er sich für das ungewollt Gesehene rein vorsorglich beim Herrgott entschuldigte.

Mehr konnte der junge Mann nicht mehr für sie tun. Aber er hatte sein Wams nicht nur ausgezogen, um es über die Leiche zu legen – vielmehr hatte er sich dessen schnellstens entledigen wollen, weil sie es berührt hatte, bevor sie gestorben war. Immerhin wusste Lodewig nicht, ob sie an dem, was ihr der Mann angetan hatte, verstorben oder zufällig gerade jetzt der Pest erlegen war.

Um Gottes willen, schoss es ihm durch den Kopf. Hoffentlich hat mich ihr stinkender Atem nicht angesteckt.

Lodewig wandte sich angeekelt ab und entfernte sich ein ganzes Stück. Er riss sich das Tuch vom Gesicht und versuchte mit ganzer Kraft, das womöglich eingeatmete Böse auszuspucken. Dabei hatte er das Gefühl, den Pesthauch des Todes mit all seiner Kraft eingesogen zu haben und nicht mehr loszuwerden.

Nach diesem Erlebnis sollte seine Abenteuerlust eigentlich für einige Zeit gestillt sein. Momentan hatte er auch genug von seinem Ortsrundgang und schüttelte sich angewidert. Er fühlte sich schmutzig und wollte einfach nur noch nach Hause, um schnellstens den Rest seiner Gewandung loszuwerden und sich von Kopf bis Fuß zu waschen.

Außerdem würde er seinem Vater vom abscheulichen Zustand des Kircheninneren und von der toten Frau Bericht erstatten müssen. Dabei wusste er noch nicht, wie er seiner Mutter beichten sollte, dass er sein kostbares Lederwams dort gelassen hatte.

Lodewig rannte so lange, bis er das Propsteigebäude sah. Keuchend nach Luft ringend, sank er auf die Knie. Dabei hörte er ein Geräusch, das ganz offensichtlich mit dem Windhauch zu tun hatte, den er hinter sich spürte. Wahrscheinlich konnte er den Hauch nur wahrnehmen, weil er kein Wams anhatte. Lodewig fröstelte. Er fuhr herum und sah gerade noch einen wallenden schwarzen Umhang im Dunkel eines Hinterhofes verschwinden. Entgegen seiner inneren Stimme, die ihn gut vernehmbar warnte und an seine kleine Familie denken hieß, war er schon wieder neugierig geworden und tastete sich, seinen Vorsatz vergessend, langsam an der Mauer entlang in den Hinterhof, um nachzusehen, wer sich unter dem Umhang verbarg. War es der Frauenschänder von vorhin?

Den Hof umgab ringsum eine bröckelnde Steinmauer, hinter der schemenhaft ein paar an der Mauer klebende Häusergiebel hervorlugten. Dieser unheimlich wirkende Platz schien den gesamten Nebel dieses Spätnachmittags eingefangen zu haben. Als ihn die Dunkelheit dieses geheimnisvollen Ortes fast schon verschluckt hatte, blieb Lodewig stehen, um zu lauschen. Seine innere Stimme mahnte ihn unüberhörbar, sofort das Weite zu suchen. Sie wisperte ihm sogar ins Ohr, dass er um sein Leben bangen müsse, wenn er jetzt nicht schleunigst den Rückzug antreten würde. Aber die Neugierde gebot dem mutigen jungen Mann zu bleiben und die Sache zu ergründen – dagegen kam er einfach nicht an.

Es war still und Lodewig hörte nur sein eigenes hastiges Schnaufen, das ihm in diesem Moment vorkam, als wenn es nicht zu ihm gehörte.

Als es hinter einer großen Holztonne schepperte, drehte er sich in diese Richtung, verharrte abermals und blickte sich mit weit aufgerissenen Augen nach allen Seiten um. Er brauchte seinen ganzen Mut, um sich langsam in Richtung des nur konturenhaft sichtbaren Gefäßes zu schleichen. Dort wartete er so lange, bis sich seine Angst etwas gelegt hatte und er die angehaltene Luft einigermaßen langsam und leise aus seinen Lungen entweichen lassen konnte.

Vorsichtig lugte er hinter die Tonne und warf sie um. Während er dies tat, fauchte etwas und sauste an ihm vorbei.

»Puhhh«, stieß er erleichtert aus. »Merkwürdig! Mit der Tonne habe ich wohl das letzte brauchbare Holz in Staufen aufgestöbert ... und die einzig überlebende Katze«, sagte er laut, um sich selbst die immer noch nicht ganz abgeklungene Angst zu nehmen.

»Nicht nur das«, hörte er, während er von der Seite gepackt und unsanft zu Boden geschleudert wurde. »Endlich hab' ich dich!«

Lodewig glaubte, diese Stimme schon einmal gehört zu haben. Da sich die dunkle Gestalt wie wild auf ihn stürzte, blieb ihm aber keine Zeit, sich Gedanken über den Besitzer dieser krächzenden Stimme zu machen. Schon hatte der Geheimnisvolle Lodewig auf den Rücken gedreht und sich auf seinen Bauch gesetzt.

»Was wollt Ihr von mir? ... Lasst mich gehen«, bettelte Lodewig, den der Mut verlassen hatte und dem jetzt die Angst im Gesicht stand. Er begriff noch nicht, was los war.

Aber der Mann hatte offensichtlich nicht vor, sich mit ihm zu unterhalten, sondern schlug stattdessen brutal mit seinen Fäusten auf ihn ein, bevor er ihm mit einer Hand die Gurgel zudrückte, während er mit der anderen einen Dolch zog. Lodewig sah die Klinge aufblitzen und erkannte, dass er in allerhöchster Gefahr schwebte. Obwohl er stark angeschlagen war, wehrte er sich mit aller Kraft und versuchte, sich aus dem Würgegriff zu lösen. Als er dabei seinem Gegner die Kapuze übers Gesicht ziehen konnte, gelang es ihm sogar, sich freizustrampeln und kurz die Oberhand zu gewinnen.

Hastig blickte er sich um, riss sich los und stolperte davon. Nur mühsam schaffte er es, sich so weit aufzurichten, dass er wenigstens einigermaßen aufrecht rennen konnte. Er wollte schnellstens weg von diesem garstigen Ort. Aber er traute sich nicht, den Weg, den er gekommen war, zurückzugehen. Somit wusste er im Moment nicht, wohin. Brach jetzt die ganze Strafe Gottes wegen kleiner Fehlbarkeiten in seiner Kindheit über ihn herein? Wenn der umhütete Sohn des Kastellans in früheren Jahren ausgebüxt war, hatte er sich nicht von irgendeinem neidischen Schandmaul verpfeifen, geschweige denn von seinem Vater erwischen lassen wollen. Deswegen hatte er seine Abenteuer meistens auf dem Kapfberg oder dem Staufenberg gesucht anstatt im Dorf unten. Dementsprechend schlecht kannte er sich in den hinteren Winkeln seines Heimatdorfes aus. Er wünschte sich, als Kind öfter an Mutters

Hand ins Dorf hinuntergegangen zu sein und den Ort genauer erkundet zu haben. Im Nachhinein betrachtet, würde sich die Schande, als verweichlichter Aristokratensohn oder als ›Händchenhalter‹ zu gelten, vergleichsweise harmlos zu dem ausnehmen, was ihn jetzt erwarten dürfte, wenn er nicht schleunigst ein sicheres Versteck fände – oder noch besser, nach Hause käme. Aber Lodewig wusste, dass er es nicht bis zum Propsteigebäude zurück, geschweige denn bis zum Schloss schaffen würde. Also musste ein Unterschlupf her.

Zum Glück hatte der Mann nicht nur damit zu tun, seine Kapuze zu richten, sondern musste auch noch seine Stichwaffe suchen, die er im Gerangel verloren hatte. Dadurch gewann Lodewig etwas Zeit, sich umzublicken und sich für eine Richtung zu entscheiden. So rannte er in den Unterflecken. Da der Unbekannte gesagt hatte, dass er ihn jetzt endlich habe, schloss Lodewig daraus, dass ihn der Mann kannte und wusste, dass er der Sohn des gräflichen Schlossverwalters war.
  Also weiß er auch, dass ich im Schloss wohne, vervollständigte Lodewig seine Erkenntnis.
  Er hoffte, von seinem Verfolger in dieser Richtung gesucht zu werden, um im Schutze des Nebels in die andere Richtung fliehen und sich ein Versteck suchen zu können. Da er dringend seine Wunden lecken musste, setzte er alles daran, möglichst schnell und weit wegzukommen. Also versuchte er, zur Nordseite des Dorfes zu gelangen, obwohl er im Augenblick nicht wusste, wo er sich dort verstecken könnte. Die magere Besiedelung des vor ihm liegenden Unterfleckens bot ebenso wenig Schutz wie der Marktplatz, den Lodewig gerade überquerte, als er ein wüstes Fluchen hinter sich hörte. Er blickte sich immer wieder ängstlich um, sah aber wegen des Nebels nichts.
  Wenigstens kann ich auch nicht gesehen werden, hoffte er, während er mitten auf dem Platz stehen blieb, weil er sich, schwer schnaufend, schon wieder für eine Richtung entscheiden musste.
  Links zum Ort hinaus oder rechts zur Dorfmitte?
  In Blickrichtung befanden sich leicht rechts vor ihm liegend nur noch die verkohlten Reste von Bombergs Haus und gleich

dahinter der Seelesgraben. Und direkt jenseits des Baches standen nur drei Anwesen. Andere rettende Behausungen gab es dort weit und breit nicht. Er überlegte, ob er bis zu dem fließenden Gewässer rennen und sich in dessen Ufergeäst verstecken sollte, verwarf diesen Gedanken aber aufgrund der Kälte sofort wieder.

»Also links! ... Oder doch lieber nach rechts?«, presste er hervor. »Scheiße!«

Lodewigs Kopf flog hilflos hin und her. Seine Rippen schmerzten, und er musste einen Arm daraufdrücken, um überhaupt noch laufen zu können. Als er hinter sich ein gieriges Schnaufen zu hören glaubte, überlegte er, ob er irgendwo anklopfen und um Einlass bitten sollte. Täte er dies, würde er sich der Gefahr einer Ansteckung aussetzen.

Wie fragt Vater immer, wenn er die Qual der Wahl hat: ›Pest oder Cholera?‹ Aber ich habe nicht einmal die Wahl, schoss es ihm durch den gemarterten Schädel.

Da es der Leichtverletzte keinesfalls schaffen würde, bis zum Huberhof außerhalb des Dorfes zu gelangen, eilte er jetzt doch nach rechts in Richtung Dorfmittelpunkt und hämmerte verzweifelt an mehrere Haustüren. Sie blieben allesamt verschlossen, kein Mensch antwortete ihm.

Vielleicht kann mir niemand öffnen, weil alle tot sind?, fürchtete er.

Seine Urangst war längst in eine lähmende Todesangst übergegangen. So war es kein Wunder, dass er keinen klaren Gedanken mehr fassen konnte. Aber irgendwann schien der Knoten doch noch geplatzt zu sein. Lodewig wusste nicht, wie lange er, wie zum Abschuss freigegeben, mitten im Goißgässle gestanden hatte, bis ihm der rettende Gedanke gekommen war. Waren es nur Bruchteile von Augenaufschlägen oder bange Minuten?

»Das Loch«, rief er plötzlich laut, und hielt sich spontan selbst den Mund zu, während sich seine Augen wieder hastig durch den Nebel gruben.

Dank seiner guten Konstitution gelang es ihm trotz der Verletzungen, sich bis zum Bomberg'schen Anwesen zu schleppen und sich in das offen stehende Lebensmittelloch zu rollen. Schnell zog er ein paar verkohlte Bretter auf den Verschlag, bevor er den Deckel über sich schloss. Krampfhaft versuchte er, sein Schnaufen zu drosseln, obwohl er sich ein paar große Holzspreißel eingezogen hatte, die ihm ziemliche Schmerzen verursachten. Jetzt rasten ihm die Gedanken durch den Kopf, die er vorhin so dringend gebraucht hätte. Lodewig analysierte seine fatale Lage und erkannte, dass er in einer Falle steckte, aus der es kein Entkommen gab, falls er von seinem Verfolger entdeckt würde. Jetzt erst wurde ihm klar, was die kleine Lea mitgemacht haben musste, als sie sich in dieses Loch, das einem Grab glich, geflüchtet hatte. Lodewig wollte gerade durch einen schmalen Schlitz nach draußen spitzeln, als er hörte, wie jemand über den Bretterhaufen stieg.

»Zeig dich, dann gewähre ich dir einen gnädigen Tod! Ich finde dich sowieso«, vernahm er ein ekelhaft klingendes Flüstern.

Plötzlich wusste Lodewig, wem diese Stimme gehörte. Es handelte sich gewiss um den Mann, dessen Unterhaltung mit einem Unbekannten er vor längerer Zeit zusammen mit seinem Bruder Diederich auf dem Kirchhof belauscht hatte. Diese Stimme gehörte zweifelsfrei dem Totengräber Ruland Berging.

Kapitel 43

Inzwischen hatte sich der angeheiterte Nepomuk von Johannes Glatt, seinem Mitbruder im Herrn, längst verabschiedet und war wieder im Schloss, wo er seinem Freund Ulrich mit schlechtem Gewissen berichtete, dass Lodewig das Propsteigebäude verlassen hatte, ohne zu sagen, wohin er wollte. »... und seither ist er verschwunden.«

»Sag mal, bist du verrückt geworden? Wie konntest du ihn nach draußen ins pestverseuchte Dorf gehen lassen, während du dich mit dem Propst sinnlos betrinkst?«, empörte sich der Kastellan.

Der Mönch senkte beschämt sein Haupt: »Es tut mir ja leid. Aber ich habe wirklich nicht gemerkt, dass Lodewig rausgegangen ist. Erst als ich mit Propst Glatt ... äh ... Johannes ... Brüderschaft getrunken habe und ihn darum bitten wollte, Lodewigs und Sarahs Glück mit der Kindstaufe zu besiegeln, habe ich festgestellt, dass dein Sohn verschwunden war.«

»Und der Pfarrer hat auch nichts davon mitbekommen?«, kam es in fast lästerlichem Ton zurück.

»Natürlich nicht. Dann hätte er ja etwas gesagt und mir bei der Suche geholfen ...«, Nepomuk zog gleichzeitig die Augenbrauen und die Lippen zusammen, »wenn er nicht zu viel Wein intus gehabt hätte.«

»Und was hast du gemacht, als du es endlich bemerkt hast?«, schnauzte der besorgte Vater seinen betreten dreinschauenden Freund an.

»Was wohl? Ich bin sofort aus der Propstei gestürzt und habe laut nach Lodewig gerufen, während ich die Straße auf und ab gelaufen bin. Als keine Antwort gekommen ist, habe ich es als sinnvoller angesehen, dich zu informieren, anstatt wie ein blindes Huhn durch ein Dorf zu irren, in dem ich mich nicht auskenne. Ich dachte, es wäre wohl am besten, wenn du sofort einen Suchtrupp zusammenstellst.«

Der Kastellan rieb sich die Stirn und drückte mit seiner Faust sanft gegen Nepomuks Brust. »Damit hast du recht getan. Verzeih mir. Ich weiß, dass du nichts dafür kannst. Es muss ja nicht gleich etwas Schlimmes geschehen sein. Lodewig ist ja schließlich erwachsen. Lass uns jetzt gemeinsam nach ihm suchen ... oder schaffst du es in deinem Zustand ebenso wenig wie der Propst?«

Um zu demonstrieren, dass ihm der Bodenseewein nichts hatte anhaben können, baute sich Nepomuk kerzengerade vor Ulrich auf und stemmte zur Unterstreichung seiner guten Verfassung die Fäuste in die Hüften.

»Ist ja schon gut, mein Freund ..., und jetzt komm!«

Während die beiden Männer sich für die Suche bereit machten, taten sich Ignaz und Rudolph zusammen. Als Siegbert das Tor öffnete, befahl ihm der Kastellan streng, keinesfalls die Frauen zu informieren.

»Aber was soll ich antworten, wenn sie nach Euch fragen?«

»Sag ihnen … Sag ihnen, dass wir zum Propst gegangen sind, um etwas zu besprechen.«

»So spät am Abend noch? Es dunkelt schon und der Nebel hat sich verstärkt.«

Die Aussage des Kastellans sorgte nicht nur für Stirnrunzeln beim Wachhabenden, sondern zog auch den Missmut des Benediktiners auf sich: »Du sollst nicht lügen, spricht der Herr.«

»Und du kannst mir ja die Beichte abnehmen«, parierte der Kastellan, »… aber erst, wenn du wieder nüchtern bist und wir Lodewig gefunden haben. Und jetzt: Auf geht's!«

⁂

Die Männer hatten sich schon vor einer Stunde getrennt und suchten seither fieberhaft nach dem vermissten jungen Mann. Bevor sie zum Weg, der nach Weißach führte, gelangten, waren der Kastellan und Nepomuk an der Kirche vorbeigekommen und hatten hineingeschaut.

»Ich wusste ja, dass es derzeit nicht zum Besten mit eurer Pfarrkirche steht. Dass unser verehrter Propst aber einen derartigen Saustall hinterlassen hat, ist fürwahr bemerkenswert«, hatte Nepomuk das Gesehene und das Gerochene kopfschüttelnd kommentiert, nachdem sie die Kirche wieder verlassen hatten.

»Jetzt ist nicht die Zeit für Späße. Lass uns da unten suchen. Vielleicht weiß der Blaufärber etwas über Lodewigs Verbleib«, hatte der Kastellan mit einem Fingerzeig die Richtung angegeben.

Am Färberhaus angekommen, mussten sie einige Male an die Tür klopfen, um mit dem Blaufärber sprechen zu können. Als der Handwerker schlaftrunken öffnete und den Hünen sah, wollte er die Tür sofort wieder zuschlagen, was ein Fuß des Kastellans verhinderte. »Auch wenn es unser Herrgott bei der Verteilung der Größe zu gut mit diesem Mönch gemeint hat, braucht Ihr ihn nicht zu fürchten … Er ist mein Freund!«

Jetzt erst sah der Blaufärber den Kastellan und verneigte sich ehrerbietig vor ihm. »Verzeiht, edler Herr, was führt Euch mitten in der Nacht zu mir?«

»Dass mein jüngster Sohn tot ist, dürfte sich ja herumgesprochen haben, aber Ihr könnt noch nicht wissen, dass nun – so wie es den Anschein hat, auch noch mein mittlerer verschwunden sein könnte, ... zumindest suchen wir ihn«, erklärte der Kastellan mit frostiger Stimme.

Da bekreuzigte sich der Blaufärber, in dem schlagartig die Erinnerung an seine eigenen toten Söhne hochkam. »Wartet! Ich komme mit und helfe Euch bei der Suche.«

»Das müsst Ihr nicht!«

»Oh doch! Das muss ich wohl. Denn Eure Gemahlin und Lodewig haben mir seinerzeit geholfen, nach meinem verschwundenen Didrik – Gott sei bei ihm – zu suchen.«

Hannß Opser und Ulrich Dreyling von Wagrain bekreuzigten sich.

»Didrik? ... Diederich?«, murmelte Nepomuk nachdenklich, während der Blaufärber ins Haus zurückging, um sein Wams, seine Cuculle und eine Öllampe zu holen.

»Nepomuk, was ist mit dir?«, fragte der Kastellan.

»Findest du es nicht merkwürdig, dass gerade zwei Kinder eines unnatürlichen Todes gestorben sind, deren Namen sich fast gleichen?«

»Woher willst du wissen, dass der Sohn des Blaufärbers tot ist?«

»Das weiß ich nicht! Aber immerhin hast du mir erzählt, dass dieser Knabe schon vor längerer Zeit spurlos verschwunden ist, oder?«

»Na schön: Didrik wurde meines Wissens nie gefunden. Er ist und bleibt einfach verschwunden.«

»Und mein großer Sohn Otward ist im Entenpfuhl ertränkt worden«, ergänzte der Blaufärber, der gerade aus dem Haus trat.

»Was! – Davon weiß ich ja gar nichts«, rief der Kastellan entsetzt.

»Das mag ich Euch gerne glauben, Herr. Gunda und ich haben damals eine schwere Zeit gehabt und ich habe niemandem davon erzählt, ... nicht einmal meinem Weib. Wir haben unser Haus nur noch verlassen, wenn es unbedingt nötig war, und kaum jemanden getroffen.«

Während sich die drei auf die Suche nach Lodewig machten, erzählte der Blaufärber weiter: »Otwards Leiche habe ich zwar nie gesehen, dafür aber an einem Ast im Entenpfuhl einen Fetzen seines Hemdes gefunden. Gewissheit habe ich gehabt, als ich zudem auch noch in ein Messer getreten bin, das auf dem Grund des Tümpels gelegen ist und das ich als seines erkannt habe.« Der Blaufärber wischte sich eine Träne aus den Augen und blickte den Kastellan fragend an. »Es hat dort doch eine Wasserleiche gegeben. Stimmt es nicht, edler Herr?«

Der Kastellan senkte sein Haupt. »Ja, Herr Opser. Aber die Leiche konnte eindeutig als Ruland Berging identifiziert werden. Ihr habt damals nichts davon gesagt, dass Ihr auch Euren ältesten Sohn vermisst und meine Recherchen haben auch nichts dergleichen ergeben. Also haben wir dem Medicus geglaubt und den schrecklich zugerichteten Torso verbrannt.«

»Um Gottes willen! Ohne die heiligen Sakramente?«, empörte sich der Blaufärber.

Der Kastellan nahm ihn am Arm und beruhigte ihn. »Seid diesbezüglich getrost. Unser Pfarrer war dabei. Aber der Medicus hat uns eindringlich dazu geraten, die sterblichen Überreste sofort und noch an Ort und Stelle zu verbrennen, um einer möglichen Seuchengefahr entgegenzuwirken.«

»Merkwürdig«, mischte sich Nepomuk ein. »Handelte es sich dabei um jenen Arzt, von dem du mir berichtet hast, dass er eine künstliche Pestilenz geschürt, viele Tote zu verantworten hatte und letztendlich dafür gehängt wurde?«

»Ja! Es war der Medicus Heinrich Schwartz, der einerseits selbst unsägliches Leid über die Staufner gebracht und andererseits vor einer drohenden Seuchengefahr gewarnt hat. Fürwahr eine merkwürdige Geschichte … Aber lasst uns ein andermal darüber reden. Jetzt müssen wir Lodewig suchen.«

Obwohl sie ihre Lichtquellen in die hintersten Winkel des Dorfes hielten und immer wieder nach dem Gesuchten riefen, bewegte sich außer ein paar neugierigen Augen, die hin und wieder misstrauisch auf sie gerichtet waren, nichts. Wenn sie einen der Neugierigen nach Lodewig fragten, wurden ihnen stets Fensterläden oder Türen vor den Nasen zugeschlagen.

Erst als sie an die Stelle kamen, an der sich Lodewig mit dem Totengräber auf dem Boden gewälzt und um sein Leben gekämpft hatte, kam Bewegung in die Sache. Der Blaufärber hielt seine Laterne nach unten und bückte sich.

»Was habt Ihr da?«, fragte der Kastellan.

»Ach, nur ein Tuch.«

»Was? Lasst sehen!«

Der Kastellan erkannte sofort, dass es eines seiner Schnupftücher war, und blickte hektisch um sich. »Das gehört mir. Lodewig muss es benutzt und hier verloren haben«, konstatierte er.

Schon kniete Nepomuk mit einem Bein auf dem Boden und strich leicht über die sandige Erde, bevor er sie langsam durch seine Finger rieseln ließ. »Ich glaube, dass hier erst vor kurzer Zeit mehrere Leute waren. Der aufgewühlte Dreck ist noch ganz locker.«

Ein Stück weiter kniete er sich wieder auf den Boden und wiederholte die Prozedur. Dass er auf einem Stein noch nicht ganz angetrocknetes Blut entdeckt hatte, verschwieg er lieber.

»Heißt das, Lodewig war hier in einen Kampf verwickelt?«, fragte der Kastellan seinen Freund.

»Ich weiß nicht, aber es wäre möglich.«

»Dabei könnte er das Tuch verloren haben«, folgerte der Blaufärber, dem die Gesellschaft der beiden Männer nicht nur etwas Ablenkung bot, sondern ihm auch guttat. Endlich einmal war nicht er es, dem geholfen werden musste. Jetzt konnte er dem Kastellan zu Diensten sein.

»Ein düsterer Ort. Ideal für einen räuberischen Überfall«, bestätigte Nepomuk die Vermutung, während er sich umsah und feststellte, dass die umgekippte Tonne vor Kurzem noch an einem anderen Platz gestanden haben musste.

Nachdem sie den Hinterhof akribisch untersucht hatten, außer weiteren Kampfspuren im Dreck jedoch nichts gefunden hatten, drängte der Kastellan zum Gehen. Sie liefen die Gasse entgegen der Richtung, aus der Lodewig gekommen war.

»Seht doch! ... Dort«, rief der Blaufärber, der eine Nase für unangenehme Entdeckungen zu haben schien. Ihre Lichter nach vorne haltend, rannten Nepomuk und der Kastellan hinter dem Blaufärber her und blieben wie gebannt stehen, als sie mitten auf dem Weg einen menschlichen Körper, zweifellos den geschundenen Leib einer Frau, sahen.

Als sich der Kastellan bücken wollte, hielt ihn Nepomuk zurück: »Halt, Ulrich! Tritt nicht so nahe heran, denk an die Pestflöhe.«

»Aber das ist Lodewigs Wams!«

»Oh«, entfuhr es dem überraschten Mönch. »Warte dennoch!« Er suchte einen Stock, um damit das Wams des jungen Mannes vom Körper der Frau zu heben.

»Ei jei jei jei jei! Was ist denn mit der geschehen? Die wurde ja übel zugerichtet«, stellte der Blaufärber fest und bekreuzigte sich, nachdem sein Blick ungewollt auf die entblößte Scham der bedauernswerten Frau gefallen war.

Nachdem Nepomuk den leblosen Körper wieder bedeckt und ebenfalls das Kreuzzeichen gemacht hatte, meinte er, dass die junge Frau vermutlich einer schändlichen Gewalttat zum Opfer gefallen war.

Die drei sahen sich betroffen an.

»Lodewig?«, kam es ungläubig aus zwei Kehlen hervor.

Der Kastellan blickte die beiden abwechselnd an. »Ihr seid doch verrückt. Mein Sohn wäre niemals zu solch einer Tat fähig«, schrie er und fuhr sich nachdenklich durch die Haare. »Nein! Nein! Nein! Mein Sohn ist ein anständiger junger Mann und würde niemals etwas gegen den Willen einer Frau tun.«

»Beruhige dich, Ulrich! Natürlich hat dein Sohn nichts mit dem Tod dieser Frau zu tun. Es muss eine andere Erklärung dafür geben, weshalb Lodewigs Wams auf der Leiche dieses beklagenswerten Geschöpfes liegt. Tretet zurück, damit ich die Frau wenigstens oberflächlich untersuchen kann.«

Während Nepomuk das Wams wieder abnahm und seine unangenehme Arbeit verrichtete, suchten der Kastellan und der Blaufärber die nähere Umgebung nach Lodewig oder einem Hinweis auf ihn ab. Da sie aber nichts finden konnten, gingen sie gleich wieder zurück.

»Und?«, fragte der Kastellan schroff.

»Die geschwächte Frau ist zwar ausgehungert, aber nicht der Pest erlegen! Sie wurde in der Tat brutal geschändet und ist dabei zu Tode gekommen.«

»Wie?«, interessierte es den Blaufärber.

»Das möchte ich euch beiden ersparen. Jetzt lasst uns weitersuchen.«

Der Kastellan wollte noch Lodewigs Wams mitnehmen, wurde aber von Nepomuk am Arm gepackt und weggezogen: »Jetzt nicht, Ulrich! Wir müssen schnellstens weiter.«

Während die drei im Schein ihrer Fackeln und Öllampen jeden Winkel des Oberfleckens absuchten, hatte ein anderer Suchtrupp den Marktplatz erreicht. »Lodewig«, rief Rudolph immer wieder. »Lodewig! Wo bist du?«

»Schrei zu dieser nächtlichen Stunde nicht so laut herum. Du siehst doch, dass er hier nicht sein kann. Vor uns sind nur noch die Reste des jüdischen Hauses, und in Richtung Kalzhofen kommt lange nichts mehr«, mahnte Ignaz zu etwas mehr Besonnenheit.

»Sieh mal! Dort«, Rudolph zeigte aufgeregt in Richtung des Bomberg'schen Anwesens.

»Was ist dort? Ich höre nichts.«

»Natürlich nicht, du Idiot. Aber den Schatten wirst du doch wohl gesehen haben.«

»Was für einen Schatten? Ich habe nichts gesehen. Kann es sein, dass du träumst?«

»Wahrscheinlich hast du recht und es war nur ein Tier. Lass uns dennoch dorthin gehen und uns die Brandruine anschauen.«

»Das ist gut. Ich habe sie auch noch nicht gesehen«, willigte der Knecht ein.

Da Rudolph wusste, dass er sich bei seinem Herrn wegen einiger kleinerer Verfehlungen zurzeit nichts mehr erlauben konnte, fügte er noch an: »Wir sollten leise sein, falls der Kastellan bei seiner Suche hier vorbeikommt. Er muss ja nicht unbedingt wissen, dass sich unsere Neugierde nicht nur auf den Verbleib seines Sohnes beschränkt.«

Da sich einige verkohlte Holzstücke in der Türnut verklemmt hatten, war es Lodewig nicht möglich gewesen, die Luke ganz zu schließen. Und um die Nut freizuscharren, hatte er nicht die Zeit gehabt. Außerdem hätte dies unnötig verräterische Geräusche verursacht.

»Scheiße«, wäre ihm fast schon wieder entfahren, als er den Lichterschein, der durch die Ritzen zu tanzen schien, näherkommen sah. Er hatte Angst und das Gefühl, als wenn eine riesige Faust sein Herz umfassen und langsam zusammendrücken würde. Für ihn war klar, dass es sich nur um den Totengräber handeln konnte, der eine Kerze oder eine Fackel geholt hatte, um ihn aufzustöbern. Leise murmelte der durch Kälte und Schmerz geschwächte Sohn des Kastellans ein ›Vaterunser‹ und bat seinen Schöpfer, nach seinem Tod über Sarah und seinen immer noch ungetauften Sohn zu wachen.

Er schloss mit seinem Leben ab, nahm sich aber vor, seine Haut so teuer wie möglich zu verkaufen, wenn es ihm jetzt an den Kragen gehen sollte. Er hatte das Gefühl, als wenn er 100 Füße auf dem über ihm liegenden Brandholz hören würde. Jeder einzelne Schritt ließ den Bretterhaufen wackeln. Lodewig zuckte dabei immer aufs Neue zusammen. Als einige Bretter direkt auf ihn drückten, drohte er die Fassung zu verlieren und auszubrechen. Um dies nicht zu tun und um sich dadurch nicht zu verraten, drückte er sich eine zur Faust geballte Hand auf den Mund. Dass er dabei sogar hineinbiss, spürte er in diesem Moment nicht. Nur still sein und nicht bewegen!, ratterte es ihm durch den Kopf. Obwohl der Spuk nur wenige Minuten dauerte, kam er ihm wie Stunden vor. Als wenn er das drohende Unheil damit würde abwenden können, kniff er die Augen fest zusammen. Offensichtlich schien diese Art der Angstbewältigung zu funktionieren. Denn es gelang ihm, alles, was um ihn herum geschah, weit von sich zu schieben.

Obwohl sich der Sohn des Kastellans in sich selbst gefangen fühlte und derart verkrampft war, dass er nicht nur nichts sah, sondern auch nichts mehr hörte, tat ihm dies gut. Aber es half ihm nicht wirklich weiter. Hätte er sich nur ruhig verhalten und gelauscht, anstatt sich mit aller Gewalt zu verkrampfen, hätte er schnell feststellen können, dass keinerlei Gefahr mehr drohte, weil das Gemurmel von Rudolph und Ignaz stammte. Hätte er jetzt, in diesem Augenblick, um Hilfe gerufen oder anders auf sich aufmerksam gemacht, wäre er sofort in Sicherheit und sein Leben gerettet gewesen. So aber vertat er unwissentlich die einzige Möglichkeit, ohne weitere Blessuren in den sicheren Schutz des Schlosses zurückzukommen.

Erst als die Kraft in seinen Augenlidern nachließ und er es nicht mehr vermochte, die Augen zusammenzukneifen, meldeten sich auch die anderen Sinnesorgane zurück. Lodewig hörte, wie die Schritte und das Gemurmel leiser wurden und verstummten. Als er sah, dass sich parallel dazu auch der anfängliche Lichtschimmer entfernte, war er erleichtert.

Es war jetzt wieder stockdunkel ... und bedrohlich still.

Nachdem die Lodewig unerkannt gebliebenen Besucher die Brandruine verlassen hatten, kam es ihm vor, als säße er schon eine Ewigkeit in diesem Loch.

Langsam hatten sich sein Atemrhythmus und sein Herzschlag normalisiert. Dafür wurden seine Schmerzen unerträglich und das anfängliche Frösteln ging in Frieren über. Die unangenehme Kälte und die Feuchtigkeit ließen ihn zittern. Durch die eingerollte Haltung wurden seine Glieder zunehmend starrer und unbeweglicher. Irgendwann reichte es ihm und er wollte unter allen Umständen nach Hause.

Lodewig horchte mehrmals hintereinander so lange, wie er die Luft anhalten konnte, bevor er die Luke leicht anhob und vorsichtig eines der über ihm aufgehäuften Bretter beiseiteschob.

Immer noch Nebel. Das ist gut, dachte er, in der Hoffnung, dadurch nicht gesehen zu werden.

Während er seinen Kopf vorsichtig – einmal mehr nach allen Seiten blickend – herausstreckte, schob er leise weitere Holzteile weg. Brett für Brett. Dabei achtete er akribisch darauf, möglichst wenig Geräusche zu machen. Aber eines der Holzteile kippte und drückte ein anderes zur Seite, das herunterfiel und dabei Lärm verursachte.

»Mist«, flüsterte Lodewig und schob seinen Körper so hastig ins Loch zurück, dass dabei der gesamte Bretterhaufen in sich zusammenstürzte und so viel Krach machte, dass man ihn wohl bis ins Schloss hoch hätte hören müssen. Jetzt blieb ihm schon wieder keine Wahl mehr. Wenn sein Verfolger noch in der Nähe sein sollte, hatte er den Lärm wahrgenommen und würde unverzüglich zurückkommen. Ihm blieb also nichts anderes übrig, als schnellstens von hier zu verschwinden. Mühsam befreite er sich aus dem Holzverhau und zog sich hastig nach oben.

Ehe er sich versah, wurde er am Schopf gepackt und die ihm bekannte Stimme rief in hämischem Ton: »Hab ich dich!« Obwohl ihm dabei die Haare büschelweise ausgerissen wurden und er dem Schmerz entfliehen wollte, konnte sich Lodewig nicht wirksam wehren, geschweige denn davonlaufen. Seine Glieder waren zu starr geworden, um noch ordentlich funktionieren zu können.

Ruland Berging fackelte nicht lange, zog sein Opfer an den Haaren aus dem Bretterhaufen und verpasste ihm sofort mehrere gezielte Faustschläge ins Gesicht und in die Magengrube. Obwohl es Lodewig normalerweise nicht an Kraft mangelte, musste er jetzt feststellen, dass er aufgrund seines Zustandes nicht gewinnen konnte. Sein Gegner war einfach in besserer Verfassung, kräftiger … und zu allem entschlossen. Die beiden wälzten sich so lange im Dreck, bis Lodewig endgültig unterlag und nach einem weiteren Kinnhaken besinnungslos wurde.

Endlich hatte der Totengräber die Möglichkeit, sein lange geplantes Vorhaben in die Tat umzusetzen. Und dies gedachte er jetzt auch mit Freuden zu tun. Er saß, hastig nach Luft schnappend, auf Lodewig, als er neben sich einen Steinbrocken erblickte. Er packte ihn mit beiden Händen und hob ihn triumphierend, ja fast beschwörend, in die Höhe, um ihn auf sein wehrloses Opfer heruntersausen zu lassen.

Kapitel 44

LÄNGST WAR ES STOCKDUNKEL und die Stimmung auf dem Tiefpunkt angelangt. Der Kastellan hatte die Suche nach seinem vermissten Sohn wohl oder übel einstellen müssen. »Wir machen morgen beim ersten Tageslicht weiter«, gebot er mit einem enttäuschten Blick zu Nepomuk und bedankte sich gleichzeitig beim Blaufärber, bevor er ihn schweren Herzens nach Hause entließ. Auf dem Weg zum Schloss trafen sie Rudolph und Ignaz, die durch stummes Achselzucken und Kopfschütteln bekundeten, ebenfalls erfolglos gewesen zu sein.

»Gute Nacht. Seid bedankt«, murmelte ihr Dienstherr in seiner Enttäuschung knapp, nachdem sie im Schloss angekommen waren. Mehr sich selbst als seine Getreuen aufmunternd, klopfte er ihnen auf die Schultern und versprach den beiden für ihre Mithilfe je eine Kanne Wein.

»Nein, Herr, nein! Ihr wisst, dass wir einem Tropfen guten Weines nicht abgeneigt sind. Wenn Ihr uns aber damit entlohnen wollt, dass wir Euch bei der Suche nach Lodewig geholfen haben, beleidigt Ihr uns. Es wird uns auch morgen Ehre und Verpflichtung zugleich sein, Seite an Seite mit Euch nach ihm zu suchen«, entgegnete Ignaz entschieden.

Würde dies Rudolph gesagt haben, hätte der Kastellan schmunzeln müssen. So aber nickte er nur still.

༺༻

Seit ungefähr der Hälfte einer Stunde saß Ulrich Dreyling von Wagrain mit seinem Freund Nepomuk vor dem Kamin und stopfte gerade seine Pfeife. Eine ganze Zeit lang sprach keiner der beiden ein Wort. Stattdessen sinnierten sie so lange stumpf vor sich hin, bis sich der Hüne mit einem Sprung erhob, der den Stuhl verdächtig *gieren* ließ. »Ich bin gleich wieder zurück«, raunte er Ulrich in einem Ton zu, der irgendwie freudig erregt klang, anstatt Wut und Trauer wegen der toten Frau oder besorgte Verwunderung über Lodewigs Verschwinden mitschwingen zu lassen.

Als er zurück war, setzte er Wasser für einen beruhigenden Kräutersud auf. Obwohl beide todmüde waren, wollten sie jetzt nicht an Schlaf denken. Zu viele Gedanken schwirrten durch ihre Köpfe: Die tote Frau, auf der immer noch Lodewigs Wams lag – sie konnten es sich nicht erklären. Was hatte Lodewig mit diesem Weib zu schaffen? Hat er sie gar …? Nein! Der Kastellan schüttelte energisch den Kopf. Diesen Gedanken wollte er erst gar nicht aufkommen lassen. Warum auch? Lodewig liebte Sarah und hatte sogar ein Kind mit ihr. Und er war sein Sohn – ein grundguter junger Mann von Stand, der zu Recht und Glauben erzogen worden war! Er war sogar ein ausnehmend schneidiger Bursche.

»Na ja, so, wie die Dinge liegen …«, bemerkte Nepomuk fast etwas provokant. Da der Benediktinermönch eine ehrliche Haut war, lag ihm sehr daran, die Dinge offen auszusprechen, auch wenn sie noch so unangenehm waren und seinem Freund Ulrich nicht gefallen mochten. »Aber was ist mit dem Rotztuch, das wir unweit davon gefunden haben?«

Anstatt die erwartete Antwort zu geben, zog es der vom Schicksal arg gebeutelte Vater vor zu schweigen. Es war ein merkwürdiges, ein schmerzhaftes Schweigen, das Nepomuk Sorgen bereitete. Die größten Sorgen machten ihm allerdings die von ihm entdeckten Kampfspuren und natürlich Lodewigs Verschwinden selbst. Beruhigend war dabei nur, dass sie keine Blutspuren entdeckt hatten. Dies ließ hoffen, dass der Vermisste nicht verletzt war. Während den Kastellan in erster Linie diese Gedanken beherrschten, ließ Nepomuk das Gespräch mit dem Blaufärber Revue passieren. »Didrik … Diederich? Ein merkwürdiger Zufall?«, fragte er sich wieder und wieder.

Obwohl die beiden beim Nachlegen des Holzes und beim Schüren des Feuers jedes unnötige Geräusch vermieden hatten und jetzt schon eine ganze Zeit lang wortlos dasaßen, war Konstanze aufgewacht. Ihr war wohl der Geruch des Feuers in die Nase gekrochen. Oder sie hatte dessen heimelig anmutendes Prasseln gehört. Jedenfalls stand sie auf, streifte sich einen Umhang über und ging in die Küche. »Wo seid ihr so lange gewesen?«

Als sie die erschrockenen Blicke der beiden sah, reihte sie – ohne eine Antwort abzuwarten – eine Frage an die andere: »Wo kommt ihr her? Ihr werdet mir doch wohl nicht erzählen wollen, dass ihr so lange beim Propst gewesen seid. Habt ihr dem Alkohol gefrönt? Was schaut ihr so betreten drein? Habt ihr ein Geheimnis? … Und wo überhaupt ist Lodewig, war er nicht bei euch? … Sarah weiß auch nicht, wo er ist, sie macht sich schon große Sorgen.«

Da der Kastellan nicht so recht wusste, was er seiner Frau sagen sollte, rieb er sich mit zwei Fingern die Nasenflügel und starrte so lange auf die Tischplatte, bis er Mut gefasst hatte: »Komm her, meine Liebe. Ich muss dir etwas sagen.«

»Nein!«, entfuhr es Konstanze entsetzt, während ihre Blicke fragend zwischen den beiden hin und her irrten.

Ulrich versuchte zu lächeln und streckte seine Hand nach ihr aus. Aber die besorgte Mutter blieb wie angewurzelt stehen und schlug ihre Hände vors Gesicht. »Nicht schon wieder«, flüsterte sie in schmerzhaften Gedanken an ihren unlängst verunglückten Sohn Diederich.

»Komm zu mir. Bitte!«, verlieh Ulrich seinem Wunsch, Konstanze neben sich zu haben, Nachdruck.

Als sie sich zu ihm gesetzt und Nepomuk ihr einen Becher Kräutersud in die Hand gedrückt hatte, brachten ihr die beiden Männer behutsam bei, dass Lodewig verschwunden war. Dabei redeten ihre Hände, die sich einmal zur Faust formten, dann aber wie zum Gebet falteten, beschwörend mit. Auch wenn sie noch so oft bemerkten, dass Lodewigs Fernbleiben nichts heißen müsse und er morgen sicher wieder hier sein würde, glaubte ihnen Konstanze kein Wort. Dazu hatte sie in der Vergangenheit zu viel mitmachen müssen. Schlagartig stiegen in ihr alle Erinnerungen an die bisherigen Geschehnisse hoch. Gerade so, als wenn sie erst gestern gewesen wären.

Es kam ihr so vor, als wenn ihr das Verschwinden ihres mittleren Sohnes mit der gleichen Schonungslosigkeit mitgeteilt würde, wie sie vom Tod ihres Jüngsten erfahren hatte. Dennoch blieb sie – zumindest nach außen hin – bemerkenswert ruhig. Zu ruhig! Konstanze wirkte abwesend, fast apathisch. Ulrich erkannte, dass es keinen Sinn hatte, jetzt noch weiter mit ihr zu sprechen. Obwohl sie sich dagegen wehrte, brachte er sie in die Schlafkammer.

»Weiß es Sarah schon?«, wollte die Mutter wissen.

»Nein ... Das würde heute auch nichts mehr ändern und mehr schaden als nützen«, begründete der Kastellan das ›Nein‹. Liebevoll beruhigte er seine leidende Frau: »Aber ich verspreche dir, dass wir morgen bei Tagesanbruch mit Sarah und Judith darüber reden und gleich danach weitersuchen werden. Und jetzt versuch zu schlafen.« Aber es nützte nichts; der noch so zarteste Kuss vermochte es nicht, Konstanze in den Schlaf gleiten zu lassen.

Während sich die Männer in der Küche weiter unterhielten, stand sie heimlich auf und öffnete die Kammertür einen Schlitz weit. So konnte sie von ihrem Lager aus mithören, worüber in der Vogteiküche gesprochen wurde.

»Also: Lass uns rekapitulieren«, eröffnete Nepomuk das Gespräch.

»Ja, aber leise, damit Konstanze nichts mitbekommt und schlafen kann.«

Die beiden schenkten sich noch einen Becher Kräutersud ein und legten etwas Feuerholz nach, bevor der Benediktinermönch seinen Freund bat, ihm alles, auch jedes noch so kleine Detail der vorhergegangenen Ereignisse zu erzählen.

Der Kastellan legte seine Pfeife beiseite und berichtete chronologisch über die Vorfälle, die sich im vergangenen Herbst in Staufen zugetragen hatten, aber auch von Konstanzes Vermutung in Bezug auf den Totengräber. Hierfür benötigte er fast eine ganze Stunde. Dass seine Frau dabei in der Kammer nebenan ständig in Weinkrämpfe ausbrach und dabei ihren Kopf verzweifelt ins immer nasser werdende Kissen grub, konnte er nicht ahnen.

»Wenn ich alles recht verstanden habe, hat das ganze Übel mit den 96 ›Pesttoten‹, die der damalige Dorfarzt zu verantworten hatte, begonnen«, stellte Nepomuk am Ende der Ausführungen mehr fest, als dass er fragte, und bekam ein zögerliches »Na ja« zur Antwort. »Eigentlich schon vorher, als meine Söhne den damaligen Totengräber und einen Unbekannten auf dem Kirchhof belauscht hatten.«

Der Benediktiner überlegte ein Weilchen, bevor er Ulrich weitere Fragen stellte: »Wie alt sind deine Söhne?«

»Eginhard ist …«

»Das weiß ich, tut aber sowieso nichts zur Sache. Ich meine die beiden Jüngeren«, winkte Nepomuk, dessen Spürsinn sich jetzt nach und nach zu entfalten schien, ab.

Der Kastellan verstand zwar nicht, weshalb Nepomuk das Alter seiner Söhne wissen wollte und warum ihn dabei Eginhards Alter nicht interessierte, beantwortete aber dessen Frage. »Lodewig ist 18 und Diederich ist ...«, der Kastellan schluckte, »wäre bald zehn Jahre alt geworden.«

Nepomuk klopfte seinem Freund beruhigend auf den Oberschenkel: »Entschuldige, mein Freund. Ich möchte dich nicht piesacken, muss aber alles genau wissen, bevor ich dir meine Theorie erläutern kann. Wie alt waren die Blaufärbersöhne?«

Der Kastellan war verwirrt und überlegte kurz: »Ich glaube, dass Otward ungefähr 16 Jahre alt war und Didrik ... vielleicht elf, zwölf.«

»Da haben wir es«, entwischte es Nepomuk fast ein bisschen zu laut, während er mit einem Handrücken in das Innere der anderen Hand klatschte.

»Könntest du bitte etwas leiser sein?«, zischte ihn Ulrich an.

»Entschuldige. Aber ich denke, dass ich den Schlüssel zur Lösung habe.«

Der Kastellan verstand jetzt überhaupt nichts mehr. »Was haben denn meine Buben deiner Ansicht nach mit den Söhnen des Blaufärbers zu tun?«

»Ganz einfach: Das ähnliche Alter der beiden Großen und der beiden Jüngeren! Dazu kommt noch der verwechselbare Name eures jüngsten Sohnes.«

»Na und?«

»Ulrich, überleg doch mal«, beschwor Nepomuk seinen immer neugieriger werdenden Freund. »Hast du mir nicht soeben erzählt, dass deine Söhne ein offensichtlich geheimes Gespräch zwischen dem Totengräber und einem Unbekannten auf dem Kirchhof belauscht haben und daraufhin vom Totengräber über den Gottesacker gejagt worden sind?«

»Ja, ja, das stimmt schon, aber ...«

»Kein ›Aber‹! Lodewig hat dir damals erzählt, dass der Totengräber dem anderen Geld für Schnaps in die Hände gedrückt hat.«

»Ja, und?«

»War der Medicus ... dieser Heinrich ... Heinrich Schwartz ... nicht dem Alkohol verfallen?« Nepomuk schaute seinem Freund fragend in die Augen und wartete darauf, dass es bei Ulrich endlich zünden würde.

Der überlegte ein Weilchen, strich sich immer wieder den Bart und schüttelte den Kopf: »Du meinst? Das glaub' ich einfach nicht. Das darf doch nicht wahr sein.«

»Doch! Beim zweiten Mann auf dem Kirchhof hat es sich meiner Meinung nach ziemlich sicher um diesen versoffenen Medicus gehandelt. Er und der Totengräber haben die Sache mit der vermeintlichen Pest seinerzeit gemeinsam ausgeheckt.«

»Dass der Medicus dem Schnaps über die Maßen zugetan war, hat damals jeder gewusst. Aber das ist doch noch kein Beweis dafür, dass er die Sache zusammen mit dem Totengräber geplant hat. Jedenfalls haben meine Buben davon nichts mitbekommen. Wäre dies der Fall gewesen, hätte ich den Totengräber und den Medicus sofort einlochen lassen«, empörte sich der Kastellan, als wenn er jetzt noch etwas daran ändern könnte.

»Aber der Totengräber hat deine Söhne kreuz und quer über den Kichhof gejagt!«

Der Kastellan nickte. »Das stimmt schon, … aber die beiden haben sich zu dunkler Stunde unerlaubt dort aufgehalten. Es war das gute Recht des Totengräbers, die beiden zu stellen und zu bestrafen.«

»Ist ja schon gut. Das glaube ich dir gerne. Aber du wirst mir recht geben, wenn ich darin zumindest ein Indiz sehe! Oder kennst du einen anderen Säufer in Staufen?«

»Nicht viele! Der Medicus war einer der wenigen, die sich dieses von Gott verdammte Laster leisten konnten.«

»Offensichtlich wohl auch nur mit Hilfe des Totengräbers«, witzelte Nepomuk und resümierte weiter. »Außerdem sprechen ein paar weitere Punkte dafür, dass dieser Ruland Berging für die Umsetzung des scheußlichen Plans die Hilfe des verdorbenen Arztes benötigt hat.«

Ulrich runzelte die Stirn. »Welche?«

»Erstens: Wer wäre wohl dazu in der Lage gewesen, Kräuter so sachkundig auszuwählen und so gut dosiert zusammenzumischen, dass deren Verabreichung augenscheinlich die Symptome der Pest hervorrufen?«

»Ein Apotheker! Ein Bader … oder ein Medicus?«, fragte Ulrich, der nur leise ahnte, worauf Nepomuk abzielte, zaghaft.

»Ja, mein Freund! Dies kann nur einer, der sich mit der Wirkung von Pflanzen auskennt. Hat Eginhard die Blätter und Wurzeln damals etwa nicht eindeutig identifiziert und festgestellt, dass sich darunter hauptsächlich giftige Gewächse befunden haben?«

Der Kastellan nickte.

»Denk doch nur an den Eisenhut, den Gefleckten Schierling … und hast du mir nicht erzählt, dass Eginhard in der Kammer des Arztes sogar die absolut tödliche Hundspetersilie entdeckt hat? Wozu benötigt ein einfacher Landmedicus, der eigentlich Krankheiten heilen sollte, derart giftige Drogen?«

»Das mag ja alles recht und logisch sein. Was du da sagst, weiß ich schon längst. Deswegen ist der Medicus ja verurteilt und aufgehängt worden. Du sagst mir also nichts Neues. Aber was ist der zweite Punkt, den du als Beweis anführen wolltest?«

Der Mönch lehnte sich fast genüsslich zurück, machte eine Pause und rieb sich bei dem Gedanken, recht haben zu können, die Hände: »Erinnerst du dich daran, als wir beim Kräutermann in Genhofen waren, um uns beide und Remig für die Überquerung des Hahnschenkels schminken zu lassen?«

»Na klar! Es ist ja noch nicht lange her.« Bei dem Gedanken daran musste er trotz der momentan beängstigenden Situation grinsen.

»Genau: Der Kräutermann! … Wie hieß der noch?«

»Tilman oder Til!«, wusste der Kastellan nicht mehr genau.

»Danke! Er hat bei unserem Besuch beiläufig erwähnt, dass der letzte Staufner, der ihn besucht habe, der Medicus war. Und dies zufällig, kurz bevor die ersten Menschen an der vermeintlichen Pest gestorben sind.«

»Ja, aber das ist ebenfalls nichts Neues, weil dies der Medicus vor dem Ausschuss zugegeben hat. Nachdem Eginhard die Sache aufgedeckt hat, wurde der Arzt gefangen gesetzt, vor Gericht gestellt und letztendlich sogar aufgeknüpft.«

»So weit, so gut. Aber was ist mit dem Totengräber?«

Der Kastellan ballte die Fäuste. »Obwohl ich ihn irgendwie immer in Verdacht gehabt habe, konnte ich nichts gegen ihn unternehmen.«

»Warum nicht?«

»Aus meiner Erfahrung als Gerichtsbeisitzer heraus wusste ich, dass die Aussagen eines unmündigen Knaben und eines jungen Mannes vor Gericht nichts oder kaum etwas wert sind und sie nicht ernst genommen würden, wenn sie das auf dem Kirchhof Gehörte Oberamtmann Speen oder Landrichter Zwick erzählten. Dazu kommt noch, dass ich es meinen Söhnen nicht zumuten wollte, vor einem 20-köpfigen Untersuchungsausschuss und später womöglich auch noch vor Gericht aussagen zu müssen. Der Richter hätte sie vermutlich derart auseinandergenommen, dass zumindest bei Diederich bleibende seelische Schäden zu befürchten gewesen wären. Außerdem hat mich Konstanze seinerzeit innig gebeten, unsere Buben aus allem herauszuhalten, damit sie die Geschichte, die sich auf dem Kirchhof zugetragen hat, schnellstens vergessen können und möglicher Bedrohung durch den damals unbekannten zweiten Mann vom Kirchhof entgehen. Was hätte es deiner Meinung nach also genützt, wenn schon der Untersuchungsausschuss und später auch das Gericht beim Verhör des unwürdigen Arztes nichts, aber rein gar nichts über eine Beteiligung des Totengräbers herausgefunden haben, obwohl man dem Medicus sogar mit der ›hochnotpeinlichen Befragung‹ gedroht hat.«

Um sich zu beruhigen, zog der Kastellan ein paar Mal an der Pfeife, bevor er seinen Standpunkt weiter begründete: »Ich war selbst bei den Verhören dabei und habe nicht den geringsten Anlass gehabt zu glauben, dass der Medicus, der zu diesem Zeitpunkt gewusst hat, dass sein Leben keinen Heller mehr wert ist, nicht alles sagen würde. Und vergiss nicht, dass ich mich außerdem mit anderen Dingen beschäftigen musste: Immerhin ist kurz darauf die echte Pest ausgebrochen. Dazu ist noch gekommen, dass die Probleme bei uns – und später auch bei den Bombergs – immer größer geworden sind.«

Der Kastellan legte seinen Kopf in die Hände, die er auf der Tischplatte wie zum Gebet gefaltet hatte.

Nepomuk wartete einen Augenblick, bevor er weitersprach: »Ich weiß, dass du es seit geraumer Zeit nicht leicht hast, bitte dich aber um Lodewigs willen dennoch, die Sache mit mir weiter zu besprechen. Auch wenn wir müde sind, Schlaf finden wir beide jetzt doch sowieso nicht, oder?«

Das Familienoberhaupt der Dreylings von Wagrain hob sein Haupt und nuckelte wieder an der Pfeife: »Du hast recht, Nepomuk. Bitte, fahr fort.«

»Ich danke dir, mein Freund. Ich werde mich kurz fassen. Also: Was glaubst du, hätte aus Sicht des Arztes und des Totengräbers geschehen müssen, wenn sie nicht verraten werden wollten? – Immerhin wussten sie nicht, was deine Söhne mitbekommen haben und mussten im schlimmsten Falle davon ausgehen, dass die Knaben alles gehört haben und die ganze Schweinerei aufdecken könnten.«

Obwohl er es immer schon geahnt hatte, klatschte sich Ulrich mit der flachen Hand so an die Stirn, als wenn er eine absolute Neuigkeit gehört hätte. »Natürlich! Sie hätten die Buben zum Schweigen bringen müssen.«

»Und genau dies hat der Totengräber versucht ... und letztlich auch getan: Zuerst hat er Didrik, den jüngsten Sohn der Blaufärber, mit deinem Diederich verwechselt. – Aber dies haben du und Konstanze ja schon längst vermutet.« Nepomuk legte eine kurze Pause ein, bevor er fortfuhr: »Dann hat er gefolgert, dass dessen älterer Bruder Otward ebenfalls auf dem Friedhof dabei war, weswegen er ihn in diesem Teich dort unten ermordet hat.« Während Nepomuk in Richtung des kleinen Gewässers zeigte, bestätigte der Kastellan dessen Aussage, indem er diese wütend konkretisierte: »Im Entenpfuhl. Der Saukerl hat Otward im Entenpfuhl ersäuft.«

»Ja! Aber irgendwann hat er gemerkt, dass er die Falschen zum Schweigen gebracht hat und ...«

»Also doch: Dann hat dieses Dreckschwein auch noch unseren Kleinen umgebracht! ... Irgendwie habe ich mir so etwas gedacht, wollte es aber nicht wahrhaben«, entfuhr es dem Kastellan, der sich dabei nicht gerade um einen leisen Ton bemühte, obwohl er seine Frau nicht aufwecken wollte.

»Sicher hast du von deinem stillen Verdacht niemandem etwas gesagt, weil du deine Frau schützen und sie nicht noch mehr beunruhigen wolltest.«

Der Kastellan nickte, bevor er dies bestätigte: »Ja, mein Freund – es war ja nicht einmal ein ernster Verdacht, sondern nur eine vage Vermutung. Außerdem hat es nicht den geringsten Anhaltspunkt, geschweige denn einen echten Hinweis auf ein Verbrechen an Diederich gegeben. Alles hat so ausgesehen, als wäre es ein Unfall gewesen.«

»Ich verstehe ...«

»Aber – verdammt noch mal – falls es nun doch kein Unfall gewesen ist, wie sollen wir dies jemals beweisen?«, schimpfte Ulrich aufgebracht.

»Hiermit«, triumphierte der Mönch grinsend und schmiss lässig einen halbvermoderten Lederbeutel auf den Tisch.

»Was ist das?«, fragte der aufgebrachte Familienvater irritiert. Nepomuk lachte auf. »Während du vorhin Konstanze wieder zu ihrem Lager gebracht hast, ist mir etwas eingefallen und ich bin in meine Kammer gegangen, um das hier zu holen.« Er zeigte auf den Lederbeutel und nahm ihn wieder an sich, um die Schleife zu öffnen. Langsam ließ er den Beutelinhalt auf den Tisch gleiten. Zur Verwunderung seines immer noch verdutzt dreinschauenden Freundes klimperte dabei so viel Geld auf den Tisch, dass es ihm schummrig vor den Augen wurde. Dazu kamen auch noch etliche Rosenkränze, Halsketten, Fingerringe und ein Schlüssel zum Vorschein.

»Und was ist das?«, fragte der Kastellan, während er auf ein kleines Leinensäckchen, das offensichtlich durch das schützende Leder des Beutels von der Feuchtigkeit noch nicht allzu angegriffen worden war, deutete.

»Gemach, gemach! Immer der Reihe nach«, versuchte Nepomuk, sein Wissen auszukosten.

Aber der Kastellan war nicht in der Stimmung für Rätselraten: »Nun mach schon«, pfiff er ihn an.

»Bevor ich dir sage, wo ich den Beutel gefunden habe, muss ich dir beichten, dass ich ihn – gleich nachdem ich ihn an mich genommen und in meine Kammer gebracht habe – weggeräumt und dann vergessen habe. Irgendwann ist er mir wieder eingefallen und ich habe ihn geöffnet. Dabei war ich genauso erstaunt wie du jetzt. Der Platz, an dem ich den Beutel gefunden habe, hat mich zum Nachdenken gebracht und mich nachforschen lassen.«

»Ja, in Dreiherrgottsnamen! Wo hast du diesen Scheißbeutel denn nun gefunden?«

»Das erzähle ich dir gleich. Lass uns zuvor den Inhalt durchgehen.«

Obwohl er merkte, dass sein Freund innerlich zu bersten drohte, legte Nepomuk die einzelnen Teile in aller Ruhe fein säuberlich nebeneinander und klatschte mit einer Hand so fest auf das Geld, dass ein paar Gulden vom Tisch kullerten.

»Auch wenn dies so viel Geld ist, dass es nur einem reichen Mann gehören kann, ist es lediglich ein Indiz und kein Beweis für den von mir vermuteten Besitzer. Ebenso verhält es sich mit dem mir durchwegs gebraucht erscheinenden Schmuck.«

»Mag sein«, antwortete Ulrich mit einer hilflosen Geste, die Nepomuk recht geben sollte. »Aber wer ist in Staufen schon reich?«

»Warte ab: Zwei der anderen drei Dinge können aufgrund meiner Recherchen einer ganz bestimmten Person zugeordnet werden.«

»Welche denn?«

»Du wirst gleich selbst drauf kommen.«

Nepomuk deutete auf das kleine Leinensäckchen. »Darin befinden sich zerriebene Blätter, von denen ich zuerst angenommen habe, dass es sich um Giftkräuter handelt. Aber aufgrund der Tatsache, dass der Beutel lange Zeit der Nässe ausgesetzt war, hatte ich mit dieser Meinung zunächst unrecht. Ich habe eine längere Zeit benötigt, um herauszufinden, worum es sich in Wirklichkeit handelt.«

»Um was denn, im Namen der Heiligen Jungfrau Maria?«, flehte der Kastellan seinen Freund an, ihn endlich aufzuklären.

»Um Misteln!«

Es herrschte eine Weile nachdenkliche Ruhe – so lange, bis Nepomuk zufrieden feststellte, dass sein Freund zwar nichts sagte, vor Neugierde aber schier zu platzen drohte. Wie immer, wenn er einen scholastischen Vortrag hielt, stand der hünenhafte Medizinprofessor auf, legte seine Hände auf den Rücken und lief im Raum auf und ab. »Also …« Er räusperte sich. »Misteln waren schon zu alemannischen Zeiten so etwas wie ein Talisman. Während der großen Pestwelle im 14. Jahrhundert haben viele, die mit den Infizierten zu tun hatten, Mistelzweige bei sich getragen, um sich vor Ansteckung zu schützen. Später wurde die Mistel zum magischen Amulett und gegen böse Mächte, auch zum Schutz vor Hexen, eingesetzt.« Nachdem er dies gesagt hatte, bekreuzigte sich der Diener Gottes.

»Und weiter?«, drängte Ulrich, der nicht lange warten musste, bis sich Nepomuk wieder gefangen hatte und weitersprach. »Von jeher wurde diesem Gewächs Heilkraft nachgesagt. Wenn das einfache Volk früher die Mistelzweige lediglich in Häusern und Ställen zum Schutz für Mensch und Vieh aufgehängt hat, werden diese heute wieder von all jenen, die mit Seuchen und Krankheiten zu tun haben, zu ihrem persönlichen Schutz am Körper getragen. Bader, Ärzte …«

»… und Totengräber«, ergänzte Ulrich den heilkundigen Mönch, der sich über die Klugheit seines adligen Freundes nicht wunderte.

»Ich habe gewusst, dass du schnell dahinterkommen würdest. Somit ist dir auch klar, dass hier in Staufen nur der Totengräber derart viel Geld und Schmuck in seinem Beutel haben kann«, folgerte er, bevor er die nächsten Dinge ansprach. »Gut, diese Rosenkränze mögen auch kein richtiger Beweis dafür sein, dass der Lederbeutel dem Totengräber gehört, da ja gerade in der heutigen Zeit jeder eine Gebetskette bei sich trägt. Aber wer schleppt schon so viele mit sich herum?«

»Genau neun Stück … und offensichtlich verschiedenster Machart und Herkunft. Dies ist genauso auffällig, wie die eindeutig getragenen Ringe und Ketten, die Verstorbenen abgenommen worden sein könnten«, ergänzte der Kastellan.

»Etwa Pesttoten?«

»Wer weiß …« Nepomuk wollte die Sache immer noch spannend machen, bevor er die Materialsichtung beendete, um zur endgültigen Beweisführung zu kommen und zum Finale furioso anzusetzen, indem er geheimnisvoll flüsterte: »So, jetzt haben wir noch diesen Schlüssel.«

»Weißt du auch, wohin der gehört?«

Der Mönch grinste. »Selbstverständlich: Zum Türchen der St. Martins-Kapelle im Friedhof!«

Jetzt erst erkannte der Kastellan den Schlüssel wieder, den er

Ruland Berging bei dessen Amtsantritt persönlich übergeben hatte.

»Wo du den Beutel gefunden hast, brauche ich dich jetzt sicher nicht mehr zu fragen«, warf er in den Raum.

Nepomuk nickte betroffen. »Unweit der Stelle, an der dein Sohn in den Tod gestürzt ist ... oder besser gesagt: gestürzt wurde.«

Obwohl der trauernde Vater dies bereits ahnte, blickte er seinen Freund ungläubig an. »Was sagst du da?«

»Es tut mir leid, Ulrich, aber ich kann es beweisen. Nachdem ich den Lederbeutel geöffnet habe, bin ich nochmals zur Südmauer, um dort alles genauestens zu untersuchen.«

»Und?«

Nepomuk legte stumm ein kleines Behältnis auf den Tisch und bekundete gesenkten Hauptes nochmals sein Bedauern.

Der Kastellan öffnete das Schächtelchen und sah darin ein paar blutverklebte Haare. Diederichs Haare.

»Obwohl die Mauer vermutlich abgewischt wurde, habe ich daran noch ...«

An dieser Stelle musste der Hüne eine kurze Pause einlegen, bevor er das Unglaubliche zu Ende sprach: »...Blutreste gefunden, an denen diese Haare geklebt sind. Dabei kann es sich nur um das Blut deines Sohnes handeln.«

Der Kastellan nahm das verklebte Büschel vorsichtig heraus und legte es sanft in eine seiner Hände, bevor er nickte. »Ja, das sind Diederichs Haare.« Er ballte die Faust, in der er sie hielt, und schrie: »Ich töte dieses Schwein!«

Selbst erschrocken über den heiligen Zorn, der ihn überkommen hatte, dachte er jetzt an Konstanze. Er stand auf und ging zur Schlafkammer, um nach ihr zu sehen. Als er merkte, dass die Tür einen Spalt weit geöffnet war, schwante ihm Schreckliches. Er streckte seinen Kopf vorsichtig hinein und sah sie – aufrecht sitzend, ein Kissen mit den Armen gleichzeitig so fest und doch so zart umschlingend, dass er wusste, wen sie da in ihren Armen zu halten glaubte. Als er etwas sagen wollte, kam sie ihm mit unerwartet scharfem Ton zuvor: »Du musst Lodewig finden, ... und wenn er tot ist, such seinen Mörder und bring ihn von mir aus um!«

Ulrich erschrak über das, was er gerade von seiner in solchen

Dingen sonst so besonnen denkenden Frau gehört hatte. Er ging zu ihr, setzte sich auf die Kante ihres Lagers, nahm sie zärtlich in den Arm und wiegte sich mit ihr, wie sie es stets mit ihren Kindern getan hatte, wenn sie nicht einschlafen konnten oder krank gewesen waren.

»Entschuldigung«, hörte er sie leise sagen.

»Ist schon gut, meine Liebe. Es ist einfach zu viel für dich. Ich verspreche dir, Lodewig zu finden. Und sollte ihm tatsächlich ein Leid geschehen sein, werde ich seinen Mörder mit aller mir zur Verfügung stehenden Macht suchen, finden und der Gerechtigkeit zuführen. Ich werde mich aber nicht mit ihm gleichstellen und mich ebenfalls zum Todesengel aufschwingen.«

Konstanze war über das, was sie vorher geäußert hatte, selbst entsetzt und wusste, dass sie von ihrem Mann etwas unglaublich Schreckliches verlangt hatte. Sie begann, haltlos zu weinen.

»Versprichst du mir das, Ulrich?«, schluchzte sie. »Ich meine, Lodewig gesund nach Hause zu bringen.«

»Schhht … Ganz ruhig, mein Schatz. Ihm wird schon nichts geschehen sein. Und jetzt versuch zu schlafen.«

»Ja«, hauchte die besorgte Mutter, während sie langsam die Hand ihres Mannes öffnete, Diederichs Haare herausnahm, sie küsste und ihre Hand darüber schloss.

Kapitel 45

EIGENTLICH WOLLTE DER TOTENGRÄBER sein Opfer noch an Ort und Stelle erschlagen haben. Er hatte den Stein schon in Händen gehabt, sich aber im letzten Augenblick vor dem tödlichen Hieb besonnen und über die Sache nachgedacht. Dieser lästige Bursche hat über einen langen Zeitraum hinweg meine Gedanken beherrscht. Genauso lange soll er jetzt in der Hölle schmoren, hatte er schließlich beschlossen und den Steinbrocken, anstatt auf Lodewigs Schädel, neben ihn auf den Boden knallen lassen.

Danach hatte er die Hände und Füße des Besinnungslosen

zusammengeschnürt und ihm einen Knebel in den Mund gesteckt, über den er zur Sicherheit auch noch ein Tuch gebunden hatte. Um in Ruhe den Leichenkarren holen zu können, hatte er sein besinnungsloses Opfer in das Loch zurückgestoßen, den Dreck aus der Nut gekratzt, damit er die Luke verschließen konnte, und hastig den schweren Stein als Gewicht daraufgelegt. Danach hatte er auch noch ein paar Bretter zum Kaschieren darübergeworfen. »Den hört und sieht hier niemand mehr. Ich kann die verdammte Karre holen«, murmelte er zufrieden und schlurfte in die Dunkelheit.

Als er kurze Zeit später zurückkam, warf er den schlaffen Körper des jungen Mannes auf das mitgebrachte hölzerne Gefährt und deckte ihn mit einer Plane zu. Um diese Uhrzeit waren die auch tagsüber menschenleeren Straßen und Gassen des Dorfes sowieso wie ausgestorben. Auch wenn jemand das knarzende Geräusch, das der Eisenbeschlag der beiden Räder auf den Kieselsteinen und den teilweise gepflasterten Straßen verursachte, hören sollte, würde man sich nichts dabei denken und nicht einmal den Kopf aus dem Fenster herausstrecken, weil man glaubte, dass es Fabio wäre, der seiner Arbeit nachging.

Es war stockdunkel. Seit vor fast zwei Stunden die beiden Trupps die Suche nach Lodewig aufgegeben hatten, kümmerte sich sowieso niemand mehr um das, was draußen vor sich ging. So zog der Totengräber den Karren nahezu unbemerkt vom Unterflecken durch das Dorf bis zum ›Löwen‹ hoch, von wo aus der Weg steil abfiel. Sein Ziel war wie geplant die Pestkapelle in Weißach, in der er Lodewig einzusperren gedachte. Er konnte sich absolut sicher sein, dass sich dort außer ihm selbst und Fabio derzeit niemand hinwagte. Und Fabio würde er die nächste Zeit zurückpfeifen, sodass sein zuweilen übereifriger Helfer nicht einmal in die Nähe der Pestkapelle kommen würde.

Gegen ein paar Tage Erholung nach seiner Erkrankung wird der Bursche ja wohl nichts einzuwenden haben, dachte sich der Totengräber zufrieden, obgleich er eigentlich noch nicht so recht wusste, was er mit seinem Opfer zu tun gedachte. Er wusste nur, dass er letztendlich von Fabios dortigem Leichenhaufen die obersten Toten herunternehmen und Lodewig dazwischenpacken würde – tot oder lebendig. Zuvor aber würde er dessen auffällige noble Gewandung gegen einen alten Fetzen eintauschen. Nur so konnte er sicher sein, dass der Sohn des Kastellans niemals erkannt, zumindest aber bis zum nächsten Frühjahr unentdeckt blieb und er selbst genügend Zeit hatte, um seine Flucht aus Staufen vorzubereiten. Bis dahin gedachte er abzusahnen, wo es noch möglich war, auch wenn sich die Sache jetzt – gemessen an den guten Geschäften der vergangenen Monate – kaum noch lohnte.

⚘

Da auch der Blaufärber keinen Schlaf fand, hörte er das durch den Leichenwagen verursachte Gerumpel und blickte zum Fenster hinaus.

»Gott sei dieser armen Seele gnädig«, murmelte der gottesfürchtige Mann und bekreuzigte sich. Das wird unsere morgige Suche nicht gerade erleichtern, dachte er, als er sah, dass es zu allem Überfluss auch noch zu schneien begonnen hatte.

Dies hatte zur Folge, dass es auch für den Totengräber zunehmend ungemütlicher wurde. Bald klatschte ihm der starke Schneeregen wie Nadelstiche entgegen. Um sich zu schützen, zog er sich die Kapuze tief ins Gesicht. Da ein Auge blind war, sah er sowieso schon schlecht. Jetzt aber konnte er kaum noch etwas erkennen und kam deswegen mehrmals fast vom Weg ab. Da es auch noch rutschig geworden war, hatte er große Mühe, den klobigen Karren zu halten. Um zu verhindern, dass das Gefährt mitsamt seiner Ladung in einen Graben rutschen oder gar den Berg hinuntersausen konnte, musste er sich umdrehen und sich mit aller Kraft den Buckel hoch dagegen stemmen. Er hatte das Gefühl, dass sich alle, die er in seinem Leben umgebracht oder betrogen hatte, am hinteren Teil des Gefährts versammelt hatten und ihn direkt in die Hölle schieben wollten.

»Kruzifix aber auch! Wenn's bergab geht, schieben alle Teufel! Bergauf würde dir kein einziger Heiliger helfen, wenn du ihn rufen würdest«, fluchte ausgerechnet derjenige, der niemals einen Heiligen anrufen würde.

Zu seinem Leidwesen merkte er jetzt, dass das Gerangel mit Lodewig auch an seinen Kräften gezehrt hatte. Nur mühsam kam er vorwärts.

»Verdammte Scheiße«, schrie er und stützte sich mit aller Kraft gegen den immer stärker nach unten schiebenden Karren.

Aber Ruland Berging schaffte es nicht mehr, der Schwerkraft Herr zu werden. Wenn er nicht verletzt werden oder gar sein Leben riskieren wollte, musste er jetzt besonnen, und vor allen Dingen blitzschnell, handeln. Als das Gefährt endgültig aus der Spur zu rutschen drohte, nahm er schlagartig seine Hände von den Griffen. Es gelang ihm gerade noch, die Arme einzuziehen und sich kerzengerade unter den Karren, der jetzt mit Gepolter über ihn hinwegsauste, zu werfen.

Dass er dabei das Glück gehabt hatte, genügend Platz zwischen den großen Scheibenrädern zu haben, und er sich bei seinem Rettungsversuch lediglich die Stirn angeschlagen hatte, versöhnte ihn nicht mit seiner Situation. Hastig versuchte er aufzustehen, schlug aber immer wieder auf den mittlerweile eisglatten Boden. Sein Vorhaben, dem Gefährt nachzurennen, um es doch noch irgendwie aufzuhalten, musste er so schnell aufgeben, wie ihm der dumme Gedanke gekommen war. Durch die Dunkelheit und das Schneegestöber bekam er nur noch vage mit, wie es bei der nächsten Kurve krachte und etwas in hohem Bogen in eine Wiese geschleudert wurde. Der Karren überschlug sich ein paar Mal, kam aber wieder auf die stabilen Räder und raste weiter den steilen Buckel hinunter.

»Verdammt! Hätte ich doch nur nicht diese verflixte Abkürzung genommen«, fluchte der Totengräber, als er endlich wieder einigermaßen fest auf seinen Beinen stand.

Während er sich seitlich weiter den rutschigen Hang hinuntermühte und dabei die Hacken in den leicht verschneiten, stellenweise matschigen oder vereisten Boden schlug, versuchte sein Blick, sich durch die dunkle Wand zu bohren. Hastig schnaufend arbeitete er sich mühsam nach unten, fiel aber schon wieder auf den Boden und rutschte das steile Stück so weit hinunter, bis er unsanft gegen die Trümmer seines Leichenkarrens knallte und eine Zeit lang benommen liegen blieb. Als er sich endlich wieder aufgerappelt hatte und merkte«, dass seine Blessuren zwar schmerzten, sich aber in erträglichen Grenzen hielten, stellte er fest, dass nicht nur der Karren in seine Einzelteile zerlegt war, sondern auch noch die Ladung fehlte. Der Entführer überlegte, was er tun sollte, und entschloss sich dazu, als Erstes die jetzt unbrauchbaren Holzteile des Karrens über eine kleine Kuppe in die Wiese zu verfrachten, damit man sie nicht so schnell finden würde. Dabei hoffte er jetzt auf das, was ihm bisher das Leben schwer gemacht hatte: auf möglichst viel Schnee, der die Holztrümmer bedecken würde.

Als er mit seiner Arbeit fertig war, hangelte er sich auf allen Vieren den steilen Buckel so weit hinauf, bis er glaubte, an der Stelle zu sein, an der vorher etwas durch die Luft geflogen war. Er ging davon aus, dass dies nur Lodewig gewesen sein konnte.

Dort muss der Bursche irgendwo liegen, dachte er, fand ihn aber trotz fieberhafter Suche nicht. Fluchend durchsuchte er das ganze umliegende Areal.

Dummerweise hatte es noch nicht so viel geschneit, dass der Schnee auf dem kaum hinreichend gefrorenen Boden liegen geblieben wäre.

Dieser lästige Arsch hätte sowieso keine Spur hinterlassen, weil es ihn durch die Luft vom Wagen in die Wiese gewirbelt hat. Was mach ich also hier?, überlegte er, suchte dennoch weiter.

Aber keine Spur von Lodewig. Der Totengräber dachte darüber nach, was zu tun wäre. Einerseits wollte er den Burschen noch etwas leiden lassen, weil der ihm über einen langen Zeitraum hinweg den Schlaf geraubt hatte. Andererseits wäre es ihm scheißegal, wenn Lodewig bei lebendigem Leibe einschneien und dabei erfrieren würde, … falls er den Sturz überhaupt schadlos überstanden hatte. Ruland Berging blickte kritisch in den Nachthimmel.

Wenn mit diesem Schneesturm der Winter Einzug hält, ist alles in Ordnung, dann brauche ich mich nicht mehr um ihn zu kümmern. Bis man diesen Körper im nächsten Frühjahr findet, bin ich längst über alle Berge. Aber was ist, wenn es noch nicht genügend schneit? Anfang Dezember ist dies nicht sicher. In dieser unwirtlichen Gegend weiß man nie, wann und mit welcher Wucht der Winter hereinbricht, überlegte er.

Da ihm die Sache zu unsicher war und es ihm sowieso lieber war, sein Opfer noch ein bisschen zu quälen, bevor er Staufen verlassen würde, beschloss er, seine Suche trotz der ungemütlichen Kälte und der Nässe, die ihm zunehmend die Beine hochkroch, fortzusetzen. Und seine Ausdauer sollte belohnt werden: Es dauerte zwar eine Weile, aber er fand Lodewig ein ganzes Stück abseits des Platzes, an dem er ihn bisher vergeblich gesucht hatte.

»Endlich hab' ich dich«, brüllte der Totengräber den regungslosen jungen Mann an.

Als er sich schwer atmend auf sein Opfer setzte, um zu verschnaufen, spürte er, wie sich dessen Brustkorb senkte und hob. Ruland Berging blickte Lodewig ins Gesicht und schlug ihm schließlich so lange mit der flachen Hand links und rechts auf die Wangen, bis er die Augen aufschlug.

»Du lebst. Umso besser!«, hauchte er dem geschundenen Sohn des verhassten Kastellans ins Ohr.

Jetzt galt es, den lästig gewordenen Ballast irgendwo zu verstecken. Aber zur Pestkapelle war es noch weit. Während der Totengräber sich nach allen Seiten umsah, fiel ihm die Höhle ein, in der er vor einiger Zeit schon einmal gewesen war, um den kleinen Blaufärbersohn Didrik umzubringen. Es kam ihm wie eine Fügung des Schicksals vor, dass sich diese Höhle nicht nur in unmittelbarer Nähe, sondern auch noch etwas unterhalb seines jetzigen Standpunktes befand. So würde es ihm trotz seiner Schwäche gelingen, Lodewig dorthin zu schleifen.

»Dort kann ich dich zwischenlagern und morgen immer noch in die Pestkapelle schaffen, ... falls du dann überhaupt noch lebst.« Der Totengräber lachte so hässlich auf, dass es über das Weißachtal hallte.

Von alledem bekam Lodewig, der wieder in eine gnädige Besinnungslosigkeit gesunken war, nichts mit.

Kapitel 46

DER KASTELLAN ZOG ES VOR, sich noch vor Tagesanbruch für die Suche nach seinem mittleren Sohn zu rüsten, anstatt wie geplant zuvor mit den Frauen über dessen Verschwinden zu sprechen. Etwas übernächtigt, machte er sich mit Nepomuk, Ignaz und Rudolph auf den Weg zum Färberhaus, um von dort aus die Suche nach dem Vermissten aufzunehmen. Zuvor aber wollte er noch Lodewigs Wams holen und sich um die tote Frau kümmern. Er hatte sich selbst bereits mehrmals dafür gescholten, dies aus Angst vor der Pest nicht gleich gestern getan zu haben, schob sein Versäumnis letztlich aber auf seine innere Anspannung.

Als die Männer in die düstere Gasse einbogen, in der sie die Tote wähnten, sahen sie im Dunst des Morgennebels, dass sich irgendetwas bewegte. Aber sie konnten nicht gleich erkennen, um was es sich handelte.

Während sie langsam näher traten, zog der Kastellan seinen Degen. Nepomuk holte seine Doppelaxt hervor und deutete dem unbewaffneten Ignaz zurückzubleiben. Der in Kampfesdingen nicht besonders erfahrene Stallknecht blickte sich nach einem Prügel um, den er notfalls als Waffe würde benützen können, fand aber aufgrund des allgemeinen Holzmangels keinen.

Derweil tasteten sich die anderen drei so weit vor, bis sie erkannten, weswegen sich Ignaz fast in die Bruche gemacht hätte: Krähen! Ein halbes Dutzend Krähen, die – gierig umkreist von einem klapprigen und offensichtlich geschwächten und feigen Hund – auf der toten Frau saßen und sich so intensiv mit ihr beschäftigten, dass sie die näher kommenden Männer nicht gleich bemerkten. Dementsprechend sah die Frau jetzt auch aus. Offensichtlich war bisher niemand auf den Gedanken gekommen, die Leiche von der Straße zu ziehen und an eine Hauswand zu lehnen, wie es allseits üblich geworden war, wenn sie von Fabio abgeholt werden sollte.

Nachdem der Kastellan mehrmals in die Hände geklatscht hatte, um die verfressene Meute zu vertreiben, stellte er fest, dass jemand hier gewesen sein musste, der Lodewigs Wams gebrauchen konnte. Jedenfalls fehlte das wertvolle Gewandungsstück. »Kruzitürken noch mal! Die Tote ist noch da, aber Lodewigs Lederwams fehlt«, fluchte er, während er sich suchend nach allen Seiten umblickte. »Ich hätte es vergangene Nacht doch gleich mitnehmen sollen«, bemerkte er mit einem vorwurfsvollen Blick in Richtung Nepomuk.

»Du hast ja recht«, gab der Mönch betroffen zu und ergänzte schuldbewusst, »außerdem hätten wir uns auch sofort um die Tote kümmern müssen.« Ihm war jetzt erst klar geworden, dass es gestern nicht gut war, seinen Freund davon abzuhalten, das Wams mitzunehmen und die Frau einfach so liegen zu lassen. »Aber die Suche nach Lodewig hat schließlich Vorrang gehabt«, sagte er noch zu seiner Entschuldigung.

Nachdem sich auch Ignaz' entsetzter Blick von der Leiche gelöst hatte, suchten alle noch die Umgebung nach Lodewigs Wams ab, bevor sie sich erfolglos auf den Weg zum Blaufärberhaus machten.

Da sich niemand um die Tote gekümmert hatte, sie immer noch fast nackt da lag und allein schon deswegen kein Anblick für gläubige Katholiken war, erbarmte sich Nepomuk. Er zog die Frau beiseite, legte sie vor ein Haus, wo er sie bedeckte und ihr die Hände faltete.

Als sie bei der Färberei ankamen, stand Hannß Opser schon parat und klagte: »Ich habe die ganze Nacht kein Auge zugetan.«

»Wir auch nicht. Dann kann es ja sofort losgehen«, drängte der Kastellan zur Eile. »Gut, dass es zu schneien aufgehört hat«, kommentierte er noch die Wetterlage.

»Ja«, entgegnete der Blaufärber nickend. »Als ich heute Nacht das Geklapper des Leichenkarrens gehört habe, bin ich zum Fenster, um kurz rauszuschauen. Ich habe schon die Befürchtung gehabt, dass es die ganze Nacht schneien und der Schnee die letzten Spuren Eures Sohnes verdecken würde.«

Ulrich Dreyling von Wagrain packte ihn am Unterarm. »Was sagt Ihr da? ... Hat Fabio den Karren gezogen?«

»Nein! Nein«, winkte der Blaufärber fast lächelnd ab. »Zu meiner Verwunderung hat der Totengräber zu dieser nächtlichen Stunde selbst gearbeitet. Da ich meistens diesen verwilderten Knaben mit vollbeladenem Leichenkarren in Richtung Weißach ziehen und leer wieder zurückkommen sehe, habe ich mich darüber gewundert.«

»Habt Ihr ihn noch in der vergangenen Nacht oder heute früh zurückkommen sehen?«

Hannß Opser schüttelte den Kopf. »Weder noch! Ich habe mich dann wieder in die Schlafkammer zurückgezogen, von wo aus ich das Geschepper des Karrens nicht noch einmal gehört habe. Womöglich bin ich doch ein wenig eingenickt.«

»Ihr wisst also nicht, ob er wieder zurückgekommen ist?«
Hannß Opser schüttelte den Kopf.

Der Kastellan wirkte jetzt unruhig und teilte Ignaz, Rudolph und den Blaufärber hastig dazu ein, im Dorfzentrum und in Richtung Kalzhofen nach Lodewig zu suchen. »Und dass ihr mir ja in jeder Ecke nachschaut«, beschwor er die drei Männer, bevor sie abzogen. »Ach ja«, rief er ihnen noch nach, »zuvor aber kümmert ihr euch um die tote Frau. Bitte!«

»Er hat tatsächlich ›Bitte‹ gesagt«, wunderte sich Rudolph.

⊷☙⊶

»Was ist denn plötzlich in dich gefahren?«, fragte Nepomuk, der hinter Ulrich herrennen musste, wenn er ihn einholen wollte.

»Das wirst du schon noch sehen.«

Als sie ein Stück des Weges hinter sich gelassen hatten, brach der Kastellan sein Schweigen und erzählte dem ausnahmsweise nicht besonders gut gelaunten Mönch von seinem unguten Gefühl, der Totengräber könnte Lodewig verschleppt haben.

»Vielleicht hat er ihn nach Weißach gebracht? Jedenfalls ist nicht sicher, dass Ruland Berging von dort wieder zurückgekommen ist. Die Pestkapelle wäre ein sicherer Platz. Dort traut sich außer den Leichenbestattern zurzeit niemand hin.«

»Hm«, knurrte Nepomuk nur.

Die Hoffnung, Lodewig dort zu finden, ließ ihre Schritte schneller werden. Dummerweise nahmen sie kurz vor der Stelle, an der vergangene Nacht der Karren zersplittert war, eine Abkürzung durch die Felder. Hätten sie dies nicht getan, wären ihnen die *Leisen* im Dreck, die der Karren hinterlassen hatte, der zerstörte Zaun und einige Holzsplitter, die der Totengräber aufgrund der Dunkelheit und des frisch gefallenen Schnees beim Aufräumen übersehen hatte, aufgefallen.

⊷☙⊶

Währenddessen begab sich auch Ruland Berging auf den Weg nach Weißach. Allerdings war sein erstes Ziel nicht die Rochuskapelle, sondern die ›Todeshöhle‹, wie er das fantastische Tropfsteingebilde, in dem er Lodewig vergangene Nacht zurückgelassen hatte, jetzt höhnisch nannte.

Da er ihm die Hände nur mit seinem Schneuztuch auf dem Rücken zusammengebunden hatte und dieses für einen Mundknebel nicht mehr ausgereicht hatte, befürchtete er, sein mit einem Strick an einen *Stalagmiten* gebundenes Opfer hatte sich selbst befreien oder nach Hilfe rufen können. Da in der Nähe der Höhle kein Anwesen ist und die Leute sowieso kaum aus den Häusern gehen, muss ich mir diesbezüglich eigentlich keine Gedanken machen, beruhigte er sich selbst.

Dennoch hatte er Sorge, dass jetzt noch, kurz bevor er endgültig aus Staufen zu verschwinden gedachte, etwas Unvorhergesehenes geschehen könnte. Zu stark hatten sich die Bilder des am Galgen hängenden Arztes Heinrich Schwartz in sein Gedächtnis eingebrannt. In den letzten Tagen war der zuvor kaltblütige Mörder zunehmend ängstlicher ... und vorsichtiger geworden. Er spürte, dass irgendetwas Ungutes in der Luft lag.

Für ihn sollte es dennoch ein guter Tag werden. Fabio würde sich nicht blicken lassen und er hatte viel vor, um seine sinnlosen Rachegelüste zu befriedigen. Dafür war er gut gerüstet: Er hatte mehrere Kälberstricke, ein paar Fleischerhaken, unterschiedliche Zangen, einen Hammer, anderes Werkzeug und Nägel aller Größen zusammengekramt und in seiner Tasche verstaut. Darüber hinaus hatte er etwas trockenes Brot und einen großen mit Wasser gefüllten Krug dabei.

Der Sohn des Kastellans soll weder sofort verdursten noch verhungern. Dadurch werde ich mich bei ihm für Heinrichs Tod rächen. Außerdem hat mir dieser Dreckskerl lange genug den Schlaf geraubt. Dafür wird er jetzt eines qualvollen Todes sterben, nahm sich der Totengräber vor.

Lodewig war in einem miserablen Zustand und hatte am ganzen Körper schmerzende Blessuren, die ihn in der vergangenen Nacht nicht zur Ruhe hatten kommen lassen. Körper und Geist waren ständig zwischen einem komatösen Zustand und halbem Wachsein hin- und hergewechselt. Dennoch hatte die Stille des Dunkels seine Sinne geschärft.

Obwohl durch den Höhleneingang nur wenig des wintergrauen Lichts einfiel, erkannte Lodewig inmitten der bizarren Tropfsteingebilde unweit vor sich die Konturen eines menschlichen Körpers.

»He!«, presste er mühsam heraus. »Wer seid Ihr? Könnt Ihr mir helfen?«

Als er trotz mehrmaligen Ansprechens keine Antwort bekam und bei dieser Person nicht die geringste Bewegung ausmachen konnte, saugten sich seine Blicke so lange daran fest, bis er erkannte, dass dieser Mensch nichts mehr sagen konnte, weil er tot war. Um wessen sterbliche Überreste es sich dabei handelte, wusste Lodewig nicht gleich. Aber er sah, dass es ein Kind war.

Schlagartig fiel ihm der vermisste Sohn des Blaufärbers ein: »Didrik?«

Obwohl ihn bei diesem Gedanken schauderte und er sich am liebsten vergewissert hätte, hatte er jetzt keine Zeit für momentan unnütze Überlegungen. Lodewig hörte Schritte auf dem verharschten Grasboden vor der Höhle. Er wusste nicht, ob er jetzt um Hilfe rufen oder dies besser lassen sollte. Um zu ergründen, ob die Schritte näher kamen, konzentrierte er sich mit all seinen Sinnen darauf und hielt ein Ohr in Richtung Höhleneingang.

Dieses verdammte Getropfe!, verteufelte er das einzige Geräusch, das er – außer zwischendurch ein Fledermausgepfeife und -geflattere – die ganze Nacht über gehört hatte.

Sollten sich die Schritte der Höhle nähern, würde es sich nur um seinen Peiniger handeln können. Andernfalls – so nahm sich Lodewig vor – würde er versuchen, durch Geräusche auf sich aufmerksam zu machen. Aber er musste die Hoffnung schnell aufgeben. Es war tatsächlich der Totengräber, der auf die Höhle zukam. Wer sollte sich – gerade um diese Jahreszeit – auch sonst hierher verirren? Aufgrund seines Zustandes hätte es der Sohn des Kastellans sowieso nicht geschafft zu schreien, geschweige denn aufzustehen und nach draußen zu laufen.

»So, mein Freundchen! Jetzt unternehmen wir einen kleinen Ausflug«, hallte es durch den Höhleneingang herein.

Lodewigs Augen schmerzten, als der helle Schein einer Öllampe in das Höhleninnere drang und Bewegung in die Fledermauskolonie brachte.

Der Totengräber war erleichtert, dass aus seiner Sicht alles in Ordnung war, und befasste sich sogleich mit seinem Opfer. Während er es gewaltsam hochzerrte und dabei Wahnsinnsschmerzen in dessen sämtlichen Gliedern verursachte, fiel Lodewigs Blick wieder auf die kleine Gestalt, die er jetzt im Lichterschein besser sehen konnte. Er musterte die teilweise mumifizierte, teilweise skelettierte Leiche, konnte aber aufgrund der total vermoderten Gewandung nicht erkennen, ob es sich um einen Buben oder ein Mädchen, geschweige denn, ob es sich tatsächlich um Didrik handelte. Außerdem hatte er den jüngsten Sohn der Blaufärber nicht besonders gut gekannt. Als der Totengräber merkte, dass Lodewigs Blick an dem bewegungslosen Körper hing, drohte er ihm mit dem gleichen Schicksal. »Mit diesem Knaben hat die ganze Scheiße angefangen. Ich habe ihn versehentlich anstatt deines jüngeren Bruders getötet.«

Lodewig verstand den Wert und die Kraft dieser Aussage nicht.

»Wer ist das?«, fragte er kaum vernehmbar, anstatt das soeben Gehörte zu verarbeiten.

Ruland Berging brach in schallendes, und von den Wänden hallendes, Gelächter aus: »Na, wer schon? Didrik Opser, der jüngste Sohn des Blaufärbers!«

Also doch, dachte Lodewig, in dem es trotz seiner Schmerzen zu brodeln begann.

Während der Totengräber etwas in seiner Tasche zu suchen schien, erzählte er mit unüberhörbarem Triumph, dass er auch Otward, den älteren Bruder des Kleinen, umgebracht habe: »Den habe ich im Entenpfuhl ersäuft. Und dafür, dass er mir dabei ein Auge zerstört und aus meinem Gesicht eine hässliche Fratze gemacht hat, wirst du jetzt büßen. Du wirst bald deinem kleinen Bruder in den Tod folgen«, verkündete er emotionslos. »Und weißt du auch, warum?«

Jetzt erst vermochten es Lodewigs Gedanken, sich langsam zu ordnen und die Information zu verarbeiten. Ihm schwante Fürchterliches. »Wegen ...«, er brachte es kaum heraus, »... wegen der Sache auf dem Kirchhof habt Ihr diese beiden und ...«

»... deinen kleinen Bruder umgebracht«, vollendete der Totengräber die Frage und lachte hämisch auf. »Und jetzt beende ich mit dir das Ganze in aller Ruhe.«

»Aber wir haben damals doch fast nichts gehört und überhaupt nicht verstanden, um was es gegangen ist«, versuchte Lodewig, den gemeinen Mörder zur Vernunft zu bringen und dadurch sein Leben zu retten.

Als er dies hörte, stutzte der Totengräber zwar, beendete aber dennoch seine Arbeit und löste den Knoten an Lodewigs Händen. Dies tat er aber nicht, um sein Opfer freizulassen, sondern nur, um sie jetzt vorne zusammenzuschnüren.

Obwohl der Gefangene einen Moment lang daran dachte, die Gelegenheit zu nutzen, um zu fliehen, verwarf er diesen Gedanken sofort wieder. Selbst wenn es ihm gelänge, den Totengräber mit aller Wucht wegzustoßen, hätte er nicht die Kraft, seiner zuerst Herr zu werden und dann davonzurennen. Also blieb ihm nichts anderes übrig, als sich erneut fesseln zu lassen.

Als der wüste Geselle damit fertig war, schnappte er sich seine Behältnisse und tastete sich zum Höhlenausgang. Dort blickte er sich vorsichtig um, bevor er seinen Gefangenen nach draußen zerrte.

Auf dem Weg zu dem Ort, an dem Lodewig auf das Grausamste gemartert werden sollte, schwiegen beide. Da weit und breit kein Haus war, musste der Totengräber lediglich an der Hammerschmiede, bei der es noch steiler bergab ging als bisher, darauf achten, von niemandem gesehen zu werden. Obgleich der junge Mann Todesangst hatte, versuchte er nicht mehr, den Totengräber von seinem Vorhaben abzubringen oder gar um Gnade zu winseln. Immerhin war er ein Dreyling von Wagrain!

Während sie so dahinschlurften, liefen in ihm die Erinnerungen an seinen toten Bruder Diederich ab. Dabei kamen ihm auch die anderen Familienmitglieder in den Sinn: Ob Eginhard wohl bald nach Hause käme? So nach und nach fielen ihm viele gemeinsame Streiche ein, und es huschte trotz seiner bedauernswerten Lage ein Lächeln über sein Gesicht. Irgendwie war er in diesem Moment besonders stolz darauf, der Sohn des adligen Staufner Schlossverwalters zu sein. Lodewig liebte seine Familie … und natürlich Sarah und seinen Sohn, bei denen er gedanklich verweilte. Ihm wurde langsam klar, dass er sie nie wiedersehen würde. Wenngleich ihm durchaus danach war, bedauerte er nicht sich selbst, sondern diejenigen, die bald um ihn trauern würden: »Meine arme Mutter«, entwich es ihm. Was muss sie noch alles mitmachen? Hoffentlich übersteht sie auch das?, sinnierte er traurig.

»Hör auf zu jammern«, fuhr ihn der Totengräber an und zog so ruckartig am Strick, dass sich Lodewig nicht mehr auf den Beinen halten konnte und stürzte. Da seine Hände eng zusammengebunden und sogar seine Füße so aneinandergefesselt waren, dass er nur kleine Schritte machen konnte, war es unmöglich, sich schnell genug abzustützen. So war es unvermeidbar, mit dem Gesicht so fest auf den Boden zu knallen, dass er sich fast das Nasenbein brach.

Aber dem Totengräber war das einerlei. Er kannte kein Erbarmen und zerrte sofort wieder am Strick. »Nun komm schon! Zur Kapelle ist es nicht mehr weit«, schrie er den Gepeinigten an, während er immer ungeduldiger wurde.

Da Lodewig jetzt wusste, wohin er gebracht werden sollte, ahnte er, dass ihn dort Schreckliches erwartete. So hatte er es nicht eilig, an diesen allseits gemiedenen Ort der Toten zu kommen. Selbst wenn er es eilig gehabt hätte, käme er aufgrund seiner schmerzenden Verletzungen und der Fußfesseln nicht schneller voran, auch wenn ihn der Totengräber wie ein Stück Vieh hinter sich herzog. Je fester dieser am Strick zerrte, umso öfter stürzte Lodewig und verzögerte dadurch das ohnehin schon mühsame Vorwärtskommen. Allerdings verhinderte er dadurch unwissentlich, vielleicht gerettet werden zu können.

※

Als sie an die einzige Brücke, die über den Weißachbach führte, gelangten, hörten sie plötzlich Stimmen, die von der gegenüberliegenden Seite des Baches zu kommen schienen. In Lodewig keimte schlagartig Hoffnung, sein Herzschlag begann zu rasen. Als aber der Totengräber auch noch schemenhafte Schatten zwischen den Bäumen jenseits des friedlich vor sich hin gurgelnden Gewässers sah und merkte, dass sein Gefangener schreien wollte, reagierte er blitzschnell und hielt ihm den Mund zu, während er ihn ein Stück zur Seite zerrte. Er schleifte ihn bis zu Wagingers Stadel und schubste ihn rüde dahinter. Indem er zuerst mit dem Zeigefinger an seinen Mund zeigte, dann mit der flachen Hand an seinem Hals entlangfuhr, während er die Zunge herausstreckte und sein gesundes Auge aufriss, deutete er dem auf dem Boden Liegenden, keinen Muckser von sich zu geben, wenn er nicht die Kehle durchgeschnitten haben wollte. Zur Unterstreichung seiner Drohung zog er einen Kurzdolch aus der Scheide, die versteckt an seinem linken Unterschenkel befestigt war. Dies wirkte, und Lodewig nickte als Zeichen dafür, dass er verstanden hatte.

Als der Totengräber einen der beiden, die jetzt über die Brücke liefen, erkannte, erschrak er und ging auf Nummer sicher, indem er Lodewig einen so festen Schlag verpasste, dass dieser besinnungslos wurde.

»Ich hätte dir gleich das Maul stopfen sollen«, murmelte er und zog den schlaffen Körper noch ein Stückchen weiter aus dem Sichtfeld der beiden. Langsam schlich er sich wieder nach vorne bis zu einer Ecke des Stadels, um gleich darauf vorsichtig hervorzuspitzeln.

Glück gehabt! Wären wir nur ein paar Augenblicke früher an der Brücke gewesen, hätte es gut sein können, dass wir uns mitten auf dem Steg begegnet wären. Wenn wir aber schon auf der anderen Seite des Baches gewesen wären, hätte ich nicht die geringste Möglichkeit gehabt, mich und mein Opfer zu verstecken, freute sich der Totengräber, der auch dankbar dafür sein konnte, dass der wenige Schnee in diesem tief gelegenen Tal nur an den schattigsten Stellen liegengeblieben war. Da der Totengräber sorgsam darauf geachtet hatte, diese Stellen nicht zu betreten, waren kaum verräterische Spuren zu sehen. Hätte es auch hier unten richtig geschneit, würde es einerlei sein, ob man ihn und Lodewig direkt sehen würde – die frischen Spuren hätten sie so oder so verraten.

Da der Kastellan und der riesenhafte Mönch direkt auf ihn zusteuerten, währte die Freude aber nicht lange. »Ich brauche jetzt etwas Abstand von dem, was wir gesehen haben. Lass uns an dem Stadel dort kurz die nährende Kraft der Sonne einsaugen, bevor wir uns weiter auf den Weg ins Dorf hoch machen«, schlug Nepomuk fast ein bisschen pathetisch vor.

»Aber nur kurz«, willigte der Kastellan schmunzelnd ein. »Trotz der Sonne ist es kalt.«

Was haben die denn vor?, fragte sich der Totengräber erschrocken.

Ihm war klar, dass er geliefert sein würde, wenn sie ihn und Lodewig entdecken würden. Während er überlegte, was er jetzt tun sollte, verschwand er hastig hinter dem Stadel. Zum Glück war die morsche Tür unverschlossen und wurde nur mit einem Holzpfahl gegen den total verzogenen Rahmen gedrückt. Um sie öffnen zu können, zog er den Pfahl vorsichtig weg und lehnte ihn seitlich an die Wand.

Nur kein Geräusch verursachen, bläute er sich ein. Dies gelang ihm zunächst auch. Als er aber Lodewig ins Stadelinnere zog, blieb dessen Beinkleid an einem Nagel der Tür hängen. Der Totengräber musste sein Opfer loslassen, um zu verhindern, dass sie zufiel und dadurch möglicherweise verräterischen Lärm machte. Auch dies glückte ihm gerade noch. Dabei konnte er aber nicht voraussehen, dass der Pfahl die Wand entlang langsam auf den Boden rutschte und dabei ein schabendes Geräusch verursachte.

»Pssst! Hast du das gehört?«, fragte Nepomuk und hielt Ulrich am Ärmel fest. Aber dem Kastellan war nichts aufgefallen, weil er sich kurz zuvor gedankenverloren umgedreht hatte und ein paar Fuß zurückgelaufen war, um zwischen den Bäumen die Rochuskapelle, die man jetzt als ›Pestkapelle‹ bezeichnete, ausmachen zu können. »Wie? Was meinst du?«

»Ich habe dich gefragt, ob du etwas gehört hast.«

»Nein! Was soll ich denn gehört haben? Meine Gedanken waren woanders. Ich habe gerade beschlossen, dem Grafen vorzuschlagen, eine Steinmauer um den Pestfriedhof hochziehen zu lassen, damit den bedauernswerten Opfern der wohl schlimmsten Zeit, die Staufen je erlebt hat, ein würdiger Platz gegeben wird als eine Viehweide. Außerdem muss ein großes Kreuz errichtet werden. Ja, ein guter Gedanke – vielleicht sogar ein eisernes Kreuz von der Weißacher Schmiede, an der wir vorher vorbeigegangen sind? ... Und eine steinerne Gedenktafel mit passender Inschrift«, sinnierte er laut.

Da der Kastellan scheinbar nichts gehört hatte, glaubte Nepomuk, sich geirrt zu haben, und ging auf das Thema seines Freundes ein: »Da hast du wohl recht. Es ist unsere Christenpflicht, die Toten zu ehren, indem wir sie nach Gottes Gesetz in geweihte Erde betten und einen Platz des ewigen Gedenkens daraus machen. Aber dazu müssten die vielen Toten, die immer noch überall herumliegen, erst noch ein ordentliches Begräbnis bekommen.«

»Ja, ich bin völlig deiner Meinung!« Ulrich Dreyling von Wagrain nickte zustimmend, bevor er weitersprach: »Es ist nicht zu fassen, was wir hier zu sehen bekommen haben. Wir haben Lodewig und den Totengräber gesucht, aber stattdessen mehr als zwei Dutzend Leichen gefunden.«

»Fürwahr ein schreckliches Bild! Warum die vielen Leiber entweder aufeinandergeschichtet oder in ausgehobene Gruben geworfen wurden, ohne dass man diese wieder zugeschüttet hat, weiß der Himmel. Gut, dass wir hierhergekommen sind. So konnte ich sie wenigstens noch segnen«, freute sich der Benediktinermönch, der Wasser aus der Weißach geholt und dieses kurzerhand zu Weihwasser erklärt hatte.

»Und meine Pflicht ist es jetzt, Fabio zu finden, um ihm aufzutragen, die Toten ordentlich zu begraben. Ich werde ihm dafür Geld aus der Schlossschatulle geben, obwohl dies nicht unbedingt meine Sache wäre«, ergänzte der Kastellan, erreichte damit aber nur, dass dies von Nepomuk mit einem süffisanten »Wie selbstlos!« kommentiert wurde.

Zwischenzeitlich waren sie an dem etwas versteckt liegenden Heustadel angelangt und setzten sich auf einen direkt davorstehenden Fuderwagen. Die Nachmittagssonne tat beiden gut. Sie saßen eine ganze Weile schweigend da und genossen die letzten Sonnenstrahlen des Tages.

»Wer weiß, wie viel Sonne wir in diesem Jahr noch bekommen«, brach Nepomuk die Stille.

»Offensichtlich möchte der Winter noch nicht so richtig Einzug halten. Das bisschen Schnee von gestern Nacht ist hier im Tal in weiten Teilen schon wieder weggeapert«, stellte Ulrich Dreyling von Wagrain fast etwas überrascht fest.

»Und wie geht es jetzt weiter?«, kam Nepomuk zum eigentlichen Grund ihres Hierseins zurück.

Der Kastellan schnaufte tief durch. »Lass mich überlegen: Auf dem Pestfriedhof war schon ein ganzes Weilchen niemand mehr. Wir haben keine frischen Spuren oder sonst ein Anzeichen dafür gefunden, dass der Totengräber in der vergangenen Nacht hier war und neue Pestopfer ...«, er schnaufte tief durch, bevor er weitersprach, »oder Lodewig dort abgelegt hat. Sämtlichen Toten sieht man an, dass sie schon länger hier liegen«, rümpfte er die Nase.

»Ja«, bestätigte sein Freund. »Ganz offensichtlich hat er deinen Sohn nicht hier abgeliefert. Wir haben im Umkreis alles abgesucht und keinen frischen Aushub entdeckt.«

»Aber der verdammte Blaufärber hat ihn – mit dem Leichenwagen Richtung Weißach ziehend – gesehen.«

Ulrich faltete die Hände vor dem Mund und schloss die Augen, während er sich krampfhaft bemühte, in ruhigem Ton weiterzusprechen: »Der Totengräber hat bereits drei Knaben umgebracht. Darunter meinen geliebten Sohn Diederich. Und vermutlich hat er jetzt auch noch Lodewig in seiner Gewalt. Möglicherweise ... oder wahrscheinlich hat er ihn ebenfalls schon getötet und somit sein Ziel, wegen seiner Beteiligung an den ›Pestmorden‹ nicht mehr verraten werden zu können, erreicht.«

»Wenn dem so wäre, müsste Lodewigs Leiche doch irgendwo sein. Wir haben sogar das Ufer der Weißach abgesucht und nichts gefunden«, versuchte Nepomuk, seinen Freund zu beruhigen.

»Aber wo ist dieser vermaledeite Totengräber? Wir müssen ihn schnellstens finden, bevor er ...«

Nicht nur der Kastellan drohte aus Sorge um seinen Sohn verrückt zu werden. Auch Ruland Berging, der sich im Innern des Stadels leise an die südliche Wandseite geschlichen hatte, vor der die beiden saßen, wurde schier wahnsinnig vor Angst. Sein Ohr wurde nur durch die von Astlöchern übersäten *Schwertlinge* der Stadelwand von den Hinterköpfen der beiden getrennt. So verstand er jetzt jedes Wort. Er malte sich aus, was geschehen würde, wenn man ihn jetzt entdeckte: Der Riese würde mich wohl mit einem Arm hochhalten und in der Luft verhungern lassen ... oder noch an Ort und Stelle erwürgen.

Trotz seines völlig sinnlosen, aber unbezähmbaren Hasses auf alle Dreylings von Wagrain hatte der Totengräber im Moment andere Sorgen, als an das zu denken, was er mit Lodewig vorhatte. Seine Gedanken drehten sich jetzt nur noch darum, das eigene Leben zu sichern. Dies gedachte er zu tun, indem er sich – nachdem er mit seinem Opfer fertig sein würde – schleunigst aus Staufen in Richtung des Moosmannhofes schleichen würde, um heimlich sein dort abgestelltes Pferd zu holen. Da er trotz seiner längst schon aufgekommenen, jetzt aber gewaltig verstärkten Angst keinesfalls ohne sein beträchtliches Vermögen, das er im vergangenen halben Jahr angehäuft hatte, abhauen wollte, musste er dies zuvor aus seinem sicher gewähnten Versteck holen. Klugerweise hatte er sein ergaunertes Geld und den Schmuck außerhalb des Dorfes, auf halbem Weg zum Unterstand seines wertvollen Pferdes, vergraben. Also dürfte er mit etwas Glück ungesehen an seinen Schatz gelangen. Was seinen Geldbeutel anbelangte, so hatte er sich offensichtlich nicht so klug verhalten. Jedenfalls war ihm dieser irgendwie abhanden gekommen. Da er aber nicht wusste, wo er ihn verloren hatte oder ob er ihm gar gestohlen worden war, hatte er längst aufgegeben, dem nachzusinnen … auch wenn ihm dies immer noch stank. Ihm war klar, dass er ihn niemals wiederbekommen würde, selbst wenn ihn jemand gefunden hätte – so viel Ehrlichkeit konnten sich die Leute in diesen hungrigen Zeiten nicht leisten. Sein Entschluss stand fest: Ich muss aus Staufen weg, so schnell es nur geht, … falls ich hier ungeschoren davonkommen sollte.

Kapitel 47

INZWISCHEN HATTE SICH LODEWIGS VERSCHWINDEN in Staufen herumgesprochen. Grund genug für die Dörfler, sich zusammenzurotten, um darüber zu orakeln, wo er denn sein könne und weshalb er gerade jetzt – nachdem er frisch vermählt war und einen strammen Sohn bekommen hatte – seine Familie im Stich gelassen haben sollte. Und dass seine Mutter aufgrund von Diederichs Tod immer noch Trost und Zuspruch all ihrer Familienmitglieder – also auch Lodewigs – benötigte, war ebenfalls allgemein bekannt.

»Wahrscheinlich ist ihm alles zu viel geworden?«, krächzte das alte Weib, das sich vor Kurzem über den Brand des Bomberg'schen Anwesens derart gefreut hatte, dass sie dies dem Schlossverwalter unbedingt persönlich hatte mitteilen wollen. Deren Mann musste ihr bösartiges Verhalten wohl auf den Sack gegangen sein, denn er hatte, als sie vor Jahrzehnten das vierte Kind geboren hatte, sofort die Gelegenheit genutzt, um Fersengeld zu geben. »In der Hölle soll er schmoren, genau wie mein Mann«, maulte sie in schlechter Erinnerung an beide Ereignisse.

»Er wird deiner Hässlichkeit überdrüssig gewesen sein, und da dir auch dein vierter Balg ähnlich sieht, hat es ihm seinerzeit wohl endgültig gereicht«, rief ihr ein älterer Mann entgegen und brachte dadurch die Umstehenden kurz zum Lachen, bevor sie sich wieder auf ihr eigentliches Gesprächsthema besannen.

»Vielleicht ist der hochnäsige Sohn des Schlossverwalters irgendwo außerhalb des Dorfes verunglückt«, mutmaßte einer, der – wie die meisten Männer des Dorfes – den Kastellan erfolglos um eine gut bezahlte Arbeit ersucht hatte.

»Ja! Er hat sich schon immer lieber in den Wäldern herumgetrieben, als sich mit unseresgleichen abzugeben«, ergänzte einer diese Vermutung und spuckte zur Unterstreichung seiner Abneigung gegen Höhergestellte verächtlich auf den Boden.

»Er könnte von einem Baum gestürzt sein und sich das Genick gebrochen haben«, stellte wieder ein anderer in den Raum, während sich zwei dumme Gören kichernd über Lodewigs gutes Aussehen unterhielten.

»Oder er liegt schwer verletzt in irgendeiner Schlucht«, meinte einer von Lodewigs Altersgenossen zu den Umstehenden und setzte dabei eine Miene auf, als wüsste er es sicher.

Da der Standesunterschied zwischen ihnen und den Dreylings von Wagrain zu groß war, hätten sie sich bis vor Kurzem weitaus weniger Gedanken um das Wohlergehen eines der Mitglieder dieser niederadligen Familie gemacht. Nach längerer Debatte zeigte sich aber, dass den meisten von ihnen Lodewigs Wohlergehen doch irgendwie am Herzen lag. Immerhin war der Sohn des Kastellans durch seine beherzte Suche nach den Leichen der beiden Juden in den Blickpunkt der Öffentlichkeit geraten und hatte deren Bewunderung errungen, weil er nicht nur ganz allein Jakobs sterbliche Überreste aus der Brandruine geborgen, sondern auch noch Leas Leben gerettet hatte. Dadurch hatte Lodewig die Schuld, die sie selbst auf sich geladen hatten, als sie das Bomberg'sche Anwesen abgefackelt hatten, quasi halbiert. Somit mussten sie ›nur noch‹ eines anstatt zwei Brandopfer verantworten, weshalb sie sich Lodewig im Nachhinein zu Dank verpflichtet fühlten – so zumindest sahen es die Mehrheit der durchwegs einfältigen Brandleger und deren Familienangehörige.

Lodewigs rätselhaftes Verschwinden hatte längst das ganze Dorf in Bewegung gebracht. Die Staufner trafen sich – als wenn sie sich verabredet hätten – an mehreren Stellen, um diesbezügliche Neuigkeiten auszutauschen oder Interessantes in Erfahrung zu bringen. Nachdem sich zuerst ein stattliches Grüppchen auf dem Marktplatz versammelt hatte, fanden sich jetzt auch noch über zwanzig Menschen auf dem Platz vor dem Kirchenportal zusammen. Einzelne unterhielten sich vor den Hauseingängen oder in den Straßen und Gassen. Es war lange her, dass so viele Menschen auf einmal ihre Behausungen verlassen hatten.

Überall sah man Leute, die glaubten, ihre Meinung abgeben zu müssen und teilweise abenteuerliche Mutmaßungen anzustellen. Da mittlerweile auch die Leiche der geschändeten Frau allseits ›begutachtet‹ worden war, nachdem sie auf Geheiß des Kastellans von Ignaz und Rudolph in die St. Martins-Kapelle gebracht worden war, während der Blaufärber ein linnenes Tuch besorgt hatte, um sie zu bedecken, schossen die Gerüchte ins Kraut. Für die meisten war schnell klar, dass die beiden Themen irgendwie zusammenhingen, obwohl sie Lodewig ein derart scheußliches Verbrechen eigentlich nicht wirklich zutrauten.

Außer dem Schmied Baptist Vögel – der sofort nach Hause geflüchtet war, nachdem er die Frau geschändet hatte und vom

Sohn des Kastellans gesehen worden war, vermochte kein Einziger von ihnen auch nur im Entferntesten eine Verbindung, geschweige denn einen konkreten Zusammenhang zwischen Lodewig und dem bedauernswerten Geschöpf herzustellen. Dennoch war er irgendwie in Verdacht geraten, etwas mit deren Schändung und ihrem offenkundig damit zusammenhängenden Tod zu tun zu haben. Immerhin war die Frau die Erste, die scheinbar nicht an der Pest gestorben war ... oder doch? War die grausame Seuche zurückgekommen und hatte sich das erste neue Opfer geholt? Schon wieder waren die geplagten Staufner verunsichert.

So oder so schien ihnen das merkwürdige Ableben der jungen Frau verdächtig genug, um endlich wieder einmal dummes Zeug daherreden zu können, ohne dass dies jemandem auffallen würde.

»Vielleicht hat er ja tatsächlich Unrecht getan und musste aus Staufen fliehen?«, stellte ausgerechnet derjenige in den Raum, der die Schuld daran trug, dass der stets ehrbare und unbescholtene Sohn des Kastellans einer Schändung mit Todesfolge verdächtigt wurde. Damit lenkte er erfolgreich von sich ab, obwohl sowieso niemals ein Zusammenhang zwischen ihm und der durch ihn geschändeten Frau hergestellt werden konnte. Wie auch? Nicht einmal Lodewig hatte sein Gesicht gesehen!

»He, Schmied! Jetzt haltet mit Eurem dummen Geschwätz inne«, schrie Melchior Henne den allseits unbeliebten Mann an. »Sonst ...!«

»Was ist sonst? ... Hä? ... Was? Das weiß doch das ganze Dorf, dass Lodewig dein bester Freund ist! Deswegen nimmst du ihn jetzt ja in Schutz«, konterte der alleinerziehende *Wittiber*, dem es nicht gelingen mochte, seinen einzigen Sohn Baltus zu einem wenigstens einigermaßen anständigen Menschen zu erziehen.

Da er selbst genügend Dreck am Stecken hatte und der Verursacher dieser Diskussion war, kam ihm die Gelegenheit gerade recht, um die von ihm begangene Tat zu verschleiern und den Argwohn in eine andere Richtung zu lenken. Er wusste natürlich, dass es ihm letztendlich wohl kaum gelingen würde, Lodewig als Frauenschänder und Mörder dastehen zu lassen. Deswegen war er schon froh, selbst nicht in Verdacht geraten zu sein, und zufrieden, dass sich die Leute wenigstens vorübergehend mit einem anderen beschäftigten. Und später wird sich niemand mehr ernsthaft dafür interessieren, hoffte er.

Aber er hatte die Rechnung ohne Melchior gemacht. Der blitzgescheite Leinwebersohn war ebenso groß und kräftig wie der Schmied, weswegen er sich nicht vor ihm fürchtete. Melchior ließ nichts unversucht, seinen besten Freund aus der Schusslinie zu ziehen. Ohne einen Beweis für Lodewigs Unschuld zu haben, aber mit geschliffenen Worten und schlagenden Argumenten, wie sie bei einem einfachen Handwerker mehr als selten vorkamen, schaffte er es zunächst tatsächlich, den allseits als ehrbar und unbescholten geltenden Sohn des Kastellans vom unglaublichen Vorwurf der Schändung mit Todesfolge zu befreien. Ernsthaft hatte dies sowieso kaum jemand geglaubt.

Es gelang Melchior sogar auch noch, einige seiner Altersgenossen für die Bildung eines Suchtrupps zu begeistern. Gerade als er die einzelnen Namen derer, die sich an der Suche nach Lodewig beteiligen wollten, aufzählte, sah er, wie Baltus, der 12-jährige Sohn des Schmieds, sich plump durch die Menschenmenge drängte und sich an seinen Vater hängte, von diesem aber unwirsch nach hinten geschoben wurde. Der trotz allgemeiner Hungersnot fettleibige Knabe war weiß Gott von einfachem Gemüt. Man konnte auch sagen, dass er geistig zurückgeblieben war. Sein dümmlicher Gesichtsausdruck verstärkte zudem diesen Eindruck. Dazu kam noch, dass Baltus ein überaus unangenehmer Raufbold war, mit dem sich niemand abgeben wollte. Er hatte keinen einzigen Freund. Dennoch fand Melchior sofort großes Interesse an dem feisten Ekelpaket.

»Was ist los, Schmied? Warum versteckt Ihr Euren missratenen Sohn vor uns?«

»Von wegen ›missraten‹!« Baptist Vögel schob Baltus noch weiter hinter sich und fragte Melchior unwirsch, wessen er sich erdreiste und was ihn dies überhaupt anginge.

Der junge Leineweber schaute ins Rund, bevor er den bulligen Schmied höflich, aber bestimmt bat: »Tut uns allen den Gefallen und lasst Euren Sohn vortreten.«

»Du glaubst wohl, weil du der Freund des feinen Verwaltersöhnchens bist, kannst du dir alles erlauben«, knurrte dieser und schob Baltus noch weiter hinter sich. »Mein Sohn bleibt, wo er ist!«

»Aber, aber; mein werter Herr Vögel, Euer Sohn hat doch nichts zu verbergen, ... oder?«, säuselte Melchior betont freundlich, um den bärbeißigen Mann endlich dazu zu bringen, den Jungen zu zeigen.

Da die Umstehenden ebenso wenig wie Baltus wussten, was Melchior von ihm wollte, aber eine Sensation witterten, begannen sie zuerst zu tuscheln, dann Melchior zu unterstützen, indem sie laut riefen, dass Baltus vortreten solle: »Baltus! – Baltus«, schallte es bald im Chor. Als die Menschen ihre Rufe auch noch mit rhythmisch hochschnellenden und zu Fäusten geballten Händen unterstrichen, blieb dem Schmied nichts anderes übrig, als seinen Sohn nach vorne zu zerren.

»Na also, warum nicht gleich«, lobte Melchior, während er beide Arme seitlich von sich streckte und die Hände mit den Handflächen nach unten hochhielt, um sie wie ein Vogel schwingen zu lassen. Dadurch wollte er die Menge zum Schweigen bringen.

Es wurde still.

Der ansonsten rotzfreche Sohn des Schmieds blickte kleinlaut zu seinem Vater hoch, während der so dumm dreinschaute wie seine missratene Brut.

»Und? Habt Ihr uns nichts zu sagen, Schmied?« Melchiors bisher freundlich klingender Tonfall hatte sich merklich verschärft.

Jetzt war es mucksmäuschenstill – die Versammelten wagten kaum zu atmen und kein Lüftchen rührte sich.

Da Melchior keine Antwort bekam, zeigte er auf Baltus, der ängstlich zusammenzuckte.

»Euer Sohn trägt ein Lederwams, welches für einen Handwerkersohn unbezahlbar und zudem zu groß ist!«

»Der ... der ...«

»Herr Vögel! Es hat keinen Sinn zu lügen. – Wessen Wams ist das?«, gab Melchior dem Schmied keine Möglichkeit, sich eine Ausrede einfallen zu lassen.

Da der Vater im Gegensatz zu seinem Sohn nicht dumm war,

wusste er selbst, dass es sinnlos war, den Umstehenden ein Lügenmärchen vorzusetzen.

Also beschloss er, die Geschichte zwar nicht von Anfang an, aber ab einem gewissen Punkt wahrheitsgemäß zu erzählen, zumindest, was seinen Sohn anbelangte. »Baltus ...«

Er strich seinem Sohn sanft übers Haar. »Baltus hat dieses Wams gefunden und mit nach Hause gebracht. Wie ihr alle wisst, ist mein Sohn ...«, der Schmied schluckte, »zwar von einfachem Gemüte, könnte aber niemandem etwas antun.«

Da allgemein bekannt war, dass Baltus ein aggressiver Raufbold und zudem äußerst wechsellaunig war, lachten alle lauthals.

»Seid ruhig! Lasst den Schmied weitererzählen«, beschwor Melchior die Umstehenden, zu denen sich aufgrund des Geschreis mehr und mehr auch diejenigen, die sich auf dem Marktplatz oder sonst wo getroffen hatten, dazugesellten.

»Als Baltus das Wams nach Hause brachte, war ich erschrocken und habe ihn gefragt, wo er es gestohlen hat. Er konnte mir glaubwürdig versichern, dass er es in einer Gasse gefunden habe, und hat mich sogleich dorthin geführt.«

»Und was war dort?«

Der Schmied senkte den Kopf, bevor er leise weitersprach.

»Das Wams muss wohl auf der Leiche einer Frau gelegen haben ... Stimmt das, Baltus?«

Obwohl der Sohn eifrig nickte, konterte Melchior: »Das glaube ich Euch nicht!« Er deutete auf Baltus, der schon wieder zusammenzuckte. »Dies hier ist das Wams eines uns allen als ehrenhaft bekannten Mannes. Es gehört Lodewig Dreyling von Wagrain!«

Am aufkommenden Gemurmel der Leute erkannte der Schmied, dass er sich diese Aussage würde zunutze machen können, und schrie jetzt ganz laut: »Dann ist das doch der Beweis, dass Lodewig mit dem Tod der Frau etwas zu tun hat und deswegen geflohen ist!«

Aber dieser Anflug eines Hoffnungsschimmers half ihm nichts und verflog so schnell, wie er gekommen war. Bevor sich wieder einmal mehr des Volkes Zorn entladen und sich die Menschenmenge ein neuerliches Urteil bilden konnte, schritt Melchior ein und hielt eine flammende Rede, die zu dem Schluss führte, dass

Lodewig jetzt nicht hier sei und sich dementsprechend auch nicht verteidigen könne, dafür aber der Schmied und sein Sohn nachweislich im Besitz von dessen Wams wären, das sie auf einer Toten gefunden haben wollten.

»Was sollen wir also tun?«, stellte er die Frage und gab auch gleich die Antwort. »Da Herr Dreyling von Wagrain nicht da ist, weil er Lodewig sucht, und wir ebenfalls einen Suchtrupp bilden sollten, haben wir im Augenblick andere Probleme, als gerade jetzt den jungen Herren zu verdächtigen. Ich schlage vor, dass wir Vater und Sohn Vögel zum Schloss hochbringen und dort so lange verwahren, bis der Kastellan zurück ist. Der Schlossverwalter des Grafen, der zudem unser Ortsvorsteher ist, kann später entscheiden, was dann mit den beiden zu geschehen hat.«

Obwohl das Volk gerne noch an Ort und Stelle einen Schuldigen für den Tod der Frau ausgemacht hätte, war man mit Melchiors Vorschlag einverstanden.

»Den können wir später auch noch hängen sehen«, tuschelte derjenige, der erst vor Kurzem beim Kastellan erfolglos um Arbeit gebeten hatte, seinem Nachbarn ins Ohr, bekam aber statt dessen Zustimmung einen Ellbogen in die Rippen.

Bevor Melchior mit Hilfe eines Nachbarn Baptist und Baltus Vögel die Hände zusammenband, entschuldigte er sich bei den Anwesenden dafür, dass er sich zum Wortführer aufgeschwungen habe, dies aber aufgrund des ungetrübten Verhältnisses zwischen den Untertanen des Grafen und der Familie des Kastellans, die immerhin das Bindeglied zum Herrscherhaus sei, geboten war. »Wir wollen es uns doch nicht schon wieder mit dem Grafen verscherzen und ein neuerliches Marktverbot riskieren – oder?« Seine Bescheidenheit und sein besonnenes Handeln zum Wohle der Allgemeinheit quittierten die Umstehenden mit Beifall.

Während sich Vater und Sohn Vögel in Anbetracht der Menschenmenge zwar protestierend, aber wehrlos binden ließen, rief Melchior diejenigen zu sich, die sich zuvor schon dazu bereit erklärt hatten, bei der Suche nach Lodewig mitzuhelfen. Er teilte seine Altersgenossen in vier Trupps mit je zwei Mann ein und schickte drei Suchtrupps in verschiedene Richtungen. Er selbst wollte zusammen mit seinem Partner die Vögels zum Schloss geleiten, um sicherzustellen, dass diese dort auch ankamen. Danach wollten sie sich den Kapfwald vornehmen, um dort nach seinem besten Freund zu suchen.

Kapitel 48

»SO, JETZT REICHT ES ABER MIT UNSERER PAUSE. Lass uns nach Staufen hoch gehen und die anderen fragen, ob sie eine Spur entdeckt oder Lodewig sogar gefunden haben. Außerdem warten Konstanze und die Bombergs auf mich«, drängte Ulrich Dreyling von Wagrain den ebenfalls unruhig gewordenen Mönch zur Eile.

»Einen Moment noch: Ich muss mal ... unter meine Kutte blicken, ob dort noch alles in Ordnung ist.«

»Für einen Diener Gottes, der zudem ein belesener Mann sein möchte, bedienst du dich einer recht pöbelhaften Ausdrucksweise«, zeigte sich der Kastellan, dem weiß Gott nicht nach Lachen zumute war, etwas brüskiert.

»Gott vergibt mir ..., auch wenn er dieses Problem nicht mit mir zu teilen vermag«, war sich Nepomuk, den es schon ein ganzes Weilchen drückte, sicher.

Während er zur anderen Seite des Stadels ging, um dort diskret seine Notdurft zu verrichten, sah der Totengräber durch die Ritzen und Astlöcher dessen Schatten. Hastig begab er sich zur Tür, um sie an dem daran befestigten Eisenring zuzuhalten. Als er direkt vor sich das Plätschern hörte, traute er sich nicht einmal mehr zu schnaufen. Zu groß war die Gefahr, entdeckt zu werden. Nachdem Nepomuk fertig war und seine Kutte wieder zurechtgezupft hatte, entsann er sich plötzlich des vorher gehörten Geräusches und versuchte, durch die Ritzen einen Blick ins Stadelinnere zu erhaschen. Der Totengräber hing wie angeschweißt am Eisenring und blickte sich ängstlich um. Mit Entsetzen musste er feststellen, dass durch einen breiten Spalt neben der Tür helles Tageslicht direkt auf seinen Gefangenen schien.

Wenn der Riese dies sieht, ist alles aus. Sollte er aber die Tür zu öffnen versuchen und es mir gelingen, dagegenzuhalten, könnte der Kelch an mir vorübergehen, hoffte der mittlerweile in Schweiß gebadete Totengräber, der unruhig hin und her überlegte, was er zuerst tun sollte. Da er sah, wie der Schatten langsam in Richtung des Spaltes zog, musste er den Eisenring wohl oder übel loslassen und Lodewig vom Lichtschein weg in einen dunkleren Teil des Raumes ziehen.

Den Bruchteil eines Moments, nachdem er sein wehrloses Opfer beiseite gezogen hatte, glaubte er, durch einen Schlitz das Auge des Mönchs, das ihm wie ›das Auge der Vorsehung‹ erschien, zu sehen. Um selbst nicht bemerkt zu werden, drückte er sich an Lodewig. Dadurch weckte er versehentlich die Lebensgeister seines Opfers, das sich etwas bewegte und sogar ein leises Stöhnen von sich gab. Aber der Totengräber konnte sich jetzt nicht darum kümmern. Er musste schleunigst wieder zur Tür, und dies, ohne das allergeringste Geräusch zu verursachen.

Hoffentlich erwacht er nicht ausgerechnet jetzt vollkommen aus seiner Besinnungslosigkeit, wünschte sich Ruland Berging in diesem Moment nichts sehnlicher.

Mit viel Glück schaffte er es gerade noch, den Ring zu greifen und mit aller Kraft daran zu ziehen. Er hatte auch noch das Glück, dass der muskelbepackte Riese nur leicht an der Tür rüttelte. Da der Mönch im Gegensatz zum Totengräber zwischen ›Dein und Mein‹ unterscheiden konnte, versuchte er erst gar nicht, gewaltsam in den Stadel einzudringen, gestattete sich aber noch einen Blick durch die Ritzen.

»Nepomuk! Nun komm endlich! Du läufst sonst noch aus«, wollte der Kastellan seinen Freund vom Stadel weglocken, um endlich den Heimweg antreten zu können.

Während dem Totengräber ein Seufzer der Erleichterung entwich und er sich die Schweißperlen von der Stirn strich, versuchte Lodewig aufzustehen, wobei er Geräusche verursachte, die bis nach draußen drangen.

»Hast du das jetzt gehört?«, fragte der Mönch seinen Freund. Der aber schüttelte wieder den Kopf und sah ihn an, als wenn er es mit einem geistig Zurückgebliebenen zu tun hatte. »Nicht schon wieder ...«

»Ich bin doch nicht verrückt«, zweifelte Nepomuk an sich selbst, während er seinem Freund Ulrich in Richtung Staufen folgte. Dabei drehte er sich nicht mehr um, weil er dachte, dass es wohl doch nur ein Tier gewesen sein musste, das die Geräusche verursacht hatte.

※

Der Totengräber wartete so lange, bis die beiden nur noch schemenhaft zu erkennen und mit dem aufsteigenden Nebel des zu Ende gehenden Tages verschmolzen waren, bevor seine ganze Wut über das soeben Erlittene herausbrach.

Er traktierte sein im Aufwachen begriffenes Opfer so brutal mit den Füßen, dass Lodewig nichts anderes tun konnte, als sich zusammenzurollen.

Aber dies half nicht viel. Die Füße seines Peinigers trafen trotzdem ihr Ziel. Er packte das Bündel Elend und zerrte es aus dem Schuppen. Draußen spuckte er es an und verpasste ihm wieder ein paar entwürdigende und schmerzhafte Tritte in die Magengrube.

»Steh' auf, du fauler Sack!«

Noch bevor Lodewig sich aufraffen konnte, warf Ruland Berging den Strick über seine Schulter und schleifte sein hilfloses Opfer zuerst über eine ungemähte Wiese, dann über den mit Geröll und Steinen übersäten Weg hinter sich her. Die durch den teilweise scharfkantigen Boden und das raue Holz der Brücke ausgelösten höllischen Schmerzen gaben Lodewig die Kraft, sich aufzurichten und wieder hinter seinem Peiniger herzuschlurfen.

Noch bevor sie die Brücke hinter sich hatten und den Pestfriedhof sahen, schlug ihnen schon der schreckliche Geruch des Todes entgegen.

»So stinkst du auch bald«, kommentierte Ruland Berging die Szenerie, während er einen großen Schlüssel aus der Tasche zog und Lodewig zielstrebig zur Kapelle zerrte.

»Das hier wird dein letztes Zuhause sein!«

Das hässliche Lachen des Unholdes prallte zwar an den Kapellenwänden ab, nicht aber an Lodewig. Der lag jetzt eingeschüchtert im Mittelgang und musste hilflos zusehen, wie es der Schwarzgewandete genoss, das kommende Martyrium vorzubereiten. In aller Ruhe inspizierte Ruland Berging die Fenster, die sich zu beiden Seiten des Chorraumes befanden. Dabei erregten die zwei großen, etwas seitlich davor angebrachten Holzfiguren seine Aufmerksamkeit. Lange stand er nachdenklich im Kirchenschiff und packte dann, hämisch grinsend, sein Werkzeug aus. Er stieg auf die linksseitige Altarbank, die der gräflichen Familie Platz böte, falls diese irgendwann einen Gottesdienst in der Weißacher Kapelle besuchen sollte.

Direkt darüber hing eine Holzfigur jenes Wunderheilers, von dem eine Legende besagte, dass er im frühen 14. Jahrhundert Pestkranke allein durch das Kreuzzeichen hatte gesunden lassen, bis er schließlich selbst an der Pest erkrankt und durch seinen Enkel gesund gepflegt worden war. Die nahezu perfekte Schönheit des Heiligen Rochus von Montpellier fiel dem Totengräber aber nicht auf. Er riss die Figur vom Sockel und warf sie mit aller Wucht zu Boden. Krachend landete die laut Propst Johannes Glatt von Tilman Riemenschneider geschnitzte Statue auf dem Boden und zerbarst in etliche Teile. Dem gottlosen Kirchenschänder war dies im Moment unbezähmbaren Zorns gleichgültig. Es würde ihn erst viel später reuen, die beiden wertvollen Figuren nicht mitgenommen und gewinnbringend verscherbelt zu haben. In diesem Augenblick wollte er nur an die Halterung des Figurensockels herankommen, koste es, was es wolle. Dies konnte ihm aber nur gelingen, indem er auch das mit barocken Schnecken verzierte und vergoldete Holzteil unbrauchbar machen, aus der Wand reißen und ebenfalls auf den Boden werfen würde. Als er den schweren Sockel von der Wand genommen hatte, stellte er erfreut fest, dass der schmiedeeiserne Haken viel mehr an Gewicht zu tragen vermochte als die – aus seiner momentanen Sicht völlig unnütze – Holzfigur.

In seiner ohnmächtigen Wut auf die Kastellansfamilie und der hinter ihm liegenden monatelangen Angst, von Lodewig verraten zu werden, drohte er, nicht mehr Herr seiner Sinne zu sein. Deswegen war es ihm unmöglich, rationale Gedanken zu fassen. So war er nicht darauf gekommen, die Heiligenfiguren vorsichtig herunterzunehmen und einzuwickeln, um sie später dem Bunten Jakob zu verkaufen. Er hatte Lodewig in seiner Gewalt und nur das zählte. Zufrieden schob er die herrschaftliche Kirchenbank am Altar vorbei zur anderen Seite des Schiffs und beging an demjenigen Patron, der den Leichenträgern und somit auch ihm selbst Schutz gewährte, den gleichen Frevel wie zuvor am Heiligen Rochus. Dieses Mal traf es die Figur des Heiligen Sebastian, die krachend zu Boden fiel. Während der Christenverfolgung gegen Ende des dritten Jahrhunderts hatte der Soldat Sebastian ein ähnliches Martyrium erleiden müssen, wie es Lodewig noch bevorstand – nur mit dem Unterschied, dass dem mittleren Spross der Dreylings von Wagrain keine Heiligsprechung winken dürfte, auch nicht posthum. Kaiser Diokletian hatte den jungen Soldaten Sebastian an einen Baum binden und von Pfeilen durchbohren lassen.

Auch nicht schlecht, dachte der Totengräber bei genauerer Betrachtung der Holzfigur, die er kurz aufhob – aber nur, um sie mit aller Kraft gegen die Kapellentür zu donnern.

Vor Lodewig lagen nun die Trümmer der vielleicht einzigen Kunstwerke, die Meister Riemenschneider nach 1525 geschaffen hatte. Lodewig wusste von seinem Vater, dass sich der geschäftstüchtige Künstler in seiner Eigenschaft als Würzburger Ratsherr im Geist der Reformation verstrickt hatte und nach einem misslungenen Bauernaufstand durch Georg Truchsess von Waldburg-Zeil gefangen genommen und an den Fürstbischof ausgeliefert worden war. Durch diesen Kirchenfürsten sollte der begnadete Künstler in Kerkerhaft gekommen sein. Dabei hatte man ihm beide Hände gebrochen. Da Riemenschneider aufgrund seiner kaputten Hände kaum noch vernünftig hatte arbeiten können und nach seiner Freilassung keinen größeren Auftrag mehr erhalten haben sollte, mochte es sein, dass seine beiden Werke in der Weißacher Pestkapelle doch ein paar Jahre älter waren. Da sie jetzt irreparabel zerstört waren, würden sie darüber künftig wohl kein Zeugnis mehr ablegen können.

»Und jetzt bist du dran! Du hast zwar keine Aussicht, ebenfalls ein Heiliger zu werden, … dafür aber ein Märtyrer wie diese beiden Holzköpfe«, lästerte der Totengräber, während er auf die überall verstreuten Holzteile zeigte.

Er holte die Stricke und band je einen an die beiden freigewordenen Haken links und rechts des Chorraumes. Da er dabei immer wieder grinsend zu Lodewig blickte, ahnte der an Leib und Seele Verletzte, was ihn jetzt gleich erwarten würde. Der Menschenschinder zog die Kirchenbank in die Mitte des Chorraumes, direkt vor den Altarsockel. Dann zwang er sein wehrloses Opfer zum Aufstehen und trieb es bis zur einzigen Altarstufe. Lodewig blickte den Totengräber fragend an.

»Schau nicht so dumm, sondern steig auf die Bank«, befahl der.

Als Lodewig den Kopf schüttelte, bekam er eine schallende Ohrfeige. Da sich der stolze Sohn des Kastellans weiter begriffsstutzig zeigte, handelte er sich dafür noch eine Ohrfeige ein. Der Totengräber packte ihn am Kragen und holte schon wieder zum Schlag aus.

»Nein! Bitte nicht«, flehte Lodewig nun doch, während er dem Totengräber die Hände zum Öffnen der Fessel hinhielt, um mehr oder weniger freiwillig auf die Kirchenbank klettern zu können.

»So ist es vernünftig«, grunzte Ruland Berging zufrieden und löste unsanft den Knoten.

Lodewig versuchte derweil, das, was von seiner körperlichen und seelischen Kraft übriggeblieben war, zu sammeln. Er konzentrierte sich voll und ganz auf den Totengräber und wartete auf eine günstige Gelegenheit, um zum entscheidenden Gegenschlag auszuholen. Er wusste, dass er nur eine einzige Möglichkeit haben würde, die er nicht vermasseln durfte.

Also tat er, was er tun musste: Sowie Lodewig die Arme frei hatte, rammte er mit der ganzen Kraft seines geschundenen Körpers den Kopf in die Magengrube seines Peinigers. Der war gerade damit beschäftigt gewesen, das Seil zusammenzurollen, und hatte nicht damit gerechnet, von seinem geschwächten Opfer angegriffen zu werden. Die Wucht, mit der Lodewig den Totengräber packte, ließ diesen rückwärts stolpern und dorthin fallen, wo er selbst kurz zuvor noch gelegen hatte.

»Jetzt oder nie«, schrie Lodewig heiser, aber zornig, und stürzte sich mit dem Mut der Entschlossenheit und der Verzweiflung mit all seiner verbliebenen Kraft auf den gottlosen Peiniger.

Kapitel 49

»Nein! Tut mir leid. Hier ist er nicht. Warum auch sollte er hier sein, wenn nicht die Pest von ihm Besitz ergriffen hat?«, gab Schwester Bonifatia dem Kastellan zur Antwort, während sie ihren Putzlappen so fest in einen Eimer klatschte, dass es spritzte.

Der Besucher wollte zurückweichen, war aber zu langsam. »Das habe ich mir schon gedacht. Ich wollte aber bei meiner Suche nach Lodewig nichts unversucht lassen. Immerhin stirbt die Hoffnung zuletzt«, entschuldigte sich der besorgte Vater für die Störung und strich sich die Spritzer von der Gewandung.

»Mit Gottes Hilfe werdet Ihr den verlorenen Sohn finden«, tröstete die Schwester ihn mit einem abgedroschenen Spruch und wischte sich mit dem Handrücken den Schweiß von der Stirn.

Obwohl er jetzt schon den zweiten Tag intensiv nach seinem vermissten Sohn suchte, besann sich der Kastellan darauf, dass er immer noch Ortsvorsteher war. So nahm er die Gelegenheit wahr, um sich von der Schwester über den aktuellen Stand im Spital informieren zu lassen.

»Ich glaube, dass der Spuk vorüber ist, … zumindest aber bald sein wird.«

»Wie kommt Ihr darauf, ehrwürdige Schwester?«, fragte der Kastellan, gleichsam erstaunt und erfreut.

»Weil seit fast einer Woche niemand mehr eingeliefert wurde. Außerdem ist hier vor vier Tagen der Letzte an der Pest gestorben«, die Krankenschwester bekreuzigte sich, »weswegen alle Lagerstätten frei sind. Das Spital ist leer. Ich glaube, dass wir sogar die Ratten vertrieben haben. Jedenfalls ist jetzt fast alles sauber«, berichtete sie mit einem Anflug von Stolz und hob beide Arme an, um sie seitlich auf ihre Schenkel fallen zu lassen, bevor sie noch sagte: »Warum, glaubt Ihr wohl, habe ich Euch hier herein gelassen?«

Der Kastellan beugte sich in den Hausflur und sah Lisbeth den Boden schrubben. »Aha. Deshalb wird hier alles geputzt.«

»Ja. Um der Gefahr neuerlicher Ansteckung entgegenzutreten, reinigen wir alles mit Essigwasser und gelöschtem Kalk. Wer weiß, wo sich das Ungeziefer überall versteckt hat.«

»Und wie geht es jetzt weiter?«, fragte der Ortsvorsteher interessiert.

»Sowie die Pest tatsächlich ...«, die schwitzende Schwester hob beschwörend den Zeigefinger, »gänzlich zum Erliegen gekommen ist, werden wir aus dem Spital das machen, wofür es dereinst gebaut wurde: einen Platz, an dem Kranke und Verletzte behandelt und gesund gepflegt werden. Der Kanoniker Martius Nordheim und die von Gott geschickte Lisbeth werden mir zwar dabei helfen, dennoch muss ich mich schleunigst nach einem Medicus umsehen. Vielleicht könnt Ihr mir diesbezüglich helfen? Auf Propst Glatt ist derzeit wohl wenig Verlass.«

Nachdem Ulrich Dreyling von Wagrain genug gehört hatte, nickte er vielsagend, versprach aber nichts, bevor er sich hastig verabschiedete. In seiner Eigenschaft als Schlossverwalter und Ortsvorsteher konnte er eigentlich zufrieden sein. Als liebender Vater hingegen hatte ihn die Antwort der Schwester alles andere als glücklich gemacht. Dennoch hatte er sich noch bei ihr bedankt »... und für alles, was Ihr hier Gutes getan habt!«

※

Bruder Nepomuk war im Schloss geblieben. Er beteiligte sich dieses Mal nicht an der Suche nach Lodewig, um den verzweifelten Frauen beistehen zu können.

Nur mit seiner Hilfe war es Judith Bomberg gelungen, ihre Tochter davon abzuhalten, ins Dorf hinunterzurennen, um sich einem der Suchtrupps anzuschließen. Den Säugling hatte ihr Sarah schon in die Arme gedrückt, um losrennen zu können. Aber Nepomuk hatte sie festgehalten und von ihrem Vorhaben abgebracht. Während alle anderen Schlossbewohner ausgeschwärmt waren, um jeden Stein umzudrehen, hielt der Mönch für den hier verbliebenen Rest der Familie eine kleine Messe in der Schlosskapelle.

Auch wenn Sarah zum katholischen Glauben übergetreten war, gab ihr das christliche Zeremoniell noch nicht besonders viel, lenkte sie aber doch etwas ab. Propst Glatt wollte eigentlich schon längst mit ihr ein letztes Mal in Klausur gegangen sein und ihr den Katholizismus auch noch bis ins kleinste Detail nähergebracht haben. Aufgrund der Pest und der ständigen familiären Probleme bei den Bombergs und bei den Dreylings von Wagrain hatte der Schluss von Sarahs Religionsunterricht aber immer wieder verschoben werden müssen. Auch wenn der Priester ihr vor der Konvertierung in stundenlangen Vorträgen und Gesprächen den Katholizismus eingebläut hatte, war er noch nicht ganz zufrieden mit dem, was die gelehrige junge Frau inzwischen darüber wusste ... oder wissen wollte. Vielleicht mochte er es aber auch – nachdem er derzeit keinen anderen Schüler hatte und zudem von den anderen als Feigling hingestellt worden zu sein – einfach nur auskosten, endlich wieder jemanden belehren zu können und selbst jemand zu sein.

Während die anderen das ›Vaterunser‹ murmelten, betete Sarah still und heimlich zu ihrem alten Gott Jahwe. Dabei scherte sie sich nicht um das, was seit ihrer Hochzeit von ihr erwartet wurde, und überließ es den anderen, zur Heiligen Dreifaltigkeit zu beten. Hauptsache, Gott würde helfen! Ob der Gott der Juden oder der Gott der Christen Lodewig beschützen würde, war ihr letztlich einerlei.

»O Herr, ich bitte dich mit der ganzen Kraft meines Herzens: Bring mir meinen Geliebten zurück. Bitte!« Dabei kullerten schon wieder Tränen über ihre geröteten Augenlider.

Da Judith aus eigener leidgeprüfter Erfahrung heraus wusste, dass Tränen lauter sein können als jeder Schrei, legte sie sanft einen Arm um ihre Tochter. Judith merkte, dass sich Sarahs innerliche Erregung ins Unerträgliche zu steigern drohte. Sie drückte ihre Tochter fest an sich. Als wenn es ein Zeichen des ewigen Bundes dreier geplagter Frauen wäre, legte auch Konstanze ihren Arm um das Mädchen. »Wir stehen das gemeinsam durch«, flüsterte sie mit einem tapferen Lächeln auf ihren Lippen, denen es ganz und gar nicht nach Lächeln zumute war.

»Mhm. Wir überstehen auch dies«, flüsterte Judith etwas unsicher. Beide Frauen blickten Sarah so lange an, bis auch sie dieselbe kraftspendende Aussage traf und dabei sogar noch ein Stückchen weiter ging, als das eher unverbindlich klingende »Mhm« ihrer

Mutter. Sie benutzte stattdessen ein klares »Ja!« ... »Ja, wir schaffen das!«

⁓⁂⁓

Um sich die Gnade ihrer Herrin zu verdienen und um Eindruck zu schinden, hatte Rosalinde Ignaz dazu überredet, ihn bei der Suche nach Lodewig bis nach Sinswang hinaus begleiten zu dürfen.

»Wer weiß? Vielleicht ist er ja dort irgendwo. Ich kenne mich in der Gegend sehr gut aus«, hatte sie ihr Ansinnen begründet, dabei aber geflunkert.

Dass sich der Stallknecht über die Ortskenntnis der Küchenmagd zwar gewundert, aber keine Zeit für lange Reden gehabt hatte, war er Rosalindes Wunsch entgegengekommen.

Nun waren sie auf dem Weg in den eineinhalb Meilen entfernten Weiler Sinswang und kamen gerade am Moosmannhof vorbei, wo sie nach Lodewig fragen wollten. Aber der ärmlich wirkende Bauernhof schien verwaist. »Die werden doch nicht alle an der Pest gestorben sein«, befürchtete Ignaz und bekreuzigte sich.

Trotz ihrer Angst vor der Seuche sahen sie sich um. Auf der Suche nach den Bauersleuten warfen sie auch einen Blick durch die Stalltür, deren oberer Flügel einen Schlitz weit offen stand.

»Ist da wer?«, rief Ignaz, bekam aber nur ein Schnauben zur Antwort.

Durch das unüberhörbare Rufen wollte er sein Vorhaben, den Türflügel weiter zu öffnen, nicht als Einbruchsversuch gewertet sehen, falls doch noch jemand kommen würde. Den Augen der beiden blieb tatsächlich nicht lange Zeit, sich an das Dunkel des Stalles zu gewöhnen. Kaum konnten Rosalinde und Ignaz einigermaßen erkennen, was dort drinnen war, als sie schon den Bauern wild fluchend um die Ecke kommen hörten.

Ignaz packte Rosalinde erschrocken am Ärmel, zog sie von der Stalltür zurück und stellte sich schützend vor sie. »Mist! ... Verdammter Mist aber auch«, fluchte er. Nur allzu gerne hätte er das soeben nur flüchtig Gesehene noch etwas genauer betrachtet. Aber schon stand eine Mistgabel schwingende Gestalt vor ihnen und versuchte, sie zu verscheuchen.

»Was wollt ihr hier?«, schnarrte der über und über verdreckte Bauer die gegen ihn wie eine Prinzessin wirkende Magd an, während er sich vor der Stalltür aufbaute und den oberen Flügel zudrückte.

»Wir suchen einen jungen Mann: Lodewig, den Sohn unseres Herrn. Habt Ihr ihn gesehen?«, fragte Rosalinde ausgewählt höflich.

»Kenne ich nicht. Wer soll das sein?«, knurrte ihr der Bauer umso unfreundlicher entgegen.

»Lodewig Dreyling von Wagrain, der mittlere Sohn des Schlossverwalters unseres hochverehrten Grafen! Tut nicht so, als wenn Ihr ihn nicht kennen würdet.«

»Hört mir auf mit dem Grafen. Was tut denn der gnädige Herr für uns? Er lässt uns Hungers sterben, während er sich den Wanst vollschlägt! Ich habe sogar gehört, dass dieser Feigling auch noch nach Konstanz abgehauen ist und uns mit der Pestilenz allein lässt«, ließ der Bauer seinem Unmut freien Lauf. Bevor er aber so richtig loslegen konnte, unterbrach ihn Ignaz.

»Entschuldigt, aber wir sind die Falschen. Klagt Euer Leid den Beamten, die derzeit im alten Marstall ihren Dienst verrichten, oder sonst wem. Wir haben jetzt keine Zeit und müssen weiter. Habt Ihr den jungen Herrn nun gesehen oder nicht?«

»Nein! Und jetzt verschwindet«, schrie der Bauer und stach zur Unterstützung seiner Aufforderung mehrmals mit der Mistgabel nach vorne.

Die beiden wunderten sich zwar über dessen unfreundliches Verhalten, taten aber notgedrungen, wie ihnen geheißen. Als sie schon ein ganzes Stück weitergelaufen waren, schaute ihnen der grantige Bauer immer noch nach.

»Hast du das edle Ross im Stall gesehen?«, fragte Ignaz.

»Ja! Ein wunderschönes Pferd. Wie aus einem Märchen«, schwärmte die Magd, die selten so etwas zu sehen bekam, begeistert.

Ignaz hatte keinen solch langen Blick wie Rosalinde erhaschen können, weswegen er nur den Schimmel, nicht aber das wertvoll aussehende Sattel- und Zaumzeug, das auf einem an der Wand befestigten Brett gelegen war, gesehen hatte.

Ulrich Dreyling von Wagrain wusste, dass sein hünenhafter Freund Nepomuk mit jeder Situation fertig werden und das Schloss beschützen konnte. Der Mönch hatte seine Kampfbereitschaft dahingehend demonstriert, indem er lächelnd geäußert hatte, nur darauf zu warten, Eindringlingen seine Doppelaxt spüren zu lassen. Deshalb hatte der Kastellan zugestimmt, beide Wachen an der Suche nach Lodewig zu beteiligen.

So war das Schlosstor erst zum zweiten Mal seit seiner Amtsübernahme unbewacht, was aber in der rauen Zeit schneller gefährlich werden konnte, als den Schlossbewohnern lieb war.

Siegbert und Rudolph stapften gerade über den feuchten Wiesenrand, der den stark bewaldeten Kapfberg vom Ort trennte. Als sie zum sogenannten ›Kühlen Grund‹ kamen, schlug Siegbert vor, ein Stück weiter zur alten Schießstätte hinunterzugehen, um sie zu inspizieren.

»Gut! Vielleicht entdecken wir dort eine Spur«, zeigte sich Rudolph einverstanden.

Aber sie entdeckten nicht das geringste Anzeichen dafür, dass Lodewig hier gewesen oder noch in der Nähe sein könnte. Stattdessen gab es genügend Anhaltspunkte dafür, dass andere hier gewesen sein mussten. Denn sie fanden absolut nichts.

»Was ist denn hier geschehen? Wo sind die drei Schießhäuschen und der Lagerschuppen?«, fragte Rudolph erstaunt.

»Das Holz wurde sicherlich als Brennmaterial benötigt«, vermutete Siegbert richtig und wechselte das Thema. »Weißt du übrigens, dass du hier an einem altehrwürdigen Ort stehst, an dem ich schon große Erfolge gefeiert habe?«, fragte er seinen Kameraden mit stolzgeschwellter Brust.

»Woher soll ich das denn wissen? Und was für Erfolge meinst du?«

»Das will ich dir gerne sagen«, versprach Siegbert zumindest eine nette Unterhaltung.

»Das hier ist – entschuldige bitte, war – eine der ältesten Schießstätten des gesamten Allgäus! Hier an dieser Stelle haben die Montforter nachweislich schon vor einem dreiviertel Jahrhundert eine Schießanlage errichtet, auf der sich die besten Schützen des gesamten rothenfelsischen Gebietes gemessen haben. Die Staufner Schützenfeste waren landein, landaus berühmt, weshalb die Schützen oft auch aus Österreich und aus der Schweiz hierhergekommen sind.« Siegbert seufzte. »Leider hat der Krieg die ganze Schützenherrlichkeit zum Erliegen gebracht. Die Spinner erschießen sich jetzt lieber gegenseitig, als im fairen Wettstreit aufs Blatt oder auf eine ausgestopfte Wildsau zu zielen.« Bevor er weitersprach, verzog der Mann traurig das Gesicht: »Leider ist unser Graf kein solch großer Gönner des Freischießens wie sein Vater Georg, in dessen Diensten mein Vater selig einst war.« Die treue Schlosswache bekreuzigte sich schnell, um sofort weiterzuerzählen: »Der Freiherr hat die Staufner Schützenfeste viele Jahre gefördert, bis er selbst erschossen wurde.«

»Ja, ich weiß, du hast es mir gegenüber irgendwann erwähnt«, unterbrach Rudolph mit wissender Miene.

Siegbert erzählte weiter und kam dabei ins Schwärmen: »Mein Vater konnte sogar etwas lesen und ein klein wenig schreiben. Er hat mir immer von einer ›Ordnung der Schützen in der Grafschaft Rothenfels und in der Herrschaft Staufen‹ erzählt. Dabei hat er mir auch gesagt, dass diese Verordnung im Jahre … warte, ich muss überlegen … Ich glaube, es war 1559, … erneuert worden ist.

Da eine Erneuerung immer bedeutet, dass zuvor schon etwas dagewesen sein muss, kann davon ausgegangen werden, dass man hier in Staufen sogar schon vor ungefähr 100 Jahren geschossen hat, … sicherlich unter dem Patronat der Immenstädter Schützengilde«, ergänzte er noch.

»Aber damals hat es doch überhaupt noch keine Feuerwaffen gegeben«, stellte Rudolph bemerkenswert klug fest.

»Nicht schlecht! Aber du hast nicht ganz recht. Natürlich war es damals hauptsächlich die Armbrust, die man für Kriegszwecke und eben auch für Schießwettbewerbe genutzt hat. Ein geübter Schütze hat die Wildsau auf eine Entfernung von 150 Schritt mit absoluter Sicherheit getroffen.

Zu dieser Zeit hatten sich im rothenfelsischen Gebiet aber auch schon die damals neuartige Kugelbüchse und das Feuerrohr durchgesetzt.«

»Offensichtlich kannst du nicht nur klug daherreden. Du weißt auch erstaunlich viel über dieses Thema. Aber was hat das damit zu tun, dass du hier irgendwelche Erfolge feiern konntest?«

Siegbert lief jetzt zur Höchstform auf und vergaß ganz, warum sie überhaupt hier waren. »Als Freiherr Georg – der Vater unseres heutigen Regenten – diese Schießstätte vor fast 30 Jahren neu errichten ließ, war ich noch ein ganz junger Spund. Da mein Vater als gräflicher Büchsenmacher tätig war und ich ihm bei seiner Arbeit oftmals helfen musste, habe ich mich mit Waffen schon damals dementsprechend gut ausgekannt. Dies hat dem Freiherrn imponiert und ich habe als jüngster Teilnehmer beim ›Eröffnungsschießen‹ der neuen Schießanlage mitmachen dürfen – sozusagen als eine Art Glücksbringer für die erwachsenen Schützen. Ich erinnere mich noch heute daran, dass der hohe Herr damals einen 15 Zentner schweren Ochsen gestiftet hat.«

»Und? Hast du den gewonnen?«, lästerte Rudolph, bekam aber die passende Antwort zurück.

»Natürlich nicht! – Zumindest nicht allein. Ich habe mich zwar nur beim ›Höheren Gesindeschießen‹ beteiligt, für meinen Blattschuss jedoch trotzdem so viel Ochsenfleisch, von dem meine Familie eine Woche lang satt geworden ist, bekommen. Den Hauptteil des Tieres haben die Sieger des ›Großen Fahnenschießens‹ erhalten. Während der Gesamtsieger auch noch eine wertvolle Fahne mit dem Allianzwappen des Landesherrn und seiner Gemahlin auf der einen Seite und einer Abbildung der Heiligen Muttergottes auf der anderen Seite mitnehmen durfte, wurden mir die rotgelben Bänder gegeben, die an den Hörnern des Ochsen angebracht waren.«

»Das ist ja wirklich alles hochinteressant, Siegbert. Aber wir sind nicht hier, um über alte Schützengepflogenheiten zu plaudern, sondern um Lodewig zu finden«, wollte Rudolph den Redeschwall seines ansonsten eher ruhigen und besonnenen Kameraden bremsen.

»Entschuldige, du hast ja recht. Aber wenn es ums Schießen geht, komme ich eben ins Schwärmen. Es wäre einfach zu schön, wenn die Staufner Schützenfeste irgendwann wieder fröhliche *Urständ* feiern würden.«

»Ja, ja! Alles schön und gut. Aber jetzt lass uns weiter unsere Aufgabe erfüllen.«

Zur selben Zeit suchten der Blaufärber und seine Frau den Ortskern ab. Sie klopften an jedes Haus und durchforsteten jeden Hof. Dabei kamen sie auch in jenen Hinterhof, in dem Lodewigs Probleme mit dem Totengräber begonnen hatten. Aber sie entdeckten nichts, nicht einmal die Holztonne, die tags zuvor noch vom Mönch und vom Kastellan gesehen worden war. Und wen wundert's: Die Katze war auch nicht mehr da.

Die beiden hatten schon zu viel mitgemacht, um noch Angst vor der Pest zu haben. Dort, wo ihnen Eintritt gewährt wurde, fragten sie nach Lodewig. Bei der Gelegenheit stellten sie erfreut fest, dass in keinem der Häuser akute Pestfälle zu verzeichnen waren. Lediglich in drei Behausungen wurde ihnen der Zutritt verwehrt, und bei einem Haus war es ratsam, nicht einzutreten, weil dort – so wie es den Anschein hatte – die womöglich letzte Pestkranke lag. Die Besitzer derjenigen Häuser, die sie nicht betreten durften, hatten wohl andere Gründe für ihre ablehnende Haltung.

In der Propstei versuchten sie es erst gar nicht, da sie wussten, dass der Hausherr im Schloss war. Und dass im Erdgeschoss dieses Hauses gerade jemand damit beschäftigt war, in aller Eile seine Habseligkeiten zusammenzupacken, konnten sie nicht wissen, und es hätte ihnen auch nichts genützt: Der Totengräber hatte jetzt sowieso keine Zeit, um Fragen zu beantworten, auf die er ohnehin nicht reagiert hätte.

Kapitel 50

ES WAR GEKOMMEN, wie es hatte kommen müssen. Trotz seiner wilden Entschlossenheit und seines bewundernswerten Mutes zur Flucht hatte der schwer verletzte Lodewig den von vornherein aussichtslosen Kampf mit seinem Peiniger verloren und zusätzliche schmerzhafte Blessuren hinnehmen müssen. Dem Totengräber war es nicht schwergefallen, sich zu wehren und den Spieß sofort wieder umzudrehen, nachdem Lodewig aufgrund seines Überraschungsangriffs kurz die Oberhand gehabt hatte. Dabei hatte sich Ruland Berging wie ein Berserker aufgeführt und aus dem Halbbesinnungslosen fast noch den Rest des verbliebenen Lebens herausgeprügelt. Es hatte nicht lange gedauert, bis er nach einem kurzen Gerangel einmal mehr, und dieses Mal endgültig, Herr über sein hilfloses Opfer geworden war.

Danach hatte der Totengräber sein begonnenes Werk beendet. Er hatte Lodewigs Arme an den Haken, an denen zuvor die Sockel für die Pestheiligen Rochus und Sebastian angebracht gewesen waren, festgezurrt. Dazu musste er die Stricke zunächst über die Haken und den Rest des Hanfs, den er beim zünftigen Seiler August Biesle unweit des Staufenberges gekauft hatte, locker bis zum Boden hinunterhängen lassen. Er hatte ganz bewusst Stricke aus Hanf ausgewählt, weil diese die höchste Festigkeit garantierten, wodurch er dünnere Seile hatte verwenden können. Dass Biesles Seile hielten, hatte schon der Henker bei der Hinrichtung des Arztes Heinrich Schwartz recht eindrucksvoll demonstriert. Der Medicus hatte wochenlang bei Wind und Wetter am Galgen gebaumelt, ohne dass der Strick gerissen war.

»Qualität überlebt«, hatte der betagte Seiler nicht ganz treffend zu Ruland Berging gesagt, als dieser den Strick bei ihm gekauft und über den hohen Preis gezetert hatte. Ein makabrer Spruch angesichts dessen, was für eine Rolle einer seiner Stricke im Falle des erhängten Arztes gespielt hatte ... und noch für Lodewig spielen sollte.

Durch seine Technik hatte der Totengräber – nachdem er den inzwischen total Erschöpften auf die nun genau in der Mitte platzierte Kirchenbank gesetzt hatte – die Seile nach und nach ganz genau so stramm anziehen können, dass Lodewigs Gesäß die Armablage der Kirchenbank gerade noch hatte berühren können. Aber erst als Lodewigs Arme bis zum Zerreißen gestreckt waren, hatte er die Seilenden an den Seitenteilen der Kirchenbank angebunden.

～❦～

Inzwischen war das Blut der Wunden in Lodewigs Gesicht, auf seinem Körper, auf den Resten seiner Gewandung und auf dem Boden längst zu schwarzen Flecken erstarrt.

Er saß jetzt schon den zweiten Tag mitten im Chorraum der Weißacher Pestkapelle auf einer wackeligen Kirchenbank – aber nicht dort, wo sich ansonsten die Gläubigen bei der Predigt oder während der Kommunionausteilung demütig niederließen, sondern dort, wo sie bei der Wandlung oder beim *Agnus Dei* ihre zum Gebet gefalteten Hände auflegten, während sie knieten.

Lodewig blieb nichts anderes übrig, als kerzengerade zu sitzen, obwohl die von Schnitzerhand geformte Armablage immer stärker auf seinen Steiß drückte, zudem sein Rückgrat höllisch brannte und er zunehmend kraftlos wurde. Um nicht nach vorne zu kippen, musste er ständig darauf bedacht sein, den Kopf nicht hängen zu lassen. Da Lodewig die vom Totengräber selbstkreierte Foltermethode nicht kannte und die Abstände zwischen der Armablage der Kirchenbank und dem Boden nicht abschätzen konnte, glaubte er, sofort des Todes zu sein, wenn er herunterfallen würde. Deswegen kämpfte er mit aller Macht gegen die fast schon übermächtige Müdigkeit an. Er durfte auf keinen Fall einschlafen. Obwohl ihm klar war, dass die Menschen den Pestfriedhof mieden und sich immer noch niemand hierhertrauen würde, auch wenn die Pest in Staufen ausgestorben wäre, gab er die Hoffnung auf Rettung noch nicht ganz auf, starrte dennoch ängstlich auf die Treppenstufe unter sich.

Auch wenn er es selbst vielleicht nicht mehr mitbekäme, freute sich der Totengräber jetzt schon darauf, dass Lodewigs Kräfte endgültig schwinden und dessen Körper nach vorne von der Bank herunterkippen würde.

Wenn es so weit ist, wird die Bank nach hinten wegrutschen und der Bursche wird knapp über dem Boden unter der Treppenstufe in der Luft hängen. weil seine Zehenspitzen keinen Halt auf dem Boden finden, freute sich der ekelhafte Unhold, während er im Propsteigebäude hastig seine Sachen zusammenpackte. Diese Situation würde Lodewig tatsächlich einen baldigen Tod bescheren. Aber das sah Ruland Bergings heimtückischer Plan nicht vor.

Vielmehr sollen Lodewigs Füße den Boden nur leicht berühren, wenn er von der Kirchenbank heruntergefallen ist. Und dann muss er sich erst noch beide Schultergelenke ausgekugelt haben, damit die Arme länger und länger werden und dadurch die Füße mehr und mehr den Boden berühren können. Nur dann ist es vielleicht möglich, dass er noch ein oder zwei Tage lebt, bevor er elendiglich verreckt, hatte sich der zum Henker avancierte Totengräber beim Austüfteln dieser perfiden Grausamkeit gedacht.

Bevor er aus der Pestkapelle verschwunden war, hatte er Lodewig noch so viel Wasser eingetrichtert, wie in ihn hineingepasst hatte. »Du sollst nicht gleich verdursten, sondern noch möglichst lange leben. Behalte die Flüssigkeit also in dir und versau hier nicht den Boden. Falls ich noch mal kommen sollte, werden wir erst richtig Freude aneinander haben«, hatte er gedroht, bevor er die Kapelle endgültig verlassen und hinter sich zugeschlossen hatte.

Lodewig hatte nicht gewusst, was mehr schmerzte: seine vielen Wunden und Blessuren oder das grässlich hallende Geräusch des sich im Schloss drehenden Schlüssels. Einen Moment später war es ganz ruhig geworden. Den Gepeinigten umgab nur noch die einsame Dunkelheit des schwindenden Tages.

Kapitel 51

NUN NEIGTE SICH SCHON DER DRITTE TAG seit Lodewigs Verschwinden dem Ende zu. Längst hatte der Kastellan zur Kenntnis genommen, dass sich etliche junge Leute um Melchior Henne geschart hatten, um sich ebenfalls an der Suche zu beteiligen. Gleich beim ersten Zusammentreffen hatte ihm der gewiefte Leinweber über die Festsetzung von Vater und Sohn Vögel berichtet. Als der Kastellan die diesbezüglich vermuteten Hintergründe in Bezug auf Lodewigs Wams erfahren hatte, war ihm die Zornesröte ins Gesicht gestiegen. Hätte er das aufwändig vernähte Lederteil mitgenommen, als er zusammen mit Nepomuk und dem Blaufärber die tote Frau gefunden hatte, wäre gegen seinen durch und durch ehrbaren Sohn niemals ein solch unglaublicher Verdacht ausgesprochen worden.

Die Stimmung war gedrückt. Niemand hatte auch nur einen Anhaltspunkt, wo Lodewig sein könnte. Die Suchtrupps mühten sich den steilen Staufenberg hoch, waren auf dem Kapfberg und kamen dabei sogar über den hoch gelegenen Einödort Saneberg bis nach Genhofen. Sie waren in Weißach, suchten in den Wiesen und Wäldern rund um das Dorf und durchstöberten immer wieder jeden Winkel innerhalb des ehemals stolzen Marktfleckens. Nichts! Bis auf sein Lederwams keine Spur von Lodewig – er blieb verschwunden.

Ein aus drei Männern bestehender Trupp suchte sogar in den aus wenigen Häusern bestehenden Ortschaften Buflings und Zell, wo die Männer die Gelegenheit nutzten, um im dortigen Heiligtum für Lodewig zu beten. Da Zell etliche Meilen von Staufen entfernt lag, kamen die Staufner meist nur bei Prozessionen und Bittgängen hierher. Dennoch verehrten sie diese schmucke Kapelle als etwas ganz Besonderes. Immerhin war laut Propst Glatt, der in dieser Ortschaft aufgewachsen war, schon im neunten Jahrhundert auf dieses Kirchlein hingewiesen worden. Von den Klöstern St. Gallen und Chur sollten *Iroschotten* als erste Verkünder des christlichen Glaubens hierhergekommen sein und anfänglich eine bescheidene Hütte, die als ›Zelle‹ bezeichnet worden war, gebaut haben. Mit der Zeit war aus der Hütte eine kleinere Holzkapelle und später das gemauerte Kirchlein, in dem der Suchtrupp jetzt betete, geworden. Und aus der ehemaligen Zelle war die Ortschaft Zell geworden. Bis 1353 herum war Zell sogar die Mutterkirche von Staufen gewesen. 20 Jahre später war sie dann allerdings zur Filialkirche der inzwischen größeren und reicheren Pfarrei Staufen degradiert worden, was die mittlerweile dort angesiedelten Menschen maßlos ärgerte.

Für die seltene Schönheit, die insbesondere durch prachtvolle Wandmalereien und wertvolle Altäre des Meisters Johann Strigel geprägt war, hatten die Suchenden aber keinen Blick. Sie beteten noch schnell ein paar Gesetzlein zu den Heiligen Alban und Bartholomäus, bevor sie sich auf den Weg über Kalzhofen zurück nach Wengen machten. Aber ihre Gebete sollten nicht erhört werden.

Jedenfalls blieben auch sie bei ihrer Suche nach Lodewig erfolglos. Dennoch machten sie sich unverdrossen auch noch die Mühe und gingen den weiten Weg bis zur Straßensperre der Königsegger Soldaten, die immer noch darüber wachten, dass aus Staufen niemand hinauskonnte, um womöglich die Pest im gesamten rothenfelsischen Gebiet zu verbreiten. Die Wachsoldaten lachten nur, als sie gefragt wurden, ob sie einen jungen Mann gesehen hätten, der in Richtung Immenstadt wollte. Erst als ihnen gesagt wurde, dass es sich dabei um den Sohn des Staufner Schlossverwalters handelte, kam eine zwar ernstzunehmende, aber keineswegs zufriedenstellende Antwort.

»Irgendwo dort oben soll eine ›Bauernfliehburg‹ sein«, wusste einer der Männer, dessen Vorfahren aus der Thaler Pfarre stammten, und zeigte nach links zum Salmaser Höhenrücken hoch.

»Was soll das sein?«, mochte ein anderer wissen.

»Ich weiß nicht genau; es ist ein seit Generationen gehütetes Geheimnis! Ich glaube, es handelt sich um eine tiefe Schlucht, oder um eine riesige Höhle, in der sich die hiesigen Bauern mitsamt ihren Familien, ihren Nutztieren und ihrem anderen Hab und Gut immer verkriechen, wenn Gefahr droht ... gerade in Kriegszeiten. Demnach müsste zurzeit jemand dort sein.«

»Ah! Ein ›Schatzloch‹ also«, lästerte einer der Männer.

Interessiert hätte es den Suchtrupp schon, nachzusehen ... insbesondere, weil dort scheinbar auch Nutztiere, womöglich sogar Schweine und Kühe, waren. Da sich dieser interessante Ort aber jenseits der Straßensperre und zudem ziemlich weit oben befand, mussten sie den Gedanken, dort oben nach Lodewig zu suchen und bei dieser Gelegenheit ein paar Viecher mit nach Hause zu bringen, aber schnell wieder aufgeben. Außerdem waren sie nur zu dritt und unbewaffnet.

»Wenn wir nicht dorthin kommen, kann Lodewig auch nicht dort sein«, resümierte der dritte im Bunde. »Lasst uns zurückgehen!«

Also überlegten die drei nicht mehr lange und nahmen sofort den Weg ins Dorf zurück über die andere Seite des Staufenberges, den vor Kurzem auch Schwester Bonifatia gewählt hatte, um dem ekelhaften Wengener Wirt wenigstens auf ihrem Rückweg nicht mehr begegnen zu müssen. Dabei warfen die Männer auch noch einen Blick in die sogenannte ›Bärenhöhle‹, einer kleinen Höhle auf der Südseite des Staufenberges. Auch hier weder ein Lebenszeichen von Lodewig noch das eines Bären, dem sie bei dieser Gelegenheit gerne das Fell abgezogen und das Fleisch mitgenommen hätten. »Na ja, ein ›Schatzloch‹, wie die Höhle auf der Salmaser Höhe scheint dies nicht gerade zu sein«, bedauerte derjenige, der den anderen von der ›Bauernfliehburg‹ erzählt hatte, im Hinblick auf die scheinbar dortigen Nutztiere, die in diesen Hungerzeiten soviel wert waren, wie alles Gold und Silber dieser Welt.

Da der Kastellan und Bruder Nepomuk in Weißach ebenso erfolglos gesucht hatten wie andere Suchtrupps im Ortskern von Staufen und um den Ort herum, gingen jetzt alle davon aus, dass sie Lodewig wohl nicht mehr finden würden.

Aber darüber wurde noch nicht laut gesprochen. Keiner traute sich auszusprechen, was er dachte. Sie alle verdrängten den Gedanken, Lodewig könne vielleicht schon tot sein. Obwohl sie nicht wussten, was ihm zugestoßen war, ahnten mittlerweile alle, dass etwas Schreckliches geschehen sein musste.

Obwohl sich beim täglichen Dorftratsch auch diese Varianten hartnäckig hielten, glaubte niemand ernsthaft daran, dass Lodewig seine geliebte Heimat freiwillig, sei es um des Freiheitsdranges, um eines anderen Mädchens wegen oder gar aus Furcht vor Bestrafung für eine schändliche Tat, verlassen hatte.

Außerdem wusste man, dass Lodewig Sarah liebte. Warum sonst hätte er sie zur Frau nehmen sollen? Oder geschah dies womöglich nur aus dem Grund, weil sie damals ein Kind von ihm erwartete? Selbst wenn, dann hatte sich Lodewig wahrhaft ritterlich gezeigt – immerhin hatte er eine ehemalige Jüdin geehelicht, noch bevor das Kind zur Welt gekommen war. Und so einer sollte eine Frau geschändet, ja sogar umgebracht haben? In diese quälenden Gedanken mischte sich beim Kastellan die Hoffnung der Unmöglichkeit, dass Lodewig aufgrund einer unsauberen Sache aus Staufen geflohen war, … obwohl der Grund dafür, bedeckt mit Lodewigs Wams, in einer dunklen Gasse gelegen haben könnte. Verdammter Mist! Diese Gedanken verdrängte der an die Redlichkeit seiner Söhne glaubende Vater. Niemals würde er diese schreckliche Vermutung, die er persönlich nicht als Verdacht wertete, mit seiner geliebten Frau teilen. Außerdem hatte er jetzt sowieso keine Zeit für Gedankenspiele, die nichts brachten.

Da er nun endlich wieder im Schloss war, wollte er das tun, was er schon lange hätte tun sollen: sich um Konstanzes Wohlergehen kümmern. Dabei würde er auch Sarah zu trösten versuchen und nebenbei auch ein wenig an sich selbst denken – an seinen Schmerz, schon wieder einen Sohn verloren zu haben. Er brauchte jetzt dringender denn je die Berührung mit jemandem, der seines Blutes war. Oder noch besser: mit jemandem, in dem Lodewigs Blut floss. Schließlich floss sein Blut in Lodewig, und Lodewigs Blut floss in dessen Sohn. So konnte er es kaum erwarten, den Kleinen auf dem Arm zu halten und ihn mit Zeigefinger und Mittelfinger sanft an einer Ader zu berühren, um das pulsierende Leben in ihm zu spüren – Lodewigs Leben. Noch nie hatte sich der im Grunde genommen feinfühlige Kastellan derart hilflos gefühlt. Aber er würde jetzt stark bleiben müssen und seinen eigenen Schmerz nicht in den Vordergrund schieben dürfen. Denn wie sollte er seiner Frau und seiner Schwiegertochter beistehen, wenn er selbst schwach war und Trost benötigte?

Da es genügte, wenn der Propst den Segen Gottes mit ein paar Spritzern aus dem Weihwasserkessel hier im Schloss ließ und der Kastellan mit seiner Familie allein sein wollte, schickte er den Priester fort. Mit den Worten »Gott befohlen« verabschiedete sich Johannes Glatt etwas mürrisch und ging zum Schlosstor, wo er noch kurz mit Siegbert, der Wachdienst hatte, redete, bevor er sich auf den Weg ins Dorf hinunter machte.

Kurz bevor er am Propsteigebäude ankam, sah er Fabio. »He! Was tust du?«, rief er fast rüde zur anderen Straßenseite hinüber.

Der entlassene Hilfstotengräber zuckte nur mit den Achseln: »Nichts! Was soll ich jetzt noch tun? Ich habe von meinem Herrn keinen Auftrag mehr.«

»Aber vom Ortsvorsteher«, rief der Propst zurück und winkte den ausgelaugt wirkenden Burschen mit der Hand, die er gerade noch als Schalltrichter benutzt hatte, zu sich herüber.

»Wer ist das denn? Wer ist der Ortsvorsteher?«, fragte Fabio mehr oder weniger interessiert.

»Wer wohl? Der Kastellan! Er hat dieses Amt derzeit kommissarisch inne«, klärte der Propst den scheinbar Unwissenden, aber lediglich Uninteressierten, auf und berichtete ihm, dass Ulrich Dreyling von Wagrain auf dem Pestfriedhof gewesen sei und dort einen unglaublichen Berg an menschlichen Körpern und zahllose ausgehobene Gräber vorgefunden habe. Er teilte Fabio auch den ausdrücklichen Wunsch des interimistisch eingesetzten Ortsvorstehers mit, dass alle Pesttoten unverzüglich bestattet werden sollten.

»Ich habe meine Arbeit in bester Art und Weise verrichtet und bin niemandem etwas schuldig«, entgegnete Fabio selbstbewusst, fügte aber noch an, dass es ihm leidtue, mit seiner Arbeit auf dem Pestfriedhof nicht mehr fertig geworden zu sein, solange er noch in Diensten des Totengräbers gestanden habe. Dennoch machte er kein Hehl daraus, dass er jetzt keine Lust mehr darauf hatte, um Gottes Lohn stinkende Leichen einzusammeln und sich womöglich doch noch zu infizieren. »Außerdem ist das Ausheben der Gräber eine Heidenarbeit«, setzte er noch trotzig nach.

»Aber der Kastellan wird dich gut dafür entlohnen, wenn du gleich morgen in aller Früh damit beginnst, genügend Gräber auszuheben, damit alle Toten, die sich noch im Dorf befinden und die du bereits nach Weißach gekarrt hast, ordentlich unter die Erde gebracht werden können. Wenn du damit fertig bist, werde ich in der dortigen Kapelle für die Hinterbliebenen eine Messe lesen«, versuchte der verklärt wirkende Kirchenmann, Fabio zu locken. Aber der lachte nur auf. »Ihr glaubt doch nicht allen Ernstes, dass sich auch nur ein einziger Staufner zum Pestfriedhof hinunter traut, um an einer Messe teilzunehmen. Selbst die früher ach so gottgefälligen Weißacher werden Euch die Gefolgschaft verweigern und der Kapelle fernbleiben. Obwohl in Weißach selbst kein einziges Opfer zu beklagen ist, hat sich die dortige Bevölkerung seit dem Tag, an dem ich den ersten Pesttoten aus Staufen dorthin gebracht habe, verbarrikadiert.«

»Vielleicht hat sie gerade das, … und natürlich unser Herr, geschützt?«, warf der Priester schnell dazwischen.

»Wie auch immer. Jedenfalls werden sich die Leute dort unten ebenso wie die Staufner hüten, sich dem Pestfriedhof zu nähern. Die braven Bauersleute fürchten sogar, dass die Geister der Pestischen über sie kommen und sie ebenfalls holen könnten«, erklärte Fabio die Situation aus seiner Sicht, wurde aber schon wieder vom Propst, der seine Hände beschwörend dem Himmel entgegenreckte, unterbrochen. »Versündige dich nicht, mein Sohn. Es gibt keine Geister und außerdem ...«

Da Fabio zeitlebens niemand ernsthaft zugehört hatte, gefiel es ihm, dass jetzt gerade ein gelehrter Vertreter Gottes etwas von ihm wollte. Deshalb nutzte er die Situation aus und unterbrach nun seinerseits den Propst: »Aber es stimmt doch! Wenn Ihr den Mut dazu habt, begebt Euch selbst zu einem der Bauernhäuser hinunter, und Ihr werdet mit Euren eigenen Augen sehen, dass deren Bewohner zu ihrem Schutz auf den dem Pestfriedhof zugewandten Seiten ihrer Höfe sogar Heiligenschreine aufgestellt und mit allerlei Figuren, Kruzifixen, Rosenkränzen und Kräuterbuschen drapiert haben. Manche haben sogar Hühnerbeine, Fuchsschwänze oder Strohpuppen zur Abschreckung der Pestdämonen dazugelegt.«

Während der Propst entsetzt das Kreuzzeichen in Richtung Weißach schlug und verfluchte, kein Weihwasser bei sich zu haben, spürte Fabio das Eigenleben, das sein Kopfhaar schon in seiner frühen Kindheit entwickelt und ihn seither nie mehr verlassen hatte. Nur ungern unterbrach er seinen pathetischen Vortrag, musste sich aber dringend kratzen. Als er dabei auch noch sein Haar ausschüttelte, wich der Propst ängstlich und angewidert einen Schritt zurück.

»Seid unbesorgt, bei meinen Untermietern handelt es sich nicht um Pestflöhe. Ich kenne jedes einzelne Exemplar persönlich. Sie ärgern mich zwar täglich, sind aber harmlos«, scherzte Fabio, wurde aber schlagartig wieder ernst. »Also gut. Wie viel bekomme ich, wenn ich diese schwere und gefährliche Arbeit auf mich nehme?«, fragte er selbstbewusst, legte sein juckendes Haupt in den Nacken und drückte gleichzeitig sein Kinn nach unten, damit er den kleiner gewachsenen Mann Gottes von oben herab mustern konnte.

Der Propst überlegte kurz und versprach ihm eine feste Anstellung im Schloss. »Wenn dich der Kastellan wider Erwarten doch nicht aufnehmen sollte, kommst du unter meine Fittiche. Ich bräuchte sowieso wieder einen Mesner.«

Da Johannes Glatt merkte, dass er Fabio mit einer festen Anstellung nicht zu locken vermochte, versuchte er es auf die seit Menschengedenken am besten funktionierende Art: »Fest versprechen kann ich dir …«, er fuhr sich mit Daumen und Zeigefinger übers Kinn, bevor er nur noch die beiden Finger aneinanderrieb, während er laut überlegte, »sagen wir … einen Dreiviertelgulden.«

Jetzt überlegte Fabio ein Weilchen, bevor er seinem Gegenüber die Hand hinstreckte und gleichzeitig ein Gegenangebot machte: »Zweieinhalb!«

Da der Propst wusste, dass diese Arbeit von niemand anderem übernommen werden konnte, musste er wohl oder übel Fabios Forderung annehmen. »Also gut«, entgegnete er mit einem gequälten Lächeln und beschloss, dem Kastellan das Geld vorzustrecken. »Du bekommst sofort einen Gulden!«

»Zwei!«

»Du Halsabschneider! Mein letztes Angebot: Ich gebe dir eineinhalb Gulden. Aber denke daran, dass morgen Sankt Nikolaustag ist.«

»Na und? Was habe ich damit zu schaffen?«, fragte Fabio, sichtlich verwirrt.

»Der Heilige Nikolaus ist unter anderem auch der Schutzheilige der Diebe! Und dass du zumindest ein Halsabschneider bist, hast du soeben bewiesen«, kam es lachend zur Antwort.

Fabio wehrte mit einer Hand ab, während er dem Propst die andere hinhielt, um das Geld im Voraus zu kassieren.

Propst Glatt konnte gar nicht so schnell schauen, wie das Schlitzohr den warmen Regen in seiner Tasche verschwinden ließ, bevor er sich auf den Weg machte, um einen neuen Karren aufzutreiben. Da Fabio nicht wissen konnte, dass der bisher benutzte Leichenwagen in tausend Stücke zersplittert in einer Wiese lag, hatte er sich schon gewundert, wo das gute Stück abgeblieben war. Nachdem aber niemand etwas darüber zu wissen schien, kein neuer Karren aufzutreiben war und er schon aufgeben wollte, wurde er schließlich doch noch fündig. Der Propst selbst hatte ihm den Hinweis und den Schlüssel gegeben, um in der alten Getreideschranne nachsehen zu können. Und Fabio hatte Glück: Hinter etlichen alten *Schesen*, haufenweise Wagenrädern aller Größen und allerlei Gerümpel lehnte tatsächlich ein brauchbar aussehender Karren mit ungewöhnlich langen Zugstangen an der Wand. Der machte zwar einen solch schweren Eindruck, dass Fabio befürchtete, ihn nicht mehr nach Staufen hochbringen zu können, selbst wenn beim Rückweg keine Leichen darauf liegen würden. Dennoch schien er sich für seine Mission zu eignen.

Und wenn der Karren tatsächlich zu schwer ist, lasse ich ihn einfach in Weißach unten. Es ist sowieso meine allerletzte Fracht, dachte er zufrieden.

So konnte er sich auf den Weg machen, um sich redlich das Geld zu verdienen, das er bereits in seiner Tasche hatte.

⁃⊙⁃

Der Nebel am Morgen des Nikolaustages ließ nur ein unheimlich wirkendes Gerumpel und Geknarze, aber keine Sicht durch. Er war noch nicht bereit, den Blick auf das freizugeben, was den höllischen Lärm verursachte. Wenn es nicht zur Morgenstunde wäre, könnte man meinen, dass es die Rumpelklausen waren, die traditionsgemäß an diesem Tag einen mehr als 2000 Jahre alten Kult aus heidnischer Zeit lebendig werden ließen. Um in langen und kalten Winternächten der übermächtigen Furcht vor allem Unheimlichen entgegenzutreten, hatten sich schon die Kelten und Alemannen, aber auch die Sueben und Bajuwaren furchterregende Fellgewandungen und fantasievolle Reisig- oder Moosflechtenkombinationen übergestreift. Sie hatten ihre Köpfe unter wild anmutenden Tierschädeln und Kappen mit Hörnern oder Geweihen verborgen, um mit tosendem Schellen- und Glockengeläute, das meist von wildem Kettengerassel begleitet wurde, durch die Straßen der Dörfer zu ziehen. Ihr Ziel war es gewesen, unheimliche Dämonen und böse Wintergeister zu vertreiben.

Auch nun – lange nach der Christianisierung – hatte sich die Angst vor dem Unbegreiflichen, vor dem Unfassbaren, noch nicht gelegt, und so frönten die ledigen Burschen des Dorfes noch immer diesem uralten heidnischen Brauch. So lange die Ältesten des Dorfes denken konnten, hatte das ›Klausentreiben‹ Jahr um Jahr in den Abendstunden des 6. Dezember mystische *Urständ* gefeiert.

Erst als die Staufner vor einem Jahr geglaubt hatten, die Pest im Dorf zu haben, war darauf verzichtet worden, denn diese hartnäckige Seuche hätte sich nicht durch abergläubischen Mummenschanz vertreiben lassen.

Nachdem sich aber herausgestellt hatte, dass es nicht die am meisten gefürchtete aller Seuchen gewesen war, die fast 70 Menschenleben gefordert hatte, und mit dem damaligen Dorfmedicus Heinrich Schwartz der Schuldige dieses Massensterbens gefasst und gehängt worden war, hatte man diesen Brauch wieder aufleben lassen wollen. Jedoch war dieser fromme Wunsch durch die echte Pestepidemie jäh zerstört worden.

So war an eine Durchführung der liebgewonnenen Tradition auch heuer nicht zu denken. Demnach konnten es also nicht die Rumpelklausen sein, die diesen Krach verursachten. Es war Fabio, der seinen neuen Karren durch das Dorf zog und die restlichen Leichen einsammelte, um sie nach Weißach zu bringen, wo er sie heute noch vergraben wollte. Zumindest hatte er dies Propst Glatt versprochen.

Der junge Leichenbestatter erschrak, als er plötzlich die schemenhaften Umrisse einer Person vor sich sah. Um zu erkennen, wer sich ihm in den Weg stellte, kniff er die Augen zusammen.

»Herr! Seid Ihr es?«, rief er ins Dunkel des Morgens.

Fabio glaubte, um diese frühe Morgenstunde konnte außer ihm selbst nur noch der Totengräber so verrückt sein, durchs Dorf zu geistern. Erst als er der unheimlich anmutenden Gestalt näher kam, erkannte er, dass es sich um den Werkzeugmacher handelte.

»Macht den Weg frei! Ich habe die Pestilenz auf meinem Karren«, rief Fabio dem Handwerker warnend entgegen. Aber der Mann blieb mit ausgebreiteten Armen stehen und hinderte ihn am Weiterkommen.

»Was ist los, guter Mann? Kann ich Euch irgendwie helfen … oder wollt Ihr mir Böses?«, fragte Fabio verunsichert.

»Nein, ich möchte dir nichts tun. Aber du kannst mir in der Tat helfen. Ich kann dir zwar nichts bezahlen, bitte dich aber dennoch, mein totes Weib mitzunehmen und ordentlich zu bestatten. Sie ist heute Nacht der Pest erlegen.«

Der Werkzeugmacher wischte sich erst noch über die Augen und zog mit einem unangenehmen Geräusch Nasensekret zurück, um es daran zu hindern, seinen Körper gänzlich zu verlassen und auf den Weg zu tropfen.

So viel Sorgfalt im Umgang mit einer Pesttoten ist ungewöhnlich und muss belohnt werden, dachte Fabio, der nicht wissen konnte, dass die Frau nur aus dem Grund in Stoff genäht worden war, um zu vertuschen, dass sie ihrem Mann über Tage nach ihrem Tod als Nahrung gedient hatte.

Da der junge Leichenbestatter Fabio sich momentan reich wähnte, war er dementsprechend gut gelaunt und wollte den unglücklichen Mann an seinem Glück teilhaben lassen. »Aufrichtiges Beileid«, kam ihm mehr oder weniger glaubhaft über die Lippen. »In der Hoffnung, dass es mein letztes Werk sein wird, komme ich Eurem Wunsch nach und bringe Euer Weib nach Weißach, wo ich extra für sie ein Grab ausheben und sogar ein Kreuz aufstellen werde.«

Der hagere Handwerker wusste nicht, was er sagen sollte, und faltete die Hände, während er zu flennen begann und auf die Knie sank.

»Ist schon gut. Aber steht um Gottes willen wieder auf«, bat Fabio den dankbaren Mann. Um die ihm peinlich dünkende Situation aufzulösen, drängte er zur Eile und änderte den Tonfall: »Bringt mir die Tote und legt sie auf den Wagen zu den anderen. Ich muss mich sputen, da noch ein hartes Tagewerk vor mir liegt und ich ein gutes Stück Arbeit hinter mich gebracht haben möchte, bevor die Sonne die Verwesung und die damit einhergehende Geruchsbildung begünstigt.«

Fabio merkte, dass es nicht gut war, was er dem trauernden Wittiber gegenüber soeben geäußert hatte, und entschuldigte sich bei ihm, als dieser gerade dabei war, die sterblichen Überreste seiner Frau auf den Leichenkarren zu legen.

Während der Werkzeugmacher Fabio und seiner toten Frau so lange nachblickte, bis sie vom Nebel verschluckt wurden, wusste er nicht, dass er dem Anschein nach der letzte Pestwittiber in Staufen war und der Spuk jetzt – nachdem die Reste seiner Frau, in Rupfen genäht, auf dem Weg zum Pestfriedhof waren – ein für alle Mal vorüber zu sein schien.

Von Anbeginn des Monats Mai Anno Domini 1635 bis zum heutigen Tag, der dem Heiligen Nikolaus von Myra in Lykien geweiht war, hatte sich die Pestilenz sage und schreibe zwei Drittel der Bevölkerung Staufens geholt.

Die Frau des Werkzeugmachers war wohl das letzte von insgesamt 706 Opfern der wütenden Seuche in diesem Allgäuer Dorf. Aber war dies auch die schlimmste Zeit in der Geschichte Staufens? Oder sollte noch etwas kommen?

† *Gott, der Herr, sei ihren armen Seelen gnädig. Lasset uns beten ...* †

Im Schloss indessen fanden sich alle, die während der vergangenen Tage an der Suche nach Lodewig beteiligt gewesen waren, zusammen. Für Rosalinde war es seit Diederichs Tod, durch dessen Umstände ihre Verbannung aus der Vogtei verfügt worden war, das erste Mal, dass sie die Innenräume des Schlosses nicht nur betreten durfte, sondern auf Geheiß ihrer Herrin sogar betreten musste.

Auch wenn sie Lodewig nicht gefunden hatte, schien sich Rosalindes Aktivität bei der Suche gelohnt zu haben. Obwohl der Grund der Zusammenkunft alles andere als beglückend war, durchdrang die Magd ein Wohlgefühl des Glücks und innerer Zufriedenheit. In ihre stille Freude mischte sich aber auch Angst, die Angst davor, ihrer Herrin seit langer Zeit zum ersten Mal wieder in die Augen schauen zu müssen. Obwohl sie es kaum erwarten konnte, endlich wieder die ihr in all den Jahren vertraut gewordenen Räume zu betreten, zauderte sie. Erst als ihr Ignaz Mut zusprach, traute sie sich einzutreten. Dabei überkam sie ein ungutes Gefühl, das sich mit einer so starken Freude vermischte, dass sie nicht wusste, wie sie damit umgehen sollte. In ihrer Verlegenheit eilte sie sofort in die Schlossküche und nahm ihre alte Arbeit auf.

Trotz der frühen Morgenstunde sollte jetzt gemeinsam besprochen werden, ob es überhaupt noch Sinn hatte, weiter nach Lodewig zu suchen. Dafür war das ›Gelbschwarze Streifenzimmer‹ schon in aller Herrgottsfrüh eingeheizt worden. Überall standen Öllampen und Kerzen, die ein wohltuendes Licht verbreiteten und davon ablenkten, dass es bereits Dezember und draußen unangenehm trüb war. Sie alle spürten, wie sich die Kälte nach und nach zu entfalten begann und der längst erwartete Winter erst jetzt richtig anfing. Wäre der Grund des Zusammentreffens nicht so traurig gewesen, hätte man die Situation als richtig gemütlich empfinden können. Jetzt saßen alle im Raum und warteten nur noch auf Konstanze. Melchiors Freunde und die Blaufärber waren die Einzigen, die noch niemals innerhalb des Schlosses und schon gar nicht in diesem wunderschönen Saal gewesen waren. Ehrfurchtsvoll betrachteten sie das wertvolle Interieur und trauten sich dabei kaum zu atmen. Immer wieder hasteten ihre Blicke zum Kastellan, der unruhig auf und ab ging. Indem sie die Augen des Schlossverwalters suchten, wollten sie sich vergewissern, nichts falsch gemacht zu haben. Sie wussten nicht, ob es ihnen überhaupt zustand, sich an den schönen Dingen dieses, den einstigen Burgbesitzern, den Herrn von Schellenberg, gewidmeten kleinen Saales zu erfreuen.

Während sich die Blaufärber von der Schönheit dieses Raumes gefangen nehmen ließen, schabte sich Ignaz – unbemerkt von den anderen – mit der Spitze seines *Hirschfängers* den Dreck unter den Fingernägeln heraus. Siegbert unterhielt sich derweil mit Bruder Nepomuk und Rudolph zog es vor, sich geistig auf das kommende Gespräch vorzubereiten, was sich darin erschöpfte zu versuchen, einen klugen Ausdruck in sein Gesicht zu bemühen. Dass er dabei eingenickt war und wie ein Wildschwein grunzte, merkte er nicht. Melchior, der seinen Freund Lodewig schon des Öfteren im Schloss hatte besuchen dürfen, erklärte seinen Freunden leise, was sie gerade bestaunten.

Als Rosalinde zufällig aus dem Fenster blickte, sah sie, wie drei Frauen aus dem Vogteigebäude traten. »Die Herrin«, entfuhr es ihr erschrocken. »U ... U ... Und sie ist nicht allein!« Die Magd wischte sich hastig die Hände an einem Lappen ab, fuhr sich mit den Fingern durch die Haare und eilte zum ›Streifenzimmer‹, wie der kleine Saal in Kurzform genannt wurde. Als sie die Flügeltür versehentlich eine Spur zu fest aufriss, ruhten plötzlich alle – auch Rudolphs – Blicke auf ihr.

»Und?«, fragte der Kastellan knapp.

Die Magd vollführte hastig etwas, das einem Knicks ähnelte, und teilte den Anwesenden stotternd mit, dass die Herrin mit Mutter und Tochter Bomberg auf dem Weg hierher wären. Unauffällig deutete ihr Ignaz, neben ihm Platz zu nehmen.

Es war jetzt still im Raum. Rudolph schnarchte nicht mehr, weil ihn das Quietschen und Schlagen der Flügeltür aus seinen Träumen gerissen hatte. Niemand sagte etwas. Der Kastellan stand wie angewurzelt da und die Blaufärber hatten damit zu tun, ihre für wenige Minuten verwöhnten und dementsprechend glänzenden Augen zu beruhigen und sie ebenfalls zur Tür zu lenken.

Als Judith und Sarah eintraten, wurde es mucksmäuschenstill in dem Raum, in dem vor nicht allzu langer Zeit von des Kastellans Gnaden der ehemalige Ortsvorsteher Ruland Berging zum namenlosen Totengräber degradiert worden war. Während Judith ihrer gramgebeugten Tochter beistand, indem sie einen Arm um sie legte, betrat Konstanze allein und erhobenen Hauptes den Raum.

Mein Gott, wie bist du schön, dachte der Kastellan, als er seine Frau durch die Tür kommen sah. Die dunklen Augenränder und die extreme Blässe in ihrem Gesicht übersah er geflissentlich. Wider Erwarten stand jetzt keine vor Gram gebeugte und vor Trennungsschmerz jammernde Mutter mit einem verweinten Gesicht, sondern eine stolze Frau mit erhobenem Haupt vor ihm. Obwohl ihnen der Benediktinermönch abgeraten hatte, sich an diesem Gespräch zu beteiligen, wollten die tapferen Frauen unbedingt dabei sein, wenn es darum ging, ob man sich angesichts der vielen Toten der letzten Monate überhaupt noch die Mühe machen sollte, weiterhin alles dafür zu tun, um vielleicht doch noch ein einziges Leben – Lodewigs Leben – retten zu können. Wie dies bewerkstelligt werden konnte, wussten die Frauen natürlich nicht. Sie wussten ja nicht einmal, ob dem jungen Familienvater überhaupt etwas zugestoßen war oder ob er es vielleicht doch aus freien Stücken heraus – aus was für Gründen auch immer – vorgezogen hatte, Staufen den Rücken zu kehren.

»Bitte nehmt Platz«, gebot der Hausherr höflich, während er die Stühle der Damen zurechtrückte, bevor er sich selbst auf das dicke Samtkissen seines mit geschnitzten Löwenköpfen verzierten Stuhles sinken ließ. »Wir sind heute Vormittag zusammengekommen, um uns gegenseitig zu berichten, was wir bei unserer Suche nach Lodewig gesehen oder besser gesagt, nicht gesehen haben. Aus der Summe des Gesagten werden wir die Entscheidung treffen, ob wir heute weitersuchen ...«, der Kastellan räusperte sich, »... oder nicht.«

Dabei blickte er gequält zu seiner Frau, wandte sich aber sogleich Siegbert und Rudolph zu. »Damit einer von euch umgehend wieder seinen Wachdienst aufnehmen kann, beginnen wir mit euch.«

Nachdem die beiden Schlosswachen alles Nennenswerte über ihre Suche nach Lodewig berichtet und Siegbert ganz nebenbei darüber geklagt hatte, dass der Schießstand augenscheinlich der allgemeinen Brennholzsuche zum Opfer gefallen war, wollte der Kastellan ihre Meinung über den Sinn einer weiteren Suche wissen. Die beiden sahen zuerst sich an, bevor sie in die Runde blickten. Man merkte ihnen an, dass sie Zeit brauchten, um ihre Antwort zu formulieren. Als sich Siegberts Blick mit dem der Kastellanin kreuzte, kam die Antwort: »Rudolph und ich sind der Meinung, dass wir alles daransetzen müssen, um den jungen Herrn zu finden! Wir würden beide gerne weitersuchen, wenn Ihr es gestattet.«

Diese Antwort war seiner Herrin ein kaum merkliches, aber dankbares Lächeln wert.

»Gut! Ihr habt eure Meinung bekundet und könnt jetzt wieder auf eure Posten«, gebot der Kastellan. »Ist noch etwas?«

»Ja, Herr. Rudolph hat Wachdienst. Ich habe frei. Darf ich hierbleiben?«, bat Siegbert den Kastellan, der zustimmend nickte.

Nachdem die Blaufärber alles über ihre Suche nach Lodewig berichtet hatten, wurden auch sie gefragt, wie sie zu einer weiteren Suche standen. Der Blaufärber nahm seine Frau an der Hand, die ihm aufmunternd zunickte. »Ihr habt es selbst gesehen. Mein Weib ist dafür, weiterzusuchen. Dasselbe gilt auch für mich. Finden wir den jungen Mann!«

Dieser Meinung schlossen sich auch Melchior und seine Freunde, die – außer der Sache mit Vater und Sohn Vögel, die Melchior natürlich haarklein erzählte – ebenfalls nichts Nennenswertes in Bezug auf ihre Suche nach Lodewig mitzuteilen hatten, vorbehaltlos an.

Als Sarah ihren Dank für die Zustimmung aller zur weiteren Suche bekundete, indem sie leise zu schluchzen begann, tupfte sich Konstanze mit einem spitzenbesetzten Tüchlein unauffällig die Tränen aus den Augenwinkeln.

Nachdem sich der Kastellan bei den Blaufärbern, sowie bei Melchior und seinen Kameraden bedankt hatte, stand er auf und ging um den Tisch herum zu Ignaz und Rosalinde. Als er sich zwischen die beiden stellte und seine Hände auf deren Schultern legte, glaubte Rosalinde, sterben zu müssen. Die unerwartete Berührung des Kastellans und der stechende Blick ihrer Herrin trafen sie wie der Blitz.

»Nun, Ignaz: Ich habe gehört, dass dich Rosalinde bei deiner Suche nach unserem Sohn begleitet hat. Das finde ich lobenswert«, sagte er ganz bewusst, um seine Frau der Hausmagd gegenüber wenigstens etwas gnädiger zu stimmen. »Was habt ihr zu berichten?«

Während Ignaz der Reihe nach alles erzählte, senkte Rosalinde demütig ihr Haupt, um den Blicken ihrer geliebten Herrin zu entgehen. »… und das war leider alles«, beendete der treue Knecht seine Ausführungen.

Verstohlen blickte Rosalinde zu ihm hoch und zupfte ihn dabei an der Hose.

»Was ist?«, zischte Ignaz leise.

Dies blieb auch Konstanze nicht verborgen, weswegen sie die Magd in strengem Ton anfuhr und ihr gebot zu sagen, was es noch zu sagen gäbe.

Rosalinde stand auf und machte einen untertänigen Knicks, ließ dabei aber ihr Haupt immer noch gesenkt, da sie wusste, dass es dem Gesinde gemäß allgemeiner Gepflogenheit eigentlich nicht zustand, Edelleuten allzu direkt in die Augen zu blicken. »Ja, Herrin«, antwortete sie mit zitternder Stimme.

»Dann raus damit … und schau mir gefälligst in die Augen«, herrschte Konstanze die in diesem Moment ganz besonders scheue Magd an.

Rosalinde musste ihren ganzen Mut zusammennehmen, um überhaupt antworten zu können: »I… I… I… Ignaz ha… ha… hat vergessen z… z… z… zu erwähnen, w… w… w… was wir beim Moosmann ge… ge… gesehen haben.«

»Oh ja! Das Ross«, entfuhr es dem Knecht, der sich dabei mit der flachen Hand so fest auf die Stirn schlug, dass es patschte.

»U... U... U... Und d... d... das Zaumzeug!«

Ein Raunen ging durch die Runde.

»Was für ein Ross?«, wollte Konstanze wissen und kam mit dieser Frage ihrem Mann zuvor.

Nachdem Rosalinde die Geduld aller in Anspruch genommen hatte, weil sie nur stotternd hatte berichten können, dass in Moosmanns Stall ein stolzer Schimmel stehen würde, zu dem auch ein wertvolles Zaum- und Sattelzeug zu gehören schien, meldete sich der Blaufärber zu Wort: »Ich kenne dieses auffällige Pferd«, sagte er erregt und erntete dafür von seiner Frau fragende Blicke.

»Was?«, rief der Kastellan erregt. »Erzählt weiter!«

»Nun ja. Ich habe es schon einmal gesehen. Ich erinnere mich sogar noch genau an den Tag und an die Stunde.«

Bevor Hannß Opser weitersprach, blickte er mitleidig seine Frau an und umfasste zart ihre Hand: »Es war an jenem traurigen Tag, an dem ich nach unserem verschwundenen Sohn Didrik gesucht habe, als ich den Medicus aus dem Ort in Richtung Salzstraße reiten sah. Ich habe mich noch gewundert, warum der als versoffen und nicht gerade als fleißig bekannte Arzt schon zu solch früher Stunde unterwegs war.

Obwohl ich zu jener Zeit verständlicherweise kein Auge für die schönen Dinge des Lebens haben konnte, sind mir das schneeweiße Pferd und der messingbeschlagene Sattel aufgefallen. Als ich den Medicus gefragt habe, ob er etwas über meinen ...« Er hielt einen kurzen Moment inne. Denn um wenigstens etwas Trost zu spenden, wollte er verdeutlichen, dass es ihm und seiner Frau Gunda im vergangenen Jahr ähnlich ergangen war, wie zur Stunde Ulrich und Konstanze Dreyling von Wagrain, weswegen er das ›meinen‹ ganz besonders betonte, bevor er weitersprach: »Sohn wisse, hat er mir nur eine patzige Antwort und seinem Pferd die Sporen gegeben ... bevor er mich rüde zu Boden getreten hat.«

Dass der Schuss zumindest Konstanze gegenüber nach hinten losgegangen war, weil der jüngste Sohn des Blaufärbers zu diesem Zeitpunkt bereits tot gewesen war, zeigte sich darin, dass ihr anstatt eines dankbaren Lächelns nun doch noch ein paar Tränen herunterliefen. Nein: Lodewig ist nicht tot, dachte sie sich gleichsam trotzig und hoffnungsvoll.

Nachdem zunächst alle Blicke auf den Blaufärber, dann auf Konstanze, gerichtet waren, ruhten sie jetzt gespannt auf dem Kastellan, der eine ganze Zeit lang ruhig dasaß und überlegte.

»Natürlich, Herr Opser«, rief er plötzlich. »Eure Aussage bestätigt das, was wir schon lange vermutet und mit an Sicherheit grenzender Wahrscheinlichkeit gewusst haben: Der Medicus und der Totengräber haben seinerzeit gemeinsame Sache gemacht. Als der Arzt aus dem Ort in Richtung Salzstraße geritten ist, hat ihn sein Weg bestimmt zum Kräutermann nach Hopfen geführt.«

»… wo er sich in dessen Kräutergarten die giftigen Gewächse zum Vortäuschen der Pest besorgt hat«, ergänzte Bruder Nepomuk, der bisher geschwiegen und sich wie immer seine eigenen Gedanken gemacht hatte, den Satz.

Während die beiden eine ganze Weile weiter kombinierten, saßen die anderen still da und hörten interessiert zu.

»… und wem der Schimmel gehört, wissen wir ja. Wir wussten nur nicht, dass es das edle Tier überhaupt noch gibt und dass es zudem auch noch in einem Staufner Stall untergebracht ist. So ein ausgebuffter Fuchs«, stellte der Kastellan fest und hieb dabei mit der flachen Hand auf den Tisch.

»Jetzt bleibt nur zu hoffen, dass das Pferd noch dort ist, wo es Ignaz und Rosalinde gestern gesehen haben«, sagte Nepomuk, dem klar war, was sein Freund Ulrich jetzt vorhatte und dass er sich damit beeilen musste.

»Ignaz, sattle sofort meinen ›Raben‹! Und du, Rosalinde, bringst mir meinen Reisekürass … aber ohne Helm! Nur mit Schlapphut«, befahl der Kastellan wie erwartet.

Während der Kastellan schon aus seinem Sessel hochschoss, ging zaghaft die Hand des treuen Stallknechtes nach oben.

»Ja, Ignaz. Was ist?«

»Mit Verlaub gesagt, würde ich an Eurer statt den ›Raben‹ noch nicht reiten. Ich habe heute früh seine Wunde, die er sich beim Holzrücken zugezogen hat, frisch verbunden und gesehen, dass ihm ein paar zusätzliche Tage bis zur endgültigen Heilung guttun würden.«

»Ja klar! Danke Ignaz! Das hatte ich in all der Aufregung vergessen. Sattle mir also die Stute.«

»Ja, Herr!«

Während der Knecht schon auf dem Weg zum Stall war, erklärte der Kastellan den anderen, dass er ein Versteck in der Nähe des Moosmannhofes suchen wolle, von dem aus er sehen könne, wenn sich jemand dem Stall nähere. »Und wenn es der Totengräber ist, dann gnade ihm Gott!«

Während der Kastellan laut überlegte, dass es wohl am besten wäre, sich bei der Überwachung abzuwechseln, falls Ruland Berging auf sich warten lassen sollte, und dabei den Raum verließ, stand Konstanze auf und ging langsam um den Tisch herum zu Rosalinde. Der Magd rutschte schier das Herz in die Bruche, als sie von ihrer Herrin gebeten wurde aufzustehen. Bevor Konstanze ihre Magd umarmte, reichte sie ihr die Hand zum Frieden und bedankte sich für ihre wichtige Aussage.

»Ab jetzt arbeitest du wieder im Haus«, sagte sie fast sanft.

Während ihre Herrin bei ihrer knappen, fast berührungslosen Umarmung lediglich an eine kurze wiedergutmachende Geste dachte, wurde sie von Rosalinde fest umklammert. Die Magd konnte einfach nicht gleich wieder loslassen. Sie genoss die Freude des Augenblicks und merkte dabei nicht, dass ihre Tränen das Mieder der Herrin tränkten. Irgendwann lösten sich ihre zitternden Finger dann doch.

»Verzeiht, Herrin«, brachte sie kaum vernehmbar hervor, als sie auf die Knie fiel und ergeben den Saum von Konstanzes Rock küsste.

Diese rührende Szene wurde nur von Sarah gesehen und von der Blaufärberin mit einem verständnisvollen Lächeln begleitet. Die anderen waren schon zu den hofseitigen Fenstern geeilt, um zuzusehen, wie der Kastellan aus dem Schlosshof preschte.

Kaum hatte Rudolph das Tor hinter seinem Herrn geschlossen, musste er es schon wieder öffnen. Mit gleichem Tempo, wie der Kastellan das Schloss vor einem Moment verlassen hatte, preschte er jetzt wieder herein, sprang vom Pferd und hastete zurück zum Streifenzimmer. Dort angekommen, riss er beide Flügeltüren auf und versetzte dadurch alle Anwesenden in Staunen.

Während die anderen immer noch wie angewurzelt am Fenster standen, ging Konstanze fragenden Blickes auf ihren Mann zu. »Was ist los, Ulrich?«, fragte sie, während sie ihm mit einer Hand über die Wange strich.

»Es könnte sein, dass ich den Posten, den ich jetzt beziehen werde, auch noch heute Nacht beibehalten muss. Ich bleibe so lange, bis Ruland Berging zum Stall kommt, um sein Pferd zu holen, und ich ihn stellen kann. Ich wollte nur, dass du das weißt ... Außerdem wollte ich mich von dir auch noch verabschieden.«

Konstanze lächelte ihn an, setzte aber sofort wieder eine strenge Miene auf und klatschte mit gewohnter Strenge in die Hände. »Rosalinde, bring deinem Herrn zwei Wolldecken und seine Cuculle. Pack zudem noch Brot und ein Stück Speck ein! Vergiss auch den Wein nicht! Aber spute dich dabei!«

Und wie sich die überglückliche Magd sputete: Sie freute sich, nach langer Zeit endlich wieder einen Auftrag ihrer Herrin ausführen zu dürfen.

Der Kastellan, der vom neuen Friedensbündnis seiner Frau mit Rosalinde nichts mitbekommen hatte, wunderte sich zwar, bemerkte aber nichts dazu. Stattdessen sagte er: »Ich danke dir, meine Liebe. Ich verspreche dir, dass ich spätestens morgen Abend wieder hier sein werde. Sollte ich eine Stunde vor Sonnenuntergang noch nicht zurück sein, schick bitte Nepomuk als Ablösung. Mach dir keine Sorgen: Ich achte auf mich ... und außerdem: Ich bin ja nicht weit weg.«

»Da ich dich sowieso nicht von deinem Vorhaben abhalten kann und ebenfalls die einzige Möglichkeit darin sehe, Lodewig zu finden, indem zuvor der Totengräber gefasst wird, heiße ich dein Vorhaben für gut. Sei aber vorsichtig!«

»Entschuldigt, Herr!«

Der Kastellan drehte sich um. »Was ist?«

»Hier!«

Während ihm Rosalinde mit gesenktem Haupt und einem gekonnten Knicks die Dinge entgegenhielt, die sie im Auftrag ihrer Herrin eilends geholt hatte, umarmte der Kastellan seine Frau und wisperte ihr leise ins Ohr, dass er sie unendlich liebe und dass sie das Richtige gemacht habe. »... Ich meine das mit Rosalinde.«

»Ich liebe dich auch. Und ich brauche dich. Komm gesund

zurück! Bedenke bei allem, was du tust, dass Ruland Berging gefährlich … und hinterlistig ist«, wiederholte sie den Wunsch, Ulrich möglichst bald wieder in die Arme schließen zu können.

Konstanze fühlte, dass auch ihr Mann in höchster Gefahr schweben würde, wenn er auf den Totengräber träfe. Obwohl ihr etliche der Anwesenden ganz besonders nahestanden, konnte niemand auch nur im Entferntesten erahnen, was in Konstanze vorging, als er den Raum verließ. Um sich nichts anmerken zu lassen, drehte sie sich zum Fenster und stützte sich am Sims ab.

Als sie Ulrich davonpreschen sah, konnte sie die Tränen allerdings beim besten Willen nicht mehr zurückhalten. Dies sah Nepomuk, der zu ihr eilte, um sie in den Arm zu nehmen.

»Erst habe ich Diederich verloren, dann wird Lodewig vermisst und jetzt begibt sich zudem noch Ulrich in womöglich tödliche Gefahr. Ich könnte es nicht ertragen, ihn auch noch zu verlieren. Wenn doch nur Eginhard hier wäre.«

»Noch wissen wir nicht, ob Lodewig ein Leid geschehen ist, und Ulrich weiß sich zu wehren – er ist bewaffnet und trägt seine Rüstung«, tröstete der Mönch die verzweifelte Frau, bevor er auch den anderen vorschlug, in die Schlosskapelle zu gehen, um gemeinsam Gottes Beistand zu erbitten.

Kapitel 52

F<small>ABIO WAR SCHON LÄNGST AM</small> P<small>ESTFRIEDHOF ANGEKOMMEN</small> und hatte große Mühe, die Hundertschaften von Krähen, die sich über das faulende Menschenfleisch hergemacht hatten, zu vertreiben. Jetzt stank es ihm, dass er vor geraumer Zeit haufenweise Leichen zurückgelassen hatte, ohne sie sofort zu vergraben. Dass er sich ein Tuch um Mund und Nase band und darüber auch noch einen in Essig getränkten Stofffetzen knotete, nützte nicht allzu viel. Ob er wollte oder nicht: er musste ständig würgen, wenn er den Pesthauch des Todes einatmete und zudem auch noch die vielen Maden sah, die ungehemmt ihren Hunger stillten, während sie selbst als

Futter von Feldmäusen, Mardern und anderem Getier dienten. Zwischendurch musste sich der offensichtlich doch nicht so abgebrühte Leichenbestatter sogar übergeben. Da er heute aber noch nichts zu sich genommen hatte, kam nur eine bittergelbe Flüssigkeit, deren Geschmack den ganzen Tag nicht aus seinem Mund weichen wollte, so oft er auch ausspuckte und zur Geschmacksneutralisierung sogar Gras kaute, das er fernab des Pestfriedhofes ausgerupft hatte. Ich werde doch nicht schon wieder krank werden? Nicht jetzt noch, sorgte sich Fabio.

Jetzt schwitzte der fleißige Bursche schon etliche Stunden, und er hatte es endlich geschafft, zwar keine allzu tiefen, dafür aber genügend große, Gruben auszuheben, in denen er die Leichen zu viert oder zu acht, einmal sogar zu zehnt, in zwei Lagen übereinander unterbringen und eine Elle Erde darüber schaufeln konnte.

Bevor er die Neuzugänge versorgen würde, wollte er die zuvor bereits ausgehobenen Löcher mit denjenigen Leichen füllen, die er beim letzten Mal einzeln neben die Aushübe gelegt hatte. Doch zunächst kam die schwierigste Arbeit: die zu Haufen gestapelten Pestopfer mussten irgendwie voneinander getrennt werden. Erst dann könnte er sie zu den Gruben ziehen und dort einigermaßen ordentlich ablegen. Da die Leiber mittlerweile zu matschigen Klumpen verklebt waren und sich daran nicht nur die Maden zu schaffen machten, war es eine unvorstellbar ekelerregende Arbeit. Aber irgendwie schaffte es Fabio mit Hilfe der Schaufel, die Leiber zu trennen und damit die Gruben zu füllen.

Bei dieser besonders widerlichen Tätigkeit lenkte er sich ab, indem er fortwährend an die eineinhalb Gulden in seiner Tasche und an das, was er damit tun würde, dachte. Zusammen mit dem, was er im Laufe der Zeit für seine Arbeit vom Totengräber bekommen hatte und was ihm der Propst, der Kastellan und einzelne Hinterbliebene zugesteckt hatten, von dem der Totengräber nichts wusste, war – ohne auch nur einen einzigen Heller zu klauen – ein inzwischen schönes Sümmchen zusammengekommen.

Ja, damit lässt sich fürwahr ein neues Leben aufbauen, rechnete er sein kleines Vermögen zusammen und sinnierte weiter.

Zuallererst wollte er in eine größere Stadt weiterziehen und in einem öffentlichen Badehaus seinen lästig juckenden ›Untermietern‹ kündigen. Frisch entlaust und gewaschen, würde er sich mit einer ordentlichen Gewandung herausputzen und auf Brautschau gehen. Sicher würde es in Immenstadt eine holde Maid geben, die ihr künftiges Leben mit ihm zu teilen gedachte, sowie er ihr den Inhalt seines Geldbeutels zeigte. Wenn er in der rothenfelsischen Residenzstadt kein Glück haben sollte, könnte er bis zum Fürststift Kempten oder nach Füssen weiterziehen, um in einer dieser modernen Städte eine brave Jungfrau zu finden. Sollte sich die holde Weiblichkeit nicht für ein Dasein in absoluter Freiheit interessieren, würde er wohl oder übel doch noch sesshaft werden müssen. In diesem Falle würde er sich hier oder dort als städtischer Leichenbestatter bewerben und ein friedliches und ehrbares Leben führen können.

Obwohl sie nicht gerade zu seiner Leidenschaft geworden war, beherrschte er diese Arbeit mittlerweile wie kein anderer weit und breit – nur klauen konnte er noch besser, was er allerdings jetzt nicht mehr tat. Dass er Tote unter den widrigsten Umständen unter die Erde bringen konnte, hatte er hinreichend bewiesen.

Die Arbeit als städtischer Leichenbestatter, wie Totengräber dort feiner bezeichnet wurden, war sicherlich ein Klacks gegen das, was er im Moment gerade tat. Die Beerdigung ›normal‹ Verstorbener dürfte im Vergleich zu seiner jetzigen Arbeit eine geradezu angenehme Betätigung sein. Vielleicht könnte er sich dadurch sogar eine kleine Existenz mit Bürgerrecht, eigenem Häuschen und einem Garten davor aufbauen, heiraten und viele Kinder zeugen.

Wie er so vor sich hin träumte, fiel ihm ein, dass er dem Werkzeugmacher versprochen hatte, dessen Weib ein Begräbnis erster Klasse zu geben. Da der momentan überaus fleißige Bursche zwar ein Schlitzohr, aber im Grunde seines Herzens kein böser Mensch war, hielt er sich an sein gegebenes Wort und schaufelte für die letzte Pesttote Staufens, die er unter die Erde bringen musste, ein Einzelgrab. Auch Fabio konnte nicht wissen, dass es sich dabei tatsächlich um das allerletzte Pestopfer Staufens handelte. Er wählte für sie eine Lage abseits der anderen Gräber aus.

»Wenn schon, denn schon«, sagte er augenzwinkernd zur eingenähten Toten und gestand ihr ein besonders sonniges Plätzchen mit Blickrichtung zur Bergkette zu. Dabei fiel ihm auf, dass die Frauenleiche in dem eingenähten Rupfenstoff ungewöhnlich leicht war. »Merkwürdig! … Aber was soll's«, murmelte er und machte sich keine weiteren Gedanken darüber.

Bevor er sich auch noch an die Herstellung eines Feldkreuzes machte, ging er noch einmal zum Weißachbach hinunter, um sich den ganzen Schweiß, den Dreck und den Gestank des Tages mit feinem Bachsand abzuwaschen. Dabei musste er – was ja nicht ungewöhnlich war – eiskaltes Wasser in Kauf nehmen. Auf dem Rückweg sammelte er am Waldesrand die passenden Hölzer für das Grabkreuz auf. Jetzt saß er an die Mauer der Pestkapelle gelehnt und wickelte einen Strick um zwei dicke Äste.

Wenn ich damit fertig bin, habe ich den ganzen Mist für alle Zeiten hinter mir und kann endlich aus diesem Nest verschwinden, dachte er wieder und fischte sein Geld aus der Hosentasche, um es zwischen seine Finger gleiten und in der Sonne glitzern zu lassen.

Als das Kreuz fertig war, legte er um das Grab der Werkzeugmacherin sogar Steine, die er aus dem Weißachbach geholt hatte. Jetzt musste er nur noch mit einem Steinbrocken das Kreuz in den Boden rammen, um hier endlich und endgültig Feierabend machen zu können.

—⚜—

Das dumpfe Geräusch, das Fabio dadurch verursachte, war auch innerhalb der kleinen Pestkapelle zu hören. Zumindest glaubte Lodewig, der wohl deswegen gerade wieder einmal für ein paar Momente aus seiner Besinnungslosigkeit erwacht war, etwas gehört zu haben. Obwohl er kaum noch einen klaren Gedanken fassen konnte und nicht wusste, ob dort draußen etwas vor sich ging, versuchte er zu schreien, brachte aber keinen hörbaren Laut heraus, geschweige denn einen Ton, der durch die dicke Kapellenmauer zum Pestfriedhof hinausdringen konnte. Es war hoffnungslos.

Dem Gepeinigten fiel nichts dazu ein, wie er die Aufmerksamkeit da draußen auf sich lenken könnte.

—⚜—

Fabio benötigte ›das Dutzend des Teufels‹, also genau 13 Schläge, um das Feldkreuz so tief einzuschlagen, dass es auch dann noch stehen würde, wenn sich der Werkzeugmacher irgendwann auf den Friedhof traute, um das Grab seiner Frau zu besuchen. Er wäre dann der Einzige, der den Platz, an dem eine verstorbene Angehörige begraben worden war, würde finden können. Um möglicherweise aufkommendem Aberglauben entgegenzutreten und dafür zu sorgen, dass seiner hoffnungsvollen Zukunft nichts im Wege stehen würde, schlug der junge Mann noch ein vierzehntes Mal auf das Kreuz. »So, das hält! ... Und der Teufel lässt mich in Ruhe.«

Während er im letzten Schein der untergehenden Sonne zufrieden seine Arbeit begutachtete, fröstelte es ihn, obwohl er in Schweiß gebadet war. Fabio wusste, dass ihm eine der typischen winterlichen Erkrankungen drohte, wenn er sich nicht schleunigst auf den Heimweg machte.

Heute Nacht schneit es sicher wieder, dachte er und warf die Schaufel mit fröhlichem Schwung auf den Karren.

Aber bei seinen Gedanken an die bevorstehende Kälte der kommenden Monate fiel ihm der letzte Winter ein. Er erinnerte sich nur allzu gut daran, wie er von Josen Bueb, dem ›Pater‹ und anderen Häschern bis zum Wachterhof auf den Kapfberg hinauf gejagt worden war, wo sie ihn beinahe umgebracht hatten. Jetzt plagte ihn die Angst davor, dass diese verblendeten Rohlinge nach Beendigung der Pest ihr letztjähriges Vorhaben erneut anpacken und ihm abermals an den Kragen gehen könnten. Deswegen wollte er sofort nach Immenstadt abhauen, sobald die Sperre der Königsegger Garde aufgelöst wäre. Er freute sich schon auf das hübsche ›Städtle‹, von dem er zwar schon viel gehört hatte, selbst aber nur an der Außenseite des Schollentores, nicht aber innerhalb der gut gesicherten Stadtmauer gewesen war. Durch seine Erfahrung, die er in früheren Jahren in einigen Städten am Bodensee und in Oberschwaben hatte machen müssen, wusste er, dass es dort immer etwas zu ernten gab. Erfahrungsgemäß konnte man in größeren Städten leichter an das Geld anderer Leute kommen, ohne deswegen allzu viel arbeiten zu müssen. Aber stehlen wollte er eigentlich nicht mehr. Das Startgeld für ein neues Leben hatte er sich ja redlich verdient – aus Fabio, dem Dieb, war Fabio, der Arbeitsame, geworden. Bei diesem Gedanken musste er schmunzeln. Jetzt sollte es nur noch darauf ankommen, erhobenen Hauptes von Staufen weggehen zu können und nicht – wie in allen anderen Orten zuvor – vertrieben zu werden. Deswegen kontrollierte er alles noch einmal, schmiss ein paar einzelne Knochen und vergessene Gliedmaßen weit in die umliegenden Wiesen und holte sogar seine Schaufel noch einmal vom Karren, um mit deren Rückseite auf einige der Dreckhaufen zu klatschen, damit die Hügel auf allen Gräbern gleich glatt und dementsprechend gepflegt aussahen.

Jetzt können der Kastellan und der Pfaffe zur Inspektion kommen, dachte er sich, als er seine Schaufel wieder auf den Karren warf.

Dabei überlegte er, dass er den Leichenkarren eigentlich nicht mehr brauchte und er keine Lust mehr hatte, das schwere Teil nach Staufen hochzuziehen – für was auch? Soll ihn der Totengräber doch selbst holen, wenn er ihn braucht, dachte er übermütig.

So zog er den Karren zur wettergeschützten Seite hinter der Pestkapelle und lehnte ihn ordentlich neben die Schaufel an die Wand. Er ging davon aus, dass die restlichen Fleischstücke und Hautfetzen, die noch auf der Ladefläche klebten oder jetzt zusammen mit den Maden herunterfielen, schnell vernichtet sein würden. Damit war seine Arbeit endgültig beendet und er konnte getrost gehen.

Als sich Fabio ein Stückchen weit entfernt hatte, drehte er sich noch einmal um und betrachtete sein Werk ein letztes Mal. Dabei machte er sich darüber Gedanken, wann wohl eine Mauerumfriedung errichtet werden würde. »Was geht's mich an? – Ich gehe von hier weg«, sagte er zufrieden zu sich selbst. Wenn er jetzt von Staufen nach Immenstadt, Kempten, oder wohin auch immer, ziehen wollte, konnte ihm dies niemand verwehren. Und nur das zählte. Zum ersten Mal in seinem wilden Leben ginge er als Ehrenmann und würde nicht wie ein Dieb davongejagt werden.

Irgendwie ein komisches Gefühl, sinnierte er und begab sich pfeifend auf den Heimweg.

Lodewig indessen kämpfte immer noch mit seiner Stimme. So sehr er sich auch bemühte; er brachte keinen Laut heraus. Seine Kehle war wie zugeschnürt, Hals- und Rachenraum fühlten sich nicht nur völlig ausgetrocknet an, sondern waren es auch. Wenigstens spürte er den Schmerz nicht mehr. Aber seine Gedanken waren verworren. Außerdem wusste er immer noch nicht, was um die Kapelle herum vor sich ging, fühlte aber, dass er jetzt sofort etwas unternehmen musste, wenn er gerettet werden wollte. Jetzt sofort! Aber was sollte er tun? Er spürte, dass da draußen jemand war und er sich unbedingt bemerkbar machen musste.

Dass es der Totengräber sein könnte, war Lodewig in diesem Moment egal. Er wollte nur einen Menschen bei sich haben, der ihm einen Schluck Wasser reichen konnte. Auch wenn er es von demjenigen bekommen würde, der ihn in diese ausweglose Lage gebracht hatte.

Vielleicht erlöst er mich von meinen Qualen, schwirrte es Lodewig mit vorweggenommenem Dank durch den Kopf. »Wasser! Bitte ... Wasser«, murmelte er heiser und völlig unverständlich vor sich hin, während er versuchte, sich zusammenzureißen. Mit eisernem Willen gelang es ihm, seine verquollenen Augen wenigstens etwas zu öffnen. Er nahm alle Kraft zusammen und hob seinen Kopf, um die Kapelle einmal mehr nach rettenden Gegenständen oder nach was auch immer abzusuchen. Dabei sah er zunächst nur leere Wände, die, wie aus einem Schattenreich kommend, in verschwommenen Streifen vor ihm herumtanzten. Die ganze Kapelle schien sich ihm zu Ehren in ein wohltuendes Weiß gehüllt zu haben. Lodewig packte ein wärmendes Glücksgefühl, als sich die Kapellentür öffnete und ein gleißender Lichterkranz eindrang. Sein tranceähnlicher Zustand ließ es nicht mehr zu, zwischen Wahrheit und Traum zu unterscheiden. Er konnte nicht mehr realisieren, dass es nur ein Trugbild war, das ihm das vorgaukelte, was er jetzt zu sehen glaubte.

Im Lichterschein sah er die kleine Lea eintreten. Sie war zwar bleich im Gesicht, aber wunderhübsch anzusehen. Sie streute weiße Blumen und hatte ein weißes Blumenkränzlein auf dem Kopf. Bei ihr war Didrik, der jüngste Sohn des Blaufärbers, dem die dreckig braune Gewandung in Fetzen herunterhing und dessen tiefe und rabenschwarze Augenhöhlen sich vom allgemein schmeichelnden Weiß abhoben.

Hinter den beiden betrat Sarah die Kapelle. Sie war zwar ebenfalls kreideweiß im Gesicht, aber so schön, dass es schien, als wenn sie aus einem Zauberland kommen würde. Sie war in ein weißes, spitzenbesetztes Tuch gehüllt und hatte ihre seidenen Haare zu einem Kranz, der ihr zartes Haupt krönte, geflochten. Dazwischen steckten weiße Blüten. Sarah nahm ihren weißen Blumenstrauß in eine Hand, damit sie die andere Hand frei hatte, um sie ihrem Geliebten entgegenzustrecken. Lodewig wollte zu ihr und brachte es tatsächlich fertig, sie zu rufen: »Sarah! … Sarah! Ich lie …«

Während sich Fabio draußen umdrehte, weil er glaubte, jemanden rufen gehört zu haben, verschwand Lodewigs Trugbild so schnell wieder, wie es gekommen war. Sein Kopf wurde abermals schwer und sank nach unten. Einer besonderen Haltetechnik, die sich Lodewig angeeignet hatte, war es zu verdanken, dass der Kopf nicht ganz nach unten sackte, was tragische Konsequenzen gehabt hätte.

Er hatte jetzt nur noch Didriks knöchernen Totenschädel und das unter der zerschlissenen Gewandung hervortretende Gerippe vor Augen. Lodewig erblickte vor sich wieder die zertrümmerten Teile der beiden Holzfiguren, hob verängstigt nochmals sein Haupt und glaubte jetzt, seine Brüder Diederich und Eginhard zu sehen, wie sie als Kinder zwischen den Holzteilen saßen und damit spielten.

Auch sie waren von einem mystischen Weiß umhüllt und ganz in Weiß gewandet. Überhaupt war alles angenehm weiß. Die Wände, die Decke, der Boden. Sogar die Holztür. Nur die Holztrümmer der Heiligenfiguren und die Sockel, auf denen sie gestanden hatten, hoben sich in einem – aus Lodewigs Sicht – ebenfalls unangenehm dunklen Ton davon ab, wie es Didriks Augenhöhlen und dessen schmutzige Gewandfetzen getan hatten. Dass die Sockel mit goldenen Streifen bemalt waren, die für einen Moment von den allerletzten Sonnenstrahlen des Tages zum Glänzen gebracht wurden, änderte nichts an Lodewigs Sichtweise. Sie verhießen ihm irgendetwas Schreckliches, auf das er jetzt aber nicht kam, so sehr er sich auch zu besinnen versuchte. Er hatte eine unangenehme Erinnerung an die hölzernen Bildnisse des Heiligen Sebastian und des Heiligen Rochus. Woran sie ihn erinnerten, wusste er allerdings nicht und wollte es eigentlich auch gar nicht wissen.

Zu sehr genoss er all das, was er ansonsten vor sich sah. So wie sie es früher immer getan hatten, mochte auch Lodewig mitspielen und streckte sich seinen Brüdern entgegen. Dabei rutschte er – was er mit fast übermenschlichen Kräften seit Beginn seiner misslichen Lage hatte verhindern wollen – von der Kirchenbank herunter und stieß sie um. Krachend fiel sie die Altarstufe hinunter auf die sowieso schon demolierten Holzfiguren. Der Lärm wurde von einem markerschütternden Schrei begleitet. Die Rechnung des Totengräbers war aufgegangen: Lodewig hing jetzt mit ausgekugelten Armen an den Seilen, während seine Füße gerade noch auf dem Boden unterhalb der Stufe Halt fanden. Obwohl es den leblosen Körper langsam nach unten zog, spürte Lodewig keine Schmerzen mehr. Jetzt war nichts mehr weiß. Alles um ihn herum hüllte sich in ein tiefes Schwarz … und es war wieder still. Ganz still. Totenstill und nur noch schwarz.

Kapitel 53

NACHDEM DER KASTELLAN BEIM MOOSMANNHOF angekommen war, eilte er sofort zum Stall und öffnete hastig den oberen Teil der Flügeltür. Weil er kein Pferd sah, riss er auch den unteren Flügel auf und durchstreifte den Stall. Er nahm zwar den typischen Geruch eines Pferdes wahr, fand es aber ebenso wenig wie das Sattelzeug, von dem Ignaz und Rosalinde berichtet hatten. Dafür entdeckte er noch leicht dampfende Pferdeäpfel auf dem Boden.

»Verdammt! Der Schimmel war bis vor Kurzem noch hier«, fluchte er. Als er nach draußen eilte, um sich weiter auf dem Hof umzusehen, kam ihm der Bauer schreiend und – wie schon bei den letzten Besuchern – Mistgabel schwingend entgegen. Schon von Weitem drohte er dem ungebetenen Besucher, ihn die eisernen Gabelspitzen spüren zu lassen, wenn er nicht schleunigst seinen Hof verließe. Erst als er vor dem Kastellan stand, erkannte er den Eindringling und ließ das bäuerliche Arbeitsgerät fallen, während er demütig seinen Kopf senkte: »Verzeiht, Herr. Ich konnte nicht wissen, dass Ihr es seid.«

»Ja, ja, schon gut. Sagt mir lieber, wo das Pferd ist, das in Eurem Stall war.«

Der Bauer traute sich nicht, seinen Kopf zu heben, und schaute den Kastellan nur von unten herauf an.

»Was ist? Hat's Euch die Sprache verschlagen?«

»Nein, Herr, aber … ich weiß nichts von einem Pferd.«

»Was sagt Ihr da? Ihr wisst nicht, dass noch vor einer guten Stunde ein Schimmel in Eurem Stall stand?«

»Nein, Herr!«

Der Kastellan zeigte zur Pferdebox und fragte den Bauern, woher die frischen Hinterlassenschaften auf dem Boden kämen.

Der verdreckte Mann zuckte mit den Schultern und tat so, als hätte er keine Ahnung, wovon der Schlossverwalter sprach.

»Ihr bleibt also dabei, dass hier kein Pferd stand?«

Der Bauer nickte.

»Bleibt Ihr auch dabei, wenn ich Euch mitnehme und zur ›Peinlichen Befragung‹ unserem Folterknecht übergebe?«

Der Bauer nickte zwar nicht mehr so deutlich, aber er nickte wieder.

»Jetzt wird es mir aber zu dumm«, schrie der Kastellan, packte den Kerl am Kragen und zerrte ihn in den Stall, wo er auf den Boden zeigte: »Und?«

Nachdem sich der Bauer nicht rührte, wurde er mit dem Gesicht in die Pferdeäpfel gedrückt.

»Kalt oder warm?«, wurde der Bauer, dessen Nase so fest in der noch frischen Hinterlassenschaft steckte, dass er kaum noch Luft bekam, gefragt.

Als der Kastellan seinen Kopf losließ, nuschelte der Bauer etwas Unverständliches.

»Was habt Ihr gesagt? Ich habe Euch nicht verstanden?«

»Warm! Warm«, prustete es hastig in Begleitung einiger Miststückchen aus dem Bauern heraus.

»Na endlich! Warum nicht gleich«, quittierte Ulrich Dreyling von Wagrain die Antwort, die er hatte hören wollen. »Und jetzt wascht Euch hurtig das Gesicht ab und berichtet mir alles, was mit dem Pferd zu tun hat.«

Nachdem er sich am Trog gewaschen hatte und so sauber war wie schon lange nicht mehr, erzählte der eingeschüchterte Bauer jetzt, dass es sich um das Ross des Totengräbers handelte. Er gab zu, für dessen Unterbringung gut entlohnt worden zu sein und von Ruland Berging zudem ein ganzes Fässchen Schnaps bekommen zu haben.

»Das interessiert mich jetzt nicht! Das ist nicht verboten«, unterbrach der Kastellan, der endlich wissen wollte, wann und wohin der Totengräber geritten sei.

»Er hat sein Ross vor einer knappen Stunde gesattelt. Dabei ist es mir vorgekommen, als wenn er vor etwas fliehen müsste. Jedenfalls hat er sich dauernd ängstlich umgesehen und sich überhaupt merkwürdig verhalten.«

»Und?«, drängte der Fragesteller ungeduldig.

Während der Bauer nach Norden zeigte, berichtete er weiter: »Danach ist er wie der Blitz in diese Richtung geritten.«

»Ist er nach Sinswang hoch oder zur Salzstraße weiter?«, wollte der Kastellan noch wissen, bevor er auf sein Ersatzross stieg, an das er sich während seines Ritts nach Bregenz nur bedingt gewöhnt hatte.

»Es tut mir leid. Das habe ich nicht mehr gesehen, edler Herr«, versuchte der Bauer, Boden gutzumachen.

»Die Sache ist für Euch noch nicht ausgestanden. Ihr hört wieder von mir«, drohte der Kastellan, während er seinem Pferd sanft die Hacken in die Seiten drückte und es in die angegebene Richtung lenkte.

~⚜~

An der Gabelung, die links in den nur wenige Häuser großen Weiler Sinswang und geradeaus zur Salzstraße führte, stieg er ab, um den Boden nach frischen Hufspuren abzusuchen. Er brauchte nicht lange, um festzustellen, dass der Totengräber geradeaus geritten war. An der Gabelung nach Genhofen und zum Hahnschenkel musste er nicht einmal absitzen, um zu erkennen, welchen Weg der Gesuchte eingeschlagen hatte. Er trieb sein Pferd an, um den verbrecherischen Totengräber noch vor Einbruch der Dunkelheit zu erwischen.

Wenn ich ihn bis dahin nicht habe, dürfte er mir wohl gänzlich entwischt sein, dachte er und schlug seine Hacken fast etwas zu fest in die Flanken der braunen Stute.

Kapitel 54

OBWOHL FABIO SICH SCHON EIN GANZES STÜCK von der Pestkapelle entfernt hatte, waren Lodewigs Schmerzensschrei und das Scheppern, das die umstürzende Kirchenbank verursacht hatte, bis zu ihm gedrungen. Er hatte zwar nicht genau gewusst, woher das undefinierbare Getöse gekommen war, und hatte auch keinen blassen Schimmer davon gehabt, was da gerade vor sich ging, eilte aber sofort zum Pestfriedhof zurück. Da der Wind die Geräusche vermischte und nach Norden trieb, sah sich Fabio in dem, was er soeben gehört hatte, und in der Richtung, aus der das Poltern und der Schrei gekommen waren, getäuscht. Deswegen rannte er in die falsche Richtung und streifte dabei mit seinem Blick ängstlich über die Gräber. Einen Moment lang kam ihm in den Sinn, dass einer der vermeintlich Toten doch noch am Leben sein könnte, er ihn bei lebendigem Leibe mit einer Elle Erde bedeckt und zudem auch noch mit der Schaufel draufgehauen hatte.

So ein Schwachsinn, beruhigte er sich selbst wieder. Wenn aber doch einer lebt und sich verängstigt in die Büsche verkrochen hat, um seinem eigenen Begräbnis zu entkommen?, keimte dieser Gedanke schon wieder in ihm, während seine Augen den Waldrand, hinter dem sich der Weißachbach versteckte, abtasteten.

Unruhig rannte er über die Wiese. Dabei befassten sich seine Blicke intensiv mit der großen Grasfläche, deren Grün nur an den schattigen Stellen von Schnee überzogen war. Dabei blieb er immer wieder stehen, um zu lauschen.

Nachdem Fabio kreuz und quer über die Wiese gehastet und endlich am Waldrand angekommen war, durchsuchte er das Gehölz nach etwas, von dem er selbst noch keine genaue Vorstellung hatte. Weil er diesseits des Baches niemanden fand, der die Geräusche hätte verursachen können, dachte er, dass sich vielleicht ein Bauernkind jenseits des munter fließenden Gewässers ohne Wissen seiner Eltern aus dem Haus herausgewagt hatte und beim Spielen in den Bach gefallen sein könnte. Während seine Augen die andere Seite des Weißachbaches absuchten, blieb er in kurzen Abständen stehen, um zu lauschen, hörte aber nicht noch einmal etwas Verdächtiges.

Fabio befand sich jetzt dort, wo das Ufergeäst so dicht war, dass es die Szenerie verdunkelte. Der junge Leichenbestatter hangelte sich zwischen den Ästen bis zum Bachtobel hinunter. Er stolperte über Steine und Geröll ein Stückchen am Gewässer entlang. Da er weder bachauf noch bachab etwas entdeckte und seine Rufe unbeantwortet blieben, kletterte er wieder hoch und hetzte über die Wiese in die andere Richtung. Da Fabio auch dort nichts ausfindig machen konnte, blieb er neuerlich stehen, um zu lauschen. Aber er hörte nur das Rauschen der Blätter und das jetzt schon entfernt klingende Gurgeln des Baches.

»He! Ist hier jemand?«, rief er immer wieder, bekam aber keine Antwort.

Obwohl er sicher war, dass sich in der Kapelle niemand befinden konnte, rannte er zur Tür und drückte hastig die Klinke nach unten. »Klar: Verschlossen«, murmelte er zu seiner eigenen Bestätigung.

Danach durchsuchte er erst noch das gesamte Gelände, bevor er wieder zu seinem Ausgangspunkt ging.

Auch wenn es unmöglich sein kann, dass in der Kapelle jemand ist, werde ich mich dort doch noch etwas genauer umschauen, bevor ich wieder gehe, nahm er sich vor, während er zu dem kleinen Steingebäude eilte, um es von hinten zu umrunden.

Dabei trat er in die Reste, die zwischenzeitlich von der Ladefläche des Leichenkarrens auf den Boden gerutscht waren. Während er angewidert den Fuß im Gras abstreifte, fiel sein Blick zufällig auf die spitzbogigen Kapellenfenster. Einen Moment erwog er, durch eines der Fenster ins Kapelleninnere zu blicken, verwarf diesen Gedanken aber sofort wieder, weil sie viel zu hoch angebracht waren. Stattdessen begab er sich wieder zur Vorderseite des sakralen Gebäudes.

Als Fabio vor der Eingangstür stand, rüttelte er dieses Mal wesentlich fester und sogar mehrmals am Griff, bevor er sich bückte, um durch das Schlüsselloch zu spähen. Aber er konnte nichts sehen. Der Totengräber hatte seine Tasche innen an den Griff gehängt und sie beim überhasteten Verlassen der Kapelle vergessen. Fabio klopfte und rief, bekam aber keine Antwort. Als er mit seiner Nase am Schlüsselloch vorbeistrich, kam es ihm so vor, als wenn er menschliche Ausdünstungen und den Geruch von Exkrementen wahrnehmen würde.

»Ist da jemand drin?«, fragte er ungläubig und hämmerte noch ein paar Mal erfolglos gegen die Tür, bevor er wieder auf den Pestfriedhof rannte, um das kleine Gotteshaus aus ein paar Fuß Entfernung betrachten zu können. Er wollte einen Weg finden, um in die Kapelle hineinzukommen.

Fabio war verunsichert und wusste nicht, was er tun sollte. Er eilte wieder zur Tür, um ein weiteres Mal mit beiden Fäusten darauf zu hämmern und laut zu rufen. Immer wieder schnupperte er am Schlüsselloch, verlor aber schnell den vermeintlich menschlichen Geruch, der sich aufgrund der wechselnden Windrichtung jetzt zudem mit dem immer noch in der Luft liegenden Gestank der Leichenreste vermischte. Nachdem er trotz anhaltenden Rufens und Klopfens keine Antwort bekam, war er sicher, sich geirrt zu haben.

Obwohl er sich einen Narren schalt, blieb er noch eine ganze Weile vor der Kapellentür stehen, bevor er sich noch einmal auf dem Friedhof umsah und endgültig beschloss zu gehen. »Da ist nichts! Ich bin wohl etwas überarbeitet und habe deswegen die Geister der Toten gehört«, resümierte er und machte sich endgültig auf den Heimweg.

Mit gutem Gewissen wanderte Fabio zum zweiten Mal dorfwärts. Dass er sich zu alldem, was er in den vergangenen Monaten zum Wohle der Allgemeinheit geleistet hatte, jetzt auch noch darum bemühte, irgendwelchen unerklärlichen Geräuschen nachzugehen und sogar akribisch nach deren Ursache zu forschen, um womöglich jemandem in Not helfen zu können, machte ihn so richtig stolz.

Es ist ein komisches Gefühl, plötzlich ein guter Mensch zu sein; insbesondere, wenn man bisher aus jeder Stadt mit Schimpf und Schande vertrieben worden ist – und dies nur, weil man den hungrigen Magen beruhigen wollte, um durch dessen störendes Knurren seine Mitmenschen nicht zu belästigen, sinnierte er gut gelaunt. Es war aber auch ein beruhigendes Gefühl zu wissen, dass einem jetzt niemand mehr etwas Böses nachsagen oder gar etwas anhaben konnte. Bei diesen Gedanken verdrängte Fabio sogar die Erinnerung an Josen Bueb und dessen blutrünstige Meute, die ihm vor noch nicht allzu langer Zeit das Leben schwer gemacht hatten. Er mochte jetzt nicht an die Vergangenheit denken. Er wusste sowieso nicht mehr, was schlimmer gewesen war: seine total missratene Kindheit in Lindau, seine lasterhafte Jugend in anderen Städten rund um den Bodensee und in Oberschwaben oder das vergangene dreiviertel Jahr in Staufen. Er mochte auch nicht mehr daran denken und sein altes Leben am liebsten abstreifen wie kurz zuvor die Maden von seinem Schuh.

Während er in die Tasche griff, um das Geld, das er von Propst Glatt bekommen hatte, durch die Finger gleiten zu lassen, vervollständigte er seine immer wiederkehrenden Fantasien von einer besseren Zeit. Immerhin hatte er bisher keine Zukunft gehabt, weswegen es sich nicht gelohnt hatte, auch nur einen Gedanken daran zu verschwenden. Als ungebildeter und arbeitsloser Bastard, zumal als Sohn einer gottverdammten Straßenhure, wäre er wohl sein ganzes Leben lang ein Dieb geblieben.

Irgendwann hätten sie ihn beim Klauen erwischt und ihm eine Hand abgeschlagen. Da das Stehlen mit einer Hand vermutlich wesentlich komplizierter geworden wäre, hätten sie ihn wahrscheinlich bald darauf wieder erwischt und ihm auch noch die zweite Hand abgehackt – dies schienen fürwahr keine guten Aussichten. Aber dies war jetzt endgültig vorbei. Er wollte sich nicht mehr am Eigentum seiner mehr oder weniger spendablen Mitmenschen vergreifen. Außerdem hatte er es jetzt nicht mehr nötig, anderen Leuten das Geld aus der Tasche zu ziehen und auf Apfelbäume zu klettern, um seinen knurrenden Magen zu beruhigen. Fabio hatte sogar eine wunderbare Erfahrung gemacht: er konnte arbeiten, sogar hart arbeiten. Diese Erkenntnis wollte er auf anderer Ebene, als dies in Staufen der Fall gewesen war, umsetzen, sowie er diesem Kaff den Rücken zugedreht haben würde und in irgend einer Stadt angekommen wäre. Er erwog sogar, etwas von seinem Geld dafür einzusetzen, um einen *Scholaren* zu engagieren, der ihm ein wenig Schreiben und Lesen beibringen würde.

Als er gedankenverloren an die Steigung kam, an der er sich mit dem Leichenkarren immer schwergetan hatte, musste er größere Schritte machen, um das steile Stück besser bewältigen zu können. Dabei durchzuckte es ihn, als wäre er von einer Kreuzotter gebissen worden. War sein ganzes Geld noch da oder hatte er nicht eben ein Geldstück verloren? Seit Verlassen des Pestfriedhofes hatte er in der Tasche seiner Beingewandung spielen wollen, dies aber gelassen, weil er sich ständig am Kopf hatte kratzen müssen. Nachdem er mit seinen Fingern die Tasche seiner zerschlissenen Beingewandung abgetastet und die Geldstücke herausgenommen hatte, gab es keinen Zweifel mehr: sie hatte ein Loch! Aufgeregt suchte er den Weg um sich herum und ein paar Fuß weit hinter sich ab, bevor er sich fluchend auf einen Baumstumpf setzte und seinen Reichtum zum zweiten male zählte. Tatsächlich vermisste er zwei Münzen. So oft Fabio das Geld auch drehte und wendete, es wurde nicht mehr – zwei Heller fehlten. Bevor er den Weg Schritt für Schritt – genau so, wie er ihn gekommen war – zurückgehen wollte, riss er sich einen Fetzen sowieso schon lose hängenden Stoffes von seiner Jacke, um die verbliebene Barschaft sorgfältig damit einzuwickeln. Dabei zählte er wieder nach. Je öfter er die Münzen zwischen seine schrundigen Finger gleiten ließ, umso mehr ärgerte ihn seine eigene Dummheit.

Jetzt blieb ihm nur noch, das restliche Geld sicher zu verwahren. Um nicht noch mehr zu verlieren und es zudem vor Diebstahl zu schützen, steckte er das kleine Bündel unter seine Bruche.

»Dort sucht wohl keine Straßenräuberin danach«, kam es fast seufzend heraus, während er leicht darauf klopfte.

Nachdem er seine Beingewandung wieder hochgezogen und sorgfältig verschnürt hatte, machte er sich auf die Suche nach seinen verlorenen Münzen.

Kapitel 55

BISHER HATTE DER KASTELLAN DEN SPUREN, die das edle Pferd des Totengräbers hinterlassen hatte, einigermaßen gut folgen können. Das Problem war, dass der Flüchtige seinem Ross ungeniert die Sporen geben konnte, während er selbst immer wieder halten und Einheimische oder Wanderer nach dem Gesuchten fragen und zwischendurch sogar absteigen musste, um dessen Fährte zu finden.

So war es ihm bei jeder Straßengabelung ergangen, seit er aus Staufen in Richtung Salzstraße hinausgeritten war. Da die dortigen Straßen teilweise mit Schnee bedeckt waren, hatte er keine großen Probleme damit, die Hufabdrücke zu erkennen und mit deren Hilfe die vom Totengräber eingeschlagene Richtung festzustellen. Auf dem Hahnschenkel, wo sich vor wenigen Tagen noch eine Räuberbande herumtrieb, blies der Wind so heftig, dass sämtliche Spuren verweht waren. Als er den steilen Stich hinter sich gelassen hatte und in Richtung des tiefer gelegenen westlichen Teils des Allgäus kam, lag überhaupt kein Schnee mehr, was die Spurensuche auf eine andere Art erschwerte. So hatte die bisherige Verfolgung des Totengräbers unnötig viel der wertvollen Zeit in Anspruch genommen, ohne dass er so richtig vorwärtsgekommen war.

Jetzt hatte der Kastellan auch noch das Problem, dass er an der Abzweigung zur vielbenutzten Straße, die einerseits über verschlungene Wege an den Bodensee, andererseits direkt ins Oberschwäbische bis hin ins alte Frankenreich führte, stand und aufgrund der unzähligen Spuren, die ständig wechselnde Fuhrwerke mit Ochsen- oder Pferdegespannen, Kriegstrosse und Wanderer hinterlassen hatten, beim besten Willen nicht herausfinden konnte, in welche Richtung der Totengräber weiter geflüchtet sein könnte.

So viel der Kastellan auch danach fragte, bekam er anstatt brauchbarer Antworten meist nur dumme Sprüche zu hören oder ein nichtssagendes Achselzucken zu sehen. Außerdem herrschte immer noch Krieg, und die Pest verheerte nach wie vor viele Dörfer und Städte, deren Bewohner auf der Flucht waren und allerorten an den Straßenrändern saßen, um zu betteln oder zu rauben. Da er wusste, dass die Pest in Staufen zwar am Abklingen oder laut Aussage der Staufner Spitalleiterin möglicherweise sogar gänzlich erloschen war, er sich aber jetzt noch andernorts infizieren könnte, blieb er vorsichtig und versuchte, die Nähe oder gar Berührungen von Mensch und Tier zu vermeiden.

Um die vielen Abdrücke auf dem Boden besser untersuchen zu können, stützte er sich auf ein Knie und rieb die feuchte Erde zwischen seinen Fingern. Aber dies half ihm auch nicht weiter. Er überlegte, was er anstelle des Totengräbers getan hätte und in welche Richtung er geritten wäre. Aber es gelang ihm nicht, sich in den durch und durch gewitzten und verdorbenen Widerling hineinzuversetzen.

Wenn Berging an den Bodensee möchte, hätte er doch den direkten Weg nach Lindau nehmen können. Warum also dieser Umweg?, fragte er sich und vervollständigte seine Überlegungen mit der Verwunderung, dass der Totengräber von Staufen aus auch einen direkteren Weg nach Isny, Wangen, Ravensburg oder in andere Städte Oberschwabens hätte nehmen können.

Allerdings führte die vor ihm liegende Straße rechter Hand auch nach Aulendorf und schließlich nach Sigmaringen.

Aber was sollte Berging dort wollen? Kannte er in einem dieser Orte womöglich Leute, die ihn verstecken oder ihm anders weiterhelfen würden? Oder wollte er ganz einfach das Land verlassen und sich über Freiburg zu den Franzosen absetzen? Alles war möglich!

Während Ulrich Dreyling von Wagrain hin und her überlegte, keimte auch der Gedanke, die wahrscheinlich von vorneherein zum Scheitern verurteilte Suche jetzt gleich aufzugeben. Insbesondere, weil seine Frau nicht wusste, was er gerade so trieb, und seine Heimkehr herbeisehnte. Sie musste immer noch der Meinung sein, dass er beim Moosmannhof auf den Totengräber wartete, sich also in Staufen, in ihrer Nähe, aufhielt.

Die aufziehende Dunkelheit und die schmerzlichen Gedanken an seine Söhne, insbesondere an Lodewig, trugen ihren Teil dazu bei, dass der Kastellan dem Verzagen nahe war. Aber letztlich waren seine Angst um Lodewig und seine unbändige Wut auf den Totengräber stärker: Aufgeben kommt überhaupt nicht in Frage! Der Scheißkerl muss mich zu Lodewig führen, bevor er seiner gerechten Strafe zugeführt wird, ... auch wenn mein Sohn tot sein sollte. Ich werde diesen Halunken finden, lenkte er seine Gemütslage in die einzig vernünftige Richtung. Aber in welche Richtung sollte er sich nun wenden? Wohin Ruland Berging auch geritten sein mochte, der Kastellan musste sich für einen der beiden Wege entscheiden. Als wenn es ihm bei seiner Entscheidung helfen würde, blickte er immer wieder abwechselnd nach links und nach rechts. Dabei tätschelte er sein treues Pferd, das tatenhungrig zu schnauben begann und mit dem rechten Vorderhuf über den Boden scharrte, während es auch noch wiederholt seinen Kopf nach rechts drehte. Dies wertete der Kastellan als göttliches Zeichen und lenkte das Pferd ohne weitere Überlegung und mit einem resignierenden Schulterzucken nach rechts, in Richtung Oberschwaben.

Anstatt im tristen Zwielicht nach Spuren zu suchen, die jetzt sowieso nicht mehr auszumachen waren, blickte er sich konzentriert in der Gegend um und betrachtete immer wieder nachdenklich den Himmel.

»Verdammt! Es wird bald dunkel«, fluchte er und fragte sich, wo sich der Gesuchte die Nacht über verkriechen könnte.

Dem Kastellan war klar, dass der Totengräber einen großen Vorsprung hatte. Er konnte nur hoffen, dass der Flüchtige nicht ahnte, verfolgt zu werden, und es dementsprechend nicht allzu eilig hatte, womöglich sogar unachtsam war.

Mit etwas Glück wird er vielleicht sogar leichtsinnig und begeht einen verhängnisvollen Fehler. Wenigstens weiß Konstanze, dass es noch einen Tag dauern kann, bis ich zurück bin, beruhigte er sich in diesem Punkt. Dem bräuchte er eigentlich nicht nachzusinnen. Es reichte schon, immer wieder an Lodewig denken zu müssen.

Wie es ihm wohl geht? ... Lebt der Bub überhaupt noch?

Je mehr seine Gedanken um den mittleren Sohn, der seit Diederichs Tod nun sein Jüngster geworden war, und um den Totengräber kreisten, desto wütender ... und unsicherer wurde der Kastellan. Er konnte nicht einmal mit Bestimmtheit sagen, dass dieser Lump von Totengräber etwas mit Lodewigs Verschwinden zu tun hatte.

Vielleicht verdächtige ich Ruland Berging zu Unrecht? ... »Scheiße«, entfuhr es ihm so laut, dass er ein paar unweit des Weges äsende Rehe aufschreckte.

Da der Kastellan aufgrund der Aussage des Bauern den Vorsprung des Totengräbers in etwa abschätzen konnte, wusste er, dass er nach Einbruch der Dunkelheit noch eine gute Stunde weiterreiten musste, wenn er sein Nachtlager irgendwo in der Nähe des Platzes, an dem der Gesuchte vermutlich nächtigen würde, aufschlagen wollte. Allerdings war er sich unsicher, ob er Moosmanns Aussage überhaupt trauen konnte. Dafür hätte er schwören können, dass der Verfolgte noch vor dem Dunkelwerden eine Übernachtungsmöglichkeit suchen würde – er selbst würde dies jedenfalls so handhaben.

Seine zeitliche Rechenaufgabe war allerdings ein riskantes Unterfangen: Es konnte sein, dass er in der Dunkelheit versehentlich zu weit reiten und den Totengräber unwissentlich überholen würde. Dann würde sich die Frage stellen, wer hier überhaupt wen verfolgte. Aber dieses Risiko musste der besorgte Vater eingehen. Momentan ergab sich eher die Frage, ob er überhaupt auf dem richtigen Weg war und der Totengräber tatsächlich ins Oberschwäbische und nicht doch an den Bodensee oder sonst wohin ritt. »Verdammt!«

Und was ist, wenn dieses ausgebuffte Schwein mit Verfolgung rechnet und irgendwie von seinem eigentlichen Ziel ablenkt?, zermarterte sich der Kastellan den Kopf.

Da sich jetzt schon wieder die Wege teilten, weil sie in verschiedene Ortschaften des beginnenden Schwabenlandes führten, musste er es notgedrungen für heute gut sein lassen und sich nach einer Bleibe umsehen. Außerdem fror es ihn in der eiskalt gewordenen Rüstung dermaßen, dass er zu zittern begann. Es ärgerte ihn, dass er sich in dieser Gegend nicht so gut auskannte und aufgrund der Dunkelheit momentan überhaupt keine Ahnung hatte, wo er sich befand. So blieb ihm nichts anderes übrig, als fluchend auf das einzige Licht zuzureiten, das er in einiger Entfernung flackern sah.

✧

Ulrich Dreyling von Wagrain kam zu der vermeintlich einzigen Herberge weit und breit. Allerdings schien es sich um eine miese Spelunke zu handeln, deren Wirt es einerlei war, wer sie betrat. Hauptsache, jeder Gast ließ hier klingende Münzen liegen, bevor er sich wieder davonmachte. Jedenfalls hockten hier die abenteuerlichsten Gestalten herum, toppelten und unterhielten sich beim Würfelspiel, während andere grölend Becher um Becher leerten und in der hintersten Ecke ein Lautenspieler vergeblich auf Zuhörer hoffte. So war es nicht verwunderlich, dass sich der feine Adlige unwohl fühlte und unbemerkt an das Heft seiner Langwaffe fasste, um sich zu vergewissern, dass sie greifbar wäre, wenn er sie benötigen würde.

Zu seiner Verwunderung hatte ihm der Wirt eine recht ordentliche Kammer zugewiesen, bevor er ihm den Schankraum zeigte. Dies mochte an der teuer aussehenden Gewandung und an den wertvollen Waffen liegen, die den unverhofften Gast als kampferprobten Adligen erscheinen ließ. Aber nicht nur das zeigte den anderen, wer gerade den Raum betreten hatte: Der Kastellan schmiss seinen aus feinstem Wildleder gefertigten, breitkrempigen und in der knalligen ›Farbe der Erleuchtung‹ eingefärbten Schlapphut einem dafür vorgesehenen Gestell aus Hirschgeweihen entgegen. Beim Zusammenmischen der Grundfarbe Gelb und der Primärfarbe Rot hatte der Lederfärber aus Lindenberg, wo diese teuren Hüte angefertigt wurden, natürlich nicht im Sinn gehabt, den Hut in derselben Farbe einzufärben, wie die Gewandungen der buddhistischen Mönche dies seit Jahrhunderten wurden. Mag sie im fernen, und in diesem Teil des Landes gänzlich unbekannten Tibet tatsächlich der Erleuchtung dienen, weist sie hier die Träger dieser auffälligen Hüte als hochrangige Beamte oder als Offiziere des Königsegg'schen Regimentes aus, was auch dadurch dokumentiert wurde, dass die roten Straußenfedern am Hut – die der Kastellan von Rosalinde hatte abnehmen lassen, bevor er losgeritten war – und das gelbe Wams unter'm Brustpanzer die gräflichen Wappenfarben widerspiegelten. Was die Hutfarbe anbelangte, so garantierte sie den Heerführern unter ihnen, im Pulverrauch der Kriegsscharmützel von den eigenen Leuten gut gesehen werden zu können. Und so war es auch hier; als der Hut zum Haken flog und sein Ziel traf, drehten sich ihm die Köpfe sämtlicher Gäste zu.

Da dies dem Kastellan auffiel, musste er schmunzeln. Er blickte sich kurz im Raum um und nahm am einzigen Tisch Platz, an dem nicht gewürfelt wurde.

»Guter Wurf«, bemerkte einer der dort sitzenden Gäste anerkennend.

Außer diesem ordentlich aussehenden Mann, der seiner Gewandung aus feinstem Zwirn nach ein Kaufmann sein könnte, saßen da nur ein paar besonders wüste Typen, die ihn trotz seiner guten Bewaffnung recht schroff behandelten. Ungeachtet des rauen Umgangstones hoffte er, etwas über den Totengräber zu erfahren. Eigentlich musste ein Schwarzgewandeter auf einem weißen Pferd in dieser Gegend auffallen. Bei dieser Gelegenheit kam ihm in den Sinn, dass es für ihn selbst doch besser war, mit einer gewöhnlich braunen Stute unterwegs zu sein, anstatt mit seinem eigenen, kohlrabenschwarzen Hengst unnötig irgendwelche Begehrlichkeiten zu wecken und Raubgesindel auf den Plan zu rufen.

Hätte Ulrich Dreyling von Wagrain gewusst, wie wüst und ungepflegt der Gesuchte mittlerweile aussah, wäre er sich absolut sicher gewesen, dass dieser Aufmerksamkeit erregt hätte. Aber auch hier lief das Spiel wie allerorten – erst der Alkohol löste langsam die Zungen. Dennoch: Obwohl er am Tisch zwei Runden ausgegeben hatte, erfuhr der Kastellan nichts Brauchbares von den Männern. Also beschloss er, eine Lokalrunde zu spendieren, um die Aufmerksamkeit aller auf sich zu ziehen. Jetzt schauten auch diejenigen zu ihm herüber, denen er bisher noch nicht aufgefallen war. Der Kastellan nutzte diese Gelegenheit, stand auf und prostete allen zu.

»Hat jemand von euch einen Bärtigen in schwarzer Gewandung auf einem Schimmel mit auffälligem Sattel- und Zaumzeug gesehen?«, rief er laut, erntete aber außer dem dummen Geschwätz einiger sich wichtig nehmender Saufköpfe nur Kopfschütteln.

Als er ein Weilchen später nach draußen ging, um seine Notdurft zu verrichten, wurde er von hinten angesprochen. Instinktiv duckte er sich, während er seine Waffe zog und gleichzeitig einen Satz auf die Seite machte.

»Bleib in d'r Ruah«, hörte er eine sonore und beruhigend wirkende Stimme aus dem Dunkel.

»Wer seid Ihr und was wollt Ihr von mir?«, fragte der Kastellan, während sich seine Augen bemühten, den Besitzer der Stimme auszumachen.

»Do bin i! Du brauchschd kui Angschd it hong. Ha wa, niemed will ebbes vu dir«, vernahm er in breitem schwäbischem Dialekt.

»Tretet hervor und zeigt Euch, wenn Ihr keine bösen Absichten hegt.«

Nach einem Moment absoluter Stille schälte sich der Fremde aus dem Dunkel der Hauswand und ging auf den Kastellan – der mittlerweile auch noch seinen Dolch gezogen hielt – zu.

»I woiß ebbes, des di interessiere dirft«, war eine Aussage, die den Kastellan neugierig werden ließ, weswegen er sich auf ein Gespräch mit dem alles andere als vertrauenerweckend aussehenden Mann, dessen vernarbtes Gesicht verriet, dass er so einiges hinter sich und wahrscheinlich auch im Großen Krieg mitgemischt hatte, einließ.

Nach ein paar Minuten war er tatsächlich um eine – wie er hoffte, wertvolle – Information reicher und um zwei ganze Gulden ärmer. Mit diesem teuer erkauften Wissen ging er, anstatt in die Wirtsstube zurück, direkt in seine Kammer hoch, um am nächsten Morgen in aller Herrgottsfrüh und ausgeruht weiterreiten zu können.

Kapitel 56

FABIO STAND JETZT abermals vor dem Pestfriedhof. Er war den ganzen Weg zurückgelaufen, um sein verlorenes Geld wiederzufinden. Dass ihm bei seiner Suche bisher kein Erfolg beschieden war, ärgerte ihn gewaltig; insbesondere, weil er den Weg Schritt für Schritt zurückverfolgt und in gebückter Haltung Gras, Steinchen und alles andere, was ein Geldstück verdecken könnte, beiseitegeschoben hatte. Obwohl sein Rücken schmerzte, wollte er auch diesen Teil seiner Arbeit erfolgreich beenden.

Wahrscheinlich finde ich sie dort, wo ich vorhin eine Pause eingelegt habe, hoffte er, während er mehr zufällig als bewusst zur Kapelle blickte. Dabei kamen ihm wieder die Geräusche und der Geruch von vorhin in den Sinn.

~~~

Als Fabio direkt vor der Kapellentür stand und abermals am Schlüsselloch schnupperte, war er absolut sicher, dass es nach Mensch roch. Obwohl er beileibe keine Lust darauf hatte, schon wieder eine oder mehrere Leichen zu finden, erwachte in ihm der Ehrgeiz. Um herauszufinden, ob er die Tür irgendwie aushebeln könnte, tastete er sie an den Seiten ab und stemmte sich fest dagegen. Dabei fiel sein Blick nach unten und unweigerlich auch auf das, was dort lag: ein Geldstück! Fabio konnte es nicht fassen, dass er einen der beiden verlorenen Heller wiedergefunden hatte. Und dies ausgerechnet direkt vor der Kapellentür. Er bückte sich, um nachzusehen, ob dort auch der zweite Heller lag oder ob er durch den Türschlitz ins Kapelleninnere gerollt war. Als er auf dem Boden lag und seinen Kopf gegen den zwei Finger breiten Schlitz drückte, sah er tatsächlich die zweite Münze, an die er allerdings nicht herankommen konnte.

Wie ist die da rein gekommen?, wunderte er sich.

Es fiel ihm auf, dass sich das durch die Fenster eindringende Tageslicht nicht gleichmäßig über die ganze Türbreite verteilte, sondern an mehreren Stellen unterbrochen war. Also musste direkt vor der Tür etwas stehen oder liegen. Jetzt wollte er nicht nur an sein Geld, sondern auch hinter das Geheimnis kommen, das sich im Inneren der Kapelle zu verbergen schien.

Die einzige Möglichkeit ist eines der Fenster, schoss es ihm durch den Kopf, während er schon zum hinteren Teil des Gebäudes eilte, um den Leichenkarren zu holen.

Er zog das Gefährt direkt unter eines der beiden Chorfenster und stellte es hochkant an die Wand, um daran hochklettern zu können. Da die Ladefläche immer noch recht glitschig war, rutschte er einige Male ab, schaffte es aber dann doch, sich bis nach oben zu hangeln. Aber es reichte nicht aus, um durch das Fenster ins Innere der Kapelle blicken zu können. So versuchte er, sich an einer der beiden Zugstangen weiter hochzuziehen. Dabei bedachte er nicht, dass er an einer wackeligen Holzkonstruktion hing, deren Räder auf rutschigem Gras standen. So kam es, wie es kommen musste: Langsam rollten die eisenbeschlagenen Vollholzräder von der Kapelle weg und zogen den Karren mitsamt seinem Anhängsel nach unten. Die dabei entstehenden Blessuren steckte er fluchend weg, resignierte deswegen aber noch nicht. Er ignorierte die leichten Schmerzen, während er sich zwei große Steinbrocken vom Grab der Werkzeugmacherin auslieh und unter dem Kirchenfenster ablegte. Jetzt zog er den Karren wieder bis zum Kapellenfenster und wuchtete ihn mit den Zugstangen voran an die Wand. Er musste alle Kraft aufwenden, um das Gefährt so weit nach oben zu drücken und mit der Rückseite so an die Wand zu kippen, dass der hintere Teil der Ladefläche den Karren an der Kirchenwand stützen konnte. Jetzt galt es nur noch, die Zugstangen vier Fuß von der Kapellenwand wegzuziehen und dafür zu sorgen, dass sie sich in den weichen Boden bohrten. Da Fabio die Steine zuvor gut platziert hatte, gelang es ihm mühelos, die Brocken so vor die Zugstangen zu legen, dass der Karren nicht mehr wegrutschen konnte, während er daran hochkletterte. Schon als er sich an einer der Zugstangen zur Ladefläche hochzog, drückte sein Gewicht die beiden Stangen ein ganzes Stück in den an dieser Stelle moosigen Boden. »Gut so!«

Endlich war Fabio auf Höhe des Fensters und konnte ins Innere der Kapelle spähen. Zunächst sah er nur ein wüstes Durcheinander auf dem Boden und wunderte sich über die zerschlagenen Heiligenfiguren, was ihm aber nur ein »Oh!« entlockte. Er klopfte ans Fenster und rief. Niemand antwortete. Als er ein merkwürdig quer hängendes Seil sah, änderte er seinen Blickwinkel und entdeckte den leblosen Körper, der rücklings zu ihm, in sich zusammengesackt, an zwei Seilen hing. Fabio erschrak zwar, überlegte aber nicht lange, kletterte wieder hinunter und holte die Schaufel, um damit die Fensterscheibe einschlagen zu können.

Das Einsteigen und Hinunterhangeln ins Innere der Kapelle bereitete ihm – bis auf ein paar kleinere Schnitte und Schürfwunden, die er sich an Armen und Beinen zuzog – keine nennenswerten Probleme. Unten angekommen, stellte er entsetzt fest, dass es sich um den mittleren Sohn des gräflichen Schlossverwalters handelte, der augenscheinlich gefoltert worden war.

»Um Gottes willen«, entfuhr es Fabio zum ersten Mal in seinem Leben, obwohl er wusste, dass das, was er jetzt sah, nicht Gottes Wille sein konnte.

Fabio glaubte zwar, dass der etwa gleichaltrige Sohn des Kastellans tot war, klatschte ihm dennoch mehrmals leicht auf die Wangen.

»Junger Herr! Wacht auf«, flehte er den Schwerverletzten an.

Lodewig erwachte zwar nicht aus seiner Besinnungslosigkeit, gab aber wenigstens ein paar Zuckungen von sich.

»Dem heiligen Nikolaus von Myra sei Dank. Ihr lebt«, bemühte Fabio jetzt den Schutzheiligen der Diebe, von dessen Existenz er erst gestern durch Propst Glatt in Kenntnis gesetzt worden war.

Innerlich jubilierte er und versuchte, die Knoten der Seile zu lösen. Da sich der raue Hanf durch Lodewigs Gewicht und den Ruck beim Herunterfallen von der Kirchenbank tief in dessen Armgelenke geschnitten und ihm bis zu den Handwurzeln Haut und Fleisch abgezogen hatte, traute sich Fabio letztlich doch nicht, die Knoten zu lösen. Hastig sah er sich um und eilte geistesgegenwärtig zur Tür, um Hilfe zu holen.

Ich brauche etwas zum Schneiden, dachte er und hoffte, sich

beim nächstgelegenen Bauernhof ein Messer ausleihen zu können.

Aber er kam nicht aus der Kapelle heraus. Die Tür war verschlossen und ließ sich auch nicht öffnen, als er mit aller Kraft an der Klinke rüttelte und sich dagegenstemmte. Dafür fiel die Werkzeugtasche des Totengräbers, die noch an der Türklinke hing, auf den Boden.

»Gut«, entfuhr es Fabio wieder, als er sie öffnete und den Inhalt sah, meinte damit aber auch den zweiten verlorenen Heller, den er ebenfalls erblickt und mit aufgehoben hatte, bevor er ihn küsste und einsteckte.

Hier ist alles drin, was ich brauche. Aber zuerst muss ich diese verdammte Tür öffnen. Er überlegte, wie er dies zustande bringen könnte, und kam auf den Gedanken, sich von den Heiligen helfen zu lassen. Er schnappte sich den sowieso schon ramponierten Korpus des hölzernen Rochus und schlug ihn mit aller Kraft so oft gegen das Schloss, bis die Tür nach außen aufsprang.

»Dass ihr Heiligen immer mit dem Kopf durch die Wand müsst«, lästerte er, während er einen Augenaufschlag lang sein gelungenes Werk betrachtete.

Nachdem er die Seile in sicherem Abstand von Lodewigs Armgelenken abgeschnitten hatte, hing der junge Herr schlaff in seinen Armen. Da es draußen trotz dieser Jahres- und Tageszeit angenehmer als in der feuchtkalten Kapelle war, trug Fabio den regungslosen Körper hinaus und legte ihn an einem Plätzchen, das noch vor Kurzem von der Sonne erwärmt worden und deswegen schneefrei war, ins Gras.

Lodewigs Retter hastete in die Kapelle zurück und holte den Wasserkrug, der zusammen mit ein paar von Mäusen angenagten Scheiben vertrockneten Brotes immer noch wie eine Opfergabe mitten im Raum stand. Er riss sich wieder ein Stück von seiner Jacke und tunkte den verdreckten Stoff in den Krug, um die lebensspendende Flüssigkeit tropfenweise in Lodewigs Mund zu drücken und ihm damit die Lippen und die Stirn zu befeuchten und abzutupfen. Fabio war froh, dass Lodewig nichts spürte und er ihm deshalb auch noch das verkrustete Blut aus dem Gesicht und vor allen Dingen von den verklebten Augen waschen konnte. Als er mit dem kühlen Lappen dessen Genick vom mit Dreck und Blut verkrusteten Schweiß befreien wollte, stöhnte Lodewig. Fabio wusste zwar nicht, ob es ein Ausdruck von Schmerz oder ein Anflug von Wohlbefinden war, freute sich aber über ein weiteres Lebenszeichen seines Patienten, der für einen Moment die Augen öffnete und es sogar schaffte, etwas Wasser über seine aufgeplatzten Lippen und durch seine ausgetrocknete Kehle rinnen zu lassen, bevor ihn der übermächtige Schmerz in beiden Schultern wieder besinnungslos werden ließ. Da ihn Fabio unbedingt auf die Ladefläche des Karrens hieven musste, solange er aufgrund seiner Besinnungslosigkeit keine Schmerzen spürte, war Eile geboten. Auch wenn er sich nichts mehr wünschte, als den jungen Herrn bei Bewusstsein zu sehen, wäre es jetzt doch der falsche Zeitpunkt für ihn aufzuwachen – zumindest so lange, bis er auf dem Karren lag, den sich Fabio jetzt zu holen beeilte. Damit der geschundene Körper nicht so hart liegen sollte, riss Fabio hastig im Umfeld der Stelle, an der Lodewig lag, büschelweise Gras aus dem Boden und verteilte es gleichmäßig auf der Ladefläche, bevor er ihn zum Karren trug.

Wäre der Schwerverletzte bei Bewusstsein, würde er augenblicklich vor Schmerzen schreien.

Da Fabio sanft die zwei Stricke, die Lodewigs Zustand mit herbeigeführt hatten, um den Körper des Verletzten geschlungen hatte, um darunter die ausgekugelten Arme zu fixieren, gelang es ihm, den geschundenen Leib auf den Karren zu heben, ohne dessen lädierte Arme unnötig zu strapazieren. Meine bisherige Arbeit kommt mir zugute, dachte er sich dabei.

Nachdem Lodewig der Länge nach auf der Ladefläche lag, rannte Fabio zur Kapelle zurück, um den Wasserkrug zu holen.

Als er den Karren am ersten Bauernhof vorbeizog, öffnete sich die Haustür einen Spalt weit und der Landmann streckte vorsichtig seinen Kopf heraus.

»Seit wann fährst du die Pesttoten vom Gnadenacker weg, anstatt sie dorthin zu bringen?«, fragte er Fabio misstrauisch.

»Dies ist zwar der Leichenkarren, aber es liegt keine Leiche darauf, du Narr. Das ist Lodewig, einer der Söhne des gräflichen

Schlossverwalters. Überdies habe ich heute die letzten Pesttoten vergraben. Helft mir lieber, anstatt dumme Fragen zu stellen. Ich muss den Verletzten so schnell wie möglich ins Schloss bringen und weiß nicht, ob ich den steilen Weg hoch allein schaffe. Wie Ihr selbst so trefflich festgestellt habt, ziehe ich den Karren normalerweise ohne Fracht nach oben. Dummerweise bin ich gerade heute ganz besonders erschöpft und zudem auch noch verletzt. Wenn Ihr mir also helfen könntet, wäre ich Euch dankbar. Ihr tätet dies weniger für mich als für die Familie des Kastellans.«

Da der Bauer schlau war und wusste, dass es nicht schaden konnte, wenn er einem hochrangigen Beamten des Grafen zu Gefallen wäre, überlegte er nicht lange. »Also gut. Aber nur, wenn du mir nicht zu nahe kommst ... Was soll ich tun?«

Fabio fiel ein Stein vom Herzen. Jetzt wusste er, dass er es mit etwas Glück schaffen konnte, Lodewig sicher ins Schloss zu transportieren. Ob ihm dies allerdings auch rechtzeitig gelingen würde, vermochte er nicht zu beurteilen.

»Damit Ihr nicht mit mir in Berührung kommt, geht Ihr am besten nach hinten. Während Ihr den Karren schiebt, könntet Ihr darauf achten, dass der Verletzte nicht herunterrutscht und dass der Wasserkrug stehen bleibt. Wir benötigen das Wasser, um dem jungen Herrn zwischendurch die Lippen zu nässen und die Stirn zu kühlen«, gab Fabio die Handhabung vor und erreichte damit, dass sich der Bauer jetzt ganz aus dem Haus traute. »Jesus und Maria! Wie sieht der denn aus? Wer hat ihm das angetan?«

»Wenn Ihr als ›Nachbar‹ des Pestfriedhofs das nicht mitbekommen habt, woher soll ich das dann wissen? Wollt Ihr weiterhin dumme Fragen stellen oder endlich mit anpacken? Und bringt eine Fackel oder Kerzen mit! Es beginnt langsam zu dunkeln«, entgegnete Fabio, der aufgrund seines ehemaligen ›Berufes‹ als Dieb neugierige Leute nicht ausstehen konnte, unwirsch.

Nachdem der ängstliche Bauer sich vergewissert hatte, dass es tatsächlich kein Pesttoter war, der da auf dem Karren lag, begab er sich wie geheißen an den hinteren Teil des Karrens und rief seiner Frau zu, sie solle zwei Spanhalter und etliche Brennspäne herausbringen. Nachdem dies geschehen war und die Spanhalter hinten und vorne am Karren befestigt waren, rief er ihr zu, dass sie ihm noch eine Wolldecke zuwerfen solle und er schon bald nach Einbruch der Dunkelheit zurück wäre. Anstatt dies zu tun, brachte die Bäuerin, die offensichtlich nicht so feige war wie ihr Mann, die Decke und legte sie vorsichtig auf Lodewig, dem sie ein Kreuz auf die Stirn zeichnete, nachdem sie sich vergewissert hatte, dass der Schwerverletzte sicher verschnürt auf der Ladefläche lag und gut zugedeckt war.

»Euer Weib scheint mir mutiger zu sein als Ihr«, konnte sich Fabio trotz der Dankbarkeit dem Bauern gegenüber nicht verkneifen.

———

Die Kirchenglocke verkündete gerade die siebente Stunde und es war jetzt stockdunkel, als Rudolph den Wehrgang entlang zur Treppe hastete, um möglichst schnell zum Vogteigebäude zu kommen. Wie wild hämmerte er an die Tür und rief aufgeregt nach dem Mönch: »Bruder Nepomuk! … Kommt schnell und seht!«

»Was gibt es zu sehen?«, drang die tiefe Stimme des Benediktiners durch die geschlossene Tür nach draußen.

»Da kommen zwei Männer mit einem Karren.«

»Ja, und?«, knurrte der schlaftrunkene Mönch, der sich nur ungern aus der wohlverdienten Ruhe reißen ließ.

Rudolph blickte dem merkwürdigen Gefährt so lange konzentriert entgegen, bis er glaubte, im Flackern der beiden Lichter schemenhaft eine Gestalt liegen zu sehen.

»Ich … ich glaube …, da liegt jemand auf dem Karren«, rief er aufgeregt und trieb dadurch nicht nur den Mönch zur Eile an.

Durch Rudolphs Geschrei bekam auch Konstanze mit, was der Grund für die Aufregung war. »Lodewig?«, murmelte sie mehr unsicher als hoffnungsvoll und blickte Sarah fragend an, bevor sie beide gleichzeitig laut seinen Namen riefen. Während sie zusammen mit Bruder Nepomuk nach draußen eilten, bat der Mönch sie rein vorsorglich, nicht enttäuscht zu sein, falls es nicht Lodewig sein sollte.

Inzwischen hatte Rudolph das Tor geöffnet. Da die Aufregung auch bis zum Gesinde vorgedrungen war, hatten sich alle Schlossbewohner versammelt und standen jetzt ebenso ängstlich wie hoffnungsvoll vor dem sperrangelweit geöffneten Tor.

»Ihr bleibt hier! Wir müssen vorsichtig sein«, kam es Nepomuk jetzt erst in den Sinn, weswegen er es auch gleich aussprach, »vielleicht liegt ein ›Pestischer‹ auf dem Wagen. Oder es ist eine Finte gewiefter Halunken ... Jedenfalls müssen wir gewärtig sein, das Tor schnell wieder schließen zu können«, gab er, quasi in Vertretung des Kastellans, zu bedenken und schob diejenigen, die das Schlosstor beim schnellen Schließen blockieren könnten, mehr oder weniger unsanft beiseite.

Rosalinde legte ihren Kopf an Ignaz' Schulter. Siegbert hatte sich zu Rudolph gesellt, um mit ihm zusammen das Tor im Griff zu haben, wenn es notwendig werden sollte. Die drei Frauen standen eng beieinander. Judith hatte Lea auf dem Arm, während Sarah ihren Säugling schlafen ließ. Die Anspannung war förmlich zu spüren. Konstanze hatte die Hände gefaltet und betete laut zu Gott, dass es tatsächlich ihr Sohn sein möge, der da auf dem Wagen lag, ... und dass er lebte.

Sarah erkannte Fabio als Erste. Jetzt hielt sie auch Nepomuks Warnung nicht mehr davon ab, dem ungewöhnlichen Zug entgegenzurennen. Wenn Fabio einen Pesttoten auf dem Karren hätte, käme er damit sicher nicht ins Schloss, dachte sie.

Siegbert stieß Rudolph mit seinem Ellbogen an und deutete ihm dadurch, dass auch sie dem Karren entgegenlaufen sollten, um zu helfen. Als Sarah dem Gefährt näher kam, rief Fabio ihr entgegen, dass sie Lodewig auf dem Wagen hatten und dass er lebte.

Er lebt?, schoss es ihr kreuz und quer durch den Kopf. »Ja! Er lebt«, rief Sarah den anderen zu, die jetzt, bis auf Judith, die stehen blieb, losliefen.

»Er lebt«, sagte einer zum anderen. Diese knappe Aussage genügte im Moment, hatte sie doch so viel Aussagekraft, wozu in einem anderen Glücksfall drei Worte benötigt wurden.

Ignaz und Rosalinde umarmten sich, während der Mönch einen schnellen Dank zum Himmel hochschickte.

Sarah war als Erste beim Karren und erschrak zu Tode, als sie Lodewig in diesem erbärmlichen Zustand sah. Hastig rief sie nach

Rosalinde und drückte ihr den Kleinen in die Hände, bevor sie auf die Ladefläche kletterte und sich neben ihn kniete. Sie wollte jetzt ganz nah bei ihrem geliebten Mann sein. Da sie nicht wusste, wie sie ihm helfen konnte, fuhr sie immer wieder über sein Gesicht, ohne es richtig zu berühren. Sie wollte Lodewig nicht weh tun. Nur an den wenigen Stellen, an denen die Haut nicht aufgerissen war, streichelte sie es sanft – nur einen kurzen Moment. Sie hob die Wolldecke und Fabios über und über verdrecktes Hemd an, das er auf Lodewig gelegt hatte, um ihn wenigstens etwas vor der Kälte zu schützen, und sah erst jetzt, dass Lodewigs ganzer Körper voller offener und blutverklebter Wunden, Flecken und Beulen war. Als sie nach seinen Händen greifen wollte, hielt sie der Bauer zurück und empfahl ihr, dies nicht zu tun.

Sarah konnte sich jedoch nun nicht mehr halten. Ungeachtet dessen, dass es Fabio und der Bauer auch ohne sie kaum schafften, das Gefährt den steilen Buckel hochzubringen, legte sie sich neben Lodewig und begann, haltlos zu weinen. Immer wieder sagte sie ihm, dass sie ihn liebe und dass er um ihres Kindes willen leben müsse. Dabei kuschelte sie sich so sanft an ihn, als wenn sie nach dem seit ihrer Vermählung zur lieben Gewohnheit gewordenen Gute-Nacht-Küsschen mit ihm einschlafen wollte.

Mit Sarah als zusätzlicher Ladung war es Fabio und dem Bauern kaum noch möglich, das schwere Gefährt weiterzubewegen. Nur gut, dass mittlerweile auch die beiden Wachen beim Karren angekommen waren. Siegbert schob Fabio beiseite und schnappte sich eine der Zugstangen, während Rudolph dem Bauern beim Schieben half.

Als der Trupp an die große Biegung kam, waren auch die anderen da. Nur Konstanze blieb auf halbem Weg stehen. Sie traute sich nicht weiter. Sie könnte es nicht ertragen, vielleicht das sehen zu müssen, vor dem sie sich seit Tagen gefürchtet hatte. Wie angewurzelt wartete sie auf den Leichenwagen, auf dem ihr noch lebender Sohn lag – ihr wahrhaft lebendiger Sohn! Sie wollte ihm jetzt doch noch entgegenlaufen, aber ihre Beine versagten den Dienst. Sie zitterte ... und betete. Zu mehr war sie im Augenblick nicht imstande.

Sarah küsste Lodewig zart auf den Mund und hauchte ihn immer wieder so an, als wenn sie ihm Leben einhauchen wollte. »Bitte«, schluchzte sie und erkannte dankbar, dass ihr geliebter Mann für den Bruchteil eines Augenaufschlags das Weiß der Augäpfel zeigte, so als wolle er ihr mitteilen, dass sie sich nicht um sein Leben sorgen müsse. Sarah glaubte sogar, den Anflug eines leisen Lächelns zu erkennen.

»Er hat mich angeschaut«, rief sie fassungslos und begann vor Glück zu weinen.

»Schneller! Er muss sofort behandelt werden«, drängte Nepomuk zur Eile und bat Rosalinde, die immer noch das Kind auf dem Arm hatte, vorauszueilen und sofort zwei Töpfe Wasser aufzusetzen.

»Und du, Ignaz, kannst Lodewigs Lagerstatt herrichten. Sag der Herrin, dass sie Leintücher holen und in kleine, ellenlange Fetzen zerreißen soll.«

Der Mönch wollte Konstanze damit ablenken. Sie sollte ihren Sohn erst zu Gesicht bekommen, wenn er ihn würde verarztet haben und er nicht mehr ganz so schlimm aussähe.

Als die beiden an ihrer Herrin vorbeikamen, konnte es Rosalinde nicht lassen, sie kurz zu umarmen und ihr ins Ohr zu flüstern, dass Lodewig tatsächlich lebte. Jetzt war es Konstanze, die Rosalinde lange und innig umhalste, bis Ignaz sanft ihre Arme herunternahm. Dabei sagte er ihr, dass er und Rosalinde schleunigst ins Schloss müssten, um Wasser zu kochen.

»Geht zu ihm, werte Frau. Er braucht Euch«, empfahl Ignaz, obwohl der Mönch etwas anderes befohlen hatte. Dadurch löste er die Bewegungsstarre seiner Herrin, die es jetzt endlich vermochte, dem Karren entgegenzulaufen. Noch bevor sie dort angekommen war und Lodewig sah, rief ihr Nepomuk beruhigend entgegen, dass alles schlimmer aussähe als es sei und er Lodewig mit Gottes Hilfe wieder hinbekommen würde.

»Außerdem ist Eginhard bald hier. Er wird mir dann helfen, Lodewigs Wunden zu heilen«, tröstete Nepomuk die besorgte Mutter, obwohl er sich ganz und gar nicht sicher war, dass sie es tatsächlich schaffen würden, Lodewigs Leben, das an einem sehr sehr dünnen seidenen Faden hing, zu retten.

Kapitel 57

OBWOHL HUNDEMÜDE, konnte er nicht einschlafen und wälzte sich stattdessen unruhig auf seinem Lager. Die vielen ungewohnten Geräusche in der Herberge irritierten Ulrich Dreyling von Wagrain. Er versuchte, seine Gedanken zu ordnen, was ihm aber nicht so recht gelang. Zu viele Eindrücke hatte er zu verarbeiten. Das verantwortungsbewusste Familienoberhaupt musste immer wieder an Lodewig und daran denken, dass er eigentlich zu Hause sein sollte, um Konstanze und den anderen Familienmitgliedern beizustehen. Täte er dies, würde er allerdings riskieren, niemals zu erfahren, was mit seinem Sohn geschehen war, und sich womöglich an dessen Tod mitschuldig machen. Nein, dies konnte er nicht zulassen! Eine bisher ungekannte innere Unruhe packte ihn. Gerade jetzt, allein in dieser unwirtlichen Kammer, spürte er die innige Verbundenheit zu den Seinen ganz besonders und sah plötzlich klar vor sich, was er tun musste – insbesondere, weil ihm auch das Gespräch, das er am Abend mit dem wie aus dem Nichts aufgetauchten Fremden geführt hatte, nicht aus dem Kopf ging und ihn kaum zur Ruhe kommen ließ. Die Information über den Verbleib des Totengräbers klang zwar so unglaubwürdig nach, wie der Fremde gewirkt hatte. Aber was sollte der stolze Adlige tun? Es war der sprichwörtliche Griff nach der Nadel im Heuhaufen. Er hatte dem zwielichtigen Schwaben zunächst kein Wort geglaubt. Aber dieser hatte ihm wenigstens eine Spur gewiesen, … die einzige Spur überhaupt, die ihn morgen – so Gott wollte – zu Ruland Berging führen würde. Er würde nur der Straße, die zur Freien Reichsstadt Ravensburg führte, folgen und sich in der berühmten ›Türmestadt‹ nach dem sogenannten ›Tiroler‹, einem skrupellosen Kinderhändler, erkundigen müssen, dann würde ihm Erfolg beschieden werden, … hatte zumindest der Fremde versprochen.

Da sich die Nacht zäh dahinzog und an Schlaf sowieso nicht zu denken war, stand der geknickte, aber noch nicht gänzlich mutlose Mann in aller Herrgottsfrüh, lange vor dem ersten Hahnenschrei, auf und richtete sich für die Abreise her.

Ich werde mich bei Tageslicht schon wieder zurechtfinden, hoffte er, als er in fast völliger Dunkelheit das Pferd sattelte. Lediglich der Rest jener Kerze, die am Vorabend die Theke beleuchtet und die er sich kurz ausgeliehen hatte, spendete ihm etwas Licht.

Er versuchte, laute Geräusche zu vermeiden, ließ die Wirtsleute schlafen und legte das Geld für die Übernachtung samt einer kleinen Nutzungsgebühr für die Kerze gut sichtbar auf den Tresen. Ob dies dort allerdings so lange liegen bliebe, bis der Wirt käme, war mehr als fraglich, aber nicht sein Problem. Der Kastellan hatte recht getan und schließlich anderes im Kopf, als solch profanen Dingen nachzusinnen.

Schon bald wird sich herausstellen, ob die Informationen ihr Geld wert sind, grübelte er, während er die kühle Morgenluft einatmete und sein Pferd sanft anwies, langsam loszutraben.

Obwohl der Kastellan verabscheute, auf welche Art und Weise dieser Tiroler sein Geld zu verdienen schien, konnte er es nicht erwarten, den Kinderhändler kennenzulernen.

Die Geschichten, die ihm sein undurchsichtiger Informant über dessen verachtungswürdigen Beruf aufgetischt hatte, waren so haarsträubend, dass er sie nicht glauben würde, wenn er in diesem Zusammenhang nicht erfahren hätte, dass der Totengräber direkt zum ›Tiroler‹ wollte. Dass zu Ruland Bergings Bekanntenkreis nicht nur harmlose Halsabschneider wie der Bunte Jakob und Halunken jeder Art, sondern eben auch Kinderhändler gehörten, hatte für den Kastellan absolut glaubwürdig geklungen und ihn nicht sonderlich gewundert, als er dies gehört hatte.

Laut Aussage seines Informanten wollte sich der Totengräber noch heute Vormittag in Ravensburg mit dem Kinderhändler treffen. Um die türmebewehrte und mauerumfriedete Stadt möglichst schnell zu erreichen, verstärkte er den Druck in die Flanken seines Pferdes, aber nicht, ohne es gleichzeitig am Hals zu tätscheln.

⸺⸻⸺

Obwohl sich Ulrich Dreyling von Wagrain während des Rittes eines Heeres von Bettlern und Straßenräubern hatte erwehren müssen, hatte er schon von Weitem die Türme gesehen und war wohlbehalten an der Ravensburger Stadtmauer angekommen. Dank seines Standes, den er nicht nur durch sein Erscheinungsbild und sein Gebaren unter Beweis stellen konnte, sondern auch durch ein vom Grafen Königsegg unterzeichnetes Reisedokument, das er stets mit sich führte und jederzeit vorzuzeigen vermochte, war es zu keinerlei Problemen gekommen. Die beiden Torwachen hatten ihn nicht nur zügig durchgewunken, sondern sogar vor ihm salutiert, nachdem sie das gräfliche Schreiben gesehen hatten, auch wenn der Rothenfelser hier nichts, zumindest aber nicht viel, zu melden hatte. Erst als der Kastellan durch das ›Obertor‹, dem vor gut 200 Jahren erneuerten und somit vermutlich ältesten Stadttor Ravensburgs, ritt, hatte er sich erschrocken und für Aufregung gesorgt; denn ausgerechnet in dem Moment, als er unter dem Torbogen hindurchgeritten war, hatte das ›Armsünderglöcklein‹ im Giebel des Torturms zu läuten begonnen, weswegen sein Pferd gescheut hatte. Zudem war es durch das unter dem Gemäuer hallende Klacken der eigenen Hufe so erschrocken, dass es sogar einen Bettler und einen Verkaufsstand, an dem Rosenkränze und Heiligenbildchen angeboten wurden, umrannte. »Ja, ja; du bist halt ein scheues Mädchen und nicht mein stolzer ›Rabe‹. Der wäre nicht so schnell erschrocken«, sagte er, während er das unruhig hin und her tänzelnde Pferd tätschelte. Erst nachdem der Kastellan das schnaubende Ross hatte beruhigen können, war auch er wieder zur Ruhe gekommen. Für den Schaden, der dabei angerichtet worden war, hatte er sich in aller Form entschuldigt und war schleunigst in die Stadt hineingeritten.

»Was ist los mit dir?«, hatte er mehr sich selbst als sein Pferd gefragt und festgestellt, dass es mit der inneren Ausgeglichenheit von Ross und Reiter wohl nicht mehr zum Besten stand. Er hatte gespürt, dass es höchste Zeit war, nach Hause zurückzukehren. Zuvor aber wollte er nichts unversucht lassen, um doch noch des Totengräbers habhaft zu werden.

※

Ulrich Dreyling von Wagrain hatte sich jetzt schon über zwei Stunden intensiv zum ›Tiroler‹ durchgefragt und dabei nie versäumt, sich nebenbei auch nach dem Totengräber zu erkundigen. Dabei hatte er sich sogar den Unmut einiger angesehener Bürger zugezogen. Es hatte den Anschein, als wenn sie mit dem Menschenschacherer zwar nichts zu tun haben wollten, auf dessen Dienste aber nicht verzichten mochten. Jedenfalls gelangte der Kastellan zu dieser Meinung, hatte ansonsten aber nichts Konkretes über den ›Tiroler‹ in Erfahrung bringen können. Immerhin hatte ihm ein betucht wirkender Bürger berichtet, dass er heute früh einen Mann mit einem Schimmel gesehen habe. Ob der Reiter allerdings schwarz gewandet war und einen Bart getragen habe, hatte er nicht sagen können, weil sein Blick von der Schönheit des weißen Pferdes und des südländisch aussehenden Geschirrs gefangen gewesen war. Wenigstens hatte er noch zu berichten gewusst, dass es in ganz Ravensburg kein derartiges Pferd gab und es wohl einem Fremden gehören musste. Dies ließ den Kastellan erneut hoffen, dass der Totengräber tatsächlich in Ravensburg war.

Als er eine kurze Pause einlegte und sich über den Stadtbrunnen beugte, um ein paar Hände voll Wasser zu schlürfen und sich danach mit den nassen Händen mehrmals aufs Gesicht zu klatschen, wurde er gefragt, ob dies nicht schmerzen würde.

Der Kastellan hob den Kopf und blickte zur Seite. Er sah den Bettler von vorhin, dessen breites Grinsen einen Haufen silbern glänzender Zähne freigab. Dies veranlasste ihn, sich zu schütteln und sich auch noch den Mund auszuspülen, bevor er sich bei ihm für das Verhalten seines Pferdes entschuldigte und ihn fragte, wie das eben Gesagte gemeint wäre.

»Na ja! Ich habe nicht gewusst, dass man sich mit Wasser auch waschen kann!«

Über diese Aussage musste der Kastellan zwar schmunzeln, sah aber schon die offene Handfläche des Bettlers, der eine Belohnung für sein Späßchen erwartete.

Da sich der Kastellan ob des Geschehnisses beim Obertor und wegen des Scherzes nicht lumpen lassen wollte, zückte er seinen Geldbeutel und griff hinein, zog seine Hand aber sofort wieder zurück. »Wenn Ihr mir sagen könnt, wo ich einen Mann finde, der Kindern bezahlte Arbeit vermittelt, könnt Ihr bald einen neuen Zahn aus Silber herstellen lassen.«

Sofort verschloss der Bettler – wie er es immer zu tun pflegte, wenn er seinem unehrenhaften Handwerk nachging – seinen Mund und zischte zwischen seinen Zähnen hervor: »Von wegen bezahlte Arbeit. Wenn hier einer bezahlt wird, dann ist es derjenige, der die Arbeit vermittelt, nicht aber die bedauernswerten Kinder«, gab er schlecht verständlich zur Antwort und spuckte neben den Brunnen. Dann fragte er in einem Ton, als wäre es das Normalste auf der Welt: »Du suchst wohl den ›Tiroler‹?«

Dies hatte der Kastellan nicht erwartet und musste es erst verdauen, bevor er sich wieder dem Bettler zuwandte und in fast uninteressiert klingendem Ton sagte: »Ja, genau! Den suche ich, … kennt Ihr ihn, mein Herr?«

Da es der Bettler nicht gewohnt war, in dieser respektvollen Form angesprochen zu werden, wurde er verlegen und nestelte an seiner schmutzigen Rupfengewandung herum, bevor er – wie er es gewohnt war – in kumpelhafter Form antwortete: »Selbstverständlich weiß ich, wo du den ›Tiroler‹ finden kannst!«

Ulrich Dreyling von Wagrain war erleichtert, seinem Ziel endlich näher zu sein und über den ›Tiroler‹ vielleicht doch noch an Ruland Berging herankommen zu können. Er müsste es dann nur geschickt anstellen, den Kinderhändler nicht merken zu lassen, was er von ihm hielt und was er vom Totengräber wollte. Ab jetzt hieß es, besonders wachsam zu sein.

»Führt mich zu ihm und Ihr bekommt fünf Heller«, schlug der Kastellan hastig vor und glaubte, dabei mehr als großzügig zu sein. Aber er täuschte sich. Der Bettler hatte Erfahrung damit, wie man den Leuten das Geld aus den Taschen zog, ohne es stehlen zu müssen. Schließlich kam das Silber in seinem Gebiss nicht von ungefähr. Er hatte dem Kastellan sofort angesehen, dass dieser kein armer Mann war. Überdies merkte er, dass der feine Herr dringend eine Information benötigte, über die er glücklicherweise verfügte, da konnte dieser noch so gelangweilt tun. Ihn – den König der Ravensburger Bettler – konnte er nicht hinters Licht führen. So packte die zerlumpte Gestalt das Glück beim Schopfe und legte es darauf an, den Lohn zu erhöhen. Er bot dem Kastellan an, ihn für einen Kreuzer zum Gesuchten zu führen und ihm für einen weiteren Kreuzer auf dem Weg dorthin alles über den

›Tiroler‹ zu erzählen. »Aber keine einzelnen Hellerstücke. Ich möchte einmal in meinem Leben ein ganzes Kreuzerstück mein Eigen nennen«, log der in schäbigsten Rupfen gewandete Mann, der älter aussah, als er war. Er hatte sein ganzes Leben lang Geld zusammengebettelt und dadurch, dass sein Revier inmitten einer Freien Reichsstadt mit betuchten Bürgern lag, war er längst selbst zu einem gewissen Reichtum gekommen. Aber er würde den Teufel tun, dies nach außen hin zu zeigen. Dass er dem Kastellan versehentlich seine Silberzähne gezeigt hatte, würde ihm nie mehr passieren. Dazu liefen seine Geschäfte trotz des Krieges, der immer wieder aufflackernden Pest und der ständig wachsenden Konkurrenz noch viel zu gut.

Während sie zum Haus des Kinderhändlers gingen, erzählte der Bettler dem Kastellan alles über diesen. »Er stammt aus Reutte in Tirol. Deshalb hat er auch den Spitznamen ›Tiroler‹. Einmal jährlich, im Frühjahr, ziehen er und seine Helfer in Richtung der abgelegensten Bergdörfer Tirols, Vorarlbergs und der Schweiz, um dort gegen Bezahlung Kinder der armen Bergbauern zu übernehmen und nach Ravensburg oder nach Friedrichshafen zu bringen. Den Eltern der 6- bis 14-jährigen Kinder bleibt nichts anderes übrig, als ihre Sprösslinge einem Pfarrer mitzugeben, der sie auf halbem Wege über die Alpen dem ›Tiroler‹ oder einem seiner Spießgesellen übergibt. Selbstverständlich arbeitet der Priester ebenfalls nur gegen Bezahlung, ... die wahrscheinlich nur selten seiner Mutter zugutekommt«, knurrte der Bettler, der zwar einem unehrenhaften Beruf nachging, aber selbst Familienvater war und deswegen diese Art des Gelderwerbs aus tiefstem Herzen verachtete.

»Seiner Mutter?«, wunderte sich der Kastellan.

»Ich meine damit die Mutter Kirche«, lachte der Bettler angewidert auf. Zornig spuckte er wieder – was er dem Anschein nach oft und gerne tat – aus und fuhr in verschwörerischem Ton fort: »Die Kinder werden teilweise auf lebensgefährlichen Pfaden hierhergebracht, wo sie dann an reiche Oberschwäbische oder Allgäuer Bauern als Hütekinder, Knechte oder Mägde vermittelt werden. Somit müssen die Eltern ihre Kinder nicht mehr selbst durchfüttern und bekommen sogar auch noch etwas Geld dafür. Dafür müssen sie in Kauf nehmen, dass sie ihre Lieblinge nie wiedersehen, weil viele von ihnen entweder auf dem Weg erfroren oder an Erschöpfung gestorben sind, bevor sie hier in Ravensburg ankommen. Es kommt aber auch oft vor, dass sie ganz einfach nicht mehr aus der ›Obhut‹ ihrer Herrin oder ihres Herrn entlassen werden, weil diese auf deren billige Arbeitskraft unter keinen Umständen mehr verzichten möchten. Diesbezügliche ›Kaufverhandlungen‹ mit den Eltern führt dann der ›Tiroler‹, der sich stets die beste Provision miteinrechnet, höchstpersönlich. Dazu müssen die Väter der betreffenden Kinder – wie auch die Pfaffen – die Mühsal des halben Weges über die Alpen auf sich nehmen. Nicht selten werden die Mädchen unfreiwillig von ihrem Herrn in gute Hoffnung gebracht und deswegen vom Hof gejagt oder im Herbst wieder dem Kinderhändler mitgegeben. Da kommt es schon vor, dass für die Eltern der Schuss nach hinten losgeht und sie, anstatt über den Sommer hinweg eine Fresserin los zu sein, über Jahre hinweg ein kleines Maul mehr stopfen müssen.«

Auch wenn es Ulrich Dreyling von Wagrain schauderte, würde er gerne noch mehr darüber erfahren, wurde aber vom Geschichtenerzähler mit einem Fingerzeig darauf hingewiesen, dass sie das Haus des ›Tirolers‹ erreicht hatten. Nachdem Ulrich seinen ortskundigen Führer für dessen interessante Erzählung über Gebühr entlohnt und dann weggeschickt hatte, klopfte er an die reich geschnitzte Tür des noblen Bürgerhauses in der Humpisstraße, die ihm, weil man ihn aufgrund seines vornehmen Aussehens für einen zahlungskräftigen Kunden hielt, umgehend geöffnet wurde. Der Gast wurde höflich hereingebeten und freundlich begrüßt. Nachdem der Hausherr allerdings gehört hatte, dass der noble Gast ›nur‹ ein Beamter eines gewissen Grafen zu Königsegg-Rothenfels war, mit dem er nicht ins Geschäft kommen konnte, sollte das Gespräch nicht mehr lange dauern. So schnell der Kinderhändler darüber enttäuscht war, keinen Kunden vor sich zu haben, so schnell wurde auch der Kastellan von dem enttäuscht, was er von seinem Gegenüber zu hören bekam. Der gedrungene Mann mit pickeligem Gesicht und glänzendem Kahlkopf versicherte ihm absolut glaubwürdig, dass er noch niemals in seinem Leben etwas mit einem gewissen Ruland Berging, geschweige denn mit einem Totengräber aus einem Allgäuer Dorf namens Staufen, zu schaffen gehabt hätte.

»Ich kenne zwar ein Staufen, aber das liegt im schönen Breisgau«, sagte er fast trotzig. Gleich fügte er noch hinzu: »Aber auch da gibt es Königsegger! Zumindest hat …«, er überlegte kurz, bevor er weitersprach, »vor gut 40 Jahren ein Marquard Freiherr von Königsegg eine gewisse Justina von Staufen, eine Erbtochter der kleinen Herrschaft im Breisgau, geehelicht.«

Der Kastellan wunderte sich zwar über das profunde Wissen seines Gegenübers und darüber, dass er parallel dazu mit einem Allgäuer Ort namens Staufen so überhaupt nichts anzufangen wusste, konnte daraus aber keinen Nutzen für sich ziehen. Das änderte sich auch nicht, als er den Totengräber genau beschrieb und dem als raffgierig bekannten Kinderhändler eine interessante Summe anbot.

Der gewiefte Geschäftsmann kniff dabei zwar die Augen zusammen und überlegte, was er dem Kastellan auftischen könnte, um an das Geld zu kommen, musste aber feststellen, dass ihm auf die Schnelle nichts einfiel und – egal, was er dem Schlossverwalter aus dem allgäuischen Staufen auch erzählen mochte – er schnell auffliegen würde, weil sich sein Besucher offensichtlich dermaßen an diesem Totengräber festgebissen hatte, dass er sich nicht mehr würde abschütteln lassen. Zudem war ihm der hohe Stand des Staufner Schlossverwalters soeben mitgeteilt worden und überdies dessen gute Bewaffnung aufgefallen. Obwohl sich der Kinderhändler auch von der bräunlich schimmernden Rüstung wenig beeindruckt zeigte, wusste er, dass es für ihn gefährlich werden konnte, sich mit der Obrigkeit anzulegen. Deswegen ließ er es, irgendwelche Märchen zu erfinden. Die Einzigen, die der Kinderhändler aus den Fragen des Kastellans heraus kannte, waren die Grafen zu Königsegg. Mit den hier im nahe gelegenen Schloss Aulendorf residierenden Verwandten des Immenstädter Grafen machte er immer Geschäfte, wenn zusätzliche junge kräftige Bauhelfer für deren Besitztümer auf dem Königseggerberg und in Aulendorf benötigt wurden oder wenn Bauholz in deren Wäldern geschlagen werden musste.

Obwohl der Kastellan sicher war, dass der Totengräber an der Herberge vorbeigekommen sein musste, weil sein Informant einiges über ihn gewusst hatte, verließ er resigniert das Haus des Kinderhändlers, anstatt sich darüber zu freuen, einen anderweitigen Hinweis darauf bekommen zu haben. Dennoch war er keinen Schritt weitergekommen. Er wusste jetzt lediglich mit etwas mehr Bestimmtheit, dass der Totengräber in der Herberge genächtigt hatte und sich jetzt zumindest in der Nähe von Ravensburg aufhalten könnte. Sicher war, dass sich Berging irgendwo im Oberschwäbischen und nicht am Bodensee herumtrieb, … zumindest im Moment.

Dennoch erwog der besorgte Familienvater, sich auf den Heimweg zu machen. Es wurmte ihn, dass er hereingelegt worden war. Sein Informant musste den Totengräber in der Schankstube der Herberge kennengelernt haben. Da er die Geschichte des ›Tirolers‹ kannte, musste der Spitzbube wohl aus Ravensburg stammen oder zumindest von hier gekommen sein. Auch sein Dialekt würde dafür sprechen. Da jetzt aufgrund der Jahreszeit keine Saison für Kinderhandel war, könnte es sich um einen derzeit arbeitslosen Handlanger des ›Tirolers‹ gehandelt haben, der dem Kastellan gegenüber einfach zwei Dinge miteinander vermischt hatte, um an ein paar Kreuzer zu gelangen.

»Verdammt«, rutschte es dem Kastellan heraus. »Ich hätte dem ›Tiroler‹ meinen Informanten beschreiben und ihn über den Mann befragen können – vielleicht hätte er ihn gekannt?, dachte er sich und überlegte weiter: Sicherlich hat das Narbengesicht vom Totengräber Geld dafür erhalten, um in der Taverne auf einen eventuellen Verfolger zu warten und ihn auf eine falsche Fährte zu locken. Wieder fluchte er laut: »Das ist ihm ja bestens gelungen, und das Schwein konnte abhauen!« Dass ich sein Verfolger sein werde, konnte der Totengräber zwar nicht wissen, vielleicht aber ahnen, versuchte er weiter, sich einen Reim auf das Erlebte zu machen, und kam schlussendlich zu dem Ergebnis, dass nichts sicher war und er einfach weitersuchen musste, wenn er Erfolg haben wollte. Letztlich aber resignierte er doch noch und entschied sich zurückzureiten. Berging wäre schön dumm, mich gerade dorthin zu locken, wo er sich selbst aufhält. Aber wer weiß schon, was in einem solch kranken Hirn vor sich geht, dachte er noch, während er die belebte Marktstraße und die vielen Menschen betrachtete. Das bunte Stadtleben gefiel ihm und lenkte ihn für einen Moment vom Grund seines Hierseins ab. Ulrich Dreyling von Wagrain erwog sogar, sich vor dem Rückweg noch ein wenig in der pulsierenden Stadt umzusehen und bei den hiesigen Händlern nach Geschenken für die Frauen und die Kinder zu suchen. Wenn dann noch Zeit bliebe, könnte er vielleicht sogar auch noch zur Burg hochreiten, um mit dem dortigen Burgvogt ein Stündchen zu plaudern. Bis zum Sonnenuntergang würde er auf jeden Fall wieder zu Hause sein. Andererseits gebot ihm die Sorge um Lodewig, sofort heimzureiten.

Vielleicht haben sie ihn zwischenzeitlich gefunden und es geht ihm gut, versuchte er sich einzureden, schaffte es aber nicht, die positiven Gedanken die Oberhand gewinnen zu lassen.

Vielleicht ist Lodewig aber auch schon ...

Dies durfte er gar nicht erst zu Ende denken. Sonst würde er den Totengräber weiter – wenn nötig, bis ans Ende der Welt – jagen müssen.

Der Kastellan ballte eine Faust und sagte so laut, dass es die ihn umgebenden Händler und deren Kunden hören konnten: »Wo mag der Saukerl wohl sein?« Selbst davon irritiert, ritt er ein Stück weiter, was seine Gedanken aber nicht verdrängte: Wenn Berging schon nicht in Ravensburg ist, dann hält er sich womöglich im nahen Weingarten auf ... oder ist er schon auf dem Weg in die Altshauser Ecke?

Diesen Teil der Landkarte kannte der Kastellan nur deshalb so gut, weil er dabei gewesen war, als sein Herr vor fünf Jahren die rothenfelsischen Grenzen neu vermessen lassen hatte und neue Grenzsteine gesetzt wurden. In diesem Zusammenhang war er weit über die Grenzen des rothenfelsischen Herrschaftsgebietes hinausgekommen. Außerdem waren seines Wissens in diesem Gebiet ebenfalls Königsegger – Verwandte seines Herrn – ansässig und in hohen Diensten der Kirche tätig.

Er zermarterte sein Hirn weiter: Vielleicht ist der Schuft sogar nach Aulendorf unterwegs oder reitet von hier aus auf direktem Weg nach Waldsee. Bis Schussenried wird er ja wohl kaum kommen, dachte der Kastellan und lenkte seine Gedanken in die andere Richtung: Was ist, wenn er über Meckenbeuren und Tettnang doch noch an den Bodensee geritten ist und alles nur ein Ablenkungsmanöver war? Vielleicht ist er sogar in die große Stadt Buchhorn und von dort aus rechter Hand nach Meersburg oder Überlingen unterwegs? Dass er linker Hand Richtung Langenargen, Wasserburg und Lindau reitet, glaube ich nicht; da käme er ja wieder dem Allgäu, und somit auch Staufen, näher. Nein, das traut er sich nicht. Da kann es schon eher sein, dass er sich einen Lastenkahn sucht und den Schiffsmeister besticht, ihn über den See nach Romanshorn zu bringen …, und schon wäre der Saukerl in der Schweiz, was hieße, dass er für alle Zeiten unauffindbar wäre, ärgerte sich der Kastellan, der aber auch immer wieder das entfernte, dennoch gut erreichbare Reich der Franzosen als möglichen Fluchtort in Erwägung zog. Noch wäre die Möglichkeit, das zu Ende zu bringen, was ich mir vorgenommen habe, peitschten die Gedanken den Ehrgeiz des Kastellans an, der jetzt überhaupt nicht mehr wusste, was er tun sollte. Nach langen Abwägungen kam er schließlich zu dem Schluss, dass es wohl doch das beste wäre, auf direktem Weg nach Hause zurückzureiten.

Kapitel 58

SEIT AM NIKOLAUSTAG mit der Frau des Werkzeugmachers das letzte Pestopfer begraben worden war, hatte es in Staufen bisher nur noch einen einzigen Toten gegeben. Der war aber nicht an der Pest gestorben, sondern vom Dach seines Hauses gestürzt. Ausgerechnet mit einigen noch brauchbaren Brettern der Bomberg'schen Brandruine hatte er das morsche Dach gegen den kommenden Schnee abdichten wollen. Ob es Jahwe oder Jesus Christus gewesen war, der mit göttlicher Gerechtigkeit dafür gesorgt hatte, dass es zu dem Unfall gekommen war, wusste wahrscheinlich nicht einmal der Teufel, denn aus seiner Sicht hatte es keinen Falschen getroffen. Da der ›Pater‹ aufgrund seiner Unbeliebtheit von niemandem betrauert wurde und jetzt alle sich mit den lebensnotwendigen Vorbereitungen für die Überwinterung und für bescheidene Weihnachten im Kreise der verbliebenen Familienmitglieder beschäftigten, war dies einerlei. Die Nachricht, dass jemand gestorben war, sorgte nicht mehr für allzu große Aufregung. Und solange es nicht die Pest war, interessierte es sowieso keinen.

»Er ist ›nur‹ vom Dach gestürzt«, hieß es erleichtert, als sich die Nachricht vom Tode des Lederers Hemmo Grob im Dorf herumgesprochen hatte.

»Ab jetzt predigt wenigstens nur noch der Pfarrer«, lautete einer der bissigen Kommentare mit freudigem Blick auf Weihnachten.

Wie am Ende der Adventszeit im Jahr zuvor, war es auch heuer bitterkalt und es schneite unaufhörlich, weswegen sich die Staufner nach wie vor mit wenigem bescheiden mussten. Aber immerhin hatten sie die schlimmste aller Seuchen überlebt.

»Wenn wir jetzt auch noch den Winter überstehen, wird alles wieder gut«, lenkten sie ihre Gedanken mehr oder weniger optimistisch in die Zukunft.

Um aber aus der immer noch trostlosen Gegenwart in eine bessere Zukunft entfliehen zu können, mussten sie von irgendwoher Nahrung und Brennmaterial bekommen. Da nutzte es ihnen auch nicht viel, wenn sie jetzt ziemlich sicher sein konnten, dass die Pestilenz endgültig aus Staufen gewichen war und die Bevölkerung nicht weiter dezimieren würde. Obwohl das ›Endt der elendiglichen Saich‹ in Staufen mittlerweile auch noch vom gräflichen Oberamtmann Speen schriftlich bestätigt worden war, nachdem sich eine ärztliche Prüfungskommission nach Staufen gewagt hatte, würde die Angst wohl für immer bleiben. In einem Sendschreiben hatte Speen dem Kastellan aufgetragen, die Bevölkerung Staufens davon zu unterrichten, dass die Pest von Amts wegen als erloschen galt und dass dementsprechend auch die Straßensperre nach Immenstadt mit sofortiger Wirkung aufgehoben war. Somit konnten sich die Staufner jetzt wieder frei bewegen.

Gleich nachdem Ulrich Dreyling von Wagrain vor fünf Tagen aus dem Oberschwäbischen zurückgekehrt war, hatte ihn Nepomuk über Lodewigs Heimkehr informiert und über dessen schlechten Gesundheitszustand aufgeklärt. Noch bevor der aus allen Wolken gefallene Kastellan nach seiner Frau gesehen hatte, war er in Lodewigs Kammer gegangen, wo er sich vom noch schlechteren Zustand, als ihm dies Nepomuk gesagt hatte, überzeugt hatte. »Hauptsache, er lebt!«, hatte er dankbar in Richtung Himmel gesagt und war zu Konstanze geeilt. Danach hatte er sich in die Schlosskapelle begeben, um für die Gesundheit seines Sohnes und seiner Frau zu beten. Dabei hatte er nicht vergessen, dem Schöpfer für Lodewigs Auffinden und Heimbringen durch Fabio zu danken und drei Kerzen entzündet.

Trotz des familiären Dramas musste sich der Kastellan wieder um seine Arbeit kümmern, weswegen er trotz des schlechten Wetters nach Thalkirchdorf geritten war, um sich persönlich vom Abzug der Königsegger Wachsoldaten zu überzeugen. Außerdem wollte er sowieso nach Immenstadt, um bei Speen unbürokratische Soforthilfe für die getreuen Untertanen des Grafen einzufordern. Dabei nutzte er gerne die Gelegenheit, mit den Soldaten im Tross zu reisen – sicher war sicher!

Gerne hätte er Nepomuk mitgenommen, um ihn bei dieser Gelegenheit dem Oberamtmann und dem Stadtammann vorzustellen. Aber das war nicht möglich, weil sich Nepomuk um Lodewig kümmern musste. Propst Glatt konnte auch nicht mitreiten. Er hatte kein Pferd und wollte – solange der Weinvorrat im Schloss ausreichte – Lodewig priesterlichen Beistand leisten. »Er wäre nicht der Erste, der ohne die Heiligen Sakramente stirbt«, hatte der Priester als Argument für sein im Grunde genommen nicht mehr notwendiges Ausharren ins Feld und dabei den Weinbecher genüsslich zum Mund geführt.

༺ঔ༻

Lodewigs Gesundheitszustand war tatsächlich immer noch äußerst bedenklich. Deshalb wartete Nepomuk sehnlichst auf Eginhards Heimkehr. Er brauchte unbedingt dessen Hilfe und seinen medizinischen Beistand. Der Propst war ihm bei Lodewigs Pflege keine allzu große Hilfe und Konstanze war wegen der Sorge um Eginhards Reise von Bregenz nach Staufen momentan gar nicht zu gebrauchen.

Letztes Jahr war Eginhard um diese Zeit längst da gewesen. Aber jetzt verzögerte sich seine Heimkehr wahrscheinlich wegen des plötzlichen Wintereinbruchs. Alle im Schloss machten sich Sorgen, nicht nur Konstanze, die derart neben sich stand, dass Nepomuk und Sarah schon froh waren, wenn sie es schaffte, sich um ihr Enkelkind zu kümmern. Sarah wich nämlich nur von der Seite ihres Mannes, wenn sie das Kind stillen musste. Sie half Nepomuk, so gut sie konnte, Lodewigs Wunden mehrmals täglich zu reinigen, zu salben und frisch zu verbinden. Eine wahrhafte Knochenarbeit, die einer allein kaum bewältigen konnte. Dazu kamen noch vielerlei andere Arbeiten wie die regelmäßige Herstellung verschiedener Kräutersude, das ständige Auskochen des Verbandsmaterials und vieles mehr. Das Schlimmste aber war, dass sich etliche der offenen Wunden immer wieder aufs Neue entzündeten und eiterten. Dadurch blieb nicht nur das Verbandsmaterial auf den Wunden haften, sondern verklebte auch noch mit dem Leinenbezug des Strohlagers. Wenn Lodewig zu lange auf einer Stelle lag, trocknete das Sekret auch noch ein und war nur sehr schlecht von den immer noch zahlreich offenen Schnitten und Rissen zu lösen. Dementsprechende Schmerzen musste der junge Mann jedes Mal ertragen, wenn er von Nepomuk und Sarah auf eine andere Seite gedreht oder zur Nahrungsaufnahme aufgerichtet wurde.

Rosalinde war in der Küche beschäftigt und Judith kümmerte sich um Konstanze. Diese war zwar körperlich wieder so weit bei Kräften, dass man sich diesbezüglich momentan keine Sorgen um sie machen musste, seelisch aber ging es ihr so schlecht wie nie zuvor, obwohl sie in ihrem Leben schon viel Leid ertragen hatte. Dass sie vor ungefähr 18 Jahren eine Fehlgeburt gehabt hatte und schon ein knappes Jahr später ihre kleine Tochter Maria Theresa in ihrem ersten Lebensjahr verstorben war, kam ihr jetzt natürlich ständig in den Sinn. Damit sie auf keine dummen Gedanken kommen konnte, war Judith stets in ihrer Nähe und beschäftigte sie – wenn der Kleine gerade schlief – damit, dass sie sich von ihr irgendeine Geschichte vorlesen ließ. Dass sie aufgrund von Jakobs Tod selbst Trost benötigte, verdrängte die Jüdin tapfer. Dabei half ihr, dass sie sich im Kreise ihrer neuen Familie sehr geborgen fühlte. Und wenn ihr zwischendurch die Gefühle durchzugehen drohten, nahm sie einfach ihr Enkelkind auf den Schoß oder spielte mit Lea – das half immer, denn ihre Tochter lebte! So vergingen die Tage im Schloss, in dem man weniger auf Weihnachten als auf Lodewigs Genesung und Eginhards Rückkehr wartete.

～❦～

Ulrich Dreyling von Wagrain war zwar völlig durchnässt, aber heil in Immenstadt angekommen und hatte sich wunschgemäß mit Oberamtmann Speen in dessen Schreibstube getroffen. Es war schon ein ungewöhnliches Bild, als der stolze Adlige dem Oberamtmann, nur mit einer Bruche gewandet und einer Schafwolldecke über dem Oberkörper, gegenübersaß, während seine patschnassen Sachen vor dem knisternden Kaminfeuer trockneten. Zwischen den beiden hatte sich im Laufe der Jahre, insbesondere aber während der letzten Krisenzeiten, eine Art Freundschaft entwickelt, weswegen zwischen den Männern ein vertrauter Umgangston herrschte. Nichtsdestotrotz trug der Kastellan sein Anliegen mit der gebührenden Förmlichkeit vor. Er appellierte an den Oberamtmann, dem immer noch in Konstanz weilenden Landesherrn vorzuschlagen, er möge sich etwas einfallen lassen, um langfristig neuen Lebensmut unter die gebeutelte Bevölkerung Staufens zu bringen. Da aber die momentane Kälte und die akute Hungersnot vordringliche Probleme waren, sprachen sie hauptsächlich darüber, wie den Staufnern am schnellsten und am effizientesten geholfen werden konnte. Dass der Kastellan dabei forsch auftrat, obwohl sich seine Füße gerade in einer Schüssel mit heißem Wasser erholten, tat dem Erfolg seines Ansinnens offensichtlich keinen Abbruch. Jedenfalls schüttelte sich der Oberamtmann vor Lachen, als der große Mann aufstand, um seinen Worten mehr Gewicht zu verleihen, während ihm dabei die Decke herunterrutschte und auch noch in die Wasserschüssel fiel.

»Ja, so sieht ein gestandener Schlossverwalter aus, der mutig genug ist, forsche Forderungen an das Oberamt zu stellen«, lästerte Speen spaßeshalber, während er schon nach seinem Sekretär klingelte und ihm auftrug, eine neue Decke zu bringen.

Die Folge dieses von tiefem Vertrauen geprägten Gespräches war, dass Speen dem umsichtigen Schlossverwalter versprach, ihn schon in zwei Tagen mit einigen Ladewagen voller Lebensmittel, Wolldecken und Brennholz heimzuschicken.

⁓⧼⧽⌒

Die Staufner konnten es nicht fassen, als Hauptmann Benedikt von Huldenfeld und der Kastellan mit einem Teil der gräflichen Leibgarde sieben von starken Rössern gezogene Ladewagen in den Ort eskortierten. Da die Fuhrwerke mehr als voll beladen waren und der Schnee mittlerweile kniehoch lag, war es einem üblichen Gespann, das nur aus zwei Pferden bestand, nicht zuzumuten, einen der schweren Wagen zu ziehen. Deswegen hatte der Marstallleiter als Zugpferde die kräftigsten Rösser der gräflichen Stallungen ausgewählt und die eher selten gebrauchte *Einhorn-Anspannung* angeordnet. So hatten sie es trotz des tiefen Schnees geschafft, wagenweise Brennholz, säckeweise Mehl und Salz, fertig gebackenes Brot, zentnerweise Pökelfleisch, Hunderte von Eiern, etwas Käse, Gemüse, Dörrobst und was weiß der Himmel noch alles nach Staufen zu transportieren. Sie hatten sogar auch noch sieben Dutzend gackernde Hühner mit genügend Hähnen als Grundlage für einen Neuanfang dabei. Der Kastellan hatte den Gardehauptmann gefragt, ob er ernsthaft glaube, dass das Geflügel die Weihnachtsfeiertage überlebe, um sich vermehren zu können.

»Ihre Freude daran dürften sie noch haben, ob sie es allerdings abwarten können, dass auch Küken daraus werden, bezweifle ich«, antwortete von Huldenfeld lachend, ergänzte aber noch sachlich, dass dies so ziemlich egal sei, weil der Oberamtmann den Vorschlag des Kastellans aufgenommen habe und bereits mittels Sendschreiben, die Boten mehrmals wöchentlich nach Konstanz oder zurück nach Immenstadt brachten, mit dem Grafen in Kontakt stehe. Das Ergebnis dieser vorweihnachtlichen Korrespondenz sei, dass der Regent gleich zu Anfang des neuen Jahres einen Notplan in Bezug auf das Überleben der Staufner Bevölkerung über den Winter hinweg und eine ›*Conception für einen geordnedt Wiederauffbau*‹ erstellen lassen wollte. Diesbezüglich bat der schneidige Offizier den Kastellan im Auftrag des Oberamtmannes, zu gegebener Zeit auf seine Mithilfe zurückgreifen zu können. Zunächst aber müsse der Staufner Ortsvorsteher dafür sorgen, dass die dringend benötigten Lebensmittel, die wärmenden Decken und das Holz gerecht verteilt würden.

∽

Konstanze ging kaum noch vom Fenster weg. Gestern schon stand sie – in ein großes, grob gehäkeltes, aber dennoch wärmendes Tuch gehüllt – stundenlang davor und ließ es sich auch nicht nehmen, zwischendurch nachts aufzustehen, um an dem, was sie sah, ihr Herz zu erfreuen. Fast dankbar blickte sie auf den Marktflecken hinunter, während sie immer wieder Eginhards Kommen und Lodewigs Gesundung herbeizubeten versuchte. In Bezug darauf, dass ihr mittlerer Sohn hatte gefunden werden sollen, war ihr Flehen bereits erhört worden. Wenn der Herr ihr jetzt auch noch diese beiden Wünsche erfüllen würde, konnte sie sich vorstellen, trotz Diederichs Tod ihren eigenen Lebenswillen wiederzufinden. Sicher, ihr Enkelkind konnte Diederich nicht ersetzen, vermochte es aber dennoch auf eine fast mystische Art, sie immer wieder an ihre vornehmliche Aufgabe als Mutter – und jetzt auch als Großmutter – zu erinnern. Da Konstanze wusste, dass sie gebraucht wurde, war sie glücklich über das, was sie jetzt gerade sah. Sie hoffte, dadurch die nötige Kraft zu bekommen, um wieder ganz für ihre Familie da sein zu können.

Die armen Dörfler mussten noch mehr mitmachen als ich und sind auch nicht verzagt. Für sie geht das Leben weiter … und seit gestern ist es für sie wieder lebenswert, sinnierte sie. »Also reiß' dich zusammen, Konstanze«, gab sie sich selbst so laut den Befehl, dass es Ulrich, der zufällig in der Nähe stand, hörte.

Er ging zu ihr und legte wortlos einen Arm um sie, während auch er seine Augen schweifen ließ. Aber nicht nur die beiden, auch die anderen Schlossbewohner konnten sich vom Blick aufs

Dorf kaum lösen. Seit gestern bot sich ihnen ein ungewöhnliches, ein lange nicht mehr gesehenes Bild, das sogar den Propst und den Mönch dazu veranlasste, Lodewig ans Fenster zu schieben und ihm so weit hochzuhelfen, dass auch er sehen konnte, was alle so beglückte.

Judith kam mit Sarah, die den Kleinen zu Lodewig aufs Krankenlager legte, ans Fenster. Trotz immer noch unsäglicher Schmerzen genoss auch Lodewig diesen Moment gemeinsamen Glücks. »Als ich das letzte Mal im Dorf unten war, rauchte kein einziger Kamin. Und jetzt ...« Der dem Tode noch immer nicht ganz Entkommene sackte ermattet zusammen. Er wurde von seinen beiden Pflegern aufs Lager zurückgelegt und von Sarah, die ihm vorsichtig ein paar Tränen bescheidenen Glücks aus dem Gesicht wischte, zugedeckt.

⁂

Da jeder Haushalt auf Speens Veranlassung hin so viel Brennholz und Nahrungsmittel bekommen hatte, dass es bei sparsamem Gebrauch zumindest für die nächsten zwei bis drei Wochen – auf jeden Fall aber weit über Weihnachten, Neujahr und Dreikönig hinaus – ausreichen müsste, zeigte sich das überglückliche Volk dankbar, indem es sich vom Kastellan und dem Propst nicht lange bitten ließ, das erbärmlich aussehende Innere der Pfarrkirche noch vor Weihnachten in einen einigermaßen würdigen Zustand zu versetzen, damit am Heiligen Abend seit langer Zeit wieder eine schöne Messe gelesen werden konnte. Nachdem die Männer die im gesamten Sakralraum immer noch überall herumliegenden, inzwischen teilweise mumifizierten Leichenteile und Knochen von Mensch und Tier zusammengesammelt und nach draußen gebracht hatten, konnten die Frauen damit beginnen, das Kircheninnere zu lüften und zu reinigen. Während sie mit Feuereifer schrubbten und putzten, stapften die Männer fast frohgelaunt in den Wald, um Zweige für eine weihnachtliche Dekoration ihrer Kirche und, mit stillschweigender Sondergenehmigung des Kastellans, auch noch für ihre Behausungen zu holen.

Dass sie dabei auf die Schnelle auch noch ein paar Tannen fällten, um an zusätzliches Brennholz zu gelangen, obwohl sie durch die Warmherzigkeit und Großzügigkeit des Immenstädter Oberamtes gut abgelagertes Holz zu Hause hatten, sahen sie sich gegenseitig augenzwinkernd nach und nicht als Waldfrevel oder gar als Diebstahl an. Und dass sie dabei vom Kastellan und von Ignaz gesehen wurden, weil die beiden just zur selben Zeit zwei große Weihnachtsbäume für die Kirche, einen Baum von mittlerer Größe für den ›Rittersaal‹ und eine kleine Fichte für das Vogteigebäude suchten, bekamen sie nicht mit. Als Ignaz seinen Herrn fragend ansah, kommentierte dieser das soeben Erblickte nur mit den Worten: »Die Dörfler haben schon viel zu viel gelitten ... und es ist Weihnachten. Ich werde die Kandare erst wieder im Frühjahr anziehen.« Dabei legte er beschwörend einen Zeigefinger auf die Lippen. Damit sie nicht von den Männern erblickt wurden, versteckten sie sich in einer Geländekuhle und wollten für den Rückweg sogar einen kleinen Umweg zum Schloss in Kauf nehmen.

Nachdem es den ›Pater‹ nicht mehr gab und Josen Bueb nicht dabei war, konnten die Holzdiebe sicher sein, dass auch von dieser Seite aus niemand etwas von ihrem Waldfrevel erfahren würde. Aus diesem Grund besprachen sie noch an Ort und Stelle, wie sie verräterische Spuren ihrer Tat sofort nach der Schneeschmelze im nächsten Frühjahr beseitigen wollten. Im Moment drohte keine Gefahr vom Revierförster, der es sich jetzt wahrscheinlich bei einer Kanne Wein vor dem Kachelofen gemütlich machte. Selbst wenn er noch heute nach Staufen käme, wären die Schleifspuren und die Baumstümpfe schon wieder zugeschneit.

Der Sohn des Sonnenwirtes und sein grantiges Weib waren nicht die Einzigen, die sich davor drückten, bei der vom Propst angeordneten Kirchenreinigung mitzuhelfen. Die zwei Frauen, die Lodewig dabei beobachtet hatte, wie sie eine Leiche in ihre Behausung gezogen hatten, waren hektisch damit beschäftigt, das bereits abgezogene und teilweise schon mundgerecht zugeschnittene Fleisch aus dem Schnee auszubuddeln und ebenso unauffällig verschwinden zu lassen, wie sie es mit den Knochen und dem Schädel des Opfers, das nicht durch ihre Hand, sondern an Unterernährung gestorben war, getan hatten. Da selbstverständlich auch sie von der gütigen Entscheidung des Oberamtmannes profitierten und jetzt ausreichend Nahrungsmittel im Haus hatten, wollten sie sich nicht mehr unnötig der Gefahr aussetzen, durch den Verzehr menschlichen Fleisches die Geister der Pest aufs Neue heraufzubeschwören, alle Heiligen und darüber hinaus auch noch die Gerichtsbarkeit gegen sich aufzubringen.

Da sie plötzlich das schlechte Gewissen plagte, schlossen sie sich nach erfolgreicher Vernichtung der ›Beweismittel‹ ihres unverzeihlichen Frevels doch noch der Putzkolonne in der Kirche an. Letztlich war man ihnen sogar zu Dank verpflichtet, weil sie sich freiwillig dazu gemeldet hatten, die Leichenteile und die Knochen ordentlich der Erde zu übergeben.

Kapitel 59

Es war der Tag des Herrn und die Kirche erstrahlte fast in altem Glanz. Für die meisten Staufner wirkte sie sogar noch schöner als je zuvor, obwohl sie von ihnen selbst aller Bänke beraubt worden war und dementsprechend ›unmöbliert‹ aussah. Den fehlenden Altar hatte Probst Glatt provisorisch durch einen weißen, in gold gefassten Tisch mit schön geschwungenen Füßen, aus der Sakristei und das Kreuz aus der St. Martins-Kapelle ersetzt. Dass es trotz der Not ein nicht wiedergutzumachendes Verbrechen gewesen war, die drei riesigen Holzfiguren der Kreuzigungsgruppe mitsamt dem Kreuz, die zwölf Apostel und dazu auch noch eine ganz besonders wertvolle Büste des heiligen Antonius von Padua zu zersägen und als Brennholz zu nutzen, flocht der Propst zwar in seine bewegende Predigt ein, erteilte aufgrund der außerordentlichen Notsituation den unbekannten Sündern aber gleichzeitig die Absolution, ... falls sie ehrliche Reue empfinden und Buße tun würden, sofern ihnen dies möglich war.

Umso mehr erfreuten sich die Kirchenbesucher an der kunstvoll geschnitzten, und an diesem Tag ganz besonders schön wirkenden, Heiligen Familie, die nur dem Verheizen entgangen war, weil sie, für die Allgemeinheit unzugänglich, in der Sakristei gelagert worden war.

Der Umstand, dass die Sakristei von den allgemeinen Plünderungen verschont geblieben war, grenzte für den Propst an ein Wunder. Aus Dankbarkeit dafür hatte es sich der Kirchenherr nicht nehmen lassen und seine Pfarrkirche in ein Lichtermeer getaucht. Was er für ein Schlitzohr war und welch einen Schatz er die ganze Zeit über in der Sakristei versteckt gehalten hatte, zeigte sich, als er von zwei Knaben, die er kurzfristig als Messdiener rekrutiert hatte, Kerzen an die Kirchenbesucher verteilen ließ. Dabei ging niemand leer aus. Alle bekamen einen dieser wunderbaren Licht- und Wärmespender, den sie dankbar entgegen- und mit nach Hause nehmen durften.

Dass es keine Kirchenbänke gab und die Gläubigen stehen mussten, störte heute niemanden. So hatten wenigstens alle Platz gefunden. Allerdings würden aufgrund der schmerzlichen Einwohnerdezimierung auch alle Platz gefunden haben, wenn die Kirchenbänke noch da gewesen wären. Aber darüber machte sich jetzt niemand Gedanken. Nach der leidvollen Apokalypse genossen sie das kleine Glück des Augenblicks voll religiöser Hingabe.

Die Christvesper dünkte die Gläubigen heuer noch beeindruckender als im vergangenen Jahr. Der Propst legte sich während der ganzen Zelebration voll ins Zeug; er machte den gebeutelten Menschen Mut, indem er während seiner Predigt über den Glauben, die Liebe, vor allen Dingen aber über die Hoffnung sprach. Unterstützt wurde er dabei in Konzelebration von Bruder Nepomuk, der auch die Fürbitten verlas, die wegen seiner sonoren Stimme für eine besonders feierliche Atmosphäre sorgten.

Die Anrufung der Dreifaltigkeit galt in erster Linie all denen, die durch die Pest ihr Leben hatten hingeben müssen, und deren Hinterbliebenen. Aber auch den Sündern, die diese Seuche skrupellos für ihre eigenen Interessen ausgenutzt und Profit daraus geschlagen hatten. Als er in diesem Zusammenhang die Namen Heinrich Schwartz und Ruland Berging in den Mund nahm, ging ein Raunen durch die Menge, das erst wieder verstummte, als sie von Bruder Nepomuk daran erinnert wurden, dass zumindest die Verbrechen des Arztes gesühnt worden seien.

»… und der Totengräber wird dereinst ebenfalls Gottes Zorn zu spüren bekommen«, versprach der Mönch mit drohend erhobenem Zeigefinger, obwohl er nicht wusste, ob dieses Versprechen je eingehalten werden konnte. Dann verkündete er, dass der Schmied Baptist Vögel und dessen Sohn Baltus von Immenstädter Soldaten abgeholt worden waren, damit sie gleich nach den Feiertagen von einem externen Ausschuss bezüglich der Sache mit der bedauernswerten Frau, die man mitten auf der Straße gefunden hatte, vernommen werden könnten. Die treffenderen Bezeichnungen ›geschändet‹ und ›ermordet‹ mochte er im Hause Gottes nicht aussprechen.

Da mittlerweile allen klar war, dass Lodewig nichts mit der Schändung und dem Tod der Frau zu tun hatte und ihr lediglich hatte helfen wollen, ging Nepomuk nicht weiter darauf ein. Die Kirchenbesucher mochten jetzt auch nicht an den Medicus und den Totengräber, die sie an die schrecklichsten Jahre ihres Lebens erinnerten, oder an den Schmied und seinen missratenen Sohn denken. Da war ihnen der Inhalt der Predigt schon lieber. Gerade ein Punkt, den der Pfarrherr ausführlich thematisierte, gab ihnen den jetzt so nötigen Halt: die Hoffnung!

Nachdem der Segen Gottes über seine Schäflein gekommen und das Schlusswort gesprochen war, bat der Propst die Kirchenbesucher, noch hierzubleiben, da ihnen Ulrich Dreyling von Wagrain sowohl persönlich als auch in seiner Eigenschaft als Erster Mann des Dorfes etwas mitzuteilen habe. Obwohl es die Menschen jetzt nach Hause drängte, weil sie sich dort seit langer Zeit endlich wieder einmal in einer warmen Stube ihre Bäuche, wenn schon nicht vollschlagen, so doch ausreichend füllen konnten, während sie nebenbei der Verstorbenen gedenken und sich im Scheine weichen Kerzenlichtes ein klein wenig des Weihnachtsfestes erfreuen mochten, verharrten sie noch und bildeten still eine Gasse, um den Kastellan durchzulassen. Man hörte nur noch das Knarzen der Holztreppe, als der groß gewachsene Mann in vollem Dienstornat, auf dem er auch noch die Silberkette mit dem aufwändig emaillierten gräflichen Rautenwappen als Zeichen seines hohen Ranges in Diensten des Grafen zu Königsegg trug, zur Kanzel emporstieg. Oben angekommen, blickten ihn alle Augenpaare, die in letzter Zeit so viel, zum Teil auch selbst verursachtes Grauen gesehen hatten, erwartungsvoll an.

Der an diesem Tag besonders imposant wirkende Mann ließ sich Zeit und schaute lange in die Runde, bevor er mit seiner Rede begann: »Wir begehen heuer nun schon zum zweiten Mal hintereinander eine traurige Weihnacht. Waren es im vergangenen Jahr 69 der Unsrigen, die unverschuldet dem ruchlosen Morden des Medicus zum Opfer fielen, müssen wir in diesem Jahr eine viel höhere Zahl von Verwandten und Freunden betrauern.

Wenn sich unser ehrwürdiger Herr Pfarrer nicht verzählt hat, sind es genau 706 Menschenleben, die von der Pest ausgelöscht wurden. Das sind zwei Drittel der Staufner Bevölkerung.«

Nachdem er dies gesagt hatte, ging wieder ein Raunen durch die Kirche.

»Ich weiß, dass in fast jeder Familie tiefe Trauer Einzug gehalten hat und möchte hier nicht nur die Vergangenheit heraufbeschwören, sondern auch in eine hoffentlich gute Zukunft blicken.«

Er schaute zu seiner Frau hinunter und schnaufte tief durch.

»Auch wenn meine Familie von der Pest verschont geblieben ist, so tragen wir ebenfalls Trauer. Mein jüngster Sohn Diederich und, wie wir heute wissen, auch Otward und Didrik, die beiden Söhne von Hannß und Gunda Opser, sind sinnlose Opfer des Totengräbers Ruland Berging geworden, weswegen die Blaufärber der letztjährigen Christvesper nicht beiwohnen konnten. Umso mehr freut es mich, dass sie jetzt unter uns weilen.«

Während der Kastellan die Blaufärber auszumachen versuchte, begannen einige Kirchenbesucher zu klatschen, andere aber laut zu protestieren, während sie ihre geballten Fäuste hochstreckten. Als dies der Kastellan mitbekam, sagte er etwas anderes, als er den Staufnern eigentlich hatte mitteilen wollen: »Reißt euch zusammen. Auch wenn in diesem Raum ebenfalls Unvorstellbares geschehen ist, so ist und bleibt es ein Haus Gottes, in dem ihr euch zu benehmen und keine Fäuste zu ballen habt!«

Da die Menschen ahnten, worauf der Kastellan anspielte, schwiegen sie betreten. Man sah jetzt keinen einzigen Arm mehr, der sich drohend der Kirchendecke entgegenstreckte.

»Es war weder der Medicus noch ist es der Totengräber, der den Tod von Jakob Bomberg zu verantworten hat ...«, kam er zum Punkt dessen, was er sagen wollte. »Vielmehr ist er ein Opfer der allgemeinen Hysterie und des Hasses geworden, durch den etliche von euch verblendet waren.«

Viele der Zuhörer – in erster Linie Männer – senkten beschämt ihre Köpfe, während der Kastellan wieder in Richtung seiner Frau und zu Jakobs Witwe und ihren beiden Töchtern blickte.

Er ließ sich Zeit, bevor er weitersprach: »Die Bombergs gehören jetzt zu meiner Familie, und ich bitte alle Staufner, dies zu respektieren, ... auch wenn Judith Bomberg in Erinnerung an ihren verstorbenen Mann nach wie vor dem mosaischen Glauben angehören möchte. Aber es gibt etwas, das ihr noch nicht wisst.«

Der Kastellan blickte lange in die Runde und stellte fest, dass sofort wieder Angst unter den Kirchenbesuchern keimte, weil sie nicht wussten, was er meinen könnte. Wie schon im vergangenen Jahr, nur aus einem anderen Beweggrund heraus, begannen die Menschen, sich an den Händen zu halten, während sie auf das warteten, was ihnen der Ortsvorsteher jetzt zu sagen hatte.

»Ja! Reicht euch die Hände zum Frieden und zur dauerhaften Liebe. Genauso, wie es mein Sohn Lodewig getan hat, als er durch unseren verehrten Propst Glatt mit Sarah Bomberg vermählt wurde und ...«

Als dies die Menschen hörten, machte sich Erleichterung breit, und obwohl fast alle von der Vermählung wussten, unterbrachen Klatschen und Freudenrufe den Kastellan, der diese Beifallskundgebung zwar zur Kenntnis nahm, aber dennoch mit einer Handbewegung beiseitewischte. »Bei dieser Gelegenheit danke ich all jenen, die der Familie Bomberg jahrelang freundschaftlich verbunden waren und sie trotz ihres anderen Glaubens herzlich in ihrer Mitte aufgenommen haben, als sie nach Staufen gekommen sind.«

Der Kastellan zeigte zu Judith, bevor er weitersprach: »Hier vor euch steht eine tapfere Frau, von der ich euch etwas ausrichten soll ...«

Die Menschen, die um Judith und Lea Bomberg herumstanden, traten ehrfürchtig einen Schritt zurück.

Auch Konstanze, die sich bisher bei ihrer Freundin eingehakt hatte, löste sich von ihr und trat etwas beiseite. Sie gehörte heute zu den wenigen, die einen traurigen Eindruck machten. Aber ihr war nun einmal nicht zur Freude zumute. Unabhängig davon, dass sie das Schicksal mit den meisten hier teilte, weil auch sie einen geliebten Menschen verloren hatte, war Eginhard nicht nach Hause gekommen, ... obwohl doch Weihnachten war und er wusste, wie sehr sie ihn gerade jetzt brauchten.

Da stimmt etwas nicht, war sie sich sicher und würde Ulrich gleich morgen – Feiertag hin oder her – losschicken, damit er sich in Bregenz nach ihm erkundigte. Sie würde dann zu allem hin zwar auch noch ihren Mann vermissen und einmal mehr um ihn bangen, musste aber endlich wissen, warum Eginhard nicht gekommen war. Tief in ihre düsteren Gedanken versunken, bemerkte sie erst jetzt, dass ihr Mann nicht mehr weitersprach und es ganz still in der Kirche war.

Der Kastellan sah von oben, wie sich die Menschenmenge teilte und von ganz hinten drei Männer auf Judith und Lea zugingen. Er wusste, dass es normalerweise – außerhalb Staufens, in dem die Uhren oftmals verkehrt herum zu laufen schienen – absolut undenkbar war, dass Muslime oder gar Anhänger des mosaischen Glaubens an einem christlichen Gottesdienst teilnahmen. Deswegen befürchtete er jetzt, dass Judith und Lea abermals Leid zugefügt werden könnte. Da Eginhard nicht hier war und ihm deshalb auch nicht helfen konnte, deutete er Rudolph, sich sofort schützend vor die Bombergs zu stellen, während er selbst die Kanzeltreppe hinuntereilte. Es war still, als er und Rudolph vor Judith und Lea standen und sich die Kastellanin wieder bei ihrer Freundin eingehakt hatte. Während die drei Männer gemessenen Schrittes näher kamen, bildeten die Menschen einen großen Kreis um Konstanze und die beiden Jüdinnen. Das Mädchen drückte sich ängstlich an ihre Mutter und wartete auf das, was jetzt kommen würde.

Gut, dass ich wenigstens Sarah in Sicherheit wähnen kann, weil sie bei Lodewig geblieben ist ... und zudem zum Christentum übergetreten ist, schoss es Judith durch den Kopf, während sie Lea rein vorsorglich hinter sich schob.

Aber die Männer schienen nichts Böses zu wollen. Jedenfalls sagte einer von ihnen in ruhigem Ton zu Judith, dass sie und ihre Tochter nichts zu befürchten hätten. Als sie dies hörten, deutete der Kastellan Rudolph, etwas beiseitezutreten, aber dennoch wachsam zu bleiben. Um ihre Solidarität mit den beiden Jüdinnen zu demonstrieren, hatte sich Konstanze jetzt ganz besonders fest bei ihrer Freundin eingehakt.

Einer der Männer – derjenige, der Lodewig an der Brandstätte hatte helfen wollen – trat vor. Man merkte, dass es dem hageren Handwerker schwerfiel, die richtigen Worte zu finden. Er schluckte und drehte unsicher seinen Hut in den Händen, bevor er endlich das sagte, was ihm die anderen Männer des Dorfes aufgetragen hatten: »Im Namen aller erbitten wir Eure Verzeihung«, brachte er knapp heraus, bevor er sich umdrehte und laut in die Menge rief, dass sie gemeinsam ein neues Haus für die Bombergs errichten würden, sobald der Winter vorüber wäre – und falls der Graf das Holz hierfür zur Verfügung stellen sollte. Lauter Jubel brandete auf, als er die Menschenmenge fragte, ob dies im Sinne aller sei.

Während Lea ihre Mutter am Ärmel zu sich herunterzog, um die Neuigkeit zu repetieren, suchten sich ein paar Tränen ihren Weg und kullerten Judiths Wangen hinunter. Aber sie riss sich zusammen, fuhr sich mit einer Hand über das Gesicht, löste sich von Konstanze und ging so stolz erhobenen Hauptes auf die drei Männer zu, dass diese sogar einen Schritt zurückwichen.

»Wir brauchen kein neues Haus, ... schon gar nicht mit eurer Hilfe«, stellte Judith trotzig klar, weil sie seit ein paar Tagen wusste, dass sie mit Sondergenehmigung des Immenstädter Oberamtes fortan im Schloss wohnen durfte, bevor sie das aussprach, was sie loswerden wollte: »Obwohl meine ganze Familie euch überhaupt noch nie etwas getan hat, habt ihr unser Zuhause in Brand gesteckt und seid feige zurückgewichen, als es lichterloh gebrannt hat. Mein Mann Jakob konnte sich nicht vor euch in Sicherheit bringen. Dies habt ihr nicht zugelassen. Er musste tapfer sein, um unsere kleine Tochter zu schützen.« Sie zeigte auf Lea. »Letztendlich war es dieses unschuldige kleine Ding, das seinen Vater vor euch behüten wollte und durch eure Schuld übermenschliches Leid ertragen musste. Ich danke Gott, dass sie dies überlebt hat! Mir ist es einerlei, welcher Gott meine Tochter davor bewahrt hat, zusammen mit ihrem Vater und unserem Haus zu verbrennen«, sagte sie trotzig und fast etwas provozierend. Judiths stechender Blick, der von einem zum anderen der Männer hin und her wanderte, verunsicherte nicht nur die drei, die ihren Blicken nicht lange standhalten konnten, weswegen sie wieder ihre Häupter senkten.

Was passiert jetzt?, fragten sich wohl alle Umstehenden. Aber es geschah so lange nichts, bis Judith jedem der drei Männer – ohne eine Miene zu verziehen – die Hand reichte.

Laut, an alle gewandt, sagte sie zu jenen, die sich an ihrer Familie schuldig gemacht hatten, dass sie ihnen verzeihe, versäumte es aber nicht hinzuzufügen, dass jeder sich deswegen dereinst allein vor seinem Schöpfer zu verantworten habe. Als dies die Gläubigen vernahmen, schauderte es sie, und nicht wenige von ihnen bekamen Gänsehaut. Manche begannen, verschämt zu schluchzen, andere schlugen das Kreuzzeichen oder fingen wieder zu beten an. So einen erhebenden Moment hatten sie in ihrem ganzen Leben bisher nur ein einziges Mal miterleben dürfen: bei der letztjährigen Christvesper, als sie wegen der seinerzeit hinter ihnen liegenden Kräutermordserie mit ihren ineinander verschlungenen Händen vom Altar bis zum Hauptportal und sogar auch noch bis auf den Kirchplatz hinaus eine Menschenkette gebildet hatten. In Erinnerung daran bückte sich einer der drei Männer zu Lea hinunter und reichte ihr die Hand, die das Mädchen aber erst ergriff, nachdem ihr die Mutter zustimmend zugenickt hatte. Als dies die Gläubigen sahen, vollzog sich um Judith herum das gleiche Solidaritätsritual wie im Vorjahr.

Um diese ›Kette des Verzeihens‹ aufzulösen, trennte sie der Kastellan, indem er Judith und Konstanze umarmte, bevor er sich zu Lea hinunterbückte, ihr mit dem Zeigefinger auf das Näschen stupste und sagte: »Du bist ein tapferes Mädchen.«

Danach kehrte er auf die Kanzel zurück und sorgte jetzt für Ruhe, indem er eine Pergamentrolle mit gräflichem Siegel in die Höhe hielt.

»Aha! Jetzt kommt's doch noch«, flüsterte einer seinem besorgten Nachbarn ins Ohr. »Deswegen hat er sein Dienstornat an.«

Aber er bekam nur ein »Schh! Halt's Maul!« zur Antwort.

Als Ulrich Dreyling von Wagrain abermals das Wort ergriff, war es wieder still geworden: »Bevor ich dieses Schreiben unseres Hochwohlgeborenen Herrn verlese, möchte ich euch allen mitteilen, dass es die Geschäfte unseres verehrten Grafen zwar noch immer nicht zulassen, von Konstanz heimzukehren, er aber bereits an einem Nothilfekonzept arbeiten lässt, das schnellstmöglich umgesetzt werden soll. – Ihr hört also, dass euch unser geliebter Landesherr nicht im Stich lässt.«

Jetzt flogen Hüte und Kappen durch die Luft. Die Menschen jubelten ihrem Gebieter, den sie in der letzten Zeit im Stillen oft verwünscht hatten, zu, während der Propst die Augen verdrehte. »Von wegen Geschäfte«, flüsterte er seinem geistlichen Mitbruder ins Ohr.

»Und jetzt komme ich zur Verlesung des gräflichen Schreibens«, unterbrach der Kastellan den allgemeinen Freudentaumel, von dem sich – abgesehen der anwesenden Kinder – nur Konstanze und Judith unbeeindruckt zeigten. Allerdings musste er mit der Verlesung so lange warten, bis sich die Menschen beruhigt hatten und es wieder still geworden war. Es knisterte nur das Pergament, als der Kastellan seine sonore Stimme erhob:

›*Groß Lukken die Pest in tem Allgäw hatt gehaven. Unnd erpresset den Stauffner die Krafft aus der Brust, weswegen hiermit kundt unnd zu wissen sey gethan, dass Wir, Hugo zue Königsegg, ehedem kaiserlicher Hofkammergerichtspräsident zue Speyer. Rath unnd Kämmerer des Erzherzogs Leopoldus von Österreich. Weyland durch Kaiser Ferdinand II. in den Reichsgrafenstand erhoben. Herr zue Rothenfels unnd Stauffen aufgrund der Pestilentzen unnd dero Toten in Unßerm geliebten Herrschaftsgebiethe wöllen frowe Stauffner schawen. Sotan Wir geruhen, die ledigen Söhne von Stauffen in Unser Immenstädter Schloss zue laden, um mit ihnen zue disputieren, allwie es weitergehen soll, um der allgemeinen Trübniß entgegengetreten zue können.*

Gemeinsam mit Unßeren Immenstädter unnd Stauffner Amptsleitern werden Wir über die Noth gebührend Disput halten. Dazu werden Wir ein Festmahl geben, bei dem Narren ebenso für allerley Kurtzweyl sorgen werden, wie Musikanten, die zur

Laute auffspieln. Wir werden ein Fahnlin schenken, alsdann an diesem Tag uns vereint Freundtschaft, Frohsinn unnd Ehrbarkait. Wir wünschen den Stauffnern neue Krafft unnd eine gesegnete Weihnacht.‹

Nachdem Ulrich Dreyling von Wagrain den Inhalt des Papiers verlesen hatte, zupfte er mit stoischer Miene an seiner Amtskette herum, bevor er es zusammenrollte und die sichtlich irritierten, aber allesamt gerührten Kirchenbesucher bat, noch einen Moment hierzubleiben. »Obwohl ich weiß, dass ihr jetzt gerne nach Hause gehen wollt, wäre es nett, wenn ihr mir zuliebe damit noch so lange warten würdet, bis ich wieder zurück bin.«

Dass sich der Pfarrherr und der Benediktinermönch derweil klammheimlich nach vorne zum Kirchenschiff begaben, merkte niemand, weil alle Augen den Kastellan zum Hauptportal begleiteten. Da sie ebenfalls nicht wussten, warum er dies tat, sahen ihm auch Konstanze und Judith achselzuckend nach.

»Habt etwas Geduld«, rief er noch ins Kircheninnere zurück, bevor er im Dunkel der Nacht, die nicht nur durch die wunderbare Atmosphäre, sondern auch noch durch sanft herabrieselnde Schneeflocken geheiligt wurde, verschwand.

―⊙―

Draußen schien auf den ersten Blick alles so zu sein, wie vereinbart.

»Unserer Überraschung steht also nichts im Wege«, freute sich der glückliche Großvater. Denn auf ihn warteten Siegbert und Sarah mit seinem gut eingewickelten Enkelkind.

»Aber wo ist Rosalinde? Und wo mein Sohn?«, fragte der Kastellan unruhig, nachdem er hatte feststellen müssen, dass doch nicht alles so glattzulaufen schien, wie er es geplant hatte. »Wo ist Lodewig? ... Siegbert! Wir haben doch abgemacht, dass du ihn mit Rosalindes Hilfe hierherbringen solltest, während wir noch in der Christvesper sind«, schnauzte er die Burgwache an, die er extra für dieses Unternehmen eine Stunde lang vom Dienst befreit hatte und durch Ignaz – der heute kurioserweise nicht mit in die Kirche wollte und sich freiwillig für den Dienst im Schloss, in Rosalindes Nähe, gemeldet hatte – ersetzen ließ, etwas ungehalten an.

Siegbert gab aber keine Antwort und schaute stattdessen zu Sarah, die verschämt in sich hineinkicherte.

»Wo ist mein Sohn? ... Warum ist Lodewig nicht hier?«

Noch bevor sich der irritierte Kastellan umblicken konnte, hörte er eine vertraute Stimme hinter sich: »Hier ist dein Sohn, Vater!«

Blitzartig drehte sich der Kastellan zum Kirchenportal um. Dahinter hatte Siegbert den Schlitten mit Lodewig versteckt. Aber es war nicht Lodewigs Stimme, die er zu hören wähnte.

»Eginhard? ...«, der Kastellan konnte kaum glauben, dass neben Lodewig sein ältester Sohn stand.

»Ja, Vater, ich bin es: Eginhard! Verzeih, aber diesen Spaß musste ich mir einfach gönnen«, entschuldigte sich der bisher immer noch in Bregenz geglaubte Sohn, während sich die beiden innig umarmten.

»Was ist geschehen? Warum bist du jetzt plötzlich hier? Du wolltest schon vor ein paar Tagen kommen! Und weshalb ...«, sprudelten die Fragen nur noch so aus des Vaters Mund.

»Wir haben jetzt keine Zeit für lange Erklärungen«, unterbrach ihn Lodewig, dem der Transport vom Schloss zur Kirche zwar zusätzliche Schmerzen verursacht hatte, die er jedoch aufgrund von Eginhards Rückkehr und dem, was sie jetzt gemeinsam vorhatten, gerne in Kauf nahm und recht gut zu verdrängen vermochte.

Er hatte sich nicht davon abbringen lassen, bei der Überraschung für seine Mutter und seine Schwiegermutter dabei zu sein.

»Aber ...?«, stotterte der immer noch sichtlich verwirrte Kastellan, dem Eginhard eine Erklärung in Kurzform gab. »Du konntest es nicht wissen, Vater! Und ich hatte keine Möglichkeit, dich darüber zu informieren, dass ich erst heute komme. Und dass ich darüber hinaus auch noch so spät eingetroffen bin, tut mir in der Tat leid – gerade heute, am Heiligen Abend. Aber aufgrund des vielen Schnees war meine Reise von Bregenz hierher überaus beschwerlich und hat sich gewaltig in die Länge gezogen. Ich bin froh, dass ich es überhaupt noch geschafft habe und nicht irgendwo in einem Heustadel übernachten muss. Als ich endlich im Schloss angekommen bin, waren außer Siegbert und Ignaz nur noch Rosalinde, Sarah, Lodewig und ... das Kind da.«

Eginhard ging zu Sarah und streichelte dem Kleinen, dessen Köpfchen sich ganz unter dicker Wolle und Schafsfell versteckte, zart über den eingemummelten Körper, bevor er fortfuhr: »Und da ihr offensichtlich erst kurz zuvor zur Kirche gegangen seid, haben wir beschlossen, aus deiner Überraschung für Mutter und Frau Bomberg auch noch eine Überraschung für dich zu machen.« Eginhard grinste vielsagend. »Die Zeit dazu haben wir ja gehabt. Ich habe mich schnell der nassen Kleider entledigt, mich gewaschen und neu gewandet. Währenddessen hat Rosalinde aus Kräutern – die ich mitgebracht habe – für Lodewig einen schmerzlindernden Sud bereitet, bevor sie mein total erschöpftes Pferd versorgt hat.

Sie war zwar einen Moment enttäuscht, dass sie jetzt bei der geplanten Überraschung nicht dabei sein kann, ließ aber durchblicken, dass es ihr wichtiger ist, dass ich da bin und dass sie sich mit Mutter wieder gut versteht. Außerdem habe ich das Gefühl gehabt, dass es ihr gar nicht so unrecht war, das Haus zu hüten.«

»Was ist denn heute los? Ignaz hat sich schon freiwillig gemeldet, um im Schloss zu bleiben, und jetzt auch noch Rosalinde? Das hat es am Heiligen Abend noch nie gegeben«, zeigte sich der Kastellan nachdenklich. Eginhard berichtete hastig weiter: »Nachdem Lodewig den Kräutersud getrunken hat, habe ich ihn mit Sarahs und Siegberts Hilfe ›reisefertig‹ gemacht … Das war es in kurzen Worten. Den Rest kannst du dir ja denken. Ich weiß über alles Bescheid und freue mich auf das, was jetzt kommen wird. Und nun, Vater, lass uns endlich gehen«, beendete Eginhard seine Erklärungen, während ihm Sarah sein Patenkind in die Arme legte. Dem sichtlich verwirrten Familienoberhaupt blieb nur noch, ungläubig, aber überglücklich den Kopf zu schütteln und sich über die feuchten Augen zu reiben.

~⚘~

Da die Menschen allesamt neugierig geworden waren, warteten sie im Kircheninneren immer noch geduldig auf die Rückkehr des Kastellans. Außer dem Pfarrherrn und seinem Konzelebranten, die beide am ersten Teil der Verschwörung mitgewirkt hatten, ahnte niemand etwas davon, was jetzt gleich geschehen würde.

Als das Portal aufging und dadurch ein kalter Wind durch die Kirche zog, konzentrierten sich alle Sinnesorgane der Wartenden in diese Richtung. Da es im hinteren Teil der Kirche recht dunkel war, weil dort nur eine Kerze brannte, genau an der Stelle, an der früher eine hölzerne Figur des Heiligen Antonius gestanden hatte, konnte man nur schemenhaft eine Gruppe Menschen sehen, die langsam die Kirche betrat. Das Näherkommen der kleinen Gruppe wurde von einem unangenehmen Knarzen, das durch die Kufen von Lodewigs Schlitten auf den *Solnhofener Bodenplatten* verursacht wurde, begleitet. Unwillkürlich öffneten die Versammelten eine Gasse bis dorthin, wo Ulrichs Frau mit Judith und Lea stand.

Konstanze konnte zunächst nicht genau erkennen, wer da auf sie zukam, und wusste auch noch nicht, was hinter ihr geschah. Erst als sie sich nach Judith umblickte, um sie näher an sich zu ziehen, sah sie, dass die beiden Priester am Taufbecken standen und dort mit Hilfe der beiden Messdiener und einiger auf die Schnelle rekrutierter Frauen ein Lichtermeer aus – so schien es – Tausenden von Kerzen zauberten.

Da sie jetzt schlagartig ahnte, was kommen würde, begannen die Gedanken in ihrem Kopf zu hämmern.

»Mein Gott«, flüsterte sie und ballte die Hände vor dem Gesicht zu Fäusten.

Ein Gemurmel ging durch die Kirche.

Im nächsten Moment erkannte sie ihren Mann und Siegbert, die Lodewig hereinschoben und dadurch diesen Höllenlärm – der sich für Konstanze allerdings anhörte, als würden sämtliche Engelsharfen des Himmels erklingen – erzeugten. Dahinter kamen Sarah ... und Eginhard, der stolz sein Patenkind in den Armen hielt und hereintrug.

»Eginhard«, hallte es so laut durch die Kirche, dass alle zusammenzuckten. Konstanze konnte jetzt nichts und niemand mehr aufhalten. Intuitiv packte sie Lea am Arm und rannte der Gruppe entgegen. Einen Moment lang wusste sie nicht, wen sie zuerst an sich drücken sollte. Na, wen wohl? Eginhard! Eine fürwahr zu Tränen rührende Begrüßung folgte. Zwischenzeitlich war auch Judith bei ihnen und ging sogleich auf Eginhard zu, um ihn zu begrüßen.

»Seid mir ebenfalls herzlich gegrüßt, Frau Bomberg.«
»Aber nicht doch«, winkte die Jüdin ab. »Wir sind doch jetzt verschwägert. Oder weißt du das etwa noch nicht?«, lachte sie und reichte ihm die Hand. »Ich heiße Judith.«

Propst Glatt ließ das überschäumende Glück noch ein Weilchen gewähren und gab dadurch auch den anderen Kirchenbesuchern Zeit, sich die Tränen abzuwischen, bevor er energisch das Wort erhob: »Tretet alle näher! Ich denke, dass diese Überraschung im Sinne unseres Herrn war und gelungen ist. Mein geistlicher Mitbruder und ich haben uns zwar der Mitorganisation in Bezug auf Lodewigs Kommen schuldig gemacht, aber nichts von der Rückkehr des verloren gewähnten Sohnes gewusst … Eginhard, herzlich willkommen in unserer Mitte!«
Ihren Willkommensgruß formulierten die Gläubigen, indem sie leise zu klatschen begannen. Nach lautem Jubel war ihnen aber jetzt nicht. Viel lieber genossen sie den unglaublich schönen Augenblick des Seins und die Gefühle, die aufgrund der herzzerreißenden Situation aufkamen. Viele dachten in diesem Moment auch an ihre Verstorbenen. Es gab kaum noch jemanden, der nicht umarmt wurde oder dem niemand eine Hand gereicht hatte.

Mit den Worten: »Als Symbol für das Leben, aber auch für die Vergänglichkeit und für die Hoffnung auf Frieden unter den Menschen und die Gemeinschaft der Völker – gleich welcher Rasse, Hautfarbe oder Religion – werden wir am heutigen Tag des Herrn, im Angesicht aller hier Versammelten, diesen Knaben nach den Gesetzen der katholischen Kirche taufen«, begann der Propst die Taufzeremonie, die er wunderschön und einfühlsam gestaltete und schlussendlich mit einem »Gesegnete Weihnacht!« beendete, als er seine Schäflein in die verschneite Nacht entließ.

Wie zuvor verabredet, trafen sich die Familie des Kastellans und die Bombergs nach der Christvesper auf dem Kirchplatz mit Hannß und Gunda Opser sowie der Familie des Weißacher Bauern, der

Fabio geholfen hatte, Lodewig nach Hause zu bringen. Sie alle konnten es kaum erwarten, zum Schloss hochzugehen, um dort gemeinsam den Heiligen Abend zu verbringen. Dies taten sie aber keinesfalls ohne den ›Ehrengast‹, der es nicht so schnell aus der Kirche herausgeschafft hatte wie die anderen, weil er umlagert wurde wie ein menschgewordenes Wunder. Da es sich längst herumgesprochen hatte, was Fabio – neben seiner bewundernswerten Arbeit als Hilfstotengräber – alles geleistet hatte und dass er es gewesen war, der Lodewig das Leben gerettet hatte, musste er das für ihn ungewohnte Schulterklopfen und die unglaublichsten Lobeshymnen über sich ergehen lassen, während er sich bemühte, die Kirche zu verlassen, um endlich zu einer warmen Mahlzeit zu kommen.

»Im Namen des Herrn! Wartet auf mich«, rief der Propst, der als Letzter die Kirche verließ und auf das bevorstehende Festmahl und den guten Bodenseewein keineswegs verzichten mochte.

⁂

Im Schloss wartete Rosalinde schon sehnsüchtig auf die anderen. Immer, wenn sie Ignaz auf die Finger klopfen musste, weil er von den köstlichen Speisen naschen wollte, bekam sie ein Küsschen. Heute war Weihnachten und alle sollten sehen, dass sie sich jetzt – nach Jahren unbekümmerter Zusammenarbeit und Rosalindes Verbannung aus dem Haus – lieben gelernt hatten. Als ihr Herr damals auf Drängen seiner Frau angeordnet hatte, ihren angestammten Arbeitsplatz im Inneren der Wohngebäude zu verlassen, um draußen mit Ignaz zusammenzuarbeiten, war sie von ihm getröstet worden. Dabei waren die beiden sich nähergekommen.

Es gibt eben nichts Schlechtes, ohne dass etwas Gutes dabei ist, dachte sich Rosalinde, als sie Ignaz zu seiner Arbeit in die Kälte hinausscheuchte, obwohl sie ihn viel lieber in ihrer Nähe gehabt hätte. Aber der treue Knecht musste Siegbert vertreten. Und wenn er seine Sache als Ersatzburgwache gut machte, würde ihn der Kastellan vielleicht sogar befördern.

Kapitel 60

»Na endlich! Sie kommen«, schrie Ignaz und öffnete mit vor Stolz geschwellter Brust, die er noch mehr aufzuplustern vermochte, seit darunter ein verliebtes Herz pochte, das Tor. Danach brachte er sich in Positur, um einen möglichst guten Eindruck zu schinden. Obwohl er dabei eher so aussah wie ›Don Kichote de la Mantzscha‹, der ›Ritter von der traurigen Gestalt‹, der auch in deutschen Landen vielerorts bekannt war, seit vor vierzehn Jahren der Roman des spanischen Schriftstellers Miguel de Cervantes von einem gewissen Pahsch Basteln von der Sohle ins Deutsche übersetzt worden war. Der Kastellan kannte und mochte den die Ritter des Mittelalters parodierenden Roman, den er von einem Gesandten aus Kastilien bekommen hatte, als dieser auf Einladung des Grafen hier im Schloss weilte, um – in durch die klare Höhenluft klimatisch bester Lage – eine kriegsbedingte Verletzung der inneren Atmungsorgane auszukurieren. Konstanze hatte die Geschichte des verarmten Landadligen, der sich als ›Ritter‹ fühlte und fortwährend gegen Windmühlen kämpfte, des kugelrunden Knappen Sancho Pansa und seines klapprigen Pferdes Rosinante mittlerweile an die zehn Mal gelesen und sich immer wieder aufs Neue amüsiert.

Der Kastellan merkte sofort, dass es Ignaz darauf angelegt hatte, gelobt zu werden. Da heute Heiliger Abend war, tat er, was von ihm erwartet wurde, und klopfte seinem an diesem heiligen Tag zur Torwache avancierten Stallknecht anerkennend auf die Schulter. Mit »Respekt!« bediente er sich eines Lobes aus dem Wortschatz des Grafen.

»Heute ist die Nacht Christi Geburt! Die Engel … und Ignaz beschützen uns. Sperrt alles gut ab und kontrolliert später abwechselnd das Tor und die Mauer«, rief er den beiden eigentlichen Schlosswachen zu und gestattete ausnahmsweise beiden gemeinsam, sich an die festlich gedeckte Tafel zu setzen und am Weihnachtsmahl teilzunehmen.

Nachdem sich auch Fabio, Ignaz und die beiden Schlosswachen auf Konstanzes Anraten hin frisch gewaschen und sauber herausgeputzt im Rittersaal versammelt hatten, war es die Aufgabe des Kastellans gewesen, ein paar besinnliche Worte an die gutgelaunte Gesellschaft zu richten, trotz Diederichs und Jakobs sinnlosem Tod dem Herrgott zu danken und aufmunternd in die Zukunft zu blicken ... obwohl zwei liebe Familienmitglieder zu beklagen waren.

Danach umarmten sich alle gegenseitig und wünschten sich ein frohes und von Gott gesegnetes Weihnachtsfest. Ohne an den Standesunterschied zu denken, drückten sich alle gegenseitig und priesen dabei den Herrn, der dafür gesorgt hatte, dass das Unglück im Schloss und im Dorf unten nicht noch größer geworden war, – aber wie hätte es noch größer werden können? Sie alle hatten Elend genug hinter sich. Und dass Lea überlebt hatte, war schließlich nicht Gott, zumindest nicht ihm allein, sondern in erster Linie Lodewig und Nepomuk zu verdanken gewesen.

Im Moment sahen sie nur, dass alles Böse und Schlechte gewichen war und es ihnen verhältnismäßig gut ging – zumindest wollten die meisten von ihnen, diejenigen, die es konnten, dies so sehen. Und dementsprechend gut fühlten sie sich. Niemand unter ihnen konnte jetzt die unweigerlichen Tränen des Herzens zurückhalten. Selbst die beiden Kirchenmänner bekamen wässrige Augen, als sie sich hölzern, aber dennoch innig umarmten. Fabio, die Blaufärber und der Weißacher Bauer samt seiner Frau und deren Kinderschar konnten es gar nicht fassen, dass sie so herzlich in diese Gemeinschaft aufgenommen worden waren. Konstanze wirkte wie ausgewechselt. Ihr Kummer schien – zumindest für den Augenblick – wie weggeblasen. Immer wieder streichelte sie Eginhard, während sie den frisch getauften Aurelius so fest im Arm hielt, als wenn sie ihn nie mehr loslassen wollte.

»Sag mir, Eginhard – warum hast du dir gerade diesen Namen für dein Patenkind ausgesucht?«, fragte der Propst, dessen Gesichtszüge sich beim Gedanken an diesen Namen verkrampften.

»Warum? Gefällt er Euch nicht? Ich hatte bis zu meiner Ankunft nichts von meinem Glück, Taufpate zu werden, gewusst. Somit habe ich lediglich Zeit für diesbezügliche Überlegungen gehabt, während ich mein Patenkind vom Portal zum Taufbecken vorgetragen habe.«

»Aber warum hast du keinen hier bekannten Heiligen gewählt? Das wäre doch naheliegend«, ließ der Propst nicht locker.

»Nein! Verzeiht mir, aber das sehe ich nicht so«, konterte der junge Medicus selbstbewusst.

»Und warum nicht?«

»Weil seine Mutter ursprünglich dem jüdischen Glauben angehört hat, bevor sie nur um des Friedens willen zum Glauben ihres Mannes konvertiert ist, habe ich eine – sagen wir mal – Namensneutralität bevorzugt. Außerdem ist der Vorname Aurelius auch in unserer Region nicht gänzlich unbekannt, … wenn auch nicht unbedingt häufig«, räumte Eginhard ein. Gelassen argumentierte er weiter: »Jedenfalls ist dieser Name auch im Allgäu nicht ganz fremd, obwohl dessen Ursprung nicht von hier ist und auf einen altrömischen Geschlechternamen vorrömischer Herkunft zurückgeht.«

»Immerhin ist er lateinischen Ursprungs«, stand Nepomuk, der das Gespräch mitbekommen hatte, Eginhard bei.

»Weswegen ich ihn gerade noch so gelten lassen kann«, knurrte der Propst. »Du hast Glück gehabt, dass mir angesichts der vielen Menschen, die der Taufzeremonie beigewohnt haben, keine Zeit geblieben ist, dich umzustimmen. Ein heiliger Simpert … oder noch besser, ein Magnus? Ja, das wäre etwas gewesen!«

»Der im zweiten Jahrhundert regierende römische Kaiser Marcus Aurelius hätte sich von dir auch nicht umstimmen lassen«, lachte Nepomuk und drückte dem Propst einen soeben gefüllten Becher in die Hand, um ihn gnädig zu stimmen.

»In der Hoffnung, dass auch im Allgäu künftig wichtige Persönlichkeiten diesen Namen tragen werden, nennen wir ihn kurz und bündig Aurel«, beendete Sarah den Disput.

Mitten unter ihnen saß Lodewig, der dem Gespräch aufmerksam zuhörte, sich aber wegen der Schmerzen kaum bewegen konnte. Zuerst hatten sie ihn mitsamt seiner Lagerstatt in den Rittersaal schieben wollen, dies dann aber doch gelassen. Denn das wäre für

Lodewig nicht so bequem gewesen, weil er darin nicht aufrecht hätte sitzen können.

Da sich der Schlitten hervorragend bewährt hatte, war er kurzentschlossen zum bequemen ›Liegesessel‹ umfunktioniert worden und stand jetzt aufgebockt zwischen den Sitzplätzen des Kastellans und seiner Frau an der Kopfseite der großen Tafel. Alle waren glücklich darüber, dass Lodewig dank Fabio und durch Nepomuks medizinische Betreuung dem Schnitter gerade noch über die Sense gesprungen war und dass es ihm jetzt den Umständen entsprechend gut ging, ... selbst wenn er noch lange brauchen würde, um zu seiner alten Form auch nur annähernd zurückzufinden. Sie alle wussten, dass er über einen gewissen Zeitraum hinweg dem Tode näher als dem Leben gewesen war, und dankten dem Herrgott für seine Rettung in letzter Minute. Nachdem sie im Gebet auch ihrer verstorbenen Familienmitglieder, insbesondere Diederichs und Jakobs, der Blaufärbersöhne Didrik und Otward sowie all der dahingeschiedenen Staufner gedacht hatten, dauerte es eine gewisse Zeit, bis sich ein Weihnachtsfest, das an eigenwilliger Prägung und Gemütlichkeit kaum überboten werden konnte, entwickelte. Zur Freude aller gab es sogar einen Weihnachtsbaum, den Ignaz im großen Saal, weit weg vom Kachelofen, aufgestellt hatte, damit keine Brandgefahr bestand und er zudem nicht so schnell seine Nadeln verlieren würde. Während sich die anderen in der Kirche aufgehalten hatten, war Rosalinde darangegangen, die Fichte mit silbern und gülden glänzenden Plättchen zu schmücken. Das schöne Ambiente dieses sowieso schon bewundernswerten Raumes, der Weihnachtsbaum, die vielen herrlich riechenden, schimmernden Kerzen, bei deren Duft nichts mehr an den schier unerträglichen Gestank der letzten Monate erinnerte, die festlich gedeckte Tafel und überhaupt die feierliche Atmosphäre brachten die Augen aller zum Leuchten. Gerade die braven Bauersleute aus Weißach, die Blaufärber und Fabio fühlten sich wie im Himmel und genossen diese Weihnacht ganz besonders.

Nach Beendigung des einfachen, dennoch köstlichen und reichhaltigen Festmahles räumten die Frauen gemeinsam den Tisch ab, die Männer saßen gemütlich zusammen und die sieben Bauernkinder tollten mit Lea durch die herrschaftlichen Räume. Dass die Kleine ihr entsetzliches Erlebnis immer noch nicht vergessen hatte, wurde offenkundig, als sie ihr kostbares Ei hervorholte und stolz den anderen Kindern präsentierte. Die zeigten sich allerdings wenig beeindruckt, streichelten das Ei auf Leas Geheiß aber trotzdem, obwohl ihre Familien selbst eierlegendes Federvieh in ihren Ställen hatten. Ohne dass Lea etwas sagte, fühlten die Kinder, dass sie dieses Ei nicht mit denen ihrer eigenen Hühner vergleichen konnten, und dass es – zumindest für Lea – etwas ganz Besonderes war. Vielleicht lag die Ehrfurcht der Kinder aber auch nur daran, dass Leas Ei ausgeblasen und bemalt war.

Nachdem die Frauen mit der Küchenarbeit fertig waren, spielten die Kinder fröhlich, und die Erwachsenen saßen bei köstlichem Bodenseewein, den Nepomuk zwar gerne herausgerückt hatte, aber stets sorgsam darauf achtete, dass die zinnerne Kanne nicht zu nahe beim Propst stand, gemütlich zusammen. Wenn es allerdings ums Durststillen ging, war Johannes Glatt erfinderisch: So zog er den Krug zu sich, um scheinbar das ziselierte Wappen derer zu Königsegg genauer zu betrachten. Dies tat er aber nur so lange, bis sein Glaubensbruder abgelenkt war und in eine andere Richtung schaute. Lodewig und Sarah hatten ihren Spaß daran, den Propst dabei zu beobachten, wie er sich hurtig den Becher füllte, bevor Nepomuk dies bemerkte. Und das sollte ihm gerade heute auch vergönnt sein – insbesondere, weil es statt des erhofften Bratens einfachere Speisen gegeben hatte, weswegen der Propst anfangs etwas enttäuscht gewesen war. Erst als Konstanze der illustren Gesellschaft gestanden hatte, dass sie – anstatt das Fleisch selbst zu verarbeiten – Rosalinde ins Dorf hinuntergeschickt hatte, um es unter den – ungeachtet der Kriegsauswirkungen und der Pest – bedauernswertesten zwei Familien Staufens zu verteilen, zeigte sich auch der Kirchenmann gönnerhaft: »Ja, es gibt Menschen, mit denen man eigentlich nichts zu tun haben möchte, weil sie ihr Unglück selbst verschuldet haben und weil dadurch dem ganzen Ort Schaden zugefügt wurde …«, Johannes Glatt unterbrach kurz, um sich zu bekreuzigen, bevor er das, was er eigentlich hatte sagen wollen, gnädig umwandelte: »… Gott möge ihnen den richtigen Weg weisen ... und die gänzlich verarmte Familie Rossick, die ihr Haus verkaufen musste, weil der Hausherr zu sehr dem Alkohol frönt und seelisch äußerst unstabil ist, wird es dir, liebe Konstanze, ebenso danken wie die allseits unbeliebten Baratts, wobei der alte Baratt – seit er nicht mehr in Amt und Würden ist – noch verstockter in seinen Bart hineingrummelt als bisher, weil er im Dorf nichts mehr zu melden hat und die Leute sich jetzt trauen, ihn hinter vorgehaltener Hand zu verspotten«, lobte er Konstanzes Entscheidung. Da das Schicksal dieser beiden Familien in den Wirren des Krieges und der Pestilenz gänzlich untergegangen war und auch jetzt noch niemanden ernsthaft interessierte, hielt sich der Propst nicht länger damit auf und rief stattdessen ein lautes »Zum allgemeinen Wohle!« in den Raum, während er seinen schon wieder gefüllten Becher triumphierend Nepomuk entgegen hielt.

Alle waren zufrieden, die kuschelige Wärme und das warme Raumlicht trugen das Ihrige zum allgemeinen Wohlbefinden bei.

Fabio fühlte sich ganz besonders gut. Er war der unumstrittene Ehrengast der diesjährigen Weihnacht. Zumindest wurde Lodewigs Retter von allen so behandelt. »Vielleicht bleibe ich doch in Staufen«, wandelte er mit zunehmendem Weingenuss sein ursprüngliches Vorhaben, nach Immenstadt oder nach Kempten, möglicherweise auch nach Füssen zu gehen, um. Allerdings würde er sich dann an einige unangenehme Änderungen gewöhnen müssen.

Weder der Kastellan noch die anderen Familienmitglieder konnten es lassen, Fabio ständig Manieren beibringen zu wollen – ein schier hoffnungsloses Unterfangen. Auch mit der Körperpflege hatte er seine liebe Not. Bevor er zum Fest hatte kommen dürfen, war er von Ignaz in den Badezuber gesteckt und von oben bis unten mit einer Wurzelbürste abgeschrubbt worden. Danach hatte ihm der Kastellan geboten, sich von Rosalinde den Schädel scheren zu lassen, um seine lästigen Untermieter loszuwerden. Als sie mit ihm fertig gewesen war, hatte sie Fabio auch noch eine von Lodewigs alten Gewandungen verpasst.

So zurechtgemacht, hätte er richtig gut ausgesehen, wenn er

nicht so viele blutverkrustete Stellen auf seinem kahl rasierten Schädel und nicht schon wieder Trauerränder unter seinen Fingernägeln gehabt hätte. Trotzdem schien sich Fabio langsam selbst zu gefallen. Er wusste, dass ihm sein jetziges Aussehen bei der Suche nach einer Gefährtin hilfreich sein würde.

Und die Haare wachsen ja wieder nach, tröstete er sich, während er sich ernsthaft bemühte, ordentliche Umgangsformen an den Tag zu legen, was ihm zum Amüsement der anderen allerdings nicht annähernd gelang.

»Der Wille gilt fürs Werk. Es wird schon noch werden«, munterte ihn Nepomuk auf.

Da sie fühlten, dass ihre lieben Verstorbenen unter ihnen weilten, mussten sie nicht ständig an sie denken. So hatte es sich nach dem Gebet irgendwie ergeben, dass niemand über die Dahingegangenen redete und es allen gelang, den Heiligen Abend eine ganze Zeit lang ohne Trauer und ohne irgendwelche trüben Gedanken zu genießen. Die Dreylings von Wagrain waren sich dessen bewusst, dass es nicht nur zwei geliebte Familienmitglieder zu betrauern, sondern auch Grund zur Freude gab. Immerhin hatte Lea den Brand und Lodewig die Tortur des Totengräbers überlebt ... und sie hatten einen süßen Familienzuwachs bekommen. Dies ließ die Situation erträglich erscheinen.

Außerdem würde sich der frischgebackene Doctor medicinale Eginhard Dreyling von Wagrain die Ehre geben, so lange in Staufen zu bleiben, bis er genau wusste, ob er wieder nach Bregenz zurückkehren oder ob es ihn beruflich woandershin verschlagen würde. Sicher war, dass er – sollte er als Lehrer ins Kloster Mehrerau zurückkehren, um seinen Professorengrad zu erlangen – ein oder zwei Semester als eine Art wissenschaftlicher Assistent auslassen und sich so lange mit Schwester Bonifatia und ihrem Gehilfen Martius Nordheim um das hiesige Spital kümmern würde, bis sie einen Medicus gefunden hatten. Danach könnte er auch nach Freiburg gehen, um an der dortigen Universität zu lehren. Die dortigen Verantwortlichen hatten schon von seinem herausragenden medizinischen Wissen gehört und bereits bei ihm angeklopft.

Unabhängig davon hatte ihm der Oberamtmann im Auftrag

des Grafen das interessante Angebot unterbreitet, beim Aufbau eines neuen Spitals in Immenstadt mitzuwirken und dieses nach Fertigstellung zu leiten – momentan vielleicht der verlockendste Gedanke. Einerseits hätte er dann eine verantwortungsvolle Aufgabe in der Residenzstadt und würde gesellschaftlich aufsteigen, worauf er aber keinen großen Wert legte. Andererseits würde er nicht allzu weit von zu Hause weg sein und könnte sich somit um seine Mutter kümmern – was ihm dringend notwendig erschien.

Eginhard traute deren im Moment stabil scheinendem Gesundheitszustand nicht. Er wusste, dass es damit plötzlich ganz schnell bergab gehen konnte. Der leiseste Windhauch vermochte sie wieder aufs Lager zurückzuwerfen. Noch einmal würde sie solche lebensbedrohliche Krankheit nicht aushalten – diesbezüglich war er sich verdammt sicher. Aber er konnte dennoch auf Dauer nicht in Staufen bleiben, da er sein Wissen mehren und irgendwann an junge Studiosen weitergeben musste. Also doch Bregenz?, fragte er sich, machte sich aber darüber im Moment keine weiteren Gedanken.

Seine Mutter platzte schier vor Stolz und ließ ihn kaum zur Ruhe kommen. Eginhard musste alles, einfach alles erzählen, was er als Studiosus in Bregenz, in Salzburg und in Wien erlebt hatte. Und dies tat er denn auch ausführlich.

Um seinem Sohn eine Verschnaufpause zu verschaffen, erzählte der Kastellan einmal mehr die Geschichte, wie er Nepomuk, alias ›Jodok‹, kennengelernt hatte, wie sie im Bregenzer Wirtshaus ›Zum Schwanen‹ gemeinsam einen Einbrecher hatten dingfest machen wollen und wie sie sich ins Kloster Mehrerau eingeschlichen hatten.

Ulrich war es fast peinlich, als Nepomuk erzählte, wie lange sein neuer Freund gebraucht hatte, um zu merken, dass er nicht Jodok, den einfachen Hufschmied und Straßenräuber, sondern Johannes Nepomuk, einen adligen Mönch und Medicus, vor sich hatte. Bei all den Lügen, die ihm seine damals neue Bekanntschaft aufgetischt hatte, war es für den Kastellan in der Tat unmöglich gewesen, die Wahrheit zu erkennen. Die Erzählungen, bei denen sich die beiden gegenseitig immer mehr hochschaukelten, brachten alle immer wieder zum Lachen. Und so lange der Mönch gestenreich erzählte, achtete er nicht auf die Weinkanne, was sein Namensbruder geschickt auszunützen verstand.

Nepomuks Antwort auf seinen fragenden Blick erlaubte dem Kastellan jetzt sogar, den Anwesenden zu erzählen, wes blauen Blutes der Benediktinermönch war. Da dies noch niemand gewusst hatte, staunten sie nicht schlecht, als sie erfuhren, dass Nepomuk ein leibhaftiger Hohenzollernableger war.

»Sowie es die Wetterlage zulässt, werde ich nach Konstanz reisen, um meine Halbschwester Maria Renata zu besuchen«, bemerkte Johannes Nepomuk, nahm einen kräftigen Schluck und schenkte sich noch einmal rasch ein, bevor der Propst wieder auf den Gedanken kam, das eingravierte Wappen auf dem Zinnkrug begutachten zu wollen. Dabei lächelte er, denn ihm waren die vorangegangenen ›Getränkebeschaffungsaktionen‹ des Propstes nicht verborgen geblieben. Aber auch der Propst lächelte zufrieden.

⸙

Die Atmosphäre war weihnachtlicher, wie sie nicht weihnachtlicher hätte sein können. Außerdem wurde viel geschwatzt, gelacht … und getrunken, was zur Folge hatte, dass Lodewig zu später Stunde doch noch ein heikles Thema aufgriff. Schlagartig wandelte sich die gute Stimmung in ein betretenes Schweigen. Aber Lodewig gab keine Ruhe, er wollte jetzt den Ausgang der Geschichte, über die sein Vater bisher nur mit seiner Mutter und mit Nepomuk gesprochen hatte, hören. »Vater, erzähl uns ausführlich von deiner Verfolgung des Totengräbers«, bat er.

»Dies passt jetzt wirklich nicht. Es ist spät, – lasst uns lieber den Abend beschließen«, versuchte der Kastellan, sich zu drücken.

Als er aber merkte, dass alle Augen erwartungsvoll auf ihn gerichtet waren, überlegte er ein Weilchen, bevor er seinen Sohn fragte, ob er gefestigt genug wäre, um gerade heute etwas über seinen Peiniger zu hören. »Es könnte dir nicht gefallen!«

»Ich lebe«, rief Lodewig, der seine Lebensgeister jetzt allesamt auf den Plan gerufen zu haben schien, dabei aber dennoch heftig husten musste. Nachdem er sich ausgehustet hatte und aufmunternd nickte, suchte der Kastellan Sarahs Blick und den seiner Frau.

Seine Schwiegertochter nickte ebenfalls, bevor sie sich noch mehr an Lodewig drückte und dessen Worte wiederholte: »Er lebt!«

Konstanze hingegen bejahte die stumme Frage nicht. Im Gegenteil: Sie blickte erschrocken drein und schloss ihre Hände so vor dem Mund zur Faust, als wenn sie einen Schrei unterdrücken wollte. Sie schüttelte den Kopf und bat um Verständnis, nichts mehr von alledem hören zu wollen und sich stattdessen zurückziehen zu dürfen, was ihr natürlich niemand verwehren konnte ... und wollte.

Selbstverständlich war auch für sie das Wichtigste, dass Lodewig lebte und auf dem Weg der Besserung war. Nur das zählte für sie, ... auch wenn sie es nicht so überschwänglich auszudrücken vermochte wie ihr über alles geliebter Sohn und ihre geliebte Schwiegertochter. »Der Tag war anstrengend und es war ein wunderschöner Abend, den ich so in Erinnerung behalten möchte. Ich bin völlig erschöpft. Lasst euch den Rest des Abends nicht verderben. Ich freue mich jetzt auf mein Lager. Seid mir bitte nicht gram. Gute Nacht. Ich liebe euch!«

Nachdem sie demonstrativ gegähnt hatte, gab sie ihren Lieben der Reihe nach einen Kuss, drückte Lodewigs Retter dankbar an ihr Herz und verabschiedete sich von den anderen per Handschlag, bevor sie mit einem liebevollen Blick auf die Ihren den Raum verließ.

Nach einem weiteren Moment des Schweigens ruhten wieder alle Blicke auf dem Kastellan, der es sich nicht nehmen ließ, sich vor Beginn seiner Erzählung in aller Ruhe ein Pfeifchen zu stopfen. Und er ließ sich viel Zeit damit – zu viel!

»Nun fang schon an«, wurde er von Nepomuk, der sich ihm gegenüber einiges erlauben konnte, gedrängt.

Nachdem er mit seiner Geschichte bis zu dem Punkt, an dem er das Haus des Ravensburger Kinderhändlers verlassen hatte, gekommen war, fragte er mit ernster Miene, ob er weiterberichten solle oder ob es nicht doch zu uninteressant sei. Dadurch sorgte er für allgemeine Unruhe.

Diejenigen, die den ersten Teil seiner Frage beantworteten, nickten hastig, und diejenigen, die es vorzogen, auf den zweiten Teil seiner Frage einzugehen, schüttelten ebenso hastig ihre Köpfe, bevor alle wild durcheinander ihre Meinungen kundtaten.

»Nein! Es ist spannend«, wollte Lodewig, den der Ausgang dieser Geschichte verständlicherweise ganz genau interessierte, ein frühzeitiges Ende verhindern.

»Ja, natürlich! Erzähl weiter«, rief Nepomuk, um seinen Freund anzufeuern.

»Selbstverständlich«, kam es vom Weißacher Bauern, der über seinen Befehlston selbst erschrak, dies aber dem reichlichen Weingenuss zuschob.

»Warum denn?«, nuschelte daraufhin der Blaufärber, dem der Wein bereits ebenfalls zu Kopf gestiegen war, eine Spur zu leise.

»Erzähl endlich weiter, großer Jäger der Nacht«, lästerte Nepomuk, der sich über die Dramatik, mit der sein Freund die Erlebnisse während der Jagd nach dem Totengräber bisher darzulegen vermochte, wunderte.

»Bitte nicht aufhören«, gab Eginhard ebenfalls nochmals die Richtung vor und überließ Propst Glatt das Wort: »Ja! Jetzt möchten wir auch noch erfahren, ob du den gotteslästerlichen Satansbraten letztendlich erwischt hast.« Der Propst faltete die Hände, warf einen Blick nach oben und dachte: Gott allein weiß, dass ich dies seit seiner Rückkehr wissen wollte, mich aber nicht zu fragen getraut habe.

Über das Interesse an seinem Bericht musste der Kastellan trotz dessen üblen Schluss schmunzeln. Ohne bei seinen bisherigen Ausführungen übertrieben zu haben, hatte er offensichtlich ungewollt einen äußerst interessanten Erzählstil gewählt oder vielmehr zufällig gefunden, der auch im Angesicht der Tatsache, dass sich mit Lodewig der Leidtragende im Raum befand, an Spannung nichts zu wünschen übrig ließ und allen zu gefallen schien.

Er entspannte sich noch bei ein paar Zügen aus seiner neuen Meerschaumpfeife, die er in Ravensburg so ganz nebenbei noch schnell erworben hatte, und begann dann mit ruhiger Stimme: »Na gut. Als ich nach dem Gespräch mit dem ›Tiroler‹ ratlos auf der Ravensburger Marktstraße gestanden bin, war ich wütend und hätte keine Freude mehr daran gehabt, mir die schöne Stadt anzusehen oder für die Frauen und die Kinder Geschenke zu suchen, geschweige denn, dem dortigen Burgvogt meine Aufwartung zu machen. Also waren nur noch zwei Möglichkeiten übrig geblieben: entweder nach Staufen zurückzureiten oder irgendwie – so unmöglich es klingt – zu versuchen, die Fährte erneut aufzunehmen. Eigentlich wollte ich lieber so schnell wie möglich nach Hause, um zu erfahren, ob Lodewig inzwischen gefunden wurde oder ob er immer noch vermisst würde, weswegen ich es zunächst vorgezogen habe, zurückzureiten. Außerdem wollte ich schnellstens nach Immenstadt reiten, um mit Speen über die Hungerhilfe zu reden. Andererseits habe ich die einzige Möglichkeit, Lodewig zu finden, nur darin gesehen, den Totengräber aufzustöbern, weswegen ich mich schlussendlich doch noch umentschieden habe.« Bevor er weitersprach, blickte er den Blaufärber an. »Immerhin habe ich aufgrund Eurer Aussage in Bezug auf den nächtlichen Leichentransport an Eurem Haus vorbei mit gutem Grund vermutet, dass dieser Halunke für Lodewigs Verschwinden verantwortlich war und dass er wusste, wo sich mein Sohn befand. Und dies hatte sich zufällig schon am Abend jenes Tages, an dem ich in dieser oberschwäbischen Herberge war, auf das Schrecklichste bewahrheitet. Nur gut, dass Lodewig schon in Sicherheit war, als ich nach Hause gekommen bin ... Du hast es ganz schön spannend gemacht, mein Sohn«, witzelte der Kastellan, Lodewig zugewandt.

Während Sarah anlässlich des Gehörten ihren Liebsten streichelte, wurden die beiden von allen gönnerhaft angelächelt, wobei Fabio so ganz nebenbei anerkennende Blicke erntete. Alle gönnten den jungen Leuten ihr Glück wahrhaft von ganzem Herzen. Und alle freuten sich mit ihnen darüber, dass Lodewig lebte, was in erster Linie Fabio, dem einstigen Streuner, zu verdanken war. Da der ehemalige Hilfsleichenbestatter kein einziges Leben gestohlen, sondern ein ganz besonders wertvolles zurückgebracht hatte, sollte trotz des Standesunterschiedes noch eine besonders innige Freundschaft zwischen den beiden fast gleichaltrigen jungen Männern entstehen.

Die gedankliche Pause nutzte der Kastellan, um genüsslich an seiner noch blütenweißen Pfeife zu ziehen, bevor er endlich weitererzählte: »In der Hoffnung, dass sich derjenige, der mir versichert hat, in Ravensburg ein weißes Pferd gesehen zu haben, nicht geirrt hatte und der Totengräber vielleicht doch in der Stadt war und sich irgendwo versteckt hielt, stieg ich dann auf mein Ross, um in allen noch so verwinkelten Gassen und Seitenstraßen nach ihm Ausschau zu halten. Dabei bin ich auf die übelsten Spelunken gestoßen und habe die wildesten Gestalten gesehen.« Er grinste und schüttelte – immer noch entsetzt – den Kopf. »Was ich alles erlebt habe, ist so unglaublich, dass ich es euch jetzt nicht näher beschreiben kann ... und auch nicht möchte. Außerdem tut es sowieso nichts zur Sache. Jedenfalls ritt ich unter dem Fenster einer Wirtshaus-Kemenate vorbei, aus dem eine ...«, der Kastellan wählte aufgrund der Anwesenheit zweier Geistlicher und dreier Frauen die am harmlosesten klingende Bezeichnung für eine Hure aus, versprach sich gleich darauf dennoch. »Hübschlerin herausgewunken hat, die mich – nachdem ihr der Hurenwirt eine schallende Ohrfeige gegeben hat – auch noch ansprechen musste. Was sie von mir wollte, war offensichtlich. Als ich dankend ablehnte, keifte ...«, Ulrich musste schmunzeln, während er sich korrigierte: »Besser gesagt, fluchte sie laut und rief mir nach, dass schwarze Reiter auf weißen Rössern sowieso die besseren Liebhaber mit den pralleren Geldsäcken seien als langweilige Reiter in ihren Prahlerrüstungen auf gewöhnlichen braunen Kleppern.«

Als der Propst sich bekreuzigte und sich empören wollte, hielt ihm sein lebenserfahrener Mitbruder grinsend eine Hand auf den Mund: »Lass Ulrich weitererzählen und unterbrich ihn nicht.«

»Was ist eine Hübschlerin?«, wollte Judith von der neben ihr sitzenden Sarah wissen. Bevor sie – natürlich nicht von Sarah, die keine Ahnung davon hatte, was eine Hübschlerin war – ihre Antwort erhielt, nahm sich der Kastellan wieder das Wort: »Danke, Nepomuk ... Als ich dies gehört habe, hat es mich gerissen und ich habe sofort kehrtgemacht. Nachdem ich ihr genügend Geld hingeschmissen habe – ich bin nicht abgestiegen, da ich jede Berührung mit ihr vermeiden wollte –, hat sie mir die Information gegeben, auf die ich kaum noch zu hoffen gewagt und die ich so dringend benötigt habe: Sie hat mir erzählt, dass ihr Kunde viel Freude an ihr gehabt hat und ...«

»Fürwahr eine dringende Information«, unterbrach der Propst schon wieder.

»…sie erst vor dem Viertel einer Stunde verlassen hatte. Offensichtlich war er ihr gegenüber nicht nur großzügig, sondern auch recht geschwätzig. Dadurch konnte ich von der …«, der Kastellan räusperte sich und schaute verschämt zum Propst, »erfahren, dass er nach Aulendorf geritten ist.«

»Was wollte er dort?«, fragte der Weißacher Bauer, dem der Wein offensichtlich Mut zu dieser Frage gab.

»Wartet ab! Jedenfalls habe ich der Stute die Sporen gegeben wie ich es bei meinem eigenen Pferd, meinem geliebten ›Raben‹, noch nie getan habe – dabei hat sie mir richtig leidgetan. Aber es war nötig und letztendlich nicht umsonst: Irgendwann habe ich auf ebener Fläche weit vor mir etwas gesehen, das sich bewegt hat. Zuerst habe ich geglaubt, ein Fuhrwerk auszumachen. Dann aber konnte ich schemenhaft erkennen, dass es sich um Pferd und Reiter gehandelt hat.«

»Ja, und? Nun mach es doch nicht so spannend! War es Ruland Berging?«, wurde Ulrich ungeduldig ermahnt, schneller zu erzählen, was er denn auch tat. »Es hat dann noch ein Weilchen gedauert, bis ich klar und deutlich erkannt habe, dass es sich um einen Schwarzgewandeten auf einem Schimmel handelte. Mir ist schier das Herz in die Bruche gerutscht. Einen Tag zuvor war ich noch ungefähr eine Stunde von ihm getrennt. In Ravensburg war ich ihm an diesem Vormittag unwissentlich ganz nahe gewesen, später dann kaum noch das Viertel einer Stunde von ihm getrennt und plötzlich habe ich ihn – wenn auch nicht sein Gesicht – leibhaftig gesehen. Ich wollte ihm zwar näher kommen, meine nicht allzu starke und ohnedies schon überforderte Stute aber nicht unnötig schinden.« Beim Gedanken daran, dass er es mit seinem eigenen, wesentlich kräftigeren und ausdauernderen Ross zu diesem Zeitpunkt wahrscheinlich schon geschafft hätte, den Verfolgten einzuholen, musste Ulrich seufzen, erzählte dennoch unbeirrt weiter: »Als ich auf gute Sichtweite an ihn herangekommen war, muss er den Hufschlag meines Pferdes gehört haben. Er hat sich umgedreht und mich gesehen. Ob er mich da schon erkannt hat, weiß ich nicht. Möglicherweise hat er meinen Schlapphut, wie er in dieser auffälligen Farbe nur im rothenfelsischen Gebiet getragen wird, erkannt. Jedenfalls hat er – vielleicht auch aufgrund dessen, dass ich die Stute doch wieder angetrieben habe und in vollem Galopp hinter ihm hergeritten bin – seinem Schimmel die Sporen gegeben. Da ich nicht mein eigenes, auffällig schwarzes, Ross geritten bin, kann er mich unmöglich daran erkannt haben.«

»Solch ein Verbrecher fürchtet ständig Gott und die Welt ... denn nur ein gutes Gewissen ist ein weiches Ruhekissen«, kommentierte Johannes Glatt das soeben Gehörte auf die ihm eigene Art und unterstrich seine Weisheit mit einem erhobenen Zeigefinger, den er zur Mahnung auch noch kräftig schüttelte.

Ulrich Dreyling von Wagrain wartete noch so lange, bis niemand mehr über den Spruch des Priesters schmunzelte und fuhr fort: »Jedenfalls haben wir uns dann eine wilde Verfolgungsjagd über Stock und Stein geliefert, bei der ich so nahe an ihn herangekommen bin, dass er mich spätestens da erkannt haben musste ... auch wenn ich auf einem braunen Pferd gesessen bin und meinen bräunlich wirkenden Küraß, der farblich fast mit meinem Pferd verschmolzen war, angelegt hatte. Außerdem hat er meine Reiserüstung noch nie zuvor gesehen ... glaube ich zumindest«, ergänzte der Kastellan, für einen Moment nachdenklich geworden.

»Der auffällige Hut ...«, murmelte Nepomuk so leise, dass es nicht einmal der neben ihm sitzende Propst hören konnte. Er wollte den anderen nicht die Spannung, und somit die Freude an Ulrichs beeindruckender Erzählung, nehmen.

»Und? Konntest du ganz aufholen? Hast du ihn dir gegriffen? ... Nun sag schon!«

»Ja: Sag's uns endlich, Vater«, drängte nun auch der zwar wissbegierige, ansonsten aber nicht gerade neugierige Eginhard, der von allen Anwesenden wahrscheinlich am Wenigsten, was soviel hieß wie überhaupt nichts, wusste.

Wenn auch der eine oder andere wenigstens das Ende des Liedes – allerdings ohne die Umstände, wie es dazu gekommen war – kannte, war es während Ulrichs Erzählung immer spannender, unerträglich spannend, geworden ... auch wenn denjenigen unter ihnen, die wirklich von nichts wussten, der Ausgang dieser Hatz so langsam zu dämmern begann ... falls sie in die richtige Richtung dachten.

Dementsprechend still war es im Raum. Würde da nicht der Duft brennender Kerzen und abgebrannter Tannenäste über der unguten Erzählung liegen, und würde man sich nicht wegen eines positiven Ereignisses – der Geburt Christi – zusammengefunden haben, könnte man an der spannungsgeladenen Luft schier ersticken.

»Ich war so nah an ihm dran«, deutete der Kastellan mit Daumen und Zeigefinger, »… dass ich schon meine Waffe gezogen und mich innerlich auf einen Kampf vorbereitet habe. Da aber mein Pferd endgültig schwächelte und der Totengräber das wechselnde Gelände gut auszunutzen verstand, ist der Abstand wieder größer geworden … Sein Andalusier war einfach schneller«, musste der Kastellan unumwunden zugeben.

Ein enttäuschtes Raunen ging durch die Reihe.

»Und das war's dann«, stellte der Weißacher Bauer mehr fest, als dass er fragte.

»Nun wartet doch ab«, beruhigte der Kastellan seine Zuhörer und erzählte weiter. »Der Abstand hat sich zwar ständig vergrößert, aber ich bin ihm dennoch die ganze Zeit über auf den Fersen geblieben, … zumindest so lange, bis ich gemerkt habe, dass er nicht nach Aulendorf reitet, sondern sein Pferd in eine andere Richtung lenkt.«

»Wohin?«, kam die Frage fast aller Zuhörer wie aus einem Munde, als wenn sie soeben aus tiefem Schlaf hochgeschreckt wären.

»Ich habe zwar ein Weilchen gebraucht, seine Spuren aber gefunden«, betonte der Kastellan mit unüberhörbarem Stolz in der Stimme.

»Und?«

»Er ist nach Schussenried geritten.«

»Was sollte dieser Sinneswandel? Oder hatte er die von Gott verdammte Hure angelogen, um von sich abzulenken?«, fragte Johannes Glatt unverblümt, während sich die anderen kaum zu schnaufen, geschweige denn, den Kastellan zu unterbrechen trauten. »Er wollte doch sicher nicht dem dortigen Konvent beitreten.«

»Doch«, scherzte der Kastellan. »Aber das hat sich erst später herausgestellt. Er hat sich wohl während des Rittes anders entschieden, um den sicheren Schutz hinter den dortigen Klostermauern zu suchen.«

»Das ist Blasphemie«, empörte sich der Propst. »Die dortigen Prämonstratenser werden diese Ausgeburt der Hölle doch nicht bei sich aufgenommen haben?«

»Leider doch«, antwortete der Kastellan, bevor er weitersprach. »Zumindest haben sie ihm Einlass gewährt – wer weiß, was der dem Bruder Pförtner alles erzählt hat. Denn als ich an der Klosterpforte angekommen war, wurde mir erst nach einigem Zögern das Tor geöffnet. Ich vermute, dass es der Halunke mit klingender Münze geregelt hat, mich hinzuhalten.«

»Ja, ja. Selbst Mönche sind dem Geklimper von Geld nicht abgeneigt«, spottete Nepomuk sehr zum Ärgernis des Propstes.

»Dann habt Ihr ihn ja endlich gehabt, Herr«, freute sich der Weißacher Bauer, rieb sich aber zu früh die Hände.

»Fast«, bremste der Kastellan dessen Freude. »Da die Konventgebäude in eine riesige Anlage gebettet sind, hat es eine gewisse Zeit gedauert, bis ich in dem geweihten Gemäuer den Totengräber ausfindig machen und stellen konnte.«

Ulrich Dreyling von Wagrain machte es fürwahr unglaublich spannend.

»Musst du ausgerechnet jetzt an deiner Pfeife herumnuckeln?«, wurde er von Eginhard gescholten.

Sein Vater grinste. Er schien es zu genießen, die anderen hinzuhalten, jedenfalls schmunzelte er lange, genüsslich an der Pfeife nuckelnd, vor sich hin, bevor er endlich weitersprach: »Dann ist es allerdings schnell gegangen. Als wir uns auf dem Kreuzgang über dem Nordflügel zum ersten Mal Auge in Auge gegenüber gestanden sind, ist ein Kampf auf Leben und Tod entbrannt. Wir haben sofort unsere Waffen gezogen und uns ein heißes Duell geliefert, bei dem wir beide alles gegeben haben und bei dem ich …«, er krempelte die Beingewandung ein Stückchen hoch, »wie ihr heute noch sehen könnt, am Unterschenkel verletzt wurde. Nur gut, dass ich meinen Brustpanzer mitsamt der Armplatten anhatte.«

»Und? War es das?«, hetzte Nepomuk, der die Wunde sofort nach Ulrichs Heimkehr in aller Diskretion versorgt hatte und deswegen zusammen mit Konstanze als einziger Bescheid wusste, dreist.

»Nein! Du weißt wohl am besten, dass allein schon das Auftauchen von Fremden in einem Konvent für helle Aufregung sorgt. Und wenn dann auch noch zwei miteinander kämpfen, gerät dort ganz schnell alles aus den Fugen.«

»Was hat das in deinem Fall bedeutet?«, fragte jetzt Lodewig, der die meiste Zeit schweigend zugehört hatte.

»Was ist geschehen?«, wollte nun auch der Blaufärber wissen.

»Wir sind von einem Heer wild durcheinander kreischender Mönche getrennt worden, wobei uns zuallererst die Waffen abgenommen wurden. Dann sind wir in verschiedene Räume ›eskortiert‹ worden. Wohin man den Totengräber gebracht hat, habe ich erst später mitbekommen. Ich wurde ins Klosterspital ›geleitet‹, wo meine klaffende Beinwunde verbunden wurde, bevor sich einige Mönche intensiv mit mir befasst haben. Während sich zwei dieser gottesfürchtigen Männer vor der Tür postiert haben, wurde mir je einer zu beiden Seiten gestellt. Dass sie mir nicht die Hände zusammengebunden haben, hat mich gewundert … wahrscheinlich haben sie an meiner Gewandung gesehen, dass ich der Gute bin«, scherzte der Kastellan. »Dennoch bin ich mir wie ein Schwerverbrecher vorgekommen. In scharfem Ton bin ich über mich selbst und über die Beweggründe für meinen Schwertkampf mit ›dem anderen‹ befragt worden. Ob sie dies mit dem Totengräber ebenso gehandhabt haben, ist mir nicht gesagt worden, dürfte aber so gewesen sein. Als das ›Verhör‹ nach fast einer Stunde endlich beendet war und ich glaubte, den Mönchen hinreichend erklärt zu haben, dass ich ein Ehrenmann bin, Ruland Berging hingegen ein mindestens dreifacher Mörder ist, wollte man mich zu ihm bringen, um aus der Gegenüberstellung weitere Erkenntnisse zu gewinnen.«

»Ich dachte, Ihr hattet ein Reisedokument des Grafen dabei, das Euch als hohen Herrn ausweist und dementsprechend schützt«, warf Fabio in den Raum und versetzte wegen seiner klugen Spitzfindigkeit alle in Erstaunen.

Der Kastellan nickte gleichsam zustimmend wie anerkennend.

»Ja, aber das muss ich bei meinem Höllenritt irgendwie verloren haben, weswegen ich vor den sauberen *Fratres*, die eine schnelle Festnahme verhindert haben, wie ein Narr dagestanden bin … Ich war der Böse! Versteht ihr? Nicht dieser Verbrecher! Ich, Ulrich

Dreyling von Wagrain, der Schlossverwalter des Grafen Königsegg, nicht dieser Dreckskerl«, schimpfte er in Erinnerung an die unglaublichen Geschehnisse im Prämonstratenserkloster Schussenried, beruhigte sich nach ein paar Zügen aus seiner Pfeife aber schnell wieder.

»Immerhin ist dies der größte römisch-katholische Orden regulierter Chorherren, weswegen man von diesen eigensinnigen Holzköpfen mehr Einfühlungsvermögen und Menschenkenntnis hätte erwarten können«, lästerte Nepomuk einmal mehr an diesem heiligen Tag.

»Versündige dich nicht, mein Sohn«, wollte sich der Propst empören und weitermaulen, merkte aber gerade noch rechtzeitig, dass dies angesichts des Hünen auch in den Ohren der anderen albern klingen musste.

»Und dann?«, wurde der Kastellan von Judith zum eigentlichen Thema zurückgelenkt.

»Musste ich – wenn man mich zu Ruland Berging bringen wird – hoch und heilig versprechen, gelassen zu bleiben, egal, was auch geschieht.«

»Dies ist dir dann sicher schwergefallen, Vater«, mutmaßte Lodewig.

Der Kastellan schnaufte tief durch, zündete seine inzwischen kalt gewordene Pfeife an und zog ein paar Mal daran, bevor er den heiß ersehnten Schluss der Geschichte einleitete: »Als wir uns dem Ende eines langen Ganges genähert haben, war mir sofort klar, was hier geschehen war. Vor einer geöffneten Tür lagen zwei Mönche mit durchgeschnittenen Kehlen in ihren Blutlachen. In dem Raum, dessen Tür weit offen stand, lagen noch drei Fratres. Zwei waren erstochen worden und dem anderen war mit einem schmiedeeisernen Kreuz der Schädel zertrümmert worden.«

Jetzt herrschte absolute, betretene Stille im Raum. Da sich aufgrund der Spannung die ganze Zeit über niemand um das Feuer im Kachelofen gekümmert hatte, fröstelte es jetzt alle. Niemand traute sich, eine Frage zu stellen.

Der Kastellan stand auf, um den Ofen zu füttern, ließ dies aber letztendlich mit der Begründung sein, dass es spät geworden sei und es sowieso allerhöchste Zeit wäre, den Abend zu beenden.

»Aber nicht, ohne dass du uns vom Ausgang der Geschichte in Kenntnis setzt«, warf Lodewig hastig ein und erntete dafür allseits dankbares Kopfnicken.

»Das Ende ist schnell erzählt«, sagte der Kastellan mit einem unergründlichen Grinsen auf den Lippen: Nachdem der Totengräber die Mönche lautlos umgebracht hat, muss er in den Stall geschlichen sein und sein Pferd geholt haben. Als er über den Klosterhof gepescht ist, hätte ihn nur noch der Bruder Pförtner aufhalten können. Dem aber ist ein Dolch in die Schulter geflogen.«

Der Kastellan schwieg einen Augenblick lang.

»Aber der Pförtner durfte zugesehen haben, wie der Totengräber aus dem Tor geritten ist, ... weil wenigstens er überlebt hat.«

»Wie konnte dies alles nur geschehen?«, fragte Sarah ungläubig.

»Da das Pferd des Totengräbers – der wohl zu faul dazu war, sein Pferd selbst abzuschirren – in all der Aufregung vom dortigen Stallmeister noch nicht abgeschirrt worden war, ich meines aber gleich nach dem Eintreffen im Kloster vom schweren Sattel- und Zaumzeug befreit habe, war es mir unmöglich, sofort die Verfolgung aufzunehmen. Außerdem war – wie ich euch bereits mehrmals gesagt habe – mein Ross völlig erschöpft ... und durstig. Dazu kommt noch, dass niemand gesehen hat, in welche Richtung der Mörder geflüchtet ist.«

»Ich denke, der Pförtner hat überlebt?«, fragte der Blaufärber, der wegen des reichlich genossenen Weins nicht mehr alles mitbekam, irritiert.

»Das stimmt. Er hat zwar überlebt, ist aber besinnungslos geworden, kurz nachdem ihn das Messer getroffen hat. Er konnte mir gerade noch ins Ohr flüstern, was ihm der Totengräber beim Vorbeipreschen zugerufen hat.«

»Nun mach schon: Was hat er gerufen?«, wollte Lodewig aus einer inneren Vorahnung heraus wissen.

Sein Vater überlegte lange, ob er eine Antwort auf diese Frage, die er durch eine kurze Unüberlegtheit provoziert hatte, geben soll und entschloss sich – da Lodewig sowieso keine Ruhe mehr geben würde – dazu, dies zu tun: »Ich komme wieder, um mein Werk zu vollenden!«

Als sie dies hörten, musste nicht nur Lodewig schlucken.

Um eine Debatte zu verhindern, fuhr der Kastellan mit seiner Erzählung fort: »Ich bin sofort über den riesigen Klosterhof zum Tor gerannt und habe versucht, Spuren zu finden, musste aber noch so lange beim röchelnden Pförtner bleiben, bis Hilfe bei ihm war. Deswegen war es mir unmöglich, den Flüchtenden wenigstens mit meinen Augen zu verfolgen. Und Hufabdrücke habe ich wegen der Beschaffenheit des Bodens um das Kloster herum auch nicht gefunden. Wahrscheinlich hat er nicht den Weg genommen, der vom Kloster zur nächsten Verbindungsstraße führt, sondern ist über Wiesen und Wälder entkommen. Also hätte es auch keinen Sinn gehabt, ihm zu einem späteren Zeitpunkt nachzujagen. In welche Richtung auch? Und dazu noch mit einem lahmen Gaul? Also bin ich – nachdem sich das Pferd erholt hatte – erst einen Tag später hängenden Kopfes nach Hause zurückgeritten. Und dabei ist mir nicht nur der Schwarze Tod auf Schritt und Tritt begegnet, sondern auch anderes Unglück, das die Menschen dahinrafft, wie die Fliegen. Also habe ich ständig an meine Söhne und an meine kranke Frau gedacht. Ich hätte verzweifeln können. Diederich war tot. Und – ich war mir sicher – auch Lodewig nie wiederzusehen.« Der Kastellan ballte die Faust, presste Augenlider und Lippen zusammen und knirschte wütend mit den Zähnen, bevor er sich abschließend eingestand: »Der Totengräber wird seiner gerechten Strafe wohl für alle Zeiten entgangen sein!«

»Wer weiß? Vielleicht findet er doch noch seinen Richter? Gottes Wege sind unergründlich«, orakelte der Propst und bat alle Anwesenden um ein abschließendes Gebet.

Dramatis personae

Bis auf diejenigen Personen der Handlung, die es im 17. Jahrhundert tatsächlich gab, und die mit einem * gekennzeichnet wurden, sind die Protagonisten frei erfunden. Ähnlichkeiten, gleich welcher Art, mit lebenden Personen sind rein zufällig.

DIE FAMILIE DES KASTELLANS:
*Hannß Ulrich Dreyling von Wagrain**

Der gräfliche Verwalter des Schlosses Staufen gehört als sogenannter ›Freier‹ dem niederen Adel an. Er wird von allen nur als ›Kastellan‹ oder mit dem zweiten Vornamen angesprochen.

Er ist stets gutmütig und gerecht. Seine stolze Erscheinung täuscht nicht immer darüber hinweg, dass er in familiären Dingen manchmal zu lasch ist, was ihm oft Ärger mit seiner Frau einbringt.

Trotz manchem Neid und Missgunst ihm und seiner Familie gegenüber ist er der wohl bestgeachtetste und respektierteste Mann im Herrschaftsgebiet Staufen.

Konstanze Dreyling von Wagrain

Die stolze, manchmal überheblich wirkende Frau des Kastellans ist die Mutter der drei Kastellanssöhne.

Sie gibt eine strenge Mutter und Herrin ab und legt ständig eine gewisse Kühle und Reserviertheit an den Tag, obwohl sie in ihrem Innersten doch recht zerbrechlich ist.

Der Haushalt, der Garten, die Kindererziehung und die Bewirtung von Gästen ist ihre Aufgabe, aber sie mischt sich auch gerne in andere Dinge ein. Sie liebt die leider selten gewordenen repräsentativen Aufgaben. Trotz ihrer bemerkenswerten Gestalt und ihres Aussehens hat sie eine sehr schlechte gesundheitliche Konstitution, weswegen sie stets kränkelt.

Eginhard Dreyling von Wagrain

Aufgrund seiner außerordentlichen Begabung ist der erstgeborene Sohn des Kastellans eine Art ›Probestudiosus‹ im berühmten Kloster Mehrerau im österreich-vorarlbergischen Bregenz, wo er als erst zweiter Studiosus die Medizin und die Naturheilkunde erlernt. Er ist zu einem wahren Kräuterexperten geworden und soll mit höchsten beruflichen Weihen bedacht werden. Einer beruflichen Karriere könnten allenfalls schlimme Geschehnisse in der Heimat entgegenstehen.

Er ist ein ausnehmend kluger und besonnener Studiosus, der stets für alle da ist, wenn er gebraucht wird. Durch seine sanfte und ehrliche Art ist er allseits sehr beliebt … auch wenn er schon mal aufbrausen kann, was er von seiner Mutter zu haben scheint.

Lodewig Dreyling von Wagrain

Aus dem mittleren Sohn des Kastellans ist ein ausnehmend schneidiger junger Mann geworden, der nichts und niemanden fürchtet, weswegen er lieber zur Waffe, als zur Feder greift. Er soll später in die Fußstapfen seines Vaters treten und Kastellan werden. Der ganz besonders gut aussehende Bursche ist drahtig, fleißig und traditionsbewusst, aber auch robust. Dennoch ist er von sanfter Natur und dementsprechend feinnervig.

Diederich Dreyling von Wagrain

Der jüngste Sohn des Kastellans und seiner Frau Konstanze bedarf noch des besonderen Schutzes seiner Familie.

Das wohlbehütete Nesthäkchen ist für sein Alter zwar noch etwas verspielt, aber dennoch recht pfiffig und an allem interessiert. Man könnte sogar sagen, dass er gefährlich neugierig ist. Sein sonniges Gemüt ist ansteckend, weswegen ihn seine Eltern, Brüder und die anderen Schlossbewohner ganz besonders ins Herz geschlossen haben.

DIE ANDEREN SCHLOSSBEWOHNER:
Rosalinde, die brave Haus- und Küchenmagd

Die aus Vorarlberg stammende Gehilfin der Kastellanin ist zwar äußerst fleißig, aber von einfachem Gemüt.

Die brave junge Frau ist schnell beleidigt und stottert, wenn ihr etwas nicht behagt. Sie steht ihrer Herrin absolut loyal gegenüber und steht deswegen unter ihrem persönlichen Schutz … bleibt nur zu hoffen, dass sich dies nicht ändert.

Ignaz, der treue Stallknecht
Da er schon viele Jahre für den Kastellan arbeitet, hat sich zwischen den beiden eine Art Freundschaft entwickelt. Auf ihn ist zu jeder Zeit und in jeder Hinsicht Verlass.

Die gute Seele ist für alle anfallenden Arbeiten im Stall, im Hof und an den Gebäuden zuständig. Zu seinem Aufgabengebiet gehört aber auch die Versorgung der Pferde und Gefährte ankommender Gäste, sowie die Arbeit in Wald und Flur.

Siegbert, die erste Schlosswache
Der großgewachsene schlanke Soldat ist für die Sicherung des Schlosstors und der Mauerumfriedung ebenso zuständig wie für die Sicherung des gesamten Schlossareals.

Er nimmt seine Arbeit in Diensten des Reichsgrafen zu Königsegg-Rothenfels und des Kastellans sehr ernst und ist – wie Ignaz – absolut zuverlässig. Er ist allerdings ein Spießer, der Späßchen gegenüber nicht besonders aufgeschlossen ist.

Rudolph, die zweite Schlosswache
Der kleinere, stämmige Soldat nimmt es – im Gegensatz zu Siegbert – mit seiner Arbeit nicht immer so genau. Deswegen, und weil er ein gutmütiges Naturell hat, bekommt er zwar öfter Ärger, wird aber nicht entlassen ... so lange die Kastellanin ihn schützt.

Nur allzu gerne spricht er dem Alkohol zu, ist dementsprechend unzuverlässig, meist aber doch da, wenn er gebraucht wird. Beim Wachdienst wechselt er sich mit Siegbert ab.

DIE WICHTIGSTEN RESIDENZSTÄDTER:
*Hugo Reichsgraf zu Königsegg-Rothenfels**

Der hochreputierte Regent der Herrschaft Rothenfels und Staufen ist einer der größten Vertreter seines Geschlechts. In seiner Eigenschaft als Reichskammerpräsident und als Inhaber etlicher anderer hoher Posten weilt er oft im Rheinland oder in anderen Gebieten fernab des Allgäus. Deswegen kann er sich nicht immer um sein weitreichendes Herrschaftsgebiet kümmern, weswegen er seinem loyalen Oberamtmann Conrad Speen und dem Staufner Schlossverwalter ziemlich freie Hand lässt.

Der feiste Hedonist ist zwar den schönen Dingen des Lebens zugetan, aber nicht unbedingt mit übermäßigem Mut gesegnet. Als typischer Potentat seiner Zeit regiert er konsequent in die eigene Tasche, geht dabei mit seinen Untertanen aber verhältnismäßig milde, vor allen Dingen aber gerecht um.

Maria Renata zu Königsegg-Rothenfels*
Die gebürtige Hohenzollernprinzessin stammt zwar aus Sigmaringen, ist aber im Hohenzollernschloss Hechingen aufgewachsen. Die ›Gnädige‹, wie die gut aussehende Gräfin auch genannt wird, mischt sich nicht in politische Dinge ein und ist dem Regenten eine ebenso gute Gemahlin wie sie eine liebende Mutter ist.
Zu Konstanze Dreyling von Wagrain hegt sie ein von gegenseitigem Respekt geprägtes Vertrauensverhältnis.

Oberamtmann Conrad Speen*
Den obersten Beamten des rothenfelsischen Herrschaftsgebietes zeichnet eine stets unvoreingenommene Beurteilung der Dinge ebenso aus, wie fachliche Kompetenz. Mit der entsprechenden Prokura ausgestattet, leitet er während der Abwesenheit des Grafen sowohl die Geschicke der städtischen, als auch die der ländlichen Untertanen.
Den als streng, aber gerecht und gütig bekannten Beamten verbindet ein von gegenseitigem Respekt und Vertrauen geprägtes Verhältnis mit dem Kastellan, den er sehr schätzt und in allen Bereichen unterstützt … wenn ihm dies möglich ist.

Landrichter und Stadtammann Hans Zwick*
Im Gegensatz zu den meisten anderen Männern seines Vornamens schreibt man Hans mit nur einem n und nicht mit scharfem ß. Der klein gewachsene, gedrungene Mann ist – gerade wenn der Regent nicht im Lande weilt – sehr mächtig und deswegen im gesamten rothenfelsischen Gebiet gefürchtet, weil er stets kurzen Prozess macht.
Sein nicht gerade imponierendes äußeres Erscheinungsbild gleicht er durch absolute Strenge aus, weswegen er hinter vorgehaltener Hand ›Richter Gnadenlos‹ genannt wird. Obwohl sie eng

zusammenarbeiten müssen, ist er weder ein Freund des Oberamtmannes, noch des Kastellans, der hin und wieder mit ihm zu tun hat.

Gardeoffizier Benedikt von Huldenfeld*
Der schneidige Hauptmann der gräflichen Garde hat seine Männer gut im Griff, weswegen der sympathische junge Offizier nicht nur beim Grafen Königsegg, bei Oberamtmann Speen und beim Kastellan hoch im Kurs steht.

DIE STAUFNER JUDEN:
Jakob Bomberg*
Der kräftig gewachsene, mutige, aber vorsichtig gewordene Mann liebt seinen Bart und seine Pejes (Schläfenlocken), die er als äußeres Zeichen seines Glaubens trägt, obwohl er in Staufen der einzige Jude ist. Er entstammt einer antwerpischen Buchdruckerfamilie, die so lange Schriften über den mosaischen Glauben herstellt und herausgibt, bis alle Mitglieder der Familie Bomberg vor Pogromen aus Flamen und Flandern fliehen müssen.

Der aus leidvoller Erfahrung heraus manchmal bärbeißig wirkende Mann ist nicht nur streng gläubig, er ist auch sanftmütig und hat ein gutes Herz. Seine Familie – insbesondere die jüngste Tochter Lea – gilt für ihn alles.

Judith Bomberg
Jakobs leicht orientalisch wirkende Frau ist eine stolze Frau, die aber klug genug ist, dies nicht zu zeigen. Die gute Ehefrau, Mutter und Hausfrau ist auch eine tüchtige Hühnerzüchterin, weswegen der Erfolg ihrer Arbeit Begehrlichkeiten weckt und sie ihr florierendes Geschäft ständig irgendwie verteidigen muss.

Für ihren niederen Stand ist die verständnisvolle Frau recht belesen, was sie mit aller Macht an ihre beiden musischen Töchter weiterzugeben sucht.

Sarah Bomberg
Das außerordentlich hübsche und gut gewachsene Mädchen geht ihrer Mutter gerne zur Hand ... wenn es nicht gerade Hühnern die Köpfe abschlagen muss.

Ihre Klugheit und Offenheit äußern sich mit zunehmendem Alter in einem großen Interesse an den schönen Künsten (die es in Staufen natürlich kaum gibt).

Seit vergangenem Jahr ist sie die Geliebte von Lodewig Dreyling von Wagrain ... eine riskante Verbindung.

Lea Bomberg

Die Kleine ist der Sonnenschein der Familie, insbesondere von Vater Jakob, der seine Mädchen vergöttert und nur das Beste für sie möchte.

Dem zerbrechlich und zart wirkenden Mädchen mit den süßen Zöpfchen sieht man nicht an, wie viel Kraft in ihm steckt. Auch bei Lea zeichnet sich jetzt schon ab, dass sie zu einer klugen jungen Frau heranwachsen kann ... wenn nichts dazwischen kommt.

MÖRDERPACK UND RAUBGESINDEL:

Ruland Berging, ehemaliger Ortsvorsteher und heutiger Totengräber

Den durch und durch brutalen und skrupellosen Mann haben die Eltern als Kind zu den Franziskanern nach Lenzfried gebracht, wo er aufwuchs und ebenso rausflog, wie später aus seinem Amt als Immenstädter Bibliotheksarchivar, bevor er in Staufen unter mysteriösen Umständen Ortsvorsteher wurde.

Auch dieses Postens enthoben, erschlich er sich beim Kastellan die Bestallung zum örtlichen Totengräber, anstatt – wie er es verdient hätte und wie es für Staufen besser gewesen wäre – zum Teufel gejagt zu werden. Von nun an wandelte sich der sowieso schon durch und durch Böse zu einer reißenden Bestie, der Menschenleben nichts wert sind, besser gesagt, nicht das Geringste gelten.

Heinrich Schwartz, ehemaliger Medicus

Obwohl er keine direkte Rolle mehr spielt, soll er vorgestellt werden; denn er war es, der im vergangenen Jahr mit dem Totengräber eine Giftmordserie geplant und dann fast allein durchgezogen hat. Er hat indirekt drei, direkt aber sage und schreibe 69 unschuldige Menschen auf dem Gewissen. Bis ihm dies der Medizinstudiosus Eginhard Dreyling von Wagrain und der Kastellan hatten nachweisen können und er auf dem Galgenbihl erhängt wird, ist er ein stinkfauler, versoffener und heruntergekommener Arzt, den die Eltern bei ihrer Flucht aus dem Königreich Schlesien dummerweise ins Allgäu mitgebracht haben, anstatt ihn während der Flucht ›versehentlich‹ zu verlieren. An Skrupellosigkeit war er dem Totengräber und dem ›Pater‹ ebenbürtig, was sich schon als Knabe abgezeichnet hatte.

Hemmo Grob, der ›Pater‹
In seiner Eigenschaft als bodenständiger Handwerker schwingt sich der Schuhmacher zum Retter der Menschheit auf und stänkert gegen alles, was ihm nicht passt – da kommt einiges zusammen. Und weil er es nicht lassen kann, gegen Gott und die Welt zu predigen, nennt man ihn den ›Pater‹.

Der alte Hetzer ist ein äußerst unangenehmer und bösartiger Zeitgenosse, den man besser meiden sollte. Er hasst alle Andersdenkenden, Menschen anderer Rassen, Hautfarben oder Glaubensrichtungen. Aus einem speziellen Grund aber hasst er insbesondere die jüdische Familie Bomberg ... und die gerät mehr und mehr in seinen Focus.

Der ›Bunte Jakob‹
Der dürre und listige Mann ist als reisender Händler im ganzen Land eine Art Faktotum – alle kennen ihn. Weniger bekannt ist, dass er keinem noch so undurchsichtigen Handel abgeneigt ist und niemals nachfragt, wo seine Waren ursprünglich herkommen und wer sie von ihm erwirbt. Kein Wunder also, dass er im Totengräber einen Seelenverwandten findet und mehr und mehr eng mit ihm zusammenarbeitet.

DIE BLAUFÄRBER:
Hannß Opser*
Ein fleißiger Handwerker, der seine Blaufärberei gut in Schuss hat und gerne saubere Geschäfte mit Auswärtigen macht. Der hilfsbereite Mann lebt seit dem Verschwinden seiner beiden Söhne Didrik und Otward mit seiner Frau Gunda, die er über alles liebt

und für die er alles tut, wenn es ihr nur einigermaßen gut geht, sehr zurückgezogen.

Gunda Opser
Da die verhärmte Frau – wie auch ihr Mann – viel Leid ertragen muss und das Verschwinden ihrer beiden Söhne nicht verwinden kann, schließt sie mit allem ab und vegetiert mehr oder weniger nur noch so dahin.
Die brave Frau hilft ihrem Mann bei der Arbeit und macht den klein gewordenen Haushalt der Familie.

Otward Opser
Der junge Mann wurde – von den Wassertieren bis zur Unkenntlichkeit zugerichtet – tot aus dem ›Entenpfuhl‹, einem Gewässer unterhalb des Schlosses, geborgen. Sein Mörder: Der Totengräber.

Didrik Opser
Der jüngere Blaufärbersohn wurde in einer Höhle in Weißach, einem unterhalb Staufens liegenden Weiler, ermordet und lange Zeit nicht aufgefunden. Sein Mörder: Der Totengräber.

DIE SEELSORGER:
Johannes Glatt, Propst und Ortspfarrer*
Da der Vorsteher des hiesigen Kollegialstifts ein enger Freund der Kastellansfamilie ist, geht er im Schloss Staufen ein und aus.
Der hagere Mann gibt sich manchmal etwas knorrig, verbirgt aber unter der rauen Schale einen weichen Kern. Nur wenn es um andere Glaubensrichtungen geht, versteht er keinen Spaß.
Aufgrund seiner bemerkenswerten Intelligenz müsste der Lateinlehrer der Kastellanssöhne eigentlich höhere kirchliche Weihen erhalten, was möglicherweise daran scheitert, dass er dem Alkohol zu sehr zugetan ist. Sein Erschaffer hat den katholischen Priester – vorsichtig gesagt – nicht gerade mit übermäßigem Mut bedacht.

Bonifatia, Franziskanerschwester aus Dillingen
Die großgewachsene, dominante und mental starke Frau leitet über viele Jahre hinweg das direkt an der alten Salzstraße gelegene

›Leprosenhaus‹ bei Genhofen, bevor sie von Propst Glatt mit Billigung des Kastellans zur Leiterin des Spitals in Staufen bestallt wird, weil es dort zurzeit keinen Medicus gibt und aufgrund der schwierigen Zeiten auch keiner aufzutreiben ist. Während der Pest eine unglaublich mühsame und lebensbedrohende Arbeit, die sie nicht allein bewältigen kann.

Martius Nordheim

Der junge Kanoniker leitet die Filialpfarrei St. Johann im Thal und steht dem Propst zur Seite, wenn er in Staufen benötigt wird. Aufgrund seiner pflegerischen Vorkenntnisse wird er im Staufner Spital als Helfer der Spitalleiterin eingesetzt. Er bemüht sich sehr, seine dortige Arbeit an den Pestkranken möglichst gut zu machen.

Johannes Nepomuk, Benediktinermönch und Medicus

Nepomuk, wie der Riese kurzerhand genannt wird, ist ein illegitimer Sohn des Fürsten von Hohenzollern. Der hünenhafte Mönch verteidigt seinen Glauben lieber mit der Doppelaxt, als mit dem Wort. Als Medicus hingegen zeigt er ein Einfühlungsvermögen, wie man es nicht von ihm vermutet und rettet Leben. Er wird zum besten Freund der Familie Dreyling von Wagrain.

Plazidus Vigell, Abt*

Der weise Vorsteher des Benediktinerklosters Mehrerau sorgt dafür, dass aus dem rustikalen Novizen Johannes Nepomuk ein ernst zu nehmender Mönch und Medizinprofessor wird. Und dies versucht er auch mit dem talentierten Eginhard, was ihm allerdings nur in Bezug auf die Medizin gelingt.

Dennoch ist er beiden Medizinern gleichermaßen wohl gewogen und unterstützt sie nach besten Kräften.

Conrad Frey, Stadtpfarrer*

Der katholische Priester steht der Immenstädter Pfarrei St. Nikolaus vor und ist dem Grafen zu Königsegg ein ebenso guter Berater wie Oberamtmann Conrad Speen, weswegen er stets dazu geladen wird, wenn es um die Belange des Städtles geht. Im Gegensatz zu seinem Staufner Amtsbruder frönt er nicht dem Alkohol.

SONSTIGE PROTAGONISTEN:
Fabio, ehemaliger Dieb und Hilfstotengräber
Den irgendwie sympathischen Herumtreiber nennt man nicht umsonst ›Fabio, den Dieb‹. Aber dies ändert sich. Auch wenn der in Lindau als Sohn einer Gunstgewerblerin und eines ihrer Kunden geborenen Burschen von dort abhauen muss und erst über viele Umwege nach Staufen kommt, wo er eine neue Heimat findet, wird er zunächst gemieden.

Aber der ehedem faule Nichtsnutz mausert sich zum überaus fleißigen und unverzichtbaren Hilfstotengräber. Zudem wird er auch noch zu einer großen Hilfe in höchster Not.

Melchior Henne, hoffnungsvoller Nachwuchs*
Der großgewachsene und kräftige Leinweber ist Lodewigs bester Freund und allseits beliebt. Durch diese Freundschaft kam er in den Genuss, mit Lodewig zusammen von Propst Glatt Lesen und Schreiben, ja sogar etwas Latein lernen zu dürfen, was ihn von den anderen jungen Männern des Dorfes abhebt. Durch seine Besonnenheit und seine Courage gibt es Anzeichen dafür, dass dem Lockenkopf später einmal das Amt des Ortsvorstehers oder ein anderes hohes Ehrenamt übertragen wird.

NUR GENANNTE, REAL EXISTIERENDE, PERSONEN:
Die Bauernfamilie des Georg Köhler, Osterdorf
Johann Joachim von Laubenberg zu Rauhenzell
Franz Apronian Pappus von Tratzberg, Landadliger
Hans von Werdenstein, Landadliger
Melchior Renn, Tavernenwirt ›Zum Engel‹, Immenstadt
Franz Linder, Gasthauswirt ›Goldenes Lamm‹, Immenstadt
Familie Senger, Schindelmacher, aus Walldorf im Schwarzwald
Berthold zu Königsegg, Domschatzmeister/-scholaster, Konstanz
Hans Jörg Jäger, der Hexerei angeklagt, Wasserburg
Der so genannte ›Tiroler‹, Kinderhändler, Tirol/Ravensburg
Tilman Riemenschneider, berühmter Holzschnitzer, Würzburg
Georg Truchsess von Waldburg-Zeil, deutscher Heerführer
… und einige mehr

Erläuterung der Begriffe, Namen und Zitate

Agnus Dei ›Lamm Gottes‹. Ein seit Beginn des Christentums weit verbreitetes Symbol für Jesus Christus. Die Katholiken kennen es auch als Osterlamm mit Siegesfahne, als Zeichen der Auferstehung Christi.

Amend(t) Allgäuer Abkürzung für: Am Ende.

Aue, Böcke, Zibben, Zutreter Mutterschafe, männliche Tiere (auch Widder), andere Bezeichnung für Mutterschafe, Jungschafe (auch Lämmer).

Aufbruch Innereien vom Wild.

Aufzug Alte Bezeichnung für ›Umzug‹.

Bastard Alte Bezeichnung für ein uneheliches Kind. Im Gegensatz zu heute war dies früher kein Schimpfwort. In der Biologie gilt ›Bastard‹ als eine veraltete Bezeichnung für ein ›Hybride‹.

Berserker Altnordische Bezeichnung für ›im Rausch kämpfende Männer‹. Die auf der Seite verschiedener germanischer Stämme kämpfenden Krieger waren für ihre wild um sich hauende und alles verwüstende Art zu kämpfen berüchtigt.

Bindenschild Balkenschild wie beispielsweise die quergestreiften Farbbalken beim deutschen (schwarz-rot-gold) oder beim neuösterreichischen (rot-weiß-rot) Staatswappen.

Blattner Metallverarbeitender Handwerker, wie z. B. der Rüstungsmacher.

Brigantium Um ca. 500 v. Chr. ist Brigantium einer der am besten befestigten ›Oppidums‹ (Orte) dieser Gegend. Aus jener Zeit stammt der alte Ortsname, der entweder von der Göttin ›Brigantia‹ oder vom keltischen Terminus ›Briga‹, einer ›Siedlung am Wasser‹ stammen soll. Sicher ist nur, dass dort seinerzeit der Keltenstamm der ›Brigantier‹ siedelt. Die heute durch seine Festspiele international populäre und beliebte Stadt Bregenz liegt direkt am Ostufer des Bodensees und ist Landeshauptstadt des österreichischen Bundeslandes Vorarlberg.

Bruche, Brouche, Bruoch Mittelalterliche Bezeichnung für eine gewickelte ›Unterhose‹, an die Beinlinge angebunden werden können.

Buchhorn Im Jahre 838 wird dieser Ort erstmals als ›Buachihorn‹, Ort der ›Udalrichinger‹, genannt. Seit 1811 kennen wir ihn als die weltberühmte ›Zeppelinstadt‹ Friedrichshafen am württembergischen Bodenseeufer.

Butz Einzig kostümierte Figur beim ›Staufner Fasnatzietag‹. Ursprünglich eine alte, ganz besonders in Oberschwaben und am Bodensee angesiedelte alemannische Fasnetsfigur (›Blätzlisbutz‹, ›Pflasterbutz‹, ›Rußbutz‹ usw.). Sie hat sich im Laufe der Jahrhunderte geteilt, verändert und den wechselnden Erfordernissen angepasst. Heute kann man in ihr auch den klassischen ›Hofnarren‹ (1567 möglicherweise aus dem Schloss Aulendorf ins Allgäu getragen, denn im Schloss Immenstadt gibt es keinen eigenen Hofnarren) erkennen. Aber auch Teile der ›Commedia dell'arte‹ scheinen sich darin vereinigt zu haben. Zumindest erinnern die rautenförmige Gewandung des ›Arlecchino‹ und die Maske des ›Pantalone‹ sehr an ihn und lassen eine Ähnlichkeit zumindest nicht leugnen. Die Maske des ›Dottore‹ mit der großen Nase könnte dem (venezianischen) ›Pestarzt‹ entlehnt sein und scheint sich ebenfalls darin vereinigt zu haben. Sogar die ›Moriska‹ könnte damit in Verbindung gebracht werden (der ›maurische Moriskentanz‹ zeichnet sich – wie auch der ›Butz‹ – durch verschiedene Sprünge aus).

Caldarium caldus, calidus, was soviel heißt wie: warm, heiß. Lateinische Bezeichnung für ein römisches Dampf- und Inhalationsbad, das die Atemwege befreit und regenerierend wirkt. Trotz hoher Luftfeuchtigkeit (nahezu 100 %) leicht verträglich. Regt mit 40 bis 50 Grad Celsius Raumtemperatur den Stoffwechsel an und stärkt das Immunsystem. Ätherische Öle und verschiedene Kräuteressenzen sind schon im alten Rom üblich. Neben dem ›Tepidarium‹, dem ›Laconium‹, bzw. dem ›Sudatorium‹ und dem ›Frigidarium‹ wichtigste Teile der römischen Thermen.

Christi Himmelfahrt Lateinisch: *Ascensio Domini*, was soviel bedeutet wie: ›Aufstieg des Herrn‹. Im christlichen Glauben bezeichnet dies die Rückkehr Jesu als Sohn Gottes zu seinem Vater im Himmel. Dieser katholische Feiertag hat eine große Bedeutung für die christliche Eschatologie und fällt immer auf einen Donnerstag. Er wird am 40sten Tag des Osterkreisfestes, also genau 39 Tage nach Ostersonntag, begangen.

Claustrum infirmarium Klösterlicher Krankensaal.

Communi consensu Lateinisch für ›*Unter allgemeiner Zustimmung*‹.

Constitutio Criminalis Carolina Auch: ›Peinliche Halsgerichtsordnung Kaiser Karls V.‹. Gilt als das erste deutsche Strafgesetzbuch. Im Jahre 1532 auf dem Reichstag in Regensburg ratifiziert, wodurch sie in Kraft trat.

Cuculle Bequemer Arbeits- und Reiseumhang mit Kapuze, meist aus Wolle oder Filz. Während die Kapuze den Kopf schützt, hält der mehr oder weniger lange Umhang beim Reiten oder Arbeiten den Rücken trocken.

Curriculum vitae Lateinische Bezeichnung für einen tabellarischen Lebenslauf.

Decken Bezeichnung für abgezogene, noch nicht weiter verarbeitete Tierfelle.

Devotionalien Lateinisch ›*devotio*‹, also ›Ehrfurcht und Hingabe‹. Religiöse Gegenstände zur Andacht (z.B. Andachtsbildchen, Anhänger, Heiligenfiguren, Kruzifixe, Medaillons, Rosenkränze usw.).

Einhorn-Anspannung Dreispänner, wobei zuerst ein einzelnes Pferd, dahinter zwei Tiere nebeneinander vor den Karren gespannt werden.

Ergo Lateinisch für ›Also‹ … glaube ich das, was ich hier lese usw.

Ferker Alte Allgäuer Bezeichnung für den Spülbereich (Waschbecken) in der Küche. Meist aus einem Stück Stein gehauen und hinten mit einer Abflussrinne versehen, damit das Schmutzwasser direkt aus dem Haus, die Wand hinunter laufen kann.

Fieranten Alte Bezeichnung für Fahrende Händler.

Fratres Brüder (Glaubensbrüder).

Fronen Frondienst. Meist unfreiwilliger Arbeitsdienst ohne Entgelt, den der Grundherr jederzeit von seinen Untertanen einfordern kann.

Fuchsig Rothaarig.

Fuge cito et longe Lateinisch für ›Flieh schnell und weit‹. Gerade während des Dreißigjährigen Krieges und der Pest geflügelte Worte, die auch Nichtlateiner sich heimlich zuflüstern, da die Untertanen das Land nicht ohne Genehmigung des Grundherrn verlassen dürfen … egal aus welchen Beweggründen heraus. Werden Flüchtige erwischt, drohen harte Sanktionen, oftmals sogar der Tod. Dennoch ist ›Flieh schnell und weit‹ *die* Empfehlung schlechthin, die von der Bevölkerung Europas oft und gerne angenommen wird … was aber meist nichts nützt.

Fürschneider, Truchsess, Mundschenk Allesamt mittelalterliche

Hofämter, die nur von Adligen bekleidet werden können: Der Fürschneider schneidet bei der herrschaftlichen Tafel das Fleisch und legt es vor. Der Truchsess (auch ›*Truckseß*‹) trägt die Speisen zu Tisch. Der Mundschenk ist für die Getränke zuständig und schenkt auch ein.

Galgenbihl Allgäuer Bezeichnung für einen ›Galgenberg‹, also den ›Bühl, auf dem der Galgen steht‹.

Gang nach Canossa Bittgang des Königs Heinrich IV. zu Papst Gregor VII. Dem liegt zugrunde, dass der Papst bei der papsttreuen Markgräfin Mathilde von Tuszien, die auf Burg Canossa lebt, Zuflucht und der König die Lösung seiner Person vom zuvor verhängten Kirchenbann (›*Anathema*‹) gegen ihn Befreiung sucht, indem er seine Gewandung ablegt, barfuß und bar jeglicher Herrschersymbole vom Morgen bis zum Abend bei eisiger Kälte vor der Burg steht und um Einlass bittet ... der ihm erst am vierten Tag gewährt wird. Das Ergebnis ist, dass der 26-jährige König vom Bann freigesprochen wird. Umgangssprachlich spricht man heute noch – wenn ein unangenehmer und erniedrigender ›Bittgang‹ vor einem liegt, vom ›Gang nach Canossa‹.

Gelbschwarzes Streifenzimmer Die Reichsritter von Schellenberg führen einen gold (gelb)-schwarzen Bindenschild (siehe unter *Bindenschild*) als Wappen. Wann sie Burg und Herrschaft Staufen übernommen haben, liegt im Dunkel. Aber die Quellen wissen, dass sie beides im Jahre 1311 an den Grafen Hugo von Montfort-Bregenz verkauft haben.

Gestrickt Eigenartige Holzbauweise, wie sie insbesondere im Alpenraum vorkommt. Eine ineinander verwobene – also ›gestrickte‹ – Holzbalkenkonstruktion der Außen- und Innenwände. Zu sehen u. a. in den Heimatmuseen Oberstaufen und Thalkirchdorf.

Gieren Allgäuer Ausdruck für ›quietschen‹, evtl. in Verbindung mit ›wackeln‹.

Goldenes Vlies Philipp der Gute von Burgund stiftet im Jahr 1430 den ›Orden vom Goldenen Vlies‹, der zum Habsburger Hausorden avanciert. Darauf ist das an einer Schleife hängende ›Lamm Gottes‹ zu sehen. Es ist aber viel älteren Ursprungs: Der griechischen Mythologie zufolge handelt es sich dabei um das Fell des goldenen Widders Chrysomeles, der sprechen und fliegen kann. Eine der höchsten Auszeichnungen überhaupt.

Grantig Auch ›massig‹. Allgäuer Ausdrücke für übellaunig, was insbesondere die Bergbewohner schon mal zur Schau stellen, dies oftmals aber nicht so meinen.

Gumpen Heute noch gebräuchliche Allgäuer Bezeichnung für einen kleinen Weiher oder Teich.

Hahnschenkel Bezeichnung für die steilste und höchste Erhebung der alten Reichsstraße (auch Salzstraße) bei Genhofen, nahe Staufen. Wegen seiner Gefährlichkeit wird dieser Streckenabschnitt auf der wichtigsten Handelsstraße von Hall in Tirol bis an den Bodensee von Fuhrleuten, Pilgern und anderen Reisenden gefürchtet und im Volksmund auch ›Rosseschinder‹ genannt.

Hazard-Spiel Der Name leitet sich vom arabischen ›az-zahr‹ ab. Altenglisches Würfelspiel mit zwei Würfeln, das bereits im 14. Jahrhundert bekannt war. Trotz der komplizierten Regeln gerade im 17. Jahrhundert das Glücksspiel schlechthin.

Hedschra Arabisch: ›*Hidschra*‹ bezeichnet die Auswanderung des Propheten Mohammeds von Mekka nach Medina im Jahre 622. Damit wird der Beginn des Mondkalenders der islamischen Zeitrechnung markiert.

Henkerstisch Da derjenige, der zuvor gesprochene Todesurteile vollstreckt, allseits gemieden wird, hat er im einen oder anderen Wirtshaus ein eigenes Tischchen, das bei Bedarf hochgeklappt und auf einen Fuß gestellt wird. Damit sich kein anderer dort hinsetzen kann, wird es nach Benutzung durch den ›*Carnifex*‹, wie der

Henker im rothenfelsischen Gebiet heißt, wieder heruntergeklappt und an der Wand befestigt. Sich dennoch unbefugt dorthin zu setzen, ist ein Sakrileg, das ›*todt unnd Deiffel*‹ heraufbeschwören kann. Oft hängt über dem Tisch an einer in die Wand eingelassenen Kette ein zinnener Trinkkrug, den ebenfalls nur der Vollstrecker benutzt ... falls dieser nicht gestohlen wurde.

Heller, Kreuzer, Gulden:
  Heller: Kleinste Zahlungseinheit. Bezeichnung *hr*.
  Kreuzer: Mittlere Zahlungseinheit. Bezeichnung *x*.
  Gulden: Größte Zahlungseinheit. Bezeichnung *fl*.
  Für 200 Gulden bekommt man in Staufen um 1635 herum ein kleines Bauerngütlein.

Herbaria Bezeichnung für eine Kräuterfrau.

Hirschfänger Ca. 40 bis 70 cm lange Stichwaffe, die zur Jagd verwendet wird.

Ich kenne meine Pappenheimer Dieser heute noch benutzte Spruch hat verschiedene Bedeutungen und Quellen: Im gleichnamigen Schillerdrama, spricht Wallenstein diesen Satz aus und bringt damit die Treue und Zuverlässigkeit des Pappenheimer Regiments um Feldmarschall Gottfried Heinrich Pappenheim zum Ausdruck. Ob dieser Spruch allerdings tatsächlich aus dem 17. Jahrhundert stammt, und der Generalissimo seine Pappenheimer tatsächlich so gut kennt, ist – der Ordnung halber muss dies gesagt sein – nicht bewiesen.

Iroschotten Mönche der iroschottischen Kirche, die Mitteleuropa in zwei Phasen christianisieren; zuerst zwischen dem 6. und 8. Jahrhundert und später im 11. Jahrhundert.

Jünger der Schwarzen Kunst Auch ›*Ritter* der schwarzen Kunst‹. Eine Bezeichnung, die Schriftsetzer und Buchdrucker, später auch Buchbinder und andere Berufe des grafischen Gewerbes, im wahrsten Sinne des Wortes adelt und sowohl in ihrem hochgeschätzten Können, als auch in ihrer geheimnisvollen Kunst, vereint.

Kanoniker   Kleriker aller Weihegrade, Mitglieder eines Dom- oder Stiftkapitels an einer Kathedrale oder Basilika. In kleinen Orten wie Staufen ist dies eher unüblich. Dort tätige Kanoniker sind ›Regularkanoniker‹, die an der gemeinsamen Lithurgie, also an der Feier der heiligen Messe und am Stundengebet, mitwirken. Kanoniker leben – ähnlich Mönchen – in Gemeinschaft.

Kapitelsaal   Versammlungsstätte einer klösterlichen Gemeinschaft innerhalb der Klosteranlage.

Kastellan   Mittellateinisches Wort (*castellanus*) für ›zur Burg gehörig‹. Mittelalterliche Bezeichnung für höhere Aufsichtsbeamte herrschaftlicher Gebäude und Liegenschaften, die sich über Jahrhunderte hinweg hält. Im Laufe der Zeit werden diese Personen als ›Burgvögte‹, später – wie auch der echte Hannß Ulrich Dreyling von Wagrain – als ›Schlossverwalter‹ bezeichnet.

Katheder   Stehpult, Schreibpult.

Kemenate   Lat.: *caminus*. Kamin, Feuerstätte, Ofen. In Burgen und Schlössern oftmals der einzig beheizbare Wohnraum. In diesem Fall eines der beheizbaren ›Hurenzimmer‹ in einem einschlägigen Wirtshaus, dessen Wirt ›Hurenwirt‹ genannt wird.

Kerbholz   ›Etwas auf dem Kerbholz haben‹ heißt in diesem Fall, dass ein Gast Schulden beim Wirt hat, der für jedes nichtbezahlte Bier eine Kerbe in ein Holzstück schnitzt – sozusagen der Vorgänger unserer heutigen Bierdeckel, auf die Striche gemacht werden. Es kann aber auch heißen, dass jemand Mist gebaut hat oder gar kriminell geworden ist und im Gefängnis für jeden einsitzenden Tag eine Kerbe in die Zellenwand ritzt.

Kirchenscholaster   Religionslehrer.

Konventamt Die tägliche Eucharistiefeier für das ganze Konvent.

Kürass lat.: cuirasse. Brustharnisch aus Leder. Kann aber auch Brust- und gleichzeitig Rückenharnisch, bzw. ein ganzer Oberkörperharnisch aus Metall sein. Wird vornehmlich von Kürassieren, also Reitern getragen, deswegen auch Reiterharnisch genannt.

Krettenweise Korbweise. ›Kretten‹ nennt man im Allgäu heute noch aus Weideästen hergestellte Körbe.

Lädine In dieser Bezeichnung für ein altes Lastsegelschiff steckt die alemannische Bezeichnung für ›*Lädi*‹ (Ladung, Last). Zur Freude Einheimischer und Touristen gibt es historisch getreue Nachbauten in Immenstaad am Bodensee und in Bühl am Alpsee.

Landern Holzschindeln. Je nachdem ca. 20 mal 30 Zentimeter groß. Alte, im Alpenraum teilweise heute noch gebräuchliche Art der Dacheindeckung.

Laudes und Komplet Morgenlob und Nachtgebet.

Leisen Allgäuer Bezeichnung für Spurrillen in Dreck, Matsch und Schnee auf Straßen, Wegen und Plätzen.

Lichtmess Das Fest der ›Darstellung des Herrn‹ wird 40 Tage nach Weihnachten als Abschluss der weihnachtlichen Festivitäten gefeiert und fällt immer auf den 2. Februar, an dem nach der Winterpause die Arbeit der Bauern beginnt. Als ›*Schlenkeltag*‹ ist dieser zweite Tag des zweiten Monats wichtig für die Dienstboten, die an diesem Tag entlassen oder eingestellt werden.

Lot Auch ›Loth‹, später ›Neulot‹ oder ›Postlot‹. Eine Maßeinheit der Masse, also auch eine Wein-Maßeinheit. Im Deutschen Reich durch die Maßeinheit Gramm abgelöst. Es hat in den verschiedenen Deutschländern unterschiedliche Massen, die zu allem hin auch noch zeitlich verschieden waren. Meist zwischen 14 und 18 Gramm.

Majolikaofen ›Majolika‹, auch ›Maiolica‹. Altitalienische Bezeichnung für ›Mallorca‹. Steht im kunstwissenschaftlichen Sprachgebrauch für farbig bemalte und zinnglasierte italienische Keramik des 15. und 16. Jahrhunderts, im weiteren Sinne aber auch für viele andere Arten farbig glasierter Tonware, mit der unter anderem auch Kachelöfen hergestellt werden.

Malefizgerichtstag Dort wird das Recht ausgeübt, über schwere Straftaten zu richten.

Malificant Angeklagter.

Manna Eine in diesem Fall nicht ganz ernst gemeinte altbairische Bezeichnung für (flüssiges) Brot des Herrn. Damit ist – wie kann es in Bayern auch anders sein, Bier gemeint. Wer kennt nicht den weltberühmten ›Bayern im Himmel‹?

Memento mori Lateinisch für ›Bedenke, dass du sterblich bist‹. Gerade während des Dreißigjährigen Krieges und der Pest die wohl am meisten benutzten Wörter, die Priester mahnend von der Kanzel herunterriefen.

Mir Schdöufnar holddet allat zämet Uriger Dialektausspruch für ›Wir (Ober)staufener halten immer zusammen‹. Ob dies heute noch stimmt?

Monastische Lebensweise Lebensweise in klösterlicher Abgeschiedenheit und Klausur.

Morgenlob Gebet zum Beginn des neuen Tages.

Muren Erdrutsche und deren Ergebnisse: Schlamm, Dreck, Geröll, Felsbrocken usw. Oft ausgelöst durch Dauerregen.

Nagelfluh Typisches Sedimentgestein, wie es in der Gegend der Romanhandlung vorkommt. Es besteht aus mindestens 50 Prozent gerundeten Bestandteilen wie Geröll oder Kies. Von Geologen scherzhaft als ›Herrgottsbeton‹ bezeichnet. Die nach diesem eigenartigen Gestein benannte ›Nagelfluhkette‹ zieht sich südlich an Staufen vorbei.

Non mergor Lateinisch für: Ich gehe nicht unter.

Non scholae, sed vitae discimus Lateinisch für ›Nicht für die Schule, sondern für das Leben lernen wir‹.

Obergölchenwanger Grat Neben ›Hoher Gölcher‹, ›Fahnengrat‹ und ›Farnach(grat)‹ eine der alten, die Mitte/Ende des 17. Jahrhunderts benutzte, Bezeichnung für den heutigen ›Hochgrat‹. Mit imposanten 1.834 Metern höchster Berg dieser zum Wandern und Skifahren geschätzten Bergkette. Ein äußerst beliebtes Ausflugsziel für Touristen aus aller Herren Länder.

Offizium ›Stundengebet‹. Das ständige Gebet der Kirche durch und mit Jesus Christus im Heiligen Geist zu Gott Vater. Mit dem ›göttlichen Offizium‹ erfüllt die Kirche den Auftrag des Herrn (›Ihr sollt allezeit beten und darin nicht nachlassen‹ – Lukas 18,1).

Pater noster Kirchenlatein für ›Vater unser‹.

Peinliche Befragung Eine sich über Jahrhunderte hinweg haltende mittelalterliche Bezeichnung für die Folter. Kommt von ›Pein‹. Offiziell anerkanntes Hilfsmittel zur ›Befragung‹ und zur Erpressung von Geständnissen. Allgemein bekannt durch die vielen Hexenprozesse, von denen mit Anna Schwegelin der letzte auf deutschem Boden 1781 im Allgäuerischen Kempten stattfindet.

Pferdestädtchen Bevor Lindenberg im 17. Jahrhundert damit anfängt, bis ins 20ste Jahrhundert hinein äußerst erfolgreich Strohhüte zu fertigen, beginnt 1617 der Pferdehandel, der sich zu einem wichtigen Zuerwerb für die Lindenberger Gastwirt- und Bauernfamilien entwickelt. Je nach Marktlage werden relativ beachtliche Gewinne erzielt. Auch die ›Koppelknechte‹, die meist aus Lindenberg kommen, verdienen ordentlich damit. Nach Wallensteins Motto: ›Der Krieg ernährt den Krieg‹, profitieren auch die Pferdehändler davon. Üblicherweise werden die Tiere in Norddeutschland gekauft, über Lindenberg und den Splügen- oder St. Gotthardpass getrieben und dann in Italien verkauft – lohnend, aber gefährlich.

Pinte Altes Raummaß oder auch Trockenmaß. Zwei Schoppen (z. B. Wein). In Flandern heute noch gebräuchlicher Ausdruck für ein Pils. Im heutigen Konsens auch eine abschätzige Bezeichnung für ein schmuddeliges, verruchtes Lokal.

Plache Alter alpenländischer Ausdruck für eine Stoff- oder Rupfenplane. Geprägt von den Salzfuhrwerkern, die im 17. Jahrhundert zwischen Hall in Tirol und dem Bodensee verkehrten.

Propst Es gibt ›Dompröpste‹ und ›Stiftspröpste‹, die meist Leiter äußerer Angelegenheiten von Dom- oder Stiftskapiteln sind. Der real existierende Propst Johannes Glatt ist einer jener Pröpste, die lediglich als höherrangige Priester einer zentralen katholischen Pfarrei mit einer ›Propsteikirche‹ (*ecclesia praeposita*) angesehen werden können. Dennoch: Für das kleine Dorf Staufen ist es schon etwas besonderes, einen ›Propst‹ mitsamt imposantem ›Propsteigebäude‹ als Pfarrherrn zu haben.

Pyrrhussieg Teuer erkaufter Erfolg. Meist geht der Sieger ähnlich geschwächt aus der Sache heraus wie der Verlierer und kann auf diesen einen Sieg nicht unbedingt aufbauen. Dieser Terminus geht auf den griechischen König Pyrrhus von Epirus (ca. 319-272 v. Chr.) zurück. Nach einem Sieg über die Römer bei Asculum in Süditalien soll er gesagt haben: ›Noch so ein Sieg, und wir sind verloren!‹

Quart Alte Maßeinheit. Lateinisch für ›Viertel‹ (z. B. 1/4 Liter Bier).

Ranzen Allgäuer Bezeichnung für einen (dicken) Bauch. Andernorts verächtlich auch als ›Wampe‹ bezeichnet.

Reich der morituri Reich der Todgeweihten.

Refektorium Lat.: *refectio* – Erholung, Labung, Wiederherstellung. Speisesaal des Klosters – neben der Kirche und dem Kapitelsaal der wohl wichtigste Raum für das Zusammenleben der Mönche.

Repertorium Verzeichnis der Archivalien eines Archivbestandes.

Rindalpner Kopf Neben ›Rindalpner Horn‹ eine der alten, die im 17. Jahrhundert benutzte Bezeichnung für das heutige ›Rindalphorn‹. Mit seinen 1.821 Höhenmetern ein beliebter Wanderberg der ›Nagelfluhkette‹.

Romanik Erste in Europa erfasste Bau- und Stilepoche, auch als ›vorgotischer Stil‹ bezeichnet. Die ›Vorromanik‹ beginnt etwa um 800 n. Chr. zu Zeiten Karls des Großen. Die ›Frühromanik‹ zieht sich in etwa von 919 bis 1024 über die sächsische Kaiserzeit. Dem folgt die ›Hochromanik‹ der Salier bis 1125 n. Chr. Die ›Spätromanik‹ endet ca. 1250 zur Staufischen Kaiserzeit. Ihr folgten ›Gotik‹, ›Renaissance‹ und ›Barock‹, jene Zeit, in der unser Roman spielt.

Ruchig Geldgierig, auch in Verbindung mit übertriebenem Arbeitseifer.

Salzstraße Auch ›Alte Reichsstraße‹. Wichtigste Handelsverbindung von Hall in Tirol an den Bodensee. Dort verlängert sie sich dann über die Alpen bis nach Italien. Sie führt – von Immenstadt kommend, über Kalzhofen und Buflings – nahe an Staufen vorbei durch Genhofen, über den gefürchteten ›Hahnschenkel‹ nach Simmerberg und schließlich nach Lindau und Bregenz.

Saumtiere ›Saum‹ abgeleitet vom mittelalterlichen ›*Salma*‹,

›*Sauma*‹, was nichts anderes als ›Traglast‹ bedeutet. Saumtiere sind Lasttiere, die in unwegsamem Gelände und im Gebirge eingesetzt werden: Maultiere, Maulesel, Esel.

Saumweg   Auch ›Saumpfad‹. Eine schmale, steile, unwegsame und deswegen gefährliche Straße, auf der so genannte ›Säumer‹ mir ihren ›Saumtieren‹ Güter transportieren, weil allein schon wegen der fehlenden Straßenbreite (nur gut 3 Meter) und des meist schlechten Zustandes keine Möglichkeit besteht, die Warengebinde mittels Fuhrwerken zu transportieren.

Scheelsucht   Alte Bezeichnung für ›Neid‹.

Schese   Alte Bezeichnung für veraltete oder ausgediente Kutschen, Schlitten usw. in meist schlechtem Zustand.

Schlotter   Geronnene Milch. Der Autor erinnert sich noch an seine Kindheit, als die betagte Großmutter übriggebliebene Milch in einen Suppenteller gießt und diesen so lange aufs Fensterbrett stellt, bis die Milch geronnen ist … fliegende Fleischeinlagen inbegriffen. Darüber wird dann etwas Schnittlauch gestreut. Dazu gibt's Brot zum ›Stupfen‹. ›Nur nichts verkommen lassen!‹, ist die Devise der Großmutter, deren äußeres Erscheinungsbild die Vorlage für Konstanze Dreyling von Wagrain ist.

Scholar   Lehrer.

Schwarzkittel   Wildschwein (aus der Jägersprache).

Schwertlinge   Auch Schwartlinge. Allgäuer Bezeichnung für nicht entrindete, gesägte, aber roh belassene Randbretter von Bäumen, die sich ideal für Zäune und Außenverschalungen einfacher Gebäude eignen.

Scriptoriumsleiter   Vorsteher einer mittelalterlichen Schreibstube, meist in Klöstern.

Skapulier Lat.: *Scapularium*. ›Schulterkleid‹. Überwurf über die Tunika einer Ordenstracht.

Soldateska Stammt aus dem italienischen ›soldatesca‹. und heißt so viel wie ›Roher Soldatenhaufen‹ oder ›Zügelloses Kriegsvolk‹. Wurde während des Dreißigjährigen Krieges zu einem gefürchteten Verb.

Solnhofer Bodenplatten Den weltberühmten Naturkalkstein aus dem Altmühltal verwenden bereits die Römer im 2. Jahrhundert. Aber erst 1604, acht Jahre nach der ersten offiziellen Genehmigung des Steinabbaus, finden sie den weiten Weg ins Allgäu und werden auch in der Staufner Kirche verlegt. Und die hat nun eines mit der ›Hagia Sofia‹ in Konstantinopel gemeinsam: Denn dort werden ebenfalls die Steinplatten aus dem Eichstädter Gebiet verlegt, allerdings schon im 15. Jahrhundert.

Sputtel Alter Vorarlberger und Schweizer Ausdruck für junge Mädchen (Plural und Singular). Einen jungen Burschen nennt man dort übrigens ›Kog‹ (Plural: ›Koga‹).

Stalagmit Durch ständiges Tropfen von der Höhlendecke zum Boden herunter gewachsener und ständig emporwachsender Tropfstein. Das Gegenstück ist der an der Decke hängende Stalaktit. Wenn beide zusammengewachsen sind, wird dies Stalagnat genannt.

Sterrgrindig Allgäuer Ausdruck für starrköpfig.

Stückknechte Landsknechte mit besonderen Aufgaben.

Stundengebet (Lat.: *liturgia horarum*), auch Tageszeitenliturgie. ›Sieben Mal am Tag singe ich dein Lob und stehe nachts auf, um dich zu preisen‹ (Psalm 119,62.164). Der Sinn ist darin zu suchen, die einzelnen Tageszeiten mit ihren Besonderheiten vor Gott zu bringen und zugleich das Gebet der Kirche rund um den Globus nicht abreißen zu lassen.

Tridentinischer Ritus Er lehnt sich an die alte, in Rom gefeierte und von Papst Gregor um 600 n. Chr. neu geordnete Liturgie an. Sie kennzeichnet die Gesamtheit der gottesdienstlichen Feiern des Römischen Ritus nach dem Konzil von Trient, dem ›Tridentinium‹.

Unterflecken Staufen war aus geografischen Gründen umgangssprachlich in einen unteren und einen oberen Bereich aufgeteilt. Die alte Bezeichnung für einen ›Flecken‹ steht für zersiedelte, meist kleine Ortschaften, die wie Flecken in der Landschaft liegen. Die international bekannte Tourismusdestination Bad Oberstaufen (zur Zeit der Romanhandlung ›Staufen‹) wird auch heute noch gerne als ›Marktflecken am Fuße des Staufens‹ bezeichnet, wobei in diesem Falle mit ›Staufen‹ der kegelförmige Staufenberg gemeint ist.

Urständ Alte Bezeichnung für ›Auferstehung‹, ›Wiederbelebung‹, ›Wiederholung‹ altgeliebter Gewohnheiten, Gepflogenheiten, Bräuche usw. Eines der Lieblingswörter von Benedikt Josef Höss (+ 2012), langjähriger und verdienter Chronist einer der ältesten Bräuche des gesamten Alpenraumes, des ›Staufner Fasnatziestages‹, der auf die Pest in Staufen im Jahre 1635 zurückgeht und im letzten Teil dieser Tetralogie näher beschrieben wird.

Vade retro Satanus Lateinisch für ›Weiche zurück, Satan‹.

Vesper Lat.: *vespera* – Abend. Lithurgisches Abendgebet der Kirche.

Vettel, alte Lat.: *Vetula*. Despektierliche Anrede eines alten Weibes.

Viech Kommt von ›Vieh‹. Eher abschätzige Allgäuer Bezeichnung für ein Tier.

Vogtei Das Amtsgebäude mit der Amtsstube ist die Zentrale des Machtbereiches von Burg- oder Schlossvögten (Verwalter, hohe Beamte).

Wappenrolle Ursprünglich eine Sammlung von Adelswappen auf langen Pergamentrollen. Der Begriff hat sich im Laufe der Zeit gewandelt. Heute sind damit eher ›Wappenregister‹ gemeint, in denen adlige Hoheitswappen, aber auch bürgerliche Familienwappen, gesammelt werden. Darin sind Formen und Farben der Wappenschilder mit Wappen- und Helmzier ebenso beschrieben, wie relevante Daten, Zahlen und Fakten vermerkt sind. Heraldiker und Ahnenforscher bedienen sich heute gerne der ›Online-Wappen*sammlung*‹ oder der ›Online-Wappen*rolle*‹.

Wittiber Alte Bezeichnung für einen ›Witwer‹.

Zehnte, der 10 % des Ertrages aus der Landwirtschaft. Plichtabgabe der bäuerlichen Untertanen an den Grundherrn. Diese Steuer wird oftmals brutal eingetrieben, wenn es die meist sowieso schon spärlichen Erträge der Landwirtschaft wegen Unwetter oder anderer Unbill nicht zulassen. Dies ist einer der Gründe, warum die Bauern unzufrieden sind, aufbegehren und es 1524/25 zum deutschlandweiten Bauernkrieg kommt, der in Süddeutschland seinen Anfang nimmt. Der berühmte ›Staufner Haufen‹ ist sogar bis nach Mainz gezogen, um seine (erhofften) Rechte durchzusetzen.

EIN DANKESCHÖN

… gilt in erster Linie dem Verleger Armin Gmeiner und seiner Führungscrew für das neuerliche Vertrauen, meinen zweiten Roman herauszugeben. Ich wünsche ihnen, dass dieser Roman ein ähnlicher Erfolg wie ›Die Pestspur‹ werden wird.

Ich danke dem gesamten Verlagsteam für die stets harmonische und konstruktive Zusammenarbeit.

Ganz besonders herzlich möchte ich mich bei der Programmleiterin, die gleichzeitig auch meine Lektorin ist, bedanken. Claudia Senghaas aus Kirchardt war während unserer engen Zusammenarbeit stets ungemein engagiert und in jeder Hinsicht verständnisvoll, wobei sie in jeder Situation den Überblick behielt und immer gut gelaunt war. Dafür ein ganz besonderes Dankeschön!

Mein diesbezüglicher Dank geht auch an die MitarbeiterInnen des Lektorats und des Verlagsmarketings.

Herzlicher Dank geht auch an meinen alten Freund und Arbeitskollegen Siegbert Eckel, sowie an den Historiker Gerhard Klein vom Stadtarchiv Immenstadt und an Dr. Horst Boxler, die drei wohl profundesten Kenner der rothenfelsischen und der Königsegg'schen Geschichte.

Gleichzeitig möchte ich auch meinen Freunden, den Grafen Maximilian (†), János sen. (†) und János jun. zu Königsegg-Rottenfels für die vielen interessanten Gespräche in deren Budapester Stadtpalais, in Siófok und im Allgäu danken.

Der Aachener Historiker und Numismatiker Erik Masuch führte mich in die Welt alter Währungen ein. Ihm danke ich auch für die Überlassung einer Original-Chronik aus dem Jahre 1659, die zu einem meiner Hauptnachschlagewerke wurde.

Ebenso danke ich der Handwerkskammer für die Auskünfte über das Zunftwesen. Auch Handwerker verschiedener Gewerke, Landwirte, Förster und Jäger brachten mir ihre Berufe in alten Zeiten näher.

Ein Dankeschön auch an alle Burg- und Schlossherren im In- und Ausland, in deren alten Gemäuern ich über viele Jahre hinweg zu Recherchezwecken arbeiten und den Odem der Vergangenheit einsaugen durfte. Unter ihnen Markus Habsburg-Lothringen, der Urenkel Kaiser Franz Josefs I. und der Kaiserin Elisabeth, mit dem mich mittlerweile ein ebenso herzlicher Umgang verbindet, wie schon seit Jahrzehnten mit den Grafen zu Königsegg.

DIE WICHTIGSTEN QUELLEN

›Originale Chronik über den Dreißigjährigen Krieg‹
Johann L. Gottfrieds, Verlag Phillipp H. Hutter, 1659.

›Heimatbuch Oberstaufen‹
Thilo Ludewig, Verlag Buchdruckerei Holzer, Weiler, 1968.

›Allgäuer Chronik‹
Alfred Weitnauer, Allgäuer Zeitungsverlag, Kempten, 1984.

›Der Dreißigjährige Krieg‹
Georg Schmidt, Verlag C. H. Beck, 1995

›Königseggwald‹
Lothar Zier, Verlag Gemeinde Königseggwald, 1996.

›Chronik der Stadt Immenstadt‹
Dr. Rudolf Vogel, Verlag J. Eberl KG, Immenstadt, 1996.

›Die Pest‹
Manfred Vasold, Konrad-Theiss-Verlag GmbH, Stuttgart, 2003.

›Die Reichsgrafen zu Königsegg seit dem 15. Jahrhundert‹
Dr. Horst Boxler, Eigenverlag, Bannholz, 2005.

›Immenstadt im Wandel‹
Siegbert Eckel, J. Eberl KG, Immenstadt, 2007.

›Immenstädter Miniaturen – Geschichten und Geschichtle aus dem Städtle‹
Siegbert Eckel, Verlag Stadt Immenstadt, 2009.

›Seuchen, die die Welt veränderten‹
Verschiedene Autoren, National Geographic History, 2009.

Aber auch Zeitschriften wie ›Damals‹, ›Geschichte‹, ›GEO-Epoche‹, ›Karfunkel‹, ›PM‹ und ›Welt der Wunder‹ erwiesen sich als ebenso hilfreiche Nachschlagewerke wie die Internet-Suchmaschine ›Wikipedia‹, die mir zur Erläuterung mancher Begriffe diente.

Des Weiteren halfen mir etliche andere Sekundärquellen, aber auch Primärquellen, in die ich in verschiedenen Archiven des In- und Auslandes hinreichend Einblick erhielt.

*Weitere historische Romane
finden Sie auf den folgenden Seiten oder im Internet:
www.gmeiner-verlag.de*

Bernhard Wucherer
Die Pestspur
978-3-8392-1264-6

»Der Leser fühlt sich in jeder Szene in die Zeit des Mittelalters zurückversetzt.«
Allgäuer Zeitung

Staufen im Jahre 1634. Die Pest wütet im Allgäu, in der Bevölkerung herrscht Angst. Lodewig und sein kleiner Bruder Diederich, belauschen auf dem Friedhof ein Gespräch zwischen dem Totengräber und einem Unbekannten. Unfreiwillig werden sie dabei zu Mitwissern eines schrecklichen Geheimnisses. Als ein Geräusch die Jungen verrät, können sie gerade noch entkommen, werden jedoch von nun an unbarmherzig verfolgt. Obwohl statt ihrer zwei andere Knaben umkommen, schweben die beiden in ständiger Lebensgefahr. Und dann scheint auch noch die Pest ihre Opfer zu fordern …

Wir machen's spannend

Unsere Lesermagazine
2 x jährlich das Neueste aus der Gmeiner-Bibliothek

Alle Lesermagazine erhalten Sie in Ihrer Buchhandlung oder unter www.gmeiner-verlag.de.

24 x 35 cm, 32 S., farbig; inkl. Büchermagazin »nicht nur« für Frauen

10 x 18 cm, 16 S., farbig

GmeinerNewsletter
Neues aus der Welt der Gmeiner-Romane

Haben Sie schon unsere GmeinerNewsletter abonniert?

Monatlich erhalten Sie per E-Mail aktuelle Informationen aus der Welt der Krimis, der historischen Romane und der Frauenromane: Buchtipps, Berichte über Autoren und ihre Arbeit, Veranstaltungshinweise, neue Literaturseiten im Internet und interessante Neuigkeiten.

Die Anmeldung zu den GmeinerNewslettern ist ganz einfach. Direkt auf der Homepage des Gmeiner-Verlags (www.gmeiner-verlag.de) finden Sie das entsprechende Anmeldeformular.

Ihre Meinung ist gefragt!
Mitmachen und gewinnen

Wir möchten Ihnen mit unseren Romanen immer beste Unterhaltung bieten. Sie können uns dabei unterstützen, indem Sie uns Ihre Meinung zu den Gmeiner-Romanen sagen! Senden Sie eine E-Mail an gewinnspiel@gmeiner-verlag.de und teilen Sie uns mit, welches Buch Sie gelesen haben und wie es Ihnen gefallen hat. Alle Einsendungen nehmen automatisch am großen Jahresgewinnspiel mit attraktiven Buchpreisen teil.

Wir machen's spannend